카모르트

가넬로크

푸트나이

타치셀   라 루튼

하얀 늑대들

White Wolves

VII

윤현승 장편소설

제우미디어

윤현승

1978년생. '다크문'으로 1999년부터 작품 활동을 시작해 이후 '하얀 늑대들',
'라크리모사', '뫼신사냥꾼' 등을 출간했으며, 2018년 현재 온라인에서
'이스트로드 퀘스트'를 연재하는 등 활발한 활동을 이어가고 있다.

하얀 늑대들 · VII

초판 1쇄 2019년 4월 17일
초판 6쇄 2023년 6월 22일

지은이 윤현승
펴낸이 서인석 ┃ **펴낸곳** 제우미디어 ┃ **출판등록** 제 3-429호
등록일자 1992년 8월 17일 ┃ **주소** 서울시 마포구 독막로 76-1 한주빌딩 5층
전화 02-3142-6845 ┃ **팩스** 02-3142-0075 ┃ **홈페이지** www.jeumedia.com

제우미디어 트위터 twitter.com/Jeumedia
제우미디어 페이스북 facebook.com/jeumedia
제우미디어 네이버 포스트 post.naver.com/jeumediablog

ISBN 978-89-5952-617-8
     978-89-5952-610-9 (set)

• 파본은 구입하신 서점에서 교환해드립니다.

만든 사람들
출판사업부 총괄 손대현 ┃ **편집장** 전태준 ┃ **책임 편집** 성건우
기획 홍지영, 박건우, 장윤선, 안재욱, 조병준
디자인 총괄 디자인그룹 헌드레드 ┃ **영업** 김금남, 권혁진

3부

하늘 산맥에서 온 마법사

❖ 차례 ❖

Chapter 22

프보에 레미프

논틸의 죽음 앞에서 시나비아는 울음을 그칠 줄 몰랐다. 로핀은 베나 에실크를 내려놓고 논틸을 추모하는 짧은 시를 읊었다. 드래곤을 죽일 수 있는 칼이라는 에실크의 붉은빛이 석실의 에메랄드빛에 대조되어 드래곤의 얼굴에 핏기를 더해 주는 것 같았다. 무녀의 울음소리와 로핀의 음성은 묘한 조화를 이루어 슬픈 곡조의 음악처럼 들렸다.

판커틴이 시나비아의 옆으로 다가가 위로했다. 그러나 본인도 슬픔을 수습하지 못해 목소리에 울음이 섞였다. 타냐도 충격을 받아 아무 말 없이 서 있었다. 하얀 날개를 크게 펼쳤다 접기를 반복하는 라이만 무표정하게 있었다. 카셀은 못 박힌 듯 서서 드래곤을 바라보다가 로핀 옆에 무릎을 꿇었다.

가넬로크의 네 드래곤이 죽은 후 세상 모든 음유시인들이 그 비극을 노래하는 시를 수없이 썼다. 대부분의 시인들은 익셀런 기사단을 사악한 악마로 묘사했다. 익셀런의 명성을 부수는 것이 그들의 복수였던 것이다. 어째서 그들이 그렇게 해서라도 복수를 하고 싶었는지 타냐는 이제야 알 것 같았다.

"내가 걱정하며 서둘렀던 이유가 이 때문이었다. 레미프들의 절차를 따르느라 혼자 오지 못했지만, 무시했어야 했군."

로핀이 자리에서 일어나 칼을 집어넣었다. 붉은빛이 사라졌다. 금방 살아날 것처럼 생생해 보이던 논틸의 얼굴이 창백해졌다.

"내가 아는 드래곤 살해만 이번이 다섯 번째다. 아마 더 있겠지. 이 제 '레'의 칭호를 가진 드래곤까지 당하다니! 구아닐과 모즈들이 함부로 논틸의 영역 안을 돌아다닐 수 있었던 이유가 여기 있었군."

시나비아는 판커틴의 부축도 거부하고 비틀거리며 일어났다. 그리고 절룩거리는 다리로 타냐의 앞으로 다가왔다. 시나비아는 눈물 가득한 회색 눈동자로 타냐를 바라보며, 레미프의 언어로 슬픔을 말했다.

"타냐…… 아란티아의 홉트가 천 년 동안 외롭지 않을 수 있는 이유를 제가 말씀드렸나요? 지금 제가 외롭지 않을 수 있는 이유가 사라졌어요."

시나비아는 타냐의 팔에 매달려 무너졌다. 위로할 말이 떠오르지도 않았고, 떠올랐어도 꺼낼 수 없었다. 덩달아 눈물이 나왔다. 타냐는 가녀린 레미프 여인을 꽉 끌어안고서 로핀에게 말했다.

"신탁이 어긋났군요. 논틸의 죽음을 라든에 알리고 처음부터 다시 회의를 시작해야 할 것 같은데요."

"신탁을 내려 줘야 할 신이 죽었다. 회의가 무슨 의미가 있나?"

"논틸의 힘을 잃었으나, 레미프들 스스로의 힘이 사라진 건 아니지요. 라든의 군사력이라면 충분히 싸울 수 있다고 생각합니다."

"그런 뜻이 아니야. 논틸이 죽었다는 건 라든이 죽었다는 것과 동일한 의미다. 루티아로 치면 화이트비가 없어진 거나 다름없지."

타냐는 루티아의 이름을 듣자 오히려 냉정해질 수 있었다.

"그래서 더욱 서둘러야 합니다. 이 경우에는 죽은 신을 추모하기보다 복수를 시작해야 하는 것이 맞지 않겠습니까? 슬픔은 이 드래곤을 죽인 자를 잡은 후에 드러내도 늦지 않습니다!"

"타냐 말이 맞습니다. 우선 라든으로 돌아가지요."

카셀도 일어나며 말했다. 자기 몸도 못 추스를 것 같던 판커틴이 다가와 시나비아를 다시 안아 들었다. 시나비아는 흐느끼며 그의 굵은 목을 꽉 끌어안았다.

처음에는 흥미 없어 보이는 얼굴을 하고 있던 라이가 논틸 쪽으로 가까이 다가갔다. 자연스럽게 그 자리에 있는 모두가 그의 행동을 지켜보게 되었다.

타냐는 새삼 라이의 존재감에 감탄했다. 그가 어떤 단순한 행동을 하건 시선이 갔다. 심지어 가만히 있을 때조차도! 하지만 라이는 커다란 드래곤의 얼굴을 한 손으로 매만지기만 했다. 드래곤의 얼굴에서 손을 떼면서 라이가 레미프어로 말했다.

"방금 싸움이 일어났다."

놀랍게도 카셀이 알아듣고 인간의 언어로 물었다.

"어디에?"

라이도 인간의 언어로 대답했다.

"입구."

"무슨 싸움?"

"모른다."

로핀이 퍼뜩 깨달으며 말했다.

"논틸의 힘이 사라졌다면, 동굴 앞에 있는 경비들은 적의 힘에 무방비하게 노출되어 있는 거다. 그쪽이 기습당했을 것이다!"

로핀은 황급히 부서진 돌문을 통해 달려 나가려다 멈췄다. 다들 부서진 돌문을 통과해 점점 어두워져 가는 광장 쪽으로 접어들기 직전에 로핀의 뒤에서 멈췄다.

"싸움이 이미 시작되었다면, 이제 와서 계단을 올라가 봐야 늦지……."

로핀이 혼잣말처럼 중얼거리다가 뒤돌아서서 라이에게 물었다.

"너, 날 수 있지 않나?"

"있다."

"계단을 통하지 않고 직선으로 올라가면 금방이야. 네가 먼저 가서 아군을 도울 수 있을 것이다."

라이는 다급해하는 일행의 마음에는 아랑곳하지 않고 느릿느릿 인간의 언어로 말했다.

"거절한다. 이 싸움, 내 기더, 아니다."

로핀은 그의 대답에 황당해했다.

"뭐가 아니라고?"

라이는 대꾸하지 않았다. 카셀이 그의 굵은 팔뚝을 붙들고 물었다.

"왜 기더가 아니라고 생각하는 거지, 라이? 이건 네가 할 수 있는 일이고 네가 해야 할 일이잖아."

"명령은…… 너, 나의 약속, 아니다."

"약속?"

카셀은 잡았던 팔을 거칠게 놓으며 소리쳤다.

"오랫동안 감옥에 갇혀 지내느라 네가 진짜 따라야 할 기더는 잊어버렸나? 이건 명령도 아니고 너와 나의 약속도 아니야. 네가 해야 할 일임에도 잊고 있어서 가르쳐 주는 거다."

"우그, 가르침, 필요 없다."

라이의 눈에는 우그와 지혜를 겨루지 않겠다는 레미프 특유의 오만함이 있었다.

"네 동료야! 네가 나서서 싸우면 구할 수 있는 생명이야."

"나, 네 명령, 듣지 않는다."

"그럼 여기에서 혼자 논틸의 시신을 바라보며 네가 전사이기 이전에 누구였는지나 생각하고 있어!"

카셀은 라이에게서 돌아서, 타냐에게 부탁했다.

"타냐, 전처럼 달려주실 수 있나요?"

사실 타냐도 로핀이 명령했다면 거절했을 것이다. 하지만 카셀의 부탁에 타냐는 아무 거부감도 없이 늑대로 변했다. 태우고 나서야 자기가 위화감 없이 카셀의 명령에 따르고 있다는 사실을 깨달았다.

카셀도 서슴없이 늑대의 등에 올라탔다. 그가 귓가에 대고 속삭였다.

"두 번이나 무리한 부탁을 해서 죄송합니다."

사실 타냐는 카셀을 태우는 것이 즐거웠다. 하지만 아무 말도 하지 않고 달리기만 했다.

"조심해라, 타냐! 레미프의 와자이브트는 인간의 마법사들보다 몇 배는 더 강한 마법을 쓴다."

멀어지는 로핀의 목소리가 동굴에 메아리쳐 울렸다.

어둠 속에서 한쪽 면이 절벽이나 다름없는 나선형 계단을 고속으로 달리는 건 타냐로서도 조금 겁나는 일이었다. 이마 앞으로 빛의 구슬을 만들어 냈지만 계단을 일일이 살피면서 뛰는 게 쉬운 일이 아니었다. 위에 타고 있는 카셀은 공포에 질려 있을 텐데도 속도를 줄이자는 말을 하지 않았다.

3분의 1쯤 지나왔을 쯤에 날개를 펄럭이는 소리가 밑에서 올라왔다. 라이였다. 다른 레미프들보다 몇 배는 더 커다란 날개가 구슬의 빛을 반사하며 하얗게 빛났다. 라이는 날개를 큼직큼직하게 펄럭이며 타냐보다 약간 더 높은 위치까지 날아 올라가더니 날개를 활짝 펼쳤다.

타냐는 멈추지 않고 달렸고 라이는 활공하며 그 옆에 따라붙었다. 마치 정지한 것처럼 부드럽게 떠서 그가 물었다.

"대답, 듣고 싶다. 전사이기 이전의 나, 누구인가?"

"혼자 생각하는 게 싫어 손쉬운 대답을 원해서 따라왔나?"

카셀은 넓은 지하가 쩌렁쩌렁 울리게 소리쳤다.

"누구긴 누구야? 넌 레미프다. 너는, 읍!"

카셀은 갑자기 말을 멈췄다. 타냐가 괜찮으냐고 물으려는 순간 카셀은 빠르게 이어 말했다.

"드래곤을 신으로 모시며 드래곤을 부모로 생각하는 레미프다. 누가 이 땅에 널 내려보냈는가? 네 부모의 원수 앞에서도 넌 나와의 약속 따윌 생각하고 있을 건가? 그건 내 약속이 아니더라도 네가 스스로 해야 할 일이 아니던가? 아니, 내가 못하게 하더라도 억지로 했어야지!"

마지막 순간 카셀은 거의 울먹임에 가깝게 호통쳤다.

"방해되니까 저리 꺼져, 이 망할 자식아! 드래곤의 시신을 보고도 분노할 줄 모르는 레미프 따위와는 같이 다니고 싶지도 않다."

라이는 말없이 활공하다가 날개를 퍼덕여 방향을 바꾸었다. 곧 계단을 따라 이동하는 타냐와는 비교할 수 없는 속력으로 상층을 향해 올라갔다.

타냐는 계단이 끝나는 곳에서 멈춰서 카셀을 내려 주었다. 그리고 다시 인간으로 변하자마자 동굴의 입구를 향해 달리려다가 멈췄다.

카셀이 따라오지 못하고 비틀거리고 있었다. 그는 입을 가리며 고개를 옆으로 돌려 피를 한 움큼 토해냈다. 타냐가 놀라 물었다.

"왜 그러죠?"

"흔들리는 등 위에서 말하느라 혀를 깨물었어요. 당신 등에다 피를 뱉을 수도 없으니 그냥 참다가…….'"

그는 다시 침 섞인 피를 뱉었다.

"어디 봐요."

타냐는 거의 강제로 카셀의 턱을 잡고 입 안을 살폈다. 입속이 피로 엉망이었다. 그녀는 손가락으로 혀에 난 상처를 건드렸다. 파란빛이 반짝이며 순간적인 고통에 카셀은 어깨를 움찔했다.

"지혈만 했어요."

"고마워요."

발음도 잘 안 되는 목소리로 카셀이 말했다. 타냐는 희미하게 웃었다.

"당신의 유일한 무기가 손상을 입었군요."

카셀도 웃었으나 고통이 심해 소리를 내지는 못했다.

둘은 입구의 문을 빠져나가 석상이 좌우로 늘어선 곳으로 달려갔다. 라이가 먼저 도착해 있었다. 그는 무표정한 얼굴로 팔짱을 끼고 눈동자만 돌려 카셀과 타냐를 돌아보았다.

입구에는 또 다른 비극이 벌어져 있었다. 논틸이 죽었다는 것은 이 비밀 입구가 진작 노출되어 있었다는 뜻이었다. 적이 매복해 있었을 텐데, 그것도 모르고 라든의 병력은 분산되어 있었던 것이다.

"네가 했던 말, 혼자, 생각해 봤다. 그러나, 아직, 모르겠다."

"몰라도 된다. 라이."

카셀은 한숨을 내쉬며 레미프들의 시체를 내려다보았다. 라이가 공격당했다고 말을 꺼낸 지 꽤 시간이 흐른 건 사실이었으나, 그렇다고 이정도 인원이 전멸을 당할 정도로 긴 시간은 아니었다. 자세한 건 로핀이 조사하면 알겠지만 정황상 상대 전력이 압도적이었던 게 분명했다.

"하지만…… 물어봐라, 라이. 모르는 게 있으면 언제든 물어봐라. 모르는 건 알면 돼. 하지만 모르겠다고 피하면 안 돼. 네가 뭘 묻든 대답해줄게. 나도 모르면 같이 해답을 찾아줄게. 그러니까 밑에서 했던 말 같은 건 하지 마."

라이는 카셀을 내려다봤다가 다시 죽은 레미프들을 돌아보았다.

"밑에서 했던 말?"

"논틸의 죽음을 남의 일처럼 말했잖아."

"남의 일, 이라고, 하지, 않았다. 싸우지 않겠다, 그렇게만, 말했다."

"나한테는 같아. 화가 나서 싸웠어야 했어."

"화?"

"분노!"

라이는 잠시 뜸을 들였다가 말했다.

"질문, 있다."

"해."

"화, 났다."

"응?"

"논틸, 죽음, 슬펐다. 화났다. 하지만, 그걸로, 싸워도 되는가?"

카셀은 고개를 갸웃했다. 타냐도 무슨 소리인지 몰라 좀 더 귀를 기울였다.

라이는 죽은 라든의 병사들을 하나하나 가리키며 말했다.

"처음으로 말 걸어 준 자, 칼 빌려준 자, 내 옆에 있어 준 자. 잊었던 감정, 되살아나고 있었다. 갇혀 있느라 잊었던 감정. 그런데, 죽었다. 이들을 죽인 자, 죽이고 싶다. 네가 말한 결투…… 가 아니다. 그냥 죽이고, 싶다. 죽여도, 되는가?"

라이의 목소리에 분노가 실렸다.

"분노하지 않은 것, 아니다. 나의 기더, 아니었다. 나, 그런 싸움, 해도 되는가?"

타냐는 비로소 라이가 무슨 말을 하는지 깨달았다. 라이는 칼만 들었다 하면 피바람을 몰고 올 정도로 막강한 실력자였다. 결투라 칭한 싸움조차 다른 레미프들에겐 일방적인 살인으로 보일 정도였다. 그런 그가 분노로 싸운다면 레미프의 기준으로는 학살이 될 수도 있었다.

카셀은 입에 고인 피를 삼키고 말했다.

"지금은 이 순간을 깊이 새겨 두기만 해, 라이. 네 분노를 터트릴 순간이 오면 내가 같이 고민해 줄게. 아깐 소리 질러서 미안해. 난 네가 감정도 없는 녀석인 줄 알았어."

라이는 한참이나 카셀을 쳐다보더니 말했다.

"싸우기 전에, 묻겠다. 네게. 나, 싸워도 되는지."

"고마워."

두 남자 사이에 어떤 감정의 교류가 일어났는지 타냐는 알 수 없었다. 하지만 적어도 지금 눈앞의 참상을 바라보며 같은 분노를 공유하고 있다는 건 알 수 있었다.

"프보에 족의 소행은 아니군."

한참 후에 올라온 로핀이 라든 병사들의 시체와 주변 흔적을 살피고 말했다. 타냐도 같은 의견이었다.

"베논의 발자국이 나 있습니다. 그리고 프보에 족은 즈비 족과 달리 베논을 타는 용도로 쓰지 않죠."

"그것도 있지만, 내가 프보에 족 소행이 아니라고 본 건 전투 방식 때문이다."

로핀은 발자국이 찍혀 있는 방향을 짚어 가며 설명했다.

"공격의 시작은 오른쪽이었다. 한 번에 두 명이나 베었군. 판커틴의 부하들은 기습에 잘 대비하는 편은 아니지만, 그렇다고 속수무책으로 당할 정도로 전투에 무지하지는 않아. 오른쪽에서 들어오는 기습에 전력을 다해 방어했겠지. 하지만 적은 그걸 이용했다."

로핀은 반대편을 손가락으로 가리키며 말을 이었다.

"2차 기습이 왼쪽에서 이루어졌고 병사들은 크게 혼란을 일으켰지. 그다음부터는 전열을 정비할 기회도 잡지 못하고 저항하다가 전멸. 그렇게 된 거다."

타냐도 로핀이 오기 전에 두 명분의 흔적밖에 찾지 못했다. 하지만 이런 엄청난 공격을 단둘이서 해냈다고는 생각이 되지 않아 자신의 판단을 보류하고 있었다.

"정말 이게 두 명의 소행이라고요?"

"베논의 발자국도 둘이고, 이건 훈련받은 기사들의 소행이야."

"카구아입니까?"

타냐가 물으며 옆에 앉은 판커틴을 돌아보았다. 그는 슬픔을 억누르지 못해 이마를 짚고 흐느끼고 있었다. 논틸의 죽음에 이미 눈물을 다 쏟아 버린 듯 시나비아는 오히려 냉정해 보였다.

시나비아는 카구아라는 단어를 듣고 타냐 쪽으로 보이지 않는 시선을 돌리며 물었다.

"그자들인가요, 논틸을 살해한 게?"

그녀의 목소리에는 힘이 잔뜩 실려 있었다. 로핀도 힘을 실어 대답했다.

"그걸 위해 대륙에서 하늘 산맥으로 올라온 자들이다. 논틸이 죽은 건 일주일이 채 되지 않는 것 같더군. 그리고 죽인 기사의 이름은 '네이슨'이다."

타냐가 물었다.

"어떻게 이름까지 아세요?"

"너희 셋이 올라간 다음 난 다시 논틸의 시신과 신전 내부를 살폈지. 범인은 전투를 한 게 아니라 자고 있는 드래곤을 찌르고 내뺀 거라 딱히 눈에 띄는 흔적은 남아 있지 않더라. 하지만 드래곤을 찌른 창을 보니 자랑스럽게 이름을 새겨 놨지 뭐냐?"

로핀은 손가락을 접으면서 하나씩 이름을 언급했다.

"네이슨, 레드워드, 홀튼. 지금까지 이런 식으로 드래곤을 살해한 개자식들의 이름을 몇 알아냈다. 혹시 아는 이름 있나?"

"없습니다."

타냐와 카셀이 동시에 대답했다. 로핀은 더 이상 미련을 두지 않았다.

"여길 벗어나자. 놈들이 아직 남아 있을지 모르니."

그들은 죽은 레미프 병사들을 단정히 눕히며, 짐도 정리했다. 필요 없는 물건은 버리고 꼭 필요한 것만 한 가방에 몰아넣어 개수를 줄였다. 이제 자기 짐은 각자 들어야 했다. 타냐도 음식과 물이 들어 있는 짐을 하나 받았다. 날개 때문에 등에 뭔가를 걸치지 못하는 레미프들의 특성상 배낭은 주로 허리에 매어 허벅지 쪽으로 늘어뜨리는 구조인데, 타냐는 그냥 한쪽 어깨에 걸쳤다.

카셀은 붕대와 약이 들어 있는 가방을 레미프 식으로 허리에 고정시켰다. 로핀은 제일 큰 가방을 라이에게 건넸다. 라이는 아무 불평 없이 받았다.

"정리해 보자. 한 달 전 시도한 의식이 프보에 족에 의해 차단당했다."

로핀이 카셀과 타냐를 돌아보며 말을 이었다.

"모즈들은 카구아라고 불리는 기사들에게 지휘를 받으면서 프보에 레미프들을 돕고 있다. 그리고 아까 언급한 세 놈들은 논틸을 포함한 드래곤들을 살해했지. 아직 확신할 수는 없으나 놈들은 구아닐의 지휘를 받거나 아니면 구아닐과 동맹 관계다."

로핀도 험한 길을 이동할 때 쓰는 도구를 몰아 담은 배낭을 허리에 매고 허리에 차고 있는 칼은 등에 바꿔 멨다.

"카구아, 구아닐, 프보에 족 레미프, 모즈. 모두가 연합이라 단정하긴 힘들지만 모두가 엮여 있는 건 분명하다. 거기에 루티아의 배신자가 섞여 있지. 이쯤 되면 지금 하늘 산맥에서 독립적으로 벌어지는 일은 하나도 없다고 봐도 좋겠어."

모두가 출발 준비를 마쳤지만, 카셀은 레미프들의 시체를 내려다보며 움직이지 않았다. 판커틴은 눈물이 마른 듯 굳은 얼굴로 카셀의 옆에 서 있었다. 로핀은 둘의 옆에 서서 말했다.

"뭘 해? 서두르자."

"왜 우리는 공격하지 않죠? 이게 각개격파라면 저와 타냐가 밖으로 나오자마자 기습했어야죠."

카셀이 날카롭게 물었다.

"10년 동안이나 하늘 산맥에서 생존했던 놈들이다. 녀석들이 함부로 공격하지 못했다면 그럴 만한 이유가 있어서겠지. 이를테면 레미프, 인간 양쪽을 대표할 만한 마법사가 둘이나 있는 일행이라는 사실을 알고 있었다거나."

로핀의 말에 타냐는 고개를 저었다.

"한번 싸워 봤지만 그자는 마법이 통하지 않았습니다. 우리를 공격하지 않은 이유가 일행 중 누군가를 두려워해서라면, 그건 저나 시나비아가 아니라 오히려 로핀 때문일 겁니다."

"상관없어, 그딴 건. 해가 떨어지기 전에 라든으로 돌아가야 한다."

서두르고 싶어 하는 로핀을 잡아끌 듯이 카셀이 물었다.

"해가 떨어지면요?"

"어제 새벽 구아닐이 우리 둘을 쫓다가 멈춘 게 무슨 이유에서라고 생각하나? 해가 떴기 때문이다. 밤은 녀석의 시간이야. 우리에게는 악몽의 시간이 될 거고."

로핀은 다시 앞장섰고 그 뒤를 타냐와 카셀이 따랐다. 시나비아를 품에 안은 판커틴이 그 뒤에 있고 라이가 제일 뒤를 지켰다.

로핀은 왔던 길을 되짚어 가면서도 처음 가는 길처럼 신중히 걸었다. 타냐도 주위에 있는 모든 소리와 사물에 신경을 썼다.

카셀은 나무 위에 있는 동물을 발견하고 깜짝 놀라 옆으로 한 걸음 뛰었다. 뭘 보고 놀랐나 하고 봤더니 손가락 한 마디 길이의 송곳니가 나 있는 다람쥐였다. 카셀은 다람쥐를 경계하며 로핀에게 물었다.

"카구아라고 부르는 유령 같은 기사들이 익셀런의 제1기사단이고, 그들이 드래곤을 사냥하고 있다면 대체 어떻게 구아닐과 한편이 된 거죠?"

"녀석들 사이에 모종의 거래가 있었겠지. 난 오히려 루티아의 마법사가 루티아를 배신하고 그놈들과 손을 잡은 이유가 더 궁금하다. 이 정도로 각지에서 사건들이 동시에 일어나면 뚜렷한 단서가 드러나기 마련인데, 그런 게 없어."

"답답하군요."

"그래서 나는 너희들에게 내가 아는 모든 것을 결론부터 말해주지 않은 거다. 너희들이 내가 모르는 해답을 풀어내주길 바라는 마음에서. 그런데 너희들은 성급한 추리로 내가 알고 있는 것을 너무 일찍 알아 버렸지. 너희가 내 의도에서 벗어나 버렸으니 이왕이면 내 의도마저 뛰어넘어줬으면 좋겠구나."

나무로 빽빽한 숲을 벗어나 주위가 탁 트여 잘 보이는 곳이 나왔다. 모습이 노출되니, 오히려 걷기 쉬운 넓은 길이 불안했다. 그녀는 주위에서 시선을 떼지 않고 말했다.

"카구아라는 단어가 뭔지 알겠군요. 옛날 얘기 속에서 저주를 걸고 죽었던 사냥꾼도 아니고 하늘 산맥의 유령도 아니라, 프보에 레미프들의 수호 드래곤인 카-구아닐의 부하라는 뜻 아니었습니까?"

"구아닐의 부하. 뭐든 좋지. 카구아라는 건 그걸 통칭하는 단어고. 레미프들의 역사에서 누라이만큼 오래되어 희미해져 버린 존재와 비슷한 것이 검은 망토를 휘날리며 나타나자, 레미프들은 단박에 카구아라는 전설을 갖다 붙여 버린 거야. 그렇게 스스로 편견에 빠져 놈들이 인간이라는 사실을 알아내는 데 오래 걸렸을 뿐 아니라, 익셀런의 기사임을 밝혀내는 데도 오래 걸린 거지."

로핀은 '딱히 밝혀낸 것도 아니다만.' 하고 덧붙였다.

"구아닐은 하늘 산맥에 존재하지 말아야 할 사악한 드래곤이고 카구아는 그 드래곤의 부하라면……, 모즈는요?"

타냐가 물었다.

"느낌도 비슷하고 느닷없이 나타났으니 구아닐이 '만들어 낸' 것들이 아닐까 싶다. 냄새도 좀 비슷하다. 쿨쿨하고 음울한 게…… 출신은 다르나, 그런 이유에서 결국 모즈도 카구아와 비슷한 개념이겠지. 하지만 파괴밖에 모르는 괴물 드래곤 놈이 어떻게 창조의 힘을 얻었는지는 아직 모르겠다."

한참 가다가 로핀은 다시 정지 신호를 내렸다. 보통은 판커틴이나 타냐가 같이 나서기 마련이었지만 이번에는 혼자서 앞으로 나섰다.

모두들 뒤에서 전투태세를 갖추고 가만히 서 있기만 했다. 타냐는 이런 와중에도 아무렇지도 않게 팔짱을 끼고 서 있는 라이가 대단해 보이기 시작했다. 전에는 단지 무관심하다고 보였지만 그게 아니었다. 그는 앞에 적이 누가 있든, 몇 명이 있든 두려움이 없었다. 오히려 더 많은 적, 더 강한 적을 기다리고 있었다. 그러나 아까도 그랬지만 지금도 그가 무관심하게 있는 것은 '기대'하지 않기 때문이었다.

'이 앞에 나의 기대에 맞는 적수는 없다.'

그렇게 말하는 것 같았다.

처음 카셀을 만났을 때의 라이는 격렬했다. 왜 칼을 휘둘렀을까? 카셀이 적절하게 도발을 해서? 아니, 로핀이 있어서다. 타냐가 있어서다. 그 정도쯤 되어야 자신이 전력을 다할 수 있다고 생각했던 것이다.

'라이가 카셀을 따른 이유는 카셀 옆에 로핀 정도 되는 적수가 무수히 많을 거라고 생각해서야. 그 정도 적수를 내놓지 않으면 라이는 언제든지 카셀에게 칼끝을 돌릴 수도 있어. 그런데도 카셀은 라이에게 너무 쉽게 마음을 허락한 것 같아. 아까 라이에게 화를 냈던 건 거꾸로 그만큼 라이를 믿고 있기 때문이야. 카셀이 그 사실을 인지하고 있을까? 라이는 막강한 아군이지만 돌아서면 감당 못할 적이 될 존재라는 걸 알고 있을까?'

혼자 앞서갔던 로핀은 고개를 절레절레 저으면서 돌아왔다.

"이쪽 길은 가면 안 되겠다. 모즈들이 지나간 흔적이 많아."

"모즈들이 행군이라도 한 겁니까?"

타냐가 물었다.

"그게 뭐 이상하냐?"

로핀은 다른 길을 찾는지 시선을 먼 곳에 두고 물었다.

"그런 괴물들이 지시에 따라 군대처럼 움직이지는 않았을 것 같아서 하는 소립니다."

시나비아는 이제야 겨우 울음을 멈추고 판커틴의 품에서 내려와 카셀과 뭔가 대화를 나누었다. 타냐는 로핀에게 말하느라 둘의 대화를 듣지 못했다.

"모즈들이 머리를 쓸 줄 모른다고 확신할 수는 없어. 그러니 지시에 따라 이쪽에서 저쪽으로 행군을 한 게 이상한 건 아니지."

"초원의 초식 동물들도 무리를 지어 이동할 줄은 압니다."

"그럴지도 모르지. 하지만 이건 달라."

"어떤 부분에서요?"

로핀은 타냐의 질문에 대꾸하지 않고 잠시 일행을 벗어났다. 카셀과 시나비아는 아직도 뭔가 대화를 주고받고 있었다. 타냐는 계속 그쪽이 신경 쓰였다. 로핀은 다시 돌아와 말했다.

"흔적을 숨기려고 애쓴 흔적이 있었거든. 날 상대로는 조금 어설펐지. 적어도 놈들을 지휘하는 건 인간의 기사다. 너희 눈에는 잘 안 보이겠지만 우리가 서 있는 자리는 신전에서 라든으로 이어지는 큰길이나 다름없다. 당연히 놈들은 큰길을 중심으로 맴도는 거지. 고차원적인 작전은 아니야."

로핀은 방향을 바꾸어 북쪽이 아닌 동쪽의 새 길을 택했다. 타냐는 반대했다.

"돌아가는 시간이 길어지면 곤란합니다. 서둘러 라든으로 돌아가서 시나비아를 데려다주고 카셀과 저는 루티아로 돌아가고 싶습니다. 아니면 후딘틴과 상의해서 다른 방법을 찾아야죠."

"그건 나도 알아. 하지만 이런 위험한 곳을 뚫고 가는 것보다 빙 돌아가는 게 시간 절약이 될 거라고 생각한다. 솔직히 말해 난 구아닐과 싸웠으면 싸웠지, 카구아와는 싸우고 싶지 않아. 가자. 이쪽이야."

다시 로핀이 일행을 안내하기 시작했다.

"어째서 드래곤보다 인간 기사들을 더 두려워합니까?"

타냐가 물었다.

"구아닐은 내 칼을 두려워하고 나도 구아닐을 두려워하고 있다. 우리는 서로를 죽일 수 있으니까."

"싸움에서 둘 중 하나가 죽는 일은 당연하지 않습니까?"

"물론 그렇지만, 서로 죽일 수 있다는 걸 양쪽 다 알고 있기에 안 싸우는 거야. 그렇다고 구아닐이 날 죽이길 포기하는 건 아니고, 카구아나 모즈를 이용할 거다. 그 새끼가 원하는 대로 당해주면 안 되지."

"구아닐과 결판을 짓기 전까지는 그 부하들과 싸우지 않겠다는 의미입니까?"

"흠, 그렇게 되는군."

로핀이 택한 길은 허리 위까지 무성한 풀밭이었다. 로핀은 발밑에 뭐가 있을지 모르니 조심하라며 걸었다.

'말이나 하지 않았으면 걱정은 안 하련만 보이지도 않고 뭔지도 모

르는 위험을 어떻게 조심하라는 건지…….'

타냐는 함정이나 뱀이라도 있나 부지런히 살폈다.

뒤에서 수풀을 헤치며 카셀이 따라왔다.

"방금 시나비아에게도 물었지만……, 라든으로 돌아가지 않고 다른 식으로 사태를 해결할 방법은 없습니까?"

역시나 카셀은 그런 걸 고민하고 있었다. 로핀은 풀 밑을 살피느라 건성으로 대꾸했다.

"예를 들면?"

"다른 드래곤을 불러 도움을 구하는 건 어때요?"

"다른 부족의 무녀를 찾아야지. 시나비아가 다른 부족의 드래곤도 깨울 수 있다고 그러든?"

"아까 물어보니 못한다고 그러더군요. 하지만 로핀은 할 수 있지 않을까 해서요."

"나를 높이 평가해 주는 건 고맙다만 레미프의 무녀도 못하는 일을 인간인 내가 어떻게 하냐? 게다가 이곳은 논틸의 영역이라서 다른 드래곤은 살지도 않아. 그런 방법을 쓰고 싶다 해도 우선 라든으로 가는 게 더 낫다. 정확히 어떤 드래곤의 도움을 받을 것인지, 어떻게 그쪽 부족의 협조를 얻어 낼 것인지, 홉트에게 물어봐야지."

"레-가넬…… 란도르는요?"

로핀은 카셀의 입에서 그 이름이 나오자, 조금 놀라며 말했다.

"그분에 관련해서는 얘기가 길어지니까 간단히 말하지. 내가 그분을 찾은 게 아니라 그분이 나를 찾았다. 그리고 란도르라는 도시는 여기에서 사흘은 족히 가야 나오는 땅이야. 그것도 나 혼자 다른 사람 배려

없이 고속으로 갈 때의 시간이지. 그런데 우리한테 사흘이나 되는 시간이 있던가?"

"없죠."

그다지 수긍하는 빛은 아니지만 카셀은 고개를 끄덕였다.

"정지!"

로핀은 카셀을 저지하며 갑자기 수풀 밑으로 몸을 바짝 낮추었다. 다들 로핀을 따라서 몸을 구부렸다. 이번에도 팔짱 끼고 서 있을 줄 알았던 라이도 몸을 낮췄다.

로핀은 한동안 그대로 있었다. 숨었다기보다 맹수가 숲에 숨어 상황을 살피는 자세였다. 그리고 타냐와 카셀을 향해 여기 있으라고 명령하더니 혼자서 깜짝 놀랄 만한 속도로 달려갔다.

"왜 그러는 거죠?"

카셀이 속삭여 물었다. 타냐도 로핀의 돌발적인 행동에 의아해했다. 그가 뛰어나간 직후 칼을 부딪치는 금속성이 들렸다. 타냐와 카셀은 서로 시선을 교환하고 로핀의 뒤를 따라갔다.

카셀이 뒤를 돌아보며 외쳤다.

"라이, 시나비아 옆에 있어 줘."

라이는 대답하지 않았다.

풀밭이 끝나고 다시 평지가 나왔다. 로핀은 딱 그 경계선에서 혼자 칼을 들고 있었다.

"그 자리에서 기다리라고 했잖아."

로핀이 타박했다.

"뭔가 있었습니까?"

타냐가 물었다.

"프보에 레미프들. 내가 나타나자 달아나 버렸어. 생포하려고 욕심 부리다 그만 놓쳐 버렸다."

"몇이나 있었죠?"

"셋 정도. 아마 정찰하는 녀석들일 거다."

"이쪽 길도 감시당하고 있었던 겁니까?"

"우리 길을 역추적해서 따라왔나 보다. 서둘러야겠어."

수풀을 헤치고 라이와 판커틴이 시나비아를 데리고 따라왔다. 라이는 충실히 그들 옆에 있어 주었다. 타냐는 단순히 따라온 것에 불과하다고 생각했지만, 카셀은 활짝 웃으며 라이에게 고맙다고 말했다. 놀랍게도 라이는 고개를 까닥였다.

'라이가 정말 카셀의 부탁 비슷한 명령을 들어준 건가?'

저 정도로 따르기 시작하면 오히려 위험한 건 카셀 쪽이었다.

'약속을 못 들어줬을 때는 어쩌려는 거죠, 카셀? 당신이 아무리 큰 그릇이라도 담을 수 없는 게 있는 법입니다.'

타냐는 속마음을 말하지 않고, 더욱 신중하게 라이의 행동을 관찰하기로 했다.

제대로 된 길로 가는 게 아니라 걷는 속도는 더욱 더뎌졌고, 밤이 되었는데도 라든에 도착하지 못했다. 길을 잃은 게 아니냐는 말에 로핀은 미덥지 못하게 '그럴지도.'라고 대답했다.

"나디우렌의 증표를 가지고 있다면서 길을 잃은 건가요?"

카셀이 화를 냈다.

"증표고 지랄이고 이 정도 두터운 숲에서 길 찾는 게 쉬운 줄 아냐?"

로핀도 덩달아 화를 냈다. 타냐는 대강 로핀의 의도를 짐작했다. 그는 쉬운 길을 놔두고 일부러 어려운 길을 택하고 있었다. 프보에 레미프, 모즈, 카구아, 어떤 적에 의해서든 라든으로 가는 어지간한 길은 모두 차단되었다고 가정하고 전혀 다른 길을 찾아가다 보니, 로핀도 조금씩 혼동을 일으키는 것이었다. 하늘 산맥이 아니라, 평지에서 걸어도 그런 경우라면 길을 잃을 수 있었다. 이제 타냐도 방향을 잡기 어려웠고 시나비아나 판커틴도 여기는 모르는 곳이라고 말했다.

숲에 다시 어둠이 내려앉을 무렵, 로핀은 프보에 족의 시체를 발견했다. 거의 열 구가 넘었다. 로핀은 일행에게 정지 신호를 보내고 혼자서 숲으로 들어갔다. 타냐는 구슬의 빛을 최소한으로 줄이고 주변 상황을 주시했다.

죽은 프보에 레미프들의 긴 곱슬머리는 흙으로 범벅되어 있었다. 키는 인간 정도였고 손톱은 길었으며 귀는 위로 솟지 않고 아래로 늘어져 있었다. 고통스럽게 치켜뜬 하얀 눈자위가 어둠 속에서 빛을 내는 것 같았다.

'누구 짓이지? 카구아의 짓인가? 모든 프보에 레미프들이 카구아들 편에 있는 것은 아닐 테니까.'

곧 로핀이 돌아왔다.

"이건 레미프들 소행인데?"

아무래도 로핀도 타냐처럼 카구아의 소행이라고 생각했던 모양인지 의외의 존재에 대해 뒤통수를 긁적였다.

"내분이라도 일어난 건가? 베논의 발자국이 보이는 걸 보아 익셀런 놈들도 있었나 본데, 솔직히 뭐가 뭔지……."

"어떻게 하실 겁니까? 또 돌아가나요?"

타냐가 물었다.

"강행한다. 이제부터 라든까지는 얼마 남지도 않았고, 일직선 길이다. 적을 만날 걸 각오하고 직진하는 게 낫겠어."

그때 카셀이 손을 들었다.

"왜?"

"우리, 아침부터 아무것도 먹지 못했어요."

그건 카셀이 배고프다는 의미가 아니었다. 로핀이 뒤늦게 시나비아를 돌아보았다. 그녀는 지금까지 판커틴의 품에서 물만 조금 마신 게 다였다. 아무리 발을 안 쓴다지만 이 정도로 오래 매달려서 이동을 하면 지치기 마련이었다.

로핀도 타냐도 지나치게 적에게만 신경을 쓰다 보니 정작 일행의 몸 상태는 신경 쓰지 못했다. 그 말을 듣고 나니 타냐도 심한 허기가 느껴졌다.

"그럼…… 조금만 더 가서 뭘 먹도록 하지."

프보에들의 시체가 있는 곳에서 반 시간을 더 이동한 후에 일행은 멈춰서 배낭에 넣어 둔 음식을 나누어 먹었다. 움직일 때는 몰랐지만 막상 앉아서 쉬게 되니, 뒤늦은 피로가 찾아왔다. 다들 아무 말도 못했다. 라이는 원래 별말을 안 하던 레미프라 체력이 고갈된 건지 아닌지 알 수 없었지만.

카셀은 물을 한 모금 넘기기도 힘들어하면서 물었다.

"타냐. 새나디엘 폐하께서는 어째서 루티아의 원군으로 저와 제이메르 두 사람만 보내신 걸까요?"

"마음에 걸리는 일이라도 있습니까?"

짐작되는 바는 많았으나, 카셀이 궁금해하는 게 무엇인지 확실히 알고 싶어서 되물었다.

"폐하께서는 아란티아에 일어난 모든 일을 다 알 수 있다고 하셨습니다. 그러니 하늘 산맥의 심각성도 어느 정도 짐작하지 않을까요? 루티아의 위험. 모즈의 출현. 카구아. 드래곤의 죽음……."

카셀은 고개를 갸웃거리며 말을 이었다.

"아란티아와 루티아의 동맹 관계를 떠나, 상황이 이 정도라는 걸 아셨다면 루티아를 돕기 위해 울프 기사단 전부를 보냈어야 했어요. 어째서 루티아에 겨우 저라는 작은 존재를 보내는 걸로 동맹의 의무를 다하려 하셨던 걸까요?"

"폐하께서는 카셀을 결코 작은 존재로 보지 않으셨을 겁니다."

타냐는 위로하려 했으나, 카셀은 손을 저었다.

"아니요, 그런 의미가 아니에요. 저는 하늘 산맥의 위기가 루티아의 위기와 직결되어 있다고 생각했습니다. 드래곤의 죽음 역시 루티아의 위험과 연결되어 있을 것 같아요. 라든이 아니고요!"

"논틸은 라든의 신입니다만? 그리고 그런 식으로 따지면 로핀은 항상 루티아와 라든을 같은 선상에 놓고 말씀하셨습니다."

"그런데 저는 그게 아닌 것 같아요."

"……글쎄요, 무슨 말인지 저는 잘 이해가 안 되는군요."

"모즈들이 어디서 왔는지, 또 카구아가 어디에서 왔는지는 모르지만, 둘은 프보에와 같이 움직인다고 했습니다. 그런데 프보에는 동쪽에서 왔어요. 그럼 모즈들도 동쪽에서 왔다고 가정해도 될까요? 그럼 모즈들은 왜 더 동쪽에 있는 라든을 내버려 두고 루티아를 먼저 공격하고 있는 거죠?"

"라든도 지금 위협받고 있잖습니까?"

"마스터 데다인의 말에 따르면 루티아는 아예 요새가 무너졌다고 했어요. 거기에 비하면 라든은 서로 경계하는 정도에 불과하지 않습니까?"

옆에서 마른 나무뿌리 같은 음식을 질겅질겅 씹고 있던 로핀이 손가락을 튕겼다. 그의 입술이 한쪽으로 치켜 올라갔다.

"그래! 내가 원하는 네 식대로의 사고 과정이 그런 거였다. 맞아, 모즈들!"

뒤이어 로핀은 지쳐 늘어진 채로 숨을 고르고 있는 시나비아에게 말했다.

"모즈들은 지금까지 라든 자체를 공격한 적이 없어. 항상 '우연히' 만나 우연한 전투를 치렀지. 기억나나, 시나비아? 당신의 힘으로 모두의 과거를 들여다보시오. 모즈들이 싸움을 일으켰던 전투 전부를!"

"정상적인 의식도 없이 과거를 훔쳐볼 능력은 못됩니다. 하지만 판커틴의 기억에서……."

시나비아는 고개를 갸웃하다가 크게 숨을 들이켰다.

"전투…… 전투의 위치. 아…… 모즈들은 항상 우리들과 이동 중에 만났습니다. 심지어 워낙 대규모 이동을 하고 있어서 판커틴이 기습하려다 포기한 적도 있었습니다. 그러나 그 이동 중인 모즈들은 라든을 공격하지 않았죠. 우리는 우리를 신경 쓰느라 그 이동이 어디를 향하고 있는지 염두에 두지 않았어요. 그저 라든이 무사한 것에 안도하기만 했죠."

로핀이 레미프 언어로 판커틴에게 물었다.

"제일 최근 모즈들의 대규모 이동이 있었던 시기가 언제인가?"

"열흘쯤 전."

"숫자는?"

"약 천에서 천오백 사이."

"방향은?"

"서쪽."

로핀은 타냐를 바라보며 말했다.

"라든에서 서쪽 방향에 있는 건 루티아야. 모즈들이 우리를 공격한 건 '우연히' 벌어진 일이었어! 놈들의 목표는 루티아다."

로핀은 왜 이제야 그걸 알았지, 라고 중얼거리면서 머리를 감싸 쥐었다.

"카셀의 말이 맞아. 처음부터 하늘 산맥 전체를 노리고 벌이는 짓이라면, 즈비 레미프들의 가장 커다란 나라 중 하나인 라든을 먼저 친 후에 루티아를 공격했어야 했어. 그런데 라든은 내버려 두고 손실이 없는 병력을 최대한 루티아에 집중시키고 있는 거다."

타냐는 가슴이 철렁 내려앉았다. 레미프들을 돕는 길이 루티아를 돕는 길이라고 여기고 여태까지 시나비아를 보조했다. 그런데 로핀과 카셀은 지금 그게 아니라고 말하고 있었다.

'우린 제이메르, 데다인과 떨어진 지 이틀이나 지났어. 이틀! 모즈들

천오백 마리가 루티아에 도달하고도 남을 시간이야. 루티아에는 지금 무슨 일이 일어나고 있는 걸까? 그 엄청난 숫자의 모즈들, 그것도 마법이 통하지 않는 괴물 대군들이 루티아로 가고 있었다니.'

로핀은 잠시 머릿속으로 다른 부분을 정리하더니 고개를 설레설레 저었다.

"아아, 새나디엘. 폐하의 통찰력에 고개를 숙이나이다."

남의 걱정도 모르고, 로핀은 큰 소리로 웃음을 터트렸다.

"폐하께서 루티아에 울프 기사단 전부를 원군으로 보내지 않은 이유가 그거였어. 원군 출병을 카셀 하나만 허락한 것 자체에 해답이 있었다."

타냐도 뭔가 떠오를 듯 말 듯 했다.

"아란티아를 지킬 병력을 놔두었다는 뜻입니까? 그래도 대전제는 변하지 않았습니다. 모즈들의 목적이 루티아 하나라면 그다음 타깃은 당연히 아란티아입니다. 그럼 새나디엘 폐하께서는 루티아를 도와야지요. 그게 아란티아를 보호하는 길이 아닙니까?"

"이제야 마법사의 통찰력을 발휘하는군. 하지만 모자라."

로핀은 주먹을 꽉 쥐고 말을 이었다.

"살아 있는 어떤 마법사도 아란티아의 여왕 앞에서는 힘을 쓰지 못한다. 살아 있는 어떤 군대도 아란티아 안에서는 울프 기사단을 꺾을 수 없다. 그런 울프 기사단이 아란티아를 떠나면, 적은 루티아를 공격하던 병력을 고스란히 아란티아로 되돌리면 그만이다."

"그렇게 자국의 안위만 걱정하다가 동맹인 루티아가 함락되면요?"

"거꾸로 생각해 봐. 적이 루티아를 함락시킬 수 있는 충분한 힘이 있는데도 함락시키지 않고 기다리고 있는 거라면? 내가 모즈들을 이끄는 장수라면 루티아를 위험 직전까지 몰아붙이기는 해도 완전히 무너뜨리지는 않을 거야. 루티아가 아란티아에 원군을 요청하여 울프 기사단을 끌어낼 때까지!"

타냐는 여왕이 그런 것까지 내다보고 있을 거라고는 믿어지지 않았다.

"적의 목표는 처음부터 루티아가 아니라 아란티아였다? 그럼 마스터 데다인이 원군을 데리러 아란티아로 외교를 나선 것조차 적의 작전이라는 말입니까?"

"데다인 본인인지 데다인을 아란티아로 보낸 자인지는 모르지만…… 그자가 루티아의 배신자다. 그자가 루티아를 볼모로 잡고 아란티아를 무너뜨리려고 하는 구아닐의 연합 세력이다."

타냐는 그랜드 마스터 러스킨이 떠올랐다가 황급히 지웠다. 루티아와 목숨을 함께하실 분이 그런 짓을 할 리가 없었다.

"그럼 여왕님은 왜 저를…… 루티아의 원군으로 보내신 걸까요?"

카셀이 신음하며 물었다. 아란티아를 보호하기 위해 울프 기사단을 보내지 않았다. 그러나 카셀은 내보냈다. 타냐는 그가 왜 실망하는 빛을 보이는지 금방 짐작했다. 로핀도 대답에 신중을 기했다.

"그건……, 적을 혼동시킬 작전이었거나 뭐, 다른 깊은 뜻이 계셨겠지."

카셀은 씁쓸히 중얼거렸다.

"생각해 보니 저도, 제이메르도 원래 울프 기사단이 아닌 외부인이었군요."

"지금 무슨 생각하는지 알고 있습니다, 카셀. 제가 단언컨대, 그렇지 않아요!"

타냐는 로핀을 쏘아봐 주고 말을 이었다.

"함부로 새나디엘 여왕 폐하의 뜻을 흐리지 마십시오. 폐하께서는 분명 카셀 당신을 움직여 더 큰 뭔가를 하고 싶었던 겁니다. 화이트 게이트의 기적을 당신 스스로 우연이라고 낮춰 말하면, 그걸 높이 평가한 다른 사람들을 무시하는 처사가 됩니다. 저까지도요. 그러니 함부로 겸손의 미덕을 보이지 마십시오."

카셀은 눈을 동그랗게 뜨고 멍청하게 고개만 끄덕였다. 로핀은 웃으며 한 손을 내저었다.

"이거 나를 호통치는 소리로 들리는군."

"당신은 항상 눈치가 빨라서 곤란했지만 이럴 때는 편리해서 좋군요. 이렇게 돌려 말해도 알아서 해석해 주시니!"

타냐의 강한 어조에, 로핀은 사과했다.

"말이 헛나온 거라고 생각해 주시게, 마스터 타냐. 난 절대 카셀을 무시하고 있지 않아."

카셀도 겨우 굳은 표정을 풀고 말했다.

"고마워요, 타냐. 저도 모르게 비관적으로 생각하고 말았는데, 타냐 덕분에 괜찮아졌어요."

"정말 괜찮은 겁니까?"

"괜찮아요."

"다시는 그런 말 하지 마십시오."

"네, 안 할게요."

"그럼 이제 루티아의 위기를 구하기 위해 할 일을 의논해 보지요. 안 그래도 복잡한 상황을 괜히 더 복잡하게 만들지 말고요."

타냐는 윽박지르듯 말을 마무리했다.

'또 못된 버릇이 나오고 말았어. 주눅 들지 말라고 말로 주눅 들게 만드는 꼴이라니.'

타냐가 후회하려는 순간 카셀이 말했다.

"저는 아직도 레미프들을 도와야 루티아를 구할 수 있다고 생각합니다. 함정이다 어쩐다 하지만 결국 루티아는 레미프에게도, 인간에게도 중요한 마법의 도시입니다."

타냐는 안도했다. 카셀은 이런 일로 주눅 든다고 할 말을 못 하지 않았다.

"모즈들이 루티아를 공격하고 아란티아를 겨냥한다지만, 그 과정에서 라든이 무사할 리가 없으니까요!"

뒤에서 시나비아가 힘없이 말을 꺼냈다.

"원군 문제라면 제가 홉트께 강력하게 제안하겠습니다. 당신들은 우리의 일을 전력을 다해 도우셨어요. 그러니 원군이라면 우리도 당연히……."

타냐는 희망을 품고 그녀의 뒷말을 기다렸으나 카셀이 저지했다.

"아니, 약속은 아직 지키지 못했습니다. 모즈들의 위협을 제하고라도 구아닐과 카구아가 남아 있습니다. 라든을 지키려면 드래곤의 힘이 필요합니다. 보십시오. 신탁에 나타난 누구도 아직 이탈되지 않았잖아요."

카셀은 모두를 한 번씩 돌아보았다. 어느새 라이와 판커틴을 포함한 모두가 넓게 원을 만들었고 그 중앙에 카셀이 서 있었다. 카셀은 말을 이어 갔다.

"우리에게는 아직 할 일이 있고 그 일은 드래곤을 깨우는 일입니다. 그 일이 끝나 라든의 안전이 보장되어야 당신들은 루티아를 도울 수 있습니다. 라든을 버리고 루티아를 도울 생각이십니까, 시나비아? 아란티아의 홉트께서 하지 않았던 실수를 당신이 저질러선 안 됩니다."

시나비아가 천천히 고개를 끄덕이며 말했다.

"그렇군요. 그러나 드래곤을 깨우기 위한 의식을 다시 시작하려면 많은 시간이 걸립니다. 우리는 우리의 신을 잃었습니다. 다른 나라의 드래곤을 깨우려면 그 나라의 무녀를 만나야 하고 또 기나긴 협상을 해야 합니다. 의식을 길게 끌길 좋아하는 레미프들의 천성을 모두 무시하고 가장 필요한 절차만 밟아 즉각 드래곤을 깨운다 해도 5일에서 7일 정도 걸린답니다. 타냐의 도시가 그때까지 버텨 줄까요?"

타냐는 눈을 감았다. 화이트비가 밝게 빛나는 탑이 눈에 아른거렸다.

"방법이 없는 건 아니야."

로핀이 심각한 목소리로 말을 이었다.

"분명 '레'나 '카'의 칭호를 가진 드래곤과 칭호가 없는 드래곤은 각 나라와 부족에 연관되어 있지. 그러나 '카'와 '레'를 모두 관리하는 중립인, '사'의 칭호를 가진 드래곤은 소속이 없지 않나? 드래곤들의 하이로드 말이다."

"일리 있군요."

시나비아도 그 말에 깊이 고민했다. 카셀과 타냐는 희망을 품고 대답을 기다렸으나, 그녀는 고개를 저었다.

"그분들은 레미프들의 세계에서 '스스로 존재하는 자'로 불립니다.

자기 의지로만 움직이며 자기 의지로 기더를 조종하십니다. '사'의 칭
호를 가진 드래곤은 전 대륙에서 세 분밖에 없으며 그나마도 한 분은
이름조차 밝혀지지 않았습니다."

시나비아는 그 이름을 말하길 주저했지만, 결국 말했다.

"사-나딜, 그리고 사-크나딜. 그 두 분 역시 이름만 알려져 있을
뿐, 어디 있는지 아무도 모릅니다. 그곳을 아는 레미프들은 극히 일부
이며 아는 이들은 절대 입 밖에 내지 않습니다. 그리고 우리는 절대 묻
지 않습니다."

"후딘틴은?"

"모르십니다."

시나비아는 또 고개를 저었고 로핀은 서성대다가 자리에 앉았다. 왼
쪽 소매가 늘어진 게 유난히 기운 없어 보였다.

"레미프들도 모르면, 적들도 모르니 안전하긴 하겠군. 다른 방법을
생각하자고. 늦었다고 생각할 때는 아직 늦은 게 아니야. 정말 늦은 거
면 늦었다는 생각이 드는 게 아니라 끝장이라는 생각이 들거든. 하지만
지금은 끝장났다는 기분은 아니야."

"다른 종족에게는 죄를 짓겠지만 절차를 완전히 생략하고 성지 안으
로 바로 찾아가 보면 어떨까요?"

카셀이 물었다.

"내가 안다."

라이가 끼어들어 말했지만 너무 작아서 타냐밖에 듣지 못했다. 시나
비아가 카셀의 질문에 대답했다.

"무리입니다. 드래곤들은 자기를 모시는 무녀의 말이 아니면 듣지

못해요. 아까도 말씀드렸다시피 사의 칭호를 가진 분들만 모든 무녀들의 말에 응하십니다."

카셀이 뭐라고 더 말하려다 멈췄다. 시나비아가 힘들어하고 땀을 많이 흘리고 있어서였다. 로핀이 가서 살펴보니 모즈에게 물어뜯긴 다리가 지혈되지 않아 또 피가 흐르고 있었다.

"이거 위험하군. 서둘러 제대로 된 치료를 받지 않으면 위험해."

타냐가 다가가 다시 한 번 마법으로 지혈을 해 주었으나 그 이상의 치료는 무리였다. 물린 자리가 보라색으로 물들었고 뜯긴 살갗이 썩기 시작하고 있었다.

타냐가 레미프어로 물었다.

"모즈의 독이군요. 레미프는 괜찮은 거 아니었나요?"

"전 몸이 약해서 그럴 거예요."

"치료할 방법이 있나요?"

"지금은 없습니다. 라든에 가야 있어요."

"혹시 내가 찾을 수 있을지 모르니, 약초 이름이나 불러봐."

로핀이 말했다. 시나비아가 힘겹게 치료법에 대해 얘기하고 로핀이 근처에 그런 약초가 있는지 바쁘게 찾을 때 카셀이 문득 생각난 듯 라이에게 말했다.

"그런데 라이 너, 방금 뭐라고 하지 않았나?"

"내가 안다…… 고 했다."

"뭐를?"

"사의 칭호를 가진 드래곤."

모두가 머리를 한 대 맞은 것처럼 놀라 침묵했다. 로핀이 괴이한 표

정으로 계속 라이를 쳐다보면서 판커틴에게 뜯어 온 약초를 건넸다. 타
냐도 하던 대화를 멈췄다.

판커틴만 바쁘게 약초를 빻아 시나비아의 붕대를 갈았다. 붕대를 새
로 감는 고통을 참으며 시나비아가 레미프어로 물었다.

"당신이 어떻게 아나요, 라이?"

"봤다."

라이는 언젠가 길 가다 다람쥐를 봤다는 것처럼 감흥 없이 대꾸했다.

"그게 '사'의 칭호를 가진 분이라는 걸 어떻게 아셨지요?"

시나비아는 의심스러운 말투로 물었다. 라이가 거짓말을 할 리는 없
으니, 시나비아가 보이는 감정을 의심이라고 할 수는 없었다. 그런데
도 타냐의 눈에는 시나비아의 표정이 의심을 넘은 복잡한 감정을 드러
내는 것으로 보였다.

"그분과 이야기를 나누었다. 나의 기더는 전투에 있다고 알려 주셨
다. 싸움을 하며 생명을 이어 가고 싸움으로 생명을 마감할 것이라고
일러 주셨다. 내가 처음에 인사를 올리자, 그분은 내 이름이 뭐냐고 물
었고 그분도 자신의 이름을 밝혔다. 그때 그 이름은 분명 '사'로 시작했
다. 나머지 이름은 잊었다."

타냐는 라이의 말을 모두 카셀에게 통역해 주었다. 그는 시나비아보
다 한참 뒤에 놀라며 물었다.

"그럼 지금 그분은 어디 계셔?"

라이는 즉시 인간의 언어로 바꾸어 말했다.

"자세한, 위치, 모른다. 그러나, 멀지 않다."

"여기는 논틸의 영역입니다. 하이로드께서 여기 계실 이유가 없어요."

시나비아도 인간의 언어로 말했다.

"이유, 모른다. 하지만, 있다."

당연하겠지만, 라이의 표정에는 거짓이라고는 담겨 있지 않았다. 여전히 시나비아는 찌푸린 얼굴이었다. 그제야 타냐는 시나비아가 보이는 감정의 정체를 알았다. 그녀는 지금 라이를 질투하고 있었다.

로핀은 입을 굳게 다물며 생각에 잠겼다가 갑자기 칼을 뽑았다.

"우리가 한자리에 너무 오래 있었나 보군."

판커틴도 당장 칼을 들고 섰고, 타냐는 구슬의 불을 밝혔다. 포위당해 있었다. 바닥에 쌓인 나뭇잎 밟는 발소리가 사방에 가득했다.

"타냐, 가능하다면 늑대로 변해서 싸워라. 나무가 너무 많아 마법을 쓰면 우리 쪽도 위험하다."

타냐는 지체 없이 늑대로 변해 카셀의 옆에 붙었다. 그때 어둠 속에서 수군대는 소리가 들렸다.

"라두 워그?"

"라두 워그."

뭔가 눈치챈 로핀이 공격을 준비하는 타냐를 말렸다. 판커틴도 칼을 내리고 소리쳤다.

"워 아이부 레미프 오그 라든."

'우리는 라든의 레미프다.'

그러자 반대쪽에서도 대답이 돌아왔다.

"워 아이부 레미프 오그 만디르."

'우리는 만디르의 레미프다.'

판커틴이 물었다.

"퍼거스나이?"

"판커틴!"

어둠 속에서 잘 빠진 마른 체형에, 짧은 금발을 가진 레미프 남자가 걸어 나왔다. 판커틴은 그를 보고 힘껏 끌어안았다. 시나비아도 겨우 안도하며 모두에게 설명했다.

"퍼거스나이, 동쪽의 도시 만디르를 지키는 대장이에요. 우리의 동맹이죠."

Chapter 23

타냐의 선택

이대로 싸웠다면 절대 이기지 못했을 엄청난 숫자의 레미프들이 타냐 일행을 에워싸고 있었다. 일부는 베논을 타고 있었고 창과 활, 칼로 완벽하게 무장한 모습이 인간의 기사단 못지않았다. 숫자는 많았으나 잘 통제되어 조용했다. 가끔 베논이 고개를 털며 숨을 토해 내는 소리가 다였다.

퍼거스나이의 발음은 웅얼웅얼 부정확해서 알아듣기가 힘들었다. 겨우 레미프어에 익숙해졌으나 퍼거스나이의 대화를 제대로 알아들으려면 타냐도 로핀의 통역이 필요했다.

"기더가 이끄는 대로 왔더니 자네를 만나게 되었군, 판커틴. 소리도 없이 몰래몰래 오기에, 우리는 프보에 놈들인 줄 알았다."

"아까 발견한 시체는 자네들이 한 짓이었군."

"어제 아침부터 다섯 군데의 매복 부대를 쓸어버렸다. 카구아가 이

끄는 모즈 놈들이 약간 버거웠지만, 우리의 상대는 아니었지! 지휘관
인 카구아는 달아났고 모즈들은 전멸시켰다.”

퍼거스나이는 자랑스러워하며 말했다. 살생을 꺼리는 레미프 특유
의 우유부단함은 보이지 않았다.

“정말 많이 모았군.”

이 정도 부대가 범상치 않은 규모라는 것은 판커틴의 반응을 보면
알 수 있었다. 퍼거스나이는 로핀의 눈치를 보면서 말했다.

“사실 아주 위험했다. 어둠 속이었던 데다가 너희들 쪽에 우그가 같
이 있어서 무조건 공격하려고 했거든. 하지만 늑대가 있어서 놀라 멈췄
다. 우리의 신탁에서는 기더가 이끄는 곳의 끝에 하얀 늑대가 있다고
나왔지. 우리는 그게 상징적인 의미인 줄 알았거든.”

퍼거스나이는 인간으로 돌아가 있는 타냐를 턱으로 가리켰다.

“라든의 신탁에서도 ‘하얀 늑대’의 언급이 있었다. 만디르 쪽에서는
하얀 늑대를 어떻게 해석했나?”

판커틴이 물었다.

“신탁 전 얘기부터 하면 좋겠군. 우리는 두 달쯤 전 카구아의 공격을
받았다. 놈들은 프보에 족과 연합을 해서 엄청난 피해를 입히고 서쪽
으로 사라져 버렸지. 우리는 이 일과 관련해서 짧은 회의를 거친 후 ‘퀴
니’를 부르기로 결정했다.”

로핀은 통역 후 퀴니란, 레-퀴니-만디르라는 드래곤을 뜻한다고
가르쳐 주었다.

“퀴니는 아직 힘을 회복하지 못해 카-구아닐과 싸울 수는 없으나,
적어도 마을을 지켜 주겠다고 하셨다. 그리고 우리에게는 서쪽의 나라

를 도우라는 신탁을 내렸다. 우리의 서쪽이란 게 라든밖에 더 있나? 퀴니의 말씀은 틀림없었어. 여기에는 모즈를 이끄는 카구아도 있었고 프보에 족들도 너희들을 노리고 있더군. 심지어 우리는 구아닐과 조우하기까지 했다."

"카―구아닐? 어찌 되었나?"

"우리가 먼저 민첩하게 대응했지. 구아닐도 우리와 싸우고 싶지는 않았는지 물러났다. 그런데 프보에 족이 왜 논틸의 영역에 이리 깊숙이 침투해 있는 건가?"

"침투한 정도가 아니다……. 논틸께서 살해당했다."

퍼거스나이는 유감의 뜻조차 표하지 못하고 신음했다. 그는 다시 이야기를 시작했다.

"어쨌든 신탁의 끝에는 하얀 늑대가 있을 것이니 그 뜻에 따르라고 하셨다. 정말 늑대가 나타나다니, 아직도 놀란 가슴이 진정되지 않는군."

퍼거스나이는 어색하게 웃었다. 그러나 판커틴은 웃지 않고 타냐와 카셀을 돌아보았다.

"퀴니의 신탁대로라면 어쩌면 너희들이 도와야 할 서쪽의 도시는 라든이 아닐지도 모른다."

"무슨 뜻인가? 우리보다 서쪽에 있는 나라는 라든뿐이다."

"하얀 늑대의 뜻을 따르라고 했던가? 너희들은 잘못 알고 있다. 하얀 늑대는 저 여자 우그가 아니라 남자 우그다."

판커틴은 카셀을 가리키며 말을 이었다.

"그리고 퀴니의 신탁에 나오는 서쪽의 나라는 라든이 아니라 루티아다."

"드래곤께서 우그의 도시를 도우라고 하셨을 리 없다!"

퍼거스나이가 믿지 못하는 모습을 보이자, 시나비아가 나섰다.

"그럼 우리와 같이 라든에 돌아가서 후딘틴의 말씀을 들어보시지요. 아마 같은 뜻으로 해석하실 겁니다."

시나비아는 감은 눈으로 로핀, 카셀, 타냐를 향해 정감 어린 미소를 보였다. 발목이 많이 아플 텐데도 말을 하는 동안 고통스러운 기미를 조금도 드러내지 않았다.

"긴 시간 갇혀 지낸 저에게 여러분의 모험 이야기는 선물과도 같았습니다. 계속 그 모험의 일부가 되고 싶지만 저에게는 저의 할 일이 있겠죠. 그전에 마지막으로 세 분이 카-구아닐의 흔적을 쫓는데, 한 가지 잊고 있는 단서를 더해 드리고 싶습니다. 우리가 동맹을 맺어야 하는 가장 큰 이유는 카-구아닐이 적이라서가 아닙니다. 더 큰 적이 있습니다."

로핀은 시나비아가 뭘 말하려는 건지 알고 즉시 고개를 끄덕였고, 타냐도 한 박자 늦게 알았다. 시나비아는 계속 말했다.

"죽지 않는 자들의 군주. 오파이의 기억 속에서 그자는 론타몬의 홉트를 이용해 전쟁을 일으켰고, 가넬로크까지 정벌한 후 카구아라는 이름을 빌려 활동하는 우그의 기사들을 뒤에서 조종하여 드래곤을 살해하고 있습니다."

시나비아는 로핀에 이어 카셀과 타냐에게 차례로 시선을 돌리며 말을 이었다.

"카셀의 기억 속에서 그자는 아직도 종교와 정치를 이용해 사악한 영향력을 발휘하고 있었습니다. 타냐의 기억 속에서 그자는 아란티아의 골드 게이트를 넘었습니다. 그리고 제 기억을 말씀드리겠습니다. 하늘 산맥으로 들어오는 정상적인 입구는 대륙 전체에서 한 군데밖에 없습니다. 아란티아. 그곳은 여신 나디우렌께서 허락하신 하늘 산맥의 유일한 입구입니다. 죽지 않는 자들의 군주가 노리는 곳은 그 입구입니다."

천 년 전 전쟁에서 무너뜨리지 못한 레드 게이트는 10년 전 익셀런 기사단이 무너뜨렸고, 골드 게이트는 부활한 웰치가 무너뜨렸고, 이제 화이트 게이트 차례라고 회색 로브의 마법사는 말했다. 그리고 나디움은 '스카이 게이트'라는 이름으로 불리기도 한다. 하늘 산맥의 입구, 하늘문!

"하나로 좁혀졌군. 하늘 산맥에 있는 적도, 아크랜드에 있는 적도, 목표는 나디움이다. 죽지 않는 자들의 군주는 그걸 위해 카-구아닐과 연합한 거였고."

로핀이 중얼거렸다.

시나비아는 고요한 목소리로 말했다.

"나와 판커틴은 퍼거스나이와 함께 라든으로 돌아가겠습니다. 그리고 아란티아라는 방패가 무너지면 우리의 힘으로는 절대 막을 수 없는 사악한 힘에 노출되어 결국 라든도 멸망한다는 뜻을 후딘틴에게 보이겠어요. 그는 절대 제 의견을 거절하지 못할 것입니다."

시나비아의 목소리는 숲을 따라 점점 크게 울렸다.

"카셀, 당신은 스스로 약속을 했습니다. 그 약속대로 당신이 해 줄 일은 하나밖에 없습니다. 라이와 함께 드래곤들의 하이로드께 이 사실을 알려 주세요. 우리의 힘으로 루티아를 구할 수 있을지 모르나, 퀴니의 힘만으로는 절대 구아닐을 막지 못할 겁니다. 프보에와 우그 기사들과의 연합을 막지도 못합니다. 우리에게는 더 큰 힘이 필요합니다. 그게 드래곤들의 하이로드입니다."

로핀이 손을 올렸다.

"물론 나도 같이 가겠다. 논틸이 살해된 이상 나도 시간을 낭비하고 싶지 않아."

시나비아는 감은 눈으로 고개를 끄덕이더니 라이에게 얼굴을 돌려 레미프어로 말했다.

"라이. 오파이와 함께 가 주실 수 있나요?"

"그분을 만나러 가는 길이라면 굳이 부탁하지 않아도 된다. 언제고 한번 돌아가고 싶었던 곳이니까."

이번에는 카셀에게 말했다.

"하얀 늑대여, 당신 역시 오파이와 함께 드래곤을 찾아가실 거지요?"

"가겠습니다."

카셀은 주저 없이 말했다.

시나비아는 마지막으로 타냐에게 얼굴을 돌렸다. 어째서인지 레미프어로 말했다.

"자, 당신은 어떻게 하실 겁니까? 우리와 함께 라든으로 돌아가시겠습니까? 라든과 만디르는 연합 전선을 구축하여 루티아로 원군을 떠나겠습니다. 당신이 이 연합군의 선두에 서 주면 후딘틴을 설득하기가 더 쉬울 겁니다."

타냐도 어색하게나마 레미프어로 말했다.

"신탁대로라면 저는 의무적으로 가야 하지 않습니까?"

"신탁을 내린 드래곤이 누구인지 알 수 없게 되었습니다. 논틸은 우리가 신탁을 받은 시점에 이미 죽어 있었으니까요. 그리고 보다시피 '드래곤을 깨우는 무녀'인 제가 빠지게 되었습니다. 이미 신탁대로 움직일 수 없게 되었는데 당신의 의지에 반하여 레미프들의 의식에 따를 필요는 없습니다."

타냐는 슬쩍 카셀을 돌아보았다. 그는 알아듣지도 못하는 대화를 뚫어지게 쳐다보고 있었다. 시나비아가 마지막으로 물었다.

"스스로의 뜻에 따라 움직여야 합니다, 타냐. 당신은 이미 레미프의 기더와 신탁에서 벗어나 버렸습니다. 오히려 당신의 선택으로 하늘 산맥의 기더가 결정될 겁니다. 어느 쪽으로 가시겠습니까?"

지금은 지도상에 이름조차 남아있지 않은 작은 나라. 타냐는 그 나라에서도 제일 작은 영지를 지키는 영주 크림로스 백작의 딸이었다. 아버지는 가문 대대로 내려오면서 불어난 빚을 감당하지 못했고 파산했다. 마지막까지 돕던 하인들도 월급을 주지 못해 내보내고 나니, 작은 저택에 남은 건 아버지와 병든 어머니, 네 살 위인 언니, 남동생, 그리고 타냐뿐이었다. 그래도 타냐는 나름대로 행복했다.

그러던 어느 날 저택으로 험상궂게 생긴 남자들이 찾아왔다. 타냐는 문 옆에 숨어 어른들의 대화를 엿들었다. 타냐는 아버지가 그렇게 화를 내는 모습은 처음 보았다.

"못 갚으면 이 땅이라도 내주겠소. 그러니 그딴 시답지 않은 소리는 집어치우시오."

"이 땅의 가치를 굉장히 높이 평가하는군, 크림로스 백작. 누가 당신 딸을 잡아먹는다고 했소? 여기보다 좋은 곳에서 살게 해 준다고 했지."

아직 열두 살인 타냐였지만 단 몇 마디 대화만으로 두 사람이 어떤 이야기를 하는지 이해했다. 타냐는 몰래 문틈으로 아버지를 협박하는 남자의 얼굴을 봐 두었다. 그의 이름은 대니얼 아치볼드였고 론타몬에서도 악명이 자자한 부자였다.

"당장 나가! 죽여 버리기 전에."

아버지는 칼을 뽑았다.

아치볼드는 두 손을 내밀고 물러났다.

"최종 채무 기한이 지나 오늘은 내가 직접 나타났소. 그리고 난 인자하게도 갚아야 할 빚에 비해 극히 작은 조건을 제시한 거요. 이 저택, 그리고 두 딸 중 한 명. 그게 다요. 누구로 할지만 정하시오. 내일 아침까지 시간을 주겠소, 백작."

아치볼드는 문을 나서며 타냐와 눈이 마주쳤다.

"네 이름이 타냐라고 했던가? 얘야, 내일부터 좋은 데 살게 해주겠다. 이런 거지 같은 집 말고."

타냐는 너무 무서워 주저앉고 말았다. 아버지가 뒤따라 나오며 딸을 진정시켜 주었다.

"걱정 마라, 타냐. 아무 일도 없을 거야."

그러나 아버지는 약속을 지키지 못했다. 아치볼드가 말한 그날 아침, 모든 것이 사라졌다.

아버지는 급한 채무를 위해 아치볼드의 돈을 끌어다 썼고, 그 돈은 지난 50년 동안 쌓인 빚보다 더 커다란 액수로 불어났다. 크림로스 가문의 인덕을 믿고, 또 어떻게든 갚으려고 노력하는 아버지의 모습을 믿어 준 다른 빚쟁이들과 달리, 아치볼드는 기다려 주지 않았다. 그는 처음부터 아버지의 영지와 마을에서 가장 아름답다고 소문난 타냐의 언니를 노리고 있었다.

타냐는 항상 언니를 보고 자랐다. 주변 사람들은 타냐가 언니 어렸을 때 모습과 꼭 닮았다며 크면 언니처럼 될 거라고 말했고, 타냐는 그것을 가장 큰 칭찬으로 받아들였다. 언니는 도도하면서도 자상하며 아름다우면서도 유쾌했다. 어린 나이에 벌써 주변 어른들의 고민을 들어주는 지혜로움을 보이기까지 했다.

이튿날 칼을 든 장정들이 저택으로 쳐들어왔다. 경비는커녕 하인도 없는 집 안을 누비며 그들은 닥치는 대로 부쉈다. 아버지는 저항하다가 죽었고 어머니는 아버지를 보호하다가 같이 칼에 찔렸다.

남동생은 누나를 지키기 위해 그 작은 손으로 칼을 들고 저항하다가 붙잡혀 벽에 묶였다. 언니는 타냐를 벽장 뒤 비밀 공간에 숨겨 두었다. 그리고 마지막으로 타냐에게 경고했다.

"타냐, 내다보면 안 돼. 아무것도 보지 마."

언니는 홀로 그 장정들에게 저항했다. 그러나 결국 팔을 묶이고 아치볼드에게 겁탈당했다. 벽장 뒤에서 타냐는 남자의 욕정에 눌려 죽어가는 언니의 마지막 모습을 바라보았다.

타냐는 입에서 터지는 비명을 손으로 꽉 누르고 흐느꼈다. 조금이라도 소리가 새면 아치볼드가 들을까 봐, 숨을 죽였다. 타냐는 보지 말라는 언니의 마지막 말을 지키지 못하고 언니의 비극을 눈에 새겼다. 수

십 개의 면도날이 몸속을 헤집는 기분이었다.

타냐는 배를 움켜쥐고 고꾸라졌다.

'타냐, 보지 마. 봐선 안 돼.'

그 와중에도 동생을 걱정하는 언니의 목소리가 머리를 울렸다.

오랫동안 두 사람은 서로의 생각을 읽곤 했다. 놀랄 테니 부모님께는 비밀로 하자고 약속했다. 접시를 깨뜨려 언니가 손가락에서 피를 흘릴 때 타냐도 똑같이 피를 흘렸다. 누구 하나가 감기에 걸리면 둘 다 침대에 누웠다.

두 자매는 생전 처음 겪는 고통을 동시에 경험하고 있었다.

'언니, 이렇게 아픈 거야? 이렇게 괴로운 거야? 안 돼. 이러지 마. 언니를 괴롭히지 마.'

어느 순간 아치볼드에게 깔려 있는 건 타냐가 되었다. 그는 정신이 혼미해 숨도 제대로 쉬지 못하는 타냐의 얼굴을 쓰다듬었다.

"예쁘구나. 좀 더 울어라. 여자는 울어야 제맛이지."

다른 장정들은 타냐를 찾기 위해 저택을 샅샅이 뒤졌다. 언니는 동생을 어제 미리 탈출시켰다고 거짓말했다. 아치볼드는 발로 배를 걷어차며 동생이 있는 곳을 말하라고 강요했고 언니는 다시 한 번 같은 거짓말을 했다.

"말했잖아요. 타냐는 여기 없어요. 나만 가지면 되잖아요. 당신이 원하는 대로 다 해줄게요. 타냐는 내버려 둬요."

그때 아치볼드의 말은 지금도 잊을 수가 없었다.

"멍청한 년. 내가 노린 건 네가 아니라 네 여동생이야. 지금은 어리지만 잘 키우면 세상에 둘도 없는 미인이 될 거야. 난 바로 그런 미녀를 내가 원할 때마다 가질 수 있는 행운아가 되는 거지. 내가 이 집 재산 때문에 돈을 빌려줬는지 알아? 네 애비가 돈을 못 갚을 거라는 건 알고 있었어! 다 네 여동생을 데려가려고 꾸민 거지!"

벽장문에 대고 있는 타냐의 손이 떨렸다.

'다 나 때문이었어? 이 모든 비극이 다?'

아치볼드는 다시 한 번 고함을 질렀다.

"타냐를 내놔!"

그러나 언니는 기습적으로 그의 뺨을 치고 침을 뱉었다. 아치볼드는 분을 참지 못하고 언니의 배에 칼을 꽂았다. 그리고 이내 후회했다.

"이 멍청한 년! 죽일 생각까지는 없었어. 난 너희 둘 다 필요했단 말이다!"

아치볼드는 몇 번이나 언니의 시신에 대고 욕을 내뱉더니, 저택에 불을 질렀다.

타냐는 벽장 뒤에 있는 비밀 계단을 달렸다. 슬픔을 감당하지 못한 소녀는 몇 번이나 우느라 달리기를 멈춰야 했다.

타냐가 비틀비틀 지하실을 통과해 밖으로 나왔을 때는 이미 불에 탄 저택이 반이나 무너진 후였다. 타냐는 망연자실해 있다가 말을 타고 저택에서 나오는 아치볼드 일행을 발견하고 납작 엎드렸다.

"저 저택을 쓰실 거 아니었습니까? 아깝게⋯⋯."

부하들 중 하나가 말을 멈춰 세우고 물었다.

"더 큰 걸 짓는다. 멍청한 크림로스 백작은 이 땅의 가치가 얼마나 높은 줄 몰랐겠지만, 여길 론타몬 황제에게 바치면 사실상 이 나라 전체가 론타몬의 영역이 된다. 저택 한 채 정도는 하사품에 지나지 않게 되는 거지."

"그래서 일을 서두르셨군요."

"알아서 물러나 주길 바랐다간 황실 놈들에게 선수를 빼앗겼을 테니까."

뜨거운 피가 타냐의 허벅지를 타고 흐르고 있었다. 어리지만 총명한 소녀는 그게 무엇인지 알고 있었다. 4년 전 지금의 타냐와 같은 나이였던 언니가 그랬을 때 엄마는 언니의 몸에 일어난 작은 기적을 축하하며 많은 이야기를 해주었다. 그때 타냐도 같이 얘기를 들었다. 그러나 지금은 언니의 고통만 느껴졌다.

지금 타냐에게 그 피는 생명을 잉태할 기적이 아니었다. 언니가 손가락을 베였을 때 똑같이 피를 흘렸던 것처럼 언니의 고통을 의미하는 증거였다.

아치볼드 일당이 돌아가고 타냐는 홀로 불 꺼진 저택에 들어갔다. 그리고 죽은 어머니를 곁에 두고 잠들었다. 꿈속에서 타냐는 하늘을 날고 있었다. 잠에서 깨자 정말 그렇게 할 수 있을 것 같았다. 그녀는 가족들과 항상 같이 놀았던 절벽 근처 풀밭으로 갔다.

정신을 차리고 보니 절벽 끝에 서 있었고 타냐는 뛰어내렸다. 그리고 하늘을 날았다. 다시 정신을 차리고 보니 마법사를 만났다. 그는 루티아의 그랜드 마스터, 테일드였다. 타냐는 그가 자신의 목숨을 구해주었다고 생각하지 않았다. 그리고 테일드 역시 그렇게 생각하지 않았다. 타냐의 고통을 위로해 주지도 않았다. 그저 그녀를 데리고 몇 달 동안 대륙 이곳저곳을 떠돌아다니기만 했다.

타냐는 과거를 잊으려고 노력하지 않았다. 도리어 칼자국 난 자신의 얼굴을 거울로 보며 그날을 상기했다. 얼굴에 더 흉측하고 끔찍하게 상처를 내고 싶었다. 그래야 언니의 고통이 떠올라 쉽게 분노에 휩싸일 수 있기 때문이었다. 그럴 때면 칼날이 뱃속을 헤집는 것 같았다.

이로피스에서 가장 아름답다는 항구 마을에 도착한 날이었다. 타냐는 여관에서 나와 혼자 해안 절벽에 올라가 그날 그랬던 것처럼 낭떠러지에 섰다. 그러자 자고 있는 줄 알았던 테일드도 옆에 섰다.

타냐는 그가 한바탕 설교라도 할 줄 알았다. 하지만 그는 아무 말도 하지 않고 옆에 서 있기만 했다. 타냐가 자리에 앉자 테일드 역시 모닥불을 피우고 옆에 계속 앉아 있기만 했다. 중간에 잠깐 사라지나 했더니 뜨거운 수프를 가져오고 이불을 어깨에 덮어 주었다. 그렇게 밤을 지새우고, 해가 떴다.

밤새 말이 없던 테일드가 처음으로 입을 열었다.

"가자."

'어디로요.'라고 묻고 싶었다. 그러나 타냐는 질문 대신 손을 내밀었다. 테일드는 차가운 손으로 일으켜주었다.

"손이 차요."

"난 추운 건 질색이야. 요만큼도 못 참아."

"저도요."

"그럼 따뜻한 곳으로 가자."

어쩌면 테일드는 순수하게 따뜻한 여관으로 돌아가자는 뜻이었을지도 몰랐다. 하지만 타냐는 마음이 따뜻해지는 곳으로 간다고 믿고 싶었다. 그리고 그렇게 되었다.

타냐는 루티아로 갔다. 테일드가 봉인한 마법의 후유증으로 칼자국이 난 얼굴은 '다른 얼굴'로 변했다. 테일드는 안타까워했지만 타냐는 만족했다.

케인스윕에서 십 년 넘게 받아야 할 수업을 4년으로 끝내 버린 타냐는 이후에도 몇 단계의 수업을 건너뛰었다. 루더와 데다인도 물리적인 마법에 관해서는 타냐를 따를 수 없다고 고백할 정도였다. 모두 놀랐지만 타냐는 오직 테일드가 어떻게 봐 주는지만 궁금했다.

'칭찬해 줄 거야. 잘했다고. 훌륭하다고.'

그러나 칭찬을 듣기도 전에 테일드는 대륙 전쟁을 막기 위해 아란티아로 떠났다. 전쟁이 끝나면 금방 다시 만나게 될 줄 알았지만 그는 또 론타몬으로 떠났다. 그리고 실종되었다.

타냐는 루티아노를 거쳐 즉시 테일드를 찾아 론타몬을 방문했다. 그의 흔적은 없었다. 가족의 죽음만큼이나 테일드의 실종은 커다란 상실감을 안겨 주었다. 우연인지 아니면 무의식이 이끌었는지, 타냐는 어느 순간 아치볼드 백작의 저택 앞에 서 있었다.

'내가 왜 여길 왔지? 끔찍한 기억이 떠오르기 전에 달아나야 해.'

타냐는 마음과는 다르게 저택을 방문했다.

"루티아의 마스터께서 나를 찾아오시다니, 이렇게 기쁠 수가 없구려."

나이 든 아치볼드는 얼굴의 주름이 조금 는 것 외에는 거의 변한 게 없었다. 타냐보다 더 어린 아내는 목과 팔뚝에 난 멍 자국을 가리는 긴 옷을 입고 나와 내키지 않는 인사를 했고, 형식적으로 저녁 식사를 같이 했다.

식사가 끝날 무렵 타냐는 아치볼드의 아내에게 물었다.

"레이디 아치볼드. 묻고 싶은 게 있습니다. 당신의 신변은 루티아의 이름으로 지켜드리지요. 행복하십니까?"

아치볼드는 고기를 꽂아 입에 가져가던 포크를 소리 나게 내려놓았다.

탁!

아내는 타냐의 질문에 놀랐다가 포크 소리에 또 놀랐다. 그리고 겁에 질린 눈으로 타냐와 남편을 번갈아 보기만 했다. 대답은 그걸로 충분했다.

"제가 너무 가혹한 질문을 했다면 협박이라는 구실을 안겨드리지요. 이 저택을 나가지 않으면 당신도 휘말릴 겁니다. 저택을 떠난 이후에는 당신이 스스로 살 길을 찾으십시오. 친정으로 돌아가는 게 제일 좋겠군요."

"우리 집은 오래전에 내 남편이 없애버렸어요."

아내가 떨리는 목소리로 말했다.

"그럼 당신도 절벽에서 누군가 만나길 기대해야겠지. 당신 살 길은 내 알 바 아닙니다. 나가요."

타냐는 굼뜬 그녀의 동작을 기다려주지 못하고 소리 질렀다.

"당장 나가!"

아내는 허둥지둥 식탁에서 일어나 도망쳤다.

"이게 무슨 무례요? 루티아의 마스터라면 이런 짓을 해도 되는 거요?"

아치볼드가 조심스럽게 말을 꺼냈다. 타냐는 입을 다물었다. 끓어오르는 분노를 재울 길이 없었다.

'지금 이러면 안 돼. 복수는 더 처절하게 해야 돼. 이렇게 쉽게 끝내 버려서는 안 돼!'

그러나 타냐는 입을 열고 말았다.

"이 집을 유지하는 데 드는 비용은 여전히 남의 땅을 가로채서 메우나?"

아치볼드는 피식 웃으며 그제야 알겠다며 팔짱을 꼈다. 그는 손가락을 까닥이며 집사에게 신호했고 금방 경비병 스무 명이 식당 주위를 둘러쌌다. 그는 과하게 여유를 드러내며, 다시 포크를 집어 들었다.

"루티아에서 무슨 일로 마법사가 찾아왔나 했더니, 왕실이 고용한 첩자였나? 아니면, 어디 보자. 내 사업에 관심이 있어서 오셨나? 이 흉측한 마녀 같으니라고."

"흉측한 마녀…… 대니얼 아치볼드. 내가 예뻐서 내 아버지까지 죽인 주제에 이제 와서 날 더러 흉측하다고?"

타냐는 손을 내밀었다. 아치볼드의 손에 있던 포크가 허공에 떠서 그의 이마를 겨냥했다. 아치볼드는 입을 벌린 채 굳어 버렸다.

경비들이 창을 치켜들자 타냐는 크게 소리쳤다.

"무기를 버려라!"

마법을 실은 목소리가 식당 안을 쩌렁쩌렁 울렸다.

병사들은 놀라서 창을 내던지고 귀를 틀어막았다. 울림이 계속 증폭되더니, 식당을 둘러싸고 있는 유리 창문이 모조리 바깥쪽으로 깨졌다.

"되지도 않는 협박이다."

겁을 먹었으면서도 아치볼드는 기세 좋게 소리 질렀다.

"나는 론타몬의 백작이자 론타몬 왕실을 후원하는 권력자다. 나를 건드리고 무사할 성싶으냐?”

“원한다면 론타몬 제국군과의 전쟁도 불사하겠다. 루티아라는 조직이 아니라, 나 혼자서! 그러니 그 전쟁을 시작할 용기 있는 병사들은 언제든 나의 영역 안으로 들어와도 좋다. 살아 있는 채로 네 심장을 구경시켜 주겠다.”

타냐는 손가락을 옆으로 휙 그었다. 허공에 떠 있는 포크가 날아가 돌벽에 박혔다. 타냐는 자리에서 일어나며 스무 명이 앉을 수 있는 탁자를 한 손으로 잡아 옆으로 던졌다. 몇십 접시나 깔려 있는 진수성찬이 바닥에 와르르 떨어졌고 식탁은 벽에 부딪쳐 산산조각 났다.

“나는 루티아의 마스터 타냐가 아니라, 크림로스 백작의 딸 타냐 크림로스로 이 앞에 섰다. 아치볼드, 내 이름을 기억하느냐?”

처음에는 정말로 기억을 하지 못했다. 하지만 잠시 후 아치볼드는 뒤늦게 놀라 겁에 질렸다. 그 점이 더 화가 났다.

“그, 그 타냐라고? 그 일이라면…… 내 의도가 아니었고…….”

타냐의 목에 걸린 구슬이 허공에 떠오르며 환하게 빛을 냈다. 아치볼드 앞에 포크 크기의 얼음덩어리가 저절로 생겨났다. 그리고 급격하게 부풀어 올라 포크 크기에서 팔뚝 크기로, 다시 사람 크기만큼 커졌다. 뾰족한 얼음 끝이 그의 미간을 겨냥했다. 아치볼드는 달아나려고 했지만 이미 타냐는 그의 발목을 얼려 묶어 두었다.

타냐는 차갑게 말했다.

“아버지에게 그랬듯, 너에게도 ‘내일 아침’까지 선택할 시간을 주겠다, 백작.”

얼음송곳 끝이 방향을 수정하더니 아치볼드의 배를 뚫고 척추를 부러뜨리고 식당 바닥에 꽂혔다. 아치볼드는 비명을 질렀다.

병사들은 비명을 지르며 식당 밖으로 나가려고 했다. 타냐는 손을 내저었다. 문이 저절로 닫혔다. 식당 안의 기온이 끝도 없이 내려가며 병사들의 눈썹과 머리카락이 하얗게 얼어붙었다. 타냐는 그들을 돌아보며 말했다.

"몇몇 낯익은 얼굴이 있군. 지금은 대장 노릇을 하고 있나?"

젊은 병사들은 어찌할 바를 몰라 두려움에 떨뿐이었지만 나이 든 병사들은 기겁을 했다. 타냐는 하얀 입김을 내며 말했다.

"다 기억하고 있다. 너희가 저택에서 한 짓 전부 다. 손짓 한 번, 눈짓 한 번까지 다 기억하고 있다."

일부 병사들 앞에 긴 얼음 창이 만들어졌다. 그리고 그들 중 한 명이 '어?' 하는 짧은 외마디를 내지르는 순간 창이 입을 뚫고 뒤통수로 빠져나와 벽에 박혔다. 시체 한 구가 고급스러운 수채화 옆에 장식처럼 걸렸다.

"난 다 기억하고 있다."

다른 네 명의 병사들 앞에 있던 얼음 창이 똑같이 얼굴을 뚫고 벽에 꽂혔다.

"하나도 남김없이."

이번에는 자기들 차례라고 생각한 병사들은 벽에 찰싹 붙어 오들오들 떨고 있었다. 공포 때문인지 추위 때문인지 구별할 수도 없었다. 타냐는 아직도 살아 있는 아치볼드의 앞으로 다가갔다.

그는 비명 지를 힘도 없이 배에 박힌 얼음덩어리를 두 손에 쥐고 떨고 있었다.

"제, 제발······."

타냐는 그가 살려 달라는 말을 할 줄 알았다.

"주, 죽여주시오."

그는 눈물을 흘리며 애원했다.

"제발."

타냐는 무표정하게 그를 내려다보며 말했다.

"좀 더 울어. 그래야 제맛이지. 안 그래?"

아치볼드는 눈을 크게 떴다. 타냐는 계속 말했다.

"더 울어 봐. 난 지금 네가 언니보다 고통스러운지 알고 싶어."

아치볼드는 절망적으로 고개를 저었다.

"제, 제발······."

타냐는 보지도 않고 손을 뒤로 내저었다. 식당 문이 모두 열렸다. 그녀는 살아남은 병사들에게 소리쳤다.

"다 나가."

병사들은 얼어붙은 바닥에 몇 번이나 미끄러져 넘어지면서 달아났다. 타냐는 아치볼드에게 얼굴을 들이밀면서 말했다. 그녀의 눈동자에서는 진짜로 파란 불꽃이 타오르고 있었다.

"넌 불태웠지? 난 얼려 버리겠다! 넌 절대 쉽게 죽음을 맞이하지 못할 것이다!"

저택이 통째로 얼어붙어 무너져 내릴 때까지 타냐는 아치볼드를 죽이지 않았다. 그가 감각을 잃고 자신의 사지가 부서져 나가는 모습을 볼 때까지 내버려 두었다. 이상할 정도로 아무렇지도 않았다. 테일드는 이렇게 말한 적이 있었다. 복수를 끝내도 의외로 별 느낌 없을 거라고.

'그래도 복수를 하고 싶다면 그리 해라, 타냐. 넌 이기적이어도 된다. 넌 네 이기적 판단에 책임을 질 수 있는 아이니까. 그게 바로 루티아의 마스터가 할 일이다.'

'사람을 죽여도요?'

타냐의 질문에 테일드는 미소만 지을 뿐 대답해 주지 않았다. 뭔가 대단한 의미가 담긴 미소였을까? 아니. 그 역시 그 질문에는 대답하지 못해서였을 것이다. 타냐는 그 길로 다시 테일드를 찾는 여행을 시작하며 생각했다.

'이제 전 뭘 해야 하죠?'

타냐는 더 이상 테일드가 자신을 칭찬해 주길 바라지 않았다. 더 이상 해답을 기대하지도 않았다. 그녀는 아무것도 스스로 결정을 할 수가 없게 되었다.

타냐는 마침내 결심하고 시나비아에게 말했다.

"저는 루티아의 마스터입니다."

테일드는 항상 이기적이었다. 루티아의 운명과 대륙의 평화를 지키기 위한 행동도 의무감 때문이 아니라 하고 싶어서 한 일이었다.

"루티아를 구할 임무는 저에게 있어 무엇보다 우선이 되는 첫 번째입니다. 그러니 그곳을 구할 수 있는 최선의 방법대로 움직이겠습니다."

테일드의 편지 말미에 타냐의 감정으로는 이해할 수 없는 문구가 하나 있었다.

'만약 나에게 루티아와 아이린, 둘 중 하나를 선택하라고 한다면 나는 아이린을 선택할 거야.'

타냐는, '이런 닭살 돋는 말을 잘도 문장으로 펼쳐 놨군요.'라며 답장을 썼지만, 이제 테일드가 어떤 마음인지 알 것 같았다.

"저는 카셀과 같이 움직이겠습니다. 이 위기는 루티아뿐 아니라 아란티아, 크게 봐서 대륙 전체의 위기와 연관되어 있으니 그 힘을 이겨내려면 드래곤을 부르는 게 우선이겠죠."

카셀은 놀랐지만, 시나비아는 마치 그렇게 말할 줄 알고 있었다는 듯 웃어 보였다.

"당신의 기더가 그쪽을 향한다면 라든의 기더는 루티아로 향할 것입니다. 부디 몸조심하십시오. 기더가 우리를 다시 만남으로 이끌길."

시나비아와 판커틴은 퍼거스나이의 군대에 합류해 숲으로 사라졌다. 이제 남은 건 인간 셋과 레미프 하나가 되었다.

카셀은 멍청히 타냐를 바라보기만 했다. 아직도 타냐가 루티아가 아닌, 카셀을 택한 것을 믿지 못하는 표정이었다. 로핀이 헛기침을 한번 하자 뒤늦게 놀라며 카셀이 말했다.

"자, 그럼……, 라이. 네가 안다는 그 드래곤은 어디 있어?"

"동쪽."

라이는 지체 없이 대답했다.

로핀이 투덜대며 앞장섰다.

"엄청 찾아가기 쉬운 방향 지시구나. 이왕이면 하늘 산맥 어디쯤이라고 하지그래?"

라이가 로핀의 뒤를 따랐고 타냐와 카셀이 나란히 라이의 뒤를 따라 갔다. 카셀이 작은 목소리로 말했다.

"고마워요, 타냐."

타냐는 아직 카셀과의 모험에서 벗어나고 싶지 않았다. 루티아를 구할 수 있는 방법이란 건 변명에 불과한 것인지도 몰랐다. 즉, 이기적인 선택이었다.

'마스터, 이건 당신이 가르쳐 준 방식이에요. 괜찮죠?'

괜찮지 않다는 대답이 돌아와도 상관없었다. 이건 그녀의 선택이었다.

✦ Chapter 24 ✦
하푸

중간에 두 시간 정도 교대로 잔 것 빼고는, 타냐 일행은 거의 쉬지 않고 걸었다. 카셀은 죽은 듯 잠들었다가 다시 이동을 시작할 때는 불평 하나 없이 달렸다. 타냐는 아무래도 걱정되어 물었다.

"괜찮습니까? 화이트 게이트에서 전투가 있은 뒤부터 지금까지 한 번도 제대로 못 쉬었는데요."

"아, 어쩐지 피곤하더라니……."

카셀은 웃으며 손을 저었다.

"하지만 버틸만해요. 농번기 때 아버지께 끌려다닌 것에 비하면야! 그러는 타냐는 괜찮아요? 못 쉰 걸로 치면 저와 같은데요."

"저는 괜찮습니다."

"그럼 저도 괜찮아요."

타냐는 사실 카셀의 정신적인 피로를 걱정하고 있었다. 보통 사람이 평생 걸려도 한 번 겪을까 말까 한 일을 요 며칠 사이에 얼마나 많이 당했는가? 더구나 카셀은 한 달 전 카모르트에서도 생사를 오고 가는 위험을 경험했다. 아무리 정신력이 뛰어난 사람도 버틸 수 있는 한계라는 게 있는 법이었다. 하지만 로핀은 걸음을 늦추지 않았고 카셀은 그를 멈춰 세우지 않았다. 타냐도 더 말하지 않았다.

새벽이 다가올 무렵, 라이가 말했다.

"길을 모르겠다."

"야, 인마! 너 하나 믿고 여기까지 온 건 아냐? 어? 알고 하는 소리냐?"

로핀이 소리쳤다. 그 역시 신경이 날카로워 보였다.

"땅으로 가는 길, 모른다. 그때, 하늘에서, 봤다."

라이는 손가락으로 나무 위를 가리키며 말했다.

"하늘에서, 찾는다."

"탁 트인 하늘은 위험…… 하지만……."

로핀도 같이 하늘을 올려다보며 중얼거렸다. 라이는 로핀의 판단을 기다렸다. 카셀은 피곤한 눈으로 말했다.

"선택의 여지가 없어 보이네요."

로핀은 붉게 충혈된 눈으로 웃으며 카셀의 머리를 흩트렸다.

"쉴 시간을 갖는 셈 치지. 라이, 하늘에서 한번 찾아봐라."

명령한 사람은 로핀이었지만 라이는 카셀에게 대꾸했다.

"곧, 돌아온다."

나무가 울창해 하늘을 막다시피 한 장소라 어떻게 날개를 펼치고 올라갈 수 있나 하고 봤더니 거의 점프하다시피 나뭇가지들을 뚫고 올라갔다. 날개를 편 건 나무 위로 완전히 올라간 후였다. 하얀 날개가 펄럭이는 횟수는 몇 번 되지도 않았는데 그의 모습은 시야에서 완전히 사라졌다.

로핀이 카셀을 돌아보며 말했다.

"우리가 저 녀석을 믿고 어쩌고 할 여지가 없었군. 도망치고 싶었으면 언제든 저렇게 갈 수 있었던 거니까."

"그렇군요."

맞장구쳐 주길 바랐던 로핀이 무안할 정도로 카셀은 싱겁게 대꾸했다. 그리고 나무에 등을 기대어 앉았다.

"정말 죄송합니다만 저 조금 눈 좀 붙여도 될까요?"

"붙여버려. 나도 좀 쉬어야겠다."

로핀도 나무뿌리 위에 앉아 가죽 주머니의 물을 들이켰다. 카셀은 금방 잠들었다.

타냐는 잠든 카셀을 내려다보며 말했다.

"배려해달란 뜻은 아닙니다만, 제가 본 것만 해도 카셀은 며칠째 밤을 새우다시피 움직이고 있습니다. 많이 힘들 겁니다."

"나도 보고는 있었어. 숲에서 내 걸음을 따라오는 것만도 용하지. 넌 안 힘들어?"

"마법사니까요."

"마법사지만 테일드는 허약했어. 가끔 아이린이 업어 줬을 정도였으니까."

로핀은 그때 일을 회상하다가 어린아이처럼 웃었다.

"그럴 만도 하죠."

타냐도 웃어 보려고 했으나, 마법으로 만들어낸 얼굴 피부는 조금이라도 미소를 지으려고 하면 금방 단단하게 당겼다. 그럴 때면 자기도 모르게 감정을 숨기게 되고 목소리까지 냉정하게 변했다. 여태까지 그래 왔고 지금도 그랬다. 그녀가 의도한 냉정함에 주변 사람들은 늘 그녀에게 신중했다. 하지만 로핀은 언제나 주위 상황보다 자기감정에 솔직해서인지, 타냐의 감춰진 미소를 꿰뚫어 보았다.

"아이린과 테일드, 두 녀석은 정말 잘 어울렸어. 뭘 하든 서로 의논하는 모습이 어쩔 땐 짜증 날 정도였지. 어린 것이 나보다 먼저 애인 만든 것도 열받았는데…… 허허허."

"마스터께서도 아이린에 대한 이야기를 많이 하셨습니다. 워낙 편지에 자세히 묘사해 놔서 처음 아이린을 뵀을 때도 오랜만에 다시 만난 분 같았지요."

로핀은 타냐의 얼굴을 곰곰이 뜯어보았다. 어둠을 이겨 내려고 눈에 힘을 주는 것 같지는 않았다. 타냐가 경계하며 물었다.

"왜 그렇게 보시죠?"

"잠깐 있어 봐."

로핀은 자기 이마를 톡톡 두들겼다가 혼자 납득하며 말했다.

"이제야 생각나는군. 테일드가 이런 말을 했었지. 자기에게 끝내주게 예쁜 제자가 하나 있다고. 그 말에 나도 끝내주게 건방지고 귀여운 제자 하나 있다고 맞장구쳤고."

타냐는 자기도 모르게 카셀을 봤다. 다행히 그는 자고 있었다.

"난데없이 그런 말은 왜 하는 겁니까?"

타냐는 일부러 험한 눈으로 물었다. 그러나 로핀에게는 역시나 통하지 않았다.

"그 녀석이 못난 솜씨로 그림까지 그려 보여 줬으니 하는 말이야."

로핀은 남의 사생활로 수다 떠는 빨래터 아낙네 같은 어조로 말을 이었다.

"그러니까 그 얼굴이 사실은 진짜가 아니다? 만났을 때부터 부조화가 느껴지는 얼굴이라서 수상쩍게 여겼는데 말이야."

"여자 얼굴을 따지고 드는 건 예의가 아닙니다, 로핀."

"흥, 그럼 얼굴을 숨긴 채로 남을 대하는 건 예의인가, 타냐?"

로핀은 늘어질 대로 늘어진 자세에서 허리에 차고 있는 칼에 손을 가져갔다. 항상 느끼는 거지만, 그는 한 팔이라고 하기에는 모든 것이 지나치게 자연스러웠다.

"네 얼굴을 다른 얼굴처럼 가리고 있는 마법은 네가 늑대로 변하는 마법과는 다르다. 그건 일종의 봉인이지. 마법을 억제시키는! 보통은 저주지만 너 같은 경우에는 스스로 그 봉인을 뒤집어쓰고 있다. 그걸 스스로 깨면 얼마나 더 강해지는 거지? 지금도 충분히 위협적인데 말이야. 이를테면 그 검은 로브의 마법사가 드래곤에 맞먹는 마법을 쓰는 것처럼! 그건 테일드와 같지만 전혀 다른 성격의 마법이었지. 세상에 그런 마법사가 테일드 말고 또 있을 수 있다면 그건 그 수제자가 아닐까?"

로핀은 여전히 농담하는 말투였으나 눈은 진지했다. 타냐가 대꾸하지 않자, 로핀이 다시 물었다.

"그래서 어느 정도야? 네가 봉인을 풀면."

"모릅니다. 풀어 본 적이 없으니까요."

"왜 억제시키지?"

"제 생명을 갉아먹는 양날의 검이기 때문에 제가 스스로 마법을 억제할 수 있기 전까지 쓰지 못하도록 마스터께서 봉인을 건 것입니다."

"굳이 얼굴을 바꿀 건 없잖아?"

"제가 의도해서 바꾼 게 아닙니다. 봉인의 후유증일 뿐."

"이상한데? 넌 마치 그 얼굴을 선택한 것처럼 말했어."

"그런 적 없습니다."

로핀은 칼에서 손을 떼고 물었다.

"그럼 지금은 왜 봉인을 풀지 않지? 아직도 마법을 컨트롤할 수 없나?"

"그럴 리가요. 봉인을 풀면 제 진짜 얼굴이 드러나기 때문입니다."

"그럼 안 돼?"

"제 진짜 얼굴을 보는 남자에게 커다란 '재앙'이 있을 거라고 아란티아 여왕께서 예언하셨습니다."

"에이, 그럴 리가! 폐하는 재앙을 예견하지 않아."

"제게 있어서는 그랬습니다. 그리고 이 봉인은 마스터를 다시 뵐 때까지 풀지 않겠다고 스스로 다짐했습니다."

"폐하의 예언이 뭔지 물어봐도 돼?"

"제 진짜 얼굴을 보는 남자는 사악하고 더러운 피를 뒤집어쓰게 될 거라고 하셨죠."

"그냥 말장난 아니야?"

타냐는 말을 멈췄다.

'괜히 말려들어 비밀을 하나 털어놓았군.'

돌아보니 카셀은 아직 자고 있었다. 다행히도.

로핀도 카셀을 보다가 고개를 갸웃거렸다.

"근데 어째 저 녀석도 어디서 본 것 같단 말이야. 낯이 익어."

"사람 앞에 놓고 얼굴 얘기만 하시는군요. 늘 그런 식입니까?"

"너희 둘한테만 그러는 거야!"

"이 얘기는 이제 그만하죠."

"얼굴 얘기하려고 꺼낸 말 아니야. 지금의 네 힘이 아니라, 그 이상! 이를테면 네가 봉인을 풀었을 때의 마법 정도 되어야 드래곤과 싸울 수 있다는 걸 말하고 싶었어."

"절 루티아의 배신자로 몰아세우는 기분이 드는군요."

"내내 생각한 것이 그거야. 루티아를 배신하려면 마스터 테일드 정도의 힘이어야 한다고. 그럼 그 수제자밖에 없잖아."

"루티아의 힘을 얕보지 마십시오. 제 위로 마스터가 몇 명인지……."

"너 카셀한테 괜한 겸손 떨지 말라고 했지?"

"그렇게 말하지 않았습니다."

"내가 듣기에는 비슷했어. 그리고 지금 너도 괜한 겸손 떠는 거야. 네 봉인을 풀면, 너보다 강한 사람은 루티아에 없어. 맞지? 있다면 네 스승뿐일 거야."

"왜 없습니까? 스승님의 스승님도 엄연히 살아계십니다."

"러스킨, 그 노인을 말하나?"

"그분은 연세가 백 세 가까이 되셨지만 지금도 현역에서 활동하는 어떤 마법사보다……."

타냐는 말을 멈추었다.

"오호라, 그러니까 그 정도 마법을 쓸 수 있는 사람은 대륙 전체를 뒤져 봐도 세 사람밖에 안 나온다? 그리고 그중 한 명은 루티아의 배신자라……."

"함부로 추측하지 마십시오. 그랜드 마스터께서 루티아를 배신할 이유는 없습니다."

"이유를 찾기에는 조금 늦었지. '왜'를 찾는 건 '누구'를 찾은 후에 할 일이다."

로핀은 목덜미를 긁적이며 말을 이었다.

"이 일을 끝내고 무사히 루티아로 돌아가거든 러스킨을 족쳐 봐. 예의 따지지 말고, 앞뒤 가리지도 말고, 대뜸 '왜'를 물어라. '당신이 배신자인가요?'라고 묻지 말고 '왜 배신했냐?'고 물으라는 거야. 의외로 쉽게 핵심을 찌를 수 있을 거다."

타냐는 여전히 말도 안 된다고 생각했지만 마음 한구석에서는 혹시나 하는 의심이 피어올랐다.

"아아, 제자 얘기하다 보니 내 제자 녀석이 보고 싶어지는군. 잘 있으려나?"

"따로 키워 둔 제자가 있습니까?"

"있지. 내 계획대로라면 지금쯤 하얀 늑대가 되어 있을 거고 내 계획은 언제나 내가 생각해도 얄미울 정도로 잘 들어맞거든."

"그럼 카셀에게 물어보시든지요?"

"내 제자 얘기를 남한테 들어서 뭐해? 직접 만나야지."

타냐는 카셀이 말한 하얀 늑대의 기사들 중의 한 이름을 떠올렸다.

"혹시 아즈윈?"

"알아?"

"이름만. 그 외에는……."

"……알더라도 말하지 마라."

로핀은 흐뭇해하며 말을 이었다.

"내가 하도 아즈윈 자랑을 해 대니까 다른 녀석들도 제자를 키워 보겠다고 나서더군. 그래서 내가 내기를 걸었지. 누가 더 멋진 제자를 키우는지에 대해서. 물론 해보나 마나 내가 무조건 이기는 내기지. 난 왜 이길 게 뻔한 내기를 나의 사랑하는 친구들과 해 버린 걸까? 재수 없게. 난 나 같은 놈 만나면 남은 한 팔도 베어버릴 거야."

"당신이 내건 제자 내기, 자신할 수 없을 겁니다. 저는 쉐이든 울프라는 기사와 며칠을 같이 보내 봤습니다만 당신이라도 그와 싸워 이긴다고 자신 못할 겁니다. 어느 모로 보나요."

"호오, 그래? 그건 누구 제자지?"

"마스터 퀘이언의 제자가 아닐까 싶습니다."

"퀘이언은 제자를 잘 키우는 스타일이 아니야. 어느 정도 재능이 있다는 건 인정하겠지만 나 정도는 아니지. 아이린? 하하, 독불장군이 무슨 제자를 키운다고! 루밀 녀석도 거기서 거기고. 다들 자기 능력을 키우는 것은 잘할지 모르겠지만, 인재를 찾아 갈고닦는 건 날 못 따라가. 다시 말하지만 무조건 내가 이겨."

로핀은 자신의 가슴을 주먹으로 탕 쳤다.

"아즈윈은 최고야. 물론 지금쯤이면 외모로도 따라올 수 없을걸. 잘 키워서 내 애인 삼겠다는 흑심도 전체 계획의 1퍼센트 정도 있었지만 내가 워낙 연상 체질이라서!"

로핀이 큰 소리로 웃어 버리는 바람에 카셀이 움찔하고 몸을 뒤척였다. 타냐는 가만히 그의 가슴을 두들겨 주었고, 그는 갓난아기처럼 금방 잠들었다.

"듣자니 아즈윈이라는 기사는 게랄드와 함께 하늘 산맥에서 실종되었다고 하더군요."

"게랄드가 누구인지는 모르지만 아즈윈이 함께라면 괜찮다. 그 애는 어떤 위기도 헤쳐 나갈 능력이 있어. 그 정도 훈련은 시켜 놨다."

"그 말은 나중에 카셀에게나 좀 해 주십시오. 걱정이 지나쳐 아마 지금 자면서도 두 사람을 찾아다니고 있을 겁니다."

"어, 알아. 카모르트에서 있었던 일을 들을 때 짐작했다. 자기 얘기는 하나도 안 했지만 저 녀석이 무슨 짓을 해서 아즈윈을 꼬셨는지 알겠더라."

타냐도 들리지 않는 작은 목소리로 중얼거렸다.

"저도 알 것 같습니다."

날이 점점 밝아졌고 멀리서 날개가 퍼덕이는 소리가 다가왔다.

"미리 알아둬, 마스터 타냐. 정말 멋진 남자는 자기가 멋지다는 걸 모른다. 그럴 때는 먼저 낚는 여자가 임자야. 놓치지 말라고."

로핀은 음흉한 미소로 말을 끝냈다. 그사이 라이가 나무에서 내려와 바닥에 가볍게 착지했다.

"찾았다. 동남쪽, 빠른 걸음으로 반나절."

"그래?"

대답만 하고 로핀은 일어나지 않았다. 타냐도 딱히 재촉하거나 움직이지 않았다. 라이는 의아해하며 물었다.

"안 가나?"

"잠깐. 너도 좀 쉬어라. 날개 안 아프냐? 죽어라고 날아갔다 온 것 같은데."

로핀은 손을 저으며 물었다.

라이는 날개를 크게 펄럭였다 늘어뜨렸다. 인간으로 치자면 어깨를 으쓱한 것으로 보였다.

"괜찮다."

"그래도 그냥 기다려."

"왜?"

"우리의 캡틴께서 쉬셔야지."

로핀의 말에, 라이는 두말없이 앉았다. 로핀도 앉은 채 눈을 감았다.

"타냐도 쉬어라. 내 생각인데, 여기서 움직이기 시작하면 일 끝날 때까지 앉을 시간도 없을 것 같다."

명령을 따르는 것 같아서 싫었지만, 맞는 말이기도 해서 타냐는 자리에 앉았다. 의외로 금방 잠이 왔다.

일행이 움직이기 시작한 이후 처음으로 라이가 제일 앞에 섰다. 타냐는 모두가 그걸 당연시하는 게 이상했다. 레미프들이 너무 무서운 나머지 감옥에 가둬 놓고도 모자라 쇠사슬까지 돌돌 감아 둔 흉악범이 아닌가. 그런 녀석이 일행에 합류한 데 이어 이제 스스로 앞에 나서서 모두를 안내하다니!

피곤한 카셀도 의식하지 못했고 주위를 경계하느라 바쁜 로핀도 의식하지 못했다. 아마 라이 본인도 자기가 앞에 나서고 있다는 것을 이상하게 여기지 못하고 있을 것이다.

"여긴 '하푸'군."

로핀은 잠깐 걸음을 멈춰 말했다.

"하푸요?"

카셀이 물었다.

"'경계선'이라는 의미의 레미프 언어다. 여기서부터 남쪽으로 조금만 내려가면 산을 가르는 넓은 계곡이 하나 나온다."

로핀은 고개를 저으며 말을 바꿨다.

"아니, 아니지. 계곡이라는 표현은 맞지 않아. 1년쯤 전에 본 기억으로는 계곡이라기보다 땅 사이를 가로지르는 틈이었어. 바닥이 깊은 틈새. 대충 하푸를 기준으로 동쪽이 프보에 족 영역이고, 서쪽은 즈비족, 그리고 북쪽은 하늘 산맥이다."

"저건요?"

카셀은 나무 틈으로 꼭대기에 하얗게 눈이 쌓인 거대한 산을 가리켰다. 하늘 산맥의 산들이야 워낙 높긴 하지만 유난히 높은 산이 하나 우뚝 서 있었다.

"뭐였더라? 이름이 기억 안 나는데."

"안 올라가 보셨어요?"

"도전하기에는 너무 높은 산이잖아."

로핀이 말했고 라이가 굵은 목소리로 덧붙였다.

"레미프들, 싫어한다. 나도, 안 가 봤다. 저기는, 허락, 되지 않은 산."

"넌 날 수 있으니 갈 수 있지 않아?"

카셀이 시기하듯 말했다.

"가까이 가면, 싫어진다. 그래서, 안 간다."

로핀이 손가락을 튕기며 말했다.

"기억났다. '엡-누브마두트'라는 산이다. 라이 말대로 레미프들, 특히 즈비 족이 가길 꺼리는 곳이지. 어쨌든 저 산 때문에 양쪽 종족 모두 잘 안 오니까 중립을 지키는 하이로드가 살기에는 적절하군. 라이, 얼마나 남았나?"

"더."

라이는 구체적인 거리를 말하지 않았다.

한동안 또다시 언제 끝날지 알 수 없는 발소리만 정적 속에 이어졌다. 로핀은 항상 그렇듯 거의 발소리를 내지 않았다.

"라이, 일단 네 말 듣고 오긴 했지만 '사'의 칭호를 가진 드래곤은 다른 드래곤처럼 함부로 입구를 공개하지 않는다. 넌 어떻게 알아냈나?"

"내가 아니다. 드래곤, 그분이, 날 찾았다."

라이는 레미프어로 '같은 말 또 하게 하지 말라.'라고 덧붙였다.

"좀 더 자세히 말해 달란 소리야."

"날고, 있었다……."

로핀이 답답한지 레미프어로 말했다.

"설명하기 힘들면 레미프어로 말해. 카셀에게는 내가 전달해 주겠다."

인간의 언어가 아닌 레미프어로 말하는 라이의 설명은 빠르고 또박 또박했다.

"내가 날고 있을 때 드래곤이 먼저 내 앞에 나타나 물었다. 어떻게 어른이 되어서도 날 수 있느냐고. 모른다고 했더니, 드래곤이 자신을 소개했다. 그리고 이 근처에 산다고 했다."

로핀도 계속 레미프어로 물었다.

"그럼 정확한 입구는 모른다는 거지?"

"산꼭대기에 있었다는 것만 안다. 자세한 위치는 모른다. 하지만 보면 안다."

"아, 아, 아! 그러니까 우리는 산을 찾은 다음 그 산꼭대기에 올라 어디에 있는지 모르는 입구만 찾으면 된다는 건가? 간단한 일이군."

로핀은 어이가 없다는 듯 말했다가 쓸데없는 걸 물었다.

"그런데 너 어떻게 인간의 말을 할 줄 알지?"

"우그를 만난 적이 있다. 그와 몇 년 동안 같이 돌아다녔다."

"하늘 산맥을?"

"아크랜드를."

"표정을 보니 좋은 만남이 아니었나 보군?"

"여정은 좋았으나, 끝이 좋지 않았다. 어느 날 그는 내게 잠시만 여기서 기다려라, 다시 돌아오겠다…… 하고 약속했지만, 다시는 돌아오지 않았다. 그 대신에 다른 우그들이 와서 날 잡아가려고 했다. 그가 자기들에게 날 팔았다고 했다. 나는 달아났고 방향도 잡을 수 없는 아크랜드를 몇 년이나 떠돌아다니다가 겨우 하늘 산맥으로 돌아오게 되었다. 그는 좋은 우그였으나, 우그는 거짓말을 한다. 그래서 나는 우그를 믿지 않는다."

"그래서 카셀과 이야기했을 때 그런 말을 했군. 카셀과의 약속은 믿을 건가?"

카셀은 레미프어로 이어지는 대화 중간에 자기의 이름이 나오자, 통역해 달라는 뜻으로 타냐를 바라보았다. 그러나 타냐도 통역하지 않았다. 앞서가는 로핀은 뒤돌아보며 괜히 웃어 보였다.

라이가 다시 입을 열었다.

"카셀은 내가 유일하게 아는 그 우그와 닮았다."

로핀은 농담조로 물었다.

"너희들이 보기에 우그는 다 똑같아 보이지 않나?"

"그렇긴 하군."

"몇 년 전에 일어난 일이었나?"

"50년쯤 전."

"넌 몇 살이냐?"

"일흔다섯."

로핀이 대화를 중단하고 주먹을 쥐며 멈췄다.

"어쨌든 네 말이 맞긴 맞나 보다. 아까부터 프보에 족의 숨소리가 사방에서 들리는군."

로핀은 즉시 레미프의 언어에서 인간의 언어로 말을 바꾸었다.

"그리고 이게 누구신가? 카구아께서 납시셨군."

어둠 속에서 마치 동상처럼 웅크리고 있는 검은 털의 베논이 머리를 세웠다. 그리고 그 위에 타고 있는 검은 로브의 기사도 고개를 들었다. 그 기사는 뒤에 숨기고 있던 창을 앞으로 세웠다. 수풀 속에서 완벽하게 몸을 숨기고 있어, 카셀은 물론이고 타냐도 뒤늦게 눈치채고 놀랐다. 로핀이 아니었다면 바로 옆을 지나도 모를 뻔했다.

카구아의 투구 안에서 울리는 굵직한 목소리가 음산하게 들렸다.

"또 한 번 인간과 레미프가 동행하는 이상한 무리군. 이곳에 볼일이라도 있는가?"

이럴 때야말로 로핀의 느긋한 성격이 위력을 발휘했다.

"내가 할 질문을 먼저 해 버리네, 저 개놈 자식이? 먼저 대답 안 할래, 자식아?"

카셀은 타냐 옆에 꼭 붙어서 중얼거렸다.

"아즈윈의 성격이 어디에서 나왔나 했더니 저 사람 때문이었군요."

타냐는 피식 웃다가 고개를 갸웃했다.

"로핀의 제자가 아즈윈이라는 거, 들었습니까?"

"잠결에 들었어요."

카셀은 솔직하게 말했다. 타냐는 입술을 살짝 깨물었다.

'내 비밀 얘기까지 들어버린 걸까?'

알고 싶지 않아, 묻지 않았다.

로핀은 한 팔을 흐느적거리며 검은 망토를 뒤집어쓴 기사에게 한 걸음 더 다가가며 말했다.

"논틸이 죽었더군. 네 짓이냐?"

"다른 쪽 '팀'이 한 일이다. 내 임무는 그보다 더 크다."

"하이고, 그러십니까? 뭐냐, 그 큰일이라는 건?"

"지금 네놈들의 형편을 생각해라. 너희들은 포위당했다. 질문은 내가 한다. 솔직히 대답하면 살려 줄 수도 있다."

"그런다고 내가 더 불리해 보이십니까, 이 쌍놈 새끼야? 내가 언제고 드래곤 사냥하는 놈 하나만 잡히면 조져 놓으려고 했는데 참 잘 걸렸다. 억울하면 이름이라도 불러봐라. 네 패거리들 하나씩 죽이면서 목록 작성해 보게!"

그 검은 기사는 호탕하게 웃었다.

"내 이름은 레드워드다. 그리고 우리는 아홉이다. 어디 명단의 첫줄이라도 작성해 봐라."

"내 이름은 로핀이다. 그리고 우리는 넷이다. 하지만 넌 명단 작성할 꿈도 꾸지 마라, 카구아!"

로핀이 칼을 뽑았다.

"한 가지 수정해 주고 싶구나, 로핀."

레드워드는 들고 있는 창으로 목덜미를 토닥거리며 말을 이었다.

"너희들이 왜 우릴 카구아라고 부르는지는 대충 짐작이 간다. 하지만 카구아는 따로 있다. 우린 그냥 익셀런 기사단이지."

"……그러냐? 그럼 나도 그냥 하얀 늑대다."

"하얀 늑대?"

주고받은 말에 서로 놀랐으나 그 이상 대화가 이어지지는 않았다. 타냐는 좀 더 많은 얘기를 이끌어 내고 싶었지만, 로핀 성격에 이만큼이나 긴 대화를 나눈 것도 감탄할 일이었다.

로핀이 먼저 레드워드를 향해 달려 나갔고 레드워드도 베논을 몰아 로핀을 향해 창을 휘둘렀다. 두 자루 무기가 부딪쳤고 로핀의 칼에서 붉은빛이 뻗어 나갔다. 놀란 베논이 앞발을 들면서 몸을 흔들었다. 위에 탄 레드워드는 몸의 균형을 잡느라 애를 썼다.

두 사람이 맞붙는 걸 신호로 사방에서 함성이 들렸다. 어둠 속에서는 잘 보이지도 않는 검은 얼굴의 레미프들이 숲을 가득 메워 달려들었다.

타냐는 구슬을 들었다. 푸른 기운이 나무 사이를 수증기처럼 침투하며 어두운 숲을 채웠다. 놀란 프보에 족의 전사들이 우물쭈물할 때 타냐는 한쪽 손을 펼쳤다.

나무 몇 그루가 통째로 부러지며 손이 가리키는 방향에 있던 레미프들이 모조리 나가떨어졌다. 근처에 있던 레미프들은 퍼 올라간 흙더미에 깔렸다. 그녀는 손바닥의 방향을 처음에는 북쪽, 그다음에는 서쪽, 그다음에는 남쪽을 가리키며 격전을 벌이고 있는 로핀과 레드워드를 제외한 전 방향에 마법을 쏟아 냈다.

그때 남쪽에 뿌린 마법이 튕겨서 되돌아왔다. 바닥에 쌓인 두툼한 낙엽의 층이 벗겨지며 거대한 압력이 날아들었다. 타냐는 급히 한 손으로 막아 냈다. 어깨 관절이 어긋날 것 같은 충격이 전해졌다. 그녀는 이를 악물고 바로 다른 마법을 손 앞에 준비했다. 그러나 그보다 더 빠르고 강한 힘이 남쪽에서 몰려왔다. 공간이 휘어지며 나무도 휘어져 보이더니, 타냐와 상대 마법사 사이의 직선 공간이 둥글게 뚫렸다.

'전투에 나설 수 있을 만한 레미프 마법사라면 루티아 마스터와 같거나 그 이상일 거야.'

타냐는 마법이 날아온 방향에서, 온몸에 장신구를 달고 있는 검은 피부의 마법사를 발견했다. 장신구 하나하나가 강한 빛을 내니 언뜻 커다란 구슬처럼 보였다.

'정면으로 맞부딪치면 카셀에게 영향을 미치겠어.'

타냐는 준비 중이었던 공격 마법을 포기하고 보호 마법으로 바꿨다. 그러나 보호 마법이 깨지며 그녀는 허공으로 튕겨 올라가 열 걸음이나 멀리 떨어져 나갔다.

타냐라는 장벽이 사라지니 그다음 마법은 당연히 카셀과 라이에게로 향했다.

"피해!"

타냐가 소리쳤다. 그녀는 라이가 카셀을 보호해 주거나 적어도 들고 날아올라 주길 기대했다. 하지만 라이는 피하는 대신 들고 있던 칼을 던졌다. 칼은 부메랑처럼 회전하며 보이지도 않을 만큼 멀리 떨어진 레미프 마법사에게 날아가 어깨에 박혔다.

다음 마법을 준비하던 레미프 마법사가 통나무에 얻어맞은 것처럼 뒤로 나가떨어졌다.

한순간 양쪽 마법사 모두가 무력해졌다. 그 틈을 놓치지 않고 프보에 레미프들이 대거 몰려들었다. 타냐는 서둘러 일어나려고 했지만 레미프 마법사가 준 타격은 쉽게 회복되지 않았다. 로핀은 아직도 레드워드와 싸우고 있었다. 그리고 라이는 맨손이었다.

"라이, 받아!"

카셀이 자신의 보검을 뽑아 라이에게 던져주었다. 라이는 주저 않고 칼을 받았다. 타냐는 주저앉은 채로 두 남자가 짧게 주고받는 눈빛을 보았다.

카셀의 손에서는 큰 칼이던 아란티아의 보검이 라이의 손에서는 작은 칼로 보였다. 순식간에 날개를 펼치고 미끄러져 간 라이는 타냐에게 집중적으로 달려든 레미프들을 막아섰다.

카셀도 달려와 넘어진 타냐를 부축했다.

"일어설 수 있겠어요?"

"문제없습니다."

타냐는 다시 일어나 라이의 등 쪽에 섰다.

"라이, 그쪽을 맡아요."

타냐는 메고 있던 배낭을 던져 버리고 구슬을 두 손에 쥐었다. 구슬에서 빛이 퍼져 나갔다. 어쩐 일인지 레미프들은 그 빛의 영역 안에 들어오지 못했다.

'왜 안 오지? 특별히 접근을 못하게 막는 마법은 아니었는데?'

타냐는 잠깐 공격이 뜸한 틈을 타 아직도 욱신거리는 가슴과 배를 쓰다듬었다. 당장 보이는 외상은 없었으나 후유증은 나중에 찾아올 것이다. 싸움을 끝내려면 지금 끝내야 했다.

"으아아……."

타냐의 등 쪽에 서 있던 카셀이 감탄인지, 신음인지 모를 소리를 냈다. 타냐도 돌아보았다가 카셀처럼 놀랐다. 짧은 시간이었건만, 라이의 앞에 죽어 넘어간 레미프들은 '쌓여 있다'고 할 정도로 많았다.

적들은 어느 정도는 죽을 각오를 하고 밀고 내려온 형국이었다. 급경사를 이용해 숫자로 밀어붙이면 제일 앞서 있는 몇 명이 죽더라도 뒤따라오는 엄청난 인원이 뚫을 수 있다고 계산한 것이었다.

틀린 작전은 아니었다. 세 명 중 한 명은 부상당한 마법사였고 또 세명 중 한 명은 병력이랄 수도 없었으니까. 그래서 프보에 레미프들은 한꺼번에 적을 밀어낼 수 있는 타냐의 마법만 경계했던 것이고, 타냐가 마법을 못 쓰는 틈을 타 밀고 내려온 것이었다. 그러나 라이는 레미프들의 파도를 칼질 몇 번으로 막아 냈다.

타냐의 마법이 무서워 접근하지 못한 게 아니었다. 라이가 막은 것이었다.

"이 칼, 지나치게 좋다. 싫다."

라이는 보검을 카셀에게 도로 내주더니, 바닥에 떨어진 프보에들의 칼 두 자루를 양손에 들었다. 타냐는 아직도 이자를 울프 기사단에 넣을 생각이 드느냐고 카셀에게 묻고 싶었다.

로핀 역시 싸움이 길어졌다. 레드워드는 결국 힘이 달려 뒤로 물러났고 로핀은 베논을 타고 있는 상대를 구태여 쫓지 않았다.

"이거 신기한 일이군. 얼마 전에도 나와 겨뤄 밀리지 않는 인간 놈이 나타나더니……. 하얀 늑대란 게 뭐냐?"

"너, 나 말고도 하얀 늑대랑 만난 모양이다?"

"그년이 자기가 하얀 늑대라고 하더군."

"년?"

로핀이 외마디처럼 내뱉었다. 그러나 레드워드는 대답하지 않고 허리에 차고 있던 뿔 나팔을 길게 불었다.

"혹시나 해서 데려왔더니 쓸모가 있군."

뿔 나팔 소리에 반응하여, 뭔가가 바닥을 쿵 울렸다. 그 소리는 점점 가까워지더니 곧 나무를 흔들고 땅을 흔들었다.

구아닐이 걸을 때와 비슷한 소리와 기운이 느껴졌다.

"제기랄, 저게 '진짜 카구아'구나?"

로핀이 말했다. 레드워드는 여유 있게 투구까지 벗었다. 이마까지 가린 사슬 갑옷 밑으로 붉은 머리카락이 삐죽삐죽 튀어나와 있었다.

"캡틴한테 나중에 사과해야겠군. '외팔의 로핀'을 카구아가 죽이게 내버려 두었으니."

로핀은 칼등으로 머리를 톡톡 치며 뒷걸음질 쳤다.

"그럼 그렇지. 익셀런 제1기사단 놈들의 캡틴이라면 당연히 그놈일 줄 알았어! 빅터!"

레드워드의 입꼬리가 살짝 올라갔다.

"카구아로부터 살아남는다면 부디 다시 나를 만나길 기대해라. 캡틴 빅터보다 나를 상대하는 게 너로서는 조금이라도 살 확률이 높을 테니까."

"확률 같은 소리 한다. 빅터한테 전해라. 남은 한 팔로 오줌이라도 누고 싶으면 날 안 만나게 되길 빌라고."

로핀은 카셀 일행이 있는 곳으로 달려왔다.

"후퇴한다! 라이, 길을 뚫어라."

레드워드는 쫓아오지 않았고 프보에들도 굳이 그들의 앞길을 막지 않았다. 뒤에서 따라오는 거대한 발소리는 급격히 빨라졌다.

"뭡니까?"

"카구아다."

"카구아는 저 레드워드라는 기사……."

"나도 지금껏 헷갈렸구나."

로핀은 뛰면서 간단히 설명했다.

"카구아란 단어가 카–구아닐의 부하라는 의미라면, 당연히 드래곤이지."

뒤에서 따라오는 거대한 발소리를 돌아볼 자신이 없는 카셀은 앞만 보고 뛰었으나, 타냐는 호기심을 이기지 못해 돌아보았다.

'저딴 게 드래곤이라고?'

숯덩이처럼 검은 비늘로 뒤덮인 악어 닮은 거대한 머리가 수풀을 뚫고 다가오고 있었다. 눈동자와 눈자위가 따로 없는 붉은 눈이 타냐와 마주치는 순간, 놈은 입을 떡하니 벌렸다. 칼날처럼 뾰족한 이빨이 가득 차 있었다.

'이놈은 드래곤이 아니야. 아무리 구아닐이 포악하고 사악한 괴물이라고 해도 이성이 있는 드래곤인데, 이놈은 그저 육식 동물일 뿐이야.'

거대한 괴물은 목을 한껏 낮춘 자세로 달려오고 있었다. 녀석은 상체를 세우고 튼튼한 뒷다리로만 서서 달려왔다. 가만 보니 날개도 없다. 놈과의 거리가 점점 가까워졌다.

놈은 나무에 부딪치면 나무를 꺾어 버리고, 바위에 발이 걸리면 바위를 걷어차며 달려왔다. 로핀은 나무가 우거진 쪽으로 달리려는 라이에게 방향을 지시했다.

"왼쪽으로 길을 꺾어! 녀석이 내리막길을 달리게 해야 해."

카셀이 조금씩 처지기 시작했다. 타냐는 카셀보다 걸음을 늦추어 뒤에 대고 불덩어리를 날렸다. 사람 머리만 한 거대한 불덩어리였으나, 막상 카구아의 얼굴에 맞고 터지는 모양은 모닥불에서 불똥 하나 튄 정도로 보였다.

카구아는 불덩어리에 따가워하며 머리를 잠깐 돌렸지만 금방 포효하며 더 빨리 쫓아왔다. 괜히 화만 돋운 꼴이었다. 두 번째 공격은 카구아의 무릎 쪽을 겨냥했다. 공간을 일그러뜨리는 힘이 카구아의 무릎을 두들겼으나 통나무만큼이나 굵은 다리를 크게 흔들지는 못했다.

마지막으로 타냐는 달리고 있는 바닥에 대고 마법을 썼다. 바닥이 패였고, 카구아는 거기에 걸려 넘어졌다. 먼지를 일으키며 뒹구나 싶었지만 금방 일어났다. 고작 몇 초밖에 시간을 벌지 못했다.

카셀은 고통스럽게 숨을 토하면서 달렸다. 로핀도 그걸 아는지 혼자만 앞서가지 못하고 안타깝게 말했다.

"차라리 구아닐 녀석이 나타났어야 했는데."

로핀이 가진 베나 에실크는 카−구아닐을 죽이기 위해서만 만들어진 드래곤 슬레이어라고 했다. 드래곤에게만 적용되기 때문일까, 아니면 한 번밖에 쓰지 못해서일까? 어쨌든 로핀은 그 칼로 카구아를 멈춰 세우지 못했다.

레미프의 군대를 막은 라이도 이놈을 상대로는 어쩌지 못했다. 더 강한 마법이 필요했다. 레미프의 마법사도 제대로 막지 못한 마법으로는 저 거대한 괴물을 해치울 수가 없었다. 달리는 속도를 늦추는 것조차 어려웠다.

'봉인을 풀어 두었어야 했을까?'

뛰면서 봉인을 풀 수는 없었다. 모르긴 해도 봉인이 풀리는 순간 큰 충격이 있을 것이고 한자리에 오래 머물러야 했다.

'지금은 후회할 때가 아니야.'

타냐는 생각을 바꿔, 달리면서 늑대로 변했다. 몸이 변하는 순간 속도가 급격히 쳐졌고, 쫓아오는 카구아의 거대한 입이 늑대의 머리를 물려고 달려들었다. 타냐는 바닥에 몸이 닿을 정도로 납작하게 엎드려 입을 피했다. 그녀의 머리 위에서 딱 하고 이빨 부딪치는 소리가 났다.

일단 늑대로 변한 후에는 카구아와의 속도 싸움에서 두려울 게 없었다. 타냐는 몸을 날려 나무를 밟고 카셀의 옆에 붙었다.

"제가 신호하면 점프하세요."

타냐는 미리 일러두고 카셀의 뒤로 갔다. 카셀이 달리는 속도에 맞추다 보니 다시 카구아의 입이 다가왔다. 카구아가 어깨로 부러뜨린 나무 파편이 이리저리 튀었고, 불처럼 뜨거운 호흡이 등에 닿았다.

"지금!"

달리면서 점프하기는 카셀의 체력으로 무리였다. 카셀은 겨우 한 뼘 정도만 뛰어올랐다. 하지만 그가 무게 중심을 위로 향하고 있는 것만으로 충분했다. 그녀는 카셀의 다리 사이로 머리를 들이밀고 강제로 들어올렸다.

카셀은 뒤로 밀려나며 타냐의 귀와 털을 움켜쥐었다. 그러나 손아귀 힘이 모자라 그의 몸은 등에서 미끄러져 뒤로 굴러떨어졌다.

타냐는 앞발에 힘을 주어 몸을 세웠다. 뒷발이 주르륵 뒤로 밀려나 먼지를 일으켰다. 카구아가 뛰어오며 엎어진 카셀을 향해 입을 벌렸고 타냐는 그 입을 향해 뛰어들었다.

타냐는 넘어진 카셀의 배낭을 물고 몸을 날렸다. 카구아의 이빨이 그녀의 등을 스쳤다.

'아파. 많이 찢긴 것 같은데.'

타냐는 카셀의 배낭을 문 턱에 더욱 힘을 주었다. 카구아의 발소리가 살짝 멀어졌다. 타냐는 다시 카셀을 바닥에 내려놓고 말했다.

"다시 타요."

카셀은 비틀거렸다가 타냐의 목덜미의 털을 쥐고 올라탔다. 그의 몸이 이빨에 찢긴 등의 상처에 닿는 순간 격렬한 통증이 전해졌다. 타냐

하푸

89

는 이를 악물고 참았다.

'로핀은 어딜 갔지? 라이는?'

카구아가 부러뜨린 나무끼리 서로 비비는 소리가 가까워졌다.

타냐는 다시 달렸으나 아까처럼 빠르지 않았다. 입에서 피 맛이 느껴졌다.

'카셀을 물어 버린 건가? 아닐 거야. 배낭을 물었잖아. 그래, 이건 내 피야.'

힘들었다. 카셀이 이렇게 무겁게 느껴진 건 처음이었다. 눈이 잘 안 떠졌고 등이 축축해졌다. 내려다보니 발목의 하얀 털이 붉게 물들어 있었다. 카구아는 가까워졌고 타냐는 느려졌다.

'안 돼. 따라잡히겠어!'

멀지 않은 곳에서 로핀의 목소리가 들렸다. 꼭 귀 옆에 대고 말해 주는 것 같았다.

"타냐, 그쪽으로 가지 마!"

하지만 바로 뒤에 카구아가 따라붙어 있어 멈출 수가 없었다. 카구아는 이미 입을 벌리고 타냐를 향해 목을 길게 뻗고 있었다.

타냐는 계속 달릴 수밖에 없었고 순간 몸이 밑으로 뚝 떨어졌다. 바로 뒤에서 또 한 번 이빨끼리 부딪치는 소리가 났다.

타냐는 그대로 카셀과 함께 경사로를 뒹굴거나 바닥에 충돌하게 될 줄 알았다. 하지만 두 사람은 바닥에 부딪치지 않았다. 몸이 제어되지도 않았다. 시야에 보이는 풍경 안에는 나무도 없었다. 스무 걸음쯤 되는 공간은 허공이었고 그 너머에서 비로소 숲이 다시 시작되고 있었다.

타냐의 시선이 바닥을 향했다. 그곳은 시커멓게 물든 어둠만 있을 뿐, 아무것도 보이지 않았다.

절벽이었다. 세 영역을 구분 짓는 경계선인 하푸란 바로 이곳이었
다. 타냐와 카셀은 거리를 잴 수 없는 바닥으로 추락하고 있었다.

'로핀이 이래서 가지 말라고 했구나?'

늑대의 털이 위로 흩날렸고 카셀의 몸도 그녀의 등에서 떨어져 위로
올라갔다. 시야는 풍경이 정지된 것처럼 천천히 움직였으나, 청각은
무섭게 스쳐 가는 바람 소리로 가득 찼고 몸의 털이 다 뽑혀 나갈 것처
럼 공기의 마찰이 컸다.

타냐의 몸은 늑대에서 다시 인간의 모습으로 변했다. 그녀는 손을
내밀어 카셀의 손을 붙잡았다. 떨어지는 현기증으로 기절한 카셀의 손
에서 온기라고는 느껴지지 않았다.

타냐의 머리 위쪽으로 올라간 구슬의 푸른빛이 절벽의 가장자리를
비췄다. 튀어나온 바위에 부딪치지 않기를 바라며 그녀는 카셀을 자기
쪽으로 끌어당겼다. 둘은 무시무시한 속력으로 캄캄한 어둠 속을 추락
했다.

'늦은 건 아닐까?'

타냐는 정신을 집중했다.

'늦었다고 생각할 수 있는 시점은 아직 늦은 게 아니라고 했던가?'

구슬의 빛이 밝아지며 두 사람의 몸이 점점 느려졌다. 그러나 추락
속도는 완전히 늦춰지지 않았다. 아무리 힘을 다하여도 두 사람이나 되
는 무게를 버틸 수가 없었다.

'봉인을 풀어 버렸어야 했어…….'

기절한 카셀이 타냐의 손에 이끌려 조금씩 다가왔다. 타냐는 가까스

로 그를 끌어안을 수 있었다. 그리고 속으로 외쳤다.

'속도를 늦추는 게 너무 늦었다면, 부디 내 몸이 먼저 떨어지길.'

그녀는 카셀을 안은 채로 눈을 질끈 감았다. 바람대로 그녀의 등이 먼저 떨어졌다. 구슬의 불빛이 사라지고 암흑만 남았다. 떨어지는 순간 몸이 박살 나지 않은 것만 해도 다행이었다. 의식하지 못했지만 추락하는 속도를 꽤 줄이긴 한 모양이었다. 그러나 타냐는 아무것도 볼 수 없었고 아무 소리도 들을 수 없었다.

죽음이 시작되는 듯한 침묵이 찾아왔다. 타냐는 마지막으로 손을 내밀어 가슴에 안고 있는 카셀의 머리카락을 쓰다듬었다. 그녀의 손길을 느끼고 카셀이 천천히 머리를 들었다.

"타냐?"

그가 말했다.

'카셀은 살았구나. 다행이다.'

마지막으로 그 생각을 하며 타냐는 기절했다.

Chapter 25

타냐의 봉인

"그게 네가 선택한 외모야?"

테일드와 함께 처음 만난 아란티아의 여왕의 첫 질문이었다. 성숙하지만, 어린아이 같은 호기심이 묻어 있는 그녀의 미소를 오래 쳐다보면 몽롱해졌다. 일반인에게는 단순한 아름다움일지 모르나, 마법사들에게는 위험한 환각제였다.

타냐는 정중히 대답했다.

"꼭 선택한 건 아니지만 그리되었습니다."

"안타깝구나. 나는 어여쁜 소녀 보기를 즐겨 하는데 그걸 보지 못하다니."

새나디엘은 농담이 아니라 정말로 안타깝다는 듯 말했다.

타냐가 따지듯 물었다.

"여왕 폐하는 사람의 외모를 따지는 분인가요?"

"내 시녀들을 보렴. 얼마나 예쁘냐, 다들? 가끔 외모로 시녀를 뽑는다고 농담을 하는데 그건 농담이 아니라 사실이야."

테일드가 킥킥대고 웃는 걸로 봐서는 농담이긴 했지만, 타냐는 어색한 표정으로 일관했다. 나중에 알고 보니 시녀들은 울프 기사단만큼이나 엄하고 어려운 테스트에 통과한 여자들만 뽑힌다고 했다. 그리고 성에서 생활하며 여왕을 따라다니다 보니 자연스럽게 품격을 익혔고, 아름답다는 수식이 붙은 것뿐이었다.

"어쨌든 제 외모에 관해서는 상관하지 마십시오."

새나디엘은 타냐를 불쾌하게 만드는 데 성공한 것을 기뻐하기라도 하듯 물었다.

"어째서? 얼굴을 그리고 있으면 네 과거가 없어지기라도 하니?"

타냐는 얼굴을 붉히고 이를 악물었다.

"제 각오입니다."

"어설픈 각오야. 정말로 각오를 다지려면 네 진짜 얼굴을 드러내야지! 복수를 하건 용서를 하건 가면 뒤에 숨으면 허무하기만 할 거야."

자기도 모르는 사이에 타냐의 눈에서 빛이 쏟아져 나오고 마법이 드러났다.

"절 시험하지 마십시오!"

"그러는 넌 지금 날 협박하는 거니?"

새나디엘도 어린애처럼 지지 않고 맞섰다.

"협박하고 있습니다. 사과하지 않으면 제 마법을 물리지 않겠습니다."

테일드는 한가하게 두 여자의 싸움을 구경하고만 있었다.

새나디엘은 짓궂은 얼굴로 말했다.

"난 사과 안 할 거야. 대신 네가 과거의 아픔을 억지로 잊어버리려고 숨긴 외모 때문에 벌어질 일을 예언해 주지. 너는 너의 연인이 될 사람에게 너의 진짜 모습을 스스로 드러내게 될 것이다."

"뭐라고요?"

타냐는 인상을 찌푸렸다. 진짜로 확 마법을 써버릴까도 했다.

"그러나!"

그 순간 여왕의 목소리가 여러 갈래로 중첩되어 들리는 착각이 일어나며 주위가 어두워졌다. 주위에 서 있는 시녀들과의 공간은 늘어나고 타냐와 새나디엘 사이의 공간은 줄어들었다. 오직 테일드만 그 자리에 고정되어 있었다. 그리고 그는 이 이상한 현상에 아무 개입도 하지 않았다.

물러나려는 타냐를 눈빛으로 붙들어 놓고 새나디엘은 계속 말했다.

"그 남자는 암흑을 상징하는 사악한 피를 뒤집어쓴 채로 무엇이든 죽일 수 있는 무시무시한 마법을 손에 들고 널 겨냥할 것이다. 그런데도 네가 그의 더럽고 뜨거운 육체를 스스로 품에 안으면, 너는 결코 그의 유혹을 이기지 못하리라."

공간이 원래대로 돌아온 뒤에야 타냐는 참았던 숨을 터트렸다. 새나디엘은 음흉하다 못해 사악한 미소를 짓고 있었다. 테일드가 박수라도 칠 것처럼 감탄하며 말했다.

"우와, 그런 구체적인 예언을 하시다니 드물기도 하셔라."

새나디엘의 고른 눈썹이 한쪽으로 치켜 올라갔다.

"네 이놈, 테일드. 내가 일부러 타냐하고만 대화하기 위해 너의 시공간을 차단했거늘, 너는 그새를 못 참고 끼어드는 게냐? 쯧쯧, 루티아의 그랜드 마스터라는 녀석이 그렇게 참을성이 없어서야……."

"아니, 그럼 사랑하는 내 제자의 연인을 예언한다는데 가만히 있습니까? 그럼 내 앞에서 예언을 하질 마시든가."

"허허, 정말 좋아하는 여자한테는 한마디도 못하면서 나한테는 대꾸도 잘해."

새나디엘은 호탕한 웃음에, 테일드는 '헉' 하는 소리를 내며 당황했다.

타냐는 두 사람의 유쾌한 대화에 도저히 끼지 못하고 소리 질렀다.

"만약 그따위 끔찍한 남자가 앞에 나타난다면 제가 먼저 불에 태우고 얼음으로 얼려버릴 겁니다."

"그럴 수 있을까?"

"있습니다."

"그럼 그렇게 하렴."

가늘게 뜬 새나디엘의 눈을 보고 있자니, 방금 그건 예언이 아니라 저주 같았다.

타냐는 눈을 뜨자마자 우선 구슬에 불빛을 내려 했다. 그러나 목걸이로 걸려 있어야 할 구슬은 그녀의 가슴 위에 없었고, 구슬을 찾아 몸여기저기를 더듬다가 옷도 벗겨져 있는 걸 알았다. 어설프게 감긴 붕대가 옷 대신 가슴을 가리고 있었다. 타냐는 붕대를 따라 등을 만져보다가 짧은 비명을 질렀다. 어둠 속에서 크게 소리 내지도 못하고 그녀는 고통을 삼켰다.

멀지 않은 곳에서 물이 흐르는 소리가 났다. 그 물에서 손을 씻느라 찰방찰방하는 소리도 났지만 모습은 전혀 보이지 않았다.

여긴 어둠에 눈이 익숙해질 불빛조차 없었다.

"카셀?"

타냐는 작은 목소리로 그를 불렀다.

멀지 않은 곳에서 카셀의 목소리가 돌아왔다.

"거기 계세요. 제가 가죠."

다시 찰방거리는 소리가 나더니 어이쿠 하는 비명과 함께 풍덩 하는 물소리가 났다.

"괜찮습니까, 카셀?"

"괜찮아요."

곧이어 뚝뚝 물 떨어지는 소리와 함께 그의 인기척이 가까워졌다. 부르르 몸을 떠는 카셀의 목소리가 들렸다.

"타냐, 소리 좀 내주시겠어요?"

"여기예요. 방금 무슨 소리였어요?"

"개울가에서 손수건을 빨다가 미끄러져서 넘어졌어요. 도통 아무것도 보이질 않아서…….."

"내 구슬은 어디 있죠?"

"거기 누워 있던 곳 근처를 더듬어 보세요. 옷과 함께 뒀어요."

손을 뻗어 보니 익숙한 감촉이 닿았다. 그녀는 손을 대어 빛을 냈다. 머리까지 흠뻑 젖은 카셀의 얼굴이 보였다.

"근처에 카구아가 있는 것 같으니, 빛은 꺼두는 게 좋겠어요."

타냐는 불빛을 꺼뜨리고 속삭였다.

"그게 여기까지 따라왔다는 말씀입니까?"

"예."

옷이나 머리의 물을 짜내는지, 바닥에 물 떨어지는 소리가 계속 들렸다.

"떨어지는 순간은 기억하지만 그다음에는 저도 그만 기절해 버렸어요. 얼마나 정신을 잃었는지 모르지만 도로 깨어나 보니 제가 타냐 위에 엎어져 있더군요. 그런데 갑자기 위쪽에서 산사태라도 난 것처럼 굉장한 소리가 나더군요…….."

"카구아가 내려오는 소리였군요? 아마 절벽에 매달려 미끄러지느라 그런 큰 소리가 났을 겁니다."

"그렇겠군요. 전 그때는 그게 뭔지 몰랐어요. 그냥 급한 김에 타냐를 들고 아무 곳으로나 달려가다 소리가 멈춰서 여기 숨어있었죠. 그랬더니 두 개의 횃불을 쌍으로 켜 놓은 것 같은 녀석의 눈동자가 여기저기 살피더니 다행히 반대쪽으로 이동하더군요. 하지만 아직도 근처를 배회하고 있어요. 벽에 부딪치지도 않고 잘 다니더군요. 녀석은 앞이 보이는 걸까요?"

"드래곤에게 이런 어둠은 문제가 되지 않을 겁니다. 날개도 없는 괴물을 드래곤이라는 성스러운 이름으로 불러도 될지 모르겠지만요."

타냐는 구슬에 댔던 손을 자신의 눈으로 가져갔다. 차가운 기운이 눈동자를 감쌌고, 잠시 후 주위가 파랗게 보이기 시작했다. 드래곤의 마법에 비할 바는 아니지만 타냐도 사물의 윤곽 정도는 구별할 수 있었다.

더듬거리며 자신의 옷을 쥐어짜는 카셀의 모습이 제일 먼저 보였다.

젖은 머리가 아무렇게나 뻗어 있는 꼴이 우스웠다.

'나도 만만치 않게 우스운 꼴일 거야.'

타냐가 몸을 움직이자, 제대로 매듭을 묶지 못한 붕대가 풀어져 젖가슴이 드러났다. 그녀는 다시 붕대를 되감으며 물었다.

"붕대는 어디에서 났습니까?"

"어제 배낭을 서로 나눠 담을 때 붕대와 약이 든 가방이 저한테 왔어요. 기억나요? 운이 좋았어요. 레미프 식으로 말하면 '기더가 이끌었다.'고 해야겠죠."

카셀은 웃다가 헛기침을 했다.

"붕대를 감을 때도 지금처럼 어두웠으니 안심하세요. 또 안 건드리기 위해 최선을 다했고요."

"그런 것 같군요. 안 건드리려고 애쓰다가 매듭도 제대로 못 묶은 걸보니. 이럴 때는 주물럭거리는 한이 있어도 제대로 해주셔야죠."

타냐는 붕대를 다시 감고 옷을 입으려다 포기했다. 피로 범벅이 된옷을 다시 몸에 걸치고 싶지 않았다. 그리고 공기가 꽤 따뜻해서 굳이옷을 입지 않아도 버틸 만했다. 오히려 조금 더운 쪽에 가까웠다.

'이렇게 깊은 곳은 빛이 닿지 않으니 추워야 하는 게 아닐까? 아니면 하푸의 바닥은 화산 지대일지도 모르겠군.'

타냐가 말했다.

"카구아가 근처에 있다니 한 곳에만 머물러 있을 수는 없겠군요. 움직이죠."

"움직일 수 있겠어요?"

카셀이 걱정스럽게 물었다.

"괜찮아요."

전혀 괜찮지 않았지만 타냐는 억지로 몸을 일으켰다.

"손을 주세요, 카셀. 제가 안내하겠습니다."

타냐는 카셀이 내민 손을 꽉 잡고 걸었다. 짙은 어둠 속에서 한 걸음 디딜 때마다 타냐는 등이 아파 참을 수가 없었다. 겨우 끌어모은 마법의 거의 전부를 등에 집중시켰지만, 그런다고 고통이 줄어드는 건 아니었다. 결국 타냐는 10분도 걷지 못하고 멈췄다. 그러자 카셀이 말했다.

"안 되겠어요. 조금 더 쉬었다 가죠."

"안 됩니다. 우리가 할 일은 아직 끝나지 않았어요."

"길도 모르는데 움직이는 것보다 여기서 로핀을 기다리는 편이 더 나을 거예요. 로핀이라면 분명 와줄 거예요."

카셀이 강한 믿음을 가지고 말했다. 타냐도 그렇게 믿었다. 평소 대화할 때는 믿음직스럽지 못하고, 음흉하고, 막돼먹은 성격이 짜증 났지만, 이런 순간이라면 누구보다 의지가 되는 사람이었다. 만약 라이가 협조한다면 로핀을 데리고도 충분히 여기까지 날아서 내려올 수도 있었다. 하지만 그런 식으로 여길 내려오면 먼저 내려온 카구아와 길이 겹쳤다. 그러니 로핀은 카구아와 싸우기보다는 다른 방법을 찾을 것이다. 그는 절대 포기하지 않을 것이다.

카셀의 말대로 그들을 기다리는 게 더 안전했다. 하지만 마법사의 본능이 계속 걸음을 이끌었다.

"그 카구아에게 지혜라는 것이 있을지는 모르지만, 같은 자리에만 있는 건 좋지 않아요. 그리고……."

타냐는 확인이라도 하듯 주먹을 쥐었다 폈다.

"제 힘만 회복한다면 카구아를 꺾을 수 있을지도 모릅니다."

"……드래곤을 상대로 싸울 수 있다고요?"

"카구아는 드래곤이 아닙니다. 날개도 없었고 크기도 구아닐보다 작았죠. 놈은 드래곤을 닮은 짐승에 불과합니다. 드래곤과 싸우는 것과는 차원이 다르죠. 로핀도 싸우고자 마음먹었다면 녀석을 죽일 수 있었습니다."

"하지만 로핀은 후퇴했잖아요."

"그 칼을 쓸 수가 없었던 겁니다. 잘 모르지만, 그 칼은 한 번 쓰고 자신의 목적을 달성하면 사라지는 마법의 검 같더군요. 구아닐을 죽이기 위해 존재하는 칼을 이런 괴물에게 허비해 버릴 수는 없었던 겁니다."

"그럼 어쩌죠? 이대로 전진해야 하나요? 우린 이곳의 길을 전혀 몰라요."

카셀은 흔들리는 눈동자로 물었다. 선택을 해야 할 때가 왔다. 레미프 마법사도 이기지 못하는 힘으로 카구아를 이길 수 없을 것이고, 카구아의 걸음도 막지 못한 힘으로 구아닐을 상대하는 것은 꿈도 꿀 수 없다.

"업어 주십시오."

타냐는 고통을 인내하느라 입에 고인 침을 삼키고 말을 이었다.

"저는 마법 회복에 전력을 다하겠습니다. 로핀은 절대 우리를 포기하지 않겠지만 어쨌든 지금은 우리 둘뿐이에요. 그러니 우리 둘이서 싸워야 합니다."

"뭘…… 하시려고요?"

"제 몸에 걸려 있는 봉인을 풀 겁니다."

타냐는 새나디엘의 예언이 떠올라 덧붙였다.

"당신에게는 피해가 없을 거예요."

"피해요?"

카셀이 의아해하며 물었다.

'예언은 예언일 뿐이야. 새나디엘 여왕이 어린 날 놀리려고 되는 대로 던진 말이었어. 그리고 지금은 그딴 것에 신경 쓸 때도 아니지!'

타냐는 괜히 새나디엘이 원망스러웠다.

"지금은 그냥 해달라는 대로만 해주세요."

"예."

타냐는 카셀이 내민 등에 올라탔다. 업히는 순간 등의 벌어진 상처에서 뼈가 튀어나오는 것 같았다. 그녀는 입술을 꽉 깨물었다.

"됐나요? 아프진 않아요?"

"제가 말하는 쪽으로 가십시오."

타냐는 카셀의 귓가에 대고 작은 목소리로 방향을 지시했다. 카셀은 조심스럽게 발을 옮겼다.

어둠 속에서 카셀의 발소리만 희미하게 울렸다. 타냐는 이 소리마저 지워버리고 싶었다. 카셀이 나직이 숨을 내쉬며 말했다.

"타냐 말이 맞아요. 저도 계속 움직여야 한다는 불길한 예감이 드네요."

"그래도 힘들어지면 말씀하십시오. 쉬면서 가야 합니다. 앞으로 얼마나 걸어야 할지 모르니까요."

카셀은 그녀를 고쳐 업으며 대꾸했다.

"그래도 다행이네요. 항상 당신에게 업혀 다니다가 처음으로 당신을 업어 줄 수 있게 되었으니까."

"당신은 이상한 남자예요."

"그런 말 많이 들었죠. 특히 여자들한테."

"제가 한 말은 그런 의미가 아닐 테지만, 다른 여자들이 어떤 뜻으로 그런 말을 카셀에게 했는지 궁금하군요."

"화창해서 뛰쳐나가지 않고서는 견딜 수 없는 날씨에 나무 그늘에 앉아서 책을 읽고 있다거나, 검술 훈련에는 제일 열심인 주제에 제일 못 싸운다거나, 또래에게는 찍소리도 못하면서 어른들하고는 멱살 잡고 싸운다거나……. 그때마다 이상하다는 말 많이 들었죠."

"전 그런 뜻으로 한 말은 아니지만, 그건 이상한 거 맞군요."

"역시 그렇죠."

"그런데 그 점은 저랑 같습니다."

"그래요?"

"저도 혼자 책 읽는 시간을 좋아하고 어른들과 더 잘 싸웠지요. 멱살은 안 잡았지만요."

타냐는 혼자 웃다가 덧붙였다.

"하지만 전 약간 다릅니다. 제 주변에는 아예 또래가 없었지요. 딱히 사귀려고 노력하지도 않았지만, 정신 차리고 보니 주변에 다 할아버지만 있더군요. 그래서 얘기하는 것도 그들이고 싸우는 것도 그들이었습니다."

"할아버지란 건 루티아의 마법사들인가 보군요?"

"네. 바깥에서는 루티아의 존경받는 마스터들이지만, 늘 같이 있다

보면 그냥 할아버지로밖에 안 보입니다."

"저도 그래요. 아버지 때문인가? 아버지는 마을 어른들과 얘기할 때 꼭 절 옆에 앉혀 놓으셨죠. 그래서 어른들과 얘기하는 것에 별로 거부감이 없었어요."

"카셀이 해주는 아버지 얘긴 참 재미있습니다. 정말 사이가 좋아 보여요."

"듣기만 하고 좋아 보인다고요? 저랑 아버지가 같이 있는 모습을 하루만 보면 그런 말 못할 걸요. 심지어 절 전쟁터에 내몬 장본인이라고요. 아버지가 이상한 말만 안 했어도 저는 전쟁터에 안 나갔을 것이고 지금쯤……."

"지금쯤?"

"……농사를 짓고 있겠죠. 그런데 지금 전 루티아의 마스터를 등에 업고 있네요. 이건 굉장한 출세예요. 그렇다고 아버지가 의도한 출세는 아니니 굳이 감사 안 해도 되겠죠?"

"아, 약간 오른쪽으로 방향을 꺾어요. 얘기하면서 길이 틀어졌습니다. 그런데 어머니는 어떤 분이셨습니까?"

타냐는 카셀의 눈이 되어 길을 지시하면서 물었다.

"별로 기억에 없어요. 제 가장 첫 번째 기억이 어머니이긴 하지만, 그게 도무지 생각이 안 나요. 그래서 그립지도 않죠. 타냐는요? 가족 얘기를 한 번도 하지 않으시네요."

"말하고 싶지 않습니다."

타냐는 곧 말투를 바꿨다.

"또 딱딱하게 말해버렸군요. 너무 가슴 아픈 얘기라, 지금 이런 곳에서 말하고 싶지 않다는 뜻입니다. 오해하지 말아요."

"괜찮아요. 물어봐서 죄송해요."

"나중에 얘기해요. 그땐 할 수 있을 겁니다."

"그러죠."

타냐는 또 내뱉은 말을 후회했다.

'나중에? 난 방금 지키지도 못할 약속을 한 거야.'

타냐는 카셀의 이마에 맺힌 땀을 닦아 주며 말했다.

"여기에서 조금 쉬어야겠습니다. 왼쪽으로 가세요. 너무 틀었어요. 예, 이대로……. 여기서 멈춰요."

카셀은 타냐가 아프지 않도록 살살 내려놓더니 그대로 주저앉았다. 그는 벽에 등을 기대고 숨을 몰아쉬었다.

"업은 채로 대화하는 건 관둬야겠어요. 힘드네요."

카셀은 진지하게 말했다.

등의 고통은 조금도 나아지지 않았다. 그러나 타냐는 카셀에게 걱정을 끼치고 싶지 않아 배에 힘을 꽉 주고 소리 내지 않았다.

'참아야 해. 이건 효율성 문제다. 내가 소리 내면 카셀이 걱정할 것이고 앞으로 업고 걸을 때 더 조심하게 되지. 그럼 카셀은 더 힘이 들 것이고 속도는 더 느려질 것이며 카구아로부터 피하기가 더 어려워진다. 그래, 효율성 문제야. 아무 소리도 내지 마, 타냐.'

그러나 악다문 입에서 가는 신음이 새어 나오고 말았다. 눈물이 나도록 입술을 깨물어 봤지만 목 깊은 곳에서 나는 소리는 막을 수가 없었다. 너무 아팠다.

카셀이 타냐가 있는 방향으로 조심스레 손을 내밀었다가 그냥 접었다. 그는 타냐를 위로하지 않았다. 그 역시 타냐가 어떤 생각으로 고통을 인내하고 있는지 짐작하고 있었다. 지금 위로해 봐야 서로 가슴만 아프니 그는 차라리 침묵을 택했다.

그 침묵이 무엇보다 그녀에게 힘을 주었다.

고통이 겨우 잦아들자, 타냐가 숨을 몰아쉬고 물었다.

"시간이 얼마나 흘렀을까요?"

카셀은 자신 없게 대꾸했다.

"배가 안 고프니 정오쯤 되지 않을까 싶지만……, 오래 기절해 있어서 저녁일지도 모르겠군요."

"시간이 너무 지난 게 아니었으면 좋겠는데. 이제 됐습니다. 가요."

"괜찮겠어요?"

"예. 업어주세요."

카셀은 보이지 않는 어둠 속으로 등을 돌렸고, 타냐는 그의 등에 두 손을 댔다.

'남자의 등이 넓어 보인다는 게 이럴 때구나.'

타냐는 천천히 카셀의 등에 업혔다. 그가 움직이기 시작하자 다시 등의 통증이 찾아왔다.

"어디로 갈지는 정하고 움직이는 거죠?"

카셀은 흔들리지 않도록 애쓰며 물었다.

"예. 점점 오르막이 나올 거예요. 힘들겠지만 이 길로 가야 됩니다."

"네, 이 길이 위로 향하는 길이길 바라죠."

'아니면 적어도 카구아로부터 멀어지고 있는 방향이거나.'

타냐는 뒤를 돌아보고 귀를 기울였다. 뭔가가 보이지도 않고 어떤 소리도 들리지 않았다.

카셀은 묵묵히 무거운 발걸음을 옮겼다. 카셀의 등에 밴 축축한 땀이 타냐의 가슴과 맞닿은 붕대를 적셨다.

타냐는 이동하며 바닥에 난 거대한 짐승의 발자국들을 몇 개 발견했다. 어둠을 꿰뚫는 마법의 시야는 사물이 모두 단색으로밖에 보이지 않지만, 발자국의 형태가 두 종류라는 건 알아볼 수 있었다. 드래곤 크기의, 각각 다른 모양을 한 두 종류의 발자국…….

'카구아가 두 마리?'

가능한 일이었다. 타냐의 눈앞에 나타난 게 한 마리였던 거지, 놈들이 서너 마리 더 있더라도 이상할 게 없었다. 그리고 타냐는 절벽에서 추락한 뒤 기절했으니, 놈이 동료를 더 데리고 왔는지 여기에 이미 다른 카구아가 서식하고 있었는지 알아낼 도리가 없었다.

타냐는 완만한 오르막길의 천장을 살피며, 머릿속으로 지금 두 사람이 걷고 있는 하푸의 구조를 그려 보았다.

처음 카셀은 카구아를 피해 절벽의 어딘가 나 있는 틈새로 숨었다. 그리고 이후 둘은 틈새를 통해 계속 걸어가다 위로 향하는 길을 발견했는데, 그 길이란 건 다름 아닌 천장의 높이와 좌우의 폭을 측정하기도 힘들 정도로 넓은 동굴이었다. 타냐의 눈으로는 색깔을 구별할 수 없었지만, 바닥은 모래가 단단하게 굳은 바위였고, 거기에 박힌 수많은 발자국 중 일부는 아주 오래된 것이었다. 벽에는 뭔가에 긁힌 자국이 깊이

나 있었다. 타냐는 시야를 이 이상으로 밝히지 못하는 게 안타까웠다.

'혹시 여기가 라이가 말했던 하늘 산맥의 하이로드가 살고 있는 곳인가? 그럼 이 흔적도 혹시 드래곤만큼이나 큰 짐승이 아니라, 그냥 드래곤이 낸 걸까……?'

타냐는 곧 자신의 생각을 접었다. 라이는 드래곤이 산 위쪽에 있다고 말했다. 하푸의 아래쪽은 언급하지 않았다.

'드래곤도, 카구아도 아닐 수 있다. 하늘 산맥에는 온갖 괴물이 다 있으니까. 이렇게 깊은 곳이라면 내가 생각도 못한 거대한 존재가 있을 수도 있어.'

위로 올라가는 경사가 더 급해졌다. 카셀은 타냐를 고쳐 업느라 멈췄다가 다시 걸었다.

그사이 더 자세히 살펴보니, 발자국은 두 종류가 아니라 세 종류였다. 하나는 두 사람을 쫓는 카구아, 또 하나는 카구아는 아니지만 최근 발자국을 낸 또 다른 드래곤, 마지막 하나는 드래곤인지 아닌지 모르지만 아주 오래전에 발자국을 낸 더 커다란 어떤 생명체.

'세 번째 발자국은 무시하자. 이건 이 모래가 아직 바위가 되기 전에 생긴 발자국이라고 해도 좋을 정도로 오래전 흔적이야. 발자국의 주인이 누구든 이미 천 년쯤 전에 죽었을 거야. 두 번째 발자국의 주인이 누군지 알아내는 게 더 급해. 또 다른 카구아만 아니었으면 좋겠는데. 혹시 구아닐? 우리가 모르는 다른 드래곤? 대체 이 깊은 땅속에 뭐가 사는 걸까?'

등의 상처보다 마음속 불안이 그녀를 더욱 괴롭혔다.

'지금 절벽 위에서는 무슨 일이 벌어지고 있을까? 로핀은 어디에 있

는 걸까?'

타냐는 마음이 약해졌다. 그래서 생각을 고쳐먹고 여기서 로핀의 도움을 기다리는 게 낫다는 판단을 내렸다. 하지만 카셀에게 그 얘기를 하기 직전 다시 생각을 고쳤다. 지금 로핀이 당장 달려온다고 해서 달라질 건 없었다. 라이도 뛰어난 전사지만 드래곤을 상대할 수는 없다. 드래곤을 상대할 수 있는 건 오직 마법사뿐이었다.

그것도 루티아의 그랜드 마스터에 필적하는 힘을 가진 마법사!

"카셀."

타냐는 망설임을 끝냈다.

"예, 타냐."

카셀은 힘들어서 대답도 겨우 했다.

"업혀 가는 거, 미안해하지 않겠습니다."

"예."

"그러니 지금부터 무슨 일이 일어나도 미안해하지 마십시오."

약간 시간이 걸렸으나 카셀은 대답했다.

"예."

"또 내 목소리가 변하더라도 개의치 마십시오. 모든 마법의 힘을 상처 치료에 동원하면 목소리도 외모도 조금씩 변할 수 있으니까, 다른 얼굴을 보더라도 그게 저라고 생각해 주십시오."

"알았어요."

"이제 잠깐 동안 전 정신을 잃을지도 몰라요. 그래도 계속 직진하세요. 그리고 길이 막히거든 거기에 잠깐 동안 서 있도록 하세요. 섣불리 움직이지 말고…… 힘들더라도 그냥 업고 계세요. 뒤에서 무슨 일이 일어나더라도 돌아보시면 안 됩니다."

"돌아보지 않을게요."

타냐는 눈을 감았다. 그리고 손에 쥔 구슬에 강한 힘을 주었다.

'돌아보지 마세요, 카셀. 새나디엘 여왕의 예언을 믿는 건 아니지만 당신에게 있어 그 예언은 재앙과도 같습니다. 당신에게 그런 끔찍한 일을 당하게 하고 싶지 않아요.'

구슬이 깨지면서 섬광처럼 짧게 빛을 냈다. 그녀는 그 빛을 가슴으로 끌어당겼다. 희미한 빛의 뭉치가 그녀의 가슴으로 스며들었다. 잠시 후 머릿속이 깨지는 것 같은 커다란 소리가 울렸다.

타냐는 등의 고통도 잊고 크게 호흡을 들이키며 허리를 젖혔다. 업고 있던 카셀이 순간적으로 휘청거리며 물러났다. 그는 이를 악물고 다시 균형을 잡고 그녀의 허벅지를 꽉 붙들었다.

타냐도 겨우 균형을 잡고 카셀의 어깨를 꽉 쥐었다. 그녀의 몸 전체에서 희미한 빛이 맴돌았다.

타냐는 또 몸이 튕겨나갈까 봐 카셀의 목을 꽉 끌어안고, 그의 목덜미에 얼굴을 파묻었다. 온몸이 부들부들 떨렸다. 어둠을 뚫고 타냐의 몸에서 빠져나온 빛이 두 사람의 그림자를 만들었다. 평생 동안 사지를 결박한 포승줄이 끊어지기라도 한 것처럼 개운하면서도, 전신의 힘줄이 끊어진 것처럼 아팠다. 거기에 본래 있던 등의 통증이 합쳐지며 타냐는 이루 말할 수 없는 통증에 흐느꼈다.

"으으……, 윽, 으윽."

입에서 피가 왈칵 쏟아져 카셀의 뒤통수를 적셨다. 카셀은 깜짝 놀라 뒤를 돌아보려 했으나 약속대로 머리를 돌리다가 멈췄다.

"타냐, 대체 뭘 하려는 거예요?"

겁에 질린 카셀이 물었다.

타냐는 대답하지 못했다.

업히지 않고 봉인을 깨뜨린다면 더 쉬웠을지도 몰랐다. 그러나 타냐는 자신의 몸에서 나는 빛으로 인해 카셀에게 얼굴을 보이고 싶지 않았다.

"거, 걸어요, 카셀. 게, 계속……."

타냐는 마지막으로 목소리를 쥐어짜 내며 말했다. 그리고 또 한 번 낮은 비명을 터뜨렸다.

타냐의 손톱이 카셀의 어깨를 찌르며 피를 냈다. 다리의 근육은 팽팽하게 당겨졌고, 전신의 관절이 비틀렸다. 등에서 아물어가던 상처에서 터진 피가 허리에 이어 다리를 타고 줄줄 흘렀다. 그러나 타냐는 봉인을 깨뜨리는 작업을 멈추지 않았다. 아니, 이제 멈출 수가 없게 되었다.

봉인의 힘은 너의 육체를 강제로 묶을 것이다.

그 육체의 힘을 되살리고 싶거든 다른 형태로 변해야 한다.

늑대가 좋겠구나.

봉인이 있는 한,

네 마법의 힘은 한계까지 뿜어 나오지 못할 것이다.

네 마법의 근원은 생명이다.

충분히 채워져 있으나 다시 채워지지 않는 우물이다.

그 물을 조절해서 쓸 수 있는 두레박을 얻기 전까지,

이 힘은 네 안에 숨겨 두어라.

네 스스로 그 봉인을 푸는 날,

루티아는 또 한 명의 그랜드 마스터를 얻게 되리라.

타냐의 눈앞이 하얘졌다. 이제 통증은 사지가 아니라, 몸의 말단 부분으로 옮겨갔다. 처음에는 손가락이 아프더니, 이내 손톱이 뽑혀져 나가는 것 같은 고통이 달려들었다. 눈동자를 덮고 있던 보이지 않는 장막이 바깥쪽으로 깨졌다. 오직 타냐에게만 들리는 굉음이 울려, 귀청이 찢어지는 것 같았다.

그녀의 머릿속에는 항상 뭉실뭉실한 아지랑이가 떠 있었다. 그게 방금 사라졌다. 마법을 쓸 때면 어깨를 누르는 무거운 추 같은 것이 느껴졌다. 그것도 사라졌다. 하지만 홀가분함을 느끼기도 전에 누군가 손을 집어넣어 뇌를 직접 비틀어 짜는 것 같은 고통이 찾아왔다.

타냐는 고르지 못한 숨을 토했고 그때마다 입에서 침 섞인 피가 카셀의 등에 떨어졌다. 그녀는 자기가 토해낸 피에 얼굴을 떨어뜨렸다. 다리를 따라 흐르는 피는 처음 월경을 가졌던 그때의 공포를 떠올렸다. 타냐는 언니의 고통을 공유했던 열두 살의 그 순간으로 되돌아갔다.

'아파.'

저항하는 언니의 몸을 덮친 남자의 손이 그녀의 몸속을, 머릿속을 헤집어 놓고 있었다.

'난 언니의 고통을 공유한 게 아니었어. 그랬다고 상상한 거다.'

절벽 위에 홀로 서서 파도치는 바다를 내려다보면서 타냐는 견딜 수 없는 외로움에 양팔을 펼쳤다.

'날 수 있어.'

아니, 그녀는 날지 못하는 걸 알고 있었다.

죽는 게 두려워 상상으로 공포를 뭉개고 싶었을 뿐이었다.

'죽는 게 아니야. 그냥 나는 거야.'

타냐는 절벽을 뛰어내렸다.

이번엔 테일드가 나타나 주지 않았다. 그녀의 몸은 낭떠러지 아래로 한없이 떨어져 검은 대리석 같은 바닷물에 부딪쳤다. 하얀 포말 안에서 죽어 가는 가족들의 불투명한 눈동자가 한 명씩 번갈아 가며 보였다. 타냐의 입에서 거친 비명이 터져 나왔다. 현실 같은 공포가 머릿속에 남은 벽을 무너뜨렸다.

'당황하지 마. 이건 내가 만든 공포야. 가짜야. 견디면 견딜 수 있는 공포야.'

오래된 기억이 그녀의 정신을 갉아먹기 시작했다.

'견뎌, 타냐.'

목구멍에서 역류하던 피가 입에 고였다. 숨도 못 쉬고 기침으로 피를 토했다.

'스무 살이 되면 봉인을 풀라고 했는데 너무 오래 방치한 건가? 그래서 벽이 너무 단단해진 걸까?'

몸 안에 고인 피가 코로 주르륵 샜다. 끝났나 싶었는데, 다시 처음부터 모든 고통의 과정들이 되풀이되었다.

'뭔가 잘못됐어. 이렇게 되면 안 돼!'

테일드는 봉인이 풀릴 때 이 정도의 고통이 있을 거라고 얘기하지 않았다. 이런 고통이라면 미리 경고를 했을 거다. 타냐는 이제 비명을 지를 힘도 남지 않았고, 업혀 있을 힘도 없이 몸을 늘어뜨렸다. 본능적으로 지금 정신을 잃으면 다시는 일어나지 못하리라는 걸 알았으나, 의식을 유지할 수가 없었다. 아까 카구아의 발에 밟혔다면 이런 기분으로 죽었겠구나 싶을 정도로 묵직한 힘이 온몸을 짓눌렀다.

'실패했어. 봉인이 풀리지 않고, 그 후유증으로 이렇게 죽는 거야.'

타냐는 더 이상 숨을 쉬지 못했다. 팔을 들지도 못했다. 카셀의 어깨를 쥐지도 못했다. 그대로 시체처럼 늘어져 죽음을 기다렸다.

'차라리 죽었으면 좋겠어. 이 고통만 사라지면 이대로 죽어도 좋겠어.'

그때 카셀이 말했다.

"타냐, 뒤를 돌아보지 말라고 했으니 돌아보지 않을게요."

그의 목소리에는 울음기가 섞여 있었다.

"당신이 무슨 일을 하고 있든 당신을 믿어요."

카셀은 무거운 발걸음으로 느릿느릿 경사를 올라갔다.

"무슨 일이 일어나든 미안해하지 말라고 했으니, 미안해하지 않을게요. 무슨 일이 일어나든 당신 옆을 떠나지 않을게요. 타냐, 지금 뭘 하고 있든…… 포기하지 마세요!"

갑자기 머릿속이 맑아졌다. 그제야 카셀이 쥐고 있는 허벅지의 감각이 돌아왔다. 그의 등에 대고 있는 가슴에서 따뜻한 체온이 느껴졌다. 그녀의 뺨에 닿아 있는 그의 목덜미도 느껴졌다. 떨리는 그의 호흡이 들렸다.

한순간 카셀의 마음이 타냐에게 그대로 전달되었다. 걱정해 주고 있었고, 함께 있어 주려고 애쓰는 감정이 격렬하다 못해 흘러넘쳐 타냐의 몸을 적셨다.

'힘이 닿든 닿지 않든, 날 지켜주려고.'

타냐는 늘어진 몸을 천천히 일으켜 다시 카셀의 목을 끌어안았다. 고통에 겨운 떨리는 손길이 아니라 부드러운 포옹이었다. 타냐는 자신이 토해 놓은 피가 흐르는 카셀의 등에 얼굴을 대고 고른 숨을 내뱉었다.

"끝났습니다, 카셀."

카셀이 놀라 물었다.

"괜찮으세요?"

"아직 완벽하지 않지만……, 네. 괜찮습니다. 앞으로 조금만 더 가세요. 거기 다리를 펴고 앉을 만한 곳이 있습니다. 잠시만 쉬죠."

타냐는 이제 시커먼 동굴 안을 낮과 같이 바라보고 있었다. 모든 것이 눈이 아플 정도로 선명했다.

'만약 찾아내면 제일 먼저 한 대 후려쳐 줄 거예요, 마스터. 이렇게 아플 거라고 말을 했어야죠!'

갑자기 찾아온 고통은 갑자기 물러났다. 이제 조금도 아프지 않았다. 심지어 카구아에게 다친 등의 상처까지도.

둘은 잠시 바위를 등지고 앉아 숨을 골랐다. 완벽한 어둠 속에서 카셀은 아직 타냐의 얼굴을 보지 못했다. 그러나 목소리가 달라졌다는 것은 알아차린 모양이었다.

"지금 이 동굴에는 카구아가 두 마리 있는 것 같습니다. 아무리 운이 좋아도 둘 중 하나는 만날 것이고, 그것들과 상대하려면 지금 힘으로는 무리입니다. 그래서 제 몸에 걸린 봉인을 풀었습니다."

타냐는 많은 부분을 생략하고 간략하게 설명해 주었다.

"그렇게 고통스러운 과정이 필요한 거라면 하지 마시지 그랬어요? 그리고 타냐는 굳이 그런 거 안 해도 충분히 강한 마법사 아니었나요?"

"그렇게 봐 주시니 고맙습니다만, 카구아를 상대하기에는 모자랍니다. 마법적인 부분은 드래곤보다 약할지 모르나 육체적인 힘으로 보자면 드래곤보다 강합니다. 이를테면 가넬로크의 네 마리 수호 드래곤도 우릴 따라온 그 카구아 한 마리가 다 잡아먹을 수 있을 겁니다."

"그 정도예요?"

카셀은 의외로 놀라지 않았다. 그저 뒤통수를 긁적이다가 타냐가 토해낸 피를 손으로 닦아 내기만 했다.

타냐는 민망한 나머지 자신의 입과 얼굴에 묻은 피를 닦았다. 카셀이 어둠을 뚫고 보지 못하는 것은 여러 가지 의미에서 다행이라고 생각했다. 타냐는 짧게 기침을 하며 말했다.

"피를 토한 건…… 어쩔 수 없었습니다. 서로 사과하지 않기로 했으니 그것도 사과하지 않기로 하죠."

"이런 건 미안해해도 되는데……."

카셀이 일부러 투덜대는 목소리로 말했고 타냐는 웃음을 터트렸다.

"목소리가 바뀐다더니 좋은 쪽으로 바뀌는 거였나요?"

"저는 잘 모르겠는데요? 좋아졌나요?"

타냐는 잔웃음을 흘리며 물었다.

"말투는 그대로지만, 왠지 더 친근감이 느껴져요."

"그건 다시 말해 전의 목소리가 별로라는 뜻이네요?"

"그럴지도. 처음 들었을 때는 깜짝깜짝 놀랄 때도 많았죠."

카셀은 솔직하게 말하며 허허 웃었다. 그는 타냐가 보이지도 않으면서 마치 보이는 것처럼 바라보며 부드럽게 미소 지었다.

"어쨌든 이겨 냈군요, 타냐."

"그래요."

"하지만 다시는 그러지 말아요."

"말했듯이 카구아가 두 마리이며……."

"그런 뜻이 아니에요. 옆에 당신을 믿어 주는 사람이 있으면, 혼자 해결하려고 하지 말라는 거예요. 옆에 아무도 없을 때나 그렇게 하세요. 지금은 아니잖아요. 손 좀 내놔 봐요."

타냐는 얼결에 손을 내주었고 카셀은 씨익 웃었다.

"보세요. 이젠 제가 손 내밀란다고 내밀었죠?"

"글쎄요, 그런 게 이번이 처음은 아니지 않나요?"

"방금은 정말 망설임 없이 내밀었잖아요."

타냐는 속으로 아쉬워했다.

'손! 은 내가 먼저 하고 싶었던 건데…….'

카셀이 말했다.

"타냐가 저를 믿고 있다는 뜻이에요. 고마워요. 그러니 앞으로는 뭘 하든……. 저와 함께해요, 타냐. 그게 무엇이든 우린 같이 할 수 있을 거예요."

그게 진심이라는 건 이미 카셀의 감정을 읽어 버려서 알고 있었다. 하지만 그가 입으로 소리 내어 말하는 순간 가슴이 시릴 정도로 기분이 좋았다. 동시에 아팠다. 이제 등의 고통은 거의 느껴지지 않았지만 이상하게 또 눈물이 나려 했다.

'그 미소와 자신감에 당신의 친구들이 당신을 따르는 겁니다. 나도 당신과 함께하고 싶어요. 계속 그랬었는데 당신이 말해 주고 나서야 그러고 싶었다는 걸 깨닫는군요. 당신을 좋아해요. 그렇기에 이 모험을 끝으로 당신을 떠나야겠어요. 분명 당신이 다칠 때마다, 또 그 미소가 어긋날 때마다 난 괴로워 견딜 수 없을 테니까.'

타냐는 절망 속에 빠져 있을 루티아를 떠올렸다. 로핀의 추측대로 러스킨이 배신자라면 그녀는 루티아로 돌아가 러스킨과 싸워야할 것이고, 카셀은 다시 아란티아로 돌아가 이 위기를 알리고 대비해야 할 것이다.

'카셀과의 모험은 여기서 끝나는 거야. 루티아로 돌아가 다시 예전 얼굴로 돌아가자. 굳이 마법을 봉인할 필요 없이 가짜 얼굴만 만들면 돼. 누구한테도 새나디엘의 예언을 적용시키지 않도록. 그리고 난 이 동굴 속에서의 힘든 여정을 추억으로 반추하며 루티아 마스터로서의 인생을 이어가겠지.'

타냐가 우울해 아무 말도 하지 않자 침묵이 찾아들었다. 그럴 때면 카셀은 항상 먼저 입을 여는 걸 택했다.

"얼굴이 안 보이는 어둠을 틈타 이런 말 하는 건 좀 한심하지만, 이 순간이 아니면 또 말도 못할 테니."

카셀은 뭔가 준비해 뒀던 말이 잘 안 나왔는지 눈동자를 한 바퀴 굴렸다. 타냐는 그가 말하는 동안 가슴이 꽉 막힌 것 같아 입을 열지 못했다.

"아, 시작이 틀렸군요. 꽤 길게 준비한 서두를 망쳐 버렸네요…….
그냥 말해야겠어요."

카셀은 침을 꿀꺽 삼키고 말을 이었다.

"전 당신을 좋아합니다, 타냐. 당신이 루티아의 마스터고, 전 아무 것도 없는 남자지만 꼭 제 감정을 말씀드리고 싶었어요."

카셀은 어색하게 웃었고 타냐는 웃지 못했다.

'난 또 나한테 거짓말을 했구나.'

타냐는 카셀을 떠나 루티아로 돌아가 다시는 그를 보지 않는 것이 그를 위한 배려라고 생각했다. 훌륭하고 이성적인 선택이라고 믿었는 데, 그게 아니었다. 카셀의 솔직한 마음을 듣고 나서야 자신이 솔직하지 못했음을 깨달았다.

'난 카셀을 떠나고 싶지 않아. 같이 있고 싶어. 지금도, 앞으로도. 계 속!'

타냐는 속으로 외쳤다. 그러나 입에서 맴도는 말은 엉뚱하게 샜다.

"미안해요, 카셀."

카셀은 예상했던 답이 나왔다는 듯 빙그레 웃었다.

"알아요."

그는 일어나 타냐에게 등을 대주었다.

"자, 다시 이동합시다. 너무 쉬면 늘어져요. 아직은 당신을 업고 싶 으니까 몸이 다 나았다는 소리는 하지 말고."

타냐는 그가 내미는 등에 손을 얹었다. 아직도 자신의 피가 흥건하 게 묻어 있는 이 등에 대고 무슨 말을 할 수 있을까? 타냐는 지금이라 도 진심을 말해야 한다고 생각했다. 지금 말하지 못하면 평생 못할 거 라고 자신을 재촉했다.

그러나 타냐는 하고 싶은 말을 하지 못했다. 두 사람이 이야기를 나 누는 동안 기척도 없이 접근한 거대한 괴물이 그녀의 얼굴 높이로 머리를 쳐들고 있었다.

카구아였다.

"피해요!"

타냐는 아직 상황을 보지 못하는 카셀의 목덜미를 붙잡아 뒤로 집어 던졌다. 카구아가 내리친 앞발이 방금 전까지 카셀이 서 있던 돌바닥을 깨뜨렸다. 그러나 피하는 걸 예측이라도 한 듯 카구아는 즉시 입에 모아놓은 검은 불길을 뿜어냈다.

카셀을 뒤로 던져 놓은 터라 타냐는 피할 수가 없었다. 처음 하늘 산맥에서 구아닐을 만났을 때와 같은 상황이었다. 카구아의 불길은 구아닐에 필적할 수 있을 정도로 막강했다. 피하면 카셀이 맞을 수 있으니, 타냐는 두 손을 앞으로 내밀고 정면으로 맞섰다.

'지금이라면 원하는 방향대로 비껴 낼 수 있어!'

하얀빛이 타냐의 손바닥 앞에 펼쳐졌다. 어둠의 힘을 담은 불길이 하얀빛에 충돌하여 사방으로 흩어졌다. 그 순간 타냐는 자신의 실수를 깨달았다. 봉인이 풀린 그녀의 마법은 거뜬히 카구아의 불길을 막아냈다. 그러나 지금까지 카셀에게 업혀 다니느라 힘이 없는 다리로는 불길이 주는 압력을 받아주지 못했다.

타냐의 몸이 뒤로 사정없이 미끄러졌다. 불길이 멈추었으나, 타냐는 자리에 주저앉아 일어나지 못했다. 즉시 반격을 하든가, 카구아의 다음 공격을 막을 준비를 해야 했는데, 마음만 앞서고 몸이 따라 주지 않았다.

카구아는 바닥의 바위를 손에 들어 던졌다. 어디로, 언제, 어떻게 던질지 뻔히 보이는 공격이었다. 한 걸음만 옆으로 이동하면 맞지 않는

다. 한 걸음만 이동하면 된다. 녀석은 쓸데없이 힘만 센 무식한 괴물이니 피하는 걸 예측해서 던질 리도 없다! 생각은 그리했으나, 타냐는 뻔히 눈앞으로 날아오는 바위를 피하지 못했다. 다리가 움직이질 않았다. 그녀는 하는 수 없이 잘 움직이지도 않는 팔을 들어 마법을 써서 바위를 깨뜨렸다.

귀를 찢는 소음과 함께 바위 파편이 사방으로 흩어졌다. 크고 작은 날카로운 돌멩이들이 타냐의 머리 위로 떨어졌다. 얼굴의 살갗이 찢어지고 어깨에 돌들이 박혔다. 그사이 힘을 회복한 카구아는 다시 한번 불을 뿜어냈다.

'벌써 다음 불을 뿜을 수 있어? 너무 빨라!'

조금 전의 타냐였다면 도저히 따라잡을 수 없는 발동 시간이었다. 그러나 지금은 거기에 맞춰 방어 마법을 펼칠 수 있었다.

그녀가 만든 빛의 방패가 검은 불길과 충돌했다. 빛과 어둠이 너른 동굴 안을 가득 채우는 파문을 일으켰다. 진동하는 공기가 주변의 바위란 바위는 모조리 뒤흔들었다. 천장에 금이 가 흙이 쏟아졌고 가라앉은 공기가 소용돌이치며 수백 년 동안 곱게 가라앉아 있던 먼지가 들썩였다.

카구아는 더 이상 불길을 쓰지 못했다. 대신 타냐도 더 이상 마법을 쓰지 못했다. 그러나 카구아는 두 다리를 내디디며 타냐에게 다가올 수 있었고, 타냐는 여전히 다리에 힘이 풀려 일어나지도 못했다. 그녀는 다가오는 괴물의 커다란 이빨만 바라보았다.

이제 팔도 마비되어 안 올라갔다.

'더 일찍 봉인을 풀었어야 했는데, 엉터리 예언에 신경 쓰느라 제대로 싸워보지도 못하고 죽게 되었구나. 카셀은 달아났을까? 그에게 한

마지막 말이 미안하다라니, 그 말은 서로 안 하기로 했지 않아?'

타냐는 포기하고 눈을 감았다. 그때 카셀이 타냐의 어깨를 더듬거리며 짚고서 말했다.

"놈은 정면에 있습니까?"

타냐는 비명에 가깝게 말했다.

"왜 달아나지 않고……?"

카셀은 보검을 뽑아 앞으로 내밀었다.

"제가 진정한 영웅이 아니라도 좋으니, 한 번만 더 제게 기적을 베풀어 주십시오, 즈토크 워그. 아란티아의 보검이시여!"

카셀은 들리지도 않을 만큼 작은 목소리로 말을 이었다.

"제 생명이 당신의 기더를 아직 이끌 수 있다면 제게 빛을 주십시오."

마치 명령을 기다리고 있기라도 한 것처럼 보검에서 하얀빛이 쏟아졌다. 측정하기도 힘든 드넓은 지하 동굴 전체를 밝히는 빛에, 카구아는 눈이 부셨는지 고개를 옆으로 돌리고 주춤했다.

어둠을 낮처럼 보는 타냐도 갑작스러운 빛 때문에 눈이 아파서 얼굴을 돌려야 했다.

"카구아, 구아닐의 추종자이며 존재하지 말았어야 할 하늘 산맥의 괴물이여. 워그의 목소리를 들으라."

카셀은 빛을 뿜는 보검을 앞으로 세우고 타냐의 앞에 섰다. 그리고 흔들리지 않는 걸음으로 자기보다 열 배는 더 커다란 괴물을 향해 다가갔다.

타냐는 마법의 시야를 없애고 맨눈으로 정면을 바라보았다. 하얀빛이 닳은 카구아는 검은 철로 비늘을 깎아 만든 석상처럼 보였다. 높은 보검의 빛 때문인지, 카셀의 목소리 때문인지 뒤로 물러나고 있었다.

"날개는 없을지라도 하늘 산맥의 여신, 나디우렌의 목소리를 들을 귀는 있을 것이다. 그분을 대신해 명령하겠다. 내 앞에 무릎을 꿇으라. 나는 드래곤의 신탁을 받아 이 자리에 선 '라두 워그'다."

카셀이 보검을 한번 휘두르자, 카구아는 보이지 않는 채찍에 맞기라도 한 듯 뒷걸음질 치며 신경질적으로 고개를 좌우로 흔들었다. 이빨과 앞발을 들이대기도 했으나 보검이 빛을 뿜어내는 영역 안에는 손을 들이지 못했다.

"하늘 산맥 아래 생명의 지배자이신 아란티아의 여왕 폐하를 대신하여 스토크 워그가 명령한다. 네 머리를 내 앞에 조아려라."

아까 바위가 폭발하며 산산조각 난 돌조각에 상처를 입은 건 타냐만이 아니었다. 카셀도 이마가 찢어져 피를 흘리고 있었다. 타냐가 토한 피로 굳어 가는 그의 어깻죽지가 다시 피로 물들고 있었다. 자세히 보니 카셀의 왼쪽 팔뚝에 커다란 돌조각이 박혀 있었다. 그는 다친 손을 허리 뒤로 숨기고 파르라니 떨고 있었다.

또, 발을 절고 있었다. 떨어지는 바위 파편을 피하지 못한 건지, 발등이 깨져 내딛는 걸음마다 피를 적시고 있었다. 온몸이 너덜너덜 찢어진 몸으로 전진하면서도 카셀의 목소리는 넓은 동굴 안을 웅장하게 울렸다.

"물러나라. 아란티아의 힘 앞에서 네 사악한 의지를 버려라. 나는 울프 기사단의 캡틴 카셀이다! 나의 이빨을 보고 살아남을 수 있는 건 오직 하얀 늑대들뿐이다! 당장 물러나라."

카셀은 끝내 더 걸음을 내딛지 못했다. 고작 열 걸음이 그가 걸을 수 있는 체력의 한계였다. 보검은 점점 빛을 잃어갔다.

'움직여. 움직여야 돼.'

타냐도 점차 힘이 회복되긴 했으나 아직 설 수 있는 정도는 안 되었다. 그녀는 움직이지 않는 자신의 팔다리에 대고 소리 질렀다.

'움직여! 움직여! 움직여!'

카구아는 보검의 빛이 옅어지자 기세를 되찾고, 천천히 고개를 앞으로 되돌렸다. 놈은 카셀을 향해 묵직한 걸음을 내디뎠다.

"카셀……, 달아나요."

타냐는 무릎에 손을 짚고 말했다. 카셀은 칼을 늘어뜨리고 돌아섰다.

"어디 있나요, 타냐?"

이상한 일이었다. 보검의 빛이 많이 죽긴 했지만 충분히 주변을 볼 수 있을 정도는 밝았다. 하지만 카셀은 엉뚱한 방향을 보고 있었다.

"보검이…… 빛을 내주었나요?"

카셀이 물었다.

타냐는 눈을 동그랗게 떴다. 감고 있는 카셀의 두 눈에서 피가 흐르고 있었다. 바위가 조각 난 파편은 팔과 다리만 찌른 게 아니었다. 카셀은 두 눈을 잃었다. 지금까지 눈이 보이지 않았던 것이다.

카셀은 보검의 빛이 밀어낸 만큼 카구아에게 다가간 게 아니었다. 보이지도 않는데 그냥 전진한 것이었다! 그 무모한 돌진에 카구아가 놀라 물러난 것이었다.

카셀은 슬픈 미소를 지으며 고개를 끄덕였다.

"달아나요. 타냐. 계속 함께하고 싶었는데 전 여기서 끝인가 봐요. 늑대로 변해 달아나요. 절 업지 않으면 충분히 벗어날 수 있을 거예요."

마치 지금까지 물러난 치욕을 갚기라도 하겠다는 듯 카구아는 발톱을 세운 앞발을 들어 올렸다.

카셀은 피가 흐르는 눈을 손등으로 훔쳤다. 하지만 그래도 눈을 뜨진 못했다.

"마지막으로 꼭 한 번만 당신을 보고 싶었는데……."

카셀이 말했다.

'왜 예언 따위에 얽매였던 걸까? 난 카셀을 좋아해. 그거면 된 거잖아.'

마침내 카구아의 불길을 막느라 마비되었던 타냐의 오른팔이 움직여졌다. 타냐는 지체 없이 생명이라는 우물의 물을 한꺼번에 길어 올려 오른손 위에 집중시켰다.

'새나디엘, 당신의 예언을 거부하노라!'

단검 길이만 했던 그 빛은 순식간에 사람보다 더 긴 창으로 변해 갔다. 그러나 모든 것이 늦었다. 다시 마법을 쓸 만큼 회복할 시간도 부족했고, 카구아를 공격하기에도 늦었다. 이미 카구아의 앞발이 카셀의 머리 위로 떨어지고 있었다.

타냐는 카셀의 머리가 부서진 후에 카구아를 공격하게 될 것이라고 직감했다.

몇 초가 부족했다. 끔찍한 결과가 기다리고 있었다. 타냐는 눈을 질끈 감았다가 떴다. 그러나 끔찍한 일은 벌어지지 않았다.

발톱 세운 카구아의 앞발은 카셀의 머리에서 1미터도 떨어지지 않은 곳에서 멈춰 있었다.

타냐는 놀란 나머지 어깨 뒤로 당겼던 마법의 창을 던지지 못했다. 카구아의 팔은 강제로 막혀 바들바들 떨리고 있었다. 검은 비늘이 번들거리는 놈의 팔목을 붉은 비늘로 덮여 있는 팔이 움켜쥐고 있었다.

카구아의 바로 뒤에 또 다른 드래곤이 있었다. 그것도 머리 하나는 더 큰 거대한 덩치였고 붉은 비늘이 스스로 찬란한 빛을 내고 있었다. 붉은 드래곤의 샛노란 눈동자는 겁에 질려 자기를 올려다보는 카구아 쪽이 아니라, 카구아 아래에 힘없이 고개를 숙인 카셀 쪽을 내려다보고 있었다.

듣는 것만으로도 성스러움을 느끼게 할 목소리로 붉은 드래곤이 레미프의 언어로 말했다.

"어떤 멍청한 우그가 말도 안 통하는 짐승에게 헛소리를 하나 했다."

드래곤의 목소리에는 웃음이 섞여 있었다.

"하지만 말을 알아듣는 쪽에서 듣기에는 꽤 흥미로운 연설이더구나. 게다가 기세로 저런 짐승을 몰아세우다니. 아주 재미있었다. 내가 가까이 올 시간도 벌어주었고."

카구아는 으르렁대면서 이빨을 드러냈다. 침이 물처럼 바닥에 줄줄 흘렀다. 붉은 드래곤은 카구아를 내려다보며 말했다.

"더러운 구아닐 놈의 부하가 내 거처를 나다닌 죄에 대해, '사ー크나딜'의 이름으로 처형하겠다. 하지만 변호할 기회를 한 번 주겠다. 해보라."

카구아는 몸을 뒤로 틀어 붉은 드래곤의 목을 덥석 물고 악어처럼 머리를 뒤흔들었다. 그러나 고정된 붉은 목은 꿈쩍도 하지 않았다. 붉은 드래곤은 잠시 카구아가 자기 목을 물게 내버려 두더니 말했다.

"그게 변론이라면 기각한다."

붉은 드래곤은 발톱을 치켜세운 앞발로 놈의 배를 찔렀다. 찌른 자리가 붉게 타들어 갔다. 붉은 드래곤은 배를 찌른 채 놈의 거대한 몸뚱이를 들어 올렸다. 그리고 카구아의 등뼈를 입으로 물었다. 와드득 하고 뼈가 부러지며, 카구아의 몸이 기형적으로 꺾였다. 카구아의 비명이 동굴을 쩌렁쩌렁 울렸다.

붉은 드래곤은 그것으로도 성이 안 찼는지 꺾은 카구아의 질긴 몸을 찢어 두 동강 내 버렸다.

검붉은 내장이 바닥으로 와르르 쏟아졌고, 검은 피가 파도처럼 바닥에 흘러넘쳤다. 눈이 보이지 않는 카셀은 피하지도 못하고 소나기처럼 얻어맞았다. 카셀은 휘청거리며 겨우 고개를 들었다. 그는 감은 눈으로 물었다.

"크, 크나딜…… 드래곤들의 하이로드…… 십니까?"

드래곤은 두 동강 난 카구아의 몸뚱이를 좌우로 내던졌다. 질척한 피와 살점이 사방으로 튀었다.

"크나딜. 그래. 그게 내 이름이다, 어린 우그."

인간의 언어로 말해도 드래곤의 목소리는 웅장했다.

"제 이름은 카셀입니다. 저기 있는 분은 루티아의 마스터 타냐입니다. 불의의 사고로 본의 아니게 이곳을 침범하고 말았으나, 지금이라도 저희 두 사람이 여기 발을 들이길 부탁드려도 되겠습니까?"

"허락한다."

"감사합니다."

카셀은 겨우 고개를 숙여 말했고 드래곤은 고개만 살짝 까닥여 주더니 타냐에게 말했다.

"루티아에서 온 마스터여. 네 힘을 거두어라. 살벌한 마법이군. 날 죽일 참인가? 와서 친구를 돌보라."

타냐는 그제야 손에 만들어 놓은 마법의 창을 거두었다. 그게 사라지는 순간 그녀는 방금 얼마나 엄청난 마법을 쓰려고 했는지 깨달았다.

'이걸 썼으면 난 그대로 기절해버렸을 거야.'

타냐는 드래곤을 향해 고개 숙여 인사했다.

"죄송합니다."

드래곤은 사과를 받아주는 의미로 고개를 살짝 끄덕여 주었다. 타냐는 즉시 드래곤 앞에 있는 카셀을 향해 뛰어갔다.

"괜찮으시……."

타냐는 말을 맺지 못했다. 카구아의 피에 흠뻑 젖은 카셀이 감은 눈으로 타냐에게 고개를 돌렸다. 그는 들릴 듯 말 듯 한 목소리로 말했다.

"살았어요, 타냐…… 우리가 해냈어요."

타냐는 아란티아의 보검을 든 카셀의 모습을 보고 입을 가렸다.

'여왕이시여…….'

너는 너의 연인이 될 사람에게

너의 진짜 모습을 스스로 드러내게 될 것이다.

그 남자는 암흑을 상징하는 사악한 피를 뒤집어 쓴 채로

무엇이든 죽일 수 있는 무시무시한 마법을 손에 들고 널 겨냥할 것이다.

그런데도 네가 그의 더럽고 뜨거운 육체를 스스로 품에 안으면,

너는 결코 그의 유혹을 이기지 못하리라.

타냐는 아란티아의 보검을 앞으로 내밀고 있는 카셀에게 떨리는 손을 뻗었다. 그는 끝내 칼을 떨어뜨리며 앞으로 쓰러졌고 타냐는 달려가 그를 품에 안았다. 그녀는 카구아의 뜨거운 피에 흠뻑 젖은 그의 머리를 끌어안고 바닥에 주저앉았다.

카셀은 그대로 정신을 잃었다.

'너무하십니다, 폐하. 어찌 이 순수함을 유혹이라 하셨습니까? 어찌하여 저에게 이길 수 없는 유혹을 예언하셨습니까?'

타냐는 눈물을 흘리며 몸 안 깊이 숨겨 놓았던 힘을 해방시켰다. 하얀빛이 카셀과 타냐를 감쌌고 성스러운 회복의 힘이 동굴을 환하게 밝혔다.

Chapter 26

하늘 산맥에서 온 마법사

사─크나딜은 길게 하품을 하고 그 자리에 배를 깔고 엎드렸다. 스스로 빛을 내는 붉은 비늘이 타냐가 발하는 치유의 빛에 반사되어 거대한 루비처럼 보였다. 점잖은 눈매는 지그시 두 사람을 주시했고 코에서 내는 호흡은 따뜻했다.

두 가지 빛을 받아 주변의 많은 것들이 좀 더 자세히 보이기 시작했다. 붉은 드래곤의 뒤쪽 벽에는 가루처럼 반짝이는 하얀 선으로 이루어진 그림이 그려져 있었다. 너무 거대하여 도저히 전체 모습을 한눈에 넣을 수가 없었다. 바닥 쪽에는 발, 까마득히 높은 천장 쪽에는 머리, 빛이 닿지 않을 정도로 먼 벽의 한쪽에는 날개 끝이 있는 드래곤을 묘사하고 있었다.

그 그림을 통해 타냐는 이곳이 논틸의 신전처럼 커다란 방이 아니라, 위가 둥글고 바닥은 평평한 터널이라는 사실을 알았다. 즉, 여긴 크나딜의 거처가 아니라 그곳으로 가는 통로였던 것이다.

가파른 경사 통로는 위를 향해 나선으로 꺾이고 있었다. 라이의 말대로 산꼭대기가 이곳으로 들어오는 입구였다면, 아마 이 나선형 길은 산 속에 통째로 숨겨져 있는 미로일 것이다.

탁 탁 탁 탁 하고 누군가 달려오는 경쾌한 발소리가 들렸다. 통로 끝에서 이쪽으로 접근하는 두 개의 그림자가 보였다. 두 개의 그림자 중 하나는 날개를 펼치고 공중에 떠서 날아오고 있었고 다른 하나는 그 날개 달린 존재만큼이나 빠른 걸음으로 달려왔다.

걸어오는 이가 뭐라고 소리 지르며 칼을 뽑았다. 칼날에서 붉은빛이 뿜어져 나와 타냐의 하얀빛을 뚫었다.

로핀이었다. 그는 무서운 기세로 달려왔다가 느긋하게 엎드려 있는 드래곤을 보고 멈췄다. 라이도 날개를 펼치고 정면으로 돌진하다가 뒤늦게 방향을 꺾었다. 그는 무례하게도 크나딜의 몸 주위를 넓게 활공하더니 먼지를 일으키며 착지했다.

크나딜은 재미있다는 듯 둘을 바라보며 말했다.

"호오, 근 오백 년 동안의 방문객보다 일주일간의 방문객이 더 많군. 게다가 한 명은 가넬의 칼까지 지니고 있다니?"

라이는 크나딜을 뚫어지게 쳐다보더니 다가가 무릎을 꿇고 인사했다.

앞에 놓인 카구아의 시체를 본 로핀은 금방 상황을 이해했다.

"드래곤이시여, 인사 올립니다. 제가 예를 다할 수 있도록 부디 존함을 말씀해 주십시오. 저는 아란티아에서 온 로핀입니다."

"크나딜이다."

"사—크나딜! 허락도 구하지 못하고 당신의 영역을 침범했습니다. 용서해 주십시오."

"동료를 구하기 위해서였다는 걸 안다. 그리고 그런 예절이 오고 갈 시점은 이미 지났다."

크나딜은 흐뭇한 시선으로 카셀과 타냐를 바라보았다.

"이미 나는 너희들의 방문을 기다리고 있었다. 조금 늦었구나. 내 신탁이 너무 어려웠느냐?"

"신탁을?"

로핀이 묻고 화들짝 놀랐다.

"역시 그 신탁은 논틸이 내린 게 아니었군요!"

"그 아이는 이미 죽었다. 알고 있지 않느냐?"

"압니다. 늦게 알았지요."

"안타까운 일이야. 내가 부른 것도 그런 이유 때문이지, '드루 기즈더즈 베푸브.' 다른 셋도 이 자리에 와 있구나. '와자이브트…… 그봄즈비 모에프디압.' '드루 기즈더즈 가이우브.' 그리고 '라두 워그.' 수고했다."

크나딜이 고개를 까닥이며 말했다.

'신탁이 요구한 건 다섯 명이었는데, 한 명은 오지 못했어. 괜찮은 건가?'

타냐는 그 점이 걱정됐다. 로핀이 빠르게 말했다.

"그렇습니다, 마스터 크나딜. 그 일을 상의 드리고 싶습니다. 우리나 레미프들, 그리고 드래곤들에게 커다란 위험이 찾아왔습니다. 그 일은……."

"아, 이야기라면 저 마법사가 깨어난 다음에 하기로 하지."

타냐는 기절한 카셀의 가슴에 손을 댄 채로 회복 마법을 멈추지 않고 말했다.

"저는 듣고 있사옵니다, 마스터 크나딜. 시간이 없는 건 모두에게 마찬가지, 말씀하십시오."

크나딜은 웃으며 로핀에게 말했다.

"빠른 발. 너는 이곳까지 마법사를 인도하라고 불렀다. 너는 우그이면서 레미프들보다 더 길을 잘 알기 때문이다."

크나딜은 뒤이어 아직도 무릎을 꿇고 있는 라이에게 말했다.

"일어나라, 빠른 날개. 너는 이곳의 정확한 위치를 아는 몇 안 되는 레미프이기에 불렀다. 마법사를 데려오느라 수고 많았다."

그다음 크나딜은 쓰러진 카셀과 타냐를 내려다보았다.

"나는 여길 찾아올 마법사가 얼마나 힘이 약한지 느꼈다. 그래서 마법사를 지킬 가장 강한 수호자가 있어야겠다고 생각했다. '라두 워그.' 내 바람대로 너는 충실히 마법사를 지켜 주었다. 이제 '와자이브트'가 깨어나길 기다려라. 다친 눈은 곧 뜰 수 있을 것이다."

타냐는 아직 뭐가 뭔지 몰라 크나딜이 지목한 카셀만 끌어안고 있었고, 로핀은 괜스레 칼을 칼집에 느릿느릿 집어넣으며 생각할 시간을 가졌다.

"마스터 크나딜, 카셀은…… 와자이브트, 그러니까 마법사가 아닙니다."

크나딜은 고개를 갸웃했다. 드래곤의 표정을 읽을 수는 없으나 아무리 봐도 커다란 입가가 이루는 곡선은 미소로 보였다. 그것도 만사를 흥미롭게 여기는 유쾌한 호기심을 담은 새나디엘의 미소를 닮았다.

"인간의 기준을 모르겠군. 즈토크 워그의 빛으로 나를 인도하여 나의 힘을 이용해 카구아를 죽인 인간이 마법사가 아니라면 너희들은 대체 누구를 마법사라 부르느냐?"

감히 드래곤들의 하이로드를 상대로 마법을 논할 수는 없으니, 타냐는 대꾸하지 못했다. 로핀은 겨우 납득하며 말을 이었다. 누구를 상대하든 변함없는 로핀도 크나딜을 상대로는 긴장된 얼굴이었다.

"생각해 보니 이곳으로 우리를 이끈 건 카셀이었군요. 이곳으로 오는 길을 아는 라이를 끌어들인 것도, 중간에 다른 드래곤을 찾아가자고 한 것도…… 모두 카셀이었습니다. 그의 말이 아니었다면 우리는 지금쯤 라든에서 다른 드래곤을 찾아보자는 회의를 하고 있거나 루티아를 구하러 가는 원군에 합류했을 겁니다."

크나딜은 먼 곳을 바라보며 눈을 감았다. 잠깐 눈을 감은 거라고 생각했지만 너무 오랫동안 말을 하지 않아 잠든 게 아닌가 싶어, 로핀이 슬쩍 물었다.

"저…… 마스터 크나딜?"

"조용."

크나딜은 손을 내밀더니 그대로 석상처럼 굳어 가만히 있었다.

로핀은 어깨를 으쓱하며 타냐에게 다가갔다.

"카셀은 어떠냐? 눈을 다친 모양이군."

"바위 조각에 눈동자를 찔렸는데 크나딜의 마법으로 도움을 받아 회복시켰습니다. 한동안 앞을 보지 못하겠지만 오래가지 않을 겁니다. 오히려 그동안 누적된 피로가 더 크군요. 계속 회복 마법을 쓰고는 있지만 언제 깨어날 수 있을지 모르겠습니다."

타냐는 문득 떠올라 로핀에게 물었다.

"그런데 용케 저를 알아보시네요?"

"그 정도 미모를 숨기고 있다는 것 정도는 진작 알고 있었고, 얼굴에 그런 칼자국이 나 있다는 것도 테일드가 다 말해줬다."

타냐는 저도 모르게 뺨에 손을 대려다 말았다. 카셀의 가슴에 대고 있는 손을 떼고 싶지 않았다.

"제 마스터는 뭐든 로핀에게 말씀하셨나 보군요."

"나한테만 말한 거다. 이유가 있어서 그래."

"이유요?"

타냐는 날 선 목소리로 말하고 싶었지만 저절로 부드러운 목소리가 나와 버렸다.

'한동안 원래 목소리로 말하는 게 적응이 안 되겠군.'

로핀은 어딘지 모르게 슬픈 미소로 말했다.

"자기가 죽으면 널 대신 지켜 달라고 했다. 또 한 명의 스승이 되어 달라고……."

로핀은 어깨를 으쓱하며 말을 이었다.

"물론 안 될 거야. 겪어 봐서 알겠지만 내가 무슨 선생감이냐? 게다가 이미 넌 내 보호도 필요 없고."

타냐는 개의치 않고 말했다.

"고맙습니다."

"뭐가?"

"여태까지 절 다그치셨잖아요. 제가 감정을 숨기고 있는 부분에 대해서."

"그냥 답답해한 것뿐이야. 너희 둘이 그렇게 될 거라는 건 보자마자 알았는데 둘 다 어물거려서……. 그보다 붕대 좀 잘 묶어라. 가슴 다 보인다."

"연상 외에는 관심 없다면서요?"

"이게 이제 농담도 할 줄 아네?"

로핀이 길게 한숨을 내쉬며 말을 이었다.

"어쨌든 늦어서 미안하다. 너희들이 절벽으로 떨어진 후 나는 카구아를 저지하려고 결국 베나 에실크를 뽑았지. 녀석도 이 칼의 힘을 아는지 섣불리 공격해 오지 않더군. 아, 가슴 좀 가리라니까!"

"싫습니다. 잠시라도 회복 마법을 멈추고 싶지 않습니다."

"젠장, 그럼 나야 좋지. 어쨌든 그때 레드워드란 놈이 또 공격해 왔다. 이번에는 나와의 정면 대결을 택하지 않고 프보에 레미프들을 끌고 왔더군."

"여기에만 힘든 싸움이 있었던 게 아니었군요."

"너희들 정도로 힘든 건 아니었을 테지만 숫자가 좀 많아야지. 프보에 레미프들이 즈비 레미프들과 사이가 나쁘다고는 해도 드래곤을 숭배하는 마음은 같을 텐데, 어째서 드래곤을 살해하는 놈들과 한편이 된 건지, 원."

로핀은 고개를 설레설레 저으며 라이를 가리켰다.

"라이가 힘을 많이 써 줬다. 녀석이 아니었다면 나는 여기 오지도 못하고 죽었을 거다. 르고가 녀석에게 맞는 칼을 주었더라면 어떤 힘을 발휘할지 궁금해지더군. 장담컨대 녀석은 지금 현역 하얀 늑대들과 같거나 그 이상이야."

"대단한 평가군요. 그런데 라이가 순순히 로핀의 말을 따르던가요?"

"도리어 라이가 먼저 제안했다. 나를 들고 절벽으로 활공해 보겠다고. 카셀이 자신의 기더를 약속했으니 거기에 따라야 한다면서. 이상한 일이지? 대체 라이는 카셀의 어디에 이끌린 걸까? 단지 설득에 넘어갔거나 잘해 줘서 따르는 게 아니다. 보면 알잖아, 라이는 그런 녀석이 아니라는 걸."

'어쩌면 라이도 자기가 왜 카셀을 따르고 있는지 모르겠지.'

타냐가 물었다.

"결국 라이의 제안은 실현을 못 시켰나 보네요?"

"카구아가 먼저 절벽을 내려갔거든. 날아가다 녀석의 불덩어리에 직격당할 수가 있었으니까. 그때 라이가 전에 찾았던 입구가 기억났다며 나를 들고 하늘을 날아서 그 구멍으로 들어갔다. 너희들이 하푸에 빠지는 걸 보고, 하푸와 이어진 구멍을 기억해 낸 거지."

로핀의 얘기에, 라이는 느릿느릿 고개를 끄덕였다. 로핀은 입맛을 다시며 잠시 숨을 고르다가 말했다.

"그래…… 크나딜의 신탁, 이제야 알겠어. 여길 오기 위해 꼭 필요한 '빠른 날개'는 라이가 맞다. '빠른 걸음'이 일행의 앞에 서고, '흰 털의 늑대'는 '하늘 산맥에서 온 마법사'를 보호했어야 했지."

타냐는 다시 카셀을 내려다보며 그의 머리를 쓰다듬었다.

"본 얼굴로 돌아오니 훨씬 낫군. 표정도 읽을 수 있고. 그런데 언제부터 카셀에게 빠졌나?"

로핀이 또 쓸데없는 걸 물었다. 하지만 이번에는 그 질문에 대답하는 게 기분이 나쁘지 않았다.

"나디움 도서관에서 책 찾을 때…… 였을까요? 아니, 나디움에 도착하기 전 여관집 지붕에서였나 봅니다. 저와 자꾸 대화를 시도하려다 실패하는 모습이 좋아 보였습니다. 제이메르를 타박하는 모습도 재미있었고. 빠졌다는 표현까지는 아니겠지만, 그때부터 호감을 가졌던 것 같습니다."

타냐는 빙그레 웃었고 로핀은 인상을 구겼다.

"야, 웃지 마!"

거의 '웃지 마 이년아'에 가까운 협박이었다. 타냐는 눈살을 찌푸렸다.

"왜지요?"

"경고야! 테일드가 부탁한 스승의 자격으로 조언한다고 생각해도 좋아. 지금부터 넌 마법을 쓰는 것만큼이나 신중하게 웃어라."

"그러니까 왜요?"

"크나딜의 관점으로 얘기하자면 네 미소는 거의 마법에 가까워. 특히 남자에게! 어설피 그런 마법을 난발하면 카셀 아닌 다른 남자들도 너한테 목숨을 바치겠다고 설칠 거다. 게다가 지금 넌 내게 가슴까지 보이고 있단 말이다. 누구 시험하냐?"

타냐는 결국 카셀의 가슴에서 손을 뗐다.

카셀을 감싸던 회복의 빛이 꺼졌다. 어차피 마법으로 할 수 있는 치유는 끝났다. 이제 카셀이 혼자 일어나 주길 기다려야 했다. 그녀는 가슴의 붕대를 묶었다.

"이제 됐습니까?"

"좀 낫네. 진작 그럴 것이지……. 어, 근데 왜 아쉽지?"

로핀은 타냐에게 다가와 그녀의 머리를 쓰다듬었다.

"뭐, 어쨌든 정말 잘해 주었다, 타냐."

테일드에게 듣고 싶었던 말을 로핀이 해 주었다.

"감사합니다."

타냐는 진심으로 말하며 미소 지었다. 그러자 로핀은 외면이라도 하듯 휙 돌아섰다. 그리고 아직도 눈을 뜨지 않는 크나딜을 올려다보며 중얼거렸다.

"그건 그렇고…… 그게 크나딜의 신탁이었다면 '잠을 깨우는 무녀'는 무슨 일을 하는 거였지? 여기서 시나비아의 역할이라는 게, 으음, 봐봐. 크나딜께서는 벌써 기상 중이시지 않나? 잠을 깨우는 무녀는 와봤자 할 일이 없어!"

그때 크나딜이 눈을 떴다.

회복의 빛이 사라진 후의 조명을 대신해, 타냐는 빛의 구슬을 몇 개 만들어 허공에 띄웠다. 이런 걸 아무렇게나 해내는 걸 보고 로핀이 짧게 감탄사를 냈다. 크나딜은 오히려 너무 눈이 부셨는지 자기 힘으로 하나를 끄고 물었다.

"타냐라고 했느냐? 서쪽에 있는 루티아의 마법사지?"

"예."

"지금 루티아가, 모즈들과 어둠을 추종하는 기사들에게 공격당하고 있다. 내일 아침 해가 뜨면 전투가 있을 것이고 그 전투에서 루티아는 살아남지 못할 것이다."

타냐는 잊었던 걱정거리를 떠올렸고, 로핀은 혼잣말로 나직이 신음했다.

"끝내 레미프들이 원군을 보내지 않았나 보군."

크나딜이 그의 작은 목소리를 듣고 말했다.

"아니다. 라든과 만디르의 레미프들은 루티아를 구하기 위해 떠났노라. 그러나 너희가 여기 온 것만큼 적절한 시간에 도착하지는 못할 것이다. 그대로 두면 루티아는 모든 것을 잃는다."

드래곤은 커다란 얼굴을 타냐의 앞으로 가까이 가져왔다. 입김이 화덕의 불길을 가까이 하는 듯 뜨거웠다.

"가서 그들을 도와라, 라두 워그."

"그러나……."

"네가 여기에서 할 일은 끝났다. 그러나 루티아는 너의 힘이 필요하게 될 것이다. '너의' 마법사는 내가 안전하게 보호하겠다."

타냐는 아직 깨어나지 못한 카셀을 내려다보았다. 겨우 자신의 진심을 깨달았는데 여기에서 헤어지고 싶지는 않았다. 가더라도 작별 인사 정도는 하고 싶었다. 하지만 타냐는 카셀의 머리를 가만히 바닥에 내려놓고 일어났다.

'차라리 잘 됐어. 다시 깨어난 카셀의 얼굴을 본다면 난 루티아로 떠나지 못하고 망설일 게 분명해. 차라리 잠들어 있는 지금 떠나는 게 좋을 거야. 하지만 짧은 키스 정도는 하고 가도 되지 않을까?'

하지만 옆에서 로핀이 뚫어지게 관찰하는 바람에 하지 못했다.

"그럼 부탁드립니다, 마스터 크나딜."

타냐는 크나딜에게 인사하고, 로핀에게도 짧은 인사를 올린 후 몸을 휙 돌렸다. 로핀은 실망한 얼굴로 물었다.

"작별의 입맞춤 같은 건 없어도 돼?"

'누구 때문에 못한 건데?'

타냐는 대꾸하지 않고 로핀이 왔던 길로 걸어갔다.

"나가는 길은 알아?"

로핀이 또 물었다.

"지금은 다 보입니다."

타냐는 달리면서 늑대의 모습으로 변했다.

로핀이 왔던 방향은 산꼭대기로 향하는 커다란 터널이 아니었다. 도 저히 평범한 인간의 발로는 내려올 수 없을 정도로 험하고 비틀어진 길 이었다.

'로핀은 이런 길을 뛰어온 건가? 정말 대단한 사람이야. 말수만 줄 이면 훨씬 더 존경했을 텐데.'

타냐는 돌을 먹는 지렁이가 파 놓은 것 같은 구부러진 길을 고속으 로 내달렸다. 험한 오르막은 바닥과 천장을 번갈아 밟아 가며 이동했 고, 바닥이 끊어져 까마득한 낭떠러지가 나와도 멈추지 않고 벽을 타고 달렸다. 절벽에 가까운 오르막길을 뛰어올라 구멍을 빠져나가자, 맑은 하늘의 별이 보였다.

다시 하늘 산맥이었다.

싱싱한 풀 냄새가 코를 간질였고 기분 좋은 야행성 새의 노랫소리가 들려왔다. 하늘 산맥을 멸망시키려 하는 존재가 여길 걸어 다니고 있다는 게 거짓말 같았다.

밤새도록 타냐는 서쪽으로 달렸다. 숲을 뚫고 달리는 그녀의 주위에 있는 나무가 뒤로 일그러지며 물러났다. 바람이 그녀를 따라잡지 못해, 얼굴을 때리는 공기가 아팠다. 전에는 속도를 경쟁하며 뛰었던 하늘 산맥의 노루는 이제 그녀가 지나간 줄도 몰랐다. 그녀는 숲의 지평선을 따라 밝아지는 등 뒤를 돌아보지 않고 계속 앞만 보고 달렸다.

익숙한 지형이 나타날 때야 비로소 타냐는 걸음을 멈추었다. 루티아의 아웃서치였다.

루티아는 이미 엄청난 숫자의 모즈들에게 공격당하고 있었다. 타냐는 눈을 감고 주변을 마법의 감각으로 훑었다. 사방에 깔린 나쁜 기운 너머로 루티아 서쪽 바위산에 배치된 레미프들이 느껴졌다. 라든과 만디르의 원군이 도착한 것이다! 레미프들의 회의 절차를 감안하면 정말 빨리 온 셈이었다. 그러나 어째서인지 움직이지 않았다.

'무슨 일이 있는 건가?'

타냐는 크나딜이 '레미프들은 적절한 시간에 도착하지 못 한다'고 했던 말이 떠올랐다. 타냐는 아웃서치를 돌아 다운 포레스트로 뛰어갔다. 생각보다 훨씬 많은 숫자의 모즈들이 장악하고 있었다.

그들은 거대한 늑대의 출현을 보고 무기를 들었지만, 타냐는 무시하고 그 틈으로 달려 들어갔다. 그녀는 녀석들이 도끼를 휘두르는 것보다 더 빠르게 파고들며 들이받았다. 긴 팔에 털이 무성한 짐승들이 수없이 허공으로 내동댕이쳐졌고, 늑대가 지나간 자리에는 밟힌 모즈가 줄을 이었다.

곧 다운 포레스트를 관통하는 크보츠 강이 나타났다. 그녀는 멈추지 않고 오히려 더 빨리 달려서 단숨에 강을 뛰어넘었다. 숲이 끝나고 높은 바위산이 나왔다. 그녀는 달려오는 가속을 이용해 붙잡을 곳 하나 없이 깎아 지르는 바위 절벽을 타고 올라갔다.

타냐는 근처에서 가장 높은 곳에 위치를 잡고 루티아를 내려다보았다. 어떤 방법을 썼는지 모르겠지만, 모즈들은 거대한 통나무를 크보츠 강에 걸어 놓고 넌서치로 넘어오고 있었다. 라르비튼의 다리는 부서져 있었고 마을은 불타고 있었다. 넌서치는 물론이고 케인스웍까지 모즈들에게 포위당해 있었다.

그때 먼 하늘에서 검은 드래곤 한 마리가 날아와 화이트비가 있는 루티아의 탑 꼭대기에 내려앉았다. 드래곤의 검은 날개가 화이트비의 하얀빛을 집어삼켰다.

카—구아닐이었다!

화이트비도 이미 깨져있었다. 멀어서 작게 보였고 소리도 들리지 않았으나, 마법사만 느낄 수 있는 상실감은 확실히 전해졌다.

'늦어 버렸구나.'

루티아 안에 화이트비가 있는 것이 아니라 화이트비가 있는 자리에 루티아가 있다. 그것은 마스터들이 버릇처럼 읊조리던 말이었다. 방금 화이트비가 사라졌고, 고로 루티아가 사라졌다…….

'구아닐이 깨뜨린 게 아니야.'

멀어서 착각한 게 아니었다. 구아닐이 탑에 착지한 건 화이트비가 깨진 후였다. 보호 유리는 발톱에 깨졌으나, 화이트비는 내부에서 다른 이에 의해 깨졌다.

구아닐의 등 위에 검은 로브를 입은 마법사 한 명이 올라탔다. 타냐는 보자마자 알았다. 처음 구아닐을 데리고 타냐를 공격하고 카셀과 헤어지게 만들었던 바로 그자였다.

'루티아의 배신자.'

타냐는 당장 그 뒤를 따라가려다 생각을 고쳤다. 지금은 모즈들에게 공격당하는 루티아 쪽이 먼저였다. 배신자를 알아내는 건 나중에 할 일이었다.

타냐는 레미프들이 있는 서쪽 바위산의 가장 높은 곳으로 달려갔다. 그곳에 베논을 타고 있는 레미프들이 몰려 있었다. 거대한 늑대를 보고 놀란 레미프들이 창을 들이대며 물러났다. 타냐는 빠르게 인간으로 변해 레미프어로 소리쳤다.

"나는 루티아의 마법사이며 라든의 무녀 시나비아의 친구다. 여기 판커틴이라는 이름의 레미프가 있는가?"

타냐는 자신의 발음이 정확했길 바랐다. 다행히 알아듣는 이가 있었다.

"판커틴은 라든을 지키기 위해 여길 오지 않았다. 내가 이 군대의 지휘관이다."

근육질의 덩치 큰 레미프가 앞으로 나섰다.

"퍼거스나이?"

타냐가 물었다.

"그렇다. 너는 그때 봤던 하얀 늑대로군."

"원군으로 왔는가?"

"라든의 홉트 후딘틴께서 루티아를 도우라고 점괘도 없이 명령을 내리셨다."

타냐는 속으로 시나비아에게 감사의 인사를 전하고, 퍼거스나이에게 말했다.

"그런데 왜 여기 멈춰 있는 건가?"

"우리는 새벽부터 루티아의 군대에 합류하려고 했다. 그러나 그러질 못했다. 내려가려고 하면 어느 순간 우린 올라가고 있다."

"마법인가?"

"우리 측 와자이브트는 여기 오자마자 살해당했다. 상대편에 엄청난 와자이브트가 있다. 도저히 어떻게 할 수가 없다."

"그럼 내가 빈 부분을 메우겠다. 따라와라."

타냐는 레미프의 군대 앞에 서서 바위산을 뛰어 내려갔다. 그 순간 눈앞이 어두워질 정도로 강력한 힘이 레미프의 군대를 감쌌다.

타냐의 눈에는 공간이 옆으로 휘어지는 게 보였지만 다른 레미프들은 휘어지는 공간에 속아 방향을 틀고 있었다. 이건 루티아의 마스터 이상 가는 힘의 마법이었다.

타냐는 레미프어로 소리쳤다.

"속도를 늦추지 마라, 퍼거스나이. 계속 전진하라."

타냐는 가볍게 바위 위로 뛰어올랐다. 아무도 없었다. 타냐는 빈 공간을 향해 팔을 휘둘렀다. 보이지 않는 뭔가가 옆으로 휙 피하고 그 자리의 바위만 부서졌다.

타냐는 그것을 따라갔다. 달아나는 줄 알았으나, 그자는 멈춰 서서 타냐에게 푸른 섬광을 던졌다. 타냐는 맨손으로 섬광을 잡았다. 푸른 빛의 칼날이었다. 타냐가 마법의 힘으로 주먹을 꽉 쥐자, 칼날이 깨져 그녀의 몸 주위에 가루처럼 떨어졌다.

그자는 프보에 족의 레미프 여인이었다. 매끈한 검은 피부에, 단정하게 등 뒤로 묶은 검은 머리카락과 푸른 눈동자가 아름다웠다. 그녀의 손 위에서 빛의 구슬 서너 개가 맴돌며 합쳐졌다 분리되길 반복하고 있었다. 그녀의 어깨에는 긴 나뭇잎으로 묶은 깊은 상처가 있었다.

"뛰어오는 것만으로 내 결계를 깼구나. 루티아의 마스터냐?"

레미프의 와자이브트가 레미프의 언어로 물었다.

타냐는 그 여자의 어깨에 난 상처가 정확히 라이가 칼을 던져 상처를 낸 자리와 같다는 걸 알았다. 어제 타냐를 날려 버린 바로 그 마법사였다.

"아마 나와 안면이 있을 것이다."

타냐가 말했다.

"어제 내 마법에 맞은 우그는 그 얼굴이 아니었는데? 아니, 느낌은 같구나. 카구아에게 죽지 않은 건가?"

"보다시피."

"놀랍군."

"난 네가 그 거리를 하루 만에 달려와 여기 있는 게 더 놀랍구나. 루티아를 공격하라는 건 레드워드라는 우그의 명령이었나?"

레미프 여인은 대답하지 못했다. 얼굴에는 굴욕적인 표정이 담겨 있었으나 부정하지 못했다. 타냐는 더욱 강하게 몰아세웠다.

"레미프가 우그의 명령을 듣다니, 너희 종족은 우그에게 지배당하기 위한 기더를 가지고 태어났나 보지?"

레미프의 검은 머리가 펄럭이고 허공에 떠 있는 빛의 구슬이 더욱 커졌다.

"건방진 우그 년! 한 번의 패배에서 목숨을 건졌다면 그냥 물러났어야 했다. 어차피 날 죽일 수 있는 우그는 이 세상에서 루티아의 그랜드 마스터 한 명뿐이야. 그리고 그는 우리의 동맹이다!"

로핀의 생각대로였다. 루티아의 배신자는 러스킨이었다. 그래서 타냐는 놀라지 않고 대꾸할 수 있었다.

"그렇다면 이제부터는 내가 그랜드 마스터를 대신해 주지."

레미프의 손에서 뻗어 나온 검푸른 빛의 구슬이 타냐에게 날아왔다. 주변 공기를 뚫는 파열음이 울리며 천지를 무너뜨릴 것 같은 진동이 땅을 뒤흔들었다. 하지만 타냐는 닿지 않을 정도로만 슬쩍 피했다.

진짜 마법사라면 눈에 보이는 공격 같은 건 하지 않았다. 더구나 저렇게 억지로 큰 소리를 내지도 않았다. 지금은 그런 속임수가 명확하게 보였다.

타냐는 구슬을 피한 뒤 재빨리 뛰어올랐다. 그러자 그 자리에 소리도 없이 여덟 자루의 하얀 창이 불쑥 솟아올라왔다. 하지만 이미 표적을 잃고, 서로 부딪쳐 깨졌다.

타냐가 자신의 공격을 너무 쉽게 피해버린 모습을 보고 레미프 마법사는 놀란 눈으로 뒷걸음질 쳤다. 타냐는 가볍게 몇 걸음 따라가 상대의 목을 향해 손을 휘둘렀다. 로브가 펄럭이며 만들어 낸 공기가 공간을 베는 칼로 변해 상대를 치고 지나갔다.

레미프는 마지막까지 자신을 보호하는 장막을 쳤으나, 양팔과 목이 떨어져 나간 후였다. 붉은 피가 보이지 않는 장막에 퍽 튀어 반구의 윤곽을 그렸다. 레미프 마법사의 몸이 바위 위에서 굴러떨어졌다.

타냐는 승리감에 도취될 여유도 없이 근처의 높은 바위 위로 올라가 루티아를 내려다보았다. 동쪽 하늘에서 떠오른 햇빛을 받으며, 바위산을 타고 내려간 레미프들이 모즈들의 군대를 향해 돌진했다.

처음에는 모즈들도 맞서 싸웠지만, 레미프 병사들을 상대로는 오래 버티지 못하고 후퇴하기 시작했다. 그리고 정확한 타이밍에, 케인스윅 안쪽에 숨어 있었던 루티아의 병력이 빠져나와 레미프 군대에 합류했다. 모즈들의 군대는 순식간에 무너졌다.

타냐는 깨진 화이트비의 잔해가 아침 햇살에 반사되어 반짝거리는 모습을 보고 생각했다.

'내 모험은 루티아에서 끝나지 않는다.'

타냐는 바위 위에서 까마득히 높은 낭떠러지를 향해 몸을 날렸다. 그리고 바닥에 착지하기 직전 늑대로 변해 그대로 바위를 쓰다듬는 높새바람처럼 산을 타고 내려갔다. 그녀는 루티아의 전투를 끝내러 갔다.

'카셀이 기다리는 곳으로 돌아가야 하니까.'

◆ Chapter 27 ◆
길을 잃다

그러고 싶으면, 그냥 그렇게 할 것!

모든 원칙에 앞서는 행동 수칙.

아, 그런데……,

이 말을 누가 해 줬더라?

이제 비를 피하는 것도 지겨워졌다. 아즈윈은 좌악좌악 쏟아지는 물줄기를 그냥 얻어맞으며 하늘을 가리는 시커먼 구름을 원망했다. 하늘은 푸르디푸른데 딱 그녀의 머리 위에만 구름이 있었다.

아니, 원망할 상대를 잘못 잡았다. 원망할 건 이 숲이다. 이 산이다. 없다가 나타나는 건 구름 잘못이 아니라 만드는 이 산 잘못이다. 그렇다고 해 두자.

멍청히 비를 맞으니 마냥 멍청해지는 것 같아 아즈윈은 웃옷을 벗었다.

'이왕 비 맞을 거 샤워나 하자.'

옷을 벗으니 딱 맞춰 비가 그쳤다. 그녀는 생판 모르는 남에게 느닷없이 뺨을 한 대 얻어맞은 사람처럼 하늘을 노려보다가 침묵으로 삿대질했다.

아즈윈은 벗어 놓은 옷에서 빗물을 짜내고 짧게 묶은 머리를 풀어 흔들었다. 얼마 전까지만 해도 한 갈래로 땋았다가 두 갈래로 땋았다가 말 꼬랑지처럼 늘어뜨리기도 하면서 가지고 놀던 머리였지만 지금은 목 뒤만 간질였다.

아즈윈은 눈 코 입만 겨우 구별되는 빗물 고인 웅덩이에 자신의 모습을 비춰 보았다. 며칠 전 '그 재수 없던 밤'에 태워 먹고 볼품없이 잘라낸 머리가 영 어색했다. 단검으로 짧은 머리카락을 좀 더 다듬어 보았지만, 거울도 빗도 없이 혼자서는 힘들었다.

아즈윈은 꽉 짜낸 옷을 어깨에 걸치고 고목 아래 구덩이 안으로 들어갔다. 반나절 동안 헤매다 겨우 찾아낸 은신처였다.

게랄드는 비가 오는지 천둥이 치는지도 모르고 속 편하게 낙엽을 쌓아 만든 침대에 누워 자고 있었다. 아즈윈은 배낭에서 수건을 꺼내 몸을 닦았지만 수건도 젖어 있는 거라 개운하지 못했다. 그녀는 포기하고 웃옷을 벗은 채로 게랄드 옆에 누웠다.

"아직 비 오냐?"

자고 있는 줄 알았던 게랄드가 눈을 감은 채로 말했다.

"왔다 안 왔다 해."

"일상적인 하늘 산맥의 아침이군."

"뜨거운 차와 함께 아침 식사라도 대령하라는 투로 말하네. 우리 헤맨 지 거의 일주일째인 건 아는 거냐?"

"예, 압니다, 마님."

"허면 식량이 떨어졌다는 것도 아느냐?"

"아침 식사 얘기는 제가 한 게 아닙니다, 마님."

게랄드는 몸을 뒤척이며 옆으로 누웠다. 아즈윈은 그의 어깨를 꼬집었다.

"윽, 왜 꼬집어?"

부릅뜬 게랄드의 눈은 팔짱 끼고 노려보는 아즈윈의 드러난 가슴에서 멈췄다. 그리고 아즈윈의 머리에 손을 대고 말했다.

"그대의 죄를 사하노라."

"뭐래는 거야! 사나이라면 눈앞에 벗고 있는 여자가 이러고 있을 때는 말없이 체온으로 덥혀 주는 거야."

"뭘 덥혀? 지금도 더운데."

"더워져라!"

아즈윈은 게랄드의 한 팔을 빼앗아 그 팔을 베고 누웠다. 머리카락이 닿는 게 기분이 좋았는지 게랄드도 아즈윈을 끌어안았다.

아즈윈은 게랄드의 넓은 가슴을 손가락으로 쓰다듬었다. 심심할 틈 없는 굴곡진 근육은 그가 노력한 흔적이고, 자잘하게 몸에 난 수많은 상처와 흉측하게 파인 흉터는 그의 살아온 흔적이었다.

아즈윈은 길게 난 상처를 손가락으로 더듬으면서 하나씩 언제 다친 건지 물었다. 대부분 기억을 못하지만 그는 기억나는 대로 이야기했다.

"머리 길러볼 생각 없어?"

아즈윈은 게랄드의 배에 올라타고 앉아 물었다.

"남자가 긴 머리 하는 건 질색이야."

"넌 왜 내가 유혹하면 안 넘어오냐?"

"철학적인 질문이군."

아즈윈은 눈살을 찌푸렸다.

"철학?"

"아니야, 됐어. 지금은 기분이 좋으니까 대답 안 하고 이대로 있으련다."

"대답 안 해 줄 거야?"

"대답이라. 어디 보자……."

게랄드는 한참 뜸 들이며 기대하게 했다가 말했다.

"에이, 말 안 해 줘."

"아잉, 해 줘."

어느 쪽이 방패고 어느 쪽이 칼인지 혼동을 일으킬 정도로 변화무쌍한 아즈윈의 공격과 방어는 하얀 늑대들조차 상대하기 까다로워했다. 이번에도 그녀의 애교에 공격당한 게랄드는 괴로워하며 목덜미를 긁적였다.

"좋아, 말해 주지. 유혹에 넘어간 적 있어. 누누이 말하지만 언제나네가 기억을 못하는 거지."

아즈윈은 기억 속에서 첫사랑과 첫 경험의 남자까지 거슬러 올라가, 머릿속에 있는 남자란 남자는 모조리 떠올려 보면서 버럭 소리 질렀다.

"그건 또 뭔 소리야!"

게랄드는 킥킥대고 웃어 버렸다. 늘 이런 식이니 그의 말은 농담인지 진담인지 구별되지 않았다.

'하긴, 이 녀석과 나 사이에 그런 걸 기억하고 못하고는 중요한 게 아니지.'

아즈윈은 잊어버리고 그대로 게랄드의 가슴 위에 몸을 포갰다. 잠시 그의 체온에 기대어 차가운 아침 공기가 따뜻해지길 기다렸다. 편하게 이어지던 침묵을 아즈윈이 먼저 깼다.

"루티아로 먼저 간 친구들은 어찌 되었을까?"

"로일과 던멜이라면 해결하고도 남았겠지. 카셀 옆에는 쉐이든이 있을 것이고. 세 사람이 실종되고 우리 두 사람이 그 일을 해결하는 상황보다는 훨씬 고무적이지 않아?"

"우리가 빠진 공백이 그리 크지 않았으면 좋겠는데."

"수다쟁이 덩치와 남자에 굶주린 고양이 둘이 빠졌다고 큰일이야 있겠어?"

"굶주린 고양이?"

아즈윈은 벌떡 일어나 손가락으로 게랄드의 코를 쿡 찔렀다.

"맞아, 굶주렸다. 야옹! 그럼 잡아먹을까?"

아즈윈의 가늘게 뜬 눈을 보고 게랄드는 피식 웃었다. 아즈윈은 그의 입술을 향해 천천히 다가갔다. 게랄드가 말했다.

"관둬."

게랄드의 입술에, 입술을 대려다 말고 아즈윈은 고개를 갸웃했다.

'거부당했어. 이번엔 진심으로!'

길을 잃다

아즈윈은 조금 놀라며 물었다.

"정말…… 싫은 거야?"

게랄드는 대답 없이 오랫동안 아즈윈을 올려다보았다.

"혹시 자신 없어?"

아즈윈이 슬쩍 도발해 보았다.

갑자기 게랄드는 손목을 낚아채 아즈윈을 쓰러뜨렸다. 지금까지와
는 반대로 그가 올라타 있었다. 아즈윈의 두 손은 그의 한 손에 우악스
럽게 붙들려 머리 위에 고정되었고, 그녀의 허리만 한 두께의 허벅지가
허리를 좌우에서 꽉 조이니 꼼짝도 할 수 없었다. 그가 아즈윈을 상대
로 이렇게 힘을 쓴 건 처음이었다.

'혹시 내 말에 상처라도 받았나?'

게랄드는 그녀의 턱을 잡고 위아래로 흔들며 농담 섞인 말투로 말했
다.

"좋아하고, 하고 싶고, 자신도 있다."

그는 턱을 잡고 있던 손가락을 옮겨 엄지로 아즈윈의 입술을 가볍게
문지르더니 말을 이었다.

"하지만 너무 좋아지면 곤란하니까 좀 덜 좋아하게 되면 그때는 못
이기는 척하고 자빠뜨려 주지."

게랄드는 아즈윈의 손을 놔주고 일어났다.

"뭐가 그렇게 복잡해? 까다로운 녀석."

아즈윈이 쏘아붙였다. 하지만 게랄드는 콧김을 푸욱 내뱉더니 딴소
리를 했다.

"비 그쳤다. 이동한다."

게랄드는 옷을 입고 배낭을 메고 헝겊으로 날을 감싼 도끼를 어깨에 짊어지고 나갔다. 아즈윈은 몸에 묻은 낙엽을 털고 엉킨 머리를 긁적였다.

"내가 너무 성급했나?"

일주일 전, 폭우가 쏟아지고 난 다음날 밤의 일이었다.

로일, 던멜, 아즈윈, 게랄드는 루티아의 마스터 데다인을 따라 하늘 산맥을 오르고 있었다. 아즈윈은 쉐이든이 아니라 자기가 카셀을 호위했어야 했다고 계속 투덜댔고 데다인은 아직도 그 얘기냐며 짜증을 냈다. 당시에는 바늘 하나 안 들어갈 것 같은 마법사 데다인이 기가 팍 죽을 만한 독설을 구상하느라 다른 생각을 담아둘 여유도 없었다. 마법 도시 루티아를 처음으로 방문한다는 설렘도 없었다.

그 일은 아즈윈이 꿍해 있는 동안 순식간에 벌어졌다.

그곳이 하늘 산맥의 숲이 아니라, 아크랜드의 평지였다면 애초에 벌어지지 않을 일이었다. 던멜의 예리한 감각을 통과해 기습을 한다는 건 통통한 파리가 촘촘한 거미줄을 지나가는 것만큼이나 어려웠을 것이다. 아즈윈 역시 컨디션 좋은 날이면 뒤통수를 겨냥하고 있는 활까지 감지해 냈지만 그 숲에서는 모든 감각이 엉망이었다. 이를테면 두 겹의 거미줄을 통과한 기습이었던 셈이었다.

뭔가에 걸려 바닥에 엎어진 아즈윈은 '윽' 하는 짧은 비명을 내질렀다. 하지만 아무 소리도 나지 않았다. 입에서 새어 나간 소리는 그녀의 귀로도 돌아오지 않았다. 그녀는 두 손으로 바닥을 짚고 급히 뒤를 돌아보았다. 발목에 밧줄이 걸려 있었다.

올가미 덫이었다.

아즈원은 바닥의 잡초를 움켜쥐고 버텼지만 잠깐 동안도 저항하지 못하고 휙 끌려갔다. 그녀는 밧줄에 이끌려 자기 몸이 날아가고 있는 상황보다 소리가 나지 않는다는 것에 더 당황했다. 기습이라고 외치는 소리는 물론이고 몸이 바닥에 끌리고 밧줄이 당겨지고 풀이 뜯기는 소리도 나지 않았다.

아즈원은 저항할 여유도 없이 공중으로 휙 떠올랐다. 한 발이 올가미에 묶여 거꾸로 매달려 갑자기 피가 머리로 쏠리니 앞이 전혀 보이지 않았다. 몸이 심하게 흔들렸고 위아래가 잘 분간이 가지 않았다.

'침착해.'

아즈원은 속으로 말했다.

'호흡부터.'

갑자기 몸이 끌려가고 소리가 들리는 사태에 당황한 나머지, 아즈원은 숨을 멈추고 있었다. 그녀는 먼저 호흡을 가다듬었다.

'다음은 움직임 확보.'

거꾸로 매달린 아즈원은 배에 힘을 모아 단번에 허리를 구부려 발에 묶인 밧줄을 손으로 잡았다. 그리고 허리에 차고 있는 칼을 빼어 발아래 밧줄을 잘라냈다.

아즈원은 밑으로 뚝 떨어졌다.

낙하 거리가 어느 정도인지 계산하지 못한 상태에서 아즈원은 공중에서 몸을 틀었다. 시야도 확보되지 않았지만, 다행히 발부터 떨어졌다. 보통 덫이 있는 자리에는 두 번째 덫이 있거나 적이 대기하고 있는 경우가 많았다. 때문에 그녀는 착지하자마자 몸을 옆으로 굴렸다.

시야는 그다음에 회복되었다. 눈을 뜨니 방금 착지한 자리에 창이 세 자루나 박혀 있었다.

'안 피했으면 죽을 뻔했잖아!'

어둠 속에서 얼굴이 보이지 않는 괴한 몇 명이 아즈윈의 시야 안으로 뛰어 들어왔다. 아즈윈은 섣불리 움직이지 않고 고양이처럼 바닥에 납작 엎드린 상태로 그들의 움직임을 주시했다.

그들은 박힌 창을 뽑아 들긴 했지만 곧바로 공격해 오지 않았다. 달빛이 나뭇잎에 가려 바닥까지 닿지 않는 어둠 속에서 그들의 표정을 확실하게 읽을 수가 없었지만, 아무래도 놀란 모양이었다.

'아이고, 복근이야.'

방금 밧줄을 자르기 위해 전력을 다해 상체를 구부린 후유증이 뒤늦게 찾아오고 있었다. 자칫 싸움이 어려울 수도 있겠다 하고 생각했지만, 척 보니 괴한들은 창을 쓰는 게 미숙했다. 창이라면 쉐이든을 상대로 원 없이 두들겨 맞아 본 경험이 있는 아즈윈은 세 개의 긴 창을 보고도 전혀 겁내지 않았다. 오히려 빠른 승부를 위해 상대의 공격을 유도했다.

'자, 생각대로 안 돼서 당혹스럽지? 초조하지? 빨리 처리하고 싶지? 그럼 얼른 들어와.'

아즈윈이 바라던 대로 세 자루 창이 그녀의 얼굴과 몸을 찌르고 들어왔다. 그녀는 고개를 젖혀 두 자루 창을 흘려버린 후, 세 번째 창은 끝을 부러뜨렸다.

아즈윈은 이번 공격을 통해 그들이 단순한 위협이 아니라, 진짜로 자신을 죽이려 했다는 점을 확인했다. 그러니 그녀 역시 봐줄 이유가 없었다.

아즈윈은 공격을 흘려 낸 창을 옆으로 쳐 내고 상대의 부러진 창을 손으로 잡았다. 보통 창을 붙잡힌 상대는 당황한 나머지 창을 되돌려 당기기 마련이라, 아즈윈은 그걸 이용해 상대의 품 안으로 파고 들어갔다. 어두워서 잡히지 않는 거리감은 쥐고 있는 창이 해결해 주었다. 칼 끝으로 전해지는 익숙한 감촉과 함께 피가 얼굴로 튀었다.

다시 아즈윈을 향해 창이 날아들었다. 그녀는 찌르고 들어오는 창들을 피하고 쳐 내어, 같은 방법으로 한 명을 더 해치웠다. 싸움은 어렵지 않았지만, 적의 정확한 숫자를 모르니 마냥 싸움을 이어갈 수는 없었다. 게다가 상대는 어둠 속이 잘 보이는 것 같았다.

그리고 여전히 아무 소리도 들리지 않고, 싸움은 침묵 속에서 이어졌다. 뭐가 뭔지 모르는 데다가 소리까지 안 나니 답답해 미칠 지경이었다.

'던멜은 이런 세계에서 평생을 살아가고 있는 거구나. 앞으로 더 잘해 줘야지.'

다행히 적들은 더 이상 접근해 오지 못했다. 아즈윈도 자기가 불리한 상황에서 더 무리하지 않고, 주변 눈치를 보며 조심스럽게 배낭과 같이 등에 메고 있던 방패를 끌어 내렸다. 딱히 무겁지는 않았지만 움직임에 방해가 되었다.

그때 어둠 속에서 뭔가가 날아왔다. 소리로 적을 포착하는 것에 익숙한 아즈윈은 약간 반응이 늦어, 방패로 제대로 막지 못했다. 아즈윈은 불꽃의 폭발에 휘말려 창을 든 녀석들 틈으로 나가떨어졌다. 얼굴이 화끈하게 달아오르고 머리 한쪽에 불길이 옮겨붙었다. 하지만 그걸 끌 틈도 없이, 사방에서 떨어지는 창부터 피해야 했다.

창날이 어깨와 허벅지를 스치는 아슬아슬한 상황이 계속 이어졌다. 가까스로 몸을 일으키고 창을 막아 내면서 포위망을 빠져나오니 또 어디선가 불덩어리가 날아왔다.

이번 것은 대비하고 있던 터라 방패를 휘둘러 쳐낼 수 있었다. 하지만 폭발의 강도가 너무 세, 그녀의 가벼운 몸은 터지는 힘을 감당하지 못하고 뒤로 밀려났다. 창을 든 괴한들은 그 순간을 노리고 창을 찔렀다. 아즈윈은 어둠과 침묵에 감춰진 창을 모두 막을 자신이 없었다.

그때 어둠 한쪽 끝에서 '꺄아악' 하고 어느 여자의 비명이 들렸다. 불덩어리가 날아온 쪽이었다. 동시에 귀를 막았다가 갑자기 열어 놓은 것처럼 소리가 터졌다.

도끼 한 자루가 횡으로 회전하며 날아와 아즈윈 옆에 박혔다. 엄청난 속도에 엄청난 위력이었다. 만약 그 도끼가 아즈윈의 얼굴을 노리고 날아왔다면 빤히 보고도 못 막고 죽었을 공격이었다. 하지만 도끼는 아즈윈의 등 뒤를 노리던 적의 머리를 쪼개 놓았다.

아즈윈이 그 틈에 당황한 눈앞의 둘을 해치우고, 바닥에 떨어진 창을 집어 멀리 떨어진 놈을 쓰러뜨리자, 남은 녀석들은 일제히 달아났다.

어둠 속에서 게랄드가 나타나, 아즈윈의 옆에 쓰러진 괴한의 머리에 박힌 도끼를 뽑아 들었다. 그는 피 묻은 날을 닦으며 물었다.

"너도 걸려들었냐?"

"너도?"

"나한테는 세 녀석뿐이었다. 아마 널 먼저 죽인 다음에 날 협공할 생각이었는데 계산이 어긋난 모양이야."

아즈윈은 배낭과 방패를 다시 짊어졌다.

게랄드가 다가와 그녀의 얼굴에 살짝 손을 댔다.

"뎄군. 흉 지겠는걸."

"통구이 될 뻔했는데, 이만하면 다행이지."

아즈윈은 뒤로 땋은 머리를 털면서 아무렇지도 않게 대꾸하려고 했지만 머리카락이 재가 되어 부스러지는 것을 보고 놀랐다.

"머리카락이 없어졌어!"

"머리카락이야 또 나면 그만이지. 하지만 얼굴은 그렇게 안 돼. 얼른 약 바르자."

아즈윈은 신경질적으로 머리를 털어 내며 말했다.

"갑자기 누가 내 발목을 잡아채더라고! 소리를 질렀지만 들리지도 않았나 봐."

"나도 똑같았다. 우연히 한 놈을 죽였더니 소리가 들리기 시작하더군. 마법사였나 보더라."

"소리를 차단해? 정말이지 마법사란 족속들은! 우리 이런 놈들이 우글거리는 루티아로 가는 거냐? 그나저나 이것들은 대체……."

아즈윈은 쓰러진 괴한들을 살폈다. 인간이 아니었다. 귀가 크고, 날개도 달렸고 털 없는 귀는 토끼처럼 컸다. 잘 보이지 않았던 건 놈들의 피부색이 검은 탓이었다.

"이거 혹시 하늘 산맥의 요정, 그런 거 아니야?"

아즈윈이 물었다.

"네가 모르는 걸 내가 어떻게 알겠냐? 관두고 빨리 데다인이나 쫓아가자. 이런 숲에서는 던멜도 우리 기척을 못 찾을 거야. 우리 없어진 것도 모르려나?"

"일단 여길 벗어나서 얘기하자. 그놈들이 또 몰려올지도 몰라."

두 사람은 서둘러 왔던 길로 되돌아갔다. 그러나 일행이 걸었던 길은 나오지 않았다.

"이쪽이야."

"아니, 저쪽이야."

아즈윈은 게랄드가 가리킨 반대편이라고 확신했다. 마치 일행이 앞에 보일 정도로 강한 직감이 들었다!

"내가 보기에는 이쪽인 것 같은데?"

"저쪽이라니까."

"그럼 그런가 보지."

게랄드는 아즈윈의 의견을 따랐다. 하지만 한참이 지나도 데다인이나 다른 일행은 나타나지 않았다.

"정말 이 방향 맞아?"

게랄드가 물었다.

"이 방향이 맞아. 내 타버린 머리카락을 건다!"

그렇게 두 사람은 닷새 동안 헤맸다.

결국 아즈윈은 뒤로 땋은 머리를 잘라 버렸다. 내기에서 패배했다는 뜻에서 장렬한 화형식까지 치러 주었다.

게랄드는 끝까지 '내가 말하던 대로 갔으면 안 헤맸을 텐데' 같은 말을 하지 않았다. 길 잃은 것 같다는 말도 하지 않았다. 그런 말 안 해도 길 잃은 게 확실했으니까.

하얀 늑대가 된 이후 아즈윈은 처음으로 게랄드를 볼 낯이 없어졌다.

"코무 두……."

원래 낮잠을 자고 일어나면 시간관념이 희박해지긴 하지만, 이제 일행과 헤어진 게 며칠 전인지도 계산이 안 됐다. 아즈윈은 날짜를 셈해 보다가 자기도 모르게 뜬금없는 말을 중얼거리고 있었다.

"룬…… 무."

아즈윈이 흐릿한 눈으로 같은 말을 두 번쯤 반복하자 게랄드가 자다 깬 눈으로 물었다.

"혹시 하늘 산맥의 영향으로 아크랜드 말을 잃어버린 거냐?"

"닥쳐 봐."

아즈윈은 속으로 '코무 두, 룬 무'라는 말을 반복하고서 물었다.

"이 말이 무슨 뜻인 거 같냐?"

"애초에 그 이상한 말은 어디서 들은 거냐?"

게랄드가 되물었다.

"꿈에서."

"그럼 잊어버려. 그런 식으로 따지면 나는 열 개 국어도 넘게 들어 봤다."

"그게 아니야. 요새 잘 때마다 이 소리가 들린단 말이야."

"그냥 유령 아니야?"

"으이그."

둘은 다시 짐을 메고 이동을 시작했다. 하지만 방향도 못 잡고 있으니 이동이 아니라, 무작정 걷는 것밖에 되지 않았다. 아즈원은 상황이 이렇게 된 걸 자책하며 물었다.

"혹시 말이다, 우리 그 싸움이 끝난 다음에 그냥 그 자리에 있었으면 데다인이 구하러 오지 않았을까?"

게랄드는 재미있어하며 말했다.

"네가 후회를 할 때가 다 있네. 어차피 하늘 산맥에서는 누구나 길을 잃는다잖아. 내가 말한 방향으로 갔어도 옳은 방향은 아니었을 거야. 그 자리에 가만히 있었으면 2차 공격을 받았을 거고. 아무렴 며칠이고 헤매겠냐? 뭐가 나와도 나오겠……."

그 말을 마치기도 전에 게랄드는 뭔가를 발견하고 걸음을 멈추었다.

"거봐, 나왔지?"

그들의 앞에 거대한 발자국이 나 있었다. 게랄드가 바닥의 푹 파인 부분에 손을 대 보니 두 뼘은 족히 나왔다.

"이 짐승이 뭐든 집 두 채쯤 되는 크기겠는데, 어떻게 생각해?"

게랄드가 팔짱을 끼고 물었다.

"2층 건물 크기의 네 발 달린 도마뱀? 아니, 발톱이 찍힌 걸 보면 도마뱀보다는 새 쪽에 가깝군. 이런 나무 우거진 곳에 이 크기의 몸집을 가진 녀석이 살고 있을 리 없으니 어딘가로 이동하고 있는 중이란 뜻이고……, 이 작은 발자국은 동행인이 있다는 소리겠군."

게랄드는 아즈원이 발견한 작은 발자국에도 손바닥을 대보았다.

"이 큰 놈에 비교하면 이쪽은 작은 동물이군. 호랑이 같은 건가?"

"귀동냥으로 들은 건데 하늘 산맥에는 육식 동물이 없다고 했어. 하지만 모르지. 이 대륙만큼 넓은 숲에 대해 인간이 알면 얼마나 알겠냐?"

"어느 쪽이건 이상한 동행이군. 이 큰 놈은 드래곤쯤 되나?"

"아니라고 할 수도 없지."

둘은 곰곰이 생각하다가 서로의 얼굴을 쳐다보았다.

"어쩔래?"

아즈윈이 먼저 물었다.

"딱히 방향을 잡고 걷던 것도 아니었잖아. 하늘 산맥에 사는 동물이라면 적어도 같은 자리 맴도는 짓은 안 하겠지. 따라가 보자."

"하지만 이런 놈들이 무더기로 사는 둥지에 도착하면?"

"이렇게 큰 놈이 무리 지어 산다고 생각해?"

"보통 대형 육식 동물은 혼자 생활하지."

"육식 동물이라고 확정?"

"이런 거대한 놈들이 잔뜩 모여서 풀 뜯어 먹고 있으면 그게 재미있겠냐?"

둘은 웃음을 터트렸다가 동시에 우울해져 입을 닫았다.

"일행을 놓쳤을 때부터 생각한 건데 말해도 돼, 게리?"

"하지 마!"

"우리 어쩌면 하늘 산맥에서 평생 살아야 될지도 몰라."

"하지 말래도 할 거면 왜 물었어? 근데 왜 그런 생각을 해?"

"하늘 산맥의 동물을 사냥하러 간 최고의 사냥꾼이 영원히 돌아오지 않았다든가, 자기의 길 찾기 능력을 시험하던 여행가가 할아버지가 되어 돌아왔다든가 하는 얘기가 떠올라서. 그 여행가가 노인이 되어 돌아온 후 이렇게 말했대. '내가 30년 동안 돌아다니며 하늘 산맥의 지도를 그렸더니 사실은 그게 산 두 개를 번갈아 돌아다니며 그린 거였다. 어쩐지 산들의 패턴이 두 가지뿐이더라니……' 그 두 가지 얘기에 근거하면 우리는 평생 여기에서 살 수도 있어. 우리 둘 다 딱히 길 찾기에 대단한 능력을 가진 것도 아니니까."

아즈윈의 이야기에 게랄드는 호탕하게 웃음을 터트렸다. 그의 웃음소리가 메아리 되어 돌아왔다.

"태초에 두 신이 계셨도다. 한 신은 여자를 창조하였고 또 한 신은 남자를 창조하여 이 땅 위에 내려보내 자손을 낳아 퍼트렸나니, 그 둘의 이름을 아즈윈과 게랄드라 하였노라. 이렇게 말하면 마음이 좀 편해져?"

"뭔 소리야, 그거?"

"루티아의 일은 로일과 던멜에게 맡기고, 쉐이든이랑 카셀은 나디움에서 놀라고 하고, 우리는 이곳에서 모험이나 즐기자 이거야. 혹시 알아? 30년 후에 아란티아 돌아가서 이런 말이라도 할 수 있을지. '내가 하늘 산맥을 30년이나 헤맸지만 아즈윈의 육체를 탐험하는 것만큼 즐겁지는 않더라!'"

아즈윈은 죽는다고 웃어 댔다.

게랄드가 다시 앞장섰다.

"가자. 하얀 늑대 두 마리의 마지막 모험지가 하늘 산맥이란 건 차라리 극적이지."

"좋지! 그 첫 단추가 집채만 한 육식 동물이란 건 더욱 극적이고."

둘은 열심히 발자국을 따라 걷기 시작했다. 게랄드는 뭐가 그리 즐거운지 실실 웃고 있었다. 아즈윈이 물었다.

"나도 이걸 모험이라 여기니 부담이 줄긴 했지만 웃을 건 또 뭐냐?"

"그 두 사람은 훗날 그 발자국을 쫓아가게 된 걸 크게 후회하게 되었습니다…… 라는 말을 여기에 붙여 주면 재미있을 것 같아서."

"또 안 웃긴 얘기하고 혼자 웃는다."

하지만 아즈윈은 웃었다.

'그렇게 하고 싶으면 그렇게 하자! 고민할 시간 동안 움직이자. 그러니 지금은 발자국을 따라가자.'

아즈윈은 그런 마음가짐으로 게랄드를 따라 걸었다.

Chapter 28

함정

발자국은 계속 일렬로 이어지고 있었고 저녁이 될 때까지 멈추지 않았다. 나무 사이로 지는 석양을 발견한 후에야 둘은 지금까지 걸어온 방향이 동쪽이었음을 깨달았다.

루티아와 아란티아에서 멀어지는 방향.

게다가 거대한 짐승. 어쩌면 드래곤.

그 옆에 찍힌 또 다른 작은 짐승의 발자국.

"아무래도 뭔가가 몹시도 수상해진다?"

아즈윈은 깊이 신음했다. 하지만 게랄드는 여유 넘치는 휘파람까지 부르고 있었다.

"뭐가?"

"이 발자국, 우연한 발견이 아니라는 예감이 들었어."

"내 생각에는 우연이다만?"

"일단 그 발자국을 발견하기까지 길을 안내한 건 나였잖아?"

"그래. 계속 네가 우겼지."

"우겼다고 하지 마! ……우기긴 했지만! 어쨌든 너도 동의했잖아."

"네가 하도 자신 있게 주장해서 따랐지. 나도 모르긴 마찬가지였고. 그래서 요점이 뭐냐?"

"가끔 같은 길을 도는 기분이 들긴 했지만……. 어쩌면 우린 지금까지 계속 동쪽으로 방향을 잡고 있었던 걸지도 몰라."

"그랬나? 태양을 보고도 남쪽을 못 찾는 바보가 되어 있긴 했지만, 우리 한참 가다 보면 적어도 떠오르는 태양을 정면에서 보긴 했지. 오오, 그래! 맞아!"

게랄드는 손뼉을 짝 치면서 말을 이었다.

"우리는 계속 동쪽으로 가고 있었구나."

"방금 내가 그렇게 말했잖아!"

"그리고 지금 이 발자국을 발견했다?"

"무의식중에 가고 있었는데 난 거의 안내'당한' 기분이 들어. 그러니까 수상하다는 거지."

"수상한 걸로 치자면 처음 우릴 공격한 그놈들부터지."

"죽인 놈들을 더 살펴봐 뒀어야 했나? 아니면 쫓아가든가."

"그럴 정신이 없었었잖아."

둘은 얘기를 하면서도 걸음을 멈추지 않았다. 그리고 두 사람은 그 흔적의 끝에서 전혀 상상하지 못한 장소를 발견했다.

둘은 거의 뺨을 맞댈 정도로 찰싹 붙어서 지금 보고 있는 게 진짜인지 확인했다. 하늘 산맥의 마력이 만들어 낸 신기루는 아니었다. 마을

이 있었다!

"하늘 산맥 한가운데에 마을이라?"

호기심 가득한 목소리로 게랄드가 말했다.

마구잡이로 통나무를 쌓아 놓은 구조의 집들이 광장을 포위하듯 둥글게 배치되어 있었다. 광장의 한가운데 하늘을 찌를 듯 기다란 통나무가 하나 박혀 있었다. 계속 머리 위에 나무를 두고 이동해 오던 두 사람은 오랜만에 탁 트인 하늘을 보는 것만으로도 기분이 좋아졌다. 하지만 느긋하게 좋아하고 있을 상황은 못 되었다.

그 나무에는 여자가 밧줄에 묶여 있었다.

"우리의 행동 방침을 정해야 할 때가 도래했다."

게랄드가 진지하고도 과장된 목소리로 말을 이었다.

"새로운 모험이라 생각하며 거대 짐승 발자국을 쫓아오던 우리가 마을을 발견했다. 하늘 산맥에 만약 마을이란 게 있다면 그건 신들의 정착지라고 생각했던 우리가 말이지. 그런데 그 마을 중앙에 온몸으로 구해 달라고 말하고 있는 것 같은 여자가 있다. 어쩨야 하냐?"

"구해 줄 만한 상황은 아닌 것 같지 않냐?"

아즈윈도 진지하게 물었고, 게랄드는 난처한 얼굴로 되물었다.

"구해 줄 만한 상황인 것 같지 않냐?"

그 여자는 얼마나 오래 묶여 있었는지 팔다리 모두 기운 없이 축 늘어져 있었고 멀리서 보기에도 몹시 힘들어 보였다. 그녀는 두 사람을 공격해 온 요정들처럼 검은 피부색에, 기둥에 눌린 등에 짙은 갈색의 날개도 달려있었다. 뒤로는 허리까지, 앞으로는 배까지 내려오는 검은 곱슬머리가 탐스럽게 흔들리고 있었다.

"여자인 데다가 저런 모습이고 묶여 있기까지 하니 말라가 생각나서 구해 주고 싶은걸."

게랄드의 말에, 아즈원은 신중히 대꾸했다.

"말라라면 저런 애처로운 포즈로 묶여 있지도 않았겠지. 보고 있자니 가슴 아프긴 하지만 우린 저게 무슨 상황인지 몰라. 쟤네들은 우리와 풍습도, 언어도, 종족도 다른 애들이야. 저 여자가 마을의 죄인이면? 축제의 대미를 장식하는 거룩한 행사라면? 시집간 처녀 첫날밤 치르는 방식이면 어쩔래?"

"하긴…… 말라가 그러는데, 바다 건너 몇 달 배로 가면 신혼 첫날밤 신랑 발바닥을 몽둥이로 후려치는 이상한 나라도 있다더라."

"모험을 찾아 발자국 추적해 온 건 사실이지만 모든 사건 사고에 끼어들 수야 없지. 그렇다고 보고만 있을 수는 없으니까……."

아즈원은 자기 목소리가 너무 컸다는 생각이 들어서 소곤거리며 말을 이었다.

"……날이 어두워지면 내가 한번 접근해 볼게."

"접근한 다음에?"

게랄드도 목소리를 낮춰 물었다.

"물어봐야지."

"뭐라고?"

"풀어 드릴까요, 아님 그냥 갈까요?"

"차라리 '나쁜 편이세요, 좋은 편이세요?' 하고 묻지 그래? 그리고 애초에 네 말도 못 알아들을걸? 못 알아듣는 쪽에 내 도끼 걸어도 좋아."

"나도 못 알아듣는다는 쪽에 내 방패 건다."

"네가 거기 걸면 어떻게 해?"

둘은 거의 바닥 난 마른 식량을 긁어모아 마지막 식사를 하고 받아 둔 빗물도 마시며, 밤이 되길 기다렸다. 그리고 기회가 될 때마다 마을을 정찰했지만, 특별한 일 없이 조용했다. 아니, 마을이라기에는 지나치게 조용하고 인적이 드물었다. 가끔 얼굴색 비슷한 요정들이 집 밖으로 나와 서성대긴 했지만 광장에 묶인 여자에게 다가가는 일은 없었다.

아즈윈은 농담처럼 말하긴 했지만 저것이 절대 이쪽 종족의 풍습은 아닐 거라고 확신했다. 하지만 게랄드에게는 말하지 않았다. 또 틀리면 창피할 테니까.

최근 일주일의 날씨가 늘 그랬지만, 이번에도 예고 없이 비가 내렸다. 아즈윈과 게랄드는 넓은 나뭇잎이 가려진 자리로 들어가 비를 피했다.

광장에 묶인 여자는 굵은 빗줄기를 계속 맞았다. 처음에는 꿈틀대며 빗물을 조금이나마 털어 내는가 싶더니, 얼마 뒤에는 그런 작은 몸짓도 하지 않았다. 아즈윈은 자신이 뭔가 조치를 취하기도 전에 그녀가 죽을까 봐 조마조마했다.

대신 비 때문에 횃불이 모두 꺼지며 찾아온 어둠이 기회를 안겨주었다. 아즈윈은 비가 그치자마자 행동에 들어가기로 했다.

아즈윈은 배낭에서 긴 천을 꺼내 두 겹으로 접었다. 그리고 웃옷을 벗고 천으로 가슴을 조인 후 게랄드 쪽으로 등을 내밀었다. 게랄드는 버릇처럼 매듭을 묶어 주면서 물었다.

"왜?"

"항상 묶어 줬으면서 왜 물어?"

"전투가 아니면 굳이 안 하니까 하는 질문이야."

"대비해야지. 지난번 일도 있고."

아즈원은 팔을 몇 번 휘두르며 심호흡을 했다.

"어쩔 때는 가슴이 너무 불편해."

"네가 칼 쓰는 여자치고는 좀 크지. 용병 시절 봤던 여자들은, 내가 싸움을 위해 일부러 줄였냐고 물어봤을 정도로 작았는데……. 하지만 너도 평균으로 치면 좀 작은 편 아니냐?"

"대신 모양이 예쁘잖아. 갔다 올게."

"다녀와라. 뒤는 내가 지켜 줄 테니까."

게랄드는 웃으며 대꾸했다.

아즈원은 새삼스럽게 게랄드를 돌아보았다.

'앤 조심하라든가, 남자니까 자기가 앞장서겠다는 말은 하지 않아. 그냥 뭘 하든 지켜봐 줘. 뭘 하든 믿어 줘. 그리고 언제나 뒤에서 기다려 줘.'

게랄드는 도끼날을 감싼 헝겊을 풀면서 고갯짓을 했다.

"뭘 기다리고 있어?"

"아무것도 아니야. 금방 올게."

아즈원은 젖은 흙바닥을 미끄러져 내려갔다. 마을 변두리에 도달할 때까지 몇 번이나 주위를 둘러봤지만 인기척은 없었다. 하지만 이 숲은 감각에 의존해 판단을 내릴 수 있는 곳이 아니었다.

'지금은 보이는 것만 믿자.'

고인 빗물을 밟을 때마다 찰박거리는 소리 말고는 아무 소리도 들리지 않았다. 아즈원은 묶여 있는 여자에게 다가가 물었다.

"어이. 아직 살아 있냐?"

그 여자는 천천히 고개를 들었다. 달빛도 한 줌 없는 어둠 속에서 얼굴은 거의 보이지 않았다. 하지만 맑은 눈빛은 보였다.

"아직 살아 있군. 혹시 우리 말 알아? 알아들어?"

여자 요정은 몹시 혼란스러워하다가 작은 목소리로, 그러나 다급하게 말했다.

"드빈! 드라즈 아즈 아이 드빈."

"못 알아듣는구나. 목소리는 죽여주게 좋긴 하지만 뭔 말인지 알아야지. 우리 쪽 말 전혀 몰라?"

아즈원은 답답해하며 중얼거렸다.

"드빈! 드빈!"

여자는 또 말했다.

"그게 무슨 뜻이냐? 네 이름이냐?"

"베프! 드라즈 아즈 아이 드빈."

"너무 흥분하지 말고 통성명부터 하자. 내 이름은 아즈원이다. 아!즈!원! 넌 이름이 뭐냐?"

아즈원은 그녀의 흥분을 가라앉히려고 일부러 천천히 말을 했다. 그 여자 요정은 고개를 세게 흔들었다. 젖은 머리의 빗물이 튀었다.

구름이 다른 곳으로 흘러가며 약간의 별빛과 달빛이 주위를 밝히는 순간, 갑자기 마을 여기저기에서 횃불이 켜졌다. 하루 종일 보이지 않던 마을 주민들이 언제 모였는지 광장을 포위하고 있었다.

"아! 너희 언어 하나 배웠다. 드빈!"

아즈윈은 그녀를 향해 웃어 보였다.

"함정이란 뜻이지?"

칼을 들긴 했지만 주위에 워낙 숫자가 많아 어찌해 볼 도리가 없었다. 하지만 왠지 여기서 잡혀 주면 말도 안 통하는 이방인을 살려 둘 것 같지 않았다.

"너 구해주는 건 실패한 것 같다. 미안."

아즈윈은 그녀를 돌아보며 말했다. 무척이나 연약해 보이는 요정이었다. 횃불에 젖은 머리가 반사되고 긴 속눈썹에 빗방울이 맺혀 있는 아름다운 여자를 버리고 가는 게 중죄를 짓는 기분이 들었다.

"나중에 다시 구출해 줄게. 남은 얘기는 그때 다시 하자."

아즈윈은 왔던 방향으로 뛰었다. 이미 그 자리에는 검은 얼굴의 요정들이 버티고 있었고, 다른 곳을 포위하고 있던 놈들도 그녀를 향해 달려들기 시작했다. 모두 창으로 무장하고 있었다.

"게리!"

아즈윈은 소리 지르며 무리 속으로 뛰어들었다. 그녀를 향해 무수히 많은 창이 내리꽂혔다. 그녀는 빙글 돌면서 날아오는 창을 모조리 방패로 막았다. 부러진 창날이 바닥으로 와르르 떨어졌고 놀란 요정들은 뒤로 물러났다. 그러나 개중 한 명은 물러나지 않았고 놀랍게도 아즈윈의 칼을 막기까지 했다.

아즈윈은 급히 몸을 세우며 다른 공격으로 그를 쳤다. 하지만 그 덩치 큰 남자는 그녀의 공격을 모조리 막아 냈다.

이대로 계속 밀어붙여 단숨에 포위를 뚫으려던 계획이 어긋났고, 아즈윈의 등 뒤가 완전히 노출되고 말았다. 그때 게랄드가 도끼를 휘두르며 달려와 아즈윈의 등 뒤를 노리던 대여섯 명의 요정들을 쓰러뜨렸다. 아즈윈을 포위했던 진형이 금방 무너졌다.

아즈윈의 칼을 막았던 남자는 방향을 돌려 게랄드의 도끼를 막았다. 빈틈을 발견한 아즈윈이 그의 옆구리를 베었고 뒤따라 게랄드가 목을 날려 버렸다. 그 순간 다른 요정들이 뒤로 황급히 물러났다. 그리고 공격할 의지를 잃은 듯 무기를 늘어뜨렸다.

아즈윈은 그들의 시선이 자기들 두 사람이 아니라, 방금 죽인 요정을 향하고 있다는 걸 뒤늦게 발견했다. 마치 일어날 수 없는 일을 목격한 듯 놀란 표정이었다. 모두가 그렇게 일시적으로 멈춰 있을 때 게랄드가 아즈윈의 손목을 잡고 내달렸다.

요정들은 집단 최면에서 방금 깨어난 것처럼 한 박자 늦게 두 사람의 뒤를 쫓아왔다.

한 시간 넘게 주위를 헤매며, 달리고, 쫓아오는 놈들과 싸우느라 둘은 땀에 흠뻑 젖었다. 이번 녀석들은 동료가 죽었는데도 쉽게 포기하지 않았다.

"따돌렸나 보다."

아즈윈은 나무에 올라가 근방을 돌아보고 말했다. 그리고 지친 나머지 나무에서 내려오자마자, 털썩 주저앉았다. 게랄드도 나무에 손을 짚고 숨을 골랐다.

"징한 놈들. 묶어 놓은 여자한테 말 한마디 걸었다고 그렇게 살벌하게 쫓아오다니."

"엄청 중요한 여자였나 보지. 아니면 우리가 달아나면서 본의 아니게 죽인 동료들 복수를 위해서 쫓아온 건지도 모르고."

아즈윈은 '본의 아니게'라는 말을 강조했다.

"어쩔 거냐? 또 구하러 가?"

게랄드가 물었다.

"고민 좀 해 보자. 나도 모르게 또 구하러 간다고 말해 버렸거든."

"어차피 못 알아들었을 거 아니야?"

"것도 그러네. 하지만 기사가 약속을 했으면 지켜야지."

"그럼 어쩔 수 없지. 왜 약속 같은 걸 하고 그래?"

"여하간 뭘 하든 좀 쉬었다가 하자."

"그러자."

아즈윈은 배낭에서 모포를 꺼내 두 사람의 무릎을 덮었다. 둘 다 피곤했고 금방 잠들었다. 하지만 얼마 안 가 둘은 다가오는 기척을 눈치채고 눈을 떠야 했다.

아즈윈은 움직이지 않고 눈동자만 움직여 포위하고 있는 상대를 확인했다. 부채꼴 형태로 두 사람을 겨냥하고 있는 창만 열두 자루가 넘었고, 뒤에서 경비병처럼 서 있는 검은 피부의 요정들은 대략 스무 명 가까이 되었다. 나무 뒤 안 보이는 자리에도 더 있었는데, 숫자를 확인할 수는 없었다.

"왼쪽 셋은 내가 벤다."

아즈윈은 다리를 덮은 모포 안쪽으로 칼을 쥐었다.

"난 나무 뒤쪽을 맡지."

게랄드는 나무에 기대어 놓은 도끼 쪽으로 시선을 던졌다.

"저 녀석들이 먼저 움직일 때까지 움직이지 마. 포위만 한 걸 보니 공격할 의사가 없는 것 같다."

아즈윈은 포위한 놈들의 옷차림이 마을에서 공격해온 요정들과 다르다는 걸 발견했다. 무기의 모양도 달랐다. 창 자루와 창날의 이음새에 붉은 실을 달았고 폭이 더 넓은 날을 쓰고 길이도 훨씬 길었다.

그 무리들 사이로 척 봐도 우두머리로 보이는 남자 요정이 둘에게 다가왔다. 피부는 검지만 짧은 수염과 머리카락이 모두 하얘, 다른 녀석들과 구별되었다. 그 남자가 뒤에 대고 손을 저어 보이자, 두 사람을 겨냥하고 있던 창이 물러났다.

그 뒤로 전날 밤 마을 중앙에 묶여 있던 여자 요정이 섰다. 그녀는 아즈윈을 향해 살짝 고개를 숙여 인사한 후 웃었다.

'흐음, 언제 풀려난 거지?'

싸울 분위기는 아니었지만, 방심하지 않기 위해 아즈윈은 칼을 쥔 채로 인사했다.

"안녕."

흰 수염의 남자 요정이 대꾸했다.

"안녕, 반갑습니다. 당신들 덕분에 작전을, 성공했습니다."

알아듣기 까다로운 높낮이와 발음이긴 하나, 분명 그것은 인간의 언어였다. 게랄드와 아즈윈이 놀라서 서로를 쳐다보는 사이 흰 수염의 남자가 말을 이었다.

"일부러 인사하려고 이렇게 찾아왔습니다."

아즈윈은 그 말투를 알아듣고 놀라 대꾸했다.

"그거 가넬로크 남쪽 지방 사투리네? 아니지. 우리 언어를 할 줄 아는 것에 더 놀라야 하나?"

남자 요정은 깊은 주름을 보이며 품위 있는 웃음소리를 냈다.

"당신들 쪽에도 우리 언어를 할 줄 아는 사람이, 있습니다. 마찬가지로 우리도 있습니다. 저는 가넬로크 남쪽 지방 마을 사는 노인에게 언어를 배웠습니다."

"그렇군. 대충 짐작이 가. 어렸을 때 들은 바보 같은 하늘 산맥 전설은 다 그런 동네 할아버지들이 해 준 거였지."

"제 이름은 론틀로스, '라루튼'의 군대를 이끄는…… '푸푸바이'입니다. 당신들이 시선을 끌어주어서 우리의 '바푸쿠즈'를 구할 수 있습니다. 있게 되었습니다. 바푸쿠즈의 기더가 두 우그를 이끌 것이라는 예언이 있었습니다. 설마 그대로 맞아떨어질 줄은 몰랐습니다."

가넬로크 사투리 억양에도 적응하기 바쁘던 게랄드는 한꺼번에 쏟아지는 새로운 단어에 인상을 찌푸렸다.

"당신 이름이 론틀로스고 당신이 라루튼이라는 나라의 중요한 직책을 가진 요정이라는 것까지는 알아들었지만, 나머지는 뭔 소리야?"

"사과드리겠습니다. 으음, 으으음. 인간의 언어를 안 쓴 지 거의 10년입니다. 10년 가까이 됩니다. 말을 하기가 쉽지 않습니다."

론틀로스는 더욱 천천히 말을 이어나갔다.

"저는 라루튼의 군대를 모두 총괄하는 지휘관입니다. 라루튼의 홉트를 보좌하는 신하입니다. 홉트는 여러분들의 언어로 왕이라 할 수 있습니다."

"당신 직책이 푸푸바이라 했으니, 장군쯤 되나?"

아즈윈이 유추해 물었다.

"매우 유사합니다. 그렇게 말하면 됩니다."

"그럼 바푸쿠즈는 뭐야?"

아즈윈은 조금 피곤한 듯, 그러나 억지로나마 미소 짓고 있는 여자 요정을 바라보며 물었다.

"바푸쿠즈란 홉트의 딸을 칭하는 단어입니다."

게랄드도 마침내 이해하며 손가락으로 딱 소리를 냈다.

"그러니까 우리가 라루튼이라는 나라의 공주님을 구하려다 함정에 빠졌는데, 그 틈에 원래 그 함정에 빠졌어야 했던 라루튼의 장군께서 공주님을 구하셨구만?"

"정확히 말씀드리자면 우리는 때를 기다렸습니다."

"때?"

"기더……. 운명대로 바푸쿠즈께서 우그와 엮이게 될 것입니다. 될 거라고 들었습니다. 저는 당신들을 기다릴 필요가 있다고 생각했습니다. 기다렸습니다. 그리고 당신들이 나타났습니다."

아즈윈은 이제 모포를 젖히고 자리에서 일어났다. 모포 안에 감추고 있던 칼을 보자 병사들이 경계하는 빛을 보였다. 오해를 피하려고 그녀는 칼을 칼집에 집어넣었다.

"뭐, 감사하다는 인사를 하러 억지로 여기 올 것까지도 없었고, 창을 들이대면서 올 필요도 없었어."

"죄송합니다. 당신들이 우리를 처음 보면 오해를 하고 공격해 올까 봐 그랬습니다."

아즈원은 그편이 더 위험했었다는 걸 굳이 말하지 않았다. 요정 나라의 공주, 즉 바푸쿠즈는 아즈원에게 다가와 손을 잡고 그녀의 손등을 자신의 이마에 살짝 댔다.

"자이 드리프 요에, 우그 위바오브."

론틀로스가 그 말을 번역해 주었다.

"인간의 전사께 감사하다고 하십니다."

"인사는 그 정도로 됐고 상황이 어찌 되었나 들어 볼 수 있을까?"

론틀로스가 그 질문에 대꾸하기 전에 요정나라 공주가 말했다.

"아즈원."

아즈원은 그녀의 입에서 자신의 이름이 나온 것에 흠칫 놀랐다.

'내가 얘한테 이름을 말한 적이 있던가?'

곧 어젯밤 이 여자가 '함정'이라는 말을 외쳐 댈 때 바보같이 자기를 소개했던 순간이 기억났다. 여자는 손가락으로 아즈원을 가리키며 한 번 더 이름을 부르더니 이번에는 자기를 가리켰다.

"세르메이."

"세르메이? 그게 네 이름이야? 좋은 이름이네."

세르메이의 말은 꿈속에서 들리는 목소리처럼 감미로웠다. 처음 만났는데도 몇 번이나 만난 친구 같았다. 세르메이의 어린아이 같은 순수한 미소를 보자니, 그녀도 같은 생각을 하고 있는 게 틀림없었다.

◆ Chapter 29 ◆
세르메이의 부탁

짧은 시간 대화를 주고받으며 아즈원은 요정들을 레미프라고 부른 다는 것을 알았고 인간을 우그라고 부른다는 것을 배웠다. 그리고 그 두 개의 단어가 사실은 견해의 차이로 서로 바뀐 의미를 가지고 있다는 것도 배웠다. 서로가 서로를 요정이라고 부른 셈이었다.

아즈원은 이곳의 언어에 맞게 레미프와 우그라는 단어를 사용하기 로 했다. 자신이 인간임을 더할 것 없이 자랑스러워하는 게랄드는 조금 불만이었으나 대세에 따랐다.

"그럼 너희들은 드래곤을 신으로 모시는 거냐?"

아즈원은 그들이 내주는 음식을 기꺼이 받아먹으며 물었다. 론틀로 스는 굼뜬 목소리로 대꾸했다.

"그렇습니다. 당신들은 무형의 신을 믿습니다. 우리는 현실 안에서 존재하는 분을 따릅니다. 실제로 드래곤께서는 우리에게 예언을 내려 줍니다. 우리는 거기에 따라 판단을 내립니다."

"그래서 그 예언에 따르면 너희들이 우리를 만나기로 되어 있다?"

"엄밀히 말하면 그렇지 않습니다. 까다롭습니다, 설명하기가. 제가 인간 언어에 익숙하지 못한 탓도 있습니다. 또 우리에게 당연한 것을, 아예 모르는 우그에게 설명한다는 건…… 으음, 으으음, 어렵습니다."

론틀로스는 괴로워하며 더듬더듬 말을 이었다.

"좀 더 간단히 설명합니다. 하겠습니다. 우리는 신탁을 받습니다. 받지만 그게 정확히 우리가 모시는 수호 드래곤의 신탁이라고는 말을 못합니다. 때문에 우리의 기더가 당신들과 만나기로 되어 있다고 해도 반드시 그렇게 되는 건 아닙니다. 당신들과 만나지 못하는 것도 기더입니다. 기더의 한 종류입니다. 언제나 반대 현상은 벌어지는 법입니다."

"뭘 그렇게 복잡하게 말해? 한마디로 운이 좋은 거였다. 맞지?"

아즈윈이 결론을 내리자 론틀로스는 껄껄대고 웃었다.

"그럼 그렇게 하는 걸로 합니다. 하겠습니다."

"어쨌든 너희 바푸쿠즈는…… 어째서 묶여 있었던 거지?"

"이것도 이야기하자면 깁니다."

"우리 시간 많아."

"우리는 없습니다."

"그럼 줄여서 이야기해."

론틀로스는 또 너털웃음을 터트렸다.

"아즈윈은 언제나 매사를 밝게 보시는군요."

게랄드도 크게 웃으며 말했다.

"만난 지 반나절밖에 안 되었으면서도 네 성격의 절반을 알아보는 군."

론틀로스는 천천히 이야기를 시작했다.

"우리는 레미프들 중에서도 프보에 족입니다. 프보에 족은 크게 세 개의 나라로 나뉘는데, 북쪽의 푸트나이, 서쪽의 타치셀, 동쪽의 라루튼. 이렇게 셋입니다. 협력하는 사이입니다. 였습니다. 이제 좋지 않는 일로 창을 들이대는 처지가 됩니다. 되었습니다."

론틀로스는 좀 놀라 달라는 어투로 말했다. 하지만 게랄드는 시큰둥하게 받아쳤다.

"흔한 얘기로군. 서로 돕다가 싸우고, 싸우다가 돕고."

"흔하지 않습니다. 레미프들 세계에서는 거의 없는 일입니다."

론틀로스는 강조하며 말을 이었다.

"아니, 레미프들만의 세계였다면 이런 일은 영원히 벌어지지 않습니다. 않았을 겁니다. 적어도 우리의 기더 안에서는 없어야 할 일. 우리들은 정보를 얻습니다. 얻었습니다. 푸트나이의 홉트가 우그와 연합을 맺었습니다."

"우그와 레미프가 연합을?"

아즈윈은 놀라 물었다.

"우리도 어찌 된 일인지 모릅니다……. 몇 해 전입니다. 전이었습니다."

론틀로스는 슬픈 어조로 얘기했다.

"푸트나이의 홉트는 자기들의 신인 '카-푸타이'를 살해한 '이구셸런'이라는, 검은 갑옷과 검은 옷으로 무장한 인간들을 받아들입니다. 받아들였습니다. 큰 실수입니다. 신을 살해할 정도로 막강한 그들의 힘에 타치셀도 항복합니다. 타치셀의 레미프들은…… 아아, 끔찍하게도 자기들 손으로 직접 자기들의 수호 드래곤인 '카–드로크'를 살해하였습니다."

"신을 죽였다? 인간으로 치면 매우 철학적인 이야기지만 레미프들에게는 그게 현실이라 참혹하군. 푸트나이의 홉트라는 작자는 뭔가 잘못된 거 아니야? 자기들의 드래곤을 살해한 외부의 힘과 손을 잡은 것도 그렇고 그 협박에 눌려…… 잠깐!"

아즈윈이 한탄하다 말고 물었다.

"이구셀런? 발음 정확히 한 거냐?"

"우리는 그들을 그렇게 부릅니다. 부르고 있습니다. 잘못되었습니까?"

게랄드가 어깨를 으쓱하며 론틀로스에게 말했다.

"혹시 그거 익! 셀런, 또는 이그! 셀런이라고 발음해야 하는 거 아닌가?"

"그럽니까? 혹시 아는 우그입니까?"

론틀로스는 정확한 발음에 대해서는 크게 관심을 보이지 않았다. 아즈윈은 신물이 올라오는 것 같아 침을 삼켰다.

"직접 마주쳤다고는 말 못하지만 적지 않은 인연이 있긴 하지. 만약 우리가 생각하는 그 녀석들이 맞는다면 이건 보통 일이 아니야."

신을 둘이나 잃은 레미프들에게는 이미 보통 일이 아니겠지만.

"그래서 라루튼의 드래곤은?"

가끔씩만 예리한 게랄드가 툭 내뱉었다. 아즈윈이 뭔 소리냐고 묻기도 전에 그가 말을 이었다.

"익셀런 녀석들이 드래곤을 살해하는 무서운 놈들이라 하더라도 거

기에 무조건 복종하는 건 우습군. 드래곤이 신이라 불릴 정도라면 그따
위 인간은 가볍게 밟아 주면 그만이지!"

"현명합니다. 당신이 맞습니다. 깨어 있는 드래곤을 상대로 싸울 수
있는 우그, 레미프는 존재 안 합니다. 할 수 없습니다. 드래곤과 싸울
수 있는 건 오직 드래곤뿐입니다. 그러나 푸트나이의 홉트와 연합한 이
구셀런은 아니, 익! 셀런은 또 다른 힘과 연합하고 있습니다."

아즈원은 론틀로스가 할 다음 말을 예측했다.

"'드래곤과 싸울 수 있는 건 드래곤뿐이다.' ……라고 했으니, 놈들
이 연합했다는 건 또 다른 드래곤이겠군?"

"전설 속에서, 존재하지 말았어야 했다고 알려진 사악한 드래곤,
'카-구아닐'입니다."

인간의 언어로 대화하는 중인데도, 그 이름만으로 주위의 레미프들
이 동요를 일으켜 웅성거렸다. 말없이 듣기만 하던 세르메이도 어깨를
움츠렸다.

"즈비 레미프들에게 '누라이 전설'이 있다면, 우리에게는 '구아닐 전
설'이 있습니다. 둘 다 그 이름만으로도 공포입니다. 공포의 대상입니
다. 특히 구아닐은 어떤 드래곤도 대적할 수 없으며 어떤 무기에도 죽
지 않는 파괴의 신입니다. 레미프들에게 산 재물을 요구하고 다른 드래
곤을 잡아먹습니다. 먹는다고 알려져 있습니다."

'정리해 보자면, 익셀런 기사단과 구아닐이라는 드래곤이 힘을 합쳤
다는 건가? 어떻게? 둘이서 협상 테이블에 앉아서 술 한 잔 하면서?
애초에 하늘 산맥에 익셀런 기사단이 있다는 게 말이 안 되잖아.'

론틀로스가 계속 이야기를 이어 나가는 바람에 아즈원은 궁금한 걸

계속 묻지 못했다.

"타치셀의 레미프들이 스스로 수호 드래곤을 죽였을 정도로 구아닐이라는 이름이 주는 공포는 큽니다. 최근 구아닐은 즈비 레미프들의 세계에까지 손을 뻗쳤다는 소문이 있습니다."

"아까부터 즈비, 즈비 하는데, 그건 다른 종족이야?"

"아마 우그들에게 알려진 대부분의 레미프는 즈비 쪽일 겁니다. 그다지 우리와 사이가 좋지 않습니다."

"서로 싸워?"

"꼭 그렇지는 않습니다. 사실 프보에 족이든 즈비 족이든, 레미프들은 우그들과 거의 교류를 하지 않습니다. 하지만 '라든' 같은 나라는 '우그의 도시'와 1년에 두어 번 교류를 갖는다고 들었습니다."

론틀로스는 침울하게 말을 이어 갔다.

"우리는 프보에 중에서도 특히나 외부와의 교류를 꺼리는 나라입니다. 우그는 물론이고 레미프들과도 거의 관계를 갖지 않습니다. 그런 중에 푸트나이의 왕은 그런 사악한 드래곤을 받아들이라고 강요했습니다."

"사악한 신을 받아들인다는 건 곧 너희들의 신을 죽여야 한다는 소리겠군. 타치셀처럼."

"그렇습니다. 그럴 수는 없습니다. 우리는 회의를 열었습니다. 모든 라루튼의 레미프들을 불러 회의를 했습니다. 우리는 싸울 줄 모릅니다. 싸움을 싫어합니다. 그런데도 우리의 기더는 싸움에 있다고 결정을 내립니다. 내렸습니다. 수호 드래곤을 깨워 푸트나이와 싸우기로 결정했습니다. 최후의 한 명까지."

어색한 인간의 언어를 구사하는 론틀로스의 역설에 게랄드는 먹는 것도 잊어버리고 집중해서 들었다. 아즈윈도 목만 축였다.

"우리는 회의를 합니다. 했습니다. 그러나 신탁은 내려오지 않았습니다. 이상하게 여긴 우리는 수호 드래곤 '카-탄톨'을 직접 찾아뵙기로 했습니다. 드래곤은 긴 잠을 잡니다. 하지만 신탁을 요청하면 받아 줍니다. 그러나 대답을 하지 않으면 깨워서 물어야 합니다. 드래곤을 깨우기 위해서는 몇 가지 절차가 필요합니다. 그중 가장 중요하신 분은 각 나라에 한 분뿐인 무녀입니다. 무녀가 필요합니다. 우리들의 경우에는 바로 여기 계신 바푸쿠즈십니다."

"그래서 그 드래곤은 뭐라고 대답했지?"

계속 두면 절차만 설명할 것 같아, 아즈윈은 뒷이야기를 재촉했다.

"이틀에 걸친 의식을 끝낸 후 탄톨을 깨웁니다. 깨웠습니다. 그리고 우리는 지금까지의 일을 알려 드렸습니다. 그리고 함께 싸워 달라고 요청합니다. 요청했습니다. 그런데 탄톨은 거절했습니다."

"자기를 모시는 백성들을 버린 건가?"

"탄톨께서 말씀하시길 자신의 기더 속에 '죽음'이 끼어 있다고 합니다. 만약 이 일에 개입을 하게 되면 '카-구아닐의 힘을 가진 우그'에게 살해당할 거라며 우리를 내치셨습니다."

인간으로 치면 신에게 기도했는데, 신이 직접 그 기도를 거부한 꼴이었다. 아즈윈은 서글프게 말하는 론틀로스의 심정을 이해하려고 애썼다.

"우리는 어찌해야 할지 막막합니다. 했습니다. 이대로 우리 힘만으로 싸워 봐야 푸트나이의 대군도, 카-구아닐도, 이구셀런의 힘도 꺾지 못합니다. 무의미한 저항이 됩니다. 될 것입니다."

세르메이의 부탁
187

"잠깐 있어 봐. 지금 말하는 일들은 언제 일어났던 거지?"

갑자기 아즈윈이 물었다.

"탄톨을 깨우는 의식은 반년 정도 전에……."

"아니, 그 구아닐과 익셀런의 연합 세력, 푸트나이와 타치셀의 배신."

"햇수를 세는 건 거의 잊었습니다. 5년? 아니, 7, 8년 정도 전인 것 같습니다."

아즈윈이 생각에 잠겼고 게랄드가 그녀의 어깨를 툭 쳤다.

"뭘 계산하는 거냐?"

"아무것도 아니야. 익셀런이 개입되었다 하기에, 10년 전 전쟁이랑 한 번 끼워 맞춰보려고……."

"맞춰져?"

"몰라. 아, 그래서 그다음은 어떻게 되었어?"

론틀로스는 다시 이야기를 이어갔다.

"그때 세르메이께서 마지막 신탁을 제안하셨습니다. 카-탄톨이 아닌 더 크신 분께. 그러자 놀랍게도 기대하지 않았던 신탁이 내려왔습니다."

"어떤 신탁이었지? 짧게 말해. 난 이제 점점 머리에 쥐가 나기 시작했어. 상황도 헷갈리고, 시간대도 헷갈리고, 이름은 무지 헷갈려."

아즈윈의 말에 게랄드가 동의한다는 뜻으로 주먹을 내밀었다. 아즈윈은 그의 주먹을 주먹으로 툭 쳤다. 론틀로스는 고개를 끄덕이며 말했다.

"간략히 합니다. '다섯 명의 선택된 존재에게 알린다. 잠을 깨우는 자, 가장 빨리 나는 자, 가장 빨리 걷는 자, 털빛 하얀 늑대, 하늘 산맥에서 온 마법사. 그 다섯에 두 명의 우그가 너희들의 기더에 합류하리라. 와서 깨우라.'입니다."

아즈원은 '털빛 하얀 늑대'라는 단어가 살짝 신경 쓰였으나, 그러려니 넘기고 물었다.

"보통 신탁이란 게 그렇게 구체적인가? 내가 아는 신탁이란 건 언제나 은유적이고도 몽환적인데."

"맞습니다. 우리에게도 생소한 신탁이었습니다. 우리의 홉트도, 가장 나이 많은 '와자이브트'도, 이런 목소리의 신탁을 내리는 분이 누군지 알지 못했습니다. 결국 반대로 생각하여, 우리가 접하지 않은 드래곤이시자 드래곤들의 '래플홉트'께서 내린 신탁이라는 결론을 내렸습니다. 그리고 그분을 찾기 위해 서쪽으로 이동해 왔습니다."

중간에 못 알아듣는 단어가 잔뜩 있었으나, 아즈원은 대충 그러려니 하고 넘어갔다.

"그분이 어디 계신지는 모릅니다. 누구도 모릅니다. 그러나 기더가 우리를 이끈다면 반드시 그분께 도달하리라 믿었습니다. 그 와중에 우리는 타치셀에 들렀습니다. 그나마 우리와 가장 친밀하게 교류를 맺었으니까 다시 한번 생각을 고쳐먹으라고 제안합니다. 했습니다. 또 카-탄톨께 용서를 구하라고 제안해 보았습니다. 성공한다면 우리는 드래곤만큼 큰 원군을 얻게 된다고 믿었습니다."

"타치셀이 제안을 거절했군?"

아즈원은 슬슬 상황이 머릿속에 그려지기 시작했다.

"네. 하지만 처음에는 정중한 거절이었습니다. 풀어 줄 때 떠나라면서 보내줬습니다."

"그런데 잡혔다?"

아즈윈은 세르메이를 돌아보며 물었다.

"그렇습니다. 그들의 행동이 돌변했습니다. 우리는 타치셀의 부속 도시인 브레스톤의 레미프들에게 공격당했습니다."

"아까 그 마을이 브레스톤인가?"

"맞습니다. 여러분들이 밤에 바푸쿠즈를 만나 뵌 그곳이 브레스톤입니다. 그들은 드물게도 전문적인 군대를 가진 마을입니다. 브레스톤 레미프들과의 싸움에서 신탁의 조건에 맞춰 데려온 네 명의 전사들이 모두 죽었습니다. 우리 세계에서 가장 강한 레미프, 즉 가장 빠른 날개는 활에 맞아 죽었습니다. 우리 중 빨리 걷는 자도 죽었습니다. 머리카락이 하얗고 워그라는 이름의 소년, 즉 털빛 하얀 늑대도 죽었습니다. 하늘 산맥 꼭대기에 은거하시는 나이 많은 와자이브트, 즉 하늘 산맥에서 온 마법사는 싸움이 시작되자마자, 저쪽 마법사에게 힘을 빼앗겨 숨을 거두셨습니다."

'선택받은 다섯 명 중 네 명이 죽은 거네. 그럼 이미 신탁 받들기는 그른 거 아니야?'

아즈윈은 안 그래도 절망적인 얼굴의 론틀로스를 몰아세우지 않으려고 속으로만 생각하고, 입 밖으로 내지는 않았다.

"그다음은 말 안 해 줘도 대충 알겠군. 세르메이 공주는 아까 그 마을에 잡혀 있었고 그걸 미끼로 너희 모두를 사로잡을 함정을 판 거였는데, 우리가 '우연히' 끼게 되었군. 그치?"

"우연이 아닙니다. 그건 기더입니다."

론틀로스는 허허 웃었다. 내내 듣기만 하던 세르메이가 조용히 론틀로스에게 뭐라고 말했다. 론틀로스는 그녀에게 몇 마디 건넨 후 고개를 갸웃하며 말했다.

"세르메이께서 그러십니다만……, 당신은 이쪽으로 유도된 거라고 하시는군요."

아즈원이 버럭 소리를 질렀다.

"거봐! 내 그럴 줄 알았어. 개꿈이라고 생각했지만 그건 세르메이 네 목소리였던 거야. 맞지? 그…… 코두 무, 룬 무. 했던 거."

"발음은 몹시 부정확하지만 그건 대충…… 와서 도와달라는 뜻입니다."

론틀로스의 설명에 아즈원은 세르메이에게 손가락질을 해댔다.

"이 멍청한 공주 같으니. 그런 건 인간 말로 하란 말이야. 며칠 거리나 떨어져 있는 나를 향해 목소리를 날릴 수 있을 정도의 마법사라면 의사소통 정도는 할 줄 알아야 하는 거 아냐?"

공주에게 멍청하다고 했으니 론틀로스는 화들짝 놀랐으나, 세르메이는 어린아이처럼 마냥 웃기만 했다.

게랄드는 계속 모두의 얼굴을 살피다가 난데없이 결정을 내렸다.

"간다."

"뭘?"

아즈원이 물었다.

"여기까지 얘기했으면 결론 난 거 아냐? 괜히 우리 붙잡고 이렇게 자세한 이야기를 해 줄 리가 없잖아. 같이 가 달라고 부탁할 거지? 거기에 대답한 거야. 간다."

아즈원이 눈빛으로 론틀로스에게 물었다. 그런 거야?

론틀로스는 부정하지 않았다.

"카-구아닐은 우리의 전설 속에서 하늘을 물들이는 검은 악마로 묘사됩니다. 라루튼이 피해를 입고 멸망하는 것으로 끝나지 않습니다. 레미프들이 무너지면 하늘 산맥 너머의 우그들도 같은 위험에 처합니다. 라루튼의 푸푸바이로서 정중히 요청합니다. 우리들을 도와주십시오."

"난 대답했다? 넌?"

게랄드가 아즈윈을 돌아보았다. 게랄드가 결론부터 말해 버렸으니, 놀랄 것도 없었고 따지고 들 것도 없었다. 그래도 아즈윈은 따졌다.

"우리는 루티아로 돌아가야 해. 기다리는 친구들도 있고."

론틀로스가 손가락으로 방향을 가리키며 말했다.

"루티아라면 라든의 서쪽에 있는 우그들의 도시를 말하는 거겠죠? 반대로 오셨습니다."

"그건 쟤 때문이잖아!"

아즈윈은 세르메이를 가리키며 말했다.

"그 점에 대해서는, 어어, 으으음……."

"애초에 왜 하필 나였냐? 끝을 잴 수도 없다는 이 넓은 하늘 산맥에서 부를 사람이 고작 나뿐이었냐?"

론틀로스가 그대로 아즈윈의 말을 전달했고 세르메이는 즉각 대답했다.

"역시 기더라고 하십니다."

"아까부터 뭐만 했다면 하면 기더! 기더! 좀 더 그럴듯한 설명을 해 보라고 그래."

세르메이가 말했고 론틀로스가 전달했다.

"하나 더 추가하자면, 그렇게 먼 거리를 통과해서 뜻이 전달되었을
정도로 당신과 마음이 잘 맞았다고 하십니다."

"말이 되는 소리를 해라. 난 우그고 갠 레미프인데 맞긴 뭐가 맞아?
그 정도 거리를 반경으로 삼는 원 안의 레미프들 중에 마음이 맞는 레
미프가 없었다는 게 더 말이 안 되잖아."

아즈윈이 무섭게 쏘아붙였고 론틀로스는 또 바쁘게 뜻을 전달했다.
세르메이는 지체 없이 대답했다.

"바로 그 점이 기더라고 합니다. 잡히기 전부터, 도움을 준다는 신탁
속의 두 우그를 찾아 무녀의 힘을 썼습니다. 그때마다 계속 당신이 느
껴졌다고 하십니다. 잡힌 후에는 더욱 필사적으로 당신을 끌어당겼고
바람대로 당신이 옵니다. 왔습니다."

아즈윈은 세르메이를 처음 만났던 순간을 떠올렸다.

'날 보고 별로 놀라지 않았어. 레미프 입장에서 갑자기 이종족이 나
타난 건데 말이야. 그리고 즉시 함정이라고 알려주기 위해 애썼지. 이
여자애는 내가 올 걸 알았던 거야. 그럼 난 세르메이의 마법에 걸려든
거라고 봐야겠군.'

아즈윈은 신경질적으로 머리를 긁적였다.

"좋아, 좋아. 하나만 더 묻자. 우리가 사실 일주일 전인가? 니들과
똑같이 생긴 레미프들한테 기습을 당했거든. 덕분에 일행을 놓쳐 길
을 잃었다. 알지 모르겠지만 우리 우그들은 이곳에서 방향 감각을 잡을
수가 없어. 지금도 머릿속에서 뭔가 하나가 떨어져 나간 것처럼 멍해.
자, 여기서 첫 번째 질문. 우릴 공격했던 그 녀석들은 뭐지?"

"잠시만요."

론틀로스는 긴 시간 동안 세르메이와 그 문제로 상의했다. 그사이 아즈원은 던멜식 수화로 게랄드에게 말했다.

'정말 도와줄 거냐, 얘네들?'

게랄드도 수화로 말을 받았다.

'싫어?'

'그건 아니지만 지금까지 한 말이 사실이 아니면 어쩌려고? 이를테면 지금까지의 얘기는 모두 우리를 끌어들이기 위해 공들여 지은 거짓말이고, 실컷 도와주고 났더니 우리 적이었다, 로 밝혀지면?'

'정말 꾸민 얘기라고 생각해?'

'그렇지만 이 자리에서 흔쾌히 수락하기에도 조금 꺼림칙해…….'

'그럼 돈이라도 받을까? 마음 편하게.'

'뒈진다!'

두 사람의 수화를 흥미롭게 지켜보던 레미프 병사들의 시선을 의식하고 아즈원은 손놀림을 멈췄다. 그녀는 헛기침을 한 후 론틀로스에게 말했다.

"그래서 결론은?"

"우리가 가진 정보로는 만족할 대답 못 드립니다. 어렵습니다. 하지만 추측합니다. 당신들을 습격한 레미프들은 브레스톤의 병사들입니다. 누군가의 지시를 받습니다. 받고, 공격합니다. 했을 겁니다."

"어떻게 브레스톤 레미프들이라고 추측했지?"

"당신들은 브레스톤에서 가장 빠른 날개인 카린델프를 죽였습니다."

"가장 빠른 날개?"

"우리들은 가장 힘이 세고 검을 잘 쓰는 레미프를 '빠른 날개'라고 표현합니다. 당신들 두 사람이 바푸쿠즈를 구하려다 실패하고 달아나면서 바로 그 카린델프를 죽였습니다."

아즈원은 당시 상황을 떠올렸다.

'그래서 깜짝 놀랐었군, 그 녀석들. 자기들의 최강이 우리 두 사람한테 죽어서.'

론틀로스는 계속 말했다.

"브레스톤의 레미프들이 이런 말을 했습니다. '즈비 족의 땅에서 우리들의 기습을 이겨 내고 와자이브트를 둘이나 살해한 우그들이다!' 정황을 조합해 봅니다. 보면, 그런 결론을 내릴 수 있습니다. 우리가 다짜고짜 두 분께 도움을 요청한 것은 그 때문이기도 합니다. 두 분은 강합니다."

론틀로스는 주변에 있는 레미프들을 두 손으로 가리켰다. 피곤하고 지친 모습들, 희망을 잃은 눈동자들……. 하지만 아즈원과 게랄드를 바라보는 시선에는 기대감이 엿보였다.

"우리는 유능한 전사들을 많이 잃습니다. 잃었습니다. 신탁을 마무리 짓기 위해서는 더 많은 인원이 필요합니다. 그래서 도움을 요청합니다. 어떤 요구라도 들어드립니다. 드릴 수 있습니다. 우그는 금을 좋아한다고 들었습니다. 원한다면 드립니다. 많이. 아주 많이."

"이래 봬도 우린 돌아가면 꽤 고위 관직자야. 별로 바라는 거 없어. 그보다 그 카린델프란 레미프를 우리가 정확히 언제 죽였다는 거지?"

게랄드가 쓸데없이 잘난 척을 하면서 물었다. 아즈원은 어느 정도 알고 있었지만 중간에 끼어든 게랄드 입장에서는 모를 법도 했다. 론틀로스가 설명했다. 이미 그 단계에서 론틀로스는 상황을 지켜보고 있던 모양이었다.

"브레스톤에서 있었던 두 분의 싸움을 지켜보았는데 당신은 곧장 카린델프 쪽으로 달려가셨습니다. 게랄드께서 후방을 공격했고 아즈원께서 카린델프를 벱니다. 베었습니다."

아즈원은 실소를 터트렸다. 어찌 생각하면 카린델프는 운이 지지리도 없었다. 레미프들 중에서 최고라고 자랑할 만한 실력자였을 것이고 일대일로 싸웠다면 아즈원과 힘든 승부를 벌였을지도 모르나, 하얀 늑대 둘을 앞뒤에서 동시에 상대했으니 살아남을 재간이 없었던 것이다.

"타치셀의 레미프들은 우리가 바푸쿠즈를 구출했다는 것보다 카린델프가 죽었다는 것에 더 당황하고 있습니다. 그들은 그 일을 카―드로크의 저주라고……."

"잠깐, 잠깐. 이제 됐어. 더 이상 레미프들의 풍습과 언어에 대해서는 강의 받고 싶지 않아. 머리가 터질 것 같아. 그러니까……."

아즈원은 지금까지 들은 모든 내용을 한 문장으로 요약해 보았다.

"세르메이가 '어떤 드래곤'을 찾아가는 걸 도와달라는 거지?"

"맞습니다."

"잘됐네. 우린 길을 잃어 갈 데도 없고 언제 한번 드래곤을 보고 싶기도 했으니까, 가는 걸로 하지. 대신 우리한테도 조건이 있다. 그 일이 끝나면 우리가 하늘 산맥을 빠져나가게 도와줘. 아까 '우그들의 도시'가 어디 있는지 알고 있다고 했지? 거기까지 데려다주면 돼."

"어렵지 않습니다. 그리고 한 가지 더 말씀드립니다. 드리자면……."

"댁은 항상 한 가지를 빼고 말하시는구만."

"죄송합니다. 우리들 언어는 중요한 걸 뒤에 붙이는 버릇이 있습니다. 특히 라루튼의 말은 그렇습니다. 우리 속담 중에 '라루튼 말은 끝까지 들어 봐야 안다.'라는 속담이 있습니다. 있을 정도입니다. 어쩔 수 없습니다."

"그려, 그려. 그 한 가지는 뭐야?"

"매우 위험합니다. 우리의 적은 이구셀런과 타치셀 레미프들의 연합입니다. 거기에 카구아라는 괴물까지 끼어 있습니다."

아즈윈은 버럭 화를 냈다.

"또 새로운 단어야! 카구아는 또 뭔데? 됐어! 내가 정리한다. 세르메이가 드래곤을 찾으러 간다, 이 일은 위험하다, 끝나면 너희들은 우리를 우그들의 도시로 안내해준다. 얘기 끝! 먹을 만큼 먹었고 쉴 만큼 쉬었으니 출발하자."

"당신의 성격은 마치 바푸쿠즈의 어린 시절을 보는 것 같습니다."

론틀로스는 아버지가 말괄량이 딸을 바라보는 듯한 시선으로 말하고는, 돌아서서 레미프들에게 명령했다. 병사들은 이동을 준비했다.

게랄드와 아즈윈도 짐을 챙겼다. 아즈윈은 찜찜했지만 게랄드는 일거리 하나 잡은 용병처럼 즐거워하고 있었다.

"그리 좋으십니까, 게랄드 대장님?"

아즈윈이 심술 맞게 물었다.

"그럼 안 좋으십니까, 아즈윈 공주님?"

게랄드는 진짜로 즐거워하며 말을 이었다.

"옛날에 마스터가 언제고 인간이 아닌 것들과 싸우게 될 것을 대비하라고 하셨지? 여왕님께서는 또 이러셨지. 하얀 늑대들이 다섯 명이나 되었노라, 이제 아란티아 밖에서 싸울 일을 대비하라…… 두 가지다 맞아 버린 거야. 드디어 미치게 훈련한 보람이 있게 됐잖아."

"말은 멋지군. 그런데 그 멋진 임무가 아무도 안 알아줄 이런 외진 곳에서의 싸움이야? 폼 안 나게."

"하필 도움을 요청한 게 길 잃은 하얀 늑대 두 마리다. 우리가 운이 좋은 건지, 저 녀석들이 운이 좋은 건지, 아니면 아까 말한 대로 레미프의 기더인지, 그건 두고 볼 일이지. 어때? 이래도 신난다고 말 못 해?"

아즈윈은 게랄드의 배를 손등으로 툭 치며 웃었다.

일행이 출발했다. 지금 세어 보니 레미프 병사들은 모두 삼십여 명쯤 되었다.

둘은 두 줄로 길게 이어진 무리의 중앙쯤에서 걸었다.

"그런데 익셀런 기사단이 하늘 산맥에 있다니, 대체 뭔 상황이냐?"

게랄드가 아즈윈에게 물었다. 레미프들의 복잡한 사정과 난해한 단어들 때문에 사정을 자세히 알 수는 없었지만, 그것만큼은 아즈윈도 호기심이 생겼다.

"만나면 물어보지, 뭐."

"물어보면 순순히 말해줄까?"

아즈윈은 허리에 찬 칼을 톡톡 쳐보였다.

"내가 언제 입으로 묻는다고 했어?"

게랄드도 웃으며 도끼를 톡톡 친 다음 주먹을 내밀었다. 아즈윈은 그의 주먹을 주먹으로 톡 쳤다.

✦ Chapter 30 ✦
금지된 구역

처음에는 친절하게 챙겨 주던 론틀로스도 이제 부대를 이끄는 지휘관으로 돌아가는 바람에 둘을 소홀하게 대할 수밖에 없었다. 세르메이는 계속 호의적인 모습을 보여 주긴 했지만 말이 없었다. 다른 레미프들은 아직 두 사람을 경계했다. 그래서 둘은 심심해졌다.

"얘네들, 하루 온종일 돌아다니는 꼴을 보니까 길을 모르고 이동하는 것 같지 않냐? 이리 갔다가 저리 갔다가 그러네."

아즈원이 말했다.

"우리 방향 감각으로 그걸 따질 처지는 못 되지. 어쩌면 직진을 하고 있는데 우리가 구불구불 간다고 느끼고 있는 걸지도 몰라."

게랄드의 말에, 아즈원은 하늘을 올려다보았다. 태양을 보면 대충 동쪽과 서쪽을 구분할 수 있는데도 방향을 못 잡겠으니 미칠 노릇이었다. 지금도 왔던 길을 되돌아가는 건지, 반대로 가는 건지 구별할 수가 없었다.

"익셀런 기사들이 정말로 이 숲을 돌아다니고 있는 거라면 어떻게 방향을 잡고 있는 거지?"

게랄드가 생산성 있는 의문을 제기했다.

"무슨 마법적인 방법이 있겠지. 마법 도구 같은 게 있거나. 데다인이 자기 뒤만 잘 따라오면 문제없다고 한 걸 보면 마법사가 필요할 거야. 어쨌든 여기는 마법의 숲이니까."

"마법이라는 단어만 붙이면 다 설명되는군."

둘은 똑같이 키득대고 웃었다. 언제인지 모르게 옆에 붙어 있던 세르메이가 따라 웃었다. 아즈윈이 게랄드의 귀에 대고 속삭였다.

"야, 방금 혹시 알아듣고 웃은 걸까?"

"우리 꼴이 웃겨서 웃은 거야."

"우스웠나?"

"다른 사람 보기에 우린 언제 봐도 웃길걸?"

신기하게도 세르메이는 아즈윈 옆에 붙어 있는 걸 좋아했다. 아즈윈은 남자가 따라다니는 것은 싫증이 날 정도로 많이 겪었으나, 여자가 따르는 것은 어색했다. 울프 기사단의 말라는 붙임성이 있었지만 의외로 아즈윈과는 별로 친하지 않았다. 실디레는 적대시하는 편에 가까워 거의 대화를 나눈 적이 없었다. 어쩌다 말을 붙이나 싶으면 가시 박힌 시비조의 말뿐이었다.

'당신의 가치관은 납득이 가지 않습니다.'

열다섯 살짜리를 상대로 그게 구체적으로 무슨 뜻이냐고 묻는 건 자존심이 상하니, 아즈윈은 혼자서 두고두고 고민해야 했다. 내 가치관이 어때서?

아즈윈은 여자에게 인기가 없었다. 어렸을 때부터 아즈윈의 주위에는 그녀를 무서워하는 남자들만큼이나 좋아하는 남자들도 많았다. 하지만 여자들의 경우 열에 아홉은 싫어했고 열에 하나는 증오했다. 울프 기사단 생활을 하면서 성격이 원만해졌다고 자부하지만, 여전히 그런 건 변하지 않았다.

'개인적 의견에 가슴앓이를 하는 건 오히려 너답지 않구나. 시녀들 중에는 너의 가치관과 행동을 존경하는 아이도 많단다.'

여왕에게 상담했지만 그런 대답밖에 듣지 못했다. 쉐이든은 '모르겠다.'로 일관했고 로일이나 던멜은 인생 상담만 했다 하면 달아났다. 그나마 게랄드는 진지하게 받아 주었다.

'네가 안 놀아주니까 그렇지. 언제 한번 실디레랑 놀아 주기라도 해 봤어?'

가만히 있어도 따르는 남자와 노력을 들여야 친해질 수 있는 여자는 사귀는 방법에서 많은 차이가 있었다. 거의 한 달이나 지난 후에야 게랄드가 재미있는 소식을 안겨 주었다.

'전에 실디레가 너한테 한 말 있지? 그거 네가 쉐이든 꼬시는 거 보고 열 받아서 한 소리였다고 하는군.'

'장난이었는데!'

'옆에서는 그렇게 안 보이나 봐. 더구나 실디레처럼 순진한 애한테는.'

아즈윈은 다시는 장난으로라도 쉐이든을 건드리지 않겠다고 선언했다. 그 말을 들은 쉐이든은 옆방에 있던 브나타이돌이 자다 놀라서 달려올 정도로 크게 웃었다.

이렇다보니 레미프의 바푸쿠즈가 따르는 것은 아즈원에게 매우 어색한 상황이었다. 아즈원은 옆에서 따라 걷는 세르메이를 유심히 쳐다보았다. 문득 론틀로스가 자신을 두고 '바푸쿠즈의 어린 시절을 보는 것 같다.'라고 했던 말이 떠올랐다.

'이런 얌전한 여자애가 나랑 성격이 비슷하다고? 웃기시네.'

정오가 되어 그들은 점심식사 겸 휴식 시간을 가졌다. 게랄드와 아즈원이 자리에 앉자 세르메이는 당연하다는 듯이 둘의 옆에 앉았다. 일반 병사들과 멀리 떨어진 자리에 따로 공주의 자리를 마련하던 론틀로스가 당황해하며 시선을 주었다. 하지만 세르메이는 그걸 보지 않고 있었다.

'일부러 못 본 척하고 있네! 정말로 나랑 비슷한 성격이라면, 이 순진한 얼굴에 속으면 안 되겠군!'

아즈원은 다짐했다.

론틀로스도 포기하고 펴 놓은 자리를 도로 접어서 아즈원 옆에 깔았다. 세르메이는 다 깔리기를 기다렸다가 그 위에 풀썩 앉았다. 그리고 아즈원을 손짓해 자기 옆자리를 권했다. 거절하기 힘든 미소를 지으면서.

그사이 론틀로스는 세르메이에게 물이 든 주머니를 내주었다. 세르메이는 한 모금만 마시고 아즈원에게 내밀었다. 가죽도 아니고 나무껍질도 아닌 이상한 질감의 주머니였다. 물에서 벌꿀과 제비꽃 향이 섞인 괴이하면서도 신비한 맛이 났다.

"야아, 이거 맛있다."

아즈원이 게랄드에게 물주머니를 넘기려고 하자 세르메이가 당황하면서 확 빼앗았다. 세르메이는 꼭 인형 뺏긴 여자애처럼 고개를 저었다.

론틀로스가 다급하게 설명했다.

"여자만 마시는 물입니다. 그것도 아주 귀한……."

"공주님만 마시는 물이라도 돼?"

아즈원이 물었다.

"그렇습니다."

아즈원이 거드름을 피우며 게랄드에게 말했다.

"봤냐, 이 미천한 것아. 이제 난 레미프의 공주님이랑 동급이시다. 이제 너와의 사랑은 신분의 차이를 극복하지 못하고 끝내 깨질 일만 남고 말았도다."

게랄드는 입맛을 다시며 못내 아쉬워했다.

"맛있었냐?"

"묻지 마라. 못 마신 걸 억울해할 거다."

아즈원이 실컷 게랄드를 놀리는 동안 론틀로스는 몇몇 병사들에게 지시해 후방으로 정찰을 보냈다. 다른 병사들은 일사분란하게 무기를 내려놓고 정해진 자리에 앉았다. 론틀로스는 단 두 마디만 말했을 뿐인데 금방 대열이 갖춰졌다.

"훈련이 잘되어 있군."

아즈원은 게랄드에게 말한 것이었는데 론틀로스가 대꾸했다.

"얼마 전에 겨우 훈련을 시킵니다. 시켰습니다. 레미프에게는 원래 군대라는 개념이 없습니다."

"평화를 좋아해서?"

"무기라는 건 우리의 믿음 안에서 허락 안 됩니다. 허락되지 않은 물건입니다. 즈비 족과 충돌이 있을 때도 사망자는 거의 없습니다. 없었습니다. 죽이는 전투, 죽는 전투를 많이 해 본 타치셀 정도만 군대라는 개념에 익숙합니다."

"잠깐만 있어 봐."

아즈윈은 나뭇가지로 바닥에 글씨를 썼다. 북쪽에 푸트나이. 서쪽에 타치셀. 동쪽에 라루튼. 제일 먼저 자기들의 신을 살해당한 건 푸트나이. 가장 먼저 익셀런에 협조한 것도 푸트나이.

아즈윈은 푸트나이라고 써 놓은 글자에서 타치셀이라고 써 놓은 글씨 쪽으로 화살표를 그었다. 타치셀이 전투에 가장 익숙하다면 익셀런에게 협조하기로 한 푸트나이가 가장 먼저 공격할 곳도 타치셀이다. 그리고 지금은 라루튼을 협공하는 식.

아즈윈은 복잡한 문제를 제쳐 두고 론틀로스에게 물었다.

"우리야 따라가기만 하면 되겠지만 어디로 가는지나 알고 가자. 드래곤이 사는 곳?"

"예. 말씀드렸듯이 드래곤들의 래플홉트, 그분의 영역으로 갑니다. 우리 레미프는 물론이고 다른 드래곤들조차 그 땅을 밟아선 안 됩니다. 불경스러운 즈비 레미프들에게는 그런 성스러운 땅을 보호한다는 의식도 없으나, 우리는 그 규칙을 철저히 지킵니다. 지키고 있습니다. 지금은 신탁을 따르는 것이므로 예외입니다."

"금지된 장소인 데다가 어디 사는지도 모르는 드래곤을 찾으러 가는 거라 이거지?"

"찾을 수 있습니다. 있을 겁니다."

론틀로스는 조심스러운 어조로 말하기는 했지만 표정을 보니 확신하고 있었다.

"그래서 그 드래곤을 찾으면 그가 불길을 뿜어내서 모든 일을 해결해 주는 거야?"

론틀로스는 아즈윈의 과격한 농담에 망설이며 대답했다.

"적당한…… 단어를 못 찾겠습니다. 설명하자면, 그렇지는 않습니다. 왜냐하면…… 우리의 적은 드래곤을 죽이는 드래곤 카─구아닐이며, 드래곤들의 래플훕트께서는 엄밀히 말해 전투를 하는 드래곤이 아니니…… 아, 역시 어렵습니다. 설명, 어렵습니다."

론틀로스는 이마를 감싸 쥐며 말을 이었다.

"솔직히 말씀드립니다. 아즈윈, 당신 말이 옳습니다. 저는 래플훕트께서 이 모든 일을 쉽게, 간단하게 해결해 주셨으면 합니다. 바라고 있습니다. 그러나 그런 기적은 일어나지 않을 것입니다. 기적은 기적만의 힘이…… 어어, 음음, 으으음, 독립적일 때, 그 힘이 적절합니다. 그러나 기적의 반대되는 힘이 존재한다면 기적은 기적으로 통하지 않습니다."

아즈윈은 인상을 구겼다.

"뭔 소리인지 하나도 모르겠네."

"저도 이 이상은 어떻게 설명을 못하겠습니다."

"내가 정리해 보지. 원군을 부르러 가는데 그 원군이 정말로 힘이 될지 의심스럽다, 이거 아니냐?"

"그렇게 정리해 버리신다면…… 으음, 음음음, 저도 뭐라 할 말이 없습니다."

론틀로스는 아즈윈이 더 안 물어보겠다고 할 때까지 신음하며 고민하다가 식사를 하러 돌아갔다.

식사를 끝낸 세르메이는 편안한 얼굴로 눈을 감고 앉아 쉬고 있었다. 가만히 앉아 있기만 하는 건데도 함부로 건드릴 수 없는 비범한 분위기가 풍겼다.

게랄드도 팔짱을 끼고 고개 숙여 졸았다. 녀석은 짧은 시간 안에 잤다가 깨는 일에 익숙했다. 그동안 그는 며칠 밤을 새도 끄떡없는 모습을 몇 번이나 보여 주었다.

아즈윈도 그의 옆에 앉았지만 잠이 오지는 않았다. 반장난으로 게랄드의 가슴 위에 올라타며 키스하려 했던 일이 괜히 마음에 걸렸다. 전부터 재미 삼아 비슷한 시도는 많이 했지만, 이번처럼 적극적으로 나선 건 아니었다. 그래서 깨끗하게 거절당한 게 조금 무안해졌다.

'너무 좋아지면 곤란하다? 무슨 특별한 의미로 한 말이면 어쩌지? 난 하나도 모르겠는데.'

게랄드가 다른 남자들처럼 쉽게 마음을 드러내는 녀석이었으면 금방 끈적끈적한 관계로 발전할 수 있었을 거라는 상상을 하면서 아즈윈은 혼자 안타까워했다. 생각해 보면 그가 상처받지 않는다고, 너무 막대한 점도 없지 않아 있었다.

아즈윈은 그동안 어른스럽지 못했다는 점을 인정했다. 그리고 이제부터라도 진지하게 대해 주면 그와의 관계가 좀 나아질까 고민해 봤다.

'이거 진짜로 내가 게랄드를 좋아하고 있는 건가? 아니면 그냥 성욕만 가지고 있는 건가? 후자면…… 어이쿠, 내가 생각해도 재수 없네! 실디레한테 그런 말 들어도 싸지.'

자고 있던 게랄드가 눈을 크게 떴다가 코앞까지 다가온 아즈윈의 얼굴을 보고 놀랐다. 아즈윈도 놀랐다. 그런 생각을 하면서 저도 모르게 얼굴을 가까이 가져가버린 모양이었다.

"너 뭐 하냐?"

"감상 중."

아즈윈은 딱히 변명이랄 것도 없이 말했다. 게랄드는 픽 웃으며 뒤통수에 손을 받치고 나무에 기댔다. 언제나 그렇지만 그는 아즈윈을 밀어내기보다 스스로 물러났다.

"무인도에 떨어진 거 같아서 좋군. 너라는 여자를 완벽하게 독점할 수 있게 되었으니까."

아즈윈은 뺨에 손을 얹고 허탈하게 말했다.

"나도 너 독점해서 좋긴 한데, 어째 불안해진다. 나 너 진짜 좋아하는 거면 어쩌냐?"

게랄드가 황소처럼 눈을 깜빡거렸다.

"그걸 왜 큰일이라도 난 것처럼 말하냐? 나 상처받아."

"그런 게 아니라, 진짜로 그런 거면 그동안의 시간이 아까워지잖아. 진작 좋아했으면 나 안 참아도 되는 거였잖아. 울프 기사단에 있는 내 내 금욕 생활을 할 이유가⋯⋯."

게랄드는 웃었다.

'또 이런다.'

게랄드는 매사에 농담으로 맞서지만 정작 농담으로 얼버무려 줬으면 하는 말에는 말없이 흐뭇해하며 웃었다. 그것도 꽤 근사한 얼굴을 하고서.

후방으로 정찰을 나갔던 레미프들이 돌아오면서 어수선해졌다. 그들은 위기감 가득한 얼굴로 론틀로스에게 보고했다. 알아들을 수는 없지만 말하는 어조도 다급했다. 론틀로스는 지체 없이 이동 명령을 내렸다.

"무슨 일이야, 론틀로스?"

아즈윈이 다가가 물었다.

"뒤에서 우릴 추적해 오는 레미프 군대가 있습니다. 놀랍게도 그 선두에는 이구셀런, 아니 익셀런이 둘이나 있습니다. 있다고 합니다. 그중 하나는 '레드워드'라는 자인데 익셀런 중에서도 가장 잔인합니다. 그렇다고 알려져 있습니다. 우리 힘으로는 당해낼 수 없습니다."

론틀로스는 세르메이에게 뭐라 말한 후 제일 앞으로 달려갔다. 변함없이 느긋한 자세로 누워 있는 게랄드를 돌아보며 아즈윈이 말했다.

"당해낼 수 없다라? 저런 말 들으면 우리끼리 해 버리고 싶지 않냐?"

"상황을 모를 때는 시키는 대로 해. 그래야 나중에 민망해지지 않거든."

게랄드는 부스럭대며 일어나 배낭을 멨다. 병사들은 벌써 떠날 준비를 끝냈는데 두 사람은 느릿느릿 움직였다. 보다 못한 세르메이가 발을 동동 굴리며 아즈윈의 손을 잡아끌었다.

"오냐, 오냐. 간다, 가."

아즈윈은 안심시키려고 느긋하게 말했지만, 세르메이는 참새 날개처럼 짙은 갈색의 날개를 파들파들 떨며 무서워했다. 아즈윈은 뒤에 오는 게랄드를 돌아보며 물었다.

"익셀런의 기사가 이 정도로 공포의 대상이 되었나?"

"아아, 발음만 비슷하지 전혀 다른 이구셸런이라는 다른 괴물이 있는 건지도 모르지."

게랄드는 어깨를 으쓱하며 말을 이었다.

"만나면 물어보자며? 그러니 만나면 알겠지."

또 한 차례 비가 쏟아졌다. 레미프들은 비에 젖는 걸 전혀 상관하지 않았으나, 반 시간 넘게 그치질 않자 결국 비 피할 곳을 찾기 시작했다. 론틀로스는 이 비가 흔적을 지워 줄 거라고 좋아했지만 동시에 비 때문에 길을 찾기가 더욱 어려워질 것을 염려했다.

론틀로스가 피난처로 찾은 곳은 게랄드가 한 달 정도 도끼질해야 넘어갈 두께의 거대한 나무 아래였다. 큼직한 나무뿌리가 서로 엉켜 자연적인 지붕이 형성되어 있고 움푹 꺼진 구멍은 서른 명이 앉아 있어도 충분할 정도로 넓었다.

일행은 바닥에 푹신하게 깔려 있는 마른 낙엽에 앉아, 비가 그치길 기다렸다. 하지만 금방 날이 어두워지는 바람에 낙엽을 쌓아 잠자리를 마련하거나, 굴 안의 젖지 않은 나뭇가지를 이용해 모닥불을 피우며 밤을 보낼 준비를 갖추었다.

그 과정에서 게랄드는 론틀로스와 꽤 친해졌는지, 딱 붙어 대화를 나누고 허물없이 웃음을 터트리기도 했다. 빗소리와 함께 어렴풋이 들리는 두 남자의 굵은 목소리는 음악처럼 기분 좋게 울렸다.

할 일은 없고 날은 어두워졌으니 아즈윈은 모포를 무릎에 덮고 잠을 청하기로 했다. 그때 비슷한 모포를 어깨에 걸친 세르메이가 또 옆으로 다가왔다. 그리고 눈짓으로 옆에 앉기를 청했다.

"대체 너는 뭘 믿고 나를 그렇게 따르냐? 내가 적의 스파이면 어쩌려고? 응?"

아즈윈이 자리를 약간 비켜 주며 물었다. 알아들을 리 없는 세르메이는 그저 피해 준 자리에 앉으며 웃기만 했다. 아즈윈보다 덩치가 작다 보니 자연스럽게 세르메이는 고개를 쳐들게 되었다. 순진하고 귀여운 얼굴로 말똥말똥 쳐다보는 모습이 꼭 고양이가 애교를 부리는 것 같았다.

"익셀런은 그렇게 무서워하면서 왜 같은 우그인데다 처음 보는 우리를 이렇게 믿어 주고 따르는 건지 모를 일이군. 론틀로스에게 물어볼까, 아니면 네가 우리말을 배울 때까지 기다려 볼까? 아니면 내가 네 언어를 배울까?"

아즈윈은 자신을 관찰하는 듯 반짝이는 세르메이의 눈동자를 지그시 바라보다가 고개를 저었다.

"귀찮으니 관두자. 잘 자라."

아즈윈은 모포를 두르고 휙 돌아 잠들었다.

잠결에 누군가 어깨를 쓰다듬는 것이 느껴졌다. 게랄드겠거니 했지만 그의 목소리는 약간 먼 곳에서 들렸다. 어깨를 쓰다듬은 손은 팔 사이로 비집고 들어와 가슴을 감쌌고 뒤이어 등으로 푹신한 가슴의 감촉이 느껴졌다.

작은 숨소리가 귀를 간질였고 내쉰 숨에 향기로운 제비꽃 향기가 섞여 있었다. 내칠까 하다가 따뜻해서 그냥 두었더니 아침까지 그대로였다. 일어나 보니 역시나 세르메이였다. 아즈윈이 포옹에서 벗어나자, 세르메이는 잠이 덜 깬 얼굴로 짜증을 부렸다.

아즈윈은 그녀의 머리를 쓰다듬어 주었다. 그녀는 손바닥에 얼굴을 부비며 도로 잠들었다.

'어린애였구나. 하도 성숙한 얼굴을 하고 있어서 속았네.'

드래곤을 깨우는 무녀라는 단어에도 속았다. 세르메이는 어린아이였다. 그래서 비록 종족은 다르지만 자기랑 같은 여자인 데다가 강한 힘을 보이는 아즈윈을 그렇게 잘 따랐던 것이다.

'레미프니까 실제로는 나보다 훨씬 더 나이가 많겠지만, 사람으로 치면 몇 살 정도일까? 열넷? 열다섯?'

세르메이는 아즈윈이 얼굴에서 손을 떼려고 하자 눈을 감은 채로 손을 찾아 더듬거렸다. 하는 수 없이 아즈윈은 손을 잡아 주었고, 그 상태로 한동안 일어날 수가 없게 되었다. 세르메이가 깊이 잠들어 손에서 힘이 빠지고 나서야 겨우 벗어날 수 있었다.

굴 밖에는 모포를 둘러쓴 레미프들이 여기저기 흩어져 앉아 있었고, 입구에는 게랄드가 앉아 연초를 피우고 있었다. 아즈윈은 하품을 길게 하며 물었다.

"아침 댓바람에 연기 마시기야?"

"좋은 아침."

게랄드가 연기를 내뿜고 인사했다.

"좀 잤냐?"

"아까 두어 시간 새우잠 잤지. 오늘은 내가 레미프들과 조를 짜서 불침번 섰으니 내일은 네가 내 자리에 들어가라."

"그러마. 밤사이 별일 없었어?"

"있었어. 달이 안 보여서 정확한 시간은 모르겠지만, 느낌상 자정쯤에 저쪽 숲에서 커다란 짐승의 울음소리가 들려오더라. 불침번 서는 레미프들이 모두 겁에 질린 걸 보고 물었더니 카구아의 포효라고 하더군."

"론틀로스가 그런 이름을 언급했던 것도 같은데 기억이 안 나네. 그게 뭐냐?"

"카−구아닐의 부하. 드래곤이랑 생긴 것도 크기도 비슷하지만, 날개가 없어 바닥을 기어 다니는 괴물…… 이라고 설명해 주더군. 아마우리가 발견했던 그 발자국의 주인공이겠지."

"왜 이렇게 우리가 붙은 편은 항상 그런 괴물이랑 얽혀 있는 거야? 카모르트에서도 안 죽는 놈들이랑 싸워 겨우 살아남았더니……."

"그거야 우리가 이쪽에 붙어 버렸으니까 전투의 신께서 균형을 맞추기 위해 저쪽에 괴물을 안겨 주신 게지. 우리가 저쪽 편이 되었다면 론틀로스가 카구아를 가지게 되지 않았을까?"

"전투의 신? 그거 용병들이 만들어 낸 신이지? 들어 본 적 있어."

아즈윈은 튀어나온 나무뿌리에 내린 아침이슬을 손으로 털고 앉았다. 게랄드는 연초 파이프를 끄며 말했다.

"한때 내가 그 신으로 불렸지."

"불의 용병이라는 건 언제부터 생긴 별명이야? 어렸을 때부터?"

"작은 용병 부대의 대장으로 있다가 어떤 일……."

게랄드는 '어떤 일'이라는 말을 내뱉으며 쓸쓸한 눈빛으로 아즈윈의 얼굴을 살피다가 말을 이었다.

"……을 계기로 큰 곳으로 가서 큰 전쟁을 치렀지. 그때부터 울프 기사단을 목표로 해서 좀 과격한 공을 세웠고 적들에게 내 모습이 무섭게 비춰진 거지. 대충 그게 6년쯤 전이었나 보다."

"6년쯤 전이라? 내가 용병을 시작했을 무렵에 너는 이미 그 정도의 용맹을 떨친 셈이구나."

"아니. 네가 용병을 시작할 당시에는 불의 용병이라고 불리지 않았어."

"그걸 네가 어떻게 알아? 나도 잘 기억 못하는 시점을."

"하긴 넌 기억력이 부실하지. 만난 사람도 못 알아보는 편이고."

요새 들어 게랄드는 먼 과거를 내다보는 시선으로 아즈윈을 쳐다보는 일이 많았다. 지금도 그랬다.

"넓고도 좁은 용병 세계에서 특출한 우리 두 사람이 서로 만나지 않았던 건 이상하지. 게리 넌 어디에서 용병 생활해 봤어? 응? 과거 한번 대보자. 이런 얘기 우리 서로 잘 안 했었잖아. 좋은 계기다."

"그런 건 서로 묻지 않기로 했잖아. 그냥 '마스터 퀘이언이라는 사람을 꺾으려 울프 기사단에 도전했다.'라고 해 둬. 넌 따로 스승이 있다고 했던가?"

"어. 이름은 아직도 모르지만. 그분은 그냥 자기를 선생님이라고 부르라고 했어. 하지만 나에게 울프 기사단을 추천한 걸 보니 전직 울프가 아니었나 싶다."

"알고 보니 하얀 늑대?"

"굳이 캐고 싶지는 않아. 스승님은 그냥 내 안의…… 앗! 너 교묘하게 내 질문을 피했다?"

게랄드는 웃으며 손을 내저었다.

"여왕님께서 항상 주장하셨듯이, 우리가 울프 기사단이 된 건 아란티아의 축복에 이끌린 거야. 다른 이유가 있어도 그런 건 사소한 거지."

"대수롭지 않은 이유라도 그런 식으로 숨기면 궁금해지지."

"그럼 나중에 얘기해 줄게."

"그래. 나중에."

아즈윈은 습한 공기를 들이마시고 물었다.

"그런데 밤새 보초 설 동안 적들에게 이 자리를 안 들켰다고?"

"안 들켰어. 지금까지는."

"그럼 지금 들켰군."

아즈윈이 일부러 흐릿한 시선으로 게랄드의 어깨 너머를 바라보며 말했다. 게랄드는 아즈윈의 의도를 알아채고 뒤를 돌아보지 않은 채로 물었다.

"뒤에 있나?"

"한 명."

"아군 아니야?"

"내가 알기로 일행 중에 저런 놈 없었어. 뭣보다 저 녀석이 지금 활시위에 화살을 올려놓고 있거든."

"막을 수 있겠어?"

"나무 위에 서 있을 정도로 훈련 잘된 놈이면 여기서 던진 칼도 피하려나?"

"나더러 죽으라는 거냐?"

"죽으면 안 되지, 우리 게리. 둘에 피해라. 하나, 둘!"

게랄드는 옆으로 몸을 날렸고 아즈윈은 허리에 차고 있는 칼을 뽑아 던졌다. 그 두 사람의 행동은 상대가 시위를 놓는 것보다 빨랐다. 아즈윈이 던진 칼과 상대가 날린 화살이 허공에서 교차했다. 아즈윈은 몸을 틀었다. 화살이 바람 소리를 내며 그녀의 얼굴 옆을 지나갔다. 그리고 그녀가 던진 칼은 활을 쏜 레미프의 가슴에 박혔다.

레미프는 비명을 지르며 바닥에 떨어졌다.

"적이다!"

게랄드가 소리쳤다. 경비를 서던 레미프들이 둘의 옆으로 달려왔다. 자고 있던 레미프들이 밖으로 나왔고 밤새 불침번을 서고 이제야 겨우 한숨 자려던 론틀로스도 허둥지둥 달려왔다.

"들킨 건가, 게랄드?"

론틀로스가 물었다.

"저거 우리 편 아니지?"

게랄드는 아즈윈의 칼에 맞아 떨어진 레미프를 가리키며 되물었다. 론틀로스는 먼발치에서 확인해 보더니 말했다.

"적어도 우리 일행은 아니다. 잠깐 확인해 본다."

밤사이 게랄드와 얼마나 많은 대화를 주고받았는지 론틀로스의 인간 말은 한결 자연스러워졌다.

론틀로스는 부하들을 향해 뭐라고 크게 말했다. 아마도 인원을 체크하는 것인지 그의 말을 들은 레미프들은 소란스럽게 동료들을 찾았다. 그사이 게랄드가 말했다.

"이곳을 발견한 궁수 한 놈이 독단으로 공격한 게 아닐 거다."

"혼자 공을 세우고 싶었을지도 모르지. 그래도 근처에 아군은 있을 거야."

"곧 치러 오겠군."

게랄드는 하품을 길게 했다. 하지만 조금도 피곤해 보이는 얼굴은 아니었다.

론틀로스가 부하들의 보고를 듣고 와서 게랄드에게 전달했다.

"우리 쪽에 이탈자는 없다. 없는 모양이다. 둘 다 서두른다. 우리를 찾아낸 것이 어디의 군대든, 병력상 전투를 해서 이길 수 있는 상대가 아니다. 아닐 것이다."

론틀로스는 병사들을 수습해 이동을 준비했다.

아즈윈은 두 사람의 관계 변화를 보고 물었다.

"밤사이 무슨 좋은 얘기라도 했어?"

"남자 둘이 모여 밤에 하는 얘기라면 뻔한 거지."

"여자 얘기?"

"술이 빠져서 좀 아쉽더군. 여자들은 뭘로 친해지나? 너도 밤새 세르메이 공주와 같이 있었지?"

"잤다. 꼭 끌어안고."

아즈윈은 아무 생각 없이 대꾸했으나 게랄드는 어처구니없어 하며 고개를 저었다.

"내가 조금 짐작은 했지만 네가 여자까지 손을 댈 줄은……."

"몇 분 전에 죽을 뻔한 놈이, 아무리 그런 걸 좋아하기로서니……."

아즈윈이 야단치듯 말했지만, 게랄드는 오히려 반발했다.

"그렇지만 세르메이와 너, 그림 되잖아. 어느 남자 놈한테든 물어봐

라. 그런 상상 안 할 것 같아? 억울하면 너도 나랑 론틀로스 놓고 이상한 상상 해라?"

"니들은 그림 안 되거든! 노인이랑 떡대랑 참 잘도 어울리겠다."

게랄드는 키득대고 웃으며, 레미프 병사가 내주는 배낭을 어깨에 멨다. 그 모습만 봐도 밤사이 게랄드가 친분을 쌓은 레미프는 론틀로스한 명이 아닌 듯했다. 일반 병사들도 말이 안 통하는 게랄드를 대하는 모습이 어제와 사뭇 달라져 있었다. 용병 생활을 하며 남자처럼 지낸 적이 많은 아즈윈이었지만, 이런 면에서는 확실히 벽이 느껴졌다.

특별히 우정을 쌓을 시간도 없는 사내들끼리도 술 한잔이면 이튿날 친구가 되어 있는 경우를 많이 보았다. 그걸 또 가볍다 말하기도 힘든 게, 그 짧은 순간 맺은 우정으로 서로 목숨을 걸고 지켜주기도 했다.

'그럼 여자의 우정이란 건 뭐지?'

아즈윈은 애초에 평범한 여자들의 세계에서 살아 본 적이 없었다. 적어도 이동 명령이 떨어지자마자 황급히 달려와 그녀의 손을 잡는 세르메이에게 그 해답을 기대할 수는 없을 것 같았다.

"이 녀석이 오해받을 상황을 제공하는군."

아즈윈은 공주의 손을 잡고 끌려가다시피 다시 걸었다. 게랄드는 여전히 즐거워하며 둘의 뒤를 졸졸 따라왔다.

일행은 이동을 시작한 지 한 시간도 안 된 시점에 기습을 받았다. 공격이 들이닥친 지점은 론틀로스가 있는 일행의 선두도 아니고 게랄드가 있는 후방도 아닌, 아즈윈이 세르메이를 데리고 서 있는 중간이었다. 미리 자리를 잡은 매복 형태의 습격인 걸 보니, 이동 경로를 파악당한 게 분명했다.

적들은 일행의 앞과 뒤를 끊더니, 둘로 갈라져 전방과 후방을 공격해 왔다. 레미프들이란 선천적으로 폭력을 싫어하고 싸울 줄 모른다더니, 어떤 인간의 군대와 비교해도 뒤지지 않을 만큼 일사불란한 움직임이었다.

"몇 놈이냐?"

레미프들의 함성과 고함 사이로 후방에서 게랄드의 목소리가 들렸다. 아즈윈은 세르메이를 등 뒤로 보내고 소리쳤다.

"우리 쪽으로 열다섯 이상. 전방으로 스물."

"너는 무리하지 말고 세르메이만 지켜라. 내가 처리한다."

게랄드가 손짓하자, 당황한 론틀로스의 부하들은 급히 그의 주위로 몰려들었다. 적들 역시 게랄드 쪽을 압박했다.

아즈윈은 뒤로 물러나며 자기 옆에 매달려 겁에 질린 세르메이를 진정시켰다.

"걱정 마라. 이럴 때 저 녀석과 같이 있다는 게 얼마나 안심이 되는지 구경시켜 주지."

말은 그렇게 했지만 아즈윈은 정말로 자신이 칼 한번 쓸 기회도 없이 싸움이 끝나는 걸 지켜보게 될 줄은 몰랐다.

게랄드는 이런 우거진 나무 사이에서도 자유자재로 도끼를 휘둘러 적들을 유린했다. 심지어 아군조차 놀라서 접근하지 못할 정도로 그의 도끼질 안에 들어온 적은 살벌하게 조각났다. 잘려나간 레미프들의 팔과 다리와 목이 나무 사이로 튀고 피가 바닥과 나뭇가지를 물들였다. 활을 든 적 레미프는 시위 한번 당겨 보지 못했다. 그나마 아군 쪽 레미프들의 견제로 그 궁수도 달아나지 못했다. 할 일이 없어진 아즈윈은 세르메이의 눈이나 가려 줬다.

기습을 당했으되 아군은 한 명도 죽지 않았다. 게랄드는 얼굴과 팔에 피를 잔뜩 묻히고 아즈윈에게 돌아왔다. 아무리 뛰어나고 경험 많은 전사도 이 정도로 사람을 많이 죽이고 나면 지치거나 들뜨거나 긴장하기 마련이었다. 하지만 게랄드는 평소보다 더 안정된 목소리로 말했다.

"론틀로스 쪽으로 더 많이 몰렸어. 공주가 그쪽에 있다고 생각했나 보다."

"쫓아가자."

길을 안내하는 병사가 앞장섰고 게랄드가 바짝 붙어서 달려갔다. 겁에 질린 세르메이는 잘 걷지 못했다. 이번에는 아즈윈이 세르메이의 손을 잡아 주었다.

"걱정 마. 우리와 같이하는 한, 너한테는 손끝 하나 못 대게 해 줄 테니까."

알아듣지는 못할 테지만, 아즈윈은 진심으로 말했다. 그리고 알아듣지 못해도 세르메이는 고개를 끄덕거렸다.

달리는 중간 중간에 적들의 시체 몇 구와 아군의 시체 몇 구가 길을 안내하는 표지처럼 늘어져 있었다. 다행히 그 시체 중에 론틀로스가 섞여 있지는 않았다.

게랄드는 길을 안내하는 레미프들을 독려해 걷는 속도를 올렸다. 세르메이가 힘들어 뒤처지기 시작할 무렵 게랄드는 걸음을 멈췄다.

"흔적이 끊겼어."

게랄드는 손짓으로 론틀로스가 어디로 간 것 같으냐고 병사들에게 물었다. 병사들은 손짓을 알아듣고 손짓으로 대꾸했다.

'못 찾아냈군.'

레미프 병사들 중 하나가 게랄드에게 뭐라고 자기네 언어로 설명했다. 게랄드는 그의 손짓을 유심히 보더니 손을 세게 휘저었다.

"흩어져서 찾아? 안 돼. 적들이 근방에 잔뜩 깔려 있을 거 아니야? 우리까지 흩어지면 안 된다."

이럴 때 게랄드나 자신이 단독으로 움직일 수 없다는 점이 아즈윈은 안타까웠다. 방향 감각만 있으면 게랄드는 아즈윈에게 세르메이와 병사들을 맡기고 혼자 숲속으로 뛰어들었을 것이다.

게랄드가 병사들과 상의하는 동안 아즈윈은 세르메이를 보살폈다. 안 그래도 몸집 작은 소녀가 불규칙적으로 숨을 몰아쉬며 겁에 질린 눈으로 주위를 살피고 있으니, 몹시도 불쌍해 보였다.

"론틀로스는 괜찮을 거야."

아즈윈은 세르메이를 토닥거려 주었다.

같이 있는 병사들의 숫자는 여섯이었다. 게랄드 덕에 후방 병사들은 아무도 죽지 않고 무사했다. 하지만 론틀로스의 흔적을 쫓아오며 시체의 숫자를 헤아려 보니 전방 병사들은 대강 여섯 명 정도 죽었다. 그럼 론틀로스는 적어도 열 명 정도의 병사들과 함께 있다는 뜻이었다.

여기가 어디인지도 모르는 게랄드가 길을 정할 수도 없었고 항상 명령을 듣기만 하는 병사들이 앞으로의 계획을 정할 수도 없었다. 아즈윈은 지휘관을 잃은 병사들이 어떤 식으로 무너지는지 용병 생활을 하며 수없이 겪어 본 바 있었다. 누구든 결정을 내려야 했다.

"세르메이."

아즈윈은 공주의 양어깨를 두 손으로 잡고 말했다.

"안내해라. 우리가 어디로 가야 하지?"

세르메이는 파란 눈으로 아즈윈을 바라보기만 할 뿐 뭐라 말하지 못했다. 아즈윈은 그녀가 말은 못 알아듣더라도 뜻은 이해할 거라 믿으며 천천히 말했다.

"안내해라. 드래곤에게! 래플홉트!"

세르메이는 아즈윈의 눈을 보며 겨우 레미프어로 말했다.

"래플홉트."

"그래, 래플홉트! 그 드래곤에게 가자."

세르메이는 곧 손가락으로 방향을 지시했다. 아즈윈은 그녀의 머리를 쓰다듬었다.

"자, 방향이 정해졌다, 게리!"

"잠깐."

게랄드가 손바닥을 펼쳤다. 그리고 손가락으로 세르메이가 가리킨 반대 방향을 가리켰다. 모두 숨을 죽이며 귀를 기울였다. 레미프들이 속삭이는 소리가 들렸고 조심스레 낙엽을 밟는 소리도 섞여 있었다.

"론틀로스?"

아즈윈은 세르메이에게 귓속말로 물었다. 세르메이는 들려오는 소리에 한참 귀를 기울이더니 놀라며 말했다.

"브레스톤."

아즈윈은 게랄드에게 그 말을 전했다.

"적이다."

"싸울까?"

"상대 숫자를 모른다. 피하자."

아즈윈은 세르메이의 손을 잡고 게랄드에게 말했다.

"내가 앞장서겠다. 뒤를 지켜 줘."

게랄드는 고갯짓으로 대꾸하고, 다른 레미프들에게 용병들의 수신호로 설명했다. 밤사이 가르친 모양인지 병사들은 게랄드가 손짓으로 내리는 명령을 알아들었다.

아즈윈이 세르메이와 함께 자세를 낮추고 달리자 병사들도 소리를 내지 않고 따라왔다. 게랄드는 제일 뒤에서 따라왔다.

두 번째 기습은 선두의 아즈윈이 뭔가에 걸려 넘어지면서 시작됐다. 처음에 아즈윈은 자신이 나무뿌리에라도 걸린 줄 알았다. 하지만 넘어지는 순간 나무 뒤에 숨어있는 적 병사들을 발견했다. 그들이 나무와 나무 사이에 밧줄을 걸어놓은 것이다.

아즈윈은 같이 넘어지는 세르메이를 안고 보호해 줄 수도 있었다. 하지만 그녀는 세르메이의 손을 놓아 버리고 넘어지게 두었다. 대신 바닥을 한 바퀴 굴러 바로 자리에서 일어났다. 그녀의 손에는 이미 칼과 방패가 들려 있었다.

나무 뒤에 숨어 있던 병사들이 튀어나와 바닥에 엎어진 세르메이에게 창을 치켜들었다. 아즈윈은 거의 방향도 보지 않고 칼을 횡으로 그었다. 두 명의 레미프가 목의 핏줄이 끊어져 쓰러졌다.

그사이 아즈윈의 앞으로 덩치가 아주 큰 레미프가 하나 섰다. 치부만 겨우 가린 옷을 입고 있어 검은 살갗의 단단한 몸이 모두 드러나 있었다. 그는 회색 깃털이 반쯤 섞인 검은 날개를 좌우로 크게 펼치고 칼을 치켜들었다. 아즈윈은 그가 휘두르는 묵직한 공격을 방패로 받아 내고 옆으로 다섯 걸음 정도 나가떨어졌다.

다른 아군 병사들도 뒤따른 기습을 당했다. 아마 게랄드도 거기에 휘말렸을 테니 도움을 기대할 수는 없었다. 아니, 오히려 이렇게 선두가 멈춰 버린 탓에 후방을 지키는 그는 추적해 오는 적들을 혼자 상대해야 할 수도 있었다.

'이 녀석을 빨리 처리하지 않으면 위험해지겠군.'

아즈윈은 발딱 일어나 방패를 든 손으로 목을 주물렀다. 그녀를 날려 버린 덩치 큰 레미프는 호흡을 고르며 칼을 얼굴 앞에 세웠다. 아즈윈은 그의 자세를 살피며 옆으로 침을 탁 뱉었다.

'여태까지는 그 큰 몸으로 몰아붙이면 주춤거리는 상대만 만나 봤겠지?'

아즈윈은 바닥의 낙엽을 발로 터트리며 달려나가 상대의 품으로 뛰어들었다. 그 레미프는 감탄할 만한 빠른 몸놀림으로 파고드는 그녀의 목을 노리고 칼을 찔렀다. 그녀는 그 칼을 방패로 막는 척하며 흘렸다. 칼날이 방패의 곡선을 타고 긁히며 금속성을 울렸다. 그녀는 거의 주저앉듯 낮은 자세에서 그의 다리를 칼로 쳤다.

그가 뒤로 무너지는 순간 이번에는 칼을 비스듬히 아래에서 위로 찔렀다. 갈비뼈 밑으로 파고 들어간 칼날이 심장을 찌르고 도로 빠져나왔다. 그는 어정쩡한 자세로 서서 움직이지 못했다.

"이동한다! 멈춰 있으면 안 돼!"

아즈윈은 크게 소리쳤다. 칼에 찔린 레미프는 그다음에야 마지막 숨도 몰아쉬지 못하고 얼굴부터 쓰러졌다.

아즈윈은 세르메이의 옆으로 다가갔다. 레미프 공주는 바닥에 미끄러지면서 손바닥을 긁히고 얼굴을 다쳤다. 하지만 표정은 아까보다 한결 나았다.

병사들은 아직 적과 싸우느라 아즈윈의 소리를 듣지 못했다. 그러나 처음부터 아즈윈이 말한 상대는 게랄드였다. 게랄드는 후방에서 맞은 적을 내버려 두고 방향을 돌려 아군 병사들이 싸우는 적을 베어 넘겼다. 게랄드가 그들을 상대하는 동안 아군 병사들은 겨우 아즈윈을 쫓아올 수 있었다.

아즈윈은 다시 세르메이의 손을 잡고 달렸다. 세 번째 기습은 세르메이가 갈 길을 막은 시냇물을 돌아갈 방향을 지시했을 때였다. 레미프 궁수들이 시냇물 건너에서 활시위를 겨냥하고 있었다.

"피해!"

아즈윈은 세르메이를 껴안고 나무 뒤로 몸을 피했다. 대부분 나무 뒤로 피했지만 한 명은 듣지 못해 적이 쏜 화살에 맞아 쓰러졌다.

아즈윈이 나무 너머로 슬쩍 고개를 내밀었다가 바로 집어넣었다. 그녀가 숨어 있는 나무 뒤로 화살이 후드득 박혔다. 그녀는 세르메이를 안은 채로 소리쳤다.

"게리, 질러가서 뒤를 공격해라. 내가 시선을 끌어 보겠다."

"알았어. 조심해라."

화살을 피해 보이지 않는 나무 뒤에 숨은 게랄드의 목소리가 들렸다.

"너도."

아즈윈은 바닥에 떨어진 네 뼘 길이의 굵은 나뭇가지를 하나 집어 들어 끝을 뾰족하게 깎았다. 제대로 공을 들여 다듬을 시간은 없었지만, 나무의 질이 좋아 묵직한 창으로 충분했다.

"넌 여기 가만히 있어."

아즈윈은 세르메이에게 일러두고 방패만 나무 밖으로 내밀었다. 그러자 즉시 방패에 화살이 쏟아졌다. 날아온 열 개 중 여섯 개가 방패에 부딪칠 정도로 적중률이 높았다.

아즈윈은 네 개가 빗나간 것까지 센 후 나무 밖으로 몸을 내밀어 깎은 나무를 집어 던졌다. 급조한 나무창은 직선으로 뻗어 가 레미프 한 명의 배에 박혔다.

놀란 적 궁수들이 다시 화살을 재어 쏘았다. 아즈윈은 옆의 다른 나무로 달려가 몸을 날렸다. 화살이 그녀의 등 뒤로 휙휙 지나갔다.

아군 병사들도 적의 시선이 아즈윈에게 쏠린 틈을 타 창을 집어 던졌다. 궁수들은 창을 피하느라 자세가 흐트러져 제대로 화살을 날리지 못했다.

그사이 뒤로 돌아간 게랄드가 소리 없이 제일 왼쪽 레미프를 베었다. 워낙 조용해서 적들은 자기 동료가 두 명이나 죽었을 때에야 알아챘고, 세 명을 벨 때 활의 방향이 게랄드 쪽으로 향했고 네 명을 벨 때 화살이 시위를 떠났다. 하지만 게랄드는 이미 나무 뒤로 몸을 숨긴 뒤였고, 화살은 나무에만 박혔다.

그 틈에 아즈윈이 나무와 나무 사이를 건너뛰며 적의 오른쪽을 공격했고, 게랄드는 나머지 레미프를 맡았다. 마지막 궁수가 당황해서 쏜 화살은 게랄드의 도끼날에 맞아 부러졌다. 아즈윈은 그 녀석의 목에 칼을 찔러 넣었다. 칼날이 빠져나오며 피가 푸욱 터져 나왔다.

"세르메이."

아즈윈이 소리치자, 나무 뒤에서 작고 검은 레미프 소녀의 얼굴이 살짝 떠올랐다. 아즈윈이 손짓하며 말했다.

"가자."

세르메이는 긴장된 얼굴로 레미프의 언어로 병사들에게 명령했다.

"후드 에즈 포우."

병사들도 안전을 확인한 후 세르메이 쪽으로 나왔다. 세르메이는 약간 비틀거리는 걸음으로 아즈윈에게 다가왔다.

"요에 아이부 조우 즈드봅트, 아즈윈."

아즈윈의 손을 잡는 검고 여린 손이 바들바들 떨리고 있었다. 아즈윈은 픽 웃었다.

"그거, 나 칭찬하는 말이겠지?"

아즈윈은 세르메이의 손을 잡고 다시 걸음을 옮겼다. 이제 기습은 없었다. 쫓아오는 발걸음 소리도 더 들리지 않았다. 곧 밤이 되었다.

Chapter 31

두 남자를 기다리며

론틀로스는 돌아오지 않았다. 지휘관을 잃은 레미프 병사들은 긴 논의 끝에 우선 쉬기로 했다. 어제보다 훨씬 깊이 파인 굴이 오늘의 숙소였다. 하지만 아즈윈은 장소가 마음에 들지 않았다.

"입구에 낙엽만 잘 깔아 놓으면 적군이 절대 못 찾을 최고의 은신 장소이긴 하지만, 왠지 초대형 지렁이가 뚫어 놓은 거 같지 않아? 자고 일어나니 지렁이 뱃속이고 싶지 않은데."

"그럼 다 같이 한 몸 되는 거지."

"이 경우에는 한 똥 되는 거야!"

하늘 산맥의 숲에서 지내는 방법은 역시나 레미프들이 더 잘 알았다. 그들은 바닥에 떨어진 재료만으로 구멍에 맞는 커다란 뚜껑을 만들어 냈다.

시험 삼아 올려놔 보니 낙엽이 쌓인 흔적까지 절묘하게 주위와 조화를 이루었다. 아즈원의 눈으로는 바로 옆에 서 있어도 뚜껑 위치를 못 찾아낼 정도였다. 그런데도 병사들은 마음에 들지 않는지 몇 번의 수정 과정을 거친 후에야 겨우 만족했다.

뚜껑을 덮으니 불을 지필 수가 없게 되었다. 레미프 병사들은 어둠 속에서 모포에 의지해 싸늘한 밤공기를 견뎠다. 아즈원과 게랄드도 나란히 붙어 앉아 말없이 체온을 보존했다. 누군가 둘 사이로 더듬더듬 다가왔다.

"세르메이?"

"아즈원."

세르메이가 말하며 아즈원의 어깨를 더듬었다. 병사들은 세르메이를 위해 전용 모포로 푹신하고 따뜻한 잠자리를 만들어주었다. 하지만 그녀는 그런 자리를 마다하고 기어이 아즈원의 곁으로 온 것이다.

"그래, 그래. 이리 와. 두 명의 기사가 공주 하나 지키는 거야 어렵지 않지. 여기 게랄드랑 내 사이에 앉아. 따뜻할 거야."

아즈원은 마치 연인을 대하듯 가늘디가는 공주의 허리를 잡아 옆에 앉히고 다리를 덮은 모포를 같이 썼다.

"공주님께서 해 준 것도 없이 잘 따르니 송구스럽군. 어쩜 이렇게 잘 따르냐?"

"며칠 거리에 있는데도 널 끌어들일 정도로 잘 맞는다며?"

게랄드가 해석해 주었다.

"그렇군."

빗방울이 구덩이 뚜껑을 툭툭 때리는 소리가 연달아 들리더니 금방 비가 쏟아졌다. 게랄드는 팔을 길게 뻗어 아즈원의 어깨를 끌어당겨 안았다. 아즈윈은 세르메이의 허리를 안았고 세르메이는 그녀의 품에 파고 들어왔다.

바닥을 때리는 굵은 물줄기에 흙벽이 흔들리는 기분이었다. 모두 곯아떨어졌는지 숨소리가 컸다. 피곤한 하루였다. 세르메이도 뒤척임 한 번 없이 잘 잤다.

"자?"

한참 동안 잠을 이루지 못한 아즈윈이 작은 목소리로 물었다.

"어."

"자면서 어떻게 대답하니?"

"이건 잠꼬대야."

"그럼 잠꼬대로 대답해줘. 내일부터는 어쩌지?"

"뭘?"

"말도 안 통하는 우리가 이 친구들을 이끌 수도 없고 어디로 가는지 방향도 못 잡겠고……."

"그런 어려운 질문은 잠꼬대로 대답할 수가 없어."

아즈윈은 괜히 키득거리다가 낮의 일을 상기시키며 말했다.

"낮의 그놈들, 대단했지? 그 포위 공격, 우리 진로를 예상한 매복, 기습하는 타이밍."

"적에게도 상당히 유능한 지휘관이 있다는 뜻이야."

"우리한테도 지휘관이 필요해."

"내일 내가 론틀로스를 찾으러 가 볼게."

"길도 못 찾으면서?"

"한 명 데려가지."

"사방에 적들이 깔렸어. 위험하다."

"그럼 두 명 데려가지."

"너 돌아올 때까지 나머지는 여기에서 대기?"

"달리 방법이 있으면 그 방법대로 하고."

"난 없어. 좋아. 자고 나서 다시 생각해 보자. 잘 자."

"난 이미 자는 중이야."

게랄드는 끝까지 우겼다.

아침이 되어 게랄드는 한 명을 데리고 뚜껑 밖으로 나갔다. 어둠 속에서 손짓발짓 대화가 안 통하니 태양 아래에서 대화하자는 뜻이었다. 게랄드는 거의 반 시간 동안이나 데리고 나간 병사와 얘기하다가 다시 뚜껑 열고 내려왔다.

"길을 잘 찾는 한 명이랑 같이 가기로 했다. 여기서 기다려."

"신기하다, 너? 어떻게 단어 하나 모르면서 그런 대화를 할 수 있는 거지?"

아즈원이 물었다.

"너도 세르메이와 급한 김에 몇 마디 하지 않았었어?"

"댁은 그 차원을 넘었다고 봅니다, 게랄드 교수님. 어쨌든 빨리 와. 못 찾겠으면……."

'포기하고 그냥 와라.'라고 말하려다 말았다. 아무리 세르메이가 말을 못 알아들어도 할 말이 아니었다. 아즈원은 다른 말로 얼버무렸다.

"몸조심해."

"난 여기 남을 너희가 더 걱정이다. 그러니까 숨소리도 내지 말고 있어."

게랄드는 레미프 한 명과 같이 밖으로 나가, 뚜껑을 닫았다.

다시 침묵과 어둠 속에서 긴 시간이 흘렀다. 레미프 병사들은 간간히 걱정스러운 어조로 자기들끼리 이야기를 나누었다. 그러나 결코 세르메이에게 다가오거나, 의견을 묻지 않았다. 아마도 공주라는 높은 지위에 대한 예절인 모양이었다.

"아즈윈."

세르메이가 그녀의 어깨를 툭툭 쳤다.

"왜?"

보이지도 않는 방향에서 세르메이가 슬쩍 손을 댔다. 그녀는 따뜻한 손길로 아즈윈의 얼굴을 더듬었고 곧 이마에 뭔가 닿았다. 코앞으로 제비꽃 향기가 섞인 세르메이의 콧김이 느껴졌다. 아즈윈의 이마에 자기 이마를 갖다 댄 모양이었다.

아즈윈은 당황했다. 괜히 게랄드가 했던 말도 생각났다.

'너희들은 그럼 된다니까!'

이게 레미프 나름대로의 풍습일지도 몰라 무작정 내치기도 뭐했다.

순간 눈앞이 하얘지며 머리가 쾅 울렸다. 이상하게도 이런 어둠 속에서 세르메이의 모습이 보이는 착각이 일어났다. 아즈윈은 뒤늦게 자신이 눈을 감고 있다는 사실을 깨달았다. 그리고 착각도 아니었다. 하얀빛 속에 벌거벗은 세르메이가 보였다. 몸이 살짝 떠오른 것 같은 몽롱한 상태에서 세르메이가 입을 열었다.

"이제 내 말을 알아들을 수 있지?"

아즈윈은 깜짝 놀랐다.

"너 언제부터 인간의 말을 할 줄 알게 된 거야?"

세르메이는 빙그레 웃으며 말했다.

"난 여전히 레미프의 언어를 쓰고 있어. 내겐 너의 말이 나의 언어로 들리고 내 말은 너에게 너희들의 언어로 들릴 거야. 엄밀히 말해 지금 우리는 언어로 대화를 하는 게 아니라 생각을 서로 전달하는 거야."

"얼떨떨하군."

"머리가 좀 멍하지? 아마 이 상태가 끝나고 나면 너는 나와의 대화 내용을 거의 기억하지 못할 거야. 그냥 전체적인 대화의 흐름만 기억하겠지. 마치 어린 시절 어느 날 아침 밥상에서 했던 일상적인 대화처럼. 그러니 집중해야 해."

세르메이는 엄한 목소리로 말을 이었다.

"그렇지 않으면 깨어나는 순간 이 대화를 모조리 잊어버릴 수도 있어. 막연하게나마 어떤 얘기를 주고받았는지 알려면, 어린 시절의 특별한 기억이 되는 것처럼 말 한 마디 한 마디에 집중해야 해."

"무슨 얘기인지 대충 알겠다. 그래서 여태껏 이 방법으로 의사소통을 하지 않은 거야?"

"그런 이유도 있지만 이 대화법은 시간이 아주 오래 걸려. 네가 의식한 것보다 더 많은 시간이 흐르는 거지. 그러니 언제 추적자가 나타날지 모르는 급박한 순간에는 쓸 수가 없어. 그리고 또 하나. 나는 아직 너를 믿지 않았어."

"그렇게 졸졸 따라다니더니 믿지 않았다고?"

"사과할게. 너와 최대한 많은 신체 접촉을 하려고 했던 것은 네 과거를 읽기 위해서였어. 그래서 네가 우리에게 위험한 존재인지 도움을 줄 존재인지 판단을 하고 싶었지. 하지만 어제 끌어안고 있었던 건 정말 기분이 좋아서였어."

"서로 마음이 맞으니까 이끌렸다는 말과는 상반되는군."

"서로 마음이 맞는다 해도 적이 되는 경우는 있지."

"경험상 부정할 수가 없는 말이군. 그래서 지금은?"

"화 많이 났구나? 하지만 너도 나를 믿지 않을 수 있었어. 우리가 사실은 너를 나쁜 일에 이용하려고 한다면 어땠겠어? 그런 의심은 하지 않았니? 우리가 지금 깨우러 가는 게 드래곤들의 지배자가 아니라 드래곤을 잡아먹는 카-구아닐이었다면? 마지막 순간에 속았다는 걸 깨달았을 때는 이미 늦지. 그러니 의심해야 옳아. 이해해. 그러니 너도 이해해 줬으면 해."

미안한 마음이 가득한 세르메이의 목소리에, 아즈원은 괜찮다고 대꾸하고 싶었다. 그러나 그런 형식적인 말은 목소리에 실을 수가 없었다. 둘 사이에는 오직 직접적인 의사소통만 있을 뿐 어떤 형식도 끼지 못했다.

아즈원은 그냥 솔직하게 말하기로 했다.

"그런 의심을 하긴 했어. 하지만 네가 날 따라다니니 어느 순간 믿어 버렸지. 그런데 사실 붙어 있었던 것이 도리어 네가 나를 의심해서였다는 부분에서 약간 배신감이 느껴지고 화도 나는 거다."

"이제 난 널 믿어. 너도 날 믿어 줘."

"좋아. 난 어차피 네가 꽤 좋아졌다. 그 말마저 거짓말이라면 난 내 운명을 슬퍼하련다.”

“고마워. 그래서 말할게. 힘도 없는 내가 억지로 너를 이끈 건 또 한 가지 문제가 있기 때문이야. 나는 과거를 보는 눈을 가졌어. 네가 내 앞에 옷을 벗고 네 마음의 문을 열면 나는 네 과거를 모두 읽을 수 있어. 물론 그 과거는 절대 다른 사람에게 말하지 않아. 내 맹세지. 레미프들은 절대 거짓말을 하는 법이 없어.”

알아들을 수 없을 때도 아름다웠으나, 알아들을 수 있게 되자 세르메이의 목소리는 중독이 될 정도로 감미로웠다.

“나도 우그의 언어는 조금 배웠는데, 우리는 기더라는 단어 외에는 배신이나 거짓말, 속인다 등의 단어를 쓰지 않아. 그런 단어의 존재 여부조차 모르는 레미프들이 있을 정도야. 그러니 지금부터 하는 말은 믿어도 좋아.”

“어려운 얘기는 접자. 이 대화법, 시간 많이 걸린다며? 그래서 내 과거를 보니 어땠어?”

“너는 많은 생명을 앗아 가며 너의 힘을 길렀지. 내게는 그런 게 좋게 보이지 않아. 그러나 우그의 세상에서는 허용되는 행동이니, 시비를 걸지는 않겠어. 하지만 너의 살생을 저지르는 행위에는 한 가지 귀중한 가치관이 개입되어 있더군. 너 스스로 그걸 옳은 일이라고 믿으면 망설이지 않는다는 거야.”

“그렇다고 사람을 죽이는 걸 변명하지는 않겠어.”

“바로 그런 점이 널 믿게 된 계기야. 너와 나를 연결 지은 기더에 이상이 없다고 확신했어. 너는 약한 자를 무시하지 않고 강한 자를 경계하지. 자신이 선하다고 믿는 바를 따르고, 네가 선하다고 믿는 부분은 우그들의 보편적 도덕 관념에서 대체로 옳은 일들이야."

"그렇게 말해 주니 고맙군."

"넌 정말 좋은 여자야. 내가 우그로 태어났다면 나는 너처럼 되고 싶었을 거야. 나는 처음 볼 때부터 널 좋아하게 될 걸 알고 있었어."

"그런 걸 예언처럼 말하니 좀 우습다."

"과거를 보는 눈이 단련되면 미래를 조금 훔쳐볼 수도 있게 돼. 신탁처럼 정확하지는 않으니 예언이라 할 수는 없겠지만 말이야. 거꾸로 말하면 어느 정도는 맞는다는 뜻이기도 해. 나는 너의 무서운 미래를 봐버렸어. 그래서 적들이 추격해 올 때마다 나는 너를 잡아끌었어."

아즈윈은 겁이 났다. 다른 때 같으면 허세를 부렸겠지만, 세르메이가 만들어 낸 하얀 공간에서는 거짓말을 할 수도 없었고 감정을 숨길 수도 없었다.

"무슨 미래지?"

"너는 너희가 익셀런이라고 부르고 우리가 이구셀런이라고 부르는 그 검은 망토의 기사에게 죽을 거야."

아즈윈은 말을 멈췄다. 생각의 일부가 끊겼다고 보는 편이 옳았다. 세르메이가 경고했던 대로 이 모든 이야기가 어린 시절 했던 일상적인 대화처럼 희미해진다 해도 이 말은 잊을 수 없을 것이다.

"나를 이길 수 있는 건 나와 같은 하얀 늑대들뿐이야."

"그래서 무서운 거야. 나는 너의 힘을 보고 정말 놀랐어. 라루튼의 어떤 레미프도 너나 네 남자 친구를 이기지 못할 거야. 내가 아는 가장 빠른 날개도 너희 두 우그를 이길 수는 없어! 그런데 그런 너를 죽이는 기사라면 대체 얼마나 강할지……."

"나를 죽이는 익셀런이 정확히 누구인지까지 예언할 수 있냐? 구체적으로 언제인지는?"

아즈원의 몰아붙이는 말에 세르메이는 몹시 당황했다. 소리 내어 입으로 대화를 하고 있었다면 그녀는 떨거나 말을 더듬었을 것이다.

"너무해, 아즈원. 나는 거짓말을 할 수 없어. 더군다나 마음을 서로 열고 있는 이런 대화에서 나는 진실밖에 말하지 못해. 그런 무서운 말을 시켜선 안 돼."

"말해! 알아야겠어. 난 언제 죽는 거지? 어디에서? 그리고 누구에게!"

"아즈원. 어두운 미래를 말하는 일은 강요해선 안 돼. 예언을 말하는 자가 그 예언을 당사자에게 말하면 그 미래는 결정되어 버려. 그러면 원래 흘러가야 할 기더가 역행하고……."

"내 운명이 더 강한 자에게 죽는 거라면 나는 스스로 더욱 단련하지 못한 것을 자책하며 죽을 것이다. 그러니 그런 건 역행이라고 하는 게 아니야. 날 죽이는, 나보다 더 강한 기사라는 게 누구야?"

결국 세르메이는 포기했다.

"그래. 어쩌면 나도 네가 억지로 그런 질문을 해 주길 바랐었나 봐. 네가 그 무서운 미래를 이겨 내길 바라는 마음에서 이 대화를 시도한 걸지도 모르지. 혼자서 알고 있기에는 너무 무서웠으니까. 하지만 넌 내게 이런 질문을 한 걸 후회하게 될 거야."

"후회 안 해. 널 원망하지도 않을 거다. 맹세하지! 아니, 이 대화법에서는 군이 맹세할 필요가 없겠지?"

"좋아, 말할게. 그 일은 가까운 시일 안에 벌어질 거야. 며칠! 장소가 어디인지는 알 수 없어. 그자의 이름은……."

"이름은?"

세르메이는 마지막까지 망설이다가 말했다.

"네이슨."

아즈원은 뭔가 더 상징적이고 웅장한 예언을 기대했다. '넌 먼 훗날 널 가르치고 네가 사랑하는 위대한 존재에게 버림받아 죽을 것이다' 같은 은유. 아즈원은 자신을 죽일 상대의 이름을 듣고 오히려 시큰둥해졌다.

"모르는 이름인데? 다른 정보는 없어? 어디어디에서 중요한 인물이라든지, 나와의 관계라든지. 그것도 아니면 드래곤이 낳은 알에서 깨어나서 온몸에 철갑 비늘이 돋아난 괴물이라든지."

"거의 몰라. 그가 우그들의 세상에서 어떤 존재였으며 익셀런들 사이에서 어떤 존재인지. 다만……."

"다만?"

"그는 하늘 산맥에 와서 가장 많은 드래곤을 죽인 자야. 레드워드와 함께 우리에게 있어 가장 무서운 우그야."

"이거 어쩌나? 난 하나도 안 무서운데."

아즈원은 웃었다. 처음에 떨렸던 마음이 거짓말처럼 진정되었다. 차라리 후련해졌다.

"고마워, 세르메이. 하지만 안타깝게도 네 예언은 어긋날 거다."

"나도 그러길 바라."

"그럼 이걸 계기로 그동안 못한 이야기를 조금 나누도록 하지. 어차피 게랄드가 돌아오려면 시간이 많이 걸릴 테니."

두 남자를 기다리며

"무사히 돌아올 수 있을까?"

"그 레미프 대장님을 사랑하는구나?"

"우리는 오래전부터 서로 사랑해 왔어."

"솔직한 대화가 반드시 좋은 것만은 아니군. 그런 중요한 말이 이리도 긴장감이 없을 수가 있나?"

"그러네. 이 말을 하는 건 처음이지만 나 역시 전혀 떨리지 않으니까."

"하지만 너희 둘, 나이 차가 너무 나는 거 아니야?"

아즈윈이 놀리듯 말했다.

"우그들은 삶이 짧아서 사랑을 따질 때 나이를 염두에 두지만 우리는 우그들에 비해 꽤 오래 살아서 나이는 별로 상관없어."

"그렇지만도 않아. 나도 내 나이 두 배쯤 되는 남자를 좋아한 적 있었어."

"우린 남자 보는 취향도 비슷한가 보지?"

"론틀로스가 너와 내가 성격이 비슷했다고 한 말이 이해가 되는군. 너도 어지간히 말괄량이였었지?"

"어렸을 때 얘기지. 내가 스무 살 때쯤."

"지금은 몇 살이야?"

"마흔아홉. 프보에 레미프들은 즈비 레미프들보다 수명이 짧은 편이지만, 보통 우그들에 비하면 두 배 정도 오래 사니까 우린 서로 나이가 비슷한 셈이야."

"론틀로스는?"

"지금 아흔 살 정도 돼. 나는 어렸을 때부터 그를 좋아했고 지금도 그 감정은 변하지 않았어. 그가 항상 옆에 있어 줘서 행복해. 그 역시 나를 좋아해서 지금까지 독신으로 남아있지."

"네가 크길 기다렸나 보구나. 그럼 이제 결혼하면 되지?"

"좋아한다는 걸 말하지도 않았어. 어떻게 결혼을 해?"

"레미프들도 그러는구나. 서로 알면서 말하지도 않았다? 우그들 중에도 그런 답답한 연애를 하는 녀석들이 꽤 있긴 하다만……."

"그것과는 달라."

세르메이는 약간 골이 난 목소리로 말을 이었다.

"나는 영원히 결혼할 수 없어. 그래서 좋아한다는 말도 할 수 없는 거야."

"공주라서?"

"내가 드래곤을 깨우는 무녀이기 때문이야. 즈비 레미프들은 결혼을 하고도 마법의 힘을 유지하는 경우가 많지만, 프보에 레미프들은 남자와 관계를 맺으면 마법의 힘을 완전히 잃어버려. 특히 나 같은 여자는 성스러운 존재로 인식되니 단순히 마법의 힘을 잃는 것으로 그치는 게 아니야. 무슨 뜻인지 알겠니? 우그들에게도 성녀라는 게 있잖아."

"불공평하군."

불쌍하다는 말이 나오지 않은 게 다행이었다.

"나에게만 한정된 불공평이야. 견뎌야지. 아버님도 내가 무녀로 태어났다는 것 때문에 많이 슬퍼하셨대."

"편법이긴 한데, 그럼 결혼은 하되 관계를 맺지 않으면 안 될까?"

"나도 그 생각을 해 봤어. 론틀로스도 아마 아이를 갖지 않는 결혼을 부탁하면 들어줄 거야. 그러나 말했듯이 나는 성스러운 존재로 남아야

해. 힘의 유무와 상관없이 내가 결혼을 하면 라루튼 레미프들의 믿음을 잃게 되지. 무녀로서의 힘을 잃는 건 매한가지야."

"그 무녀란 일을 다른 여자에게 넘기면 안 되나?"

"내가 죽기 전까지 새로운 무녀는 태어나지 않아. 언제나 그 나라에 드래곤과 의사소통할 수 있는 여자는 한 명뿐이야. 또 그래야만 하고."

"복잡한 문제구나."

"내가 보기에는 너와 네 친구가 더 복잡한 것 같아."

"게리 말하는 거야? 그 애는……."

아즈윈은 게랄드에 대한 감정을 설명할 수 없었다. 뭔가 꽉 막혀 목구멍 밖으로 목소리가 새어 나오지 않는 기분이었다.

"거봐. 말할 수 없지? 이 대화법에서 넌 거짓말을 할 수 없어! 그러니까 네 잠재의식의 솔직함과 겉으로 내보이는 가식이 충돌을 일으켜 말을 하지 못하는 거야."

"가식? 이게 이제 말을 막 하네!"

아즈윈은 버럭 소리를 지르고 싶었는데, 나긋나긋한 목소리만 나왔다.

"아무래도 이건 뭔가 속임수 같아! 내가 말을 하는 건데 왜 말을 못하게 되는 거냐? 내 이름은 세르메이다! 내 손가락은 여섯 개다! 이것봐. 거짓말할 수 있잖아. 그런데 뭐가 안 된다는 거야?"

세르메이는 웃었다.

"우린 벌써 긴 시간을 소비했어. 돌아가야 해."

"내 얘기 아직 안 끝났어."

"또 기회가 있을 거야."

아즈원은 눈을 떴다. 세르메이는 천천히 고개를 뒤로 되돌리고 있었다. 변함없이 이곳은 땅굴 안이었고, 레미프 병사들은 여전히 어둠 속에서 소리를 내지 않고 앉아 있었다. 딱히 주변 상황이 바뀐 것은 없었다.

"치사한 녀석."

아즈원이 말했다.

"요에 아이부 하이두."

세르메이가 대꾸했다. 그녀와 말이 안 통한다는 사실이 새삼스럽고 오히려 어색했다. 하지만 그녀의 미소는 더없이 친근감 있었다.

그때 밖에서 누군가 뚜껑 문을 두들겼다. 병사들은 일제히 창을 들어 경계했고 아즈원도 칼 손잡이에 손을 올렸다. 익숙한 목소리가 들렸다. 론틀로스였다. 세르메이는 공주 신분이라는 체면도 잊고 천장 낮은 땅굴 안을 황급히 기어갔다.

뒤이어 게랄드의 목소리도 들렸다.

"아즈원, 나 왔다."

뚜껑이 열렸으나 햇빛은 새지 않았다. 벌써 밤이었다.

'대체 그 짧은 대화에 얼마나 긴 시간이 흐른 거야?'

아즈원은 세르메이와 대고 있었던 이마를 문질렀다.

세르메이는 론틀로스의 손을 덥석 잡았다. 고작 손을 잡은 것뿐이었지만 공주와 장군이라는 신분을 염두에 두고 봐서 그런지 키스하고 끌어안는 것보다 더 격렬한 환영 같았다. 론틀로스는 지친, 그러나 부드러운 목소리로 뭐라고 길게 말했고 세르메이는 눈물까지 글썽이며 들었다.

"오래 기다렸지?"

게랄드가 뚜껑 안으로 들어오자 아즈윈은 덥석 그를 끌어안았다. 게랄드가 놀라며 그녀의 등을 두들겨 주었다.

"어이쿠, 우리 애기 그렇게 기뻤어요?"

"이렇게 해야 할 타이밍 같아서."

"그래, 그래. 나도 이러고 싶었어."

게랄드도 웃으며 한참이나 안고 있었다.

"허기지군. 하루 종일 돌아다녔더니. 넌 잘 챙겨 먹었냐?"

게랄드가 포옹을 풀며 물었다.

"아니. 같이 먹자."

아즈윈은 세르메이와 대화를 끝낸 후의 얼떨떨한 마음이 진정되지 않아, 배도 안 고픈데 게랄드와 식사를 했다.

"어떻게 찾아냈어?"

아즈윈은 세르메이가 론틀로스 옆에 앉아 식사하는 모습을 바라보며 물었다. 게랄드는 기습이 있었던 상황을 손가락으로 그려 가며 설명했다.

"론틀로스는 그 기습조의 공격으로 우리와 떨어진 후 우리만큼이나 격렬한 전투를 치렀다나 봐. 일단 기습한 적을 모두 해치우고 되돌아오려 했지만, 멀리서 카구아가 달려들었대."

"그 날개 없는 드래곤이라는 괴물?"

"맞아. 그 괴물이 쫓아오는데 그걸 달고 세르메이에게 돌아올 수는 없는 노릇이잖아. 그래서 일부러 다른 길로 유인했대."

혼자 위험을 감수하려 한 점이 론틀로스다웠다.

"반나절이나 달아나며 카구아를 따돌린 후, 론틀로스도 세르메이를 찾아 헤매고 다녔지. 그 와중에 또 전투가 한번 있어서……. 보다시피 살아남은 병사는 네 명뿐이고 론틀로스도 배를 베이는 부상을 입어 상태가 좋지 않아."

아즈윈은 걱정스럽게 론틀로스를 돌아보다가 상황을 낙관적으로 받아들이기로 결심했다.

"적어도 우리에게 지휘관이 다시 생겼군."

"다행이지."

게랄드는 식사를 끝내자마자 모포를 끌어안고 벽에 기댔다.

"미안하지만 난 우선 좀 자 둘게. 론틀로스는 아마 내일 아침 일찍부터 떠나자고 성화일 거다."

게랄드는 눈을 감고 얼마 안 있어 잠들었다. 어쩐지 추워 보이고 측은해 보였다. 아즈윈은 뒤에서 그를 끌어안아 주었다.

처음 주의를 줬던 대로 세르메이와의 대화는 거의 대부분 기억나지 않았다. 하지만 세르메이의 사랑 이야기나 게랄드에 대한 얘기도 한 마디 한 마디 모두 다 떠올랐다. 무엇보다 자신의 죽음에 대해서는 잊을 수가 없었다.

'익셀런의 네이슨.'

아즈윈은 괜스레 그 이름을 입에 올려 보았다. 그래 봐야 여전히 실감은 나지 않았다.

'괜찮아. 난 죽지 않아. 상대가 누구든 상관없어. 하얀 늑대의 이빨을 꺾을 수 있는 건 하얀 늑대뿐이니까.'

아즈윈은 주문처럼 그 말을 반복하며 잠들었다.

두 남자를 기다리며

⚜ Chapter 32 ⚜
횃불 두 개의 시간 동안

론틀로스가 돌아오자 비로소 레미프 병사들은 의욕적으로 움직이기 시작했다. 아무도 시키지 않았지만 아침이 되자마자 식사 준비를 마쳤고, 식사가 끝나자마자 이동 준비가 끝났다. 덩달아 아즈원과 게랄드도 용병 시절처럼 급하게 밥을 먹어치워야 했다.

"우린 이곳을 '하푸'라고 부른다. 부르고 있다."

론틀로스는 여전히 인간의 말이 어색했지만 전보다 훨씬 빨라졌다. 그는 손가락으로 여기저기 방향을 가리키며 게랄드에게 설명했다.

"여기서 서쪽으로 반나절만 가면 끝을 잴 수 없는 깊은 계곡이 나오고 북쪽으로 가면 하늘 산맥과 연결되는 큰 산이 나온다. 나올 것이다. 우린 그곳을 '엡-누브마두트 산'이라고 부르고 있다. '허락되지 않은 곳'이라는 의미다. 즈비 족들도 그렇게 부른다고 들었다. 듣긴 했지만 확실하지는 않다. 즈비 족은 그 산 아래 계곡만을 하푸라고 부르지만,

우리는 여기 전체를 그렇게 부른다. 이 정도라면 드래곤들의 래플홉트가 관리하는 성지이기에 적절하다. 그렇다고 생각하고 여기로 왔다."

"찾는 걸 기더에 맡긴다고 해서 운에 맡겨 이동하는 줄 알았더니, 나름대로 합리적인 이유가 있었군."

게랄드가 안도하며 말했다.

"최선을 다해야 기더도 좋은 방향으로 흐른다. 흘러가는 거다."

론틀로스가 게랄드의 어깨를 툭툭 치자, 게랄드도 툭툭 쳤다.

"좋은 말이군."

세르메이는 여전히 아즈윈의 손을 잡고 걸었다. 전처럼 의심해서가 아니라 의지하기 위해서였다.

혹시 또 있을 기습에 대비해, 이동 시 가끔 쉴 때조차 병사들은 철저하게 경계를 섰다. 게랄드는 부지런히 그들 곁에 껴서 같이 경비를 섰다. 그때마다 그는 레미프 병사들과 손짓 발짓으로 대화하며 말을 배우기도 했다. 싸우는 걸 제외한 다른 분야에서는 철저하게 소질 없는 게랄드가 마법사들도 배우기 까다로워하는 레미프 언어를 배울 수 있을리가 없다고 생각했지만, 놀랍게도 그는 몇 개 알아낸 단어로 농담까지 시도했다.

대단한 건 그 농담을 듣고 레미프 병사들이 웃어 준다는 사실이었다. 레미프들의 솔직함은 도를 넘어서 예의상 웃어 주는 일도 드물었다. 그러니 진짜로 웃는 것이 분명했다.

'녀석이 자기 농담은 취향에 맞는 사람에게만 통한다더니, 취향에 맞는 종족이 달랐던 모양이군. 녀석은 레미프로 태어났어야 했나 봐.'

잦은 이동과 정지가 반복되다가, 저녁 무렵 론틀로스는 정지 명령을 내렸다.

"아까부터 뭘 찾는 거야? 계속 맴도는 기분이 드는데."

아즈윈이 물었다.

"맴돈 거 맞습니다. 찾는 건, 성지의 입구입니다. 이 산 어딘가에 있을 거라고 생각합니다. 생각하지만, 아직 기더가 입구를 허락하지 않습니다."

론틀로스는 아즈윈이 자기가 없는 사이 세르메이를 지켜줬다는 점에서 전에 없는 신뢰의 눈빛을 보냈다. 하지만 게랄드를 대할 때와는 달리 정중한 말투를 썼다.

"내일 다시 찾습니다. 찾아야겠습니다. 밤에는 입구를 알아보기 어렵습니다. 어렵기 때문입니다."

론틀로스가 지시를 내리자, 병사들이 눈앞의 수풀을 조금 치웠다. 그러자 커다란 동굴의 입구가 나타났다. 이번에는 나무뿌리 사이라든가, 거대 지렁이가 파 놓은 것 같은 작은 구덩이가 아니었다. 군대 하나가 주둔해도 될 정도로 거대한 석회암 동굴이었다.

"용케 이런 곳을 찾았네?"

아즈윈이 론틀로스에게 물었다.

"이렇게 될 것을 대비해 낮에 미리 찾아두었습니다. 하늘 산맥에는 이런 동굴이 많습니다. 레미프들은 이런 걸 길을 찾는 표지로 쓰는 경우가 많습니다. 버릇처럼 머리에 기억을 해 둡니다. 어렵지 않습니다."

동굴 깊은 곳에서 바람이 흘러나와 좀 추운 편이었으나, 지내기는 나쁘지 않았다. 론틀로스는 모닥불을 펴 놓고 레미프들과 다음 작전을 짜기 시작했다. 간혹 개별적으로 흩어져서 찾는 건 어떠냐, 여기가 아닌 계곡 안쪽을 찾아보는 건 어떠냐 하는 게랄드의 목소리도 들렸다.

세르메이는 아즈윈의 옆에서 피곤한 눈으로 회의를 지켜보다가 간혹 몇 마디 론틀로스에게 던지곤 했다. 딱히 중요한 얘기는 아니었는지 론틀로스는 고개만 끄덕이고 넘겼다.

문득 아즈윈은 오랜 기억처럼 남아 있는 세르메이와의 대화를 다시 한번 떠올려 보다가 게랄드에게 말했다.

"게리, 지금 회의에서 네가 딱히 필요 없는 거면 이리로 좀 와 봐."

"필요 없다니? 나날이 나의 존재 가치가 커지고 있는데 무슨 소리야?"

말은 그렇게 하면서도 게랄드는 곧장 아즈윈에게 다가왔다.

"왜?"

"좀 도와줘."

"뭘?"

"한번 겨루자. 목숨 반 개 정도 걸고."

아즈윈이 부탁했다. 게랄드는 뭔가 말하려다 입을 다물었다. 농담으로 받아넘기려다 아즈윈의 눈빛에서 심상치 않은 기운을 본 모양이었다. 그래도 미소를 잃지 않고 그가 물었다.

"뭔 일 있었어?"

"내가 죽는대."

"응?"

"응."

"으흥?"

"응."

"누가 그러디?"

"세르메이가 그러더라. 내가 익셀런의 네이슨이란 놈에게 죽는다고."

아즈윈이 칼날을 만지작거리면서 말했다.

게랄드는 말없이 자기 자리로 가서 도끼를 가져왔다.

"갑자기 자신이 없어지기라도 했어?"

"자신이 없어진 건 사실이야. 항상 너희들하고만 겨루다 보니 이제 내 실력이 어떤지도 잘 모르겠고."

"잡생각 없애기 위해서라면 돕겠지만 넌 네가 생각하는 것보다 훨씬 세. 지금까지 우리끼리 진짜로 목숨 걸고 싸워 본 적이 없어서 그런 거라고 하지만, 네가 정면 대결 중에 칼 맞아 죽는 일은 없을걸."

"그럼 기습으로 당한다는 거야? 더 기분 나빠."

"기분 나쁠 때는 몸을 움직여 줘야지."

둘은 동굴 안쪽의 넓은 공간에서 서로 자리를 잡았다. 아즈윈은 칼만 들고, 방패는 들지 않았다. 게랄드도 도낏자루를 짧게 잡았다. 위험한 순간 싸움을 즉시 멈출 수 있게 하기 위해서였다.

두 사람이 무기를 부딪치자 레미프들이 깜짝 놀라 다가왔다.

"아, 연습이야, 연습."

게랄드가 론틀로스에게 말해 주고 다시 아즈윈을 공격했다. 누가 봐도 둘 중 하나 죽이려고 달려드는 꼴이라 다들 불안해했다. 싸움이 길어지면서 아즈윈도, 게랄드도 서로 위협을 느낀 나머지 동시에 물러났다. 게랄드가 끝났다며 신호를 보내자, 비로소 병사들은 안심하면서 물러났다.

"이것 봐. 네가 방패 들고 싸웠으면 내가 졌을 거다. 이런 널 대체 누가 죽인다는 거냐?"

게랄드는 어깨에 도끼를 걸쳤다. 아즈윈은 무심히 칼끝을 내려다보았다.

"내가 방패 들었으면 네가 방금처럼 싸우지 않았겠지."

"그야 그렇겠지."

"세르메이가 옳았어. 예언을 듣지 말라고 했는데, 내가 오기 부려서 들었어. 그런데 듣지 말 걸 그랬어. 네이슨이라는 이름이 지워지질 않아."

"네이슨이라는 놈이 널 죽인다는 예언이었어?"

게랄드가 다가와 그녀의 어깨를 감싸며 물었다.

"응."

"세르메이가 나도 그놈한테 죽는다고 하더냐?"

"그런 말은 안 했어."

"그럼 너도 안 죽어. 난 절대로 네가 나보다 빨리 죽게 하지 않을 거니까. 적어도 네가 죽으면 나도 죽는 거고 내가 안 죽으면 너도 안 죽는 거야."

아즈윈은 크게 웃었다.

"네 자신감이 세르메이의 점괘보다 더 위라는 것처럼 들린다?"

"그야 당연하지."

게랄드는 씨익 웃었다. 녀석이 이렇게 웃어 주면 아즈윈은 괜히 아련한 그리움에 사로잡히곤 했다. 그가 믿음을 안겨 주는 미소를 지어 보이는 게 한두 번이 아니었을 텐데도.

'드래곤의 성지로 들어가는 입구가 근처에 있다면 굳이 모든 이가 같이 돌아다닐 필요는 없다. 세르메이를 데리고 이동하는 것보다는 발 빠른 소수의 병사들이 입구를 찾은 다음에 세르메이를 찾으러 오는 것이 더 편하다.'

론틀로스는 어제 회의에서 그런 결정을 내리고 게랄드와 함께 동굴을 떠났다. 아즈윈은 세르메이의 경호를 위해 병사 몇 명과 함께 남았다.

"또 우리 둘이 남아 남자들을 기다리는구나. 공주님 지키라고 날 믿어준 건 고맙지만, 이런 건 내 성격에 안 맞아."

아즈윈은 가만히 있는 순간을 참지 못하고 팔 굽혀 펴기라도 해서 땀을 냈다. 세르메이가 호기심 어린 눈으로 구경하다가 따라 해 보았으나 한 개도 못했다.

"아까 저쪽에서 물소리가 들리는 것 같더라. 좀 씻고 올게. 비 맞은 거 외에는 며칠째 못 씻었어."

아즈윈은 세르메이가 알아듣든지 말든지 말해 두고서, 횃불만 하나 챙겨 들고 동굴 안으로 들어갔다. 동굴 내부는 들어갈수록 공간이 넓어졌고 소가 싸질러 놓은 똥처럼 비비 꼬인 바위기둥이 여럿 보였다. 이런 동굴을 처음 보는 아즈윈은 신기해하며 반질반질한 벽을 만져 보았다. 촉촉하게 젖은 이끼를 손가락으로 찔러 보기도 하고, 하얗게 펴 있는 돌꽃을 건드리기도 하면서 그녀는 물소리를 따라갔다.

벽을 따라 흐르는 물줄기가 바닥에 한 번 고였다가 시내를 이루고 있었다. 한 폭도 안 되는 작은 도랑이 동굴 더 깊은 곳을 향해 흘러갔다. 물은 차갑고 깨끗했다. 그녀는 바위 사이에 횃불을 꺼 두고 옷을 벗었다.

몸을 씻고 짧은 머리를 감고 나니 뒤에서 누군가 다가왔다. 세르메이였다. 그녀는 약간 쑥스러워하며 미소로 양해를 구했다.

"같이 하자고? 그래라."

아즈윈은 자리를 약간 비켜 주었다. 세르메이는 무릎을 꿇고 조신하게 옷을 벗어 옆에 내려놓았다. 긴 머리를 풀어 물속에 담그는 모습이 우아했지만, 너무 느려서 답답했다. 아즈윈은 세르메이가 머리 감는 걸 도와주었다.

"역시 공주라서 그런지 머릿결이 좋네."

아즈윈은 자기 머리카락을 잡아당기며 말을 이었다.

"이것 좀 봐. 며칠 관리 안 했다고 이런 식으로 뻗쳐 버린 거. 예전엔 용병이라고 남자처럼 취급받는 건 질색이었지만, 이 꼴로는 그런 말 들어도 별수 없겠는걸. 어? 너, 몸은 마른 주제에 가슴은 왜 그렇게 크냐? 그거 너희 종족 특징이야? 비교되니까 옷 입어 버려야겠다."

아즈윈은 혼자서 묻고 대답했다. 세르메이도 가끔씩 레미프어로 말했지만 알아들을 수 없었다. 아즈윈도 계속 말했다. 결국 서로 딴 얘기를 하는 셈이었다. 하지만 어째 대화가 이어지는 기분이 들었다.

둘은 머리도 말릴 겸 횃불 아래 나란히 앉아 음악처럼 흐르는 물소리를 감상했다.

생각이란 항상 정확한 개연성을 가지며 찾아오는 건 아니다. 물소리는 갑작스럽게 아즈윈의 기억을 들추었다. 세르메이가 몸을 씻는 모습을 봐서 그럴까? 갑자기 목욕하는 새나디엘 여왕의 얼굴과 그녀의 빛

나는 눈동자와 축축하게 젖은 머리카락이 눈앞에 어른거렸다. 그리고
마스터 퀘이언이 처음 아란티아의 보검을 내주며 했던 말이 연결 고리
없이 떠올랐다.

'이 검으로 내리는 명령은 곧 여왕 폐하를 대신하는 명령이다. 아즈
원을 캡틴으로 임명하며 카모르트에서 온 사신을 따라 내일 화이트 게
이트를 나서도록 하라.'

약간은 장난기가 섞인, 그러나 너무나도 가혹한 결정.

'그때 내가 뭐라고 대꾸했더라? 치사하다고 그랬던가? 그런데 마스
터는 왜 나를 캡틴으로 지목하신 거지?'

익셀런……. 검은 기사……. 카모르트의 붉은 장미 백작…….

'왜 갑자기 이런 게 떠오르지? 이상하게 중요해 보이네.'

하늘 산맥……. 드래곤……. 레미프……. 그리고 또 익셀런 기사
단…….

'마스터는 인간이 아닌 존재와 싸우게 될 거라고 했지.'

울프 기사단은 기본적으로 개인 훈련 외의 단체 훈련은 거의 하지
않는다. 그러나 몇 가지 공을 들인 단체 훈련 중에는 수상한 항목이 들
어 있었다. 명령을 따르긴 했지만, 울프의 기사들은 그런 훈련을 왜 받
는지 이해를 하지 못했다.

'아즈원, 하얀 늑대들을 위한 21번 포메이션을 만들어라.'

마스터의 또 다른 명령이었다. 포메이션 번호를 굳이 거기까지 매길
필요도 없기에 아즈원은 장난이라고 생각했다. 그러나 퀘이언이 가르
쳐 준 그 자세와 방법을 배운 후 아즈원은 너무 놀라 물었다.

'이건 적을 누구라고 상정하고 싸우는 방식입니까?'

당연히 비밀로 할 줄 알았지만 퀘이언은 대답해 주었다.

'오래전 나를 뺀 다른 하얀 늑대들이 북쪽 얼음 성에서 싸우던 적을 상대로 급조한 포메이션이다. 이 싸움의 중심에 아이린이 있었지. 이제 그 자리에 네가 서 줘야겠다. 너는 아이린보다 잘 해낼 거다.'

아즈원은 아직도 그 얼음 성이란 곳이 어디인지, 이전 하얀 늑대들이 대체 누굴 상대로 싸웠다는 건지 듣지 못했다. 언제고 알게 될 테지만 부디 모르고 끝나게 되길 바란다면서 퀘이언은 가르침을 끝냈다.

스물한 번째 포메이션. 그것은 하얀 늑대들 다섯 명 전부가 단 한 명의 적과 싸우기 위한 전투 방법이었다. 마법사이면서 검사이고, 칼로 베도 창으로 찔러도 죽지 않는 존재를 상대로 한 공격 방법……. 하얀 늑대들을 과신하는 건 아니지만, 아즈원은 그런 적이 존재할 수나 있을까 의문이었다.

"세르메이."

아즈원은 자기 이마를 가리킨 후 세르메이의 이마를 가리켰다.

"우리 얘기 조금만 하자."

세르메이는 고개를 끄덕이더니 천천히 아즈원의 얼굴 가까이로 머리를 댔다. 잠시 후 세르메이의 목소리가 들려왔다.

"이곳은 전과 같은 안전한 장소가 아니야."

세르메이의 목소리가 몇 겹으로 중첩되어 들리는가 싶더니, 곧 또렷해졌다.

"게다가 옷도 반쯤 벗고 있으니 긴 시간 동안 얘기할 만한 상황도 아니고. 이러다가 병사들이 날 부르러 오면 곤란해."

"나도 알아. 감기 걸리면 안 되니까 짧게 얘기하자."

"난 감기를 걱정하는 게 아니라…….

"걱정되는 게 하나 있어서 그래."

"예언이라면 이제 더 얘기 안 할래."

"그런 쪽이 아니야. 너는 내 과거를 읽었다고 했지?"

"모두 보지는 못했어."

"지금 일어나는 일과 내가 과거에 만난 괴물들과는 어떤 관계가 있지?"

세르메이는 쉽게 대답하지 못했다. 몰라서 대답을 못하는 건 아닌 모양이었다. 시간이 없다고 했으면서도 그녀는 대답을 길게 끌었다.

"네가 생각하는 게 옳아. 네가 걱정하는 게 옳아. 그 이상은 나도 모르겠어."

"카—구아닐이라는 건 어떤 존재지? 지금까지 말해 준 것 말고 우그들의 세계와 연관 지어서."

"그건 너무 과거의 일이고, 난 너무 어려. 아니, 사실 가장 오래 살아온 레미프도 경험하지 못한 일이야."

"하지만 알고는 있다는 뜻이겠지? 그게 뭐야?"

세르메이는 마지막까지 망설이다가 말했다.

"카—구아닐은 인간의 세계를 공격한 적이 있어. 아주 아주 오래전에."

"그게 나랑 상관있는 일이야?"

"상관있는지 없는지는 네가 모르기 때문에 나 역시 알지 못해. 아크랜드의 역사는 오직 너와 게랄드의 기억을 바탕으로 한 정보밖에 얻지 못했으니까."

"그렇군. 그럼 익셀런은? 익셀런과 내가 카모르트에서 만난 검은 기사와는 어떤 관계지?"

"네가 카모르트에서 만난 존재들은 죽은 자들이고 이자들은 산 자야. 같지 않아."

"정확한 건 아무것도 없군."

"도움이 못 되었구나. 미안해."

"아니, 괜찮아."

"아, 지금 누군가 우릴 부르고 있어. 오면 큰일이야."

세르메이의 이마가 머리를 떠나자, 갑자기 현실로 돌아오며 몸이 부르르 떨렸다. 몸도 제대로 말리지 않고 옷을 얇게 입은 채로 오랫동안 있었던 탓이었다.

위에서 횃불을 하나 든 게랄드가 내려다보고 있었다. 하지만 딱히 세르메이나 자신의 몸매를 관찰하는 눈길은 아니었다.

가끔 보면 놀랄 때가 있었다. 어떻게 봐도 방탕하고 색을 밝힐 것 같은 녀석이 의외로 여자에게 무관심하다 싶을 때가 많았다.

세르메이는 서둘러 옷을 마저 입고 아즈윈의 뒤에 섰다. 게랄드는 훔쳐보지도, 무시하지도 않고 조용히 아즈윈에게 말했다.

"너도 얼른 옷 입어라."

"시간이 얼마나 흐른 거지?"

"시간관념이 잘 안 잡힌다고 했지, 그 대화법은?"

게랄드는 금방 알아채고 말을 이었다.

"지금은 저녁이다. 그리고 적들이 여기까지 따라왔다. 아직 이 동굴을 들키지는 않았지만 시간문제야. 동굴 찾는 재능이 있는 건 이쪽 레미프들만이 아닐 테니까."

"서둘러 떠나야겠군."

아즈윈도 말려 놓은 옷을 입으며 말했다.

"아직. 동굴 근처를 놈들이 수색하고 있는 것 같아 들어왔던 입구로 떠나기는 애매해."

"그래서 어쩔 거야?"

"이 동굴에 뒤로 빠져나가는 길이 있나 살펴보려고 왔어. 같이 가자. 입구 쪽은 론틀로스에게 맡기고."

"우리 둘이서? 길 잃으면 어쩌려고?"

"동굴의 후방이 있는가만 살피는 거야. 동굴 안이니까 숲에서처럼 길을 잃지는 않겠지."

"동굴 안이라서 길을 잃을 위험이 더 큰 거 아닐까?"

뒤따라 론틀로스가 다가와 세르메이에게 뭐라 말했다. 아마 먼저 입구 쪽으로 돌아가라는 말 같았다. 세르메이는 아즈윈에게 인사하고 횃불도 없이 어둠 속으로 사라졌다.

론틀로스는 게랄드에게 자상한 어조로 충고했다.

"동굴이 너무 깊거나 갈림길이 나오면 그냥 되돌아온다. 오는 게 좋다."

"알았다."

론틀로스는 세르메이를 따라가려다 다시 돌아섰다.

"그리고 혹시 중간에 좋지 않은 길이 나올 수 있다. 나오면 이 밧줄을 쓰면 좋다. 쓰도록 해라."

론틀로스는 하얀 끈과 검은 끈이 서로 꼬아져 있는 손가락 두께도 안 될 정도로 가는 밧줄을 한 묶음 내주었다. 게랄드는 그 밧줄 뭉치를 받아 잡아당겨 보았다. 신기하게도 밧줄은 잡아당긴 만큼 길게 늘어났다가 놓으니 탄력 있게 줄어들었다.

"오오, 이거 신기하네. 마법으로 만든 건가?"

게랄드가 재미있어서 몇 번이나 튕기길 반복하다가 너무 세게 잡아당겼다가 놓는 바람에 손등을 짝! 하고 얻어맞았다.

"아야!"

론틀로스는 그 모습을 보고 허허 웃었다.

"우그들은 우리가 감탄할 정도로 좋은 칼과 창을 만들지만, 레미프들은 다른 면에서 대단한 물건을 만들어 낸다. 이 밧줄도 하나다. 그중 하나다. 이걸 만들 수 있는 장인은 레미프 세계에서도 거의 없다. 매우 드물다. '나이즈닥'이라고 부른다. 그런 이름이다. 사람 한 명 정도의 몸무게라면 단숨에 나무 위로도 올려 줄 수 있다. 날지 못하는 우리 어른들이 가끔 그걸로 날 때가 있다."

"날아간 다음 즉시 추락이겠군?"

게랄드가 농담조로 말했고 론틀로스도 웃으며 자신의 짧은 날개를 움직여 보였다.

"이런 작은 날개로라도 활공하면 조금 느린 추락이 된다."

게랄드는 나이즈닥이라는 밧줄을 몇 번 잡아당겨 보더니 아즈원에게 내밀었다.

"난 쓸 자신이 없군. 네가 써라."

론틀로스는 마지막으로 조언했다.

"빠져나가는 또 다른 입구를 발견하거든 괜히 나가서 돌아다니지 말고 즉시 돌아온다. 와라."

"그러지."

게랄드는 대답하고 먼저 걸었다. 아즈윈은 세르메이와 대화하느라 거의 꺼져 버린 횃불 대신 론틀로스가 내주는 새 횃불을 들고 그의 뒤를 따랐다.

두 개의 횃불이 밝히고 있었으나, 동굴 안의 깊은 어둠을 밝히는 것에는 한계가 있었다. 아즈윈은 묵직한 침묵 속에서 나이즈닥을 몇 번 튕기며 소리 내다가, 하는 짓이 어째 공허하게 느껴져서 그냥 줄을 어깨에 걸쳤다.

이럴 때면 어김없이 떠들어서 불안감을 없애 주는 게랄드도 말을 하지 않았다. 하는 수 없이 아즈윈이 먼저 말을 꺼냈다.

"드래곤 성지인가 뭔가는 아직 못 찾은 거냐?"

"곧 찾게 될 거다."

아즈윈은 그의 옆에 붙어 서서 물었다.

"게리, 너 요새 은근히 차가워진 거 알아?"

"착각이겠지. 난 절대 차가워지지 않는 뜨거운 남자다. 겨울에 살얼음 낀 맥주 연거푸 넉 잔을 마셨다가 차가워진 적은 있지만."

"아니야, 차가워졌어. 차가워진 거 맞아."

아즈윈은 괜히 소리 질러 보았다. 그녀의 목소리가 동굴 벽을 타고 쩌렁쩌렁 울렸다.

"안 차가워졌어. 내 말이 맞아."

동굴이 더 깊어지자 오히려 밝아졌다. 두 사람이 들고 있는 횃불이 동굴 여기저기에 박힌 보석 같은 돌멩이를 반사하고 있었다. 어두운 천장과 벽이 빛을 품은 검은 보자기 같았다. 여기에도 냇물이 몇 개 흐르면서 물소리가 피아노 선율처럼 아름답게 울렸다. 작은 빛 알갱이가 두 사람이 다가오면 하나씩 붉은빛을 밝혀 나아갈 방향을 지시하는 듯했다.

가끔 전신이 희뿌연 팔뚝만 한 곤충이 인기척에 놀라 후다닥 달아났다. 눈도 지느러미도 없어 구더기같이 생긴 물고기가 발소리를 듣고 물가에서 멀어졌다. 아직 한 번도 인간과 레미프들의 손길이 닿지 않은 듯 동굴 안은 신비로운 것 투성이었다.

"아직도 무서워?"

한참 말도 없이 걷던 게랄드가 물었다. 아즈윈이 무슨 뜻인가 하고 쳐다보니 덧붙였다.

"너 죽는다며?"

"누구 씨가 지켜 준다고 했으니 안심하고 있소만!"

"내가 냉정하게 보이는 건 네가 불안해하고 있다는 뜻이야."

가끔씩만 날카로웠던 게랄드가 요새 들어 자주 날카로웠다.

"어라, 누구 멋대로 내 머릿속을 분석하려 들어?"

"그렇지 않으면 정말 뭔가 원하는 거라도 있냐?"

"전부터 난 네 몸을 원했지."

앞만 보며 걷던 게랄드는 잠시 멈춰 서서, 재미있다는 듯 아즈윈을 돌아보았다.

"아즈윈, 너의 자유분방함은 도를 넘지 않아 보기에 나쁘지 않지만, 가끔은 그런 말도 진지하게 해 보시지그래?"

"진지하게 해 봤자 넘어갈 것도 아니면서 왜 이러실까?"

아즈윈은 게랄드의 옆구리를 쿡 찌르고 앞서 걸었다.

게랄드는 도끼를 목덜미에 걸치고 뒤를 바짝 따라오며 물었다.

"진지하게 말해 본 적도 없으면서?"

"진지함? 그런 얘긴 진부해."

"내가 네 그런 장난에 휩쓸리지 않는 건 우정이 깨질 것을 염려한 내 배려야."

"어째서 그런 걸로 우정이 깨지지?"

"난 깨진다고 봐. 아즈윈 너, 날 위해 죽어 줄 수 있어?"

"있어!"

게랄드는 또 의미심장하게 웃었다.

"그래서 안 된다는 거야."

"뭐가 안 된다는 거야?"

이번에는 아즈윈이 멈춰 서서 길목을 막고 물었다.

"아, 아, 아. 이것 봐라? 게리 너 지금 속으로 망설이는 거지? 눈앞의 이 매력 덩어리 여자를 안아 말아? 맞지?"

"혼자 들뜨고 있네."

"혼자가 아니라고 보네, 게랄드 울프! 어둠 속에서 붉은 불빛을 내는 젖은 머리의 여자가 보내는 유혹을 맨정신으로 버티는 남자란 존재할 수 없네. 그렇지 않은가?"

아즈윈이 굵은 목소리를 내며 게랄드를 위협했다. 하지만 그는 그녀의 젖은 머리를 사정없이 헝클기만 하고 지나쳤다.

"세상 모든 남자들을 네 관점으로 보지 마라. 난 네 그런 모습에 유혹당하지 않아."

"그럼 어떤 모습이면 유혹당할 거야?"

"네 평소 모습. 게다가 난 이미 유혹당해 있으니까 굳이 유혹할 필요도 없고. 아, 다 왔다."

멀리 하얀빛이 보였다. 좀 더 걸어가 보니 천장쯤에 사람 하나 빠져나가기에 충분한 크기의 구멍이 있었다. 조금 높았지만 두 사람이 힘을 합치면 충분히 올라갈 수 있었다.

"레미프의 밧줄을 써야 할 높이는 아니군."

게랄드는 그렇게 말하면서 훌쩍 벽을 타고 올라갔다. 아즈윈은 그사이 경사와 높이를 확인했다.

"이 정도면 세르메이도 적당히 오를……."

아즈윈은 거기까지 말하고 입을 다물었다. 벽에 매달려 조심스레 구멍 밖으로 머리를 내밀어 바깥의 위험을 확인하는 게랄드의 등이 올려다보였다. 연습 대결을 할 때 어렴풋이 보였던 게랄드와 자신의 실력 차이가 둘 사이의 높이만큼 느껴졌다.

'이젠 게랄드가 날 앞서고 있어. 분명 출발선은 같았는데 이제 아니게 됐어. 쉐이든도, 던멜도, 로일도 저만치 가 있는 거야.'

아즈윈은 허리에 손을 올리고 한숨을 깊게 내쉬었다.

'이런 생각 하면 안 돼. 게리에게도 피해를 주게 돼. 난 지금 자신을 잃은 거야.'

게랄드는 아직도 바깥에 머리를 내민 채 중얼거렸다.

"내가 봐선 여기가 어디쯤인지 전혀 알 수가 없군."

그는 아즈윈을 내려다보며 말을 이었다.

"뭐, 우리가 할 일은 길을 찾는 게 아니라 출구를 찾는 것이니까. 나머지는 론틀로스가 알아서 할 거야. 겸손해서 말을 안 해서 그렇지 대단히 유능한 친구더라고."

게랄드가 위에서 가볍게 뛰어내려 언제나처럼 유쾌하게 말을 이었다.

"이제 돌아가자."

"게리."

아즈윈이 정색을 하고 불렀다.

"으응?"

"너 어느 정도냐?"

"어느 정도라니, 뭐가?"

"솔직히 말해. 너 어느 정도냐?"

아즈윈은 거의 울 것 같은 얼굴로 물었다. 손가락이 떨리고 목소리도 떨렸다. 이러면 안 된다고, 이렇게 약한 모습을 보이면 안 된다고, 특히 이 녀석 앞에서라면 더욱 안 된다고 자신을 타일렀지만, 결국 아즈윈은 게랄드의 소매를 붙들고 소리치고 말았다.

"어느 정도냐고!"

게랄드는 그녀의 손을 살짝 쥐었다.

"지금은 내가 최고다."

과시도, 잘난 척도 아닌 진지한 어조로 게랄드는 말을 이었다.

"하늘 산맥에 온 다음부터는 누구한테도 질 것 같지 않더군."

"여기 온 다음부터?"

"너도 꿈속에서 누군가를 만나서 이끌렸다고 했지? 나 역시 꿈속에서 누군가의 목소리를 들었다. 나에게 와라, 하는 말이었지. 네가 세르메이를 처음 본 것처럼 나도 그런 말이 처음이어야 하는데, 자꾸 예전에 들어본 기분이 드는 거야. 할머니 목소리 같았어. 그 소리를 들은 다음부터는 상대가 같은 하얀 늑대든, 우리 마스터든, 어떤 괴물이든 질 것 같지 않더군."

게랄드는 상냥한 손길로 아즈윈을 잡아끌었다.

"예언 속 그 네이슨이라는 놈은 아마도 타치셀의 레미프들을 이끄는 익셀런의 기사겠지? 그럼 이번 싸움은 나에게 맡겨. 지금 하얀 늑대의 이빨을 세운 건 나니까. 언제고 내 이빨이 무뎌지거나, 내가 죽는다는 예언이라도 나오면 그땐 네가 싸워라."

게랄드는 다시 횃불을 들고 왔던 길을 되짚어갔다. 아즈윈은 얼어붙은 얼굴로 그를 따라가다가 갑자기 그의 등을 껴안았다.

게랄드는 걸음을 멈추고 기다리며 말했다.

"아무한테도 말하지 않을 테니까……, 지금 울어."

아즈윈은 울음을 터트리며 말했다.

"난 하얀 늑대가 맞지?"

"응."

"내 이빨을 보고 살아남을 수 있는 건 우리들 자신뿐이야. 맞지?"

"응."

"그러니까 난 죽지 않아."

"죽지 않아."

"날 지켜 주는 거지?"

"지켜줄게. 너도 날 지켜 줄 테니까."

게랄드가 돌아서자, 아즈윈은 빨갛게 달아오른 눈동자로 그를 올려다보았다. 횃불만 남아있는 어둠 속에서 그의 눈동자가 예쁘게 반짝거렸다.

"우는 여자는 매력 없지?"

"왜 그런 걸 물어?"

아즈윈은 눈물을 훔치고 코를 훌쩍이며 대답했다.

"지금 딱 그러고 싶으니까."

"그러고 싶다라……."

게랄드는 의미심장하게 웃으며 말을 이었다.

"그렇게 하고 싶으면 그렇게 하는 거야. 내가 전에도 그렇게 말했잖아."

"으응? 그 말을…… 네가 했어?"

게랄드는 잠깐 멈칫했다.

"아닌가? 나도 이제 기억이 가물가물하네. 네가 나한테 해 준 말일지도 모르겠다."

아즈윈은 계속 콧물을 훌쩍이며 게랄드의 목덜미에 손을 올렸다. 그리고 그대로 매달리듯 양손을 깍지 낀 채로 그를 올려다보았다.

"지금 유혹하면 넘어와 줄 거지?"

자연스럽고도 매력적인 미소를 지어 보이려고 했지만, 긴장한 나머지 그만 표정이 굳어 버렸다. 하지만 게랄드는 역시나 부드러운 미소만 지어 보일 따름이었다.

"아즈윈 넌 아마 기억 못 할 테지만, 네가 날 좋다고 말한 가장 처음 순간에 나는 이미 넘어갔었다. 그 뒤로 네가 한 번도 내게 진지하게 이런 말을 하지 않아서 여태까지 넘어가지 않은 척했던 거야."

"내가 좋다고 말한 처음 순간이 언젠데?"

"그게 중요해?"

"아니, 전혀."

아즈윈은 나중에 다시 켤 것을 염두에 두고 횃불을 발로 조심스럽게 밟아 껐다. 동굴 안이 확 어두워졌다. 그녀는 꺼진 횃불의 연기를 입으로 훅 불면서 말했다.

"그리고 그런 걸 이 자리에서 따져 보기에는 횃불이 너무 아깝지. 우리는 돌아갈 길도 남아 있어."

게랄드는 자기가 든 횃불을 힐끔 쳐다보더니 말했다.

"횃불 하나 탈 시간이라고 해 봐야 오래가지도 않아."

"난 자신 있어."

아즈윈이 말했다.

"그러셔?"

게랄드는 아즈윈의 허리를 한 손으로 끌어당겼다. 그녀의 몸은 게랄드의 탄탄한 몸에 찰싹 붙었고 두 다리는 허공에 둥실 떠올랐다. 그는 아즈윈의 입술에 부드럽게 키스하며 말했다.

"그럼 나도."

게랄드와 아즈윈이 꺼지기 직전의 횃불을 들고 돌아오는 모습을, 론틀로스가 제일 먼저 발견했다.

"늦었다. 이 동굴이 그렇게 길었나?"

론틀로스가 걱정스레 물었다. 게랄드는 손을 내저으며 말했다.

"별로 안 길어. 중간에 좀 일이 있어서."

"횃불이 용케 살아 있군. 켜져 있군. 지금쯤 불이 꺼졌을 거라 보고, 구하러 가려고 했다. 하려고 생각했다."

"시간이 좀 걸릴 일이 있어서 하나는 중간에 꺼 두었지."

"잘했다."

론틀로스가 그 일이 뭔지 묻기 전에, 게랄드는 화제를 돌렸다.

"출구를 발견했다. 충분히 나갈 수 있겠더군. 바깥 동향은 어때?"

"멀리서 움직임이 있긴 하다. 밤은 일단 여기에서 보내고 날이 밝기 전에 떠나야겠어."

둘은 즉시 바깥의 동태와 동굴을 빠져나가는 계획에 대해서 얘기하기 시작했다.

아즈윈은 세르메이 옆에 앉았다. 세르메이는 동글동글한 눈으로 바라보면서 물었다.

"게랄드?"

"게랄드가 왜?"

"게랄드, 아즈윈."

세르메이는 두 사람을 번갈아 가리키더니 빙그레 웃었다. 아즈윈은 그녀의 머리를 손가락으로 톡 쳤다.

"후후, 레미프어로 고맙다는 말 하나는 배워 둘 걸 그랬나?"

아즈윈은 뒤통수를 손으로 받치고 드러누웠다. 졸렸다. 세르메이와의 대화는 항상 많은 체력을 빼앗어 갔다. 물론 그게 아니더라도 오늘은 여러모로 피곤한 날이긴 했다.

✦ Chapter 33 ✦
기억나지 않는 일

대체로 머리를 싸매고 끙끙 앓을 때는 떠오르지 않던 기억들은, 기대하지 않던 순간에 갑자기 떠오르기 마련이었다. 잠들기 전 아즈윈은 게랄드가 했던 말들을 잠깐 떠올려 보았다. 게랄드는 이미 자기가 유혹 당했었다고 말했다. 처음에는 그냥 농담이려니 했지만 아닌 것 같았다.

'언제부터? 나 혼자만의 감정 아니었어? 그런 거면 정말 티가 안 났네.'

아즈윈이 처음 좋아한다고 말했을 때 이미 넘어갔었다고도 했다.

'그건 또 언제인데?'

피곤한데도 잠을 이루지 못했던 아즈윈은 이튿날 아침 서둘러 깨우는 게랄드의 얼굴을 보자마자 그 기억들에 와르르 얻어맞았다.

하얀 늑대들이 다섯 명이 되고서 '공식적'으로 처음 여왕 폐하를 만나는 날, 게랄드는 이런 말을 했다.

'우리는 남녀 간의 관계를 뛰어넘어야 하얀 늑대들이 되고 수호기사가 되는 겁니까? 마스터께는 차마 여쭙지 못해서 폐하께 여쭙습니다. 마스터 퀘이언께서는 영원히 혼자 사셔야 하는 겁니까?'

이 무례한 질문에 퀘이언은 당황했고 새나디엘은 어린애처럼 까르르 웃었다.

'나는 누구든 이런 종류의 질문을 해 온다면 아즈윈이 할 거라고 생각했다. 하지만 게랄드라니, 정말 의외구나.'

게랄드는 어깨만 으쓱했다. 잠시 고민하던 새나디엘은 퀘이언에게 대답을 미뤘다.

'네가 말해 보아라, 퀘이언. 너는 지금 그 직책을 후회하느냐?'

아즈윈은 퀘이언이 그때처럼 대답에 난감해하는 모습을 본 적이 없었다.

'그런 질문에 대한 답이라면 제 과거를 말하지 않을 수 없습니다, 폐하. 제자들에게 제 약한 모습을 보이는 건 바람직하지 못합니다.'

'어찌 이 아이들이 과거의 약한 모습으로 현재의 존경심을 버릴 거라고 생각하느냐? 그리고 나 역시 너의 과거를 알고 싶구나.'

'폐하는 모든 것을 내다보시면서 굳이 제 입으로 듣고자 하십니까?'

퀘이언은 한숨을 쉬며 말을 이었다.

'어떻게 하면 마스터의 위엄을 유지하면서도 상징적으로 포장한 대답으로 게랄드의 궁금증을 풀 수 있을지 모르겠습니다. 어디 보자……. 그래, 게랄드. 네게 이 정도 얘기는 해도 좋겠구나. 나 역시 사랑하는 사람은 있었다. 그러나 그 사랑하던 사람이 지금은 날 사랑하지는 않으며, 나 역시 그 감정을 길게 가지지는 않았다. 그 잠깐 동안의 감정은 아직 불씨가 되어 남아 있지만 젊은 시절처럼 타오르지는 않는다. 지금 나는 여왕 폐하를 사랑한다. 그분과 함께하는 모든 순간을 사랑한다.'

아즈윈이 환호하며 말했다.

'마스터와 폐하라면 어울립니다.'

새나디엘은 크게 웃음을 터트렸다.

'내게도 기분 좋은 고백이구나.'

'허나 폐하는 아란티아를 사랑하시며 제 지금 사랑은 결국 짧은 시간 동안 잊히고 말 짝사랑에 불과합니다. 은퇴하는 순간이 되면 저는 그 사랑을 잊을 것이고, 이 임무를 다섯 중에 한 명에게 물려주며 제 운명이 결정지어 줄 또 다른 사랑을 만나게 되겠지요.'

퀘이언은 한 시간짜리 강의를 끝낸 선생님처럼 힘들어했다. 새나디엘은 만족스러워하며 물었다.

'대답이 되었느냐, 게랄드?'

'대답은 되었습니다만, 어렵군요. 그런 식으로 따지면 전 수호기사의 자격이 없습니다.'

'수호기사는 내가 정하지 않는다. 너희 다섯 중 하나가 갑자기 깨닫는 날이 올 거야. 나구나 하고 말이야.'

새나디엘은 부정도 긍정도 하지 않았다.

알현이 끝난 후 아즈윈은 당장 게랄드를 붙잡고 '네가 좋아하는 여자가 누구냐? 시녀 중에 있어? 나는 항상 무시하더니 결국 딴 여자가 있었구나.' 하고 호들갑을 떨었다. 게랄드는 얼굴에 대고 '수다쟁이.'라고 말해 주고 그녀의 장난을 일체 받아 주지 않았다.

게랄드는 분명 그때 누군가를 마음에 두고 여왕에게 그런 질문을 했다. 아즈윈은 그게 자기라고는 생각도 하지 못했다.

기억을 거슬러 올라가 보니 여왕을 만나기 전, 하얀 늑대가 된 걸 축하하는 파티 때도 낌새가 있었다. 울프들끼리 간단히 술이나 마시는 작은 연회였는데 그날 어째서인지 게랄드는 발코니에 혼자 있었다. 술에 취한 아즈윈은 그의 옆으로 다가가 말을 걸었다.

'우리 둘 다 돼서 다행이다. 너랑은 항상 같은 자리에 있고 싶었거든. 나만 하얀 늑대 안 될까 봐 사실 좀 걱정됐어.'

게랄드는 밤하늘을 올려다보며 대꾸하지 않았다. 안에서 새어 나오는 어두침침한 촛불과 바깥에서 내리쬐는 달빛을 동시에 받은 게랄드의 얼굴은 그날따라 무척이나 신비로워 보였다. 술에 취했으면서도 이 정도로 선명하게 기억이 난다는 건 어쩐지 미화되었거나 잘못된 기억일 가능성도 있었다. 그러나 아즈윈은 게랄드의 말투가 슬픈 어조였다는 것은 확실하게 기억했다.

'하얀 늑대들 된 게 기쁘냐? 나는 별로다.'

'다른 울프들한테는 좋다고 그랬잖아.'

'그랬지. 하지만 지금 생각해 보니 좋은 것만은 아니군.'

'무슨 문제 있어?'

'여자 문제다.'

'오호라, 연애 상담이구나. 이 누나한테 다 털어놔 봐.'

'싫다. 사나이는 이런 걸 혼자 담고 삭이는 법이다.'

아즈윈은 웃으며 난간에 기대어 있는 그의 어깨에 머리를 얹었다.

'심각한 건 안 어울려. 항상 그랬듯 내게 재미있는 농담을 해 줘야

지. 저 늑대 놈들 또 검술 얘기로 빠졌다고. 지겨워라.'

'농담?'

'게랄드식 웃긴 얘기.'

'아즈윈, 나랑 결혼할래? 매일 아침 내게 빵을 구워 줘. 잠들기 전에 항상 내 옆에서 잠드는 네 얼굴을 봤으면 해.'

아즈윈은 뒤집어지게 웃으며 게랄드의 뺨에 키스했다.

'귀여운 것. 그래, 그래. 빵 굽는 건 무리니까 매일 밤 내 방에 와서 얼굴 보고 잠들어라. 너를 위해서 방문을 항상 열어 두마.'

아즈윈은 그 말을 하고 난간에 엎어져 잠들어 버렸다. 이튿날 누구에게 옮겨졌는지 그녀는 침대에 누워 있었다.

"그럼 그때 그거 네 농담이 아니라, 진심이었냐?"

아즈윈이 말했다. 그녀를 깨우자마자 손에 도끼를 들고 입구로 달려가려던 게랄드가 멈춰서 그녀를 내려다보았다.

"뭐가 농담이고 뭐가 진심이야? 이 위급한 상황에 선문답하자는 거냐?"

아즈윈은 그제야 기억이 아닌 현실로 돌아왔고 잠에서 덜 깬 척하며 얼른 물었다.

"미안. 꿈이랑 혼동했다. 무슨 일이야?"

"적이다. 동굴 앞을 포위당했다."

"뭐? 새벽에 이동한다고 했잖아."

"지금이 새벽이야. 이동하려고 모두를 깨우기 직전에 당한 일이다. 서둘러."

게랄드가 재촉하는데도 주책없이 기억이 하나 더 났다. 울프 기사단

기억나지 않는 일

271

의 첫 번째 테스트에서 제일 먼저 만난 사람은 쉐이든이었다. 그러나 합격한 후 가장 먼저 말을 걸어온 사람은 게랄드였다. 그리고 두 번째 테스트가 진행되는 몇 달 동안 죽 옆에 붙어 있던 사람도 게랄드였다.

'어쩌면 그때부터 호감을 가졌을지도 몰라. 내가 그때 저 녀석한테 좋아한다는 말을 했던가? 아니야. 난 기사단에 들어오고 나서부터는 아무 남자한테나 그런 말 낭비하고 다니지 않았어!'

아즈윈은 방패로 자기 머리를 한 대 쳤다.

'에라, 이 녀석, 그런 걸로 뿌듯해할 때가 아니지. 만약 단순히 기억 못하는 거라면 저 녀석이 내 유혹에 안 넘어간 게 아니라 내가 눈치 못 챈 게 되네.'

주위의 다급한 공기에 물들어 점차 아즈윈은 현실로 돌아갔다.

론틀로스의 부하 병사들은 무기를 쥐고 동굴 입구 옆에 바짝 붙어 있었다. 론틀로스는 밖을 내다보며 뭐라 소리치고 있었다. 바깥쪽에서 뭔가 대답이 돌아왔다.

게랄드는 이쪽에 우그가 있다는 사실을 드러내지 않기 위해 엎드린 채로 물었다.

"타치셀 쪽 레미프인가?"

론틀로스가 대답했다.

"그렇다. 그런 것으로 보인다. 그리고 나와 대화하는 건 그들을 이끄는 이구셀런인 레드워드다."

"레드워드, 레드워드……."

게랄드는 상대의 이름이라도 외우듯 몇 번 반복하더니 물었다.

"전에 기습을 했던 지휘관도 저놈이겠지? 조심해라, 론틀로스. 저놈은 이런 국지전에 대단히 능한 놈일 거다."

"안다. 아주 잘."

"저놈, 요구사항이 뭐냐?"

"바푸쿠즈를 내놓으면 나머지는 풀어 주겠다. 풀어 주겠다고 한다. 바푸쿠즈의 목숨도 보장한다. 한다고 말한다."

"이건 뭐, 심장을 내놓으면 목숨만은 살려 주겠다고 말하는 꼴이군. 함정이다."

"함정이 아니라도 따를 수 없는 요구다."

"네가 협상에 응하지 않을 거라는 걸 알고 저러는 거야."

론틀로스는 입을 굳게 다물고 신음했다.

"어제 찾아 둔 입구로 피하자."

게랄드가 제안했다.

"아니, 안 된다."

론틀로스는 게랄드의 팔을 붙들었다.

"적어도 나는 안 된다. 할 수 없다."

그는 게랄드의 팔을 붙잡은 상태로 밖에 대고 레미프어로 소리쳤다. 그다음 게랄드에게 방금 한 말을 인간의 언어로 말했다.

"방금 난 레드워드에게 잠시 생각할 시간을 달라고 말해 뒀다."

론틀로스는 게랄드의 팔을 놓아주고 조용히 말을 이었다.

"나와 부하들이 여기에서 시간을 끌겠다. 너와 아즈윈이 바푸쿠즈를 모시고 어제 찾아낸 그 길로 간다. 그 길로 가라. 그다음은 기더에 맡기고 드래곤의 성지를⋯⋯."

아즈윈이 화를 내며 그의 말을 끊었다.

"기더 따위는 입에 올리지 마라. 무슨 생각으로 그따위 작전을 펼치겠다는 거야?"

"시간이 없습니다, 아즈원."

론틀로스는 설득조로 말을 이었다.

"익셀런, 특히 저 레드워드라는 자는 우리 레미프들과는 비교할 수 없을 정도로 잘 싸웁니다. 전투에 관한 지식을 꿰고 있습니다. 그런데 만약 우리가 이대로 입구를 비우고 반대쪽 출구로 달아나면 알아챌 것입니다. 당연히 그들도 따라올 것이고 우리의 기동력으로는 저들을 따돌리지 못합니다. 따돌릴 수 없습니다. 나무로 가득 찬 숲에서도 우리의 퇴로를 예측하고 병력을 숨겨 놓았던 자입니다. 당신은 아십니다. 알 겁니다."

게랄드도 론틀로스의 말에 동의하지 않았다.

"그럼 반대로 하자, 론틀로스. 아즈원이랑 내가 여길 맡겠다. 네가 공주를 모셔라."

"내 말을 끝까지 들어라, 게랄드. 들어야 한다."

론틀로스는 힘 있게 고개를 저으며 지금까지 들어왔던 중에서 가장 강한 어조로 말을 이었다.

"내가 여기에 있는다. 있어야 한다. 그래야 저자도 바푸쿠즈가 여기 있다고 생각한다. 생각할 것이다. 그럼 나는 최대한 여기에서 시간을 끌겠다. 끌 수 있다. 그리고 마지막 순간까지 싸우겠다. 이것은 나의 기더다."

"너희들의 기더는 목숨을 함부로 하는 건가?"

게랄드가 굳은 목소리로 물었다.

"더 커다란 것을 위해 목숨을 희생한다……, 우리들이 최고로 여기는 기다. 만약 여기에서 내 목숨을 희생하여 바푸쿠즈를 지킬 수 있다면 나는 진실로 행복할 것이다."

들다 못한 아즈윈이 론틀로스의 멱살을 잡았다.

"시끄러워!"

깜짝 놀란 레미프 병사들이 얼결에 창을 들이댔다. 론틀로스가 바로 손을 내밀어 부하들을 만류했다.

"이기적이다, 론틀로스. 희생으로 세르메이를 살려서 영광이라고 생각하려는 거냐? 그럼 세르메이의 마음은?"

아즈윈은 세르메이를 손가락으로 가리키며 말을 이었다.

"저 애는 어쩔 거냐? 네 희생으로 죽고 남아 있을 저 애가 행복할 거라고 생각해? 너만 마음이 편해지면 다야? 닥치고 세르메이와 같이 여길 떠나라. 나와 게랄드가 여길 지키겠다. 아니, 너희들이 그토록 두려워하는 저 익셀런이라는 존재를 이 자리에서 죽여주지."

세르메이는 두 사람을 말리려고 다가왔다. 론틀로스는 세르메이를 가만히 바라보며 말했다.

"놓아라, 아즈윈."

론틀로스는 나직한 목소리로 말하며, 힘이 빠진 아즈윈의 두 손을 잡아 밑으로 내렸다.

"나와 바푸쿠즈의 관계는 레미프 세계에서도 납득하기 어려운 상하관계다. 세르메이는 나의 군주며, 나의 주인이시며, 나의 딸이자, 나의 연인이다. 너희 우그들이 이 관계를 이해하며, 거기에 대해 조언할 수 있겠나? 네가 분노하는 이유를 모르지 않다. 모르는 것은 아니다. 그러나 지금은 그렇게 하라. 그렇게 해 주면 좋겠다."

그는 아즈윈의 손을 놓고 마지막으로 말했다.

"너희들의 자신감도 알고 있으나 지금은 내 말대로 한다. 해다오."

론틀로스는 두려움에 젖은 세르메이의 얼굴을 쓰다듬었다. 세르메이는 눈을 감고 그의 손길을 받아들였다. 어떤 말도 오고 가지 않았으나, 세르메이는 이미 모든 걸 알고 있는지 눈물을 흘리고 있었다.

"세르메이가 태어나는 순간부터 나는 나의 모든 것을 바쳤다. 바쳐왔다. 이 아이는 나의 전부다. 그런 아이를 너희들에게 맡긴다. 맡기는 것이다. 그러니 반드시 지켜라. 아즈윈, 게랄드."

아즈윈은 납득할 수 없었다. 계속 따지고 싶었고, 론틀로스를 세르메이와 같이 보내고 싶었다. 그러나 게랄드가 그녀의 손을 잡아끌었다.

"가자, 아즈윈. 최대한 시간을 끌어라, 론틀로스."

"그게 내가 여기 있는 이유다. 바푸쿠즈를 부탁한다."

게랄드는 횃불을 들고 앞서 걸었고 아즈윈도 배낭을 짊어지고 뒤를 따랐다. 세르메이는 눈물을 흘리며 론틀로스에게 손을 내밀었다. 론틀로스는 그 손을 꽉 쥐며 말했다.

"트포드 크바이, 마이 히티. 트포드."

론틀로스는 그 손을 놓아주며 동굴 밖의 익셀런 레드워드에게 소리쳤다.

"엡 누브마두트, 이구셀런."

세르메이는 천천히 뒷걸음질 치다가 아즈윈을 향해 달려왔다. 아즈윈은 그녀의 손을 잡고 달렸다. 마지막 순간 동굴 안쪽으로 화살이 날아 들어왔고 론틀로스는 병사들에게 소리쳤다.

"고브 라루튼!"

병사들도 따라서 외쳤다.

"라루튼!"

"라루튼!"

처음에는 흐느끼며 달렸던 세르메이는 어느새 눈물을 그쳤다. 곧 그녀는 뺨에 묻은 눈물을 닦고 게랄드를 재촉했다. 게랄드는 그녀를 고려해 약간 천천히 걸어가던 중이었다. 어찌 보면 갑작스러운 변화였지만 아즈윈은 세르메이의 마음을 이해했다.

'신탁을 받들기 위해, 신탁의 중심에 있는 자신을 위해 모두가 희생하기로 결심했어. 그러니 혼자 울면서 걸음을 지체할 수는 없을 거야. 하지만 안다고 그렇게 되는 건 아니지. 세르메이는 보기보다 강한 아이구나.'

세르메이는 달렸다. 가끔 눈물이 억제되지 못하고 흐르면, 소매로 훔칠 뿐 걸음을 늦추지는 않았다. 사랑하는 사람이 자기를 대신해 죽겠다고 마음먹는 모습을 보고도 머뭇거리지 않았다. 같이 있겠다고 매달리지 않았다. 사랑하기 때문에 사랑하는 사람을 버리고 달렸다.

게랄드를 따라 달리는 세르메이의 등 뒤에서 아즈윈은 라루튼 공주의 강한 의지를 느꼈다.

횃불이 절반쯤 탔을 무렵, 하얀빛이 들어오는 출구가 보였다. 아즈원은 배낭에서 레미프의 밧줄 나이즈닥을 꺼내 게랄드에게 내줬다. 그는 나이즈닥의 끄트머리를 잡고 먼저 올라가 구멍 밖으로 나갔다.

아즈원은 나이즈닥의 한쪽 끝을 잡고 기다렸다. 세르메이는 눈물로 반짝이는 눈으로 구덩이 밖을 올려다보고 있었다.

'론틀로스가 살아 있을 거라고 위로할까? 관둬. 이구셀런 중 가장 사악하다는 기사야. 희망을 가져선 안 돼. 절망만 커질 뿐이야.'

먼저 올라간 게랄드가 위에서 소리쳤다.

"됐어. 올라와."

아즈원은 세르메이에게 등을 내밀었다. 세르메이는 그녀의 등에 업혀 목을 꽉 끌어안았다. 아즈원은 시험 삼아 나이즈닥을 세게 잡아당겼다. 길게 늘어났지만 어느 정도에서 멈췄다.

아즈원은 세르메이를 끌어안고 한 손으로 잡은 나이즈닥을 최대한 잡아당긴 후, 단숨에 벽을 타고 뛰어 올라갔다. 튕기는 힘이 예상보다 커서 입구에서 튀어나오는 순간, 둘의 몸은 지상에서 몇 걸음이나 위로 떠올랐다. 세르메이가 작게 비명을 질렀다.

아즈원은 바닥에 착지하면서 나이즈닥을 놓고, 몸을 한 바퀴 굴리며 세르메이를 보호했다. 줄의 반대쪽 끝을 잡고 버티고 있던 게랄드는 아즈원이 놓친 나이즈닥이 얼굴을 채찍처럼 후려치는 바람에 깜짝 놀라 피했다.

"으어, 놀래라."

햇빛이 눈부셔 아즈원과 세르메이는 잠시 그대로 서 있었다.

게랄드가 나이즈닥을 수거해 가져다주었다.

"가져가자. 또 쓰일지도 몰라."

아즈윈은 그의 말대로 밧줄을 허리에 친친 감았다. 세르메이는 숨을 거칠게 내쉬며 고개를 숙이고 있었다. 몇 번이나 눈물을 닦았는지 눈 주위가 빨갛게 달아올라 있었다.

"괜찮을까, 그 녀석?"

아즈윈은 일부러 론틀로스라는 이름을 언급하지 않고 게랄드에게 물었다. 게랄드가 횃불을 발로 비벼 끄며 대답했다.

"내가 적이라면 그 녀석 같은 거물은 죽이는 것보다 사로잡는 걸 택할 거다."

"그 말, 이 애한테 해 주면 좋을 텐데."

"그 녀석은 자기 공주님이 너처럼 강하다고 했다. 그러니 혼자 이겨 내도록 내버려 둬."

"너나 그 녀석이나 너무 잔인해."

아즈윈은 세르메이의 손을 잡아 주며 물었다.

"세르메이, 이제 어디로 가야 하지?"

세르메이는 주위를 두리번거리다가 고개를 갸웃했다. 그녀는 몹시 당황하며 뭐라고 아즈윈에게 말했으나 알아들을 수가 없었다. 레미프들과 며칠 지낸 게랄드도 단어 몇 개 아는 정도니 그 말을 이해할 리가 없었다.

세르메이는 다시 천천히 또박또박 말했다.

"로아쿠 오그 라플홉트! 사—크나딜."

"라프르호프트? 래플홉트? 사크나딜? 어, 그러니까 그 드래곤 말하는 거지?"

몇 번이나 같은 말을 반복하던 세르메이는 답답한지 손가락으로 자기 귀를 가리켰다.

"귀 아파?"

게랄드가 물었다.

아즈윈은 그의 어깨를 쳤다.

"장난하냐? 이건 뭔가 들린다는 뜻 같아. 이럴 상황에서 이마 맞대는 대화를 할 수도 없고, 답답하군."

세르메이도 답답해하다가 바닥에 손가락으로 그림을 그렸다. 아주 못 그렸지만 아즈윈은 그게 뭔지 대강 알아들었다.

"아, 기억난다. 래플홉트 크나딜! 그리고 귀를 가리킨다는 건……."

아즈윈은 잠시 생각해 보다가 손가락을 튕겼다.

"드래곤의 목소리가 들린다는 뜻일 거야. 공주님이자 무녀님이니까 그런 게 가능할 거야! 그래서 그게 어디야?"

세르메이는 해가 떠오르는 반대 방향을 가리켰다. 그녀가 손가락을 가리킨 곳에 검은 로브를 둘러쓴 기사가 있었다.

세르메이는 방향을 가리켰던 손을 천천히 접었다. 게랄드는 어깨에 걸치고 있던 도끼를 손에 들었고 아즈윈도 세르메이를 지키며 섰다.

"자, 저 녀석이 여기 입구에 버티고 있다. 이 드넓은 숲에서 엄청난 우연으로 마주친 게 아니라면 놈이 이 출구를 알고 있었다는 뜻이고, 저 뒤에는 우릴 공격할 병력이 준비되어 있겠지? 그 레드워드라는 놈, 대단한 놈일세. 이런 것까지 계산하고 포위했던 거야?"

아즈윈이 중얼거리며 칼을 고쳐 쥐었다.

"둘이서 먼저 가라. 내가 해치운다."

게랄드의 제안을, 아즈윈은 거절했다.

"아니, 내가 한다. 게랄드 네가 세르메이를 데리고 가라."

"생각해보니 둘이 같이 해버리자. 지금 시합하는 것도 아니고……."

"아, 참 그렇군. 버릇이라서."

아즈윈과 게랄드가 동시에 앞으로 나섰다. 아즈윈은 세르메이에게 손을 내밀어 신호했다.

"여기 가만히 있어."

그사이에 검은 기사는 이를 드러낸 검은 털의 짐승 위에서 내려왔다. 그리고 느긋하게 덮어쓰고 있던 로브의 후드를 걷어 냈다. 검은 금속이 반짝이는 투구가 드러났다.

"카린델프를 죽인 우그가 있다고 하더니, 그게 너희 둘인가?"

검은 기사가 입을 열었다. 게랄드는 턱을 긁적이며 말했다.

"인간 말, 할 줄 알잖여?"

검은 기사는 웃음을 터트렸다.

"아크랜드에서 오지 않았나? 그럼 내 갑옷을 보고도 내가 누구인지 모르는가?"

"그래, 니네 기사단 유명하다!"

아즈윈이 쏘아붙였다.

멀리서 풀숲이 부스럭대는 소리가 가까워졌다. 꽤 많은 숫자였다. 이놈이 데리고 있는 레미프 병사들인 모양이었다. 하지만 그 익셀런의 기사는 그들을 기다리지 않고 칼을 들었다.

"둘이 같이 덤벼도 좋다. 그 정도는 해 주지."

단순한 자만으로 보이지 않았다. 그리고 아즈윈 역시 이쪽이 둘이라고 방심하지 않았다. 그녀는 게랄드에게 손가락으로 신호를 보냈다. 이미 적 병사들이 상당히 가까워져 있으니, 기회는 한 번밖에 없었다.

두 하얀 늑대는 동시에 달려들어 칼과 도끼를 휘둘렀다. 정확히 목과 가슴을 노린 그 공격을 보고 익셀런의 기사는 피하지 않고 달려들어 아즈윈의 칼을 쳐 냈다. 그리고 가슴을 노리는 도끼를 피하더니 어깨로 아즈윈을 들이받았다.

나무에 부딪친 아즈윈의 목으로 검은 기사의 칼날이 날아들었다. 짧은 머리카락이 잘려 나갈 정도로 아슬아슬하게 비껴 나간 칼이 나무에 박혔다.

그 틈에 아즈윈이 칼을 휘둘렀지만, 상대는 철갑으로 보호된 손등으로 칼날을 쳐 내더니 나무에 박힌 칼을 뽑았다. 그리고 다시 그 칼로 아즈윈을 겨냥했다. 그 일련의 동작만 보더라도 쉬운 상대가 아니라는 건 금방 알 수 있었다.

뒤에서 게랄드가 달려들려는 순간 아즈윈이 소리쳤다.

"먼저 가라, 게리."

"같이 해."

"세르메이를 지켜. 드래곤의 성지가 얼마 남지 않은 것 같다."

"억지로 찢어질 필요 없……!"

그 순간 게랄드에게 푸른빛을 띤 반투명한 칼날이 쏟아졌다. 게랄드는 황급히 도끼를 휘저어 칼날을 쳐 냈다. 부서진 칼날이 밑으로 후드득 떨어지더니 파란 불꽃을 내며 타 없어졌다.

나무 너머로 레미프들이 하나둘씩 보이기 시작했다. 그중 하나는 마법사였다. 혼자서 둘을 상대하겠다는 도발 자체가 함정이었던 것이다. 만약 방금 그의 공격에만 집중했다면 둘은 마법의 칼날에 기습을 당했을 것이다.

아즈윈은 빠르게 말했다.

"게리, 내 말대로 해. 세르메이를 지켜라. 뒤따라가겠다."

게랄드는 세르메이를 손으로 잡아끌어 자기 등 뒤로 보내고 다시 말했다.

"그러지 마라, 아즈윈. 너까지 희생하려고?"

"희생? 미쳤냐? 뒤따라간다고 했잖아. 이 녀석에게 내 '기더'를 시험해 보겠다. 너는 전진해라. 전진 방향에도 적이 있을지 모른다. 조심하고."

아즈윈은 혼란스러워하는 게랄드를 재촉하려고 엄지를 치켜세웠다.

"널 믿고 이러는 거야, 게리. 너도 날 믿어라."

게랄드는 세르메이의 손을 잡고 수풀 속으로 달려갔다. 그의 모습은 금방 사라졌고, 그사이 레미프 병사들이 당도했다.

아즈윈은 금방 포위당했다. 하지만 의도한 대로였다. 이대로 자신을 잡느라 시간을 지체하면 게랄드와 세르메이가 달아날 시간을 벌 수 있었다. 상대 익셀런이 방금 둘을 도발하며 시간을 끌었던 것처럼.

그 기사는 뒤에서 몰려온 병사들을 이끈 마법사에게 레미프어로 뭐라고 명령했다. 레미프 여인은 차가운 시선을 아즈윈에게 보내고 있었다.

'저년이 파란 창을 던진 마법사겠군?'

그의 명령에 레미프 여인은 병사들을 이끌고 게랄드를 쫓아갔다. 결국 작은 동굴의 출구 앞에는 아즈윈과 익셀런의 기사만 남게 되었다.

"다 보내다니, 정식 시합이라도 하자는 거냐?"

아즈원이 물었다.

"괜히 너 하나 잡자고 병력을 여기에 묶어 놓을 필요는 없지."

"힘을 합쳐서 재빨리 날 잡는 쪽이 낫지 않아?"

"너희들이 그런 선택을 해서 나한테 발이 묶였지."

"후회할걸?"

"나는 익셀런 제1기사단의 홀튼이다. 눈앞의 대결 상대를 두고 후회하는 짓은 안 한다."

"나는 아란티아 울프 기사단의 아즈원이다. 대결 상대를 후회하게 만드는 짓을 주로 하지."

홀튼은 실소를 터트리며 고개를 끄덕였다.

"혹시나 했더니 어설픈 기사단 출신이 아니었군."

"너도 네이슨이 아니군."

홀튼은 멈칫하며 물었다.

"……그의 이름은 어떻게 알지?"

"레미프들에게 들었다. 그 자식은 어디 있나?"

아즈원은 메고 있던 배낭을 옆으로 던져 버리고 방패와 칼만 들었다.

"네가 알 필요야 없지."

"거야 그렇지."

레미프들의 발소리는 완전히 멀어졌다. 하늘 산맥의 숲에서 나는 특유의 소음만 남고 둘 사이에는 정적만 흘렀다. 아즈원은 그를 중심으로 원을 그리며 걸었다.

"그런데 레미프들, 너희 말 잘 듣더라. 어떻게 훈련시켰어?"

"일이 년 정도 유령처럼 행동하고 유령처럼 공포를 주면, 나머지는 알아서 이루어지지."

홀튼도 아즈원의 걸음에 맞춰 걸으면서 말했다. 아즈원은 칼의 옆면으로 이마를 두들겼다.

"아차, 깜빡했다. 너 죽인 다음에 게랄드를 어떻게 쫓아가야 하나? 여기서는 방향을 잡을 수가 없는데."

"괜한 걱정을 하는군."

"너희들은 어떻게 하늘 산맥의 길을 찾지?"

"그런 힘을 얻었다, 우리는."

"좀 가르쳐 주지그래?"

"가르쳐주지. 대가가 좀 비싸지만."

"은화 두 개면 돼?"

"네 목숨이다."

"좀 깎아줘. 은화 세 개."

"네 목숨. 그 이하는 안 된다."

"이거 거래라고는 할 줄 모르는 놈이네."

공격의 시작은 아즈원이었으나, 홀튼의 반격에 흐름이 이어지지 않았다. 갑옷을 입고서도 저 정도 속도라면 벗은 후는 어느 정도일까 생각하기 싫을 정도로 그의 공격은 빨랐다. 공격이 멈추는가 싶으면 이어졌고, 별거 아닌 것처럼 보였던 공격은 묵직했고, 전력을 다해 휘두를 줄 알고 방패를 들이대면 공격을 멈췄다. 왼손잡이와 싸워 본 적은 많았으나 이자는 거의 양손잡이에 가까운 움직임이었다.

아즈원이 가까스로 방어를 피해 칼을 찔러 봤자, 검은 로브 안에 감춰진 갑옷을 뚫을 정도는 못 되었다. 홀튼도 그 정도는 알고 있는지 자잘한 공격은 막지도 않았다. 그렇다면 큰 공격으로 갑옷을 뚫거나 관절 부위를 찔러야겠지만 홀튼은 아즈원이 그런 공격을 위해 동작이 커지길 기다리고 있었다.

아즈원은 몇 걸음 밀려나다가 등 뒤쪽의 나무를 밟고 뛰어올라 놈의 투구를 칼로 찔렀다. 그러나 홀튼은 기다렸다는 듯 쉽게 공격을 막았다. 서로 칼을 쓰기 어려울 정도로 둘 사이가 가까워지는 순간, 홀튼이 아즈원의 머리를 들이받았다.

그의 투구에 이마를 부딪히는 순간, 아즈원은 눈앞이 하얘져 아무것도 보이지 않았다. 아즈원은 그 상태로 눈을 감고 재빨리 칼을 들어 목 앞을 막았다. 이 상태에서 상대의 칼이 들어온다면 이 방향밖에 없다고 예측한 방어였고, 정확히 맞아떨어졌다. 그리고 여전히 안 보이는 상태로 상대의 얼굴 앞으로 방패를 내밀었다. 방어가 아니라 홀튼의 시야를 가리기 위해서였다. 그다음 아즈원은 상대의 가슴이라고 생각되는 부분을 발로 걷어차며 뒤로 물러났다.

균형을 잃고 쓰러지자마자, 아즈원은 옆으로 몸을 굴렸다. 홀튼의 공격이 또 한 번 머리 위를 아슬아슬하게 스치고 지나갔다. 하얗게 반짝이는 시야가 조금씩 보이나 싶었으나 눈에 피가 들어가면서 다시 눈이 감겼다. 투구에 부딪친 이마에서 피가 나는 모양이었다. 아까보다 훨씬 대담하게 접근하는 상대의 발소리가 들려왔다.

'저 녀석, 내 시야를 빼앗았다고 생각하고 있을 게 분명해. 그럼 공격 방향은 오히려 단순해질 거야.'

아즈윈은 보이지도 않는데 막무가내로 돌진하는 척, 방패를 내밀고 달려들었다. 그러자 홀튼은 두 손으로 칼을 쥐고 방패째로 날려 버렸다. 깨지는 듯한 큰 소리와 함께 방패는 멀찌감치 날아갔다. 그러나 아즈윈은 방패 뒤가 아니라, 방패를 머리 위로 세우고 바닥을 기다시피 달려가고 있었다. 아즈윈은 그가 투구를 쓰고 있어 시야가 제한적이라는 것을 이용해 밑에서 칼을 쳐올렸다.

아즈윈의 칼이 홀튼의 턱을 뚫고 들어갔다. 홀튼은 비명 한 마디 지르지 못한 채 뒤로 넘어졌다. 그는 죽는 순간에도 팔을 휘두르려 했으나, 이미 칼은 목표를 잃었다.

아즈윈은 잠시 주저앉은 채로 일어나지 못했다. 겨우 앞이 제대로 보였다.

'마지막에 녀석이 방심하지 않았다면 내가 죽었을 거야.'

손이 떨렸다. 이런 적이 없었는데 왜 자기도 모르게 자꾸 이렇게 되는지 알 수 없었다. 지금껏 아즈윈은 죽는 게 두렵지 않았다. 더 강한 자가 나타나 죽인다면 얼마든지 납득할 수 있었다. 그런데 이제 그렇게 죽는 것도 싫어졌다.

날 위해 죽어 줄 수 있냐는 게랄드의 질문에, 아즈윈은 그럴 수 있다고 대답했고 게랄드는 그래서 안 된다고 말했다. 그게 무슨 뜻인지 이제 알 것 같았다. 하얀 늑대로서 아즈윈은 게랄드를 위해 죽어 줄 수 있었다. 하지만 사랑하는 사람으로서는 그렇게 할 수 없었다. 혼자 남게 될 게랄드가 괴로울 테니까.

아즈윈은 홀튼의 시체에서 칼을 뽑아내고, 게랄드와 세르메이가 달아났다고 추측되는 방향을 바라보았다. 피가 들어간 눈을 비볐더니 앞이 흐려 보였다.

'저 방향이 맞을까?'

몇 번 홀튼과 부딪치면서 안 그래도 없던 방향 감각을 완전히 상실했다. 그래서 차라리 눈을 감았다.

'세르메이, 또 한 번 나를 불러라. 기더에 나를 맡기고 너를 찾아가겠다.'

아즈윈은 다시 눈을 뜨고 달렸다.

'세르메이 날 불러. 무의식중에 널 찾아갈 수 있도록 계속 내게 말해줘.'

세르메이의 목소리 대신 음산한 기운이 등줄기를 타고 쫓아왔다.

아즈윈은 바닥에 엎드렸다. 커다란 불기둥이 등을 훑고 지나갔다. 돌아보니 머리를 뒤로 묶은 검은 피부의 여자 레미프가 손을 앞으로 내밀고 있었다. 아까 홀튼과 이야기하고 레미프들을 이끌었던 그 여자였다.

"너희들, 홀튼이 보내놓은 거 아니었어?"

레미프 마법사가 뭐라고 소리 지르자, 그녀의 뒤에 숨어 있던 레미프들이 몰려나왔다.

"대꾸한 건 아닌 모양이네."

아즈윈은 싸우지 않고 달아났다. 뒤에서 화살이 날아오고 고함이 뒤쫓았다. 도주로의 끝에는 바닥이 갈라진 낭떠러지가 버티고 있었다. 바닥은 깊이를 잴 수 없는 시커먼 어둠만 가득했다. 계곡의 건너편까지는 그녀가 허리에 두르고 있는 나이즈닥 열 가닥을 합쳐도 닿지 않을 정도로 멀었다.

'여기가 하푸구나.'

절벽의 틈은 북쪽으로 갈수록 점점 넓어지고, 남쪽으로 갈수록 좁아졌다. 그 좁아지는 한 부분에 흔들다리가 놓여 있었다. 거기가 여길 건널 수 있는 유일한 길목으로 보였다.

아즈윈은 다리 쪽으로 달려갔다. 흔들다리에 가까워질수록 절벽 양쪽을 울리는 금속성과 비명이 커졌다. 아즈윈은 오히려 그 소리가 반가웠다. 앞에서 싸움이 벌어지고 있다면 거기에 게랄드가 있다는 뜻이었다.

뒤에서는 여전히 마법사와 그녀의 병사들이 쫓아왔고 흔들다리를 향하는 길목에도 같은 놈들이 몰려 있었다. 전투는 다름 아닌 흔들다리 앞에서 벌어지고 있었다. 다리 앞은 게랄드가 지키고 서 있었다.

아즈윈은 레미프 무리의 한가운데로 달려들었다. 정면에 있는 게랄드의 도끼에만 신경 쓰고 있던 레미프들은, 등 뒤에서 나타난 아즈윈의 칼에 전혀 대응하지 못했다. 그것도 자세를 낮추고 아킬레스건과 무릎을 노리니, 아예 아즈윈의 모습을 보지도 못했다.

지금은 그들을 죽이는 게 목적이 아니었다. 열 명 가까운 레미프들이 와르르 넘어지며, 베인 부분을 움켜쥐고 비명을 질러 댔다.

아즈윈은 피 떨어지는 칼을 들고 재빨리 상황을 살폈다. 홀튼과 싸우고 여기까지 달려온 그녀보다 게랄드가 더 지쳐 있었다. 세르메이는 이미 흔들다리를 건너 하푸의 반대편에서 두 사람을 기다리고 있었다. 게랄드는 세르메이를 지키면서 동시에 아즈윈이 여기 올 때까지 버티느라 체력 소모가 심한 싸움을 이어 갔음이 분명했다.

"먼저 건너!"

언제나 그랬듯 전투 시의 명령권은 아즈윈에게 있었다. 게랄드는 지체하지 않고 따랐다.

"알았어. 바로 따라와라."

게랄드는 흔들리는 다리 위를 평지에서 달리듯 빠르게 건넜다. 아즈원은 방패로 몰려드는 창을 막고 접근하지 못하도록 위협적으로 칼을 휘둘렀다. 그러나 정작 그녀가 신경을 쓰고 있는 것은 몰려 있는 레미프들이 아니라 한참 떨어져 있는 여자 마법사 쪽이었다.

레미프 여인은 두 손을 위로 올리고 뭔가 이상한 자세를 취했다. 손끝에 파란빛이 맺히기 시작했다.

아즈원은 칼을 크게 휘둘러 병사들을 잠깐 밀어낸 다음, 칼을 바닥에 꽂았다. 그리고 바닥에 떨어진 레미프의 창을 집어 여자 마법사를 향해 던졌다. 레미프들의 사이를 뚫고 날아간 창이 그 마법사의 옆을 휙 지나갔다. 깜짝 놀란 마법사는 준비하던 마법을 멈추고 몸을 숨겼다.

"어딜 감히!"

잠깐 칼을 놓았지만 그사이 감히 아즈원에게 달려드는 병사는 없었다. 그녀는 다시 바닥에 꽂힌 칼을 뽑아 레미프들을 겨냥하면서 뒷걸음질 쳤다. 돌아보니 게랄드가 다리의 거의 끝에 도달해 있었다.

'좋았어. 이제 내가 먼저 건넌 다음에 게랄드가 흔들다리를 끊어 버리기만 하면⋯⋯.'

그때 아즈원은 다리의 오른쪽에서 접근하는 시커먼 그림자를 발견했다.

그것은 아즈원이 생각할 수 있는 한 가장 거대한 새의 발톱이었다. 아니, 도마뱀의 발톱이기도 했다. 뭐든 간에 컸다. 다리를 감싼 검은 비늘도 손바닥만 했다. 아즈원은 뒤로 점프했고 그 발톱이 흔들다리의 줄을 잡아 뜯었다.

아직 게랄드가 다 건너지도 못했는데, 다리가 끊어졌다. 게랄드는 흔들다리가 추락하기 전에 절벽 쪽으로 몸을 날렸다. 버티고 있던 흔들다리의 다른 부분도 끊어져 하푸 밑으로 떨어졌다.

아즈윈은 바닥을 한 바퀴 구른 다음 계곡 너머를 돌아보았다. 다행히 게랄드는 세르메이의 도움을 받아 절벽 위로 기어오르고 있었다.

하푸를 건널 수 있는 유일한 길은 사라졌다.

절벽 밑에서 아즈윈 쪽으로 시커먼 새의 다리 같은 것이 올라와, 바닥에 발톱을 꽂아 고정시켰다. 곧 다른 쪽 발도 따라오더니 이내 날개 없는 검은 드래곤이 절벽 위로 완전히 몸을 끌어올렸다. 분명히 같은 편일 레미프 병사들조차 겁에 질려 한참 뒤로 물러났다.

아즈윈도 그 괴물의 크기에 기가 죽었다.

"이게 카구아구나……."

괴물은 아즈윈 앞에서 앞발을 치켜세우고 튼튼한 두 다리를 바닥에 지탱하더니 몸을 길게 일으켰다. 2, 3층짜리 건물이 앞을 가로막는 기분이었다.

아즈윈은 무섭다기보다 억울함이 앞섰다.

"나 지금 이거랑 싸워야 되는 거야?"

카구아는 아즈윈이 생각할 기회도 주지 않고 앞발을 내리쳤다. 바닥이 부서지며, 깨진 흙더미가 검은 발에 딸려 올라가 허공에서 흩날렸다. 피하긴 했지만 워낙 바닥을 깨뜨리는 힘이 강해 그녀는 뒤로 밀려나 나무에 등을 부딪쳤다.

아즈윈은 나무에 기댄 채로 카구아를 바라보며 소리쳤다.

"비겁하다! 그런 몸집으로 나오려면 내게 4미터짜리 창이랑 마구간 크기의 전투마라도 줘야 공평하지!"

사정 봐줄 이유가 없는 카구아의 공격이 이어졌고 아즈윈은 몸을 날려 피했다. 그녀가 기대고 있던 나무가 대신 박살 났다. 끈적끈적한 나무 진액이 튀고 나무 파편이 방향을 가리지 않고 흩어졌다. 바위 뒤에도 숨어 봤지만 카구아는 바위를 통째로 들어 절벽 쪽으로 내던져 버렸다.

직접적인 공격을 하나도 당하지 않았건만 아즈윈은 온몸에 상처를 입었다. 그녀는 지친 몸을 제대로 가누지 못해 또 나무에 등을 기댔다.

십여 미터 떨어진 자리에서 카구아는 샛노란 눈빛으로 아즈윈을 내려다보았다. 나무 뒤에서 머리만 내밀고 아즈윈도 놈을 노려보았다. 카구아가 맹수처럼 으르렁거리자 아즈윈도 거기에 맞춰 으르렁거렸다.

그녀는 침착하게 분석했다. 불가능한 싸움은 아니었다. 단지 놈의 움직임을 잡을 울프 두 명이 필요했다. 그리고 놈의 목을 벨 수 있는 무기. 르고가 만든 걸로.

지금은 다 없었다.

그때 카구아는 숨을 크게 들이마셨다. 주위의 공기가 모조리 카구아의 입 쪽으로 몰려 들어가는 것 같았다.

아즈윈은 다시 분석했다. 하나가 더 필요했다. 방패.

놈의 숨결을 막을 수 있는 무지무지 큰 방패.

힘을 끌어 모은 카구아는 아즈윈을 향해 입을 크게 벌렸다. 쏟아지는 검은 불길은 아즈윈이 몸을 지탱하고 있던 나무를 비롯한 근처 나무 몇 그루를 뒤로 밀어 쓰러뜨렸다. 그 힘의 여파는 단순히 나무 몇 그루에 한정되지 않았다. 재수 없게 그쪽 방향으로 몸을 피하고 있던 레미프 병사들까지 검은 불길에 휩쓸렸다.

카구아의 숨결이 닿은 부분은 바닥마저 검게 타서, 하늘 산맥에서 보기 드물게 큰길이 생겼다. 녀석은 앞발을 들고 뒷발로만 서서 아즈윈을 찾아 주위를 두리번거렸다.

카구아는 자신의 숨결로 날려버린 경로를 살피고 있었지만 사실 아즈윈은 카구아의 숨소리가 들릴 정도로 가까운 위치, 놈의 뒤쪽 나무에 숨어 있었다. 그녀는 허리에 묶어 두었던 나이즈닥을 풀어 매듭을 만들었다.

'사냥 수칙 3번, 세상 어떤 맹수도 눈을 보호하는 힘은 없다.'

아즈윈은 그 말을 되뇌며 픽 웃었다.

'생각해 보니, 선생님이 그 말을 암기하라고 하셨을 때는 어떤 맹수도 내 칼에 당할 수 없다고 반항했군요. 철없고 의심 많고 버릇없는 어린애한테 세상에 저런 괴물도 있다는 걸 설명할 자신이 없었나 보죠?'

아즈윈은 카구아가 뒤통수를 보이는 순간 매듭을 만든 나이즈닥을 집어 던졌다. 동그란 밧줄의 고리 안에 정확히 카구아의 목이 걸리는 순간 아즈윈은 뒤로 몸을 늦추며 세게 당겼다. 나이즈닥은 올가미가 되어 카구아의 목을 조였다.

카구아가 뒤를 돌아보았다.

'세르메이를 달고도 그 정도 뛰었으니 내 몸 하나는 저 녀석 머리 위로도 날릴 수 있겠지.'

아즈윈은 팽팽하게 밧줄을 당겼다가 눈치챈 카구아가 몸을 트는 순간에 맞춰, 바닥에서 뛰어올랐다. 그녀의 몸이 하늘로 빨려 들어가듯이 튕겨 올라갔다.

정확히 카구아를 향해 점프가 되지는 않았다. 아즈원의 몸은 카구아의 옆에 있는 나무를 향했다. 하지만 그녀는 당황하지 않고 나무를 발로 걷어차며 방향을 바꾸었다. 그다음 도달한 나무를 도약 지점으로 삼아 아즈원은 카구아보다 높은 위치에 떠올라 있었다.

카구아는 위로 솟구쳐 오른 아즈원을 찾지 못한 채 시선을 바닥에 향하고 있었다. 아즈원은 카구아의 머리 위로 떨어지며 카구아의 눈동자에 칼날을 박았다. 카구아는 비명을 지르며 얼굴로 팔을 휘둘렀다. 아즈원은 그 팔에 정통으로 얻어맞아 허공에 떨어졌다. 그녀가 그 순간에도 칼에서 손을 놓지 않으니, 놈의 눈동자에 꽂힌 칼날도 같이 뽑혀져 나왔다. 놈의 눈동자에서 피가 아닌 뿌연 액체가 칼날이 빠져나온 위치를 그려내듯 뿜어졌다.

아즈원은 굵은 나뭇가지에 등을 부딪치고 허공에서 두 바퀴 돌아 나무에 가슴을 부딪쳤다. 그리고 바닥에 허리부터 떨어졌다. 한순간 숨도 못 쉴 정도로 괴로웠으나 쉴 틈이 없었다.

고통으로 몸부림치는 카구아가 한쪽 눈만 뜨고 아즈원을 찾아냈다. 칼날이 박혔던 눈동자에서는 이제 뿌연 액체 대신 피가 흘렀다.

카구아는 앞발을 바닥에 짚고 아즈원을 향해 달려왔다.

아즈원은 몸을 돌려 달렸다. 얼마 가지 않아 까마득히 깊은 절벽이 나왔다. 그녀는 걸음을 멈추고 절벽 건너편을 확인했다. 게랄드가 반대편에서 기다리고 있는 것이 보였다. 그가 도끼를 들어 보였고 아즈원은 고개를 끄덕여 보였다. 그 정도 신호면 충분했다.

아즈원은 절벽을 등지고 돌아섰다. 카구아는 무서운 속도로 달려오며 점차 상체를 일으켜 세웠다. 그녀는 오히려 카구아 쪽으로 달려갔다. 카구아는 바닥을 긁듯이 앞발을 휘둘렀고 아즈윈은 위로 뛰어올라 피했다. 그 순간 카구아는 다른 쪽 팔을 휘둘렀다.

아즈윈의 몸이 날카로운 앞발에 걸려 헝겊으로 만든 인형처럼 힘없이 날아갔다. 그러나 그 순간 그녀는 카구아의 목에 아직 걸려 있는 나이즈닥을 잡았다. 나이즈닥은 아즈윈의 몸이 날아가는 방향으로 길게 늘어나면서 굵기가 가늘어졌고, 극도로 팽팽해졌다. 아즈윈은 그대로 밧줄이 끊어질까 봐 걱정됐지만, 다행히 버텼다.

아즈윈은 바닥을 구르면서도 나이즈닥을 놓치지 않았다. 그리고 자신의 몸을 사정없이 끌어당기는 밧줄에 의지해 몸을 일으켰다.

온몸의 관절이란 관절은 모조리 떨어져 나갔다가 도로 붙은 것처럼 얼얼했다. 카구아가 팔로 후려치는 순간 방패로 막았음에도 그다지 소용없었던 모양이었다. 홀튼에게 투구로 얻어맞은 상처에서 겨우 멎었던 피가 또 흘렀다. 이마를 타고 흐른 피가 턱에서 방울 지어 떨어졌다.

"사냥 수칙 9번, 사냥감 앞에서 약한 모습을 보이지 마라……. 아, 그거 8번이었던가?"

한쪽 눈을 잃은 카구아는 절벽을 등지고 서서 몸을 길게 세웠다. 카구아는 자기 목에 걸린 줄에 손을 가져갔다. 아즈윈은 자기에게만 들리는 작은 목소리로 말했다.

"지금이다, 게랄드. 지금……."

카구아는 순간 밧줄의 끝을 잡고 아즈윈을 세게 잡아당겼다. 아즈윈은 놈이 줄의 끝을 당기는 순간 있는 힘을 다해 밧줄을 당겼다. 나이즈닥은 거의 끊어질 것처럼 팽팽해졌다가 가벼운 쪽을 끌어당기며 강하게 수축했다.

아즈원의 발이 허공으로 떠오르며 카구아를 향해 빨려들어 갔다. 카구아도 이미 나이즈닥의 원리를 알고 있었는지, 날아오는 아즈원을 향해 앞발을 들었다. 그러나 카구아는 치켜든 앞발을 아즈원에게 휘두르지 못하고, 컥 하는 비명과 함께 등을 움츠렸다.

절벽 건너편에서 집어 던진 게랄드의 도끼가 카구아의 뒷덜미에 박혀 있었다.

카구아가 몸을 움츠린 그 순간 아즈원의 몸은 놈의 얼굴 앞에 도달해 있었다. 아즈원은 무리하지 않고 빠르게 드래곤의 목에 칼을 찔러 넣었다 뺐다. 르고가 만든 칼이 워낙 좋아서 그런 건지, 우연히 놈의 약점을 정확히 짚었는지, 칼날은 두 뼘 정도 쑥 파고 들어갔다가 빠져나왔다.

고통 속에서 카구아는 앞발을 허우적거리며 뒤로 천천히 넘어졌다. 목을 묶은 나이즈닥은 아즈원이라는 추를 달고 빙글빙글 돌면서 저절로 카구아를 묶었다. 돌면서 그녀는 카구아의 심장 쪽이라고 생각되는 지점을 한 번 더 찔렀다. 별 반응이 없는 걸 보니 이미 목을 찌른 시점에서 카구아는 끝이 난 모양이었다.

카구아가 넘어지면서 쿵 하고 육중한 체중이 바닥을 울렸다. 아즈원은 카구아의 가슴 위에 쓰러졌다가 놈이 혹시라도 발작을 일으키거나 저항을 할까 봐 벌떡 일어났다. 본의 아니게 아즈원은 쓰러진 카구아의 가슴을 밟고 서 있게 되었다.

아직 숨을 쉬고 있는 카구아의 가슴이 올라갔다 내려가길 반복했다. 하지만 곧 움직임은 사라졌다. 아즈원은 한 번 더 놈의 목을 찌르려다 이미 숨이 끊어진 것을 확인하고 칼을 늘어뜨렸다.

그때 레미프 병사들이 이십여 미터 떨어진 나무 근처에서 다가왔다.

'젠장, 안 끝났네. 이젠 달아날 체력도 없는데.'

아즈윈은 피곤해 죽을 것 같은 눈으로 카구아의 시체 위에서 내려왔다. 어째서인지 레미프들은 그녀를 공격하려고 하지 않았다.

아즈윈은 검은 피가 묻은 칼을 한 손에 들고, 다른 손으로 카구아의 목과 등 사이에 박힌 도끼를 잡아당겼다. 너무 세게 박혀 한 손으로는 안 빠졌다.

'게리, 이 녀석 힘 좋네. 그 거리에서 이렇게 깊이 박다니.'

아즈윈은 하는 수 없이 칼을 바닥에 꽂아 놓고 두 손으로 도낏자루를 쥔 다음 발로 카구아의 뒤통수를 밀어 뽑아냈다. 뽑아낸 자리에서 카구아의 피가 한 번 더 왈칵 터졌다.

'내 힘으로 닿으려나?'

아즈윈은 도끼를 들고 절벽 반대편에 있는 게랄드에게 소리쳤다.

"던진다!"

아즈윈은 제자리에서 한 바퀴 돌면서 전력을 다해 도끼를 하늘 방향으로 던졌다. 포물선을 그리며 회전하는 도끼가 게랄드가 있는 자리에서 다섯 걸음쯤 떨어진 자리에 박혔다. 아슬아슬하게 절벽을 넘는 위치였다.

'나도 저렇게 날아갈 수 있으면 좋으련만.'

아즈윈은 이제 서 있을 힘도 없었다. 뒤에서 레미프들이 수군거리며 다가왔지만 내버려 두었다. 여전히 그들은 공격해 오지 않았다.

"거기 있어. 건너갈 방법을 찾아볼게."

게랄드의 목소리가 하푸의 벽을 따라 울렸다.

"아니, 그냥 가라. 나는 여기까지다."

"내가 간다고 했잖아."

"아니야."

아즈원은 목소리를 쥐어짜 내어 말을 이었다.

"가라, 이 녀석들도 여길 건너지 못할 것이고 너도 여길 건너지 못할 거다. 그러니 이런 식으로나마 시간을 벌었을 때 일을 끝내라. 세르메이를……, 세르메이가 가야 할 곳으로 데려다줘."

아즈원은 계곡을 사이에 두고 우두커니 서 있는 세르메이와 게랄드를 마지막으로 돌아보았다. 멀어서 표정을 읽을 수가 없었다. 피곤해서 눈의 초점이 안 맞기도 했다.

'슬퍼하고 있을까? 화내고 있을까? 괴로워하고 있을까?'

망설이고 있는 것만은 분명했다. 흐려진 시야 안에서 게랄드의 얼굴은 마치 다른 사람처럼 보였다.

"가라. 내 걱정은 마라."

그때 오래전 기억 속 누군가의 목소리가 불쑥 떠올랐다.

'그러고 싶으면 그냥 그러고 싶다고 말해.'

평생의 좌우명. 후회하는 일 없게, 모든 일을 즐기자!

아즈원은 즐거운 일이 아니면 손대지 않았고, 일단 손댄 일은 죽을 힘을 다해 해냈다. 그렇게 하는 것이 하던 일을 포기하고 다른 즐거운 일을 찾는 것보다 즐거웠다. 그래서 그녀에게 있어 인내는 쓰지 않고 성공은 짜릿하게 달았다.

'그런데 그 말을 누가 해 줬더라? 선생님이었나? 게랄드였나? 이 말은 용병 생활할 때부터 달고 다니던 좌우명이었으니 게랄드는 아니지. 그런데 왜 녀석은 그때 동굴 안에서 그 비슷한 말을 한 걸까? 에이, 누가 해준 거면 어때? 지금은 게랄드만 생각하자.'

게랄드는 하푸의 깊은 계곡이 쩌렁쩌렁 울리게 소리쳤다.

"그럼 기다려라. 세르메이를 데려다주고 반드시 널 구하러 가겠다."

"알았어. 백마 탄 기사의 키스로 눈뜰 때까지 네 공주님께서 얌전히 기다리고 있으마."

아즈원은 마지막 힘을 쥐어짜 소리쳤다. 그녀는 숨을 몰아쉬며 고개를 떨어뜨렸다. 무섭게 잠이 쏟아져 깨어 있기가 힘들었다.

게랄드의 농담 같은 목소리가 꿈결처럼 들려왔다.

"기사님이 공주님 구하면 결혼해야 돼. 그런 얘기 결말은 항상 그거야."

아즈원은 웃음을 터트렸다. 고개를 들었을 때 게랄드는 이미 보이지 않았다. 그녀는 들리지 않는 목소리로 중얼거렸다.

"그러자, 게리. 나 구하러 와. 둘 다 살아남으면……, 우리 결혼하자. 청혼은 내가 할게. 여왕님 수호기사 따위 아무나 하겠지. 우리는 아니야. 까짓 여기서 살아 버리면 되지. 세르메이가 우리 살 집 정도는 알아봐 줄 거야. 공주니까 부자 아니겠어? 우리 둘이 애 낳으면 그 애는 최강일 거야. 안 그래?"

아즈원은 지쳐 주저앉았다. 다가오는 발걸음 소리가 들렸다. 검은 로브를 뒤집어 쓴 검은 기사 하나가 몇 명의 레미프들을 대동하고 서 있었다.

아즈원은 순간 아까 죽은 홀튼이 되살아난 거라고 착각했다. 카모르트에서의 검은 기사들처럼.

그자의 옆에는 내내 아즈원을 마법으로 괴롭히던 레미프 여인도 있었다. 온몸을 장신구로 치장한 검은 피부의 여인이었다.

"믿을 수가 없군. 홀튼을 정면 대결로 쓰러뜨렸다는 말을 듣고 거짓인가 했더니, 이제 카구아의 시체까지 보게 되다니."

검은 갑옷의 기사는 익숙한 목소리로 말을 이었다.

"하늘 산맥에 오래 있었더니 드디어 내 머리가 엉뚱한 착각을 보여주고 있는 건가, 아니면 눈앞의 이 여자가 잘못된 건가? 넌 누구냐?"

"아란티아의 하얀 늑대다. 10년 전 네놈들 기사단을 박살 낸 그 기사단의 후배지."

아즈원은 시큰둥하니 대답했다. 평소처럼 위협적이면서도 장난스럽게 말하고 싶었지만 지금은 그럴 힘이 없었다.

"내가 전장에 있는 동안에 익셀런은 패배한 적이 없다. 론타몬은 가넬로크의 다음 경로로 아란티아를 택했나 보군. 멍청한 왕 같으니라고. 그렇게 무리한 작전을 썼으니 보나 마나 패배지."

아즈원은 그가 한 말에 고개를 갸웃했다.

"너는 대륙 정복 전쟁의 익셀런이 아니었나? 그럼 캡틴 웰치가 이끌었던 그 익셀런은 뭐야?"

"그는 나의 진짜 캡틴을 대신한 대리인이었을 뿐이다. 아마 너희가 아는 익셀런 기사단이란, 그냥 죄를 면제받고 싶어 하던 죄인들이었을 것이다."

"대리인? 죄인?"

아즈원은 이건 또 무슨 소린가 싶었으나 그는 시원스럽게 대답해 주지 않았다.

'일어날 힘은 회복했군.'

아즈윈은 손을 쥐었다 펴 본 다음 자리에서 벌떡 일어났다.

'한 놈은 죽이고 죽을 수 있겠군.'

그 기사는 홀튼이 그랬던 것처럼 로브의 후드를 벗어 투구를 드러냈다.

"싸우자는 거냐?"

그가 물었다.

"뭐, 여기서 잡혀 준다고 살려 둘 것도 아니잖아? 넌 이름이 뭐냐?"

"레드워드다."

"흐음, 그래?"

아즈윈은 어느새 네이슨이 아닌 이름을 가진 상대로는 공포조차 느끼지 않게 되었다. 레드워드는 칼을 뽑아 아즈윈의 얼굴 앞으로 뻗었다.

"홀튼을 쓰러뜨렸다는 건 인정하나, 그 정도 상처로 뭘 해 보……."

아즈윈은 그가 내민 칼을 옆으로 쳐 내고 상대의 품 안으로 뛰어들어 어깨를 부딪쳤다. 뒤로 넘어질 줄 알았지만, 레드워드는 그 무게를 이겨 냈다. 그리고 그녀를 밀치며 칼을 휘둘렀다.

아즈윈은 넘어질 듯 뒤로 물러났다가 다시 칼을 크게 휘둘렀다. 레드워드는 무의식적으로 휘두르는 그녀의 칼을 모두 막았다.

그게 한계였다. 아즈윈은 다리에 힘이 풀린 나머지 주저앉았다. 레드워드는 굳이 반격도 하지 않고 기다렸다가, 무릎 꿇은 아즈윈의 배를 걷어찼다. 그녀는 고통스럽게 배를 감싸 쥐었다. 그다음 그는 쓰러진 그녀의 등을 밟았다.

아즈윈은 흙 위에 얼굴을 파묻었다. 겪어 본 적 없는 굴욕감이 치밀었으나, 갑옷 입은 남자의 몸무게를 이겨 내고 일어날 힘은 진작 증발하고 없었다.

"근성 하나는 끝내주는군."

그가 말했다.

"그래, 끝내주지? 이런 식으로 처형하긴 아깝지 않냐? 그러니까 숨 다섯 번만 쉬고 다시 붙자. 더 끝내주는 근성을 보여주마."

아즈윈은 차가운 바닥에 뺨을 붙인 채로 말했다.

"아니. 널 죽이지도 않고, 너와 싸우지도 않겠다. 널 데려가야겠다."

"어디로?"

"캡틴 빅터께."

레드워드는 아즈윈의 등에서 발을 떼고 레미프들에게 명령을 내렸다. 병사들은 조심스레 다가와 그녀를 포박했다. 그들이 하는 대로 내버려 두고 그녀가 물었다.

"캡틴 웰치 이전의 캡틴 이름이 빅터라는 거냐?"

"익셀런 제1기사단의 캡틴이시다."

"그럼 네이슨은 누구냐?"

"그 이름을 어떻게 아나 모르겠다만 내가 대답해 줄 질문은 아니군."

"그럼 그건 됐고, 날 데려가서 어쩌려고?"

"어쩔 건지 물으려고 데려가는 거니 나도 모른다."

아즈윈은 숨을 몰아쉬며 레드워드를 노려보았다. 그는 피식 웃으며 말을 이었다.

"지금 도망친 두 녀석이 살아날 거라고 보느냐? 희망을 버려라. 네가 죽인 카구아는 우리가 가진 카구아들 중 한 마리였을 뿐이다. 이미 다른 놈을 풀어두었으니, 시간문제지."

아즈윈은 너무 힘이 없는 나머지 제대로 놀라지도 못했다.

아즈윈은 다른 레미프들의 손에 끌려갔다. 그 상태로 몇 시간을 걸으며, 아즈윈은 세르메이의 예언이 틀릴 거라고 확신했다.

'난 네이슨이라는 놈에게 죽기 전에 이렇게 끌려가다가 탈진해서 죽을 거야……'

아즈윈은 밤을 넘기지 못하고 기절했다. 놈들 중 하나가 그녀를 들쳐 업었다. 나중에는 검은 털의 짐승에게 실려서 이동했다. 그녀는 중간에 몇 번이나 토하고 숨을 쉬지 못해 기침을 터트렸다. 하지만 예상과는 달리 그녀는 살아남았다.

아즈윈은 밧줄에 묶인 채로 다시 눈을 떴다. 또 다른 레미프들의 마을이었다. 처음 보는 곳이었지만 어디인지 알 것 같았다. 지금까지 그들을 꾸준히 공격해 온 프보에 레미프들의 도시, 타치셸이었다.

Chapter 34

하늘 산맥의 연합

루티아의 운명을 결정짓는 마지막 전투는 케인스웍 앞에서 벌어졌고, 던멜과 검은 갑옷의 기사 네이슨이 그 중심에 있었다.

플로라는 기회만 되면 마법을 써서 던멜을 돕고 싶었다. 언제나 그에게서 도움을 받기만 했으니, 지금은 도움을 주고 싶었다.

그러나 둘의 싸움이 시작되자 마치 준비된 일대일의 시합이라도 시작된 것처럼 끼어들 수가 없었다. 피투성이로 플로라 옆에 서 있던 제이메르가 둘의 격돌을 보고 중얼거렸다.

"창은 쉐이든이 최고라고 하지 않았던가? 내 눈에는 던멜이 더 잘 쓰는 것 같은데?"

플로라는 준비한 공격 마법을 접을 수밖에 없었다. 그녀의 실력으로는 둘의 격렬한 움직임을 따라잡을 수가 없었다. 자칫 잘못하면 던멜이 맞을 수도 있었다. 로일도 둘의 싸움을 지켜보기만 하니, 플로라가 함부로 나설 수 없는 분위기도 있었다.

그때 이상한 소리와 함께 땅이 울렸다. 서쪽의 바위산에서, 인간이 아닌 존재들이 달려오고 있었다. 플로라는 그 방향을 가리키며 소리쳤다.

"레미프!"

제이메르도 깜짝 놀라 물었다.

"레, 뭐라고?"

"레미프들이에요. 하늘 산맥의 요정들!"

그들은 베논을 타고 무서운 속도로 넌서치로 달려와 모즈들의 군대에 들이닥쳤다. 모즈들은 베논을 향해 창을 들이댔으나, 나무도 올라갈 수 있는 베논은 그 창 정도의 높이는 가볍게 뛰어넘어 모즈들의 진형을 헤집어 놓았다. 레미프들은 강하지는 않지만 잽싼 창 놀림으로 모즈들을 베었다.

그러자 모즈들은 어설프게 휘두르던 창을 내던지고 몸을 날려 베논 위에 올라탄 레미프들을 물어뜯었다. 싸움이 격렬해지는 순간 어디선가 함성이 들렸다.

케인스웍의 정문 쪽이었다. 거대한 불길이 치솟으며, 그 힘에 딸려 올라간 모즈들 수십 마리가 까맣게 타서 강물에 처박혔다.

아마 그 마법을 쓴 당사자조차 지금의 플로라와 같은 기분이었을 것이다.

"마법이 통해?"

플로라는 자기도 모르게 탑 위를 바라보았다.

'화이트비가 깨졌다……?'

플로라는 지금까지 자신을 억제하던 힘이 사라졌음을 좋아하지 않았다. 화이트비가 깨진 후 마법이 통한다는 것은 지금까지 명확하지 않았던 불길한 단서를 하나로 모으는 결정적인 증거가 되었다.

모즈들을 보호하고 마법을 억제하고 있던 것은 다름 아닌 화이트비이며, 모즈들을 끌어들인 장본인이 그랜드 마스터 러스킨이라는 뜻이었다.

'말도 안 돼. 그럴 리가 없어.'

플로라는 자신이 그런 생각을 했다는 것만으로도 두려웠다.

그때 던멜의 마지막 공격이 네이슨의 어깨에 맞아 갑옷을 부쉈고, 던멜은 네이슨의 창에 가슴부터 배까지 베여 쓰러졌다. 네이슨은 그 순간을 놓치지 않고 던멜을 향해 창을 치켜들었다.

플로라는 준비하고 있던 마법을 써서 네이슨을 밀어냈다. 여전히 그가 입은 검은 로브는 마법을 억제시키고 있어, 계산대로라면 2, 30미터는 날아서 땅에 처박혔어야 할 그가 겨우 몇 걸음 물러나는 걸로 끝났다.

그 틈에 로일이 쓰러진 던멜의 앞으로 나섰고 네이슨에게는 제이메르가 다가갔다.

"나도 아직 안 끝났다, 네이슨!"

제이메르가 소리 질렀다.

"아까 그놈이냐? 그때 숨통을 끊어 놓지 못한 게 조금 아쉽구나."

네이슨이 말하며 창을 들었다.

플로라는 다시 마법을 준비했다. 하지만 그녀는 마법을 쓸 기회를 빼앗겼다. 하얀빛을 뿜는 은빛 늑대 한 마리가 플로라와 로일을 지나쳐 제이메르의 옆에서 멈췄다. 그 늑대의 이마에서 섬광이 번쩍였다.

네이슨은 고개를 한쪽으로 젖히며 창을 들었다. 쇠로 만든 창이 마른 장작처럼 부서졌다. 네이슨은 미련 없이 부서진 창을 옆으로 내던지고 허리에서 칼을 꺼냈다. 늑대의 공격이 멈췄고 네이슨은 자세를 낮춘 채로 말했다.

"레미프들도 모자라 늑대까지 루티아를 돕는 건가? 내가 없는 사이에 뭔가 잘못되어도 단단히 잘못되었군."

"잘못됐음을 안다면 물러나라, 익셀런의 기사."

늑대가 입도 열지 않고 말했다. 플로라에게 어딘지 모르게 낯이 익은 목소리였다. 게다가 목소리에 담긴 엄청난 기세만 봐도 이 늑대는 루티아 마스터 정도의 마법을 가지고 있었다.

'누구지?'

웅장하게 중첩된 늑대의 목소리는 여자처럼 들리긴 했지만 마법사의 음성이란 항상 바뀌기 마련이었다. 플로라는 반짝이는 눈동자로 네이슨과 맞서는 늑대의 모습을 뚫어지게 바라보았다.

"그렇다면 나도 여기 오래 있을 수는 없겠군."

네이슨은 천천히 베논 위에 올라탔다. 늑대는 어떤 마법도 쓰지 않았다. 그냥 네이슨의 행동을 주시하고만 있었다. 플로라는 생각했다.

'지금이 기회 아닐까? 비록 부상당했지만 로일과 제이메르가 있고, 나도 있어. 저 늑대가 루티아의 마스터인지는 확신할 수 없지만 적어도 아군이 분명하다. 그것도 아주 강력한 아군! 지금 다 같이 공격하면 네이슨을 사로잡거나 죽일 수 있어!'

플로라는 분명 늑대도 같은 생각을 할 것이고 어느 순간 기습을 할 것이라고 생각했다.

'늑대가 공격하면 나도 공격하는 거야.'

플로라는 잔뜩 긴장하며 준비했다.

"물러서라. 떠나겠다."

베논 위에 올라탄 네이슨이 명령조로 말했다. 당연히 적의 말을 무시할 줄 알았던 늑대가 순순히 뒤로 물러나 주었다.

"안 돼요!"

"안 돼!"

플로라와 제이메르가 동시에 외쳤다. 늑대는 두 사람을 돌아보지 않고 네이슨만 경계하고 있었다.

'저 늑대는 현재 상황을 잘 모르고 있는 게 분명해. 갑자기 레미프들과 나타났으니 당연히 그렇겠지!'

플로라는 의무감을 가지고 늑대에게 소리쳤다.

"저자는 모즈 군대의 지휘관입니다. 이대로 돌려보내면 또 다른 무시무시한 일을 꾸밀 거예요. 돌려보내면 안 됩니다."

플로라를 바라보는 네이슨의 시선은 냉정하면서도 무표정했다. 오래 쳐다보면 생기를 다 흡수해 버릴 것 같았다. 제이메르가 뒤이어 말했다.

"나도 못 보내 줘. 난 아직 진 게 아니니까."

플로라의 말에는 대꾸도 하지 않던 네이슨이었지만 제이메르에게는 대답했다.

"운 좋게 살아난 공짜 생명이라고 함부로 여기지 마라."

"지랄하지 마! 다시 싸우면 안 져! 도망치지 마라."

제이메르는 지지 않고 말했다.

네이슨은 차갑게 대꾸했다.

"지금 내가 도망치는 걸로 보이나? 서로 협상의 여지가 있을 때 물러나 주는 거다."

"누구 맘대로 협상이야?"

제이메르는 당장 달려들려고 했지만 늑대가 길을 막아섰다.

"물러서십시오, 제이메르. 여긴 제게 맡기고!"

제이메르는 늑대가 누군지 아는 눈치였다. 딱히 명령에 복종하는 모양새는 아니었으나, 더 이상 네이슨을 붙잡지도 않았다. 늑대는 다시 네이슨에게 돌아서며 말했다.

"협상이라 했으니 경고하지, 네이슨. 물러나는 최후의 순간까지도 루티아에 피해를 주면 협상은 없다."

"그러지."

네이슨은 마지막까지 늑대를 경계하며 뒷걸음질로 물러났다.

"가서 구아닐에게 전해라. 그의 사악한 힘이 있는 곳에 루티아의 힘이 있을 것이라고."

"루티아의 가장 위대한 힘이라면 이미 우리와 함께 있다."

네이슨은 뒷걸음질 치는 베논의 등에서 여유 있게 균형을 잡으며 대꾸했다.

"너희와 함께하는 순간 그 힘은 더 이상 위대하지 않다!"

"너희에게서 그 힘을 빼앗은 것으로 족하다."

네이슨은 한참이나 물러난 후에야 베논을 돌렸다. 그사이 플로라는 서둘러 쓰러진 던멜부터 보살폈다. 내장이 다친 건 아니지만 가슴뼈 위를 지나는 근육을 모두 베여 출혈이 심했다.

"왜 막았어? 저놈 보내면 안 돼!"

제이메르가 늑대에게 성을 냈다.

늑대는 침착하게 설명했다.

"저자를 여기서 죽이면 지휘관을 잃은 모즈들은 마지막 한 마리가 죽을 때까지 여길 공격해 올 겁니다, 제이메르. 지금 병력으로는 레미프들이 합류해 있다고 해도 저 숫자를 이기지 못합니다. 무엇보다 지금 동쪽에서 몰려오는 모즈들이 현재 루티아를 장악한 모즈들보다 더 많습니다. 그들을 수습해 데려갈 사람은 저자뿐이지요."

늑대는 천천히 몸을 일으켰다. 하얀빛에 휩싸인 그녀의 몸은 털이 없어지고 머리카락은 몇 움큼의 하얀 부분만 남기고 검게 변했으며, 두 다리와 두 팔은 길어졌다.

'마스터 타냐?'

플로라는 변신이 풀리는 과정에서 이미 정체를 알아보았지만, 오히려 변신이 끝난 직후에는 알아보지 못했다. 그녀는 타냐가 아니었다. 루티아의 마법사도 아니었다. 타냐는 저렇게 얼굴에 칼자국이 나 있는 여자도 아니었고 저렇게 아름다운 외모를 가진 여자도 아니었다. 본 적이 없는 여자 마법사였다.

로일이 그녀의 앞으로 나서서 말했다.

"당신이 누군지 모르나 저자가 그렇게까지 엄청난 숫자의 모즈들을 이끄는 리더라면, 더더욱 여기서 죽이는 게 좋았을 거요."

그녀는 고개를 저었다.

"솔직히 말씀드리자면, 그자가 가지고 있는 칼을 쓰면 이 자리에 있는 우리 네 사람이 살아남을 것 같지 않았습니다."

"그게 무슨 칼인데 그러시오?"

"드래곤을 죽이는 칼입니다. 아마도 카─구아닐의 것이겠지요."

그녀는 못 알아들을 말만 중얼거리더니 손바닥을 내밀었다. 하얀빛이 로일을 감쌌다. 로일은 일순 놀랐지만 그게 회복의 빛이라는 사실을 알고 안심했다.

"이 자리에 있는 모두가 정상적인 힘을 가지고 있었다면 저는 다른 선택을 했을 겁니다. 하지만 솔직히 말해 전 더 이상 싸울 마법도, 체력도 남아 있지 않았습니다. 이 자리에 있는 모두가 그렇지요. 그리고 싸웠다면 이분의 치료가 늦었을 겁니다."

타냐는 의식을 잃은 던멜을 내려다보았다. 그를 마법으로 치료 중인 플로라는 그 점에 관해 전적으로 동의했다. 타냐는 마무리 짓듯 말했다.

"분하지만 네이슨의 말이 맞습니다. 그는 달아난 게 아니라 물러나 준 것입니다."

크보츠 강에 놓인 나무다리로 모즈들이 밀려왔다 물러나는 파도만큼이나 금방 빠져나갔다. 이곳의 상황을 모르는 루티아의 병사들이 여기저기에서 승리의 함성을 외치고 있었다.

"너 누구냐?"

늑대가 누구인지 아는 눈치였던 제이메르가 대뜸 그녀에게 물었다.

"외모가 바뀌었으니 이해는 하지만, 당신 같은 감각 예리한 검사가 굳이 따져 물을 줄은 몰랐군요."

플로라는 어째서 제이메르가 그녀의 대꾸에 상처 입고 입을 떼지 못하는지 이해하지 못했다.

타냐는 던멜을 치료하는 플로라의 앞으로 다가와 물었다.

"이분의 부상은 어떻습니까?"

"출혈이 심합니다."

플로라는 걱정스럽게 말했다.

"제가 좀 돕도록 하죠, 플로라."

타냐는 던멜의 가슴에 손을 대고 눈을 감았다. 던멜을 감싼 마법이 간접적으로 자신의 몸을 덮는 순간, 플로라는 우물에서 빠져나와 바다에 빠지는 기분이 들었다.

"쉽게 나을 상처가 아니군요. 그래도 지혈은 됐으니 서둘러 안으로 옮깁시다. 그쪽은 괜찮으십니까, 기사 울프?"

그녀는 로일을 바라보며 물었다.

"방금 걸어준 마법으로도 충분하니, 던멜만 신경 써 주시오. 아, 그리고 내 이름은 로일이오."

"전 타냐입니다."

"당신도 루티아의 마법사요?"

"네. 원래대로라면 카셀을 데리고 제이메르가 여기 온 시기에 같이 왔겠지요. 로일, 당신에 대해서는 카셀에게 많이 들었습니다. 그도 당신과 던멜을 많이 걱정했습니다."

"카셀은 지금 어디 있소?"

"여길 돕기 위해 이곳이 아닌 다른 곳에서 많은 힘을 썼습니다."

그녀의 말에 로일은 희미하게 미소 지었다.

"그럴 줄 알았소."

뒤에서 마스터 루더가 달려오고 있었다.

"이곳은 괜찮은가? 제이메르, 살아 있었군. 아까 모즈들에게 둘러싸인 모습까지만 봐서 죽었다고 생각했는데……. 다행이야, 정말 다행이야."

루더는 플로라의 옆에 서 있는 여자 마법사를 보고 멈췄다. 그녀는 고개를 살짝 숙여 인사했다.

"늦었습니다, 마스터 루더."

루더도 알아보는 데 약간 시간이 걸렸다.

"……타냐. 돌아왔군."

플로라가 아는 타냐는 이런 얼굴도, 이런 목소리도 아니었었다. 그러나 루더는 대충 이해가 된다는 듯 말했다.

"봉인을 풀었군?"

"예. 좋지 않은 일이 많았습니다. 위험에 빠진 건 루티아뿐만이 아니었습니다."

루더는 한숨을 길게 내쉬었다.

"그래도 정말 제때에 와 주었구나, 타냐."

"아닙니다. 제가 너무 늦었습니다."

그 말을 하는 타냐는 정말 피곤해 보였다. 루더는 고개를 몇 번이나 거세게 저었다.

"아니야, 아닐세. 레미프들이 루티아로 원군을 보내오다니! 다 자네가 애써 준 덕분이겠지. 우리에게도 너무나 많은 일이 일어났네. 무엇보다 러스킨이 루티아를 배신하고, 마스터 데다인을 살해했지."

플로라는 입술을 지그시 깨물었다. 아니길 바랐지만, 그녀의 예상대로였다. 하지만 타냐는 눈을 길게 감았다가 뜰 뿐, 큰 동요를 보이지 않았다.

"러스킨의 배신은 알았지만 마스터 데다인께서……?"

"그렇다네. 그건 그렇고……."

루더는 씁쓸하게 대꾸하고, 화제를 돌렸다. 플로라도 이런 자리에서 길게 가져갈 주제는 아니라고 생각하던 차였다.

"……어떻게 레미프들을 데려올 수 있었는가? 다들 적잖이 놀라고 있어서 어떤 설명이 있어야 할 것 같네."

"그 긴 이야기를 이 자리에서 어떻게 설명해야 할지 모르겠습니다만, 글쎄요. 캡틴 울프와 라든의 외교……, 라고 해두죠."

"제이메르와 중간에 헤어졌다던 그 캡틴 울프 말이지? 음, 아란티아의 원군과 레미프의 원군이 같이 온 셈이군. 그래, 캡틴 울프는 지금 어디 계신가? 만나 뵈어야겠네."

"그는 아직 하늘 산맥 동쪽에 있습니다."

"아직? 혼자?"

"그 역시 설명드리기가 쉽지 않군요."

타냐는 잠시 머리를 긁적였다. 예전에 볼품없었던 긴 코와 주름진 얼굴이었을 때조차 그녀의 은빛 머리 섞인 검은 머리카락만큼은 아름다웠었는데, 지금은 매끄러운 얼굴선이 같이 돋보여 더욱 근사해 보였다. 뺨과 턱을 가르는 흉터는 오히려 그녀의 강인함을 부각시켰다. 더구나 늑대에서 인간으로 변하면서 남아 있는 마법의 빛이 햇살에 반짝이니 여자인 플로라도 잠시 넋을 잃고 바라보게 되었다.

"캡틴 카셀은 지금 드래곤들의 마스터 사─크나딜과 함께 있습니다."

마스터 루더는 경악에 가까운 얼굴을 했다. 플로라도 조금 얼떨떨해했고 로일도 심각한 얼굴로 타냐를 주시했다. 제이메르만 드래곤이라는 단어에 아무런 감흥도 없는 얼굴로 '그래서 카셀은 언제 온다는 거야?' 하고 중얼거렸다.

루더가 물었다.

"도대체…… 하늘 산맥에서 무슨 일이 벌어지고 있는 겐가?"

타냐가 말했다.

"지금 루티아노를 제안 드려도 되겠습니까?"

전투가 끝난 직후 가장 급한 일만 처리했는데도, 어느새 밤이 되었다. 플로라는 뒤늦게 루티아노가 시작된다는 말을 듣고 허둥지둥 탑을 올라갔다.

계단을 오르면서 그녀는 던멜의 옆에 계속 있어 주지 못하는 것이 안타까웠다. 창에 베인 그의 부상은 심각했지만 그녀의 마법으로는 한계가 있었다. 결국 상처를 치료할 수 있는 것은 의료 기술인데, 지금의 루티아에는 의사가 턱없이 부족했다.

제이메르는 붕대 몇 번 두르고 치료 끝이라며 무리하게 루티아노에 참가하려다 복도에서 기절해 버렸다. 그래서 이번 루티아노에는 던멜과 제이메르가 빠지고, 로일만 참가할 수 있었다. 물론 그 역시 부상이 작지 않았다.

플로라는 원탁의 어디에 앉아야 할지 몰라 방에 들어간 후에도 한참이나 서성댔다. 루더가 친절하게 앉을 자리를 지정해 주었다. 반면 타냐는 방에 들어서자마자 당연하다는 듯 자신의 자리를 찾아 앉았다.

플로라는 소심하게 두 손을 원탁 밑에서 꽉 쥐고 타냐의 행동을 관찰했다. 자신과는 차원이 다른 존재감이 느껴졌다. 마법의 힘은 당연했고 행동도 박력이 넘쳤다. 이제 외모까지 빛이 나니 플로라는 타냐를 바라보는 것만으로도 주눅이 들 지경이었다.

타냐는 러스킨, 데다인, 에틀리, 저스틴, 필립의 자리를 하나씩 바라보며 말했다.

"이전에도 북적거린 건 아니었지만 빈자리 하나하나가 너무 크군요."

골베인이 고개를 끄덕였다. 그의 얼굴에는 모즈의 발톱에 긁힌 자국이 머리끝에서 턱까지 이어져 있었다. 상처에서는 아직도 진물이 흘렀다.

"이 빈자리들로 우리는 향후 몇 년을 고통과 슬픔 속에 보내야 할지 모르겠소."

"지금은 추모보다 먼저 해야 할 일이 많소. 회복한 아웃서치의 경계를 강화해야 하며 다시 경비를 추가해야 하오."

루더가 강한 어조로 말을 이었다.

"이제 마스터 타냐도 돌아왔으며 부상을 당하긴 했으나 하얀 늑대들의 힘을 빌려 루티아 경비에 힘을 기울이면……."

"잠시만요, 마스터 루더."

타냐가 루더의 말을 끊고 들어갔다.

"갑작스레 돌아온 제가 상황을 주도하고 싶지는 않습니다만 잠시만 저에게 시간을 주시겠습니까? 더 중요한 일이 있습니다."

"그, 그러게."

루더는 약간 어색하게 대꾸했다.

타냐는 명확한 어조로 설명했다.

"우선 제가 알아낸 정보를 말씀드리겠습니다. 적이 루티아를 공격한 목적은 루티아 그 자체에 있지 않습니다. 더 큰 목적을 달성하기 위해 끼어 있던 중간 과정이었죠. 자기들의 병력 손실을 감수하고 강행했다면 전투를 승리로 이끌었을 상황에서 그 익셀런의 기사가 미련 없이 떠난 것만 봐도 알 수 있습니다."

'네이슨이 스스로 물러난 게 그 정도로 큰 의미가 있었던 거야?'

플로라는 묻고 싶었지만, 감히 타냐의 말을 끊지 못해 말하지 않았다. 대신 루더가 물었다.

"그 지휘관이 병력을 물린 것은, 레미프들이 원군으로 왔기 때문이 아닌가?"

"대기하고 있던 모즈들의 병력이라면 레미프 원군에 상관없이 루티아를 함락시킬 수 있었습니다."

"그럼 왜?"

"레미프들이 루티아를 도우러 온 것을 보고 네이슨은, 자기가 없는 사이에 뭔가 잘못되었다, 그렇게 말했습니다. 그자에게 있어 레미프 군대란 루티아를 구하러 온 원군 이상의 의미로 다가왔을 겁니다."

플로라는 자연스럽게 원탁의 한쪽에 앉아있는 레미프들의 나라, 만디르의 캡틴 퍼거스나이를 돌아보았다. 레미프가 여기 앉아 있다는 것은 실로 놀라운 사건이 아닐 수 없었다. 그는 피부가 검은 골베인을 노려보는 일이 많았으나, 레미프의 문화나 사정에 밝은 케인스윅의 교장은 충분히 그 시선을 이해해 주었다.

타냐는 퍼거스나이를 눈빛으로 가리켰다가 말을 이었다.

"하늘 산맥의 힘이 연합한 거죠. 그의 입장에서는 따로따로 각개격파를 할 수 있었던 상대가 서로 힘을 합쳐 버린 것으로 보였을 겁니다. 라든과 루티아. 인간과 레미프."

"루티아가 처음부터 공격 목표가 아니었다면, 어디가 공격 목표라는 거요?"

루더가 의아해하며 물었다. 그러자 골베인이 갑자기 생각났다며 말했다.

"제이메르가 잡아 온 그 모즈에 대해서 기억나시오? 마지막 전투가 시작되기 직전 알아낸 사실이라 미처 알려 드릴 여유가 없었소. 모즈는 레미프들의 언어를 썼으며 나는 그 언어를 해독해 계속 말을 걸어 보았소. 그랬더니 그놈이 이런 말을 했소. '여길 먼저.' 그래서 그 후 계속 '여기가 먼저면 그다음은 어디냐'는 심문을 이어갔소. 그랬더니 '다음은 북쪽 인간들의 나라.'라는 대답을 했소. 처음에는 잘못 들었나 했소. 해석을 잘못했거나. 하지만 지금 마스터 타냐 말을 들으니 모즈들의 다음 목표인 '북쪽 인간들의 나라'란, 바로 아란티아가 아니었나 싶소."

로일이 이어 말했다.

"던멜과도 비슷한 얘기를 한 적이 있었소. 적들은 이상하게 전력을 다한 공격을 하지 않는다고. 사기 문제 때문에 지금까지 말하지 않았으나, 사실 내가 지휘관이었다면 진작 이 루티아를 함락시켰을 거요. 적 지휘관이 무능해서가 아니오. 그는 뭔가를 기다리고 있었소."

로일은 말하면서 물을 조금씩 계속 마셨다. 피를 많이 흘려 갈증이 심한 모양이었다.

"그 기다림은 아란티아를 공격하기 위해서라는 말이오?"

로일이 타냐를 돌아보며 묻자, 그녀는 빠르게 대꾸했다.

"제가 레미프들 사이에서 겪은 몇 가지 사실을 종합해 보면 모즈들이 루티아를 공격하면서도 함락시키지 않은 이유는 단 하나뿐입니다. 아란티아의 울프 기사단을 루티아로 끌어내는 것! 그러나 새나디엘 여왕께서는 하얀 늑대들 이상을 보내지 않았죠. 두 번째 원군도 기사단 전체가 아닌 제이메르와 캡틴 카셀, 두 명으로 한정 지었습니다. 적들은 그 두 번째 원군이나마 무너뜨리려 했고 우리는 결국 흩어지게 되었습니다."

"그 얘기는 제이메르에게 조금 들은 바 있네."

루더의 말에 골베인이 덧붙였다.

"좀 이해가 안 되긴 했지만."

타냐는 이해한다는 듯 고개를 끄덕이며 당시 상황을 설명했다.

"마스터 데다인이, 숲의 영혼이 그를 보살피길. 그분이 제이메르, 카셀, 저를 루티아로 안내하던 밤에 검은 로브를 쓴 마법사의 공격이 있었습니다. 당시에는 그게 누구인지 몰랐는데 지금 보니 마스터 러스킨이었군요. 제가 가까스로 러스킨의 공격을 막긴 했지만 뒤이어 드래곤의 공격이 있었습니다. 그때 우리는 뿔뿔이 흩어졌지요. 저는 카셀을 찾아 하늘 산맥을 횡단했고 그사이 데다인은 제이메르를 데리고 루티아로 왔을 테지요."

제이메르가 한 시간 동안 말해도 하지 못했던 상황 설명을 타냐는 몇 마디로 끝냈다.

"그 뒤로 캡틴 울프와 저는 한 가지 기적을 접했습니다. 레미프들은 그 기적을 '기더'라고 표현하더군요. 우리는 레미프의 도시 라든에서 이전 하얀 늑대들이었던 로핀이라는 기사를 만났습니다."

"로핀?"

로일이 놀라며 물었다.

"아시는군요? 예전 울프 기사단이니."

타냐가 되물었다.

"아니, 모르오."

로일은 굳이 시간을 낭비하지 않겠다는 뜻으로 손을 저었다. 타냐도 길어질 것 같은 말은 접고 하던 얘기를 계속했다.

"저는 로핀, 카셀과 함께 라든의 수호 드래곤을 만나러 떠났습니다. 하지만 우리가 도착했을 때는 라든의 드래곤 '논틸'이 카구아에게 살해당한 뒤였죠. 물론 우리가 카구아라고 부르는 존재는 실제로 익셀런 기사단이었지만요."

"우리도 그 사실을 한참 뒤에야 알아냈소."

로일이 자책하는 어조로 말했다.

타냐의 얘기는 계속되었다.

"우린 대신 드래곤들의 하이로드를 찾아 하늘 산맥의 동쪽으로 떠나게 되었습니다. 그 과정에서 캡틴 울프는 레미프들과 협상했고 그 결과로 만디르의 레미프 병사들이 여기 오게 된 것이지요."

퍼거스나이는 만디르라는 이름이 나오자, 지루한 표정을 감추고 하얀 날개를 한번 들썩였다.

"결국 우리는 드래곤들의 하이로드 사―크나딜을 만나게 되어 그분께 도움을 청한 후, 저만 루티아를 돕기 위해 귀환했습니다. 중간에 많은 이야기들이 있지만 지금은 불필요할 듯싶군요. 생략하겠습니다."

"드래곤들의 마스터까지 개입하실 일이라면 정말 내가 생각하는 것 이상의 문제가 하늘 산맥에서 벌어지고 있다는 거군."

루더가 턱을 긁적였다.

"엄밀히 말하면 아크랜드와 하늘 산맥 양쪽 모두의 일입니다. 제가 하늘 산맥에 오기 전 아란티아는 '죽지 않는 자들의 군주'에게 공격받았습니다. 심지어 죽은 익셀런 기사단까지 부활해서 화이트 게이트로 돌격해 왔지요."

타냐의 말에, 루더는 나직이 신음하며 자기와 비슷한 표정을 하고 있는 골베인을 돌아보았다.

"여전히 납득 안 가는 이야기로군. 제이메르가 단순히 횡설수설한 것만은 아니었어."

"회의가 끝난 후 좀 더 자세히 얘기해 드리겠습니다. 그보다 러스킨이 루티아를 배신한 이유가 뭡니까? 돈도 명예도 필요 없는 사람이 왜?"

타냐는 그 자리에 러스킨이 있기라도 한 듯 몰아붙였다. 루더도, 골베인도 슬픈 표정으로 고개를 저었다.

"자세한 이야기는 턴멜이 알고 있을 걸세. 마지막 순간 같이 있었던 모양이니까. 그러나 그 이유를 러스킨 본인에게 듣는다 해도 나는 이해할 수 없을 것 같아. 또 화이트비가 깨지는 순간 러스킨을 태우고 날아간 검은 드래곤은……."

"카-구아닐! 이 모든 일의 원흉인 드래곤입니다. 그건 기사 던멜께서 깨어나는 대로 알아봐야겠지만, 혹시 따로 알고 계신 거라도……?"

타냐가 로일에게 눈을 돌렸으나, 그는 고개를 저었다. 타냐는 바로 말을 이었다.

"그럼 루티아의 재건에 대해 말씀드리고 싶습니다. 이것은 루티아 방위 이상의 의미를 가지고 있습니다. 우리는 아란티아의 등을 지켜야 합니다. 우리가 있는 한 적들이 하늘 산맥을 통과해 나디움을 공격하지 못하게 해야 합니다. 고로 지금부터 우리가 할 일은 어떤 적이 다시 온다 하더라도 막아 낼 힘을 새로이 키우는 것입니다."

"글쎄, 쉽게 말할 일인가, 이게?"

루더가 당황하며 말을 이었다.

"단기간에 이루어질 일도 아니고. 화이트비가 깨어진 순간 루티아는 본래 루티아가 가지고 있어야 할 힘을 잃었네. 이제 우리는 하늘 산맥의 사소한 짐승들까지 막아야 하는 처지야. 아웃서치를 넘어가면 길도 못 찾는 사람들이 수두룩하게 된 거지."

타냐는 루더의 침울한 어조에 굴하지 않고, 강하게 말했다.

"적들도 그걸 알고 있을 겁니다. 그럼에도 그들은 쉽게 루티아를 공격하지 못할 겁니다. 당연하지요. 화이트비가 없어도 이곳은 마법사들의 땅입니다. 어째서 화이트비가 깨지고 러스킨이 물러나는 그 시점에서 카-구아닐이 루티아를 불태우지 못했겠습니까?"

타냐가 목소리에 힘을 싣자 회의실이 진동하는 착각이 일었다.

"구아닐은 인간 중에 자기를 죽일 존재가 있다면 그건 마법사뿐이라는 걸 알고 있을 겁니다. 이렇게 공을 들여서 러스킨을 자기편으로 만든 것이 그 증거입니다."

골베인은 타냐가 말하고자 하는 바를 눈치채고 먼저 말했다.

"마스터 타냐의 말이 옳소. 우리는 우리가 생각하는 것보다 더 강한 존재요. 사실 모즈들에게 공격당하는 동안 자신감을 잃었던 건 사실이오. 그러나 마법만 통한다면 정말 드래곤이 쳐들어와도 막을 수 있는 게 루티아 아니겠소?"

잠시 얼떨떨해 있던 루더도 힘없이 웃었다.

"모두에게 사과하오. 내 잠시 마음이 약해져 있었군. 재건에 대해서는 내게 맡겨 두시오. 탑과 케인스윅의 일은 마스터 골베인께서, 마을 일은 플로라가 맡으면 되겠군. 경비는……."

루더는 잠시 말을 끊고 생각에 잠겼다가 손을 저었다.

"친구들의 죽음과 러스킨의 일로 나의 통찰력이 이토록 무뎌져 있었다니! 미안하군, 마스터 타냐. 이제야 무슨 뜻인지 알겠어. 자네는 루티아에 남아 있지 않을 생각이군."

"루티아의 일은 세 분께 맡기겠습니다. 그리고 저는 떠납니다."

계속 듣고만 있던 플로라는 다급하게 말을 꺼냈다.

"저에게 맡겨진 임무가 너무 과중합니다. 한 사람이라도 더 필요한 시점에서 떠나시다니요, 마스터 타냐?"

"퍼거스나이에게 이곳의 경비를 위해 좀 더 힘을 빌려 달라고 부탁드려 보겠습니다. 부상이 심한 던멜도 어쩌면 여기 남아야 할지 모르겠습니다. 그러나 적어도 한 명, 지금 봐서는 로일이 저와 함께 사ー크나딜께 돌아가야 합니다."

로일은 호응하지 않는 눈으로 대꾸했다.

"내가 드래곤을 만나야 할 이유라도 있소? 오해하지는 마시오. 그 제안을 거부하는 것도 아니고, 딱히 불만이 있는 것은 아니니. 그저 내가 보기에도 다른 곳의 일보다 루티아의 일이 더 급한 것 같소. 적어도 여기가 아니라면 나는 아란티아로 돌아가는 게 옳지 않소? 적들의 눈이 전부 아란티아를 향하고 있다면 더더욱!"

안 그래도 아란티아가 최종 목표라는 말이 나오는 순간부터 로일의 눈은 불에 타오르는 듯했다. 타냐는 오히려 그 모습에 미소를 지었다. 그 미소를 받는 로일은 정작 아무렇지도 않은데, 멀리 떨어져 앉은 플로라가 당혹스러울 지경이었다.

'저분이 원래 저렇게 웃는 사람이었던가?'

"울프의 기사들은 자유분방하기 그지없지만 아란티아의 안전에는 하나 같이 민감하군요. 이기적이고 자기 발전 외에는 관심이 없을 것 같던 기사들이 화이트 게이트를 지키기 위해 죽음에서 살아난 기사들을 향해 두려움 없이 달려나간 모습은 지금도 선명하게 기억납니다. 당신도 마찬가지군요."

타냐의 부드러운 말투가 오히려 예전의 냉정한 말투보다 더 강한 설득력을 가졌다.

"우선 제가 가려는 곳은 마스터 크나딜 앞이 아니라 캡틴 카셀의 앞이라는 점을 알아두셔야 합니다. 카셀과 전 나름대로 머리를 써서 크나딜을 뵙기 위해 갖은 고생을 다 했으나 실제로 우리는 크나딜의 부름에 이끌린 것에 불과했습니다. 다시 말해 드래곤의 마스터께서 직접 카셀에게 뭔가 시킬 일이 있는 것이고, 그 일이 무엇이든 카셀 혼자서는 버거울 겁니다. 그러니 최소한 하얀 늑대 한 명과 루티아의 마스터 한 명 정도는 동행해야 할 겁니다.”

로일은 오래 고민도 않고 대꾸했다.

“카셀을 돕기 위해서라면 당연히 동행하겠소.”

가만히 듣고 있던 골베인과 루더는 놀라움을 감추지 못했다. 루더가 어이없어하는 목소리로 말했다.

“카, 카셀이란 자가 대체 누구이기에……? 여러 차례 그 이름을 들을 때마다 이해가 안 되는 일이 벌어지는군. 아무리 울프 기사단의 캡틴이라지만 루티아의 마스터가 스스로 그 밑에 들어가 고작 ‘동행’을 하겠다고?”

타냐는 대답하려다 말고, 커다란 눈동자만 몇 번 깜빡거렸다. 그녀의 침묵은 절로 회의실 전체의 침묵을 이끌어 냈다. 타냐는 눈을 감은 채 혼잣말처럼 중얼거렸다.

“저도 이상하군요. 아란티아에서부터 그랬어요. 쉐이든도 그랬고, 지금 로일도 마찬가지군요. 카셀의 이름은 이 까다롭고 고집 센 하얀 늑대들을 움직이는 열쇠가 되어 주었습니다. 그리고 저 역시 카셀의 이름에 움직이려 하고 있네요. 왜일까요?”

까다롭고 고집스러운 하얀 늑대라는 말에도 로일은 전혀 기분 나빠하지 않고 도리어 웃음을 지었다. 타냐는 다시 눈을 뜨고 말했다.

“마스터 크나딜은 인간들에게 가장 중요한 곳이 아란티아니 울프 기사단의 캡틴과 상의하자고 생각하신 게 아닌가 싶습니다. 거기에 루티아가 함께하는 건 당연하니 제가 움직이는 건 굳이 이상할 것도 없지요.”

루더는 그제야 수긍했다. 하지만 플로라는 오히려 그 설명이 사족 같았다.

'이미 행동을 결정한 다음에 왜 하는지 설명하는 꼴이야. 꼭 변명처럼. 타냐는 그냥 가고 싶은 거야.'

타냐는 모두를 돌아보며 말을 이었다.

"이제 루티아에서 물러난 적의 다음 목표가 어디인지 중요할 것 같군요."

골베인이 말했다.

"어쩌면 마스터 크나딜께서 캡틴 울프를 부른 건 그것 때문이겠군."

"우리가 할 일도 거기에 따라 저절로 정해지겠지요."

"고려해 둔 곳이 있소, 마스터 타냐?"

골베인이 물었다. 그러자 타냐는 퍼거스나이에게 레미프 언어로 물었다.

"프보에 레미프들의 나라 중 가장 큰 나라가 어디입니까?"

플로라는 그녀의 레미프어 발음이 굉장히 유창하다는 것에 놀랐다. 플로라도 알아듣기는 잘했지만, 저렇게 말할 자신은 없었다.

퍼거스나이는 지체 없이 대답했다.

"푸트나이, 타치셀, 라루튼. 세 나라가 비슷하며 그중 타치셀이 군사적으로 가장 강하고, 나라의 크기는 푸트나이가 가장 크다. 푸트나이는 사실 하늘 산맥 남쪽 레미프들 나라 중 가장 크지."

타냐는 레미프어를 모르는 사람들을 위해 그 말을 모두에게 전달한 후 말했다.

"그럼 푸트나이와 타치셀 두 곳 중 하나가 적들의 본거지일 겁니다. 구아닐과 함께한 러스킨이 어디로 갔는지도 예측해 볼 수 있겠지요. 그리고 그들의 다음 목표에 대해서도."

"그것 역시 아란티아 침공과 연관되어 있는 건가?"

루더가 물었다.

"물론입니다. 전략상 깊이 따져 볼 필요도 없이 설사 루티아 함락에 성공했다 하더라도, 그들이 곧바로 아란티아를 침공하지는 않았을 겁니다. 론타몬 정복 전쟁을 생각해 보십시오. 론타몬에게 최종 항복을 받아 낸 건 아란티아가 아니었습니다."

타냐가 벽에 붙은 대륙 지도를 바라보자 모두의 시선이 그곳을 향했다. 플로라는 어째서 타냐가 굳이 프보에 레미프들의 나라가 어디냐고 물었는지 알 수 있었다. 적의 군대가 집결해 하늘 산맥을 넘기에 어디가 가장 좋은 장소인지 물은 것이었다.

"구아닐은 하늘 산맥의 군대를 여기로 끌고 갈 겁니다."

타냐는 대륙의 한 나라를 손가락으로 짚었다.

가넬로크!

"납득이 안 가는 것은 아니지만…… 조, 조금 설명을 더 해주셨으면 좋겠는데요?"

플로라는 얼마 전에 마스터의 칭호를 받은 사람답게 자신감이 없었다. 그러나 주눅 들지 않으려고 열심히 노력했다. 타냐는 보자마자 그녀가 마음에 들었다. 지금도 그녀는 열심히 모르는 것을 묻고 알려고 했다.

"잠깐 언급했습니다만, 닷새쯤 전에 '죽지 않는 자들의 군주'가 아란 티아를 공격했습니다⋯⋯."

타냐는 잠깐 멈칫했다. 닷새가 아니라 다섯 달쯤 전 일 같았다. 다시 기운 내고 입을 열기에는 약간 시간이 걸렸다.

"로핀께서 알려 주신 바에 따르면 10년 전 익셀런 기사단을 주축으로 시작한 대륙 정벌의 배후 세력으로도 그가 존재하고 있으며, 동시에 마스터 테일드의 실종에도 깊이 관여되어 있습니다."

"그리고 하늘 산맥에서 벌어지는 이 일에도?"

루더가 물었다.

"생각해 보십시오. 구아닐과 익셀런 기사 간의 연결 고리는 전혀 없습니다. 모즈는 어디서 나타났겠습니까? 구아닐에게 창조의 힘이 있다고 보이진 않는군요. 그러나 그 정도로 막강한 힘을 가진 마법사가 도움을 준다면 얘기는 달라집니다. 그게 바로 죽지 않는 자들의 군주입니다."

"그런 추측이 명확한 근거라고 할 수는 없을 것 같소만, 마스터 타냐?"

골베인이 물었다.

"네, 말씀하신 대로 근거는 없습니다. 하지만 이미 하늘 산맥을 둘러싸고 절대 힘을 합칠 수 없는 세력들이 연합을 했습니다. 카—구아닐, 프보에 레미프, 익셀런 기사단, 모즈, 그리고 루티아의 그랜드 마스터. 익셀런은 죽지 않는 자들의 군주의 명령으로 하늘 산맥에 들어왔으며, 카—구아닐을 받들어 드래곤을 살해하고 다니는 중입니다. 지금은 그 근거를 밝혀내려고 노력할 시점이 아닙니다."

플로라가 손을 들더니 물었다.

"그럼 익셀런은 구아닐이라는 드래곤과 죽지 않는 자들의 군주, 양쪽 명령을 다 듣는 건가요? 그럼 그 둘은 동일한 위치에 선 존재라는 건가요?"

루더가 끼어들어 대답했다.

"쉽게 추측할 수 없는 문제긴 하나, 분명 어느 한쪽이 다른 한쪽을 지배하는 상하 관계일 게야."

타냐가 그 말을 이었다.

"저는 그 상하 관계의 가장 위쪽에 있는 자를 죽지 않는 자들의 군주라고 보았습니다. 그자가 구아닐에게 명령을 내리고, 구아닐은 레미프와 익셀런에게, 그리고 익셀런은 모즈들을 조종하는 식이지요. 거기에 카구아라는 괴물도."

"잠깐, 카구아와 익셀런은 같은 존재가 아니오?"

로일이 물었다.

"우리가 전설에서 끌어다 익셀런에게 이름 붙였을 뿐, 카구아라는 건 따로 존재하고 있었습니다. 구아닐의 부하 같은 괴물인데, 그 이야기는 조금 이따 다시 덧붙이겠습니다."

타냐는 그 괴물을 상대했던 순간이 떠올라 몸서리가 쳐졌다. 그러고 보니 아직도 카구아와 프보에 족 병사들이 하푸 근처를 지키고 있던 이유를 알지 못했다. 그들은 카셀 일행을 잡으려고 기다리던 게 아니라 '다른 일행'을 잡으려다가 우연히 마주친 것으로 보였다. 게다가 그들을 이끄는 레드워드라는 익셀런의 기사는 '하얀 늑대'라는 로핀의 소개에 놀라는 모습을 보였다.

'레드워드는 로핀을 만나기 전에 다른 하얀 늑대들을 만난 적이 있었던 거야.'

타냐는 갑자기 그 기억이 떠오르는 바람에 잠시 말을 멈췄다가 다시 입을 열었다.

"정리해 보면 이러합니다. 하늘 산맥의 사악한 연합 세력이 무너뜨리려는 최종 목표는 아란티아이며 그런 명령을 내리는 존재가 죽지 않는 자들의 군주입니다. 그리고 그는 아란티아의 새나디엘 여왕 폐하 앞에서 이런 말을 했으며, 자기가 한 말을 그대로 실천하려 들 겁니다."

순간적으로 타냐의 목소리가 모두의 귀에, 듣는 것만으로 죽음의 공포가 느껴질 만큼 음산하게 변했다.

"천 년 전, 드래곤의 피로 물들이면서까지 지켜 냈던 옐로우 게이트가 십여 년 전 전투에서는 피 한 방울 흘리지 않고 무너졌다. 그리고 론타몬의 대군에도 무너지지 않았던 그 골드 게이트가 어제는 사람 하나 죽지 않고 무너졌다……"

타냐는 다시 원래 목소리로 말했다.

"이번에는 울프 기사단과 카셀이 지켜 냈습니다만, 다음번에는 반드시 화이트 게이트를 무너뜨리려고 할 겁니다. 그리고 거기에 가장 큰 걸림돌이 되는 루티아와 가넬로크를 무너뜨리는 것, 그게 그자의 목적입니다."

사실 그것은 어느 정도 타냐의 추측이었다.

'살아 있는 어떤 존재도 울프 기사단을 꺾을 수 없고, 살아 있는 어떤 마법사도 아란티아의 여왕 앞에서는 힘을 쓰지 못한다. 하지만 죽지 않는 자들의 군주는 살아 있는 마법사라 할 수 없어. 그럼 그 싸움을

어떻게 바라볼 수 있을까?'

그것은 마치 뚫리지 않는 방패와 모든 것을 뚫는 창의 대결과도 같았다. 결국 죽지 않는 자들의 군주는 천 년 동안이나 방패를 두들겼고, 마침내 그 방패에 금이 갔다! 방패를 깨뜨리기 위한 마지막 전투를 위한 준비가 이 며칠 사이 막바지에 치달은 것이었다.

"크나딜께서 캡틴 울프를 부른 이유가 그러하고, 거기에 루티아의 마법사와 하얀 늑대 한 명이 필요하다? 확실히 놈들이 가넬로크에 총력을 기울이면 루티아를 공격할 여유는 없겠어. 놈들의 입장에서 보자면 우리는 이제 아란티아를 도우러 갈 수 없는 전력 외 존재니 공격할 필요도 없는 거겠지."

루더의 말에, 골베인이 웃으며 말했다.

"적어도 루티아는 아직 가장 취약한 부분을 지키는 성벽이 되어 주고 있지 않소, 마스터 루더? 우리가 할 일은 무너지지 않는 것! 그거 하나요. 그것만으로 적에게 다섯 게이트를 통과해야 하는 어려움을 안겨 주게 되는 거지요."

골베인은 자리에서 일어나 팔을 펼쳤다.

"루티아는 더 이상 그랜드 마스터의 자리를 비워 둘 수 없습니다. 빈자리가 많은 루티아노지만, 저는 이 자리에서 마흔다섯 번째 그랜드 마스터를 추천하는 바입니다!"

루더는 동의하며 타냐를 바라보았다. 그러나 골베인은 전혀 다른 사람의 이름을 불렀다.

"마스터 루더. 그 자리에 있어 줄 사람은 당신뿐입니다."

루더는 자리에서 벌떡 일어났다.

"이 자리에 마흔네 번째 그랜드 마스터의 수제자가 있거늘, 아니 설사 타냐가 아직 어려 그 일을 맡기 어렵다 치더라도 나는 아니요. 마스터 골베인, 케인스웍의 교장이 그랜드 마스터가 되는 일은 루티아의 역사 중에서 무려 열다섯 번이나 있어 왔던 일이오. 당신이 제격이오."

골베인은 빙그레 웃었다.

"소용없소, 루더. 이미 결정됐소."

타냐도, 플로라도 이미 거수로 찬성하고 있었다. 루더도 어떻게 따져 봐도 그 자리에 설 만한 사람이 자기밖에 남지 않았음은 이해하고 있었으나, 스스로 용납하지 못할 뿐이었다.

루더는 결국 포기하고 자리에 앉았다.

"적어도 생각할 시간은 주시오."

회의실의 문이 열리고 하이디의 부축을 받은 던멜이 모습을 드러냈다. 로일이 일어나 물었다.

"벌써 걸어도 되는 거냐, 던멜?"

하이디가 대신 대답했다.

"아직 걷기 어렵습니다. 하지만 루티아노에 꼭 할 말이 있다 하기에 억지로 모셨습니다."

던멜은 한 손으로만 간단히 수화로 로일에게 말했다. 로일은 고개를 갸웃하며 타냐에게 말했다.

"던멜이 당신에게 할 말이 있는 것 같소."

타냐는 의아해 하며 물었다.

"무슨 일이냐고 여쭤봐 주시겠습니까?"

"알아듣는 건 입 모양으로 할 수 있소."

로일의 말에 타냐는 같은 말을 던멜의 얼굴을 보고 말했다.

"무슨 일이죠?"

던멜은 수화로 말했고 로일이 전달했다.

"당신이 봐야 할 그림이 있다고 하오."

"그림?"

던멜은 잠깐 수화를 하던 손을 멈추고 가슴에 살짝 손을 댔다. 여기까지 걸어오느라 상처가 벌어진 모양인지 고통스러운 표정이었다. 그는 잠시 고통을 수습한 다음 수화를 이어 갔다. 로일이 통역했다.

"초상화가 하나 있소. 하이디가 그러는데, 그 초상화의 주인이 당신의 스승이라 하더군요."

"마스터 테일드의 초상화? 그게…… 어쨌다는 겁니까?"

타냐는 자기도 모르게 주먹을 꽉 쥐었다. 던멜은 긴 설명을 하려던 것을 멈추고 짧은 수화만 남겼다. 로일이 말했다.

"따라오라고 하고 있소. 직접 보여 주겠다고."

✦ Chapter 35 ✦
잠을 깨우는 무녀

카셀은 눈을 떴다. 한쪽 눈이 잘 떠지지 않았고, 억지로 뜨자 눈알이 빠질 정도로 아팠다. 처음에는 주변을 가득 채운 붉은빛만 보였다. 그 다음은 자장가처럼 들리는 누군가의 목소리가 귓가를 울렸다.

관절 마디마디가 온통 뻐근했고, 끈적끈적한 것이 몸 전체를 덮고 있어 불쾌했다. 하지만 동시에 가슴 한쪽에 맺혀 있는 따뜻한 기운이 피를 따라 몸을 맴도는 좋은 느낌도 공존했다.

카셀은 딱딱하게 굳은 머리카락을 털었다. 털 때마다 가루가 후드득 떨어졌다. 피가 굳어 깨진 가루였다.

그의 앞에는 시커멓고 거대한 짐승이 누워 있었다. 카구아였다. 크게 치켜뜬 눈이 그를 향하고 있었으나 그다지 무섭다는 생각은 들지 않았다.

기억을 가리고 있는 뿌연 막이 서서히 걷히며 과거의 일이 역순으로 떠올랐다. 카구아를 향해 마지막으로 소리치던 일과 타냐를 업고 동굴을 걷던 일, 절벽에서 떨어지는 순간에도 자신을 안던 타냐의 다급한 손길, 레미프들, 드래곤을 깨우기 위한 다섯…….

"아."

카셀은 아까부터 자기를 내려다보고 있는 드래곤을 발견하고 자리에서 벌떡 일어났다. 주위를 채운 붉은빛은 두 동강 난 카구아보다 훨씬 커다란 드래곤의 비늘에서 흘러나오고 있었다.

카셀은 서둘러 고개를 숙여 절했다.

"예를 다하지 못함을 사과드립니다, 마스터 드래곤. 아니, 마스터 크나딜."

옆으로 몸을 길게 늘어뜨리고 쉬고 있던 드래곤은 너그러운 시선으로 카셀에게 말했다.

"사과할 필요 없다. 모두에게 잠시 쉬는 시간이 필요했고 네가 그것을 제공했다. 지체하지 않고 일어나 준 것만으로 충분하다. 어차피 네가 일찍 일어났어도 우리는 기다려야 했으니 서두를 것도 없느니라."

크나딜의 목소리가 동굴 안을 쩌렁쩌렁 울렸다. 일부러 크게 내는 소리가 아닌데도 귀가 아팠다. 적응하려면 시간이 필요할 것 같았다.

'우리?'

카셀이 뒤를 돌아보니 로핀이 팔짱을 끼고 바위에 기대어 앉아 있었다. 그 역시 방금 전까지 자고 있었는지 눈자위가 빨갰다. 라이도 그의 옆에 같은 자세로 앉아있었다. 하얀 날개가 등에 깔려 있었지만, 별로 상관없는 모양이었다.

"와 주셨군요."

카셀은 절룩거리며 로핀에게 다가갔다.

"감사는 라이에게 하려무나. 몸은 괜찮나?"

"다리가 좀 아프군요. 그리고 이쪽 눈이 잘 안 떠져요."

"실명한 건 아닐 거다. '마법으로 치료했으니 좀 시간이 걸릴 뿐 회복된다.'라고 크나딜께서 그러시더라."

바위 조각이 자신의 눈을 뚫고 들어오던 순간을 떠올리는 것만으로도 같은 통증이 반복되어 눈이 시렸다. 카셀은 눈 밑을 비비면서 라이에게 다가가 말했다.

"고마워. 구하러 와 줘서."

라이는 붉은빛 속에서 더욱 딱딱해 보이는 표정으로 말했다.

"기다렸다. 네가, 깨기를."

"걱정을 끼쳐서 미안하군. 그리고……."

카셀은 주위를 다시 돌아보다가 물었다.

"타냐는요?"

"그 애는 루티아로 떠났다. 떠난 지 꽤 됐어. 바깥의 시간으로 치자면 현재는 밤이고, 지금쯤 그 애는 루티아에서 편히 자고 있지 않을까?"

"제가 그렇게 오래 잠들어 있었습니까?"

"그나마 타냐의 마법이 아니었다면 내일 아침에 일어났을 것이고 일어나더라도 이렇게 생생하게 움직이지 못했을 거다. 넌 그 애한테 죽을 때까지 해야 할 감사의 말 중 반쯤은 써 버려도 돼."

카셀은 우울하게 고개를 끄덕이며 다시 크나딜을 바라보았다. 크나딜은 잠을 자는 것처럼 턱을 바닥에 대고 엎드려 있었다. 똑바로 서면 자기를 올려다봐야 할 세 사람을 배려한 자세 같았다.

"여기 오기까지 많은 일들이 있었습니다. 그러나 그 일은 모두 알고 계시리라 생각하며……, 성급히 부탁드립니다. 저희들을 도와주십시오."

카셀의 말에 크나딜은 나직이 웃었다.

"우그들의 성격을 모르는 것은 아니나, 다들 하나같이 내게 그런 말부터 불쑥불쑥 내뱉는구나."

로핀이 뒤에서 거들었다.

"그만큼 우리의 일이 급하다고 말씀드리고 싶습니다."

"이해한다. 내가 너희들이 겪은 일을 전부 알 수는 없으나 단편적으로 보이는 너희들의 과거와 로핀이 해준 이야기를 종합해 보면…… 그래. 네가 굳이 설명하지 않아도 나는 어떤 이유로 도움을 청하는지, 왜 그리 서두르는지 알 수 있다. 그리고 말할 것도 없이 나는 그 일을 적극적으로 도울 생각이다."

"감사합니다. 저는 이 일을 설명하고 또 설득하기 위해 어떤 지혜를 짜내야 되는지 고민했습니다. 그러나 감히 드래곤들의 하이로드를 상대로 그런 어설픈 지혜를 내세워야 한다는 것에 얼마나 민망했던지……."

카셀은 진심으로 안도하고 있었다. 크나딜은 그 모습을 즐겁게 바라보다가 몸을 돌렸다.

"어쩌면 너의 마음에 찬물을 끼얹을 수도 있겠지만, 한 가지 정확히 해둬야 할 게 있구나. 우그들의 일을 돕고자 한 드래곤은 내가 아니다."

로핀이 놀라 카셀의 옆으로 다가왔다.

"그게 무슨 뜻인지요?"

"이런 중대한 일을 시간을 써가며 공들여 설명할 수 없는 점, 안타깝기 그지없다만, 그 못된 구아닐 녀석의 성급함에 나 역시 따라가지 않을 수 없구나. 자, 우그들과 레미프들의 싸움에 내가 끼어야 한다면 그건 너희들의 힘만으로 해결하지 못하는 큰일이며 또한 드래곤의 잘못이어야 하겠지."

크나딜은 고개를 끄덕이며 말을 이었다.

"맞다. 카셀, 너는 나를 설득할 필요가 없다. 드래곤들의 죄로 인하여 태어난 구아닐이 우그들과 레미프들을 해치려 든다면, 당연히 내가 나서야 하지. 그러나 두 가지 이유에서 나서기 어려움이 있다."

카셀은 가슴이라도 두들기고 싶은 심정으로 말했다.

"어째서입니까? 마스터 크나딜께서는 하찮은 형식에 얽매이지 않을 것이며, 저 같은 하찮은 존재를 시험하려고 굳이 제가 설득의 말을 꺼내길 바라지도 않으실 겁니다."

"내가 먼저 두 가지 이유를 말한 연후에 그런 절실함을 웅변해도 늦지 않다, 카셀."

"아, 저…… 죄송합니다. 듣겠습니다."

카셀은 입을 다물었다.

크나딜은 크게 몸을 일으킨 후 말했다.

"내가 어디까지 솔직하게 말하고 어디까지 성스러운 드래곤의 모습으로 남아 있어야 하는지 알 수가 없구나. 그러나 이 부분만은 솔직히 털어놓아야 너희들도 나의 사정을 이해하고, 이 지하의 일을 이해할 수 있겠지. 나는 구아닐을 이길 수 없다."

로핀은 눈을 동그랗게 뜨고 크게 말했다.

"우그들만이 할 수 있는 거짓말이라는 특권을 행사하시는 겁니까? 저에게 이 칼을 내주신 레-가넬-란도르께도 구아닐을 꺾을 수 있다 하셨습니다."

"한 걸음 앞밖에 내다보지 못하는 가넬. 여신께서는 그에게 힘을 주었으나 지혜까지 선물하지는 못하셨구나. 구아닐은 혼자가 아니다. 여기 하늘 산맥에만 해도 그에게는 강력한 원군이 있다."

"검은 기사 말씀이십니까? 그들이 여러 드래곤들을 살해하긴 했습니다만…… 그건 잠들어 있는 분의 머리에 창을 꽂는 비겁한 암살이었습니다."

"옳다! 기사들은 잠들어 있는 드래곤을 죽일 수 있으나, 깨어있는 드래곤을 어쩌지는 못하지. 그러나 깨어 있는 드래곤을 죽일 수 있는 존재가 둘 있으니, 하나는 구아닐의 칼을 가진 기사고 또 하나는 우그들의 마법사다. 내가 두려워하는 건 그 둘이다."

"우그들의 마법사? 루티아의 그랜드 마스터 말씀이시군요?"

로핀이 물었다.

"세상에는 하나에 하나를 더했을 때 둘 이상이 나오는 존재들이 있다. 그게 바로 사악한 마법사와 사악한 드래곤의 연합이다. 구아닐을 꺾는 건 어렵지 않지만, 구아닐과 연합하고 있는 존재까지 막기는 어렵구나."

"루티아의 그랜드 마스터라면 드래곤도 죽일 수 있는 마법을 가지고 있겠지요. 그렇다면 타냐는 어떻습니까?"

크나딜이 로핀의 말을 받았다.

"그래. 그 아이가 날 돕는다면 흐음, 구아닐과 루티아의 연합을 막아 볼 만도 하군."

"그럼 왜…… 말을 끊은 점 용서 바랍니다. 그럼 왜 타냐를 보내셨습니까?"

카셀은 크나딜을 탓하듯 말했다.

"이 모든 일이 최악으로 치닫지 않으려면 루티아는 아직 존재해야 한다. 너희들도 너희만의 사고로 지금 벌어지고 있는 일이 어디를 공격하기 위해서인지 알고 있지 않느냐?"

"아란티아입니다."

"그렇다. 루티아는 하늘 산맥으로부터 아란티아를 지키는 마법의 방패다. 그리고 타냐는 그 자리에 있어야 하지. 단, 마법의 방패가 안전해진다면 그 애는 다시 돌아올 것이다."

이번엔 로핀이 물었다.

"구아닐의 칼을 가진 기사란 또 누구입니까?"

"이름은 알지 못한다. 하지만 그를 막지 못하면 하늘 산맥은 멸망할 것이다."

"그 정도입니까? 칼을 가진 기사라면 제가 막겠습니다. 제 후배들 또한 하늘 산맥에 있습니다."

"글쎄, 그럴 수 있다면 다행이겠지."

크나딜은 진정 그렇게 해달라는 어조로 말했다.

"두 번째 이유는 내가 당분간 이곳을 떠날 수 없는 몸이라는 점이다. 드래곤을 살해하러 다니는 기사들 때문이지. 이 장소를 너희들이 찾아내 버리는 바람에 그자들에게도 들통난 셈이다. 그러니 난 더더욱 이

자리를 지켜야 한다."

로핀은 의아해하며 물었다.

"지킨다는 말은…… 무엇을 지킨다는 말입니까? 이 자리가 크나딜께서 거주하시는 장소 이상의 의미가 있습니까?"

"너희들에게 그 개념을 어떻게 설명해야 할까? 그래, 아란티아에서 왔으니 이렇게 설명하면 편하겠구나. 나는 로핀, 네가 아란티아에서 원래 가져야 할 그 지위에 있는 자다."

"죄송합니다만 저는 아란티아 내에서 하이로드도 아니고 귀족 가문의 자식도 아닙니다."

"그런데도 너는 하이로드와 같은 직위를 가지고 있지 않더냐? 아니, 내가 말을 잘못했군. 하이로드와 같은 직위를 가질 '뻔'했다 말해야겠구나."

"여왕…… 수호기사를 말씀하시는 겁니까? 확실히 제가 그 자리에 있을 수도 있었으나 저보다 그 일에 더 충실한 친구가 있어 양보한 게 사실이긴 하지요. 하면 크나딜께서는…… 오, 이런 제기랄!"

로핀은 크게 소리 질렀다가 얼른 입술을 탁탁 쳤다.

"용서하십시오. 이놈의 입이란 건 때로 인간의 의지에서 벗어나 버릇없는 말을 내뱉기도 합니다. 그러나 제 짧은 어휘력으로는 그 말밖에 안 나오는군요."

카셀은 크나딜의 말에서 힌트를 얻지 못했으나, 로핀의 반응을 보고 무슨 말인지 알았다. 카셀이 긴장하며 물었다.

"마스터 크나딜께서는 그럼…… '여왕 수호기사'이십니까?"

"내가 어찌 깨우지도 않았는데 깨어 있겠느냐? 드래곤의 섭리를 잘 모르는 우그라 할지라도, 이곳을 스스로의 지혜로 찾은 너희라면 이상한 점을 깨닫지 못했느냐?"

로핀은 잠깐 관자놀이를 누르며 생각을 정리하다가 말했다.

"그럼 크나딜 정도 되는 분께서 다른 누군가를 지킨다면 제가 아는 어설픈 지식으로는 한 분밖에 계시지 않습니다. 그건⋯⋯."

로핀은 차마 입을 떼기가 어려운지 입술을 핥았다.

"그건?"

카셀도 작은 목소리로 로핀의 말을 따라 했다.

"하늘 산맥의 여신 나디우렌이 아니십니까?"

로핀이 물었다.

"그렇다. 나는 드래곤들의 래플홉트이기 이전에, 나디우렌의 수호기사다."

여신의 수호기사라는 단어가 너무 비현실적이라, 카셀은 전혀 놀랍지 않았다. 오히려 냉정하게 속으로 여신이라는 것이 어느 정도의 존재인가 따져 보고 있었다.

반면 로핀은, 어머니의 원수라고 믿었던 마녀에게 '사실은 내가 네 어미다!'라는 말을 듣기라도 한 듯 충격에 빠졌다.

"저는 하늘 산맥의 여신이란, 상징적인 존재라고 생각했습니다. 인간의 종교에 등장하는 절대자처럼 말입니다. 그런데 그런 분이 이 동굴 안에 계시다는 뜻입니까?"

로핀의 물음에, 크나딜은 이해한다는 듯 말했다.

"신이라는 개념이 우그들에게는 쉽게 받아들여질 수가 없지. 여신이라는 존재 자체가 레미프들을 통해 전달되었으니 당연한 일일 게다. 하지만 그게 그렇게나 생소하게 느껴지느냐? 이미 나디우렌의 이름으로 전달된 검이 두 자루나 아란티아에 있을 텐데?"

"베나 에사르크와 베나 실크. 예, 맞습니다. 그랬죠. 하지만 그래봤자, 그 역시 상징적으로 무지 좋은 검이라고 생각했습니다."

"좋기만 한 검? 스스로의 의지가 있으니 조금쯤 의사 전달도 할 텐데?"

"가끔씩만 말을 거는 내숭쟁이 검이라고 생각했죠, 뭐."

"설명은 이만 됐다. 여신을 뵈러 가자."

"네? 지금요?"

"또 뭐 설명해 주길 바라느냐?"

"그게 아니라……."

카셀은 로핀이 이렇게 당황하는 모습은 처음이었다.

"미, 미리 알고 왔으면 좋을 뻔했군요. 진짜 이대로 그분을 만나 뵈러 가야 하는 겁니까? 숨 돌릴 시간이 필요합니다."

"시간이 없다고 성급하게 굴었던 우그가 할 말은 못 되는군."

크나딜의 콧김에 바닥의 먼지가 푹 올라갔다.

"미안하지만 이제는 내가 서둘러야겠다. 따라오라. 얘기도 가면서 하는 게 좋겠다. 카구아의 시체가 썩기 시작하는 공간에서 그분의 이름을 여러 차례 거론하고 싶지 않아. 그리고 이제는 카셀이 일어나지 않았다면 깨워서라도 데려가야 할 시간이야."

크나딜은 몸을 일으켜 동굴의 내리막길을 걸었다.

카셀이 타냐를 업고 죽을 둥 살 둥 하며 걸었던 그 길이었다. 이곳에서 타냐는 피를 토하며 몸부림쳤다. 그 후 그녀의 목소리가 달라졌다.

외모도 바뀐 모양이었다. 하지만 카셀은 그녀의 얼굴을 끝내 보지 못했다. 카구아가 나타나는 순간 눈을 다쳤고 타냐를 다시 보기 전에 기절해 버렸다. 기절하기 직전 바보 같은 말을 지껄였다는 민망함만 떠올랐다.

"으……."

말로만 듣던, 그렇게나 만나고 싶던 드래곤을 눈앞에 두었으며 이제 여신을 뵈러 간다는데도 카셀은 타냐 생각을 하고 있었다. 마지막 순간 그녀에게 뭐라고 했는지 몇 번이나 되짚어 봤지만, 그런 긴박한 상황에서 하기에 창피한 말뿐이었다.

'타냐는 날 거절했어. 미안하다고 했어. 그럼 더 이상 아무 말 말아야지! 대체 난 뭔 소릴 지껄였던 거야? 분명 날 멍청하고 비겁하고 지저분하고 귀찮게 달라붙는 놈이라고 생각하고 있을 거야.'

속도 모르는 라이가 뒤에서 물었다.

"여신을…… 뵙는 것이…… 괴로운가?"

"아니, 그건 아니야."

"그럼, 다른 이유?"

"응. 다른 이유."

"궁금하다. 다른 이유. 내가 돕는다."

카셀은 단호히 고개를 저었다.

"그 마음은 고맙지만, 절대 말해 줄 수 없어."

로핀이 한심하다는 듯 말했다.

"너는 지금이 얼마나 역사적인 순간인지나 알고 여자 생각이나 하는 거냐? 으이그."

카셀은 얼굴이 확 달아올랐다.

"시끄러워요!"

"좋아, 네 젊음을 고려해 주지. 그 나이면 그런 문제가 세상의 멸망보다 중요하기도 하니까. 난 너무 어렸을 때 그런 순수함을 잃어버린 탓에 너 같은 애를 보면 괜히 놀려 주고 싶더라고. 제기랄!"

"아니, 왜 로핀이 화를 내고 그래요?"

"부러워서."

크나딜의 발소리는 덩치에 비해서 굉장히 조용했다. 카셀은 드래곤이라면 으레 동굴을 쩌렁쩌렁 울리는 발소리를 낼 거라고 생각해 왔다. 실제로 드래곤을 노래하는 많은 시에서는 항상 귀청을 찢는 포효와 웅장한 발소리를 강조했다. 하지만 크나딜은 거의 발소리를 내지 않았다. 마치 누군가의 잠을 깨우지 않기 위한 조심스러운 발걸음 같았다. 그래서 로핀의 목소리는 상대적으로 크게 들렸다.

"그나저나 넌 언제부터 타냐를 좋아하게 된 거냐?"

"말 안 할래요. 틀림없이 놀릴 테니까."

"안 놀릴게. 나처럼 늙고 병들면 젊은이들의 그런 얘기를 듣기만 해도 좋거든. 말해 다오. 어서."

로핀은 어깨로 카셀의 어깨를 툭툭 쳤다. 안 그래도 어지러운데 그가 치니 더 어지러웠다. 이대로 뒀다간 하루 종일 이럴 것 같았다.

"도서관에서 저와 함께 책을 찾아 주었을 때였던 것 같습니다. 처음에 만났을 때는 조금 무서웠지만 보이는 외모만큼 무서운 사람은 아니었지요. 왜 그런 거 있잖습니까? 두려움이 가시고 나면 더 친근감이 드는……. 비유가 적절할지 모르겠지만, 어렸을 때는 아버지를 두려워하지만 크고 나서 아버지라는 남자를 이해하게 되면 어머니보다 더 친해지는……."

"난 아버지랑 만날 때마다 대판 싸워서 별로 공감이 안 되는데?"

"어쨌든 같이 밤새 도서관의 책들을 뒤적이며 눈을 마주하니 두려움이 호감으로 변했습니다. 늑대가 되어 저를 업고 달리는 순간 정말 좋은 친구가 되겠구나 했지만, 여전히 접근하기가 어려운 여자였던 터라……."

카셀은 말해 놓고 창피한 나머지 뒤통수를 긁적였다. 로핀은 입김을 세게 내뱉었다.

"똑! 같은 것들끼리 만났군. 둘 다 도서관이었냐? 도서관에서 밤새 우면서 인연을 만드는 건 매년 졸업 시험 준비하다가 눈 맞아서 시험 날려 먹는 왕립 학원 학생들 몫이야."

"꼭 지목하라면 거기라는 거죠. 어떻게 감정의 분기점을 한 장소, 한 시간으로 지정할 수 있겠습니까?"

카셀은 퉁명스럽게 말했다가 걸음을 멈췄다.

"잠깐만요, 로핀."

"응?"

"타냐는 제게…… '미안하다.'고 말했어요. 그런데 둘 다 도서관이라는 건 무슨 소립니까?"

로핀도 걸음을 멈췄다.

"이런, 이런, 이런, 제기랄! 젠장! 빌어먹을!"

그리고 발을 동동 굴렀다. 카셀은 영문을 몰라 그가 하는 행동을 지켜보기만 했다.

"아껴두면 두 녀석 안절부절못하는 꼴 보며 즐길 수 있는 절묘한 상황을 내가 까발려 버렸어! 난 타냐가 하도 다정하게 널 끌어안고 있어서 당연히 서로 간의 교감이 이루어진 후라고 생각했건만, 것도 아니었잖아? 너희 둘 다 연애 처음 해보는 숙맥이란 사실을 깜빡했어. 으아, 아까워라!"

"타냐가 뭐라고 그랬는데요?"

카셀은 자기가 안달할수록 로핀이 좋아할 거라는 걸 알면서도 매달렸고, 예상대로 로핀은 그 뒤를 얘기하지 않았다. 심지어 목소리와 분위기도 갑자기 바꿨다.

"쉿. 이곳은 여신의 성전이다. 자중할지어다. 캡틴 카셀. 목소리는 낮게, 자세도 낮게. 불순한 생각은 버려라."

로핀은 입술에 검지를 갖다 대고 걸음만 빨리했다.

'라이가 내 명령에 절대복종한다면 로핀의 목에다 칼을 들이대라고 말했을 거야. 아니, 그 정도는 절대복종까지는 필요 없지 않을까? 라이는 늘 로핀이랑 싸우고 싶어했잖아.'

카셀은 갈등에 빠졌다. 로핀은 카셀의 속마음이 다 들여다보인다는 듯 말했다.

"너야 상관없지만 내가 다 말해 버리는 건 타냐에 대한 예의가 아니다. 여자의 마음을 소중히 해 줘야지. 난 이런 일에 옆 사람 끼는 건 딱 질색인 사람이야. 그래도 이왕 내가 누설을 해 버렸으니 충고라도 하나 해 주지. 타냐의 외모가 바뀌었다고 마음을 바꿔선 안 된다."

로핀은 항상 자기를 미워할 거리를 잔뜩 던져 놓고는 마지막에 근사한 말을 끼워 넣었다. 그것도 항상 절묘하게. 그러니 더욱 얄미워지는 카셀이었다.

잠을 깨우는 무녀
347

"안 바뀌어요."

"아무리 과거가 시궁창이어도?"

"바뀌지 않아요."

"자신할 수 있어?"

"제게 중요한 건 타냐의 마음이니까요."

"웃기시네. 타냐의 얼굴 보고도 그 말 나오나 보자. 남자는 다 똑같아!"

카셀은 로핀을 노려보았고 로핀은 키득대면서 앞장서 가버렸다.

'대체 타냐가 얼마나 흉하게 변했기에 저러는 거지?'

너무 저렇게 경고하니, 카셀은 조금 무섭긴 했다. 하지만 곧 마음속이 따뜻하게 차올랐다.

'타냐는 거절한 게 아니야. 아니었어!'

천장이 조금 낮아지고 동굴의 폭도 조금 좁아졌다. 크나딜은 자세를 낮춰 걸었고 따라 걷는 셋도 괜스레 고개를 움츠리게 되었다.

"음, 제가 실수하는 거라면 미리 사죄드리겠습니다. 혹시 여신 나디우렌은 드래곤이십니까?"

카셀이 물었다.

"지금까지 한 얘기를 뭘로 들었느냐? 하늘 산맥의 여신이라면 당연히 드래곤이지."

크나딜이 대답했다.

"그럼 그분은 지금…… 주무시는 게 아닙니까?"

카셀이 놀라며 물었다.

"그러하다."

"그럼 깨우는 건 마스터 크나딜께서 직접?"

"레미프와 드래곤 사이에 맺어진 규칙은 드래곤이라 할지라도 깰 수 없다. 그건 규칙이기 때문에 그런 것이 아니라, 그런 것이기 때문에 규칙으로 만들어진 것이다."

"그럼 결국 나디우렌을 깨우기 위해서는 레미프의 무녀가 필요하다는 말씀 아니십니까?"

"그러하다. 또 신탁을 언급하게 만드는구나. 드래곤을 깨우기 위한 다섯 명의 첫 번째를 '잠을 깨우는 무녀'라 내가 지목하지 않았더냐? 가장 중요하기 때문이지."

"시나비아! 우리는 시나비아를 두고 왔어요."

카셀은 로핀에게 소리치듯 말했다.

로핀도 그제야 깨닫고 크나딜을 올려다보며 말했다.

"저도 그런 생각을 잠시 했습니다. 크나딜께서는 벌써 기상해 계신데 대체 누구를 깨우기 위한 무녀인가 하고 말입니다. 그 의문은 이제 풀었습니다. 신탁으로 말씀하신 잠을 깨우는 무녀란 레-논틸도, 사-크나딜도 아닌, 여신 나디우렌을 깨우기 위한 레미프였군요. 하지만 우리와 함께 출발한 시나비아라는 무녀는 자신의 기더가 끝이 났다며 물러났습니다. 그럼 누가 여신을 깨우는 겁니까?"

"내가 부르면 스스로 일어나시기도 하지."

크나딜이 말했다.

카셀은 겨우 가슴을 쓸어내렸다.

"그럼 다행이군요."

"하지만 시간이 조금 걸린다."

"그게 며칠 정도 걸립니까?"

"너희들이 말하는 '일'이라는 단위로는 잴 수 없다. '달'로도 잴 수 없지."

카셀은 심장이 덜컥 내려앉았다.

"그래서 잠을 깨우는 무녀가 필요한 것이었다. 그래, 오랜만에 입을 열어 대화하는 즐거움에 내가 너희들을 너무 괴롭히고 말았구나."

크나딜은 하푸의 거친 바닥을 지나 또 다른 굴을 통과해, 몇 번 방향을 꺾었다. 그 과정이 너무 복잡하여 카셀은 도저히 길을 다 외울 수가 없었다.

"걱정 마라. 나디우렌께서는 벌써 깨어나 계시다. 아직 직접적인 대화를 할 수 있는 정도는 아니지만. 그러니 걱정 마라."

"누가 깨웠습니까?"

로핀이 물었다.

"잠을 깨우는 무녀가."

크나딜은 간단하게 대꾸했다.

"무녀라고요? 시나비아는 아닐 것이고."

로핀은 밑으로 내려갈수록 점점 밝아지는 길의 끝을 주시하며 말을 이었다.

"그러고 보니 근 오백 년보다 최근 일주일간의 방문이 더 많다고 하셨지요? 그럼 우리 외에 또 다른 방문자가 있었다는 뜻입니까?"

"그래. 예상치 못한 동행을 이끌고 잠을 깨우는 무녀가 이곳을 찾았다. 내가 이끌었기 때문이기도 하지만, 그 아이 스스로의 강한 의지가 절대 찾아낼 수 없는 이곳을 찾아냈지. 그 아이는 우그인 너희보다도 다급하게 나를 재촉하여 여신을 깨웠다. 그리고 그 아이를 데려온 동행은 정말 나타났다가 사라졌다고 할 만큼 급히 떠나 버렸지. 이러니 내 우그들의 성급함을 논하지 않을 수 있겠느냐?"

크나딜은 붉은빛이 틈에서 새는 거대한 돌문에 살짝 손을 댔다. 거의 힘을 주는 것 같지도 않았는데 약간의 마찰음만 내며 문이 열렸다. 문이 반만 열렸음에도 안에서 보이는 강렬한 붉은빛에 로핀과 카셀은 동시에 감탄사를 내뱉었다.

문이 모두 열렸고 그곳에 하늘 산맥의 여신이 있었다.

나디우렌.

하늘 산맥의 여신은 크나딜과 거의 비슷한 크기를 하고 진홍색 비늘을 갑옷처럼 온몸에 두른 드래곤이었다. 세 줄기로 뻗어 나간 은빛의 뿔이 왕관 대신 머리를 차지하고 있었고, 한 쌍의 다른 뿔은 머리카락처럼 얼굴 옆을 가로질러 뺨을 가리고 있었다. 등에 접혀 있는 날개는 숨소리에 맞춰 위아래로 들썩이고 있었다.

주위를 채운 하얗고 투명한 돌들이 두 마리 드래곤의 붉은빛을 흡수하여 눈을 어지럽게 할 만큼 반짝였다. 천장에는 돌고드름이 보일 듯 말 듯 투명하게 매달려 있었다.

여신은 아직 눈을 감고 있었다. 그리고 그 여신 앞에 검은 피부의 프보에 레미프가 쓰러져 있었다. 몸집이 작은 여자였음에도, 라이는 반사적으로 경계하는 모습을 보였다. 크나딜은 쓰러져 있는 레미프 여인을 건드리지 않으려고 조심조심 걸으며 말했다.

"대단한 레미프다. 나디우렌의 긴 수면을 깨우는 데는 다른 드래곤을 깨우는 것과는 차원이 다른 엄청난 힘이 소진되며 그 시간 역시 길지. 하지만 저 아이는 단 하루 만에 해야 할 일을 해내고 탈진하여 쓰러지고 말았다. 마치 자신의 생명을 소진할 듯이 온 힘을 다했지. 내가 신탁으로 부른 무녀는 이 아이였다."

크나딜과 나디우렌, 그 두 마리 드래곤이 나란히 있는 것은 말로 형언할 수 없는 장관이었다. 그런데도 카셀은 쓰러진 레미프 여인에게 먼저 눈이 갔다. 로핀이 물었다.

"제가 여기 오기 전에 듣기로 프보에 레미프들은 드래곤을 죽이는 일을 돕고 있다고 했습니다."

"프보에, 즈비, 그것은 레미프들이 정한 단어지. 여신께서 어찌 하늘 산맥의 종족을 차별하시겠느냐? 나 역시 마찬가지."

"프보에 족들 중 일부가 자기들의 신을 배신했다고 하던데요."

"레미프들 중 일부가 배신했지. 그럼 내가 신탁에서 레미프들 전부를 배제해야 하느냐?"

"뭐, 모든 프보에 레미프가 배신한 건 아니라는 뜻으로 받아들이면 되겠네요. 어느 나라의 무녀입니까?"

로핀이 쓰러져 있는 여자 옆으로 다가갔다. 카셀과 라이도 조심스러운 발걸음으로 따라갔다. 단지 여신의 공간이기 때문에 조심스러운 건 아니었다. 그 무녀에 대한 예의와도 같았다.

"라루튼의 무녀이면서 동시에 공주다. 이름은 세르메이라고 하더군. 그리고 그 애를 데려온 전사 역시 너희처럼 우그였다."

카셀은 조바심을 내며 물었다.

"그 전사의 이름은 무엇입니까?"

"너무 급한 나머지 자기가 아란티아 울프 기사단 중 하나라고만 밝히더군. 대담하게도 자기가 구아닐을 죽이겠으니 그에 걸맞은 무기를 하나 달라고 요구했다. 구아닐의 죽음이 그 아이의 기더에 있는지 시험도 해 볼 겸, 베나라고 이름 붙일 만한 것은 못 되나 드래곤을 죽일 수 있는 검을 한 자루 내주긴 했지. 한 달쯤 시간을 줬으면, 로핀 네가 차고 있는 검 정도는 내줄 수도 있었는데, 안타깝더구나."

카셀은 침을 삼키고 물었다.

"남자였습니까?"

"남자였다."

그럼 누구인지는 더 묻지 않아도 알 수 있었다.

"혼자였습니까?"

"혼자였다."

"언제 떠났습니까?"

"이틀 전 밤이다."

카셀은 아직 그가 살아 있다는 것에 안도했으나, 이내 혼자였다는 것이 마음에 걸렸다. 카셀은 로핀에게 물었다.

"아즈윈이 같이 있어야 해요. 어째서 오지 않은 걸까요? 그리고 저 세르메이라는 무녀와 같이 왔다면 왜 깨어나길 기다리지 않고 떠난 거죠?"

"아무래도 저 프보에 족의 무녀가 깨어나면 물어볼 것이 많겠군."

로핀이 걱정스럽게 말했다.

잠시 둘의 대화를 기다려주던 크나딜은 천천히 몸을 세우고 목을 천장 쪽으로 길게 뺐다.

"자, 카셀, 로핀, 라이. 하늘 산맥의 여신 앞에 예를 갖춰라. 이제부터 나는 그분께 이 몸을 빌려 드려, 그분의 목소리를 내겠노라."

셋은 한쪽 무릎을 꿇고 고개를 숙였다. 크나딜의 입에서 천둥과도 같은 소리가 터져 나오더니, 이내 굵지만 부드러운 여자의 목소리가 흘러나왔다.

"루이브 드루 워브츠 압 드라즈 느하이커, 마이 클라트버트."

"내 목소리에 귀를 기울이거라, 나의 아이들아."

레미프어와 인간의 언어가 겹쳐서 들리던 여신의 목소리는 곧 인간의 언어로만 들렸다. 하지만 여신의 목소리가 라이에게는 레미프어로만 들렸다는 것은 나중에 알게 되었다.

"나는 하늘 산맥을 지배하는 나디우렌이며 모든 드래곤들의 하이로드인 사—나딜이다."

목소리가 닿는 공간 안의 모든 것이 드래곤 앞에 경배해야 할 것 같은 웅장한 기운이 느껴졌다. 목소리를 타고 후끈한 열기가 금방 동굴 안을 채웠다. 카셀은 꽉 짓눌려 질식할 것 같은 무거움을 이겨내고 겨우 입을 열었다.

"말씀하십시오. 들을 준비가 되었습니다."

카셀은, 로핀도 뒤따라 말할 줄 알았다. 더 경험도 많고 용기도 있는 사람이니 앞으로의 대화는 모두 그가 이끌어 줄 거라고 기대했다. 하지만 그는 오히려 카셀보다 더 힘들어하며 고개를 들지도 못했다. 심지어 라이도 그랬다.

하는 수 없이 카셀이 말을 계속해야 했다.

"아니면 먼저 저희가 겪은 일을 말씀드려야 하나이까?"

"크나딜의 기억 안에서 너희가 가져온 이야기를 읽었다. 그리고 다른 곳에서 벌어진 일은 나를 깨운 아이가 이야기해 주었다. 너희가 다시 반복할 필요는 없다."

여신의 말 중간중간에는 알아들을 수 없는 언어가 종종 메아리처럼 울렸다. 그것은 레미프들의 언어도 아니었고 아크랜드에 존재하는 언어도 아니었다고, 로핀은 나중에 설명해 주었다.

살아 있는 존재는 잊어버린 고대어였던 것이다. 하지만 카셀에게는 이상하게도 그 언어가 익숙했다.

"나는 하늘 산맥 안에서 일어나는 모든 일을 볼 수 있었다."

여신의 메아리 같은 목소리는 인간의 언어로 듣고 있음에도 아닌 것처럼 착각을 일으켰다.

"그러나 최근 몇 년간은 그러지 못했다. 결국 이 지경이 될 때까지 나와 크나딜은 방관할 수밖에 없었지."

"볼 수 없게 된 이유가 지금 벌어지고 있는 사건들과 관련이 있습니까?"

"카-구아닐. 그 녀석이 하늘 산맥을 살펴야 할 나의 시야를 어지럽혔다. 하늘 산맥의 장막이 약해진 것인지 아니면 그 녀석의 힘이 강해진 것인지, 그것도 아니면 둘 다인지……."

"아뢰옵기 황공하오나 구아닐은 현재 하늘 산맥 안에 있습니다."

"이름이란 실로 중요한 역할을 하지. 너희들은 같은 사물이 다른 명칭으로 불리는 일로 혼선을 빚었던 걸로 안다."

크나딜의 얼굴을 한 사-나딜의 머리가 천천히 밑으로 내려와 카셀과 시선을 맞추었다. 눈동자를 가리고 있는 긴 눈썹은 어딘지 모르게 카셀이 알고 있는 사람을 연상시켰다. 당장 그 사람이 누구인지는 떠오르지 않았다. 그런데 심지어 지금 상황이 한 번 겪은 적이 있는 일처럼 느껴졌다.

"카구아, 그것은 카―구아닐이 자신의 피를 응축시켜 만들어 낸 생명체들이지. 드래곤이라 부를 수도 없고 하늘 산맥의 자식들이라 부를 수도 없는 괴물들. 그러나 너희들은 우그의 드래곤 사냥꾼들을 카구아라고 불렀었지."

"예, 그 날개 없는 괴물을 직접 보기 전까지는 익셀런의 기사들을 카구아라고 착각하고 있었습니다."

"프보에의 레미프들도 익셀런이라는 사냥꾼들을 이구셀런이라고 불렀다. 고작 10년이라는 찰나에 일어난 망각이었고 검은 망토 하나를 꿰뚫어 보지 못해 일어난 착각이었지. 하물며 천 년의 시간 동안 레미프들조차 잊어버린 이름을, 천 년이라는 시간을 기억이 아닌 역사라 부르는 우그들이 알 수 있겠느냐? 애초에 기억조차 없었으니 이는 착각이 아니라 무지라 불러야겠구나."

카셀은 여신의 말을 이해하려 애쓰며 대꾸했다.

"심지어 저희들은 천 년을 역사라 하지 않고 전설이라 부르기도 합니다. 아마도 드래곤들께서 역사라 부르는 일을 우리는 신화라 불러야 할 겁니다."

"너는 꾸준히 말을 할 수 있구나. 살아 있는 생명이 내 앞에서 입을 여는 것이 쉽지는 않을 진데 어찌 그렇게 쉽게 입을 열 수 있느냐?"

속삭이는 듯 말을 하는 여신의 목소리에는 웃음기가 묻어 있었다.

여전히 위압감 가득하고 굵고 강한 어조였는데 카셀은 묘하게 여신이 웃으며 말하고 있다는 생각이 들었다.

여신의 목소리를 대신하고 있는 크나딜의 얼굴 표정은 조금도 변하지 않고 있는데도 카셀은 표정 역시 미소 짓고 있다고 생각했다.

'말이 많다고 탓하는 게 아니야. 정말 궁금해서 묻는 거야.'

옆을 보니 로핀은 아직도 고개를 들기 힘들어하고 있었고, 라이도 무릎을 꿇은 그대로 고정되어 있었다. 마치 카셀에게만 시간이 흐르는 것 같았다. 다시 여신이 말했다.

"오호라, 즈토크 워그. 베나를 상쇄할 또 다른 힘이 있다면 인간의 힘으로 드래곤의 힘을 복사해 낸 그 칼뿐이겠지. 그 칼을 만든 장인의 이름을 듣고 싶구나."

"르고라 합니다."

"그에게 나의 찬사를 들려주어라."

"르고에게 최고의 칭찬이 될 것입니다."

"네가 그 칼을 가지게 된 것이 그 칼의 기더인지, 너의 기더인지 따져 볼 일이구나. 훗날 하늘 산맥을 통과하게 된다면 그 칼이 너와 네 친구들을 안내할 횃불이 되어 줄 것이다. 아마도 그 일을 위해 그 칼이 너에게 갔을 것이다."

"횃불이라는 게……, 어떤 기적인지 여쭈어도 되겠습니까?"

"기적이란 예상치 못한 일을 이끌어내기 때문에 기적이라 부르지 않겠느냐? 그리고 그런 일을 하는 우그를, 너희들은 마법사라 부르지. 그러니 어떤 기적이 될지는 네가 스스로 결정하여라."

"저는 마법사가 아닙니다."

카셀은 변명하듯 대꾸했다.

"마법사에 대한 정의는 옆에 있는 너의 동료가 대신 설명해 줄 일이다, 하늘 산맥의 마법사! 지금 내가 설명할 일은 오직 하나, 카-구아닐의 존재다."

"여신께서는 구아닐이 하늘 산맥에 있지 않고 대륙에 있다 하셨습니다. 그럼 얼마 전 검은 옷의 마법사와 함께 저를 공격한 그 드래곤의 이름 역시 무지에 따른 저의 착각입니까?"

"미묘한 착각이라 할 수 있지. 네가 아는 검은 드래곤은 카-구아닐의 후손이며, 후손이므로 같은 이름을 쓴다."

그동안 침묵을 지키던 로핀이 입을 열었다.

"두 개의 다른 존재를 하나의 명칭으로 부르고 있는 셈입니까?"

카셀은 로핀을 슬쩍 돌아보았다. 로핀은 이제야 겨우 여신의 목소리에 적응하고 카셀을 돌아볼 여유가 생겼다. 이제 보니 로핀이 차고 있는 베나 에실크는 격렬하게 번쩍이며 여신의 목소리에 반응하고 있었고, 아란티아의 보검 역시 거기 못지않게 빛을 냈다 거뒀다 하고 있었다. 칼집에서 꺼내 놓으면 드래곤들의 붉은빛에 맞서는 또 하나의 광원이 될 것 같았다.

로핀은 숨을 몰아쉬며 겨우 궁금한 걸 물으려고 했다. 그러나 나디우렌이 그보다 약간 먼저 말을 꺼내 그는 말을 할 기회를 놓쳤다.

"쉽게 대화를 이끌어 가기 위해 나도 호칭에 관한 문제를 정리할 필요가 있구나. 너희들은 내가 카-구아닐이라고 부르는 자를 '죽지 않는 자들의 군주'라고 부르고 있다. 아마 너희 셋 중 둘에게는 그쪽이 익숙한 이름이겠지?"

두 사람이 말을 못하는 것에 상관없이 여신의 이야기는 계속되었다.

"이런 장황한 이야기를 이제 와서 늘어놓는 것은 너희 인간들에게는 지루한 역사 강의에 불과하고 나에게도 괴로운 기억을 더듬는 작업이 될 것이다. 그러나 앞으로 있을 일을 논하기 위해서는 빼놓을 수가 없구나. 네가 신화라고 언급한 부분은 무의미하니 빼겠다. 이 자리에 있는 모두에게 의미 있는 시간은 아마 천 년 전 인간들의 세계에서 있었던 드래곤들의 전투부터일 것이다. 허면 그 이야기를 내가 어찌 설명하면 좋겠느냐? 내게도 천 년은 긴 시간이다."

여신은 머릿속에 엉켜 있는 실타래의 끝을 찾아내는 듯, 약간의 시간을 지체했다. 그러나 막상 꺼낸 말은 크나딜의 기억에 의지한 카셀의 정체였다.

"그렇구나. 네가 울프 기사단의 캡틴이라면 나로서는 이야기하기가 편하지. 이것은 울프 기사단의 역사이기도 하다. 그러니 이건 네가 계승해야 할 이야기이고 임무다, 캡틴 울프."

"울프 기사단의 역사가 곧 천 년의 아란티아 역사라는 말은 들었습니다."

"그렇다. 나 역시 천 년 만에 만난 캡틴 울프라 무척 설레는구나."

카셀은 이 웅장한 공간 안에서 또 다른 전설을, 여신의 입으로 듣는다는 것에 가슴이 터질 듯 복받쳐 올랐다.

"중요한 이야기가 아닐지 모르나 천 년 전 캡틴 울프는 어떤 분이셨습니까?"

여신 나딜은 주먹을 쥐고 잔뜩 긴장한 얼굴로 자기 말을 기다리는 카셀을 보더니 말했다.

"이상한 말을 하는구나, 아이야. 네가 진짜 캡틴 울프라면 아란티아의 첫 번째 캡틴은 이미 만났어야 하지 않느냐?"

카셀은 허탈하게 웃었다.

'아무리 여신이라 해도 드래곤의 시간관념을 인간에게 맞추기는 어려운 모양이구나.'

카셀은 예의에 어긋나지 않길 바라며 말했다.

"외람된 말씀이오나, 사-나딜이시여. 저는 한낱 우그에 불과하며 그것도 이제 겨우 스무 살 조금 넘은 어린아이입니다. 어찌 그 먼 시간 전에 존재했던 분을 제가 알겠습니까?"

"내가 직접 아란티아와 영원히 함께할 축복을 내려준 아이가 너를 만나지 않았다고? 그럴 리가 있나?"

"예?"

카셀은 당황해 로핀을 쳐다보았고 로핀은 더욱 당황해 카셀을 바라보았다. 카셀은 이후로 다시는 로핀이 저렇게 놀라는 모습을 보지 못할 거라 생각했다.

"보아라, 이것이 내가 너희들에게 해 주고 싶은 이야기다."

사-나딜의 모습이 일순 사라졌다.

카셀은 갑자기 밝아진 하늘에, 눈이 부셔 눈을 감았다. 아직 한쪽 눈은 떠지지도 않았고 뜨고 있는 다른 쪽 눈도 갑작스러운 명암 변화에 따끔거리며 아팠다. 하지만 그것은 바위 조각에 찔렸던 상처 때문이 아니었다.

겨우 눈을 깜빡거리며 주변을 살펴보니 어느새 카셀은 동굴이 아닌 밖에 나와 있었다. 거기에 긴 갈색 머리의 소녀가 붉은 빛깔의 거대한 드래곤을 마주하고 있었다.

붉은 드래곤이 갈색 머리의 소녀에게 말했다.

"네가 나를 닮은 이름을 가지고 나의 영혼을 닮아 태어난 아이구나."

"예, 제 이름은 나디엘입니다. 저 역시 당신의 꿈을 꾸고 여기에 나와 보았습니다."

소녀가 말했다.

"우리 둘을 이곳으로 이끈 기더가 무엇인지 궁금하다. 내 예지는 하늘 산맥 안에 한정되어 있지 않으나, 어찌하여 너는 나의 예지 안에 들어있지 않느냐? 스스로 말해보라. 네가 하고 싶은 일이 무엇인가?"

"태어나 자란 이곳이 그대로이길 바랍니다."

"이루거라."

"당신의 이름을 따 여기에 도시를 세우겠나이다."

"허락한다."

"그 힘으로 제 꿈에 나타난 검은 존재와 싸우겠나이다."

"검은 존재가 누구더냐?"

"하늘 산맥에서 당신과 닮았으나 당신과 완전히 다르고, 당신의 힘을 가졌으나 사악함이 깃들어 도저히 끝까지 쳐다볼 수 없는 자였습니다."

"내게 너의 꿈을 보여라."

소녀의 꿈속이 보였다. 검은 구름이 하늘을 가리고 있었고, 그 구름이 땅에 내려온 듯 대지를 뒤덮고 있었다. 눈 덮인 바위에 앞발을 걸치고 대륙을 노려보는 검은 드래곤이 한 마리 있었다. 검은 구름은, 구름이 아니라 드래곤이 날아다니며 대지를 태우는 연기였다.

그곳에 회색 로브의 마법사가 서 있었다. 검은 드래곤은 내려와 그 마법사가 내민 손등에 입을 맞추었다. 로브 안에 보이는 얼굴은 살아있는 사람이 아니라, 썩은 살점만 붙은 해골이었다.

해골의 입이 열리며 축축한 목소리가 터져 나왔다. 그것은 이 꿈의 주인인 소녀를 향한 경고였다.

"길이 열릴지어다. 그리하면 네 영혼을, 날 찬미하는 마지막 만찬으로 올려놓으리라."

그러나 소녀는 당당히 소리 질렀다.

"나의 이름은 나디엘이다. 너의 이름을 밝혀라. 결코 네 이름이 내 앞에 서지 못하게 해주마."

"지금까지 나는 죽음이라 불리었으나, 나를 만나기 전까지는 나를 구아닐이라 부르라. 그때까지 이 드래곤이 나를 대신하리라. 그러나 네가 나를 만나면 하늘 산맥 남북의 모든 존재는 나를 다른 이름으로 부르게 되리라."

회색 로브의 마법사가 소리쳤다.

"죽지 않는 자들의 군주!"

소녀의 꿈은 그것으로 끝났다.

모든 꿈을 지켜본 드래곤은 소녀에게 칼을 내주었다.

"이 칼은 베나 실크다. 인간 세상에 존재해선 안 되는 힘이지만, 카—구아닐이 하늘 산맥에 존재해서는 안 되는 힘을 지녔으니 네게 이 힘을 허락하겠다."

"이 칼이 있는 곳에 나딜의 의지가 있게 하겠나이다."

드래곤은 손가락을 내밀어 소녀의 가슴에 대는가 싶더니 그 안으로 불쑥 집어넣었다. 소녀는 움찔하며 놀랐다. 고통 없이 가슴에서 빠져 나온 드래곤의 손가락 안에 오묘한 빛을 띤 구슬이 반짝이고 있었다.

"받아라."

소녀는 두 손으로 구슬을 받았다.

"네가 세운 나라에 이 구슬이 있게 하라. 언제고 다시 만난다면 그 오브가 너와 나의 접합점이 될 것이다."

카셀은 그 구슬을 본 적이 있었다. 타냐와 함께 여왕이 보여 준 구슬. 아란티아를 스스로 지키는 힘. 카셀은 아직도 드래곤 오브의 수호를 부탁하는 그녀의 목소리가 떠올랐다. 오브 앞에서 그는 여왕께 충성을 맹세했으며 정식으로 울프 기사단의 캡틴이 되었다.

그다음 소녀의 모습은 흐릿해졌다. 무엇이 먼저였으며 뭐가 나중인지도 구별하지 못했다. 마치 환각 같았다.

제일 먼저 깃발이 불타는 모습이 보였다. 어떤 나라를 상징하는지는 알아볼 수 없었다. 깃발 바로 위로 열 마리가 넘는 검은 드래곤의 날개가 스쳐 날아갔다.

거대한 성벽 뒤에 선 병사들이 마법사의 도움을 받아 드래곤을 향해 화살을 날렸다. 마법의 힘을 실은 화살 때문에 검은 드래곤들은 성벽으로 접근하지 못했다. 성벽의 뒤에는 황금빛 드래곤과 붉은 드래곤, 푸른 드래곤과 은빛 드래곤이 버티고 서서 불을 뿜었다. 검은 드래곤들과 찬란한 빛깔의 드래곤들이 성벽을 사이에 두고 맞붙어 싸웠다.

드래곤이 흘린 피로 성벽은 붉게 물들었고, 추수를 앞두고 있었던 금빛 밀밭이 단숨에 불타거나 드래곤의 피를 뒤집어썼다.

죽음에서 일어난 병사들이 성벽을 타넘었다. 그들을 막기 위해 성 아래로 내려가 싸우던 황금빛의 드래곤은 오히려 그들이 던지는 수십 개의 밧줄에 걸려 바닥에 쓰러졌다.

그때 성벽 뒤에서 몰려온 기사단이 죽음에서 일어난 병사들을 물리쳐 드래곤을 구했다. 다시 일어난 황금빛의 드래곤은 감히 어떤 드래곤도 따르지 못할 힘으로 검은 군대를 몰아냈다.

마법사들은 검은 드래곤들이 뿜는 어둠의 공격을 막아 냈고, 성벽 아래와 성벽 위에서 싸우는 기사들과 병사들 모두를 지원했다. 검은 드래곤들은 인간의 힘에 자기들이 밀리고 있다는 것에 당황했다.

이 모든 군대의 가장 앞에 하얀 갑옷을 입고 붉은빛의 칼날을 휘두르는 소녀가 있었다.

그 소녀는 어른이 되어 있었다. 쉰 명의 기사들이 나디엘의 뒤를 따랐다. 성벽 아래에서건 성벽 위에서건 그들의 활약은 두드러졌다. 설사 드래곤과 비교한다 하더라도 이 기사들의 힘은 떨어지지 않았다. 열 마리 넘는 검은 드래곤과 수만 명이 넘는 죽음의 병력은 결국 이 드래곤들의 피로 물든 성벽을 넘지 못했다.

카셀은 쉐이든의 이야기를 떠올렸다. 옐로우 게이트가 레드 게이트라는 이름이 된 전설을.

전투는 막바지에 이르렀다. 마지막으로 나선 것은 베나 실크를 들고 하얀 갑옷 입은 기사단을 이끈 소녀가 아니라 그 소녀와 같은 또래의 여성 마법사였다. 그 마법사 소녀는 그전까지도 까마득히 높은 하늘 위에서 불덩어리를 쏟아내는 드래곤의 폭격을 홀로 막아 냈다. 그리고 이제는 힘이 약해질 대로 약해진 카-구아닐을 노려 지팡이를 휘둘렀다. 마법사 소녀가 뿜어낸 하얀빛이 하늘로 터져 나갔다. 그 반동으로 그녀가 짚고 서 있던 성벽이 내려앉았다. 하얀빛의 마법 칼날이 검은 드래곤의 목을 날려 버렸다.

그 검은 드래곤 위에 타고 있던 회색의 마법사는 뒤따라 달려든 하얀 갑옷의 소녀가 내지르는 붉은 칼에 맞아 증발했다.

어둠의 군단을 이끄는 두 우두머리가 두 명의 소녀에게 동시에 패했다. 마법의 지팡이를 든 소녀 앞에서 마법사들은 그녀의 이름을 연호했다.

"루티아!"

"루티아!"

뒤따라 베나 실크를 든 소녀가 칼을 치켜들자, 이번엔 기사들이 그녀의 이름을 연호했다.

"나디엘!"

"나디엘!"

두 마리 드래곤을 제외한 다른 드래곤들 역시 두 소녀 앞에 고개를 숙였다. 죽음에서 되살아난 군대와 싸워 준 기사들의 캡틴이 다가와 자신의 칼을 나디엘에게 바쳤다.

"멸망한 아로크의 기사들을 끌어모아 아란티아를 돕기 위해 왔습니다."

소녀는 칼을 받았고 그 캡틴은 무릎을 꿇었다.

"이후 아로크가 재건되면 아로크는 영원히 아란티아를 지키는 기사의 나라가 되겠습니다."

"아로크의 축복이 있다면 아란티아 역시 영원할 거라 믿습니다. 드래곤 한 분께서 당신들에게 목숨을 빚졌다 하시며 선물을 주고 싶어 하십니다. 그분을 만나십시오."

두 명의 캡틴 앞에 황금빛의 드래곤이 서서 엄숙히 선언했다.

"나의 명예와 생명을 지켜 준 이 용맹한 기사단에게 나의 자식 넷을 수호자로 내리겠노라. 그리고 내 힘이 함께한다는 뜻에서 그 나라에 나, 레-가넬-란도르의 이름을 부여한다."

기사단의 캡틴은 눈물을 흘리며 고개 숙여 감사했다.

"그럼 이제부터 아로크를 가넬로크라 부르고 이 기사단을 드래곤 기사단이라 명하겠나이다."

이어 나디엘은 자기 옆에 선 마법사 소녀인 루티아의 어깨에 손을 올리고 드래곤들에게 말했다.

"여기 카-구아닐을 쓰러뜨리고도 수줍어하는 제 친구가 있습니다. 이 애한테도 선물을 내려주옵소서."

그 마법사는 몹시 창피해하며 나디엘의 등 뒤에 숨었다. 그러자 푸른빛의 드래곤이 나와 말했다.

"그럼 이 자리에 있는 모두를 대신하여 나 레-논틸-라든이 선물을 내리노라. 너와 너의 마법사들이 살 수 있는 땅을 나의 영토 안에 내리니 그 땅의 이름을 너의 이름과 같이 하라, 루티아."

드래곤의 말에 마법사 소녀는 붉게 물든 뺨을 숨기려 애쓰며 고개를 숙였다.

"감사합니다, 논틸이시여. 제 이름 아래 사는 마법사는 평생 하늘 산맥의 주민으로 살 것을 맹세합니다."

이번엔 붉은빛의 드래곤이 나섰다.

"그럼 허락의 뜻으로 그 땅 안에 나, 크나딜의 힘을 내리도록 하겠다."

붉은 드래곤은 손가락으로 남서쪽을 가리키며 말을 이었다.

"나의 힘이 루티아, 너의 도시 안에 호흡하리라. 나디움의 남쪽을 따라 논틸의 서쪽 땅에 도달하면 그곳에 커다란 보석이 있을 것이다. 나의 힘을 계승하는 마법사에 의해 그 빛을 영원히 꺼지지 않게 하라."

"명심하겠습니다."

마지막으로 드래곤들 중 가장 높은 드래곤이 나섰다.

"아란티아의 첫 번째 국왕이자 울프 기사단의 첫 번째 캡틴인 너에게는 내가 직접 선물을 내리겠다."

"말씀하십시오, 사—나딜이시여."

나디엘은 베나 실크를 집어넣고 무릎을 꿇었다.

"나와 같은 영혼의 소유자임을 증명하는 뜻으로 내준 오브에 나의 축복을 담겠노라. 그 축복이 함께하는 한, 너는 아란티아의 첫 번째 왕이자 마지막 왕이 될 것이며 아란티아는 하늘 산맥과 아크랜드를 통하는 관문으로 스스로 지키는 나라가 될지어다. 또한 그대의 용맹과 힘에 대한 모든 드래곤들의 존경의 표시로 드래곤들의 하이로드라는 직책을 내리겠다. 이는 우리 드래곤들이 결코 인간 세계를 공격하지 않겠다는 약속의 증거이니라."

"사—나딜이시여, 이 과분한 선물을 어찌하여 제가 모두 받을 수 있겠습니까? 이 모든 축복을 저 나디엘, 울프 기사단의 캡틴이자 아란티아의 여왕 혼자 받는 것이 아닌 이 땅의 모든 생명에게 내리는 축복으로 여기겠나이다."

드래곤들은 날개를 펼쳐 하나씩 날아올라 하늘 산맥으로 향했다. 마지막으로 여신 사─나딜만 남아 소녀를 내려다보았다.

모두가 축제 분위기에 달아올라 환호하며 드래곤을 배웅하는 와중에 오직 소녀만은 웃고 있지 않았다. 여신 나딜이 말했다.

"나디엘, 울지 마라."

"울지 않습니다."

"너는 이미 나의 딸과도 같다. 딸의 눈물을 보고 싶지는 않구나."

"예. 언제나 웃음으로 이 땅을 지키겠습니다, 어머니."

나딜은 빙그레 미소 지었다.

"그런데 왜 너의 기사단을 늑대로 정하였느냐?"

"늑대가 기더에 의지하여 스스로 제게 찾아왔습니다."

"누구인지 알 것 같구나."

나딜은 다시 날개를 펼쳤고 크게 바람을 일으키며 하늘로 날아올랐다. 소녀가 흔드는 손은 점점 드래곤의 시선에서 멀어져 갔다.

나딜이 보여 주는 환각은 모두 끝이 났다. 카셀은 눈물을 흘리고 있었다. 눈물을 닦을 줄도 몰랐다. 로핀은 주저앉아 나딜이 보인 모든 것에 괴로워하고 있었다.

"나는 대체 무엇을 보고 있었던가? 이미 폐하께서는 모든 것을 보여 주셨거늘 대체 나는 어디에서 해답을 찾으려고 그토록 대륙을 헤매었다지?"

카셀이 올려다보는 여신은 외형상 사─크나딜의 모습이었으나 거기에는 사─나딜의 인자함이 있었다. 강인함과 아름다움을 동시에 품고 있는 위엄 있는 목소리가 누굴 닮았는지 이제 알 수 있었다.

"아란티아의 하이로드라는 직책이 드래곤들에게서 배운 거라 했지만, 설마 여신께서 직접 내려주신 직책이라고는 짐작도 못했습니다."

카셀은 아마 각 게이트의 하이로드들 역시 모르고 있을 거라고 생각했다. 아란티아의 역사는 사실 그 이름 안에 다 있었다. 아란티아 안에 진짜 하이로드가 한 명일 수밖에 없는 이유도 이미 여왕의 이름 안에 진실이 있었다.

드래곤들에게 있어 기사의 직책은 카Ka , 귀족의 직책은 레Re , 그리고 하이로드의 직책은 사Sa . 천 년 전 나디엘은 바로 그 '사'의 직책을 여신으로부터 직접 하사받았고, 그녀의 이름은 사─나디엘Sa-Nadiel이 되었다.

로핀이 겨우 자리에서 일어나며 말했다.

"하긴 아크랜드 공용어가 아닌, 아란티아 고유 발음으로 치면 새나디엘Sanadiel 보다는 사나디엘이라고 발음하는 편이 정확하긴 하지."

로핀의 얼굴에는 카셀이 이해할 수 없는 쓸쓸한 미소가 떠올라 있었다. 한때 울프의 이름을 가졌다가 스스로 캡틴 자리를 친구에게 내주고 떠난 그가 이 자리에서 그 캡틴의 유래를 알게 되었다…….

카셀은 로핀이 받았을 충격과 벅차오르는 감동을 그저 상상만 할 수 있었다.

카셀은 블랙에게 쫓겨 골드 게이트를 넘어와, 나디움에 도착하기 바로 전날 밤이 떠올랐다. 여왕은 어린아이처럼 들뜬 마음을 안고 자신을 미리 보러 마을을 직접 찾았다. 어째서 그렇게 서둘렀을까? 소설의 결말을 미리 들춰 보는 거나 다름없다고 스스로 고백하면서.

'그렇구나.'

카셀은 자신을 그토록 사랑스럽게 바라보던 그녀의 눈길을 떠올리며, 뜨거워진 가슴에 손을 올렸다.

하늘 산맥의 하이로드는 모두 셋이고 레미프들조차 그분들이 어디 있는지 알지 못한다. 그 첫 번째는 여신 나디우렌이고 그 두 번째는 나디우렌을 지키는 마스터 크나딜이다. 둘 다 하늘 산맥의 중심이자 허락되지 않은 공간인 하푸에 살고 있었다. 이제 카셀은 라든의 홉트조차 알지 못하는 하늘 산맥의 비밀을 알았다.

드래곤들의 세 번째이자 마지막 하이로드는 아란티아에 살고 있다. 지금도 웃으며 모두가 돌아오기를 기다리면서. 카셀은 눈을 감고 새나디엘의 얼굴을 그렸다.

'천 년 전의 선배님께, 천 년 후의 후배가 인사드립니다.'

카셀은, 지금은 레드 게이트가 되어 있는 옐로우 게이트 앞에서 연호되었을 그녀의 이름을 마음속으로 외쳐 보았다.

'캡틴 나디엘!'

✦ Chapter 36 ✦
여신의 기억

검은 피부의 레미프 여인이 작게 신음하며 몸을 뒤척였다. 모두 꿈에서 깨어나듯 흠칫 놀라며 그녀를 돌아보았다.

카셀과 로핀이 아직 환각에서 덜 깨어나 머뭇거릴 때, 조금 빨리 정신을 차린 라이가 그녀에게 다가갔다. 그리고 대담하게 그녀의 얼굴을 만져 보더니 말했다.

"그냥, 악몽, 꾼다."

그녀의 작은 움직임 덕분에 로핀은 긴장을 풀 기회를 얻었다. 그는 한동안 쉬지 못했던 숨을 몰아쉰 후에야 여신에게 말했다.

"제가 품고 있는 의문에 대한 거의 모든 해답을 방금 주셨습니다. 하지만 제가 가장 궁금해하고 가장 중요하다고 여기는 의문은 피해 가신 듯합니다. 아니면 보여 주신 기억을 제가 잘못 해석한 것입니까?"

나딜은, 아니 정확히는 크나딜의 몸을 빌린 나딜은 고개를 약간 꺾어 들고 대꾸했다.

"옳다. 가급적 언급하고 싶지 않았다. 그러니 지금부터 내가 하는 이 야기에 가감을 하지도, 곡해를 하지도 말지어다."

"예."

카셀은 대답하면서도 뭔가 불안했다.

"너희들은 천 년 전 구아닐에게 힘을 빌려준 '죽음'의 모습을 잠시나 마 보았다. '그것'은, 크나딜이 아직 태어나지 않았고 아크랜드와 하늘 산맥이 아직 구별되지 않았으며 레미프와 인간이 아직 형체를 구별하지 않았을 때부터 나와 함께 있었던 존재였다."

여신은 얘기에 조금도 극적인 묘사를 섞지 않고 말했다. 새나디엘 여 왕에 대해 자신의 기억을 보여 줄 때 즐거워했던 마음은 말끔하게 사라 졌다. 그녀의 내리깔린 목소리는 다시 두 사람을 압박하기 시작했다.

"나는 생명을 원했고 그는 죽음을 갈망했다. 그것은 모든 것을 죽이 고 자기조차 죽고 싶어 하는 존재였다. 카셀, 내가 역사라 부르는 일을 너희들은 신화라 부른다고 했느냐? 이 일은 나 역시 기억으로도, 역사 로도, 신화로도, 망각해 버린 오래전 일이다. 그때는 나도 드래곤이 아 니었으니……."

나딜의 머리 뒤로 암흑이 짙게 깔렸고 그녀의 입에서 나오는 모든 것은 마법의 언어가 되었다. 저주의 마법이 동굴 안을 채우기 시작했 다. 로핀은 당황하여 칼을 뽑으려 했으나 칼은 뽑히지 않았다. 카셀의 보검은 스스로 뽑혀 나왔다가 보이지 않는 힘에 밀려 도로 꽂혀 버렸 다.

카셀은 괴이한 일에 놀라 심장이 멈춰 버리는 기분이었다.

'지금 무슨 일이 일어나는 거야?'

드래곤의 열기로 따뜻했던 동굴 안이 차갑게 얼어붙어 버렸다. 크나딜의 입에서 하얀 입김이 연기처럼 뿜어져 나왔다. 나딜의 비늘에서 발광하는 붉은빛에 반사된 그림자가 이상한 형상을 가지고 꿈틀거리고 있었다.

"우리는 필연적으로 싸워야 했다. 그 싸움은 이 땅에 있어야 할 많은 것을 지우고, 없었던 많은 것들을 만들었다. 전투는 아주 길었지. 아주 아주…… 길었다."

나딜은 주변에 벌어지는 현상에 전혀 개의치 않고 말했다.

"나는 그 싸움에서 승리했으나 상처를 입어 불멸이 아닌 존재가 되어 버렸고, 패한 그것은 형체를 잃은 채 대륙을 떠돌아다니는 유령이 되고 말았지. 그 뒤 내가 비로소 드래곤의 몸으로 화하여 사—나딜이라는 존재가 되었을 때, 그것 역시 드래곤의 몸을 빌려 카—구아닐의 이름으로 다시 태어났다."

하늘 산맥에서 태어나지 말았어야 할 존재.

등 뒤를 덮치는 섬뜩한 기운에 카셀은 뒤를 돌아보았다. 동굴 어딘가에서 괴물의 울음소리가 들려왔다. 성스러운 여신의 땅에 침입한 적은 동굴을 울리며 하푸 주위를 맴돌았다. 그러나 여신은 무시했다.

"나를 죽이려는 이유조차 잊어버린 사악한 드래곤과의 싸움은, 그제야 비로소 내가 역사라 부르고 너희가 신화라 부를 만한 시간 속에서 일어났다. 나는 놈을 죽여 마법의 힘이 아직 약한 대륙으로 내쫓고 대륙과 대륙 사이에 산맥을 일으켜 녀석을 막기 위한 방패를 세웠다. 그것이 하늘 산맥이다. 녀석은 지금도 모든 것을 파괴하고, 날 죽이고자 하는 욕구만 남아 그 방패를 넘으려 하고 있지."

"사…… 나딜이시여, 그의 힘이 이 동굴 안에 있는 것 같습니다만?"

카셀이 주변을 가득 채운 검은 그림자에 겁에 질려 물었다.

"염려 마라. 그때 남은 놈의 숨결이 아직도 하늘 산맥에 머물고 있는 것뿐이다. 나의 땅에서 그 힘은 살아 있는 자를 해치지 못하노라."

나딜이 가볍게 팔을 휘젓자 두 사람을 괴롭히던 기운이 사라졌다.

카셀과 로핀이 겨우 안도의 한숨을 내쉬는데, 뒤에서 털썩 쓰러지는 소리가 들렸다. 돌아보니 라이가 주저앉아 있었다. 라이는 방금 비라도 맞은 듯 땀을 흠뻑 흘리면서 이마에 손을 짚고 머리를 흔들었다.

"괜찮나?"

로핀이 물었다.

"무섭다."

라이가 솔직하게 말했다.

"레미프에게는 감당하기 힘든 고통일 것이다."

나딜이 위로하듯 말했다.

"제가 할 일은 그자가 방패를 넘지 못하게 하는 것입니까?"

카셀이 물었고 나딜은 대답했다.

"그러하다. 그러나 그자는 죽음을 지배하므로 죽지 않는다. 그리고 그자의 힘이 나를 죽일 수 없듯, 나의 힘으로도 그자를 죽일 수 없다."

"그래서 그는 인간의 힘을 이용했군요? 익셀런! 이 땅을 침범한 인간의 기사가 드래곤을 죽이고 다녔는데, 그 마지막 목표는 여기 계신 여신이 아닙니까?"

"시행착오에 이은 학습이라 해야겠지. 드래곤 사냥꾼. 그것이 그가 나와 싸우려고 준비한 첫 번째 병력이다. 하늘 산맥에 다시 태어난 카-구아닐이 두 번째 준비고, 레미프들을 본 따 만든 괴물들이 세 번째 준비다. 그러나 그 모든 것에 앞서 그자가 마련한 가장 커다란 병력이 있으니, 인간 세상에서 끌어온 그 두 명의 힘이 아크랜드와 하늘 산맥에 가장 큰 위협이 될 것이다. 내가 현 울프 기사단의 캡틴을 이 자리로 부른 이유가 그 때문이다."

익셀런, 그것은 드래곤을 죽이는 힘이었고, 구아닐, 그것은 여신을 위협하는 힘이었으면, 모즈, 그것은 인간의 군대를 무너뜨리는 괴물 군대였다. 하지만 방금 나딜은 이 세 가지의 힘조차 부수적이라고 말할 정도로 두 명의 힘을 강조했다.

"말씀하신 두 힘 중 하나는 루티아가 아닙니까? 루티아의 배신자가 있다 했습니다. 그리고 저는 십중팔구 그 배신자를 루티아의 그랜드 마스터라 여기고 있었습니다."

로핀의 말에, 나딜은 즉시 대답했다.

"그러하다. 천 년 전 구아닐을 죽였던 루티아의 후계자가 이제 마법의 방향을 나에게 돌렸다. 그 거대한 위협을 어떻게 감당해야 하겠느냐?"

크나딜도 구아닐과 그 마법사가 같이 있다면 이길 수 없다고 했다. 카셀은 새삼 그랜드 마스터의 배신이 얼마나 큰 사건인지 깨달았다. 그건 단순히 루티아의 멸망으로 끝날 일이 아닌 것이다.

로핀은 계속 이어 물었다.

"그리고 혹시 또 하나의 힘이란 울프 기사단이 아닙니까?"

"그것 역시 옳다."

카셀은 잠시 얼떨떨해 있다가 여신에 대한 예의도 잊고 버럭 소리질렀다.

"그게 무슨 엉뚱한 말씀이세요?"

나딜이 아무 말 않자 로핀은 직접 설명해 주었다.

"죽지 않는 자들의 군주는 세 번이나 동일한 인간의 연합에 막혔다. 천 년 전에 '나디엘'이라는 울프의 기사와 '루티아'라는 마법사에 의해 저지당했고, 10년 전에도 퀘이언이 이끄는 울프 기사단과 테일드라는 힘에 의해, 그리고 얼마 전에는 바로 너희 둘, 카셀과 타냐라는 힘에 막혔지. 나딜께서는 이를 두고 시행착오라 하셨다. 내가 만약……."

로핀은 잔뜩 힘을 주어 말을 이었다.

"……내가 만약 천 년 전부터 아란티아를 공격하려다 번번이 실패한 장본인이라면, 차라리 나를 가로막은 바로 그 힘을 내 것으로 만드는 일에 전력을 다하겠다. 그래서 그 둘이라 짐작해 보았다."

"마, 말도 안 돼요. 울프 기사단의 어느 누가 배신을 한단 말입니까?"

카셀은 알고 있는 모든 기사들의 얼굴을 떠올렸다. 그중 누군가가 새나디엘을 암살할 음모를 가졌다고는 상상도 할 수 없었다.

"나는 루티아의 그랜드 마스터가 그자에게 힘을 빌려주게 되는 순간만을 내다볼 수 있었으므로, 그 이후에 있었던 울프 기사단의 배신에 대해서는 알지 못한다."

나딜은 천천히 몸을 일으키며 이야기를 마무리 지으려 했다.

"그자는 그 두 힘으로 카—구아닐을 부활시켰으며 또 다른 루티아의 배신자를 만들어 내어 화이트비를 깨뜨리기에 이르렀다. 그리고 안으로는 프보에 레미프들이 자기들의 신에게 창을 들이대게 했으며, 밖으로는 이제 레–가넬–란도르가 이름을 내린 땅을 위협하기에 이르렀다. 카셀의 기억에서 읽은 바 그대로, 그 힘은 이미 골드 게이트까지 무너뜨렸다. 이제 시간이 얼마 남지 않았다."

카셀은 너무 혼란스럽고 무서워서 어떤 말을 해야 할지 막막했다. 그 큰 힘에 맞서 자신이 무얼 할 수 있을지, 이 커다란 흐름에 자기처럼 작은 인간이 어떤 영향을 끼칠 수 있을지 막막하기만 했다.

'천천히 생각하자. 항상 그랬잖아. 일단 내가 할 수 있는 일부터!'

카셀은 눈을 감고 나딜의 말을 곱씹어 보다가 묘한 이질감을 느꼈다.

"저……."

카셀이 말해 보려 하는 순간 로핀이 먼저 입을 열었다.

"나딜이시여, 지, 지금 뭔가 혼동을 일으키신 듯합니다!"

"무슨 혼동이냐?"

나딜은 전혀 기분 나빠하지 않는 목소리로 물었다. 오히려 자신의 잘못을 지적해 달라는 것처럼 들렸다.

"천 년이라는 기억을 거슬러 생각하실 정도라면 오히려 최근의 자잘한 사건들은 시간의 흐름을 제대로 파악하지 못하실 수도 있겠지요. 그러나 인간에게 몇 년이라는 단기간은 매우 길고 중요합니다. 그 부분에서 실수를 범하신 게 아닌가 싶습니다."

여신은 천천히 고개를 저었다.

"인간과 드래곤의 시간을 비교하자면 나에게 있어 몇 년은 너희들에게 몇 시간이나 며칠이라 할 만하다. 하면 너희들은 며칠 전의 일보다 몇 년 전의 일을 더 정확히 기억하는가? 내가 말한 얘기에서 시간상 틀린 부분은 없다."

"아니, 그래도 제 생각에는 틀린 것 같습니다만……."

로핀은 단정을 내리는 여신의 말에 수긍하지 않고 감히 따지고 있었다. 카셀은 로핀이 무엇을 두고 무례를 범하는지 깨달았다. 방금 전 나디우렌은 끔찍한 진실을 말했다.

'또 다른 루티아의 배신자를 만들어 내어 화이트비를 깨뜨리기에 이르렀다.'

그전에 뭐라고 하셨지?

'천 년 전 구아닐을 죽였던 마법사 루티아의 후계자가 이제 나를 향해 마법의 힘을 돌렸다.'

카셀은 눈을 동그랗게 뜨고 도움이라도 구하듯 로핀을 쳐다보았다. 하지만 도움이 필요한 건 로핀이었다.

혼동을 일으켰던 쪽은 로핀과 카셀이었다.

'또 다른 루티아의 배신자?'

카셀은 경악했다.

'루티아의 배신자가 둘이라고?'

던멜은 로일의 어깨에 의지해 탑의 계단을 올랐다. 그는 중간중간 손을 내저으며 수화를 했다. 타냐는 그의 짧은 손놀림 안에 모든 의사 표현이 담기는 모습을 감탄하며 지켜보았다. 하지만 담고 있는 내용이 너무 암울하여 그런 건 곧 잊어버렸다.

던멜은 그랜드 마스터 러스킨의 배신에 대해 이야기하고 있었다. 그가 루티아를 배신했다는 것을 가장 먼저 알아낸 데다인의 고뇌가 던멜의 수화에 묻어나고 있었다.

'데다인, 당신이야말로 진실로 루티아를 지키는 분이셨습니다.'

타냐는 지금 그의 죽음을 추모할 시간이 없다는 것이 너무도 안타까웠다. 자기를 친딸처럼 아껴 준 다른 마스터들의 죽음도 괴롭긴 매한가지였다.

던멜이 멈춘 곳은 꼭대기에서 몇 층 내려온 방이었다. 타냐는 아직 올라가야 하는 줄 알고 계단에 발을 하나 걸친 채 물었다.

"역대 그랜드 마스터들의 초상화에 대해 이야기하지 않았습니까? 초상화가 있는 방은 가장 꼭대기 방의 아래층입니다만."

던멜이 수화로 말했고 로일이 다시 전달했다.

"러스킨의 공격으로 그 방이 불타 버리는 바람에 던멜이 보여 주고 싶은 그림을 여기로 옮겨왔다고 하는군요."

로일이 대충대충 전해 준 이야기에는 러스킨과 던멜의 마지막 대결도 포함되어 있었다. 던멜은 자신의 활약이 어떠했는지 묘사하지 않았으나, 러스킨의 마법을 피해 살아남았다는 것만으로 타냐는 던멜의 실력에 놀랐다.

'내가 만약 러스킨과 정면으로 마법 대결을 펼친다면 이길 수 있을까? 아무리 봉인을 풀었다지만, 어려울 거야. 그는 루티아의 마스터 전부를 합쳐도 따라갈 수 없는 분이었으니까.'

러스킨의 배신이 주는 타격은 시간이 갈수록 커질 것만 같았다.

"그 방이 불에 탔다고요?"

타냐가 물었다.

"탑 전체에 옮겨붙지는 않았지만, 남아있는 게 없을 겁니다."

로일이 말했다.

"잠깐 확인해 볼 게 있습니다. 여기서 기다려요."

타냐는 늑대로 변해 뛰는 것만큼이나 빠르게 혼자 계단을 올라갔다.

불타 버린 러스킨의 방에는 깨진 유리와 빈 약병들만 조금 놓여 있었다. 책은 표지가 탔지만 아직 안의 내용이 남아 있는 게 더러 있었다. 대충 훑어봐도 중요한 책들이었다.

'케인스윅 사서들에게 맡기면 몇 권은 되살릴 수 있을 거야.'

타냐는 제일 중요한 것을 넣어 두는 벽장을 열었다. 강력한 마법으로 잠겨 있었는데 타냐는 당연하게도 쉽게 여는 법을 알고 있었다.

안에는 루티아의 역사서와 고대 마법 자료들, 수백 년 묵은 약병, 몇 대 전에 그랜드 마스터를 지낸 마법사의 지팡이, 마법의 보석, 드래곤의 뿔 같은 것들이 놓여 있었다. 마법으로 보호되어 있어서 불길에 영향을 받지 않았다.

'다행이구나. 러스킨이 배신은 했어도 굳이 이런 사소한 부분까지 망치고 갈 생각은 없나 봐.'

값으로 따질 수 없는 귀한 물건들은 서로에게 영향을 받지 않도록 넓은 공간에 듬성듬성 떨어져 배치되어 있었다. 몇 년 전에 열었을 때나 지금이나 배치는 거의 달라지지 않았다.

타냐는 조심조심 안으로 기어들어 갔다. 그때 들어갔을 때보다 조금 키가 커져서 그런지 불편했다. 벽장 구석에 침전물이 차분하게 가라앉아 있는 와인이 보였다.

오래전 가넬로크의 집정관이 루티아에 하사한 최고급 와인이었는데, 출하 직후 생산지의 와인 창고가 불이 나는 바람에 이제는 세상에서 단 한 병밖에 남지 않는 환상의 와인이 되어 버렸다. 몇몇 소심한 마법사들이 차마 먹지 못하고 삼십여 년 동안 계속 주인만 바뀌다가 골베인이 물려받기에 이르렀다.

타냐가 그 와인을 갖게 된 것은 골베인의 무지 덕분이었다. 대륙 전쟁 때문에 아란티아로 떠나 있는 테일드는 마지막 편지에 금방 돌아올 테니 같이 마실 와인을 준비하라고 했다. 술에 대해서는 아무것도 모르는 골베인은 선뜻 그 와인을 타냐에게 내주었고, 타냐는 즉시 병을 이곳에 보관했다.

만약 가넬로크의 애주가가 여기에 이 와인이 있다는 사실을 알게 되면 몇만 골드를 싸 들고 찾아올지 모를 일이었다.

타냐는 와인병을 조심스레 들고 다시 던멜과 로일이 기다리는 방으로 돌아왔다.

"기다리게 해서 죄송합니다."

던멜은 타냐를 안내해 우선 자신이 화재로부터 안전하게 보관해 둔 초상화를 들어 보였다. 그리고 또 한 손으로 수화를 했다. 로일이 전달했다.

"이 그림의 주인공을 아시오?"

하필 그 와인을 손에 든 시점에서 이런 질문을 받으니 또다시 그리움에 눈물이 나오려 했다. 이럴 땐 봉인을 풀기 전 얼굴이 편했다. 딱딱하게 굳어서 슬프거나 기쁠 때 절로 표정을 억제할 수 있게 되니까.

하지만 지금은 그런 표정을 위해 애를 많이 써야 했다.

"압니다."

타냐는 정중히 대답했다.

던멜의 수화는 계속 로일을 통해 전달되었다.

"당신이 이 사람의 수제자라던데 맞소?"

"맞습니다."

"그리고 이 사람이 10여 년 전 대륙 정복 전쟁에서 아란티아를 도와 준 바로 그 마법사고?"

타냐는 전달하는 로일이 아니라 수화를 하는 던멜에게 날카롭게 말했다.

"그의 이름은 테일드이며 마흔네 번째 그랜드 마스터로 지냈고 8년 전 당시의 하얀 늑대들과 함께 죽지 않는 자들의 군주와의 전투에서 실종되신 분입니다. 대체 무슨 이유로 그런 걸 자꾸 묻는 겁니까?"

괜히 수화를 전달하는 로일 쪽이 놀랐다. 그러나 던멜은 초상화를 내려놓고 빠른 손놀림으로 수화를 이어 나갔다.

"던멜은, 바로 그 8년 전에 겪은 자기 이야기를 전달하고 싶어서 그런 질문을 했다고 하오. 사과하는군요. 불쾌했다면 통역을 한 나도 사과드리겠소. 그러나 던멜은 그 의문을 풀지 못해 굳이 다른 마스터에게 말하지 않고, 하이디의 도움을 받아 이 초상화에 그려진 사람의 수제자가 당신이라는 걸 알아내었고, 이제야 직접 전달하는 거라고 하오."

"8년 전?"

"음, 던멜이 말하길, 던멜은 당신의 스승 테일드를 만난 적이 있다고 하오."

론타몬의 사건을 조사하고 다녔던 일들이 주마등처럼 지나갔다. 얼마나 그의 자취를 찾아 헤맸던가? 얼마나 그를 그리워했던가? 그런데 여기 엉뚱한 사람이 테일드를 봤다고 주장하고 있었다.

던멜의 수화가 이어졌다. 로일은 마치 던멜이 직접 말하는 것처럼 통역을 했다.

"저는 울프의 기사임에도, 8년 전 있었다는 죽지 않는 자들의 군주와의 전투에 대해 아는 바가 거의 없습니다. 사실 저는 여왕을 암살하려 했던 암살자였으므로, 그 죄책감 때문에 울프 기사단의 기사도와 그 역사에 무관심하려 애쓴 탓도 있습니다. 최근에 들어서야 그 싸움에 대한 얘기를 조금이나마 엿들었으며, 당시 저와 마스터 칼스텐이 여왕을 암살하려 들어간 시점에 다른 하얀 늑대들은 없고 마스터 퀘이언 한 분만 우리를 막으셨다는 점에서 몇 가지 일치하고 있는 점을 알아냈습니다."

"아주 중요한 얘기 같군요. 뭔가 당신의 사연이 있을 것이고 거기에 대해 듣고 싶긴 하나, 그게 나의 마스터와 어떤 연관이 있는 겁니까? 테일드를 만났다는 일과 여왕의 암살을 왜 같이 얘기하시는 거죠?"

타냐는 점점 불안한 마음이 커져 뛰는 가슴을 진정시킬 수가 없었다.

"시간상으로 맞는지 아직도 확신할 수 없어서 그렇습니다. 저는 항상 그때 일을 대강 10년 전이라고만 생각했기에 굳이 그 햇수를 정확히 손가락으로 꼽아보지 못했으니까요. 최근에야 내 미약한 기억력을 따져 본 거니 이게 틀릴 수도 있다는 점을 알아주십시오."

던멜은 다시 한번 초상화를 힐끗 보며 수화를 이어갔다. 아까는 대충 수화를 통역하던 로일도 신중을 기했다.

"그러나 저는 분명 그 얼굴을 기억하고 있습니다. 심지어 나의 마스터는 퀘이언의 칼에 돌아가시기 전에 유언으로, 그 얼굴을 기억하여 언제고 밝히라 하셨을 정도입니다. 그래서 시기는 정확하지 않지만 얼굴만큼은 정확히 기억하고 있습니다."

타냐의 입술이 떨렸다.

'거짓말을 하려고 하고 있어. 이 울프의 기사가 수화로 거짓말을 하려는 거야!'

타냐는 마법이라도 써서 로일의 목소리를 차단시키고 싶었다.

"그리고 저는 러스킨의 불길에 휩싸여 쫓겨 내려가는 그 순간에 다시 그 얼굴을 보게 된 겁니다."

던멜은 한 번 더 초상화를 가리키며 수화로 말했다. 로일은 계속 전달했다.

"아란티아의 여왕을 암살하라고 의뢰한 사람은, 바로 이 사람입니다."

타냐는 들고 있던 와인병을 떨어뜨렸다. 둔탁한 소리와 함께 깨진 조각은 붉은 액체와 함께 주위로 흩어졌다.

"익셀런이 드래곤을 죽이기 위해 하늘 산맥을 오른 것은 10년 전 가넬로크가 정복당한 직후였습니다. 정확하게는 익셀런 제1기사단이었지만요."

로핀은 여신 나딜에게 도전이라도 하듯 강하게 말을 이었다.

"그러나 실제로 그들이 드래곤들을 살해하기 시작한 시점은 대략 7년 또는 8년 전이었죠. 그 당시 그랜드 마스터는 테일드였고 그는 실종되었습니다. 그리고 루티아의 배신자는…… 그게 정말 러스킨이라면 그는 고작해야 2년이나 1년쯤 전에야 '테일드가 돌아오기 전까지만 그 자리에 앉겠다.'는 조건으로 그랜드 마스터가 된 걸로 알고 있습니다. 라든에 있으면 그 정도 소식은 듣게 되니 시간이 크게 어긋나지는 않을 겁니다. 그러니 루티아의 그랜드 마스터와 또 다른 루티아의 배신자라는 말이 저로서는……."

로핀은 말을 하면서도 이미 자기주장 안에 나디우렌의 말을 증명하는 단서가 들어가 버린 것에 좌절했다. 로핀은 이를 악물고 다시 말을 이어나갔다.

"8년 전 테일드는 실종되었습니다. 살아 있다고 믿기 위해 별 시답잖은 흔적을 다 들이대며 저는 그가 단순히 실종된 거라고 지금까지 떠벌리고 다녔습니다. 그러나 저는 솔직히 그가 이미 죽었다고 은연중에 믿고 있었습니다."

로핀은 거의 울먹이듯 말을 이었다.

"그런데 죽는 게 나았군요. 그가, 테일드가……, 죽지 않는 자들의 군주에게 힘을 빌려줬단 뜻입니까? 악의 힘에 이용당했다고요? 불가능합니다!"

"로핀, 인간의 아이야. 그게 그토록 괴로운 일이었다면 좀 더 시간을 두어 말해 줄 것을 그랬구나. 허나, 현실이다. 가혹하나 받아들여라."

새나디엘 여왕을 닮은 부드러운 목소리가 흐느끼는 로핀을 감쌌다. 카셀은 아무 말도 하지 못했다. 나딜은 다독이듯 말을 이어갔다.

"천 년 전 전투에서 카-구아닐은 죽었다. 그러나 그는 스스로에게 축복과도 같은 저주를 걸었다. 그 저주에 의해 그는, 어떤 살아 있는 존재에 의해서도 죽지 않을 것이며 모든 죽어 있는 존재는 그의 지배하에 있게 되었다. 죽었다고 했느냐? 그는 죽을 수 없는 존재다."

카셀은 더 이상 말을 하지 못하는 로핀을 대신해 말했다.

"저는 여전히 이해하지 못하겠습니다. 그럼 테일드가 루티아를 배신하고 죽지 않는 자들의 군주를 돕고 있다는 뜻입니까?"

"처음 내가 카-구아닐이라는 호칭에 대해 했던 설명을 기억하느냐? 죽지 않는 자들의 군주와 카-구아닐이라는 존재를 분리해서 생각할지 동일하게 생각할지 아직도 혼란스럽지 않느냐? 이렇게 말하자꾸나. 지금 나를 너희들은 무어라 부르느냐? 나는 크나딜의 육체를 빌린 나딜인가, 나딜의 영혼을 담은 크나딜인가? 마찬가지이다. 달리 생각하지 못함이 당연하다."

카셀은 눈살을 찌푸렸다.

"네?"

"너는 아란티아에서 회색 로브의 마법사를 보았다. 그의 얼굴은 보지 못했느냐?"

"보지 못했습니다."

로핀은 머리를 감싸 쥐고 주저앉았다. 카셀은 혼란이 더해졌다.

로브 안의 얼굴은 아무도 보지 못했다. 카셀도, 타냐도, 쉐이든도.

오직 한 명 본 사람이 있었다.

아이린!

그리고 아이린은 그를 베지 못했다.

"맙소사."

카셀이 눈을 크게 떴다.

크나딜의 육체에 깃든 나딜, 나딜의 영혼을 담은 크나딜.

죽지 않는 자들의 군주, 마스터 테일드.

그리고 루티아의 배신자.

"그럼 화이트 게이트 앞에서 새나디엘 여왕과 맞섰던 그 회색 로브
의 마법사가……?"

타냐는 멍청히 바닥을 흐르는 붉은 와인만 바라보고 있었고, 로일은
타냐를 걱정스럽게 바라보다가 던멜에게 물었다.

"그런데 던멜, 너는 왜 느닷없이 이 사람을 '죽지 않는 자들의 군주'
라고 말하는 거지? 내가 알지 못하는 다른 사실이라도 있나?"

타냐는 떨리는 시선으로 던멜을 바라보았다. 던멜도 그녀의 눈만 바
라보며 굳이 로일의 질문에 대꾸하지 않았다.

타냐 역시 던멜이 무슨 생각으로 그런 말도 안 되는, 앞뒤도 안 맞는
사악한 거짓말을 해 대는지 따지지 않았다. 이 순간 그녀는 로핀이 말
해 준 중요한 단서들이나 자신이 직접 찾아냈던 그 많은 단서들을 잊어
버리고, 단 한 가지 광경만 머릿속에 떠올리고 있었다.

카셀이 익셀런의 기사단을 화이트 게이트 앞에서 멈춰 세우고 죽지
않는 자들의 군주가 새나디엘 여왕 앞에 섰을 때…… 아이린은 그를 베
지 못했다.

누가 봐도 벨 수 있는 상황에서 그녀는 칼을 접었다. 상대가 너무 강해서? 아니, 아이린이었다면 그 순간 자신이 패할 걸 안다 해도 끝장을 봤을 것이다.

'아이린, 그 망토 안에서 당신은 누구의 얼굴을 본 것입니까?'

타냐는 입을 가리고 신음했다.

'아란티아의 광야를 헤매던 그때, 회색 로브의 마법사는 날 공격했어. 하지만 끝까지 난 로브 안의 얼굴을 보지 못했지. 그는 왜 그토록 얼굴을 가리려고 했을까? 죽음을 상징하는 끔찍한 얼굴이었다면 오히려 내게 보여서 사기를 꺾었어야지!'

죽지 않는 자들의 군주가 공격하거나 지나간 장소에는 항상 테일드의 흔적도 같이 있었다. 로핀도 그것을 보았고 그녀도 그것을 확인했다. 그리고 타냐와 로핀은 동시에 그것을 두고 '테일드가 죽지 않는 자들의 군주를 추적하고 있는 것.'이라고 해석했다.

'안일했어. 그렇게 믿고 싶었던 거야.'

해답은 던멜이 가장 빨리 내렸다. 그리고 타냐도 그 결론에 동의해야 했다.

회색의 로브를 입고 캡틴 웰치를 되살려 골드 게이트를 넘어온 죽지 않는 자들의 군주는, 바로 루티아의 그랜드 마스터 테일드였다.

짧은 정적이 흘렀다. 나디우렌은 그 정적을 바라지 않았는지, 스스로 입을 열어 정적을 깨뜨렸다.

"아직 모든 것을 말하지 않았으나 이 이상은 시간 낭비가 될 것이다. 그대가 할 일이 있다, 카셀 울프. 나디엘과 스토크 워그의 계승자여. 죽지 않는 자들의 군주는 자기가 모은 두 가지 힘과 하늘 산맥에서 카—구아닐이 모은 힘을 합하여 하늘 산맥 북쪽의 나라를 다시 공격하고자 한다."

여신은 손가락으로 방향을 지목하며 말을 이었다.

"막아라. 아란티아의 동쪽 나라가 무너지면 이제 나의 축복은 더 이상 그들을 막지 못할 것이다."

"구체적으로 제가 무슨 일을 해야 합니까? 너무 큰일이라 저는 갈피를 잡지 못하겠습니다."

카셀은 솔직히 말했다.

"인간들의 힘을 규합하라. 천 년 전 그랬듯, 다시 그 힘을 하나로 모으라."

카셀은 힘겹게 고개를 끄덕였다.

'그런 일을 할 수 있을까? 내가? 아니, 모은다 한들 그런 거대한 적을 상대할 수나 있는 걸까?'

어느 순간 프보에 레미프의 여자가 일어났다. 아까부터 일어나 눈을 뜨고 있었던 모양이었다. 그녀는 겁먹은 시선으로 카셀과 로핀, 특히 라이를 바라보며, 자기들의 언어로 크나딜의 얼굴을 한 나딜에게 말했다. 그러자 나딜이 대답했다.

"그대와 동일한 이유로 온 자들이다. 염려 마라."

역시나 여신은 인간의 언어로 말하고 있었으나 레미프에게는 레미프의 언어로 들리는 모양이었다. 레미프 여자는 다시 뭐라고 말했다.

나딜은 눈을 감고 기다렸다가 턱을 천장으로 향했다.

"이제 나의 시간을 끝내노라. 뒤는 크나딜에게 맡기겠다. 하지만 염려 말거라, 아이들아. 난 말하지 못하나 듣고 있으며 움직이지 못하나 깨어 있다. 끝까지 너희들을 돕겠다."

여신이 크나딜의 몸에 거할 때는 커다란 소리가 났으나 빠져나갈 때는 조용했다.

다시 눈을 떴을 때 서 있는 붉은 드래곤은 크나딜이었다. 그는 여신의 목소리와 비슷한 굵은 음성으로 말했다. 처음 만났을 때는 그 큰 소리가 부담스러웠으나 여신의 목소리에 비하면 상대적으로 듣기 편해졌다.

"뒤는 제게 맡기십시오, 여신이시여."

크나딜은 고개를 깊이 숙였다가 다시 들었다.

"자, 이제 나도 우그의 성급함을 따라 할 때가 왔다. 하늘 산맥 북쪽의 일도 중요하나, 울프 기사단의 큰 힘을 유지하기 위해서라도 지금부터 있을 이야기 역시 중요하다. 라루튼의 공주, 세르메이. 말하라! 이 공간 안에서 언어의 장벽은 없어질지어다."

세르메이는 잠시 일어나는 변화를 느껴보다가 카셀에게 말했다.

"제 얘기 알아들으시나요?"

"알아듣습니다."

"저도요."

둘은 동시에 놀랐다. 오히려 양쪽 말을 모두 할 수 있는 로펀은 헷갈려 했다.

"난 목소리가 네 개로 들려……."

세르메이는 로핀과 카셀을 번갈아보다가 카셀에게 물었다.

"게랄드와 아즈윈을 아시나요?"

"압니다!"

카셀은 세르메이가 놀랄 정도로 적극적인 반응을 보였다.

"저는 드래곤을 깨우는 무녀이자 라루튼의 공주 세르메이입니다."

"저는 울프 기사단의 캡틴 카셀입니다."

카셀은 세르메이에게 조금 다가갔고, 그녀도 그만큼 다가오며 말했다.

"수많은 희생을 치르며 여길 오던 중에 저는 아란티아에서 온 두 사람을 만나게 되었습니다. 그 두 사람은 저를 도와 이 근방까지 왔으나 아즈윈은 타치셀의 레미프들에게 붙잡히게 되었습니다. 게랄드는 저를 이곳까지 데려와 주었으나 사-크나딜을 뵙자마자 아즈윈을 구하기 위해 떠나 버렸습니다."

세르메이는 크나딜을 올려다보며 물었다.

"하이로드시여, 게랄드가 언제 떠났습니까? 저는 여기에 얼마나 오래 기절해 있었던 겁니까?"

"이틀 전이다. 너는 만 하루 동안 여신을 깨우는 의식을 치른 뒤 또 하루 동안 잠들어 있었다."

일어날 힘도 없어 주저앉은 채로 말하던 세르메이는 금방 울음을 터트렸다. 그 울음이 너무 서글퍼 영문을 모르는 카셀은 그녀를 달랠 엄두도 못 냈다.

그녀는 울면서 말했다.

"그럼 이미 늦었습니다. 아, 나의 기더가 그들을 죽음으로 이끌었으니, 내가 한 예언 역시 그 사악한 기더의 한 축이 되어 버렸나이다. 여신이시여, 크나딜이시여, 저의 죄를 용서치 마옵소서. 제가 그 둘을 죽음으로 내몰았습니다."

세르메이의 울음에 크나딜은 고개를 저었다.

"그것이 죄라면 내게 빌지 마라, 세르메이. 나 역시 너를 인도한 그자의 미래에서 죽음을 보았다."

'세르메이를 인도한 자의 죽음? 게랄드 얘긴가?'

카셀은 이를 악물고 드래곤의 말에 귀를 기울였다.

"나는 그에게 어두운 미래를 언급했으나 그 유쾌한 인간의 전사는 내 예언조차 무색하게 할 강한 의지를 지니고 말했다. 목숨을 내놓는 노력을 기울이지 않고서는 좋아할 자격조차 없는 여자를 구하러 가야겠으니, 자기 길을 막지 말라 하더군. 심지어 구아닐을 죽일 무기를 빌려 달라고까지 말했지. 내 어찌 그 요구를 들어주지 않을 수 있겠는가? 내 어찌 그 강한 의지를 꺾을 수 있겠는가?"

크나딜은 씁쓸하게 말을 이었다.

"나는 그가 죽을 걸 알면서도 칼을 내줄 수밖에 없었다. 내가 막아도 가려고 했으니, 그저 하늘 산맥 안에서 길을 잃지 말라고 나디우렌의 증표를 내준 게지. 죽음이 그의 기더를 이끌었다면 그는 지금쯤 레미프들의 나라 타치셀에 도착해 있을 것이다."

크나딜은 크게 한숨을 내쉬었다.

"적은 시간을 자기편으로 만들었다. 적어도 그 위대한 전사의 죽음을 되돌릴 시간은 없다."

갑자기 카셀이 소리 질렀다.

"무슨 뜻입니까? 마치 게랄드와 아즈윈의 죽음이 결정된 것처럼 말씀하고 있지 않습니까?"

카셀은 세르메이를 노려보았다. 그녀는 겁에 질려 몸을 움츠렸다. 카셀은 그녀의 마음을 배려할 여유가 없었다.

"로핀! 가야겠어요."

로핀은 벌써 떠날 채비를 하고 있었다.

"내가 가겠다. 너는 여기 남아 마스터 크나딜을 보좌해라."

"그럴 수는 없습니다."

"아직 여신께서 깨어나지 않으셨다! 그분께서 더 하실 말씀이 있을 것이다. 네가 있어야지!"

"전 그 둘의 캡틴이에요!"

"난 아즈윈의 스승이다!"

둘은 눈싸움이라도 하는 것처럼 서로를 노려보았다.

"내가 가야 한다."

로핀이 말했다.

"로핀……, 혼자서요?"

"라이와 같이 가겠다. 어제도 나를 들고 날 수 있었으니 오늘도 날아주겠지. 적어도 조금은 시간을 단축할 수 있을 것이다."

"그래도 혼자 힘으로는 무리입니다!"

로핀은 픽 웃었다.

"걱정 마라. 이번에는 에실크의 힘을 쓰길 주저하지 않겠다."

그때 크나딜이 끼어들어 말했다.

"에실크의 힘이라면 카-구아닐도 꺾을 수 있겠지. 그러나 타치셀에는 이미 너 혼자 감당하기에 너무 큰 힘이 모두 모여 있을 것이다."

"모두……, 라고 하셨습니까?"

로핀이 물었다.

"구아닐의 장막에 가로막혀 나도 타치셀의 일을 내다보기 힘들구나. 그러니 기다려라. 여신께서 곧 스스로의 힘으로 일어나실 시간이다. 그때 나도 이곳을 벗어날 수 있으니 드래곤을 배신한 프보에 레미프들에게 직접 드래곤의 분노를 내릴 것이다."

크나딜은 크게 소리 내었다. 동굴 전체가 진동했다.

하늘 산맥의 마스터가 마침내 날개를 펼치며 말했다.

"이 싸움, 나도 참전하겠다."

Chapter 37

캡틴 빅터

러스킨은 프보에 레미프들의 도시, 푸트나이에 도착하면 침공 준비를 마친 모즈들의 대군을 보게 될 줄 알았다. 그리고 총지휘관 빅터는 갑옷과 무기를 갖추고 또 다른 프보에 레미프의 도시 라루튼으로 향하는 선두에 서 있을 거라고 생각했다. 그러나 그는 한가롭게 움막집에서, 의자에 앉아 과일을 껍질째 씹어 먹고 있었다.

"오시느라 수고 많으셨소, 마스터 러스킨. 매번 그렇게 구아닐을 타고 다니면 멀미는 안 하시는지?"

빅터의 얼굴은 그림자 속에 감춰져 잘 보이지 않았다. 단지 더워서 햇볕을 피한 것일 테지만 러스킨에게는 일부러 의도한 것처럼 보였다.

"무슨 문제라도 있소, 캡틴 빅터?"

따가운 햇살을 받던 러스킨의 눈이 점차 그림자에 익숙해지면서 자신감 넘치는 평소의 빅터가 보였다. 그리고 옷만 너덜거리는 외팔의 모습도.

"문제라니?"

"전혀 준비가 안 되어 있지 않소? 까먹었을까 봐 말씀드리자면, 라루튼 침공 말이오."

"아, 그거라면 취소됐소."

빅터는 과일을 크게 씹은 다음 말을 이었다.

"그리고 라루튼의 레미프 하나가 사—크나딜을 깨운 듯하오."

러스킨은 놀라워하며 물었다.

"크나딜을 깨웠다고? 그건 계산 밖의 일 아니오?"

"다들 계산 밖이라고 말하는군. 미안하지만 그건 내 계산 안에 있었소. 레미프들이 아무리 성미가 느려도 이렇게 몇 년 동안이나 들쑤시고 다녔다면 이제 움직일 법도 하지. 그래서 내가 네이슨을 시켜 루티아를 침공하기 전에 논틸을 미리 해치우라고 지시했던 거요. 논틸까지 깨어났으면 정말 큰일 날 뻔했지."

"그거야 다행이지만, 그 때문에 루티아 공격이 늦어졌지 않소?"

"논틸이 워낙 잘 숨어 있어서. 말이 나왔으니 얘기인데 루티아의 일은 어떻게……."

빅터는 이유 없이 뜸을 들여가며 물었다.

"……잘 처리했소?"

"우리 예정의 상당 부분까지는."

"상당 부분? 나머지 부분에서는?"

"아란티아 여왕의 통찰력에 패배했소."

"울프 기사단에게 막혔다면 우리 계획대로 된 게 아니요? 그럼 지금쯤 네이슨이 모즈들을 이끌고 아란티아를 침공하고 있는 중인가?"

"아니오. 여왕은 울프 기사단을 보내지 않고 하얀 늑대들만 보내왔소."

"그거야말로 계산 밖이군!"

빅터는 억지로 놀랐다는 걸 드러내고 싶은지 과장되게 말했다.

"나는 화이트비를 깨뜨린 것에 만족해야 했고, 필연적으로 우리의 다음 일정까지 차질을 빚게 생겼소."

러스킨은 무덤덤하게 말했고, 빅터는 큰 소리로 웃었다.

"그래 봐야 새나디엘 그 마녀가 가진 힘은 아란티아에 한정되어 있지 않소? 가넬로크까지 손을 뻗치지는 못하겠지! 사—크나딜이 깨어난 점만큼은 마음에 걸리지만……."

빅터는 잠깐 생각하다가 자리를 떨치고 일어났다.

"그거야 알아서 하시겠지, 우리 구아닐 님께서."

빅터가 먼저 움막을 나갔고 러스킨이 뒤따라 걸었다. 햇살이 다시 눈을 찔렀다.

"그런데 군대는 다 어디 간 거요? 라루튼을 침략하는 게 취소되었다면 군대는 남아있어야지."

"좀 복잡하오. 간단히 말해 타노르스가 약속을 어겼소."

빅터는 타노루스에 가깝게 발음했다.

"타노르스? 푸트나이의 왕 말인가? 좀 복잡하게 말해주시게. 못 알아듣겠군."

"내가 지휘하기로 한 군대를 이끌고 혼자서 라루튼을 공격하려다 실패한 모양이오. 방금 푸트나이의 와자이브트들이 '여신이 깨어났다.'는 신탁을 받는 것과 동시에 자기네들의 홉트가 죽었다고 난리를 치는 소리를 들었소."

"잠깐, 라루튼의 침공이 취소된 게 아니라, 푸트나이의 왕이 혼자 자기 군대를 끌고 라루튼을 침공했다고? 더군다나 죽었고? 타노르스가?"

빅터는 새삼 고개를 끄덕였다.

"정리하자면 그렇게 되는군. 내 입장에서는 취소된 게 맞지만."

"루티아에 이어 라루튼까지 살아남다니, 계획이 두 가지나 어긋났군."

빅터는 호기심 어린 눈빛으로 러스킨을 올려다보았다.

"반응은 그게 다요, 마스터 러스킨?"

"어떤 반응을 말하는 거요, 캡틴 빅터?"

"이 정도로 계획이 어긋나면 허둥대야 하는 거 아니냐는 뜻이오."

"내가 허둥대면 뭔가 해결되는 건가? 그리고 당신도 허둥대지 않는데 왜 내가 그래야 하오? 나야 시키는 대로만 할 생각이라 딱히 허둥댈 이유를 모르겠군."

"난 당신이 정말 좋아."

두 사람은 푸트나이의 중심가를 걸었다. 두 사람의 옆으로 수백 마리의 모즈들이 열을 맞춰 섰다. 러스킨은 모즈들이 몰려 있는 것을 보고 질색했다. 몇 번을 봐도 끔찍한 외모였다. 루티아에서야 싸우는 척만 했지만, 생각 같아선 정말 없애버리고 싶었다.

"어쨌든 내 생각인데, 라루튼의 반격이 있을 것 같소."

빅터가 말했다.

"여기로? 아니면 타치셀로?"

"나도 모르오. 양쪽 다 가능하오."

"푸트나이의 왕을 죽인 기세 하나로 반격까지 할 거라고? 그 순하디 순한 라루튼의 레미프들이?"

"기세만으로 그러는 건 아닐 거요."

"원군이라도 생겼소?"

"그렇소."

"정말? 난 그냥 해본 말인데?"

"아무리 푸트나이의 군대를 이끄는 타노르스가 멍청해도, 라루튼의 군대에 비하면 압도적인 병력을 가지고 있었소. 솔직히 라루튼의 군대가 군대인가? 대장군인 론틀로스가 제법 하지만, 한 명 뛰어나다고 군대 전체가 강해지는 건 아니지. 우리가 무서워하는 건 라루튼의 공주 세르메이 하나뿐이었소. 그것도 전투적인 부분에서 무서운 것도 아니었고. 그런데도 패배했다? 다른 도움이 있었던 게요."

"군대 하나를 꺾을 정도의 압도적인 원군이라면 드래곤밖에 없지……."

"나도 그리 생각하오. 아마도 카-탄톨!"

빅터는 거의 탄토르에 가깝게 발음했다.

"우그에게 자신이 살해당할 거라는 미래를 내다보고 무서운 나머지 숨어 버린 그 겁쟁이 드래곤이?"

"그렇소. 난 내 제자들이 처치할 줄 알았지만 예언이 틀린 모양이오."

빅터는 덩치에 맞지 않게 어깨를 들썩이며 웃었다.

"어쨌든 카-탄톨이 라루튼의 병사들을 이끌고 직접 행차하면 모즈들의 피해가 커질 거요. 이 정도 숫자가 모이기까지 얼마나 기다렸는데! 그런 고로 계획을 앞당겨야겠소. 러스킨, 당신은 구아닐과 함께 모즈들을 하늘 산맥 너머로 인도해 주시오. 산 아래까지만 봐주면 뒤는 '포웰'이 알아서 할 거요."

모즈들의 군대를 이끌고 있는 또 한 명의 검은 갑옷을 입은 기사가 러스킨에게 다가와 정중히 고개를 숙였다. 모즈 지휘관으로 가장 뛰어나다고 평가받는 기사 포웰이었다. 그는 말도 잘 통하지 않는 이 괴물들을 공포로 통솔했다.

러스킨도 까닥 고개를 숙여 인사를 받았다.

"그런 다음 곧장 타치셀로 와 주시오, 러스킨. 내가 먼저 거기 가 있겠소."

"거긴 왜?"

"내 제자들에게 일이 끝나거나 잘못되면 그곳으로 오라고 했소. 모아서 가넬로크로 데려가야지."

"당신은 제자들을 무척이나 아끼는군."

"그렇게 보이오?"

"너무 티가 나서 민망할 정도요."

"티를 낼 만하니까. 내가 생각해도 내 부하들은 완벽한 기사요."

"그 완벽한 기사들이 하얀 늑대라는 기사들에게 막혔다면?"

내내 웃던 빅터의 얼굴에서 미소가 싹 가셨다.

"루티아에서 내 제자들 중 누가 죽기라도 했다는 거요?"

"내가 볼 때까지는 없었소. 나는 루티아가 함락되기 바로 직전에 떠나 버렸으니까. 하지만 그들이 전투 중 하얀 늑대와 정면 승부를 했다면, 지금쯤 하나나 둘쯤 죽었을지도 모르겠군. 타치셸에서 당신의 제자 세 명을 무사히 만날 거라는 기대는 하지 않는 게 좋을 거요."

빅터는 눈썹을 까닥이며 멀리 모즈들의 군대를 바라보았다. 정확히는 모즈의 군대 옆에 있는 검은 드래곤이었다. 카-구아닐. 어디에도 속하지 않고, 삶 그 자체를 허락받지 못한 생명체.

러스킨은 이미 구아닐의 등 위에 수차례 타고 다녔지만 그를 이해하고 있는 것은 아니었다.

"그럴 수도 있지. 군주님조차도 하얀 늑대를 경계하셨고 실제로 8년 전에는 한차례 당했다고 하셨으니까."

빅터는 아무렇지도 않다는 듯 말을 이었다.

"그렇기에 나는 자신하는 거요. 나의 1기사단은 하얀 늑대에 필적하는 기사단이며 그중 네이슨은 내가 본 기사들 중 최고의 실력을 가졌소. 스무 살 때 이미 기사단 내에서 최고였으며 10년이 지난 지금은 솔직히 말해 나도 이길 수 있을지 자신 없소."

"울프 기사단은 10년 전 오십 명으로 익셀런 기사 삼백을 무너뜨린 기사들이오. 하얀 늑대는 그중에서도 정예요. 얕잡아 보지 마시오."

"내 팔 한쪽을 앗아 간 놈도 하얀 늑대인데, 내가 얕잡아 볼 리가 있나?"

빅터는 러스킨에게 자기의 너덜거리는 소매를 내보이면서 말을 이었다.

"나는 얕잡아 보는 게 아니라 내 제자들의 실력을 정확히 평가하는 거요. 잘 기억해 두시고 나중에 배신할 때 써먹도록 하시오, 마스터 러스킨. 이 세상이 구아닐의 발아래 지배당하게 두고 싶지 않다면 딱 셋만 죽이면 되오."

빅터는 엄지로 자기를 가리켰다.

"하나는 나."

그다음은 러스킨을 가리켰다.

"하나는 당신."

그다음은 허리에 손을 올렸다.

"하나는 네이슨."

재미있는 평가였다. 수천 마리의 모즈와 '가넬로크의 협력자'를 모두 놔두고 딱 세 명만 언급하다니.

"지휘, 전투, 작전. 난 네이슨에게 모든 것을 물려주었고 네이슨은 모든 것을 뛰어넘었소. 사실 당신 없이도 별문제 없을 정도요."

"그럼 뭐 하러 셋이라 한 거요? 예의?"

빅터는 웃음을 터트렸다. 하지만 러스킨은 계속 무뚝뚝하게 말했다.

"난 그저 하얀 늑대를 조심하라고 말씀드리고 싶었소. 이 일의 처음을 방해한 것이 그들이니 마지막을 방해하는 것도 그들일까 싶어서."

"별걸 다 걱정하시오. 그냥 게임이 시작된 거라고 보시오."

"무슨 게임?"

"하얀 늑대들과 익셀런 제1기사단의 싸움 말이오."

빅터는 자기가 말해 놓고 그 표현이 마음에 들었는지 흡족해했다. 그리고 포웰에게 지시했다.

"포웰, 예정대로 푸트나이를 버리고 떠난다. 마스터 러스킨이 동행할 테니 뒤따르도록."

멀리 떨어져 있는 포웰이 알아들었다는 뜻으로 고개를 끄덕였고 더 멀리 떨어져 있는 드래곤 구아닐도 들었는지 뒤로 돌아섰다. 그리고 주변 공기를 한꺼번에 진동시키는 목소리로 말했다.

"서둘러라. 뭔가가 내 예지를 방해하고 있다."

빅터는 구아닐이 내다보고 있던 방향을 바라보며 물었다.

"아주 먼 쪽에서 방해하는 겁니까, 살짝 먼 쪽에서 방해하는 겁니까?"

"둘 다다."

"그럼 정말 서둘러야겠군요."

빅터가 신호하자, 그의 옆으로 잘 훈련된 베논이 다가와 섰다.

"갑시다, 마스터 러스킨. 끝나고 타치셸에서 합류하는 걸 잊지 마시오."

러스킨의 옆으로 구아닐이 쿵쿵 발소리를 내며 다가왔다. 러스킨은 거의 손도 대지 않고 드래곤의 등으로 휙 올라갔다.

빅터는 베논에 올라타 뒤로 물러났다. 곧 구아닐은 날개를 활짝 펼쳐 두 걸음의 도약만으로 날아올랐다. 검은 날개가 푸트나이를 덮었다.

"아직 안 갔군?"

자신의 사무실에서 일지를 정리하던 쉐이든은 문가에 서 있는 빌리를 발견하고 말했다. 지금까지 병상에서 봤던 모습과는 달리 단정하게 옷도 차려입고 머리도 깔끔하게 빗은 모습이었다.

먼저 나타난 건 빌리였으나 먼저 말하기는 머뭇거리자, 쉐이든이 먼저 물었다.

"할 얘기라도?"

빌리가 고갯짓으로 밖을 가리켰다.

"좀 걸을까?"

"좋지."

쉐이든은 일지를 덮고 일어났다. 최대한 빨리 부상에서 회복하려고 가급적 외출을 삼갔는데 이제 슬슬 몸을 움직여야 할 참이었다.

오랜만에 쐬는 바깥 공기가 신선했다. 멀리서 울프 기사들이 훈련하는 고함이 여기까지 들렸다.

"울프 기사단이 훈련하는 모습을 종종 봤다. 내가 가르치는 방식과 전혀 다른 방식으로 가르치더군."

빌리가 말했다.

"익셀런의 훈련 교관이 보기에는 어떤가?"

"형편없다."

빌리는 솔직하게 말했고 쉐이든은 픽 웃었다. 빌리는 떨떠름하게 말을 이었다.

"그런데도 이렇게 강한 이유를 모르겠더군. 이들을 보고 있으면 내가 아는 모든 것이 틀린 것 같다."

"제이메르라는 녀석과 싸워본 적 있지? 빌리 너라면 그런 녀석을 가르칠 수 있겠나?"

쉐이든이 대뜸 물었다.

"가르치려고 마음먹으면 가르치고 싶은 게 한두 가지가 아니지. 하지만……."

쉐이든은 이미 빌리가 어떤 뒷말을 할지 다 알고 있다는 듯 물었다.

"하지만?"

"하지만 가르칠 수 없다. 야생마를 길들이면 야생마의 강점이 사라질 테니까."

"울프의 기사들은 대부분 그런 놈들이다. 스스로 깨닫기 전까지는 고칠 줄도 모르는 자존심 덩어리들이고 단점을 지적하면 소심하게 기어들어 가는 녀석들이기도 하지. 제이메르는 울프의 기사가 될 수 있다. 하지만 너는 될 수 없다. 그런 차이지."

"불합격 통보를 받아 버렸군."

"어차피 너는 익셀런으로 돌아가야 할 사람이니까. 하지만 불합격이라고 말해 두는 게 나쁘진 않겠군. 나중에 적으로 만났을 때 네가 전의를 상실할 게 아닌가?"

쉐이든의 말에 빌리는 큰 소리로 웃었다.

"정말 간만에 웃어 보는군. 내내 우울했는데."

빌리는 잠시 울타리에 기대섰다. 여전히 그는 뭔가 말하고 싶은 것을 망설이고 있었다.

문득 쉐이든은 여기서 처음 빌리와 긴 대화를 나눴던 때가 기억났다. 빌리가 마침내 결심한 듯 말했다.

"여왕님을 만나 뵈었다. 곧 떠나겠다고 보고하려고 찾아뵌 것이었지. 그런데……."

빌리는 또 뜸을 들였다가 말했다.

"나더러 남아 달라고 하시더라."

쉐이든은 놀랐다.

"너더러? 어째서?"

"농담조로 말씀하셔서 아직도 어디까지가 진심인지 구분이 안 가지만, 정확히 이렇게 말씀하셨다."

"뭐라고?"

"지은 죗값을 치르고 가라."

쉐이든은 인상을 찌푸렸다.

"폐하가 그렇게 말했다고? 딱히 '이번 일'을 두고 네 죄라고 하실 것 같지는 않은데?"

"다른 울프들도 너처럼 생각하더군. 실제로 아무도 죽지 않았고. 하지만 게이트의 병사들을 내 손으로 죽인 건 맞다. 그 죗값을 치르지 않고 떠날 수는 없지. 하지만 그 벌이라는 게 임시로 울프 기사단이 되라는 거다."

쉐이든은 잠시 할 말을 잃었다. 빌리는 혼잣말처럼 계속 말했다.

"그래서 마스터 퀘이언을 만나 말을 전했지. 그랬더니 뭐라고 하시는 줄 아나? '폐하께서 슈벨에 대해서는 아무 말씀 없으셨나.' 그러시더군. 슈벨에게 그 말을 전했지. 굉장히 난처해하면서 그냥 내 뜻에 따르겠다고 했다. 이제 난 어째야 하나? 아무한테도 조언을 구할 길이 없어 네게 물었다."

"나도 폐하께서 무슨 생각이신지 모르겠군. 정말로 죗값을 물라는 뜻일 수도 있지……."

쉐이든은 말썽꾸러기 여동생이라도 떠올린 기분으로 몸서리치며 다시 말했다.

"어쨌든 폐하가 그러셨다면 그렇게 해라. 아직 부상이 낫지 않았겠지만 훈련에도 참가하고, 우리들이 쓰는 전투 진형도 익혀 둬라."

쉐이든은 잠시 머리를 짚고 돌아섰다. 오랜만의 찬바람은 개운했지만, 아직 몸이 개운하지 않았다.

"참, 그런데 너희들 중에서는 누가 최고냐?"

빌리가 뒤따라오며 대뜸 물었다.

"희한한 질문이군."

쉐이든은 왔던 길을 되짚어가며 뒤도 돌아보지 않고 대꾸했다.

"유치한 질문인 건 안다. 하지만 왠지 알아 두고 싶어서."

"그런 질문은 많이 들었지만 너처럼 노골적으로 묻는 건 또 오랜만이군. 하얀 늑대들 사이에서 그런 건 없다. 너라면 대답할 수 있나? 익셀런에서는 누가 최고인지?"

"네이슨."

빌리는 질문했을 때만큼이나 뜬금없이 대답했다. 쉐이든은 멈춰 서서 뒤돌아보았다. 빌리는 가던 길을 계속 가다가 옆에서 같이 멈췄다.

"처음 듣는 이름인데? 역대 최강이라 묻는다면 난 웰치라는 이름이 나올 줄 알았다만."

"이상한 불문율 같은 게 있다. 예전 선배들 사이에서 내려오는 이름이지. 누구든 익셀런의 최고가 누구냐고 물으면 우리는 거의 반사적으로 네이슨이라는 이름을 내놓곤 한다. 그래 봐야 내 마음속의 최고는 웰치지만."

"그 얘기 좀 자세히 듣고 싶군."

"마치 전설과도 같은 얘기다. 익셀런 기사단을 처음 만든 건 슈라이튼 백작 가문의 후원을 입은 빅터라는 기사지. 초창기 캡틴이었다고 한다. 외부에서는 거의 모르는 이름일 거다. 어느 날 빅터는 한 팔을 잃었는데, 어, 한 팔을 잃은 계기가 뭔지는 나도 잘 기억이 안 나는군. 소문에는 어중이떠중이를 상대로 방심했다가 그랬다고도 하고……."

쉐이든은 끼어들지 않고 신중하게 들었다.

"어쨌든 그 일 이후 빅터는 기사단에서 사라졌다가 난데없이 스무 살도 안 되는 청년을 데려왔는데 그 청년의 이름이 네이슨이었고 그 뒤로 수제자처럼 키웠다고 하더군. 빅터는 스스로 캡틴 웰치의 밑으로 들어가, 자기는 네이슨을 필두로 따로 익셀런 제1기사단을 만들어 독립적으로 움직였다. 카모르트의 연합 기사단을 무너뜨린 것도, 이로피스의 왕실 기사단을 무너뜨릴 때 선두에 선 것도, 드래곤 기사단을 무너뜨린 것도 모두 익셀런 제1기사단이었다."

"난 그게 모두 캡틴 웰치의 공이라고 생각했는데 아니었다고?"

"당연히 1기사단도 익셀런에 소속되어 있고, 웰치의 지시에 따라 움직였으니까. 그리고 1기사단이 선두에 나서서 맹활약을 펼쳤다 해도 웰치는 항상 그들보다 더 앞에 있었으니 당연하다. 하지만 적어도 드래곤 기사단의 캡틴 데라둘 마치를 말에서 떨어뜨린 건 캡틴 웰치가 아니었다."

그 역시 아는 사람만 아는 일이었다. 퀘이언과 웰치의 결투가 그토록 역사가들 입에서 오르내린 것도 어쩌면 데라둘 마치의 어처구니없는 패배 때문인지도 몰랐다.

데라둘 마치의 패배는 로크의 네 마리 수호 드래곤의 죽음이 주는 충격에 가려 흐릿해졌다. 게다가 이로피스 왕실 기사단의 패배에서도 당시 이름을 날렸던 기사들의 죽음이 그다지 부각되어 있지 않았다. 미화되어야 마땅할 영웅들의 죽음은 모조리 건조한 문체로 다뤄졌다.

'누구 기사가 어느 전투 중 전사했다, 끝.'

웰치에게 죽었다면 그렇게 표현되지 않았을 것이라고 쉐이든은 전부터 생각하고 있었다. 당시의 영웅들을 '화려한 전투 끝에 죽었다.'가 아니라 그냥 '죽었다.'로 만들어 버린 누군가가 있었다는 뜻이었다.

"그 어린 기사의 이름이 네이슨인 건가?"

"그렇다."

"그럼 그자는 어째서 아란티아 전투에서 이름이 오르내리지 않았나? 그런 엄청난 기사가 있었다면 캡틴 웰치가 패한 후에 나섰어야지."

빌리는 따지듯 말하는 쉐이든에게 조금 겁을 내는 목소리로 대꾸했다.

"사라졌다. 가넬로크를 무너뜨린 후의 익셀런 제1기사단의 행방을 정확히 아는 사람은 없지. 하지만 일부 소문은 있더군. 말도 안 되긴 하지만."

"하늘 산맥으로 올라갔다고?"

"맞다. 그래서 내가 물어본 거다. 너희들 중 누가 최고냐고."

10년 전에는 드래곤 기사단의 캡틴인 데라둘이 퀘이언보다 더 높이 평가받았다. 울프 기사단 역사상 가장 뛰어나다고 하던 전대 수호기사 그란돌도 퀘이언에게 항상 데라둘과는 아직도 승부를 내지 못했다고 말했을 정도였다.

'바로 그 데라둘을 소리 소문 없이 꺾어 버린 기사가 있었다고? 게다

가 그때는 아직 어렸다?'

쉐이든은 괜히 이상한 기분이 들어 물었다.

"난 아직도 네가 왜 그런 얘기를 꺼내는지 이해 못하겠다. 갑자기 왜 네이슨이라는 이름을 언급하는 거냐?"

"내가 언급한 게 아니다."

빌리는 변명하듯 말을 이었다.

"여왕님께서 말씀하셨다!"

"여왕님께서 그 이름을 어떻게 아시고?"

"난들 아나? 내가 문을 열고 안으로 들어갔을 때 여왕님은 창가에 기대어서 하늘 산맥 쪽을 바라보고 계셨다. 그리고 나한테는 거의 들리지도 않는 목소리로 '네이슨이라…….' 하고 말씀하셨다. 난 뭔 소린가 했지. 당연한 혼잣말일 테니 별로 신경도 안 쓰고 그냥 내 얘기만 하다가 대뜸 울프 기사단 통지를 받은 거다. 나중에 생각해 보니 이상하지 않은가?"

쉐이든은 뭔가 알 것 같으면서도 감이 오지 않아 답답했다. 그런 마음이 전달되었는지 빌리도 약간 답답해하며 말했다.

"그래서 물은 거다, 쉐이든. 10년 전 웰치와 함께 익셀런 제1기사난이 왔으면 골드 게이트가 버텼을까? 너희 하얀 늑대들 중에서 네이슨이란 자와 싸워 이길 수 있는 기사가 있느냐 이거다. 내가 가까스로 훈련생을 벗어나 익셀런에 들어가고 싶어 했던 나이에 드래곤 기사단의 캡틴 데라둘을 말에서 떨어뜨려 버린 그 괴물을 말이다."

쉐이든은 빌리의 말이 극적으로 끝난 것을 경계했다. 두려움은 미지의 순간에 나타나는 법이고, 적의 힘은 자기 안에서 부푸는 법이었다.

"이럴 때 내 대답은, 그리고 우리의 대답은 항상 같다."

쉐이든은 단호하게 말을 이었다.

"하얀 늑대의 이빨을 보고 살아남을 수 있는 건 하얀 늑대뿐이다."

Chapter 38

타치셀

타치셀은 인간인 아즈윈의 관점으로 보자면, 마치 사라진 고대의 도시 같았다. 그녀는 탐험가가 된 심정으로 레미프의 거대 도시를 바라보았다.

도시 곳곳에는 하늘을 받치는 기둥을 내린 듯 거대한 나무가 주위를 가로막고 있었으나, 다른 숲에 비하면 나무가 거의 없는 편에 속했다. 뻥 뚫려 보이는 파란 하늘이 어색할 지경이었다.

굵은 나무들 틈으로 레미프들의 석조 건물이 보였다. 나무를 좋아하니 나무로만 집을 짓는 줄 알았더니 그런 것도 아닌 모양이었다.

아즈윈은 아직 머리가 멍해서 상황 파악이 잘 안 되었고 어째 관심도 잘 가지 않았다. 사실 여기가 타치셀이 맞는지 알게 뭐냐 싶었다. 기절하고 나서 얼마나 시간이 흐른 걸까 정도만 알고 싶었다.

아즈윈은 마을 광장 한가운데에 팔을 뒤로 묶여 엎드려 있었다. 천천히 몸을 일으켜 보았다가 다리를 잡는 묵직한 느낌에 돌아보니 한쪽 다리에 쇠사슬이 묶여 있었다. 쇠사슬 끝은 바닥에 깊이 박힌 통나무에 걸려 있었다. 뒤로 묶인 손은 꿈쩍도 하지 않았다. 피가 통하지 않아 느낌도 거의 없었다.

"깨어났나, 아즈원?"

아즈원은 어색한 억양을 가진 인간의 언어를 듣고 뒤를 돌아보았다. 몇 걸음 떨어진 곳에 론틀로스가 아즈원과 같은 꼴로 묶여 있었다.

"살아 있었구나, 론틀로스. 세르메이가 좋아하겠어."

아즈원이 웃으며 말했다.

"바푸쿠즈는 무사하신가?"

론틀로스는 힘겹게 물었다.

"게랄드가 데리고 하푸를 넘어갔어. 그 뒤로는 보지 못했지만 분명히 성공했겠지."

"레드워드도 돌아오지 않고 거기에 합류했던 군대도 돌아오지 않아 걱정한다. 걱정했다. 여기에서 병사들이 하는 이야기만으로는 알 수가 없었다, 아무것도. 아, 네가 이구셀런 중 하나를 죽였다고 한다. 그렇게 들었다. 사실인가?"

"맞아. 아마 홀튼인가 뭔가였을 거다."

"여기 레미프들, 그 일로 난리다."

"가볍게 이겼다……, 고는 못 하겠군. 확실히 너희 레미프들이 무서워할 만한 실력자였어."

목이 탔다. 바닥에 물이 고여 있다면 그거라도 핥아먹고 싶었다.

"그리고 카구아 중 한 마리까지 죽었다. 네가 죽였다고 들었다. 사실인가?"

론틀로스는 아즈윈이 과장된 소문이었다고 말하길 바라는 것처럼 말했다. 아즈윈은 그런 걸 설명할 기운이 없었다.

"사실이야. 그럼 내가 카구아를 죽인 지 며칠이나 지난 거야?"

"어어, 으음, 이틀쯤 되었을까? 잘 모른다. 너는 어제 이 기둥에 묶였다. 타치셀의 병사들, '전날 악몽과도 같은 일이 있었다.'라고 떠들었다. 그러니 이틀이 맞다. 하지만 나도 중간에 몇 번이나 정신을 잃어 정확하지 않다. 시간 계산 못하겠다."

론틀로스의 목소리에는 힘도 없었고 희망도 느껴지지 않았다. 아즈윈도 멍청히 앞만 바라보다가 엉덩이를 끌어 쇠사슬이 묶인 통나무에 등을 기댔다. 몸의 어떤 부분은 굳어서 느낌도 남아 있지 않았고 어떤 부분은 깨질 듯 아팠다.

"그래도 우린 해낸 거야. 게랄드는 세르메이를 안전하게 데려갔을 것이고 세르메이는 드래곤을 부르겠지. 우리는 비록 이곳에서 처형당하겠지만, 그 뒤는 드래곤이 알아서 해줄 거야. 그렇지?"

아즈윈은 위로라도 받고 싶은 마음에 말했다. 하지만 론틀로스는 말이 없었다. 아즈윈은 그가 눈을 감고 있는 시간이 길어 기절했나 보다 하고 대답을 기다리지 않았다. 하지만 론틀로스는 깨어 있었고 잠시 후 암울한 목소리로 말했다.

"시간이……, 늦다. 늦어 버렸다."

"늦다니?"

"우린 최선을 다했다. 우리의 계획은 틀리지 않았다. 그러나 지금까지 엿들은 얘기대로라면, 라루튼은, 우리 라루튼은 푸트나이의 군대에게 공격당했다. 이미 끝난 것이다.”

“푸트나이가 라루튼을 침공했다?”

아즈윈은 잠시 잊고 있었던 레미프들의 나라들을 머릿속에 그렸다. 푸트나이와 타치셀은 연합했고, 라루튼은 드래곤을 배신하지 않고 홀로 저항한다고 했다.

“결과는?”

“패했다고 들었다, 라루튼은. 끝났다고…….”

“드래곤들이 응답하지 않은 모양이군.”

“카ー탄톨께서 힘을 주지 않으신 모양이다. 사ー크나딜께서 응답하기에는 이미 늦었다. 우리의 저항은 결국 빛을 보지 못했다. 라루튼은 멸망했다. 했을 것이다.”

“그랬군.”

“두 나라를 합친 군대와 구아닐, 카구아의 힘을 라루튼은 막을 수 없다. 없었을 것이다. 어젯밤 나는 또 한 마리의 카구아를 보았다. 타치셀의 저 건물.”

론틀로스는 턱으로 뭉툭한 삼각형 모양의 건물을 가리켰다.

“저 신전만 한 크기의 검은 괴물의 모습을 보는 순간 나는 희망마저 잃어버렸다.”

“저렇게 크다고?”

“똑바로 서면 건물 위로 머리가 나왔다. 나올 정도였다.”

“지금 저기 있어?”

“지금은 엎드려 있는 모양이다.”

아즈윈은 건물 뒤의 괴물을 상상했다.

'내가 죽인 카구아가 새끼였다고 말한 게 단순한 협박이 아니었군. 저렇게 크면 게랄드의 도끼가 박혀도 바늘 하나 깨지고 끝일 거야.'

아즈윈은 론틀로스에게 희망을 버리지 말자는 상투적인 위로도 꺼내지 못했다. 이미 그녀도 희망을 잃었다.

'하푸 너머로 레드워드와 카구아, 그리고 레미프 마법사가 건너갔어. 게랄드가 그들을 뿌리칠 수 있을까? 세르메이는 무사히 드래곤에게 도달했을까?'

아즈윈은 게랄드가 그 모든 걸 해내리라 바라지 않았다. 그저 살아 있기만을 바랐다.

'괜히 구하러 오라고 말했구나.'

아즈윈은 헤어지던 순간을 후회했다.

"아, 그리고 한 가지 더. 하지만…… 이제 와 이런 걸 알 필요가 있을까……."

론틀로스가 퍼뜩 생각난 듯 말했다.

"이 와중에 알 필요 있는 얘기, 없는 얘기가 어디 있겠어?"

"신전 뒤편에……, 카구아가 있다는 자리에, 함께 있다. 있을지도 모른다. 모즈의 군대가."

아즈윈은 타치셀의 북쪽을 턱짓으로 가리켰다.

"모즈의 군대가 신전 뒤편에 있다고?"

"그렇다."

"얼마나."

"정확한 숫자는 모른다. 듣자니 전체 병력의 10분의 1 정도. 나머지는 푸트나이에. 그것들이 곧 우그들의 세계를 침략한다. 한다고 들었다."

아즈윈은 루티아가 공격받고 있다는 얘기를 떠올리며 물었다.

"제대로 말한 거 맞아? 할 예정이라는 거야, 이미 끝냈다는 거야, 아니면 하고 있는 중이라는 거야?"

"정확히는 모른다. 나도 모른다. 내가 들은 건 이러하다. 푸트나이와 타치셀의 연합군이 서쪽을 공격한다. 그 결과, 그들이 즈비 레미프들을 지배한다. 그리고 모즈의 군대는 우그의 나라를 지배한다…… 그렇게 들었다."

이제 아즈윈은 현실감조차 느껴지지 않았다.

'하늘 산맥의 군대가 인간들의 나라를 침략한다고? 거짓말도 잘하시네. 세상에 그런 게 어디 있냐?'

아즈윈은 그렇게 생각하면서도 머릿속으로는 군사 작전 계획을 짰다.

'이쪽 방향에서 쳐들어가는 아크랜드 대륙이면, 어디 보자, 가넬로크인가? 하늘 산맥 쪽에는 병력 배치도 안 해 놨을 텐데, 한 방만 치면 와르르 무너지겠네.'

아즈윈은 아직도 가넬로크에서 살고 있는 부모님이 떠올랐다. 울프 기사단이 된 뒤로 편지만 몇 번 주고받고 찾아뵌 적도 없었다. 아란티아에서 살라고 그녀가 몇 번이나 부탁했지만 두 분은 거절했다.

'언제 울고 안 울어 봤더라? 지금이 딱 울고 싶어지는 순간인데 울까? 천하의 하얀 늑대가 우는 꼴 보이면 한심하니까 그냥 울지 말아야겠다.'

아즈윈은 앞에서 왔다 갔다 하는 경비병들의 시선을 바라보다가 문득 떠올라 물었다.

타치셀
417

"그런데 너랑 내가 왜 살아 있는 거지? 왜 안 죽이고 잡아 둔 거야? 그리고 잡아 뒀으면 어디 감옥 같은 곳에 가둬 놔야지 왜 바깥에 묶어 뒀어? 어떤 의미가 있는 거냐? 레미프들 관습? 세르메이가 잡혀 있을 때처럼 우리도 미끼냐?"

"그럴 것이다. 그렇지 않겠나?"

론틀로스는 확신하지 못하는 목소리로 대꾸했다.

"이상한 놈들일세. 세르메이가 드래곤을 팽개치고 여기로 올 리도 없고. 라루튼도 이미 끝냈다고 했지? 그럼 굳이 그 애를 유인해서 잡겠다는 것도 아닐 것 같은데?"

"그런가? 그럴 수도 있겠군."

론틀로스는 곰곰이 생각했다. 시간도 많겠다, 아즈윈은 그가 길게 생각하도록 기다려 주었다. 론틀로스는 마침내 자신의 추리를 얘기했다.

"죽이지 않는 게 아니라, 죽이지 못한다. 못하는 거다. 왜냐하면 네가 카구아를 죽였기 때문이다."

"그게 왜?"

"그것은 너무나도 놀라운 일이다. 네가 대단하고 강한 문제가 아니다. 아니라, 우리가 절대로 죽일 수 없는 존재라고 생각했던 존재를 죽였다는 것이 문제다. 그래서 이들은 널 두려워한다. 네가 아니라면 너와 관련된 뭔가를 두려워하고 있다. 그건 단순히 카구아를 죽였다, 또는 익셀런 중 하나를 죽였다는, 너의 강함 자체에 있는 게 아니다."

"뭔 소리인지 하나도 모르겠잖아. 좀 정리해서 설명해 봐."

"아까부터 타치셀의 병사들이 너를 두고 '카-드로크의 악령'이라고 수군대고 있다.”

“그건 또 뭐야?”

“전에 잠깐 이야기했었지. 카-드로크. 원래 타치셀의 수호 드래곤이었다. 그러나 타치셀의 레미프들은 익셀런과 카-구아닐의 협박에 굴복하여 스스로 자기들의 신을 죽였다. 자기들이 살기 위해서 그런 일을 저질렀다. 저질렀으니 얼마나 죄책감에 시달리겠는가?”

“그렇겠군. 그냥 지나가는 동물도 아니고 신을 죽였는데, 아무리 그게 종족의 생존을 위해서라는 대의명분이 있다 해도 사람의 마음이란 그렇게 되지 않겠지.”

“내가 보기에, 아즈원 너를 카-드로크가 부활한 존재라거나, 그 비슷한 존재로 본다. 보는 것 같다.”

“흐음, 거 참 이상한 일이군. 나랑 아무 상관도 없고, 본 적도 없는 드래곤 덕분에 안 죽다니! 그보다 곤란하게 됐네. 나 이러고 있으면 내 서방님이 나 구한답시고 뛰어들 텐데?”

“서방? 그건 남편, 또는 배우자를 뜻하는 단어가 아닌지? 게랄드를 지칭하나 본데, 언제 부부의 연을 맺은 건가?”

아즈원은 낄낄대고 웃었다.

“부부의 연이라……. 맺은 건 맺은 건데 그걸 그런 식으로 설명하니 되게 웃기는군. 그냥 농담이었어.”

“게랄드, 나와 같이 있을 때 네 이야기를 많이 했다. 했었다.”

“나도 세르메이와 네 이야기 많이 했어.”

세르메이도 보고 싶었다. 론틀로스를 좋아하는 감정을 입에 담는 것조차 수줍어하는 모습이 보고 싶었다. 말이 통하든 말든 좀 더 많은 이야기를 해 둘 걸 하는 후회가 들었다.

아즈원은 지옥의 한쪽에 내놓아도 별로 걱정 안 될 게랄드보다 오히려 세르메이가 더 걱정됐다.

"어, 그러고 보니 남자들만 여자 얘기로 시시덕대는 게 아니었구나? 여자들도 남자 얘기로 우정을 돈독히 하는 거였네. 진작 알았으면 울프 여자애들하고도 남자 얘기로 친해졌을 텐데 아깝다."

아즈원은 새로운 깨달음에 즐거워하며 론틀로스를 돌아보았다. 그는 또 기둥에 머리를 기대고 눈을 감고 있었다.

"어이, 론틀리. 듣고 있냐?"

"론틀리? 그건 나인가? 나를 지칭하는 것인가?"

"너 이름이 너무 길어. 론니라고 부르려다 만 거야. 음, 나보다 몇십 살이나 많은 할아범 상대로 장난치는 게 조금 미안하긴 하네. 어쨌든 론틀리 넌, 그러니까 만약에 말이야 이번 일이 무사히 끝나면 세르메이와 '부부의 연'을 맺을 생각은 없냐?"

아즈원은 농담조로 그 단어를 강조했으나 론틀로스는 심각하게 대답했다.

"알고 있겠지만 우리는 그렇게 할 수 없다. 그러나 누구도 불행하다고 생각하지 않으니 때론 그게 더 큰 행복이 될 수 있다. 될 수 있을 것이다. 오히려 내가 묻고 싶다. 그저 동료 같았던 게랄드와 그 짧은 시간에 어떤 감정의 교류를 가졌기에 자신 있게 연인처럼 말하는 것인가?"

"와우! 그렇게 대놓고 물으니까 자신 있게 대답 못하겠는걸. 그냥…… 그래, 레미프가 나 같은 변덕쟁이의 마음을 이해하는 건 무리일지도. 너희들은 수십 년 동안 서로를 바라보면서도 조용히 그런 감정을 간직하고 유지하겠지만 인간이란 순식간에 타올랐다가 순식간에 꺼져 버려. 나란 년은 더 심하고."

말하다 보니 저절로 게랄드의 행동과 말들이 떠올랐다. 말은 안 했지만 게랄드는 꽤 오래전부터 그녀를 마음에 두고 있었던 것 같았다. 왜 말하지 않았을까? 아마도 금방 떠나야 할 연인이라는 자리보다 오래 옆에 둘 수 있는 친구라는 자리를 택한 거라고, 아즈원은 생각했다.

"그런데 난 게랄드의 마음을 알아 버렸어. 그런 멋진 녀석이 날 좋아한다는 것을 알아 버린 이상 이대로 넘어갈 수는 없어. 결국 게랄드를 상처 주게 될 걸 알아도 말이야. 모른 척 넘어가기엔……."

그녀의 목소리는 점점 낮아졌다.

"……이미 늦었어. 오래전에 늦었어. 왜냐면 나도 게랄드를 좋아했으니까. 맞아, 좋아했어. 나도 오래전부터 좋아했었어. 빌어먹을, 나도 처음부터 좋아했어!"

아즈원은 괜히 흥분해서 말하다가 고개를 푹 숙였다.

"꼴불견이다. 그거 알아, 론틀리? 인간들 동화에는 말이야, 자기는 손가락 하나도 까닥하지 않고 잘생긴 왕자님이 구해줄 때까지 기다리는 공주님 얘기가 많아. 난 그 내숭덩이들 묘사만 보면 동화책을 찢어 버렸어. 그런데 지금 내가 그 꼴이 됐어. 그런데 기분이 좋아. 왠지 게리가 와서 진짜로 구해줄 것만 같거든."

아즈원은 웃으며 다시 고개를 들었다.

"게랄드한테 무지 미안해지네. 그 녀석이 나 좋아하는 그 순간에 나는 딴 남자랑 놀고 있었을지도 모르는 거잖아. 살아 돌아가면 잘해 줘야지. 엄청 잘해 줄 거야."

아즈윈은 눈물을 꾹 참고 계속 말했다.

"결혼도 할 거야. 하고 싶어. 여왕님은 반대하지 않으실 거야. 까짓 수호기사 안 하면 되지. 게리가 내 프러포즈 거절하면 녀석에게 하얀 늑대의 이빨을 보여 주겠어! 대신 거절 안 하면…… 어이, 론틀리. 듣고 있나?"

론틀로스는 또 기둥에 머리를 기대고 눈을 감고 있었다. 몇 번 다리 묶은 쇠사슬을 찰랑대며 불러도 대답은 없었다.

"기절했나? 젠장, 나 혼자 떠들고 있었던 거야? 뭔 상관이냐? 그래. 거절만 안 하면 잘해 줘야지. 정말 잘해 줄 거야. 그동안 미안한 거 몇 배로 곱해서 보답해 줘야지. 그러니 구하러 와라, 게리. 여기 너의 레이디께서 구출을 기다리신다."

그녀의 목소리는 공허하게 퍼져 나가 사라졌다.

"구하러 와 줘, 게리."

아즈윈은 끝내 눈물을 흘리고 말았다.

아즈윈은 힘없이 늘어져 빈 땅만 바라보았다. 중간에 레미프 병사가 물을 가져다주면 몇 모금 받아 마시고, 빵을 내주면 몇 입 베어 먹기도 하면서, 그녀는 처분만 기다렸다. 그러다 바닥이 어둑어둑해질 무렵, 검은 철갑의 발이 시야 안에 들어왔다. 고개를 들어보니, 검은 로브가 가리고 있는 투구 너머의 강한 시선이 내려다보고 있었다.

"아직 살아 있었군, 하얀 늑대."

피곤함이 묻어 있는 목소리로 그가 말했다. 목소리가 낯설지 않았다.

"레드워드냐?"

아즈윈이 물었다.

"그렇다."

레드워드는 그녀를 내려다보다가 갑자기 칼을 들어 내리그었다. 아즈윈은 반사적으로 머리를 젖혔다. 상의가 잘려나가 가슴이 드러났다. 무슨 짓이냐고 소리라도 지르려던 아즈윈의 턱으로 칼날이 들어왔다.

"이렇게 보면 별로 다를 것도 없는 여자인데, 대체 그때는 무슨 요술을 부린 거지? 나와 맞대결을 하지를 않나, 카구아를 죽이지를 않나……."

"그럼 한번 풀어 줘 봐. 이번에는 칼질 세 번에 널 이겨 줄 테니까."

"난 원래 톡톡 쏘는 여자를 좋아하지. 타치셀에서 상납하는 겁먹은 레미프 여자들 상대로 즐기는 것도 지겨워졌는데, 너 하나 여기서 눕혀 재미 보는 것도 나쁘지 않지."

"호오, 나도 너처럼 말 함부로 하는 녀석 되게 좋아하는데? 이거 뜻밖의 장소에서 취향 비슷한 사람끼리 만났네? 그러니까 잠깐 풀어 줘 봐."

레드워드는 크게 웃더니 투구를 벗었다.

"까불지 마라, 꼬마야. 너 하나 죽이는 건 일도 아니다. 멍청한 레미프 놈들이 너를 카―드로크의 악령이니 뭐니 하고 부르지만 않았다면 진작 본보기로 발가벗겨 목을 매달았을 것이다. 오줌을 지리며 꿈틀대는 꼴이 볼 만했겠지."

아즈원은 오히려 생글생글 웃으며 말했다.

"아, 글쎄, 이 밧줄만 잠깐 풀어 보라니까 그러네. 원하면 옷도 벗어 줄게. 여자가 이런 말 하는 거 쉽지 않거든. 그만큼 너한테 죽도록 반한 거야. 걱정하지 마. 갑자기 풀어 주면 팔도 잘 안 움직이니까 네 맘대로 할 수 있을 거야. 응? 착하지, 우리 아가?"

레드워드는 턱에 들이댄 검을 옆으로 스윽 그었다. 칼날이 턱을 벴다. 그다음 휘두른 검은 정확히 뺨을 베어내는 방향이었다. 아즈원은 최대한 머리를 뒤로 젖혔다. 칼끝이 베고 지나간 자리가 불에 덴 듯 화끈했다. 그다음에 내지르는 칼날은 제대로 피하지 못했다.

어깨, 목덜미, 이마, 다리, 팔.

급소도 아니고, 위험한 부위도 아닌 곳만 골라 칼집을 내는 레드워드의 표정은 전혀 변하지 않았다. 아즈원은 이를 악물고 고통을 인내했다. 신음을 내지 않기가 쉽지 않았다.

레드워드는 천천히 몸을 수그리더니 바들바들 떠는 아즈원의 다리를 무릎으로 깔아뭉갰다. 무릎 관절을 보호하는 갑옷의 딱딱한 금속이 뼈를 으스러뜨리는 것 같았다. 레드워드는 왼손으로 아즈원의 드러난 젖가슴을 움켜쥐더니 칼날을 들이댔다. 그리고 무뚝뚝하기 그지없는 얼굴로 말했다.

"여자가 남자들 세계에 끼고 싶어 거추장스러운 젖가슴을 자르기도 한다지. 너도 그리해야 하지 않나?"

칼날이 젖가슴 위를 파고 들어갔다. 아즈원은 미소를 잃지 않기 위해 입을 다물지 않았다. 그러나 턱이 바들바들 떨렸고 고통은 심해졌다.

"그러려고 했는데 내 가슴이 워낙 예뻐서 도저히 못 그러겠더라고. 게다가 난 그렇게 악에 받쳐서 기사가 된 것도 아니고."

아즈원이 말하는 중에도 레드워드가 누르는 칼에 힘이 점점 더 들어갔다. 배어 나온 피가 가슴의 곡선을 타고 흘러내려 옷을 적셨다. 그녀의 주위에 몇몇 레미프들이 겁에 질린 눈을 하고서 모여들어 있었다. 레드워드는 그들의 시선을 의식했는지 칼을 뗐다.

그는 콧김을 내뱉으며 자리에서 일어나 말했다.

"너의 처형은 캡틴께서 오신 후 결정하겠다. 그리고 네 저주가 사라지는 순간 너는 지금 내뱉은 모든 말에 책임을 져야 할 것이다. 여자로서 최악의 죽음이 될지 인간으로서 최악의 죽음이 될지는 그때 가서 내 선택을 따르게 되겠지."

아즈원은 고통스럽게 숨을 내뱉으며 속으로만 중얼거렸다.

"어련하시겠어……."

한동안 통증이 이어졌고 칼에 베인 자리에서는 출혈이 멈추지 않았다.

"어째 화도 안나냐? 음, 카-드로크라는 드래곤, 만나지는 못하겠지만 그 녀석 덕에 목숨 여러 번 건졌으니 고마워해야겠군."

가만히 묶여 있는 것도 중노동이었다. 거기다 피까지 흘리고 나니 금방 피로가 몰려왔다. 잠시 엎드려 있던 아즈원은 몸을 일으켜 론틀로스처럼 통나무에 머리를 기댄 채 잠시 잠들었다.

꿈속에서 하는 말인지, 무의식중에 하는 말인지도 모르게 아즈원은 나직이 중얼거렸다.

"모두에게 미안하긴 하지만, 그냥 여기서 죽고 끝낼까?"

타치셀

425

그때 세르메이의 목소리가 들렸다.

"아즈윈, 지금 일어나야 해. 네 죽음이 너의 앞에 다다랐어. 일어나, 아즈윈. 일어나! 여신께서 깨어나셨어. 나의 목소리를 들어."

아즈윈은 비몽사몽 간에 주변을 살폈다. 하지만 아무것도 보이지 않았다.

"너의 기더를 받아들여선 안 돼."

세르메이의 악에 박친 목소리가 그녀의 귀청을 때렸다.

"일어나!"

아즈윈은 소란스러운 소리에 눈을 떴다. 새벽이었다. 차가운 공기에 몸이 절로 떨렸다.

'방금 뭐였지? 꿈이었나?'

이젠 아예 자신의 몸이 아닌 듯 잘 움직여지지도 않았다. 쇠사슬 묶인 발목 주변이 시커멓게 피멍이 들어있었다. 꼭 썩은 것 같았다. 레드워드에게 베인 부분은 진물만 나고 상처에 딱지가 내려앉지 않았다. 가슴 베인 자리는 상처가 더 벌어진 것 같았다.

안 아픈 데가 없었다.

익셀런 기사를 태운 검은 털의 이상한 짐승이, 론틀로스가 신전이라고 지칭한 하얀 석조 건물로 걸어가고 있었다. 레드워드가 직접 나와 그 익셀런의 기사를 맞았다. 멀어서 두 사람의 대화는 잘 들리지 않았다.

"론틀리, 일어나 있나?"

대답해 주기를 기대하지 않았지만, 다행히 그의 목소리가 들렸다.

"잠시만 말하지 말아다오. 엿듣고 있다. 있는 중이다."

아즈윈은 시키는 대로 입을 다물었다.

"응?"

그때 아즈윈은 백 걸음쯤 떨어진 숲 쪽에서 뭔가를 발견했다. 사람의 형체였다. 그것은 숲을 따라 계속 움직이고 있었다. 힐끗 보이는 옷차림과 형태를 보고 아즈윈은 깜짝 놀랐다. 게랄드였다.

원래 북쪽 숲을 지키는 레미프는 네 명이었다. 그러나 지금은 하나도 보이지 않았다.

'게랄드가 왔어!'

아즈윈은 심장이 쿵쾅거렸다. 하지만 금방 진정하고 주변을 살폈다.

'아직 놈들은 눈치를 못 챘나 보군. 하지만 게리, 지금은 너무 밝아. 기습을 하기에는 성공 확률이 너무 낮아. 차라리 밤에 왔더라면?'

아즈윈은 세르메이를 구하려 했던 며칠 전의 일을 떠올렸다. 프보에 레미프들은 인간보다 밤눈이 월등히 밝았다. 게랄드가 밤을 택하지 않은 이유는 그 때문일 것이다. 그렇다고 아침이 더 안전한 건 아니었다. 게랄드가 뭘 어쩔 셈인지, 아즈윈은 감도 안 잡혔다.

레드워드와 한참 이야기하던 익셀런의 기사는 아즈윈을 힐끗 쳐다보았다. 레드워드는 옆에서 뭔가를 계속 설명했다. 카-드로크의 악령 어쩌고 하는 얘기였다.

'척 봐도 저 녀석이 레드워드보다 계급이 더 높군. 저놈이 바로 캡틴이란 놈일까? 하지만 캡틴은 내일 온다고 하지 않았나?'

길지 않은 시선이었음에도 묘한 살기가 전해져 왔다. 그 남자는 곧 레드워드를 따라 신전 안으로 들어갔다. 아즈윈은 론틀로스에게 작은 목소리로 물었다.

"방금 새로 들어온 저 기사 놈, 뭐냐? 혹시 들었어?"

"레미프들은 귀가 밝지만 인간의 언어를 알아듣지 못한다고 생각했던지 주위를 기울이지 않는다. 않았다. 그래서 방금 대화를 다 들었다. 들을 수 있었다. 방금 레드워드와 대화했던 그자는 루티아라는 도시를 공격하고 돌아온 네이슨이라는 자다."

"네이슨?"

세르메이가 예언했던 바로 그 이름이었다. 수년 전에 나눈 대화처럼 희미해져 버린 기억이었으나, 그 이름만큼은 뚜렷하게 기억하고 있었다.

아즈원은 좀 더 론틀로스에게 가까이 다가가려고 엉덩이를 끌며 물었다.

"그리고 또? 무슨 얘기가 오고 갔어?"

"레드워드가…… 캡틴이 오고 있다 말했다. 오늘 중으로."

"오늘 중으로 캡틴이 오고 있다? 그럼 저 녀석이 캡틴은 아니란 건 맞고. 또? 더 얘기해 봐."

아즈원은 '일이 벌어지기 전'에 많은 얘기를 들어두려고 재촉했다.

"레드워드가 말하길, 근처에 여신이 있다, 그 여신을 찾는 '또 다른 무리'가 세르메이가 사라졌던 그 지역을 헤매고 있다. 놓쳤으나 대강 위치를 안다. 아니까 그곳을 한번 들이닥쳐 보는 게 어떠냐고 제안했다. 네이슨이란 자는 말했다. '우리끼리 결정할 일이 아니니 기다려 보자.'고. 레드워드는 '여신을 살해하면 그걸로 모든 것이 끝인데 고민할 필요 없다.'라고 말했다. 그러면서 둘이 조금 다퉜다."

론틀로스는 길게 말하기가 힘든지 중간중간에 심호흡을 많이 했다.

"그리고 레드워드는 네이슨에게 왜 혼자만 돌아왔냐고 물었고 네이슨은 두 사람, 베이트, 에드몬드가 희생되었다. 그러면서 긴 얘기는 피곤하니 나중에 하자고 미룬다. 미뤘다. 둘은 다시 카―드로크의 악령에 대한 이야기를 했다. 했지만 그때부터는 작게 말해서 못 알아들었다."

"저자가 그렇게 강한 자인가? 네이슨 말이야. 세르메이 말이, 드래곤을 가장 많이 죽인 기사라던데……."

"우리 레미프가 어찌 이구셸런의 강함을 측정할 수 있겠나? 그러나 우리에게 있어 구아닐만큼 두려운 이름이 이구셸런이고, 그 이름을 가진 우그 중 가장 두려워하는 이가 네이슨인 것만은 분명하다."

"그가 혹시, 대화 중간에 나를 죽인다는 말을 하던가?"

"자기들의 캡틴이 오면 처형한다고 했다. 몇 마디 놓치는 바람에 자세한 내막은 모르겠지만, 러스킨이라는 마법사가 카―구아닐과 함께 출발했고 저녁쯤에 여기 당도한다고 말했다."

'러스킨. 들어 본 적이 있는 이름인데?'

잘 기억이 나지 않았다. 아즈윈은 다른 걸 물었다.

"루티아에서 왔다고 했지, 저 네이슨이? 그럼 루티아가 어떻다는 말은 했어?"

그동안 잊고 있었으나 하얀 늑대들이 하늘 산맥에 오르게 된 것은 애초부터 루티아를 돕기 위해서였다. 그러나 아즈윈과 게랄드는 사고를 당해 길을 잃었고, 루티아와 아무 상관도 없는 엉뚱한 곳에서 싸우고 있었다. 하지만 네이슨이 루티아에서 왔다는 말을 듣고 나니 전혀 연관성 없는 일은 아닌 모양이었다.

아즈윈은 지금까지의 노력과 희생이 헛고생은 아니길 바랐다.

"루티아가 어떻다는 언급은 없다. 없었다."

"그래?"

루티아에는 로일과 던멜이 있는데 네이슨은 살아서 돌아왔다. 그 두 사람과 네이슨이 서로 만났을까? 그런데도 네이슨 쪽이 살아남은 거라면? 아즈윈은 점점 불안해졌다. 그리고 불안감은 신전 앞에서 터졌다.

아즈윈은 어이가 없어 입을 따악 벌렸다.

신전 앞에 게랄드가 서 있었다.

옷은 풀 때가 잔뜩 묻어 있었고 언제나처럼 빗지도 않은 짧은 갈색 머리에, 온몸이 상처투성이인 주제에 자세는 당당했다. 손에는 르고가 만들기 제일 귀찮아하던 도끼가 아직도 튼튼하게 날을 세우고 있었고, 등에는 전에 본 적이 없는 거대한 칼을 한 자루 짊어지고 있었다.

아즈윈보다 시력도 청각도 좋은 레미프들이, 숨지도 않고 훤히 드러난 장소에 나타난 게랄드의 모습을 놓칠 리가 없었다. 수십 명이나 되는 레미프 병사들은 창과 방패와 칼을 들고 게랄드를 감쌌다. 그러나 공격하지 못했다. 게랄드는 수염을 덥수룩하게 기른 프보에 족의 늙은 레미프를 앞에 끌어안고 목에 도끼를 들이대고 있었다.

"어이, 론틀로스! 듣고 있나? 이 녀석들에게 내 말을 전달하라. 내가 너희들의 왕을 인질로 잡고 있다. 그러니 너희들은 나의 여왕을 얌전히 풀어 달라."

아즈윈은 이 와중에도 농담같이 말하는 게랄드에게 소리쳤다.

"뭐 하는 짓이야, 게리?"

"그게 말이다. 새벽부터 내내 머리를 굴려 봤는데 이 방법밖에 없더라고. 봐라. 아무도 나 공격 못하잖아."

그는 웃음을 터트렸다.

론틀로스도 동의했다.

"나쁘지 않은 생각이다. 우리 레미프에게 있어 홉트란, 고작 우그 인질 '따위'와 비교할 수 없는 소중한 분이니까."

"허어, 날 '따위'라고 말했는데도 안심이 될 줄이야."

론틀로스는 곧 게랄드의 말을 그대로 레미프 언어로 옮겼다. 레미프들은 크게 술렁거렸고 몇몇 경비병들은 허둥지둥 달려와 아즈원을 풀어 주려 하기까지 했다. 적어도 네이슨과 레드워드가 신전에서 나오기 전까지는 게랄드의 단순한 작전이 들어맞은 듯했다.

"트포드 루이브 드루 워브츠 오그 우퍼마이!"

레드워드의 쩌렁쩌렁 울리는 목소리에, 수많은 레미프들이 그 자리에서 경직되었다.

"뭐라는 거야, 저 자식?"

아즈원이 물었다.

"적의 말에 귀 기울이지 말라는군."

레드워드의 이어지는 말에 론틀로스는 당황했다. 레미프 병사들도 당황했고, 특히 게랄드가 잡고 있는 늙은 레미프는 몸을 크게 흔들며 소리 질렀다.

"지금 게랄드가 잡고 있는 홉트는 자기들을 현혹시키는 사악한 마법이라고 말하고 있다. 오오, 맙소사, 홉트가 직접 자기가 홉트라 말하고 있건만……."

론틀로스가 당장 레드워드의 말이 거짓말이라고 소리쳤으나 이미 늦었다. 레드워드는 옆에 서 있는 경비병의 창을 빼앗아 게랄드에게 던졌다. 어찌나 그 힘이 세고 속도가 빨랐던지 게랄드도 겨우 몸을 빼내어 피하는 게 고작이었다.

늙은 레미프의 배를 뚫은 창은 벽에 꽂혔다.

아즈원은 이 과격한 상황을 믿을 수가 없었다. 하지만 이미 벌어진 후였다. 방금 타치셀의 왕이 죽었다! 레드워드가 죽었다.

몇몇 레미프들은 비명을 질렀고 멀리서 이를 지켜보던 아낙들은 기절해 버렸다. 그러나 레드워드는 레미프의 언어로 당당하게 소리쳤다. 론틀로스는 서둘러 그의 말을 아즈원에게 통역해 주었다.

"당황하지 말라. 나는 저자의 마법을 제거했을 뿐이다. 내가 나서지 않았다면 정말 그리되었을지 모를 미래를 잠시 보여 준 것에 불과하다. 너희들의 왕은 신전 안에 안전하게 계시다. 저자를 죽여라. 카-드로크의 악령을 두려워하지 말라!"

머뭇거리던 레미프들은 곧 레드워드의 말을 믿었다. 론틀로스가 거짓말이라고 소리쳐도 이미 목소리가 닿지 않았다.

병사들은 일제히 창을 들고 게랄드에게 달려들었다. 게랄드는 얼른 계단 높은 곳으로 달려 올라가 잠시 몸을 피하더니, 아즈원에게 소리쳤다.

"야, 망했다! 시간이 좀 더 걸릴 것 같으니까 기다려."

✦ Chapter 39 ✦
카-드로크의 악령

게랄드는 계단을 올라가는 방향으로 뒷걸음질 쳤다. 계단을 가득 채운 레미프 병사들은 마치 그가 자기들의 왕을 죽이기라도 한 것처럼 눈에 증오를 담고 창을 찌르며 다가왔다. 게랄드는 도끼를 휘둘러 한꺼번에 창을 쳐냈다. 끝이 잘린 창 자루들이 요란한 소리를 내며 계단 아래로 굴러 내려갔다.

"니들 왕은 내가 안 죽였어! 봤잖아."

게랄드는 소리치며, 계단의 제일 끄트머리까지 올라갔다. 인간의 말을 알아들을 리 없는 레미프들은 계속 공격했다.

"그럼 나도 안 참는다?"

게랄드는 도끼를 휘두르며 계단 아래로 뛰어 내려갔다. 레미프들이 고슴도치처럼 내민 창 자루가 부러졌고, 그가 지나간 자리의 레미프들이 뒤로 넘겨졌다. 레미프들 한가운데로 떨어진 게랄드는 도끼 몇 번 휘두르는 것으로 포위망을 뚫었다. 다친 병사들은 여럿이었으나 죽은 이는 없었다. 다친 것도 도끼날에 직접 베인 게 아니라, 넘어져서였다.

"아, 거참, 얼마 전에 친하게 지낸 놈들이랑 얼굴이 비슷하니 죽이지도 못하겠군. 론틀로스, 이 녀석들에게 물러나라고 할 수는 없나?"

게랄드가 외쳤다.

"그러고 있다. 듣질 않는다."

론틀로스는 안타깝게 대꾸했다. 게랄드는 신전 앞에서 팔짱을 끼고 있는 두 익셀런의 기사를 도끼로 가리켰다.

"어이, 너희 두 녀석! 기사라면 위에서 명령만 내리지 말고 직접 내려와서 싸워."

두 익셀런의 기사들은 대꾸하지 않았다. 그사이 광장의 한쪽으로 수십 명의 레미프들이 에워싸기 시작했고 점점 더 많은 병사들이 몰려들었다. 게랄드는 입맛을 다셨다.

"하늘 산맥에 와서 용병 때나 하던 짓 하게 생겼네."

그는 힘없이 웃으며 멀리 보이는 아즈원을 향해 도끼를 치켜세웠다.

"너한테 가는 길은 왜 항상 이렇게 머냐? 이제 돌아가기도 귀찮으니 직진해야겠다."

내내 피하고 막기만 했던 게랄드가 방향을 돌려 달려들었다. 그의 도끼가 레미프들의 살을 가르고 뼈를 부수었다. 레미프들이 마침내 게랄드를 잡았다 싶을 때 횡으로 한 바퀴 돌아간 '첫 번째' 공격이었다. 그전까지는 그냥 후퇴하기 위해 휘두른 견제일 뿐이었다.

원을 이루고 있던 레미프들의 한가운데에서 마법이 폭발하기라도 한 듯 포위망이 깨졌다. 게랄드를 포위하려고 창을 들이댔던 병사들 모두가 레미프의 피를 뒤집어썼다. 목이 잘려나간 레미프의 시체가 네 걸음이나 바닥을 걸어 동료들 앞에 무릎을 꿇었다. 터져 나온 피가 광장을 적셨고, 다른 쪽에서 흐르는 피가 그 피에 합류하여 개울을 만들었다.

첫 번째 도끼질에 이은 두 번째, 세 번째 공격이 언제 어느 방향으로 가해졌는지 레미프들은 보지 못했다. 그들은 서로에게 시선이 가려 있었고, 겨우 게랄드를 찾았다 싶으면 어느새 시체가 하나 늘어나 있었다. 포위 같은 건 이뤄지지도 못했고 제대로 된 공격조차 없었다.

레미프 하나가 날개를 활짝 펼치고 뛰어올라 활공을 하듯 게랄드의 머리 위로 창을 찔러 넣었다. 게랄드는 몸을 비틀어 창을 피하고 상대의 가슴부터 배까지 한 번에 그었다. 내장이 철퍽 철퍽 바닥에 떨어졌다. 피가 내는 열기와 습기가 수증기처럼 피어올랐다.

이제 어느 쪽이 어느 쪽을 포위하고 있는지 분간되지 않았다. 이런 싸움을 경험해 보지 못한 어린 레미프 병사들은 무서워 달아났다. 게랄드는 공격해 오는 레미프들을 상대로만 반격하고 달아나는 병사들은 내버려 두었다.

게랄드가 죽인 레미프들의 숫자는, 전체 포위한 숫자에 비하면 많지 않았다. 하지만 단시간에 보인 잔인한 공격은 레미프들에게 공포를 안겨주었고, 더 이상 타치셀의 병사들은 게랄드를 공격할 엄두를 내지 못했다. 레미프들의 시체 위에서 붉게 물든 도끼를 어깨에 짊어진 모습은 아즈윈이 보기에도 무시무시했다. 게랄드가 거기까지 의도했는지는 모르겠지만, 오히려 레미프들의 희생은 그것으로 끝낼 수 있었다. 싸움이 아예 끝난 것처럼 보이기까지 했다.

하지만 게랄드는 이미 다음 싸움을 준비하고 있었다. 그 상대는 더 이상 레미프들이 아니었다.

"오냐, 오냐. 아까 마을 뒤쪽에 잔뜩 뭐가 있더라니…… 설마하니 그 생긴 모습이 애완용은 아닌 줄 알았지."

게랄드의 시선은 아즈윈 뒤에 있는 숲에 가 있었다.

생전 처음 보는 짐승들이 숲에서 나와, 아즈윈을 지나쳐 게랄드에게 몰려갔다. 짐승들이 훅훅 몰아쉬는 호흡이 주위에 가득했다. 론틀로스는 겁에 질린 나머지 말을 꺼내지 못했다. 아마도 이 짐승을 많이 접했을 타치셀의 레미프들조차 모두 물러났다.

"모즈들."

론틀로스는 뭉툭하게 튀어나온 코와 시뻘겋게 물든 눈동자를 가진 털북숭이를 지칭하며 말했다.

"푸트나이에서 이런 짐승들이 만들어지고 있었다는 말을 들었다. 이 녀석들이야말로 하늘 산맥에 존재해서는 안 되는 괴물들이다."

아즈윈은 게랄드에게 자기 구하는 건 나중으로 미루고 일단 물러나라고 말하려 했다. 그러나 이미 그는 포위당해 버렸고, 싸움은 순식간에 시작되고 말았다.

이 모즈란 놈들은 레미프들과 달리 게랄드의 도끼를 두려워하지 않았다. 오히려 자기 동료의 등을 떠밀어 게랄드에게 붙여 놓고, 그걸 방패 삼아 달려들기까지 했다. 게랄드는 그것까지 눈치채고 두 마리를 동시에 베었으나 다른 놈이 뒤에서 발톱으로 게랄드의 등을 긁었다.

게랄드는 포위당하지 않도록 옆으로 달렸으나 탁 트인 광장에서는 그것도 무리였다. 결국 발목을 잡힌 게랄드는 열 마리가 넘는 모즈들에게 둘러싸여 버렸다.

한 마리는 게랄드의 어깨를 물어뜯었고 한 마리는 다리를 할퀴었고 한 마리는 머리에 매달렸고 한 마리는 게랄드의 도끼를 붙들었다.

게랄드는 고함을 지르며 머리에 붙은 모즈의 얼굴을 움켜잡아 내던 졌다. 허벅지를 문 모즈를 걷어차고 등에 매달려 발톱으로 목을 찌르려 드는 모즈를, 도끼를 잡고 늘어져 있는 모즈와 함께 날려 버렸다.

게랄드는 한 호흡도 멈추지 않고 도끼를 휘두르고 주먹을 휘둘렀으나, 한계가 있었다. 한 마리를 해치워 겨우 공간 하나를 확보하면 어느 틈에 빈자리로 파고든 모즈가 게랄드에게 매달렸다.

아즈윈은 넋을 잃고 게랄드가 싸우는 모습을 지켜보았다. 용병 때나 하던 짓을 한다는 게 저것이었다.

게랄드는 수없이 많은 자잘한 공격을 허용하는 대신 결코 치명상을 입지 않았다. 그렇게 둘러싸여 공격당하는 데도 서두르지 않았다. 한 마리씩 시야 안에 들어오는 모즈들을 침착하게 베어 숫자를 줄여나갔다. 힘으로 덤비는 짐승들을 속도로 제압하고, 속도로 덤비는 모즈는 힘으로 제압했다.

모즈들의 시체가 레미프들의 시체보다 많아졌음에도 괴물들의 숫자는 도무지 주는 것 같지 않았다. 처음에는 그의 몸에서 흐르는 피가 모두 레미프들의 것이었으나, 그다음에는 모즈들의 것이 되었고 이제는 자신의 것이 되었다.

게랄드는 거친 숨을 토해 냈다. 하지만 모즈들은 그런 순간에도 여전히 사방에서 달려들고 있었다. 그는 정면에서 달려드는 모즈를 이마로 들이받아 떨어트리고 도끼로 목을 따 버렸다. 게랄드의 이마에서도 피가 터졌다.

어느 순간부터 게랄드는 다리를 절룩거리고 있었다. 다친 것도 의식하지 못하는 것 같았다. 언제나 반짝이던 게랄드의 눈빛에 생기가 머물러 있지 않았고, 미소가 사라지지 않던 입가에는 고통을 인내하는 끈기만 남아 있었다.

아즈윈은 게랄드와 같은 고통 속에서 숨을 몰아쉬고 있었다. 그리고 이제 게랄드가 한계에 다다랐음을 알았다.

그녀는 늘 자신이 다른 네 명의 하얀 늑대들에 비해 일대일 전투에서 부족하다고 생각했다. 언제나 자신 있게 다른 넷을 다 이긴다고 말했고 시합을 하면 한 번 이기고 한 번 지는 결과를 만들어내곤 했지만, 진짜로 목숨 걸고 싸우면 로일을 이길 수 없다는 걸 알고 있었다.

만약 던멜이 작정하고 '죽이는 싸움'을 하면 하얀 늑대들 중 어느 누구도 이길 수 없었다. 이 역시 잘 알고 있었다.

전장에서 무거운 갑옷 입고 말을 타고 창을 쓰는 싸움에서는 쉐이든이 모두를 압도했다. 아즈윈은 여전히 갑옷을 입으면 움직임이 둔해졌다.

지금 모즈를 상대로 싸우는 광경만 봐도 알 수 있지만, 규칙 없는 난장판 싸움에서의 게랄드는 상상할 수 없는 괴력을 발휘했다.

다른 넷에 비해 자신이 부족하다는 생각이 들 때마다 아즈윈은 좌절감에 휩싸이곤 했다. 그래도 하얀 늑대라는 자리를 스스로 포기하지 않는 건 전투가 벌어지면 그녀가 중심이 되기 때문이었다.

하얀 늑대들 중 누가 제일 셀까 하는 하나 마나 한 논쟁에서 아즈윈은 이렇게 말한 적이 있었다.

'나한테 게랄드를 붙여 줘 봐. 그럼 나머지 너희 셋을 이겨 보이지!'

아무도 그 말에 반박하지 못했다. 울프 기사단 시험에 합격했을 당시에는 거의 동일 선상에 있었던 다른 네 남자가 점점 더 강해지는 모습을 보면서도 아즈윈이 버틸 수 있었던 단 하나의 자신감! 전투 지휘!

'내가 있으면 하얀 늑대들은 두 배, 세 배 더 강해진다. 누가 캡틴을 맡든 일단 전투가 시작되면 울프 기사단을 이끄는 건 나다. 내가 전장을 지배한다. 그게 나의 이빨이다!'

아즈윈은 쇠사슬에 묶인 다리가 마비되어 발목에서 피가 나는 것도 모르고, 몸을 앞으로 끌어당겼다. 멀리서 모즈들에게 물리고 발톱에 찔리면서 한 마리 한 마리 베어나가는 게랄드를 보고 가만히 앉아 있을 수가 없었다.

"날 풀어 줘!"

그녀는 갈증으로 타들어 가 잘 나오지도 않는 목소리로 계속 소리질렀다.

"날 풀어줘! 두 마리 하얀 늑대들의 이빨을 너희들에게 보여 주겠다. 암컷이 이끄는 늑대 무리가 얼마나 강한지 보여주겠다. 날 풀어 줘, 이 개자식들아! 게랄드와 내가 힘을 합하면 얼마나 강한지 보여 주겠다."

아즈윈이 그 말을 하고 싶은 상대는 레드워드였다. 그러나 그는 너무 멀리 떨어져 있었다. 그리고 아즈윈의 목소리는 너무 작았다.

"날 풀어 줘!"

그때 레드워드가 뿔 나팔을 들었다. 그 순간 아즈윈은 레드워드가 자신의 목소리를 들은 줄 알았다. 하지만 아니었다.

"안 돼!"

아즈윈은 그 뿔 나팔의 용도를 알고 있었다.

'지금 이런 넓은 곳에서 저 뿔 나팔이 불러낼 괴물을 상대할 수는 없어!'

레드워드는 길게 나팔을 불었다. 모즈들에게 뒤엉켜 있는 게랄드는 그 소리를 듣지도 못했다. 그리고 뿔 나팔에 이끌려 나온 그 검은 비늘을 갑옷처럼 덮은 거대한 괴물의 모습도 발견하지 못했다.

카구아였다. 아즈윈이 상대했던 놈보다 머리 둘은 더 컸다.

카구아는 신전의 지붕 한쪽을 짚고 천천히 고개를 숙이더니 입을 벌렸다. 놈의 입속에는 이중으로 이빨이 나 있었다. 주위의 공기가 놈의 입속으로 빨려들어 가, 드래곤 닮은 그 괴물의 입 앞에서 뭉쳐졌다.

카구아의 입이 향하고 있는 방향은 게랄드 쪽이었다.

"게리, 피해라!"

아즈윈은 목이 터져라 소리 질렀다. 카구아의 입에서 검은 불길이 터져 나갔다.

아즈윈이 상대했던 카구아가 뿜어내는 불길보다 두 배는 더 강렬한 불길이었다. 뒤늦게 고개를 돌린 게랄드는 미처 피하지 못하고 검은 불길에 휩쓸렸다. 한참 거리에 떨어진 아즈윈도 고개를 옆으로 돌려야 할 정도로 강한 불길이었다.

"게리!"

아즈윈이 소리쳤지만 이미 검게 탄 불길은 광장의 3분의 1을 뒤덮은 뒤였다.

게랄드를 물고 늘어졌던 모즈들과 근처를 포위하고 있던 모즈들까지 불길에 딸려가 마을 경계까지 날려갔다. 검게 탄 모즈들이 바닥에 우박처럼 후드득 떨어지면서 산산이 부서졌다.

아즈윈은 부서지는 숯덩이 중 하나가 게랄드라고 생각했다. 하지만 그는 불길이 지나쳐 간 자리에 멀쩡히 서 있었다. 온몸에 수증기 같은 검은 연기가 모락모락 피어오르고 있긴 했지만 머리털 하나도 까딱없었다.

아즈윈은 물론이고 론틀로스도 놀라 입을 딱 벌렸다. 적들도 똑같이 놀라고 있을 게 분명했다.

"으아, 큰일 날 뻔했네."

게랄드는 도끼 대신 커다란 칼을 쥐고 있었다. 처음 나타날 때부터 등에 메고 있었는데, 쓰지 않았던 칼이었다. 칼날에서 햇살을 이길 정도로 강한 붉은빛이 뿜어져 나왔다. 그 빛이 그의 몸에 남은 연기를 한 줌도 남김없이 밀어내 버렸다.

아즈윈도 처음 보는 칼이었다. 게랄드는 어깨로 뺨에 묻은 피를 닦으며 말했다.

"날개가 없는 걸 보니 넌 구아닐이 아니구나? 그럼 이 칼은 너한테 쓰면 안 되는데……."

게랄드는 커다란 칼을 뒤로 젖혀 들었다.

"에라, 어차피 내 힘으로 이기지 못할 상대라면 써야지 어쩌겠어! 그런데 이럴 때 하는 말이 뭐더라? 아, 생각났다."

게랄드는 크게 소리 지르며 두 손에 쥔 칼을 뒤로 끌어당겼다.

"크나딜의 이름으로 너를 처단하노라!"

그리고 그는 자신의 키만 한 칼을 카구아를 향해 집어 던졌다. 칼은 무시무시한 소리로 회전하면서 공중에서 크게 반원을 그렸다. 언뜻 빗나가는 것처럼 보여 카구아는 멀뚱히 칼이 날아가는 궤적을 쳐다보기만 했다. 카구아에게는 자신의 몸에 비해 그다지 크지도 않은 칼이라 위협적으로 보이지 않았을지도 몰랐다.

붉은 칼은 그대로 카구아의 얼굴을 향해 빨려 들어가듯 박혔다. 그 순간 붉은빛이 눈부시게 사방으로 흩어졌다. 아직도 광장 이곳저곳에 타고 있는 검은 불길이 바람 앞의 촛불처럼 휙 꺼져 버렸다.

이마에 칼이 박힌 카구아는 나무막대처럼 꼿꼿하게 머리를 치켜들었다. 그리고 천천히 옆으로 머리를 떨어뜨렸다. 녀석은 그대로 턱으로 신전 모서리를 부쉈고, 부서진 돌무더기가 옆에 서 있는 레드워드와 네이슨을 덮쳤다. 레드워드는 광장 쪽으로 굴러떨어졌고 네이슨은 신전 반대쪽으로 떨어졌다.

레드워드는 잠깐 어안이 벙벙한 얼굴로 죽은 카구아를 살폈다. 멀리서 보기에도 카구아는 즉사한 게 확실했다. 아즈윈도 놀랐다.

'죽었어? 정말? 하늘 산맥의 동물들 다 잡아먹을 것처럼 생긴 녀석이 고작 저 칼 한 방에?'

고작이라고 하기에는 방금 터져 나온 붉은빛이 심상치 않긴 했다. 게랄드가 어디에서 드래곤을 죽일 수 있는 무기를 얻어온 것이다. 레드워드는 있을 수 없는 일을 본 사람처럼 놀란 얼굴로 말했다.

"이거 아주 곤란하게 됐군. 고작 사흘 사이에 카구아를 셋이나 잃어 버렸으니, 이리 아까울 데가 있나?"

레드워드는 으르렁거리며 허리에서 칼을 뽑아 게랄드를 향해 빠른 걸음으로 다가갔다.

"구아닐도 아닌 괴물한테 저 칼 쓴 나는 뭐 안 아까운 줄 아냐?"

게랄드는 잠시 내려놓았던 도끼를 다시 들었다. 여전히 절룩거렸다.

반면 레드워드는 거의 달리는 속도로 걸어와 주저 없이 칼을 내리쳤다. 옆에서 보는 것만으로도 소름이 끼칠 정도로 빠르고 힘이 넘쳤다.

'저 녀석, 강하다. 내가 그때 만난 게 홀튼이 아니라 레드워드였다면 졌을 거야.'

게랄드는 힘겹게나마 레드워드의 검을 막았으나, 그 충격에 몸이 떠올라 뒤로 튕겨났다. 레드워드는 쉬지 않고 몰아쳤다. 한 번 한 번이 모두 결정타라고 해도 과언이 아닐 정도로 강한 공격이었다. 물러나고 물러나서 더 이상 뒤로 처질 힘도 없게 되니, 게랄드는 휘청하고 무릎이 꺾였다.

레드워드는 그걸 놓치지 않고 칼을 휘둘렀다. 그러나 게랄드는 힘이 없어 다리를 휘청거린 사람으로는 보이지 않는 빠른 움직임으로 몸을 틀었다. 칼날은 게랄드의 왼쪽 어깨를 깊숙이 베고 지나갔다. 대신 게랄드가 오른손에 쥔 도끼는 레드워드의 얼굴을 치고 올라갔다.

두 자루 무기에서 튄 피가 모즈의 피로 질척해진 바닥에 튀었다. 게랄드는 거의 주저앉은 자세로 도끼를 쳐올린 터라 비틀거리며 흙바닥에 손을 짚었다. 하지만 바닥이 미끄러워 그대로 얼굴을 처박았다. 다시 일어나려고 했지만 힘이 모자랐는지, 게랄드는 어린아이가 물속에서 허우적대는 것처럼 몇 번이나 꿈틀대면서 겨우 상체를 일으켰다.

그때까지도 레드워드는 칼을 휘두른 자세 그대로 서 있었다. 두 조각 난 턱에서 피가 콸콸 쏟아졌다. 턱부터 시작된 균열이 미간을 가르고 이마까지 벌어졌다. 천천히 게랄드에게 시선을 돌리던 레드워드는 다시 힘을 주어 칼을 들고자 했다. 그러나 그의 몸은 게랄드를 향한 앞이 아니라 뒤로 넘어갔다. 그리고 다시는 일어나지 못했다.

게랄드는 도끼를 지팡이 삼아 겨우 섰다. 어깨에 다친 자리를 손으로 꽉 쥐고 있었지만 너무 깊게 베여 출혈이 멈추지 않았다.

"다행이다. 움직여져서."

게랄드는 마지막 순간에 휘두른 게 운이었음을 작은 목소리로 고백했다.

게랄드가 우뚝 선 광장에는 차마 세기도 무서운 숫자의 모즈들이 짓이겨서 광장에 뿌려져 있었다. 그중 상당수는 카구아의 불길에 탔지만, 그것마저도 그가 저지른 것처럼 보였다.

자신의 피와 남의 피로 엉망이 된 게랄드의 모습을 보던 레미프들이 떨리는 목소리로 말했다.

"비아드르……."

"비아드로 오그 카-드로크."

"카-드로크!"

레미프들은 순식간에 공포에 빠졌다. 비명을 지르거나, 달아나는 레미프들이 있는가 하면 게랄드를 향해 머리를 조아리고 오들오들 떠는 레미프도 있었다. 이미 전의를 상실한 병사들은 이제 창을 던져 버리고 무릎을 꿇었다.

그 중심에 있는 게랄드만 그런 현상에 무관심할 따름이었다.

아즈윈이 서둘러 론틀로스에게 물었다.

"대체 왜들 저러는 거지?"

"게랄드를 보고 카-드로크의 악령이라고 부르고 있다. 어떤 이는 드로크가 살아났다고까지……."

론틀로스도 놀라워하고 있었다.

이제 게랄드 앞에 있는 익셀런의 기사는 네이슨 한 명뿐이었다. 네이슨은 칼을 뽑았다. 게랄드는 지팡이 대신 짚고 있는 도끼를 들어 올리지도 못하고 말했다.

"이거 아무래도 잘못 택한 것 같네."

"뭘 말인가?"

네이슨이 게랄드에게 다가가며 물었다.

"아까 카구아를 도끼로 죽이고 널 크나딜의 검으로 맞섰어야 된다고 생각하던 참이야."

게랄드가 피 묻은 이를 드러내며 미소 지었다. 네이슨도 차가운 미소를 보였다.

"그랬다면 구아닐의 검과 크나딜의 검이 맞붙는 장관이 벌어졌을 테지."

네이슨의 칼날에서 검은 연기가 흘러나왔다.

빅터는 멀리 하늘 산맥을 살피면서 바위 위에 서 있었다. 한 번도 쉬지 않고 달리느라 지친 베논을 쓰다듬으며, 그는 10년이 넘는 지난 세월을 되짚었다. 슈라이튼 백작의 명령으로 익셀런을 만들고 대륙의 전쟁을 일으키고 하늘 산맥에 올라 드래곤들을 죽이고 레미프들을 선동해서 자멸시키기까지. 예정보다 오래 걸리고 초기 계획도 많이 수정되었지만, 그동안의 준비가 이제 마지막 단계에 이르렀다.

빅터가 모시던 분으로부터 소식이 날아온 것은 극히 최근이었다. 놀랍게도 그 소식은 루티아의 그랜드 마스터 러스킨이 전달해주었다.

러스킨이 보여 주는 수정 구슬 안에서 '죽지 않는 자들의 군주'는 빅터가 알고 있던 모습과는 전혀 다른 얼굴을 하고 있었다.

'준비는 끝났느냐?'

하늘 산맥의 방벽을 넘어 날아 들어온 그분의 목소리는 탁해서 제대로 들리지 않았다. 그래서 질문도, 답변도 짧게 이어졌다. 사실 그와 몇 걸음 앞에서 대면했을 때도 긴 대화를 나눈 적은 없었다.

'끝났습니다.'

'수고했다. 시작해라.'

그때부터 본격적으로 레미프들의 도시를 공격했고, 루티아를 침공했다. 빅터에게는 10년 동안 준비한 계획이 있었고, 10년 동안 훈련시킨 네이슨이 있었다. 익셀런 1기사단의 다른 제자들도 훌륭히 성장했으나 네이슨만큼은 아니었다.

네이슨이 이끄는 돌격대와 자신이 이끄는 본대가 가넬로크를 치고 들어갈 것을 생각하면 희열이 느껴질 정도였다. 인간은 역사상 있어 본 적이 없는 무시무시한 군대를 마주하게 될 것이다.

'준비됐나, 네이슨?'

'예, 캡틴.'

빅터는 미리 질문했고 돌아올 대답도 미리 받아 두었다. 그는 다시 베논을 일으켜 타치셀로 향했다.

"네이슨은 잘 있나 모르겠군."

레드워드와 싸울 때부터 아즈윈은 게랄드와 같은 시선으로 보고 있었다. 게랄드의 눈으로, 게랄드의 힘으로, 게랄드의 무기를 들었다는 가정하에, 그녀는 자신이 싸우고 있는 것처럼 모든 것을 계산했다. 그래서 네이슨이 다가오는 순간 그녀 역시 게랄드와 같은 두려움을 가졌다.

아즈윈은 네이슨이 어떤 공격으로 싸움을 시작할지, 바쁘게 머리를 굴려 보았다. 하지만 게랄드는 이제 거의 도끼를 들 힘도 남아 있지 않았다. 상대의 공격을 안다 해도 대처하기는 힘들었다.

그때 네이슨이 검은 연기가 흐르는 칼을 게랄드의 얼굴 앞에 세웠다. 아즈윈과 게랄드는 똑같이 어깨를 움츠렸다. 그런 작은 움직임에도 민감해할 수밖에 없는 상황이었다. 그런데 네이슨은 기선을 제압하는 선공 대신 의외의 말을 먼저 했다.

"일단 사과하지."

게랄드야 놀랄 기운도 없었을 테지만, 아즈윈은 정말 놀랐다. 그야말로 칼만 뻗으면 이길 수 있는 상대에게 그자는 뜬금없는 사과를 하고 있었다. 그것도 휴식할 시간을 줘 가면서.

"어……? 난 이런 고단수 속임수에 약한데?"

게랄드는 목덜미를 긁적였다. 모즈들의 발톱에 찢어져 있는 부분을 건드리는 바람에 출혈이 커졌다.

네이슨은 투구를 벗었다. 게랄드와 거의 비슷한 색깔의 머리에, 깎지 않은 수염이 턱과 뺨을 고르게 덮고 있었다. 푸른 눈동자에, 연약해 보이는 얼굴이었다. 두 남자는 나이도 비슷했다.

아즈윈은 조금 당황했다.

'저 녀석들이 하늘 산맥에서 굴러먹은 게 10년쯤 된다고 하지 않았

나? 그럼 저 녀석은 몇 살 때부터 익셀런 제 1기사단에 있었다는 거야? 단순히 동안은 아닌 것 같고.'

게랄드조차 자기가 벤 수많은 시체에 둘러싸인 것에 질려 있건만, 네이슨은 거의 신경도 쓰지 않고 있었다. 카구아와 레드워드의 시체만 눈으로 훑었다. 동료가 죽어서 슬프다거나 화나서가 아니었다. 분석하고 있었다. 동료가 어떻게 죽었는지, 자신이 어떻게 싸울지. 아즈원은 그걸 깨닫자, 자기도 모르게 아랫배에 힘을 꽉 주었다.

"나는 익셀런 제1기사단의 네이슨이다."

게랄드는 아즈원 쪽을 보며 '방금 이 말 들었냐?' 하는 표정으로 웃었다.

"나는 울프 기사단의 하얀 늑대 게랄드다. 초면이긴 하지만, 사실 난 너 무지 만나고 싶었다."

네이슨은 칼을 늘어뜨리고 물었다.

"날 아는가?"

"어떤 레미프의 예언 속에 네 이름이 나오더라고."

"어떤 예언이었지?"

"나한테 죽는 놈이 하나 있는데, 그 이름이 네이슨이었어."

네이슨의 얼굴에 자잘한 주름이 지는 미소가 떠올랐다. 그 순간에도 그의 느긋한 푸른 눈동자는 게랄드의 팔과 다리, 그리고 도끼를 관찰하고 있었다. 아즈원은 그의 눈빛과 똑같은 눈빛을 알고 있었다.

'로일.'

로일의 멍청해 보이는 편안한 눈동자는 앞에 선 적의 모든 정보를 단시간에 읽어 냈다. 그리고 그 정보를 토대로 적의 약점을 찾아내 찌르는 법을 본능적으로 알았다. 본인이 어떻게 그걸 해내는지 설명하지 못했지만, 상대의 다음 동작을 예측할 줄도 알았다. 아즈윈은 네이슨이 모든 면에서 로일과 닮았다는 걸 직감했다.

"이런 순간에도 그런 말을 하다니 대단하군. 정말 많은 기사들을 만나 왔고 정말 많은 실력자들과 싸웠지만 너 같은 녀석은 처음이다. 울프 기사단이라고 했나? 익히 들어 알고 있지. 내 캡틴의 팔을 벤 사람이 하얀 늑대라고 했으니까."

"야아, 중요한 걸 다 빼고 말하면 어떻게 해? 네가 모시는 자의 이름은 뭐고 그자의 팔을 벤 울프 기사는 또 누구냐?"

"둘 다 여기에서 언급할 필요가 없는……."

네이슨이 말하는 중간에 게랄드의 도끼가 휙 뻗어 갔다. 옆에 선 어느 누구도 그 갑작스런 도끼질을 감지하지 못했고, 멀리 떨어져 구경하던 레미프들은 게랄드가 도끼를 휘두르고 숨을 두 번쯤 내쉰 후에야 놀랐다.

아즈윈도 거의 반동 없이 휘두른 게랄드의 공격에 마치 바로 옆으로 도끼가 지나간 듯한 날카로움을 맛보았다. 대결을 피하는 법이 없는 로일이 처음으로 대결을 거부한 상대가 게랄드였다.

게랄드는 로일을 상대하기 위해 퀘이언의 검술을 따왔다. 그는 어깨 반동도 없이 도끼를 휘두를 줄 알게 되었다. 아즈윈도 경험해 봐서 알고 있지만, 도끼처럼 큰 무기가 휘두르기 위한 준비 동작도 없이 날아오면 막기 여간 까다로운 게 아니었다. 막아도 게랄드의 힘을 버틸 수가 없었다.

때로 게랄드는 목검으로도 로일을 대결장 밖으로 밀어내 버리기도

했다. 로일은 그렇게 나가떨어진 후 한 달 동안 그 공격을 막을 연구를 한 뒤에야 게랄드 앞에 다시 섰다. 아무리 게랄드의 체력이 고갈됐다 해도 이 공격만큼은 상관없었다. 힘보다는 기척을 없애고 내리치는 타이밍이 더 중요했다. 아즈윈도 같은 입장이었다면, 이 공격을 썼을 것이다. 이게 마지막 기회가 될 테니까.

하지만 네이슨의 목으로 날아가던 도끼는 그의 손에 자루를 잡혀 멈췄다. 그것만으로도 놀라운 일이었으나 네이슨은 거기에 그치지 않고 마치 기다렸다는 듯이 오른손에 든 칼로 게랄드의 얼굴을 찔렀다. 게랄드도 맨손으로 칼날을 잡았다. 도끼와 칼이 서로의 목을 노리고 고정되어 있었다.

그 상태에서 네이슨은 하던 말을 마쳤다.

"……이름이니 관두지. 지금 중요한 건 이 싸움이다. 너의 소속이니, 나의 소속이니 하는 건 이 자리에서 빼도록 하지."

게랄드의 손바닥에서 흐르는 피가 네이슨의 칼날을 타고 흘렀다. 네이슨이 먼저 도낏자루에서 손을 놓으며 말했다.

"훌륭한 기습이었다. 아직 집중력을 잃지 않았군."

게랄드도 잡고 있던 칼을 놓았다. 둘의 무기는 다시 원래 자리로 돌아갔다. 네이슨은 설명조로 말했다.

"하지만 너무 서둘렀어. 레드워드와 네 싸움을 보면서 오랜만에 흥분했는데, 이렇게 빨리 끝내버리기에는 아깝지 않나?"

"그럼 어떻게 할까? 목검 들고 세 판 중 두 판 먼저 이기는 사람이 이기는 걸로 할까?"

네이슨은 숨죽여 웃었다.

"그건 또 싱겁지."

아즈원은 네이슨의 공격 반경을 계산해 보고 있었다. 묶인 손을 저도 모르게 꿈틀대고 움직이며, 어느 방향이 비어 있는지 놈이 어느 방향으로 피하기를 더 좋아하는지…….

마지막 순간에 결정적으로 기술을 날리기 위해 인내심을 발휘하는 성격인지, 자잘한 공격을 넣으며 상대와 머리싸움 하는 성격인지! 그러나 지금 단계에서 알 수 있는 건 하나밖에 없었다. 네이슨은 빈틈이 없었다.

"근데 사과는 왜 한 거냐?"

게랄드가 물었다.

"레드워드는 성급한 녀석이긴 해도 쉽게 당할 녀석도 아니었고 어설프게 방심을 하는 녀석도 아니었다. 즉, 그런 몸을 했어도 네가 더 강했던 거다. 바로 그 점을 사과하고 싶다. 위대한 기사를 상대로 하찮은 싸움을 이어 가 체력을 떨어뜨린 점을…….."

"난 또 뭐라고? 그깟 걸로 사과하지 마. 아니면 일부러 사과해서 상대 머리 어지럽게 하는 게 네 작전이냐?"

게랄드는 피곤한 얼굴로 다시 도끼를 바닥에 기대고 비스듬히 섰다.

상대가 칼을 내밀면 닿을 위치에서 게랄드가 저런 자세로 있는 것부터가 아즈원은 불안했다. 하지만 네이슨은 그 틈을 공격하지 않았다. 어쩌면 먼 거리에서 아즈원이 보지 못하는 둘 사이에 치열한 대치 상태가 이어지고 있는 건지도 몰랐다.

"솔직히 조금 아깝군. 우리의 싸움은 떠들기 좋아하는 음유시인들에게 멋진 소재가 될 법한데 말이다."

네이슨이 말했다.

"지금 이게?"

게랄드가 물었다.

"너는 그런 생각 안 드나?"

"안 들어."

"나는 아깝다. 나는 캡틴에게 검을 배워 이 자리에 선 후 단 한 번도 져 본 적이 없으며, 구아닐에게 이 검을 하사받은 후 드래곤조차 내 범위 안에 두게 되었다. 그런데 여기 카구아를 죽인 아란티아의 기사가 나타났다? 그런데 나는 밤새도록 베논을 타고 여기까지 달려오느라 제대로 된 컨디션이 아니고, 그 아란티아의 기사란 자는 지팡이 없으면서 있지도 못할 몸이라니…… 아깝지 않은가?"

"이왕 말 질질 늘이며 사과할 거면 나한테 하루 정도 쉴 시간 같은 거 주면 안 되려나? 너도 그사이 쉬면 되잖아. 그리고 내일 아침 종 땡 울리면 다시 붙자."

"그럴 수는 없다."

"네 동료를 죽여서?"

"기사가 전투 중에 죽고 사는 것이 죄가 되고 상이 될 수는 없지. 레드워드가 죽었다고 너한테 원한은 없다."

"그럼 레미프들을 너무 죽여서? 아님 이 괴물들을 죽여서?"

네이슨은 근처에 모여 있는 레미프들을 향해 고갯짓을 했다.

"네가 죽인 이 짐승들은 푸트나이와 라루튼 쪽에 '아주' 많다. 오늘 네가 죽인 걸로 화를 내는 건 해변의 모래를 삽으로 퍼 갔다고 화를 내는 거나 다름없지. 레미프들을 죽여서? 그건 저 녀석들 사정이지. 그러나……."

빠르게 말하던 네이슨은 다시 천천히 말을 이었다.

"네가 카-드로크의 악령이라고 알려지는 건 곤란하다. 타치셀뿐 아니라 푸트나이의 레미프들에게도 영향을 미칠 위험이 있으니까."

"몇 번 듣긴 했다면 그게 무슨 악령이냐?"

"타치셀의 수호 드래곤이다. 드로크는 자기를 신으로 모시는 레미프들에게 살해당했지. 목숨을 소진하는 그 순간 드로크는 저주를 섞어 말했다. 자신이 우그의 모습으로 다시 나타나 타치셀의 왕을 죽이고, 자기를 죽음으로 몬 '드래곤의 모습을 한 괴물'을 죽일 것이며, 그로 말미암아 타치셀을 멸망케 하리라……."

"저주가 아니라 시 같군."

"그 저주는 이곳 레미프들에게 크나큰 공포를 안겨 주었다. 그런데 너는 기가 막히게 그 저주의 언어에 걸맞은 모습으로 여기 나타나게 된 것이다."

"혹시 잊어버렸을까 봐 말해두지만 여기 왕 죽인 건 나 아니다?"

"그렇게 유도하려 한 레드워드를 네가 죽였지. 레미프들은 알아서들 그 저주에 맞춰 너라는 존재를 해석할 것이다. 가장 안 좋은 쪽으로! 저주나 축복, 예언, 신탁, 기도, 그런 건 다 짜 맞추는 대로 맞춰지는 법. 그러니 너를 그냥 보내 줄 수는 없다. 너를 여기서 죽여 카-드로크의 악령이 저 여자라고 믿게 하는 편이 처리하기 좋다."

네이슨은 칼을 머리 위로 쳐들었다. 처형자의 목을 치려고 정해진 자세처럼 준비하는데도, 게랄드는 움직이지 않고 있었다.

"아하, 이제 알겠다! 드로크라는 드래곤이 암컷이었나 보군?"

"그렇다. 적당한 의식을 통해 저 여자를 처형하면 드로크의 악령이라는 미신을 레미프들 머리에서 완전히 지울 수 있지."

"……그게 세르메이의 예언이었군."

네이슨의 검이 게랄드의 머리를 내리쳤다. 게랄드는 도끼에 기대어 있던 몸을 옆으로 틀어 피하고, 기댄 도끼를 하단으로 휘둘렀다. 빠르지 않지만 정확하게 곡선을 그리는 도끼의 궤도에서 네이슨은 벌써 두 걸음 정도 물러나 있었다. 게랄드는 공격을 이어가려고 다가갔다가, 저 혼자 휘청하더니 도로 물러섰다.

'역시 오른쪽 다리에 문제가 있어.'

옷 아래 상처를 숨기고 모즈와 레미프들의 피로 자기의 피를 감추고 있지만, 근육을 물어뜯긴 자리가 온전할 리 없었다. 어쩌면 지금 일어서서 네이슨과 떠들고 있는 것 자체가 기적인지도 몰랐다.

"이봐, 네이슨. 어지간하면 그냥 풀어 줘라. 날 봐. 피투성이에 제대로 걷지도 못한다고. 또 아즈윈을 봐라. 이틀이나 묶여 있어서 팔은 마비되어 있을 것이고 다리는 제대로 움직이지 않을 게다. 달아난다 한들 어디까지 가겠냐? 그냥 풀어 줬다가 잡는 게 네 쪽에서는 더 이익이야. 경고 겸 부탁이다. 하얀 늑대의 이빨을 보고 살아남는 건 하얀 늑대뿐이다. 네 목숨 부지하고 싶으면 그냥 풀어 줘."

게랄드는 고통을 인내하는 작은 목소리로 말했다. 미소를 짓고 있었으나, 고통을 감추려는 억지웃음이었다.

"재미있는 말이군. 어디 보여 봐라. 뭔지 궁금하군."

네이슨의 칼이 또 한 번 게랄드의 머리를 향했다. 게랄드는 도끼로 막고 튕겨 냈으나 상대의 칼은 즉시 옆구리로 휘어졌다. 불규칙한 곡선을 그리며 허리로 들어오는 그 칼을 내버려 두고 게랄드는 반격을 시도했다. 그 반격은 허리를 베고 돌아온 네이슨의 칼날에 막혔고, 또 두 차례 칼이 게랄드의 몸을 그었다.

게랄드는 급히 뒤로 물러섰다. 네이슨은 여유 있게 자세를 고쳐 잡았다.

네이슨은 서두르지 않았다. 게랄드는 계속 자신의 몸을 찌르는 네이슨의 검을 무시하다시피 흘리며 반격하고 있었다. 성급하게 결정을 지으려 들었더라면, 게랄드의 도끼는 진작 네이슨의 목을 날려 버리거나 갈비뼈를 부쉈을 것이다. 그러나 게랄드의 필사적인 공격은 모두 막히고, 그 반격에 이은 반격으로 만신창이가 되어 가고 있었다.

게랄드의 상처는 겉으로 보이는 것으로 끝나지 않았다. 코와 입에서도 피를 쏟아졌다. 그런데도 게랄드는 네이슨과의 거리를 좁혀들기 위해 달려들었다. 다친 쪽 다리가 말을 듣지 않는지 질질 끌면서도 기어이 도끼가 닿는 범위를 유지했다.

그렇게 싸울 수밖에 없었다. 한 번 공격 흐름을 내주면 다시는 회복할 수 없고, 한 번 거리를 떨어뜨리면 상대의 유연한 공격에 휘말릴 수 있었다. 하지만 네이슨은 철저하게 방어에 전념하며 천천히 게랄드를 무너뜨렸다. 게랄드가 보이는 가짜 허점으로도 함부로 뛰어들지 않았다. 어떤 공격도 먹히지 않았다.

게랄드와 호흡을 같이 하며 머릿속으로나마 네이슨을 공격하던 아즈원은 넘을 수 없는 벽을 만난 기분이 들었다. 마스터 퀘이언인들 이런 벽을 가지고 있을까? 퀘이언이 만약 적이 되어 네이슨이 서 있는 저 자리에 선다 한들 게랄드의 무수한 공격들을 다 막아 낼 수 있을까? 쉽게 찔러 승부를 낼 수 있을 것 같은 저 많은 유혹을 버텨 낼 수 있을까? 마스터가 지금의 게랄드를 무너뜨릴 수 있을까? 그러나 네이슨은 게랄드를 무너뜨리려 애쓰지 않고 스스로 무너지기를 기다리고 있었다.

끝내 게랄드는 도끼를 더 휘두르지 못했다. 마비된 한쪽 다리를 대신해 몸을 지탱해 주던 다른 쪽 다리도 마비되었다. 이제 바로 두 걸음 떨어져 있는 네이슨이 목을 길게 빼고 있어도 도끼를 내리칠 수 없게 되었다.

게랄드는 배를 움켜쥔 자세로 멈췄다. 아까 베인 자리에서 심각할 정도로 많은 양의 피가 흘러내리고 있었다.

네이슨은 그 모습을 응시하며 고개를 끄덕였다.

"정말 존경할 만한 기사다, 너는."

"어? 뭐가?"

게랄드는 피가 들어갔는지, 아니면 단지 잘 안 보여서 그런지 눈을 몇 번 깜빡였다.

"지금 네 행동을 목숨을 내건 싸움이라고 생각했는데 그게 아니었군."

네이슨은 칼날에 묻은 피를 내려다보며 감탄조로 말했다. 그리고 아즈윈 쪽을 보더니 말을 이었다.

"동료에게 뒤를 맡기려는 거지?"

"뭘 맡겨?"

아즈윈은 아직 두 남자의 대화를 이해하지 못하고 있었다.

"저 여자도 같은 하얀 늑대라고 했지? 홀튼을 죽이고, 카구아를 죽인……. 저 여자에게 희망을 걸고 내 기술을 모두 보여 주려는 건가?"

게랄드는 지금까지 무리해서 큰 동작으로 네이슨을 몰아붙였다. 수많은 변칙적인 기술에 대응하는 네이슨의 움직임을, 아즈윈은 모두 눈으로 좇고 있었다. 결국 그 날렵한 움직임에 큰 벽을 느껴 버렸지만…….

'그게 모두 날 위해서였다고? 내가 나중에 복수하게 하려고?'

게랄드는 뒤통수를 긁적이며 뭔가 할 말을 찾다가 그냥 포기했다. 그리고 또 어렵사리 도끼를 들었다. 아즈윈이었다면 지금이라도 바닥에 떨어져 있는 레미프들의 가벼운 무기로 바꿔 들었을 것이다. 하지만 게랄드는 버틸 힘도 없으면서 도끼를 고집했다.

마지막 공격을 준비하고 있었다.

이제 와 엄청난 공격을 한다고 말려들 정도로 네이슨은 어설픈 실력자가 아니었다. 아즈윈이 제대로 된 몸 상태로, 르고의 칼과 방패가 주어진다 해도, 루티아에서 여기까지 밤새 이동해 오느라 피곤하다고 말하는 네이슨을 꺾을 수 없을 것 같았다.

네이슨이 피곤하다고 말한 것은 변명이 아니었다. 미묘하게 흐트러지는 발목의 균형만 보더라도 확실히 그는 최상의 몸 상태가 아니었다. 그런데도 저 정도의 움직임을 보이는 것이었다.

'마스터, 세상에는 저런 괴물도 있었습니다. 우리가 저런 자를 이길 수 있습니까? 하얀 늑대들의 이빨이 꺾이지 않는 건 아란티아 안에서만입니까?'

아즈윈은 속으로 외쳤다. 게랄드의 힘이 다한 만큼 절망도 깊어졌다. 자신의 검술보다 남의 검술을 더 정확하게 볼 줄 아는 그녀의 시선은 이미 게랄드의 마지막 공격과 네이슨이 거기에 어떻게 반응할 것인지까지 내다보고 있었다.

"잘 보고 있어, 아즈윈."

게랄드가 말했다. 그리고 그는 네이슨을 향해 도끼를 내리쳤다.

그의 마지막 공격은 아즈윈의 예상보다 훨씬 약했다.

'보고 있다, 게리. 날 대신해 희생한다는 말은 하지 마라. 지지 마라. 여기 널 좋아하는 여자가 너만을 애타게 기다리고 있다. 여기 네가 좋아하는 여자가 기다리고 있다. 지지 마라. 상대가 누구든 지지 마라. 하얀 늑대의 이빨을 보이고도 지는 건 용납 못한다.'

하지만 기적은 일어나지 않았다.

네이슨의 검은 게랄드의 배를 뚫었다.

모두 아즈윈이 예상한 대로였다. 그저 한 가지 게랄드가 칼에 찔리는 와중에도 도끼를 상대의 머리로 내리쳤다는 것 정도만 예상을 벗어난 공격이었다. 상대에게 배를 내주고 자신은 머리를 치겠다는 계산이었다.

그러나 목숨을 내주고 시도한 최후의 일격조차 네이슨의 머리 위에서 멈췄다. 네이슨은 이미 힘을 잃은 게랄드의 도끼날을 장갑 낀 손으로 잡고 있었다.

게랄드는 부들부들 떨리는 손으로 배를 찌르고 있는 네이슨의 칼을 움켜쥐었다.

"훌륭하다, 게랄드. 너는 내가 가진 모든 기술을 다 쓰게 했다. 어린 시절에 딱 한 번 만나 본 녀석만 그러했는데 어쩌면 네가 바로 그 녀석인지도 모르겠군. 너는 내가 만난 최고의 상대였다. 나머지는 네 동료에게 맡겨라. 저 여자도 처형이 아니라, 나와 이런 결투를 할 기회를 선사하도록 하지."

"너, 너한테……, 그럴 기회는……."

게랄드는 거의 들리지 않는 목소리로 말했다. 이미 배의 근육을 잃어버린 그가 그 정도의 목소리를 내는 데 얼마나 큰 고통이 따를지는 상상할 수 없었다. 그럼에도 게랄드는 말하고 있었다.

"……없다."

"뭐라고?"

네이슨은 그가 제대로 말하길 기다려 주었다. 게랄드는 피 묻은 이를 드러내며 웃어보였다.

"카-드로크의 악령 같은 게 있다면……."

그 순간 네이슨은 뭔가를 눈치채고 게랄드의 배에서 칼을 뽑으려 했다. 하지만 게랄드의 손이 네이슨의 손목을 잡았다.

"내가 되어 주지!"

게랄드는 지금까지 힘겹게 말한 게 모두 속임수였다는 듯 크게 소리쳤다. 그리고 네이슨의 손에 붙잡혀 있는 도끼를 갑자기 뒤로 잡아당겼다. 순간 네이슨은 도끼날을 놓쳤다.

네이슨은 붙잡고 있던 도끼날이 손에서 떨어져 나가자, 미련 없이 게랄드의 배에 꽂힌 칼 손잡이로 손을 옮겼다. 게랄드의 도끼가 자기 머리를 치는 것보다 더 빠르게 배에 꽂힌 칼을 뽑을 수 있다는 판단임에 분명했다.

그렇게 네이슨의 칼날이 배의 근육을 찢으며 빠져나갔다면, 게랄드가 영혼의 힘까지 끌어 썼다 해도 도끼를 휘두르지 못했을 것이다. 그러나 네이슨은 게랄드가 마지막까지 숨겼던 속임수 한 번에 배에서 칼을 뽑아내지 못했다.

게랄드는 마비된 줄 알았던 발을 한 걸음 크게 내디디며 네이슨의 균형을 뒤로 무너뜨렸다. 그리고 네이슨의 손목을 잡아 그의 움직임을 차단했다. 네이슨은 게랄드의 배에서 칼을 뽑지 못했다. 오히려 게랄드가 다가오는 바람에 칼날이 더 깊게 박혀 들어갔다.

호흡으로 치면 반의반 호흡 동안 일어난 일이었다. 눈에 비치는 모습으로 치자면 도끼가 머리 위로 올라갔다가 떨어지는 찰나, 걸음으로 치자면 게랄드가 한 걸음을 내딛는 것에 불과한 짧은 시간이었다.

그사이에 저 둘은 그런 계산을 모두 한 걸까? 아즈원은 알지 못했다. 그리고 이제 아무래도 상관없었다. 그녀는 게랄드의 도끼가 네이슨의 목을 치고 지나간 것만 볼 수 있었다.

네이슨의 목에서 터진 피가 게랄드의 얼굴과 몸을 적셨다. 게랄드는 도끼를 떨어뜨리고 뒤로 물러나더니 털썩 주저앉았다. 남겨둔 힘을 최후의 한 방울까지 쥐어짜 내어 써 버린 후 그는 주저앉은 자세도 제대로 유지하기 힘들어했다.

게랄드는 눈을 깜빡이며 주위를 두리번거렸다. 피와 땀이 들어가서일까? 앞이 잘 안 보이는 것 같았다.

"여기……."

아즈원은 목소리가 잘 안 나온다는 것도 잊고 소리치려다 기침을 심하게 터트렸다. 목에서 피가 터졌다. 그러나 그녀는 신경도 쓰지 않았다. 오히려 메마른 목을 따뜻한 것이 적셔주니 기분이 좋아졌다.

"여기야, 게리."

게랄드도 자기 몸에 흐르는 피를 신경 쓰지 않았다. 부러진 갈비뼈도, 한 꺼풀 벗겨 나가 어깨 옆에 매달려 있는 살점도, 배를 깊게 뚫고 있는 칼도 신경 쓰지 않았다.

주위에서 레미프들이 웅성대며 다가왔지만, 둘은 서로의 얼굴만 바라보았다.

게랄드는 엄지손가락을 들어 보이며 말했다.

"봤냐?"

아즈윈은 울지 않기 위해 목에 힘을 주며 말했다.

"봤다."

입술을 타고 피가 흘렀으나 그녀는 의식하지 못했다. 오직 게랄드의 몸에 흐르는 피만 눈에 들어왔다.

"머…… 멋있었다. 게리. 그러니…… 와라."

아즈윈은 나오지 않는 목소리를 쥐어짜 말했다.

"와서 안아다오. 네, 네 입술에…… 키, 키스하게 해 줘. 와…… 천천히라도 좋으니 내게 와라."

게랄드는 피 묻은 이를 내보이며 웃더니 힘겹게 일어나 느린 걸음걸이로 다가왔다. 그러나 그의 후들거리는 다리는 그의 육체를 버텨주지 못했다.

'당신의 치유력이 여기까지 닿는다면 지금 저 피를 멈추어 주세요.'

아즈윈은 목소리가 닿지 않는 먼 곳에 있는 새나디엘에게 한 번도 해 본 적 없는 기도를 했다.

'당신이 가장 사랑하는 자식 중 한 명이 여기 죽어 가고 있어요. 나의 하찮은 생명이, 아직 나눌 수 있는 가치가 있다면 지금 저 녀석이 여기까지 걸어오는데 그 생명 전부를 바치겠습니다.'

"게리를 도와줘요, 새나디엘."

아즈윈은 울지 않으려고 애썼다. 저렇게 자신을 위해 걸어오는 남자 앞에서 눈물을 보일 수는 없었다.

아즈윈은 사슬에 묶인 몸을 앞으로 끌어당겼다. 족쇄에 발목의 껍질 이 벗겨져 정강이 아래가 피로 붉게 물들었지만, 한 뼘이라도 앞으로 나가기 위해 애썼다. 게랄드가 한 걸음을 덜 걸을 수 있다면 한쪽 발을 잘라낼 수도 있었다. 둘 사이에 남은 다섯 걸음을 줄일 수 있다면 두 다 리를 잘라도 좋았다. 하지만 그녀는 그 이상 조금도 전진하지 못했다.

게랄드도 다가오지 못하고, 말을 하지도 못했다. 던멜식 수화를 위 한 손짓도 못 했다. 그가 다시 한 걸음을 내딛는 순간 허물어지듯 무릎 을 꿇었다.

그는 납덩이를 매단 것처럼 가까스로 고개를 들어 뭔가 말했다. 아 즈윈은 그의 입 모양이라도 알아보기 위해 그의 입술을 간절히 바라보 았다.

"우…… 울지…… 마……."

게랄드는 힘겹게 몇 마디 더 말을 이어갔다. 하지만 목소리가 나오 지 않아 입 모양으로밖에 표현되지 않았다. 그나마도 입술이 너무 떨리 고 있어, 아즈윈은 알아보지 못했다.

그는 결국 아즈윈이 있는 곳까지 네 걸음을 남겨 놓고 머리부터 바 닥에 떨어뜨렸다. 작은 미동에 희망을 걸 기회도 주지 않고 게랄드의 움직임은 멈췄다.

아즈윈은 멍청히 바닥에 엎드린 게랄드의 머리를 바라보았다. 모즈 에게 찢긴 상처에서 흐르는 피가 금방 바닥에 고였다. 갑자기 얼굴을 들며 어린애 같은 미소로 '놀랐지?'라고 말해 줄 것 같았다. 그러나 그는 움직이지 않았다.

농담도 해 주지 않았고, 일어나지도 않았다.

게랄드는 죽었다.

"게리……."

아즈윈은 무릎을 꿇었다. 그리고 어금니를 꽉 물고 눈을 감았다.

"울지 말라고? 알았어. 안 울게. 네가 죽은 이 땅 위에서 내가 흘릴 눈물은 없을 거야. 다음에 내가 흘릴 눈물은 죽음 후에 널 다시 만난 기쁨에 흘리는 눈물이 될 거야."

울음을 참느라 아즈윈의 뺨과 턱이 파르라니 떨렸다. 그녀는 끝내 눈물을 참았다.

맞물린 이가 부서질 만큼 턱에 힘을 주고 아즈윈은 눈물을 흘리지 않았다.

"미안해, 게리."

아즈윈은 정확히 무엇에 대한 사과였는지도 모르고 중얼거렸다.

"미안해……."

Chapter 40

아즈윈의 싸움

"눈을 떠라, 아즈윈."

아즈윈의 얼굴에 찬물을 물통째 쏟아 부운 후 그가 말했다.

아즈윈은 몸을 발딱 일으키며 소리를 빽 질렀다.

"무슨 짓이야!"

"선생한테 또 말대꾸한다, 이 녀석. 얼마나 얻어맞아야 저 말버릇이 고쳐지려는지."

"선생님이야말로 말버릇 좀 고치시지 그러십죠?"

"뭔 십죠, 자식아? 물 한 바가지 더 얻어맞고 시작할까?"

아즈윈은 허둥지둥 달아나 나무 뒤에 숨었다.

"한겨울에 다 큰 처녀한테 왜 물을 쏟아붓고 지랄이십니까, 엄청 잘난 선생님?"

"어딜 도망가서 욕지거리야? 당장 이리 나오지 못해!"

아즈윈은 투덜대면서도 또 그의 앞에 섰다. 그는 준비한 수건을 그녀에게 내주고 그 자리에 앉았다.

아즈윈도 얼굴을 닦고 그의 옆에 앉아 그가 마시는 술을 한 모금 빼앗아 먹었다.

"네가 벌써 술 마실 나이가 됐던가?"

그가 물었다.

"언제까지 애로 보실 거예요? 이웃집 여자들 보면, 열아홉 살이면 애가 셋이에요."

"마을 오기 전에 들었다. 생명의 신비를 탐구해 보겠다고 남자애 쓰러뜨려 놓고 옷 벗기다가 들켰다지? 마을을 발칵 뒤집어 놨더구나. 시대가 이러니 살아남지 백 년 전 같았으면 넌 마녀로 찍혀 화형 당했어. 뭐, 지금도 어느 지방 가면 그런 짓 많이들 한다만……."

"상관없어요. 누가 날 마녀로 찍으면 그놈부터 죽일 거니까."

"또 죽인단 말을 함부로 하는구나."

선생님은 한 손뿐인 손으로 아즈윈의 수건을 받아 그녀의 머리를 털어 주었다. 아즈윈은 싱글싱글 웃으며 물었다.

"선생님은 좋아하는 사람 있어요?"

"있다."

"그래도 좋으니 나랑 안 할래요?"

"이제 선생님까지 꼬시려고? 싫다."

"나 정도면 예쁘지 않아요? 엄마가 순결을 소중히 여기라고 머릿속에 주입시켜 놔서 적어도 첫 경험은 멋진 남자랑 해야 할 것 같아서요. 마을 여자애들은 내가 남자 같아서 그런 얘기를 해 주질 않으니 그런 게 무슨 느낌인지 알게 뭐람?"

아즈윈의 싸움

465

"그래서 알고 싶으냐?"

"예."

"그럼 내가 너의 첫 번째를 빼앗은 저주의 남자가 되기 전에 충고 하나 하자."

"하세요."

아즈원은 기대하는 눈빛으로 그를 바라보았다. 그러나 그는 그녀의 볼을 주욱 잡아당겼다. 장난으로 당기는 것 이상으로 세게 당기니 아즈원은 비명을 지르며 그의 손에 질질 끌려다녔다.

"아! 아! 아파! 하지 마! 죽인다! 이 개자식이!"

아즈원은 고함을 질러댔다. 그래도 그는 놓지 않고 말했다.

"순결이 뭐가 어째? 이런 발칙한 녀석을 봤나? 네가 멋진 남자란 걸 만나 보기나 해 봤어? 그때 후회하기 전에 네 몸을 소중히 여겨. 네가 그나마 여자애였으니 장난으로 봐주고 넘어가는 거지, 남자애가 성별 바꿔 그런 말 했으면 거기를 잘라 버렸을 일이다!"

그는 한참 더 잡아당긴 다음에야 놔주었다.

아즈원은 울먹이며 뺨을 어루만졌다. 그녀는 아무 일도 없었다는 듯 연초 파이프 물고 앉아 있는 선생님을 노려보며 말했다.

"어째서 내 주위의 남자들은 다 이 모양이야?"

"네 주위 남자들이 널 보고 그 말 하겠구나."

"선생님."

"말해."

"정말 나 같은 여자를 좋아할 남자라는 게 있어요?"

"심각하게 묻는 거냐?"

"매우 몹시 엄청나게 심각해요. 내가 접근하면 남자들은 다 도망가니까…… 솔직히 자신 없어요."

아즈윈은 울먹거리면서 말을 이었다.

"내가 남자처럼 행동해서 그런가요? 차라리 여자를 좋아해 버릴까요?"

선생님은 처음에는 황당한 눈길로, 그러나 이내 자상한 눈길로 바라보았다. 화를 내며 씩씩거리던 아즈윈은 두 눈이 빨개져 눈물을 흘렸다. 오기로 안 울려고 손가락으로 비비니 눈물이 더 났다.

선생님은 다가와 아즈윈을 안아 주었다. 그녀는 한겨울에 강에서 퍼온 물을 얼굴에 퍼부은 사람이 그라는 사실도 그새 잊고 꽉 끌어안았다.

"아즈윈, 내 사랑하는 제자야."

선생님은 아즈윈의 등을 도닥거려 주었다.

"너는 정말 멋진 여자란다. 너무 멋진 나머지 널 진심으로 좋아할 정도로 솔직한 남자가 없는 거야. 그러니 오히려 그 일을 축복해라. 그럼에도 너를 좋아하는 남자가 생긴다면 그 남자는 정말 너를 좋아하는 게 되니까. 그런 일로 다급해하면 안 돼. 알았지?"

아즈윈은 그의 품에 안겨 있는 게 좋았다. 하지만 그는 어디까지나 선생님이었고, 이후 훈련으로 넘어가면서 매몰차게 아즈윈을 떼 놓았다.

"그건 그렇고 바위 위에서 균형 잡고 칼을 쓰기가 그리 힘들어? 왜 뒤로 넘어져서 기절하고 그러냐? 어찌나 기운차게 넘어지는지 나는 네 뒤통수가 깨지는 줄 알았다. 그리고 머리는 왜 그렇게 길어?"

아즈윈은 어깨까지 기른 머리카락을 새로 묶으며 말했다.

"그렇지 않아도 남자애 같은데 머리라도 안 기르면 곤란해요."

"그럼 뒤로 땋아. 여자 용병들이 즐겨 쓰는 방법이다."

그가 그때 해 준 충고는 검술 수업만큼이나 유용했다.

검술을 깊게 배울수록 선생님의 힘을 알게 되었고 그럴수록 다른 남자들은 시시하게 보였다. 스무 살이 되던 해, 아즈원은 선생님의 충고대로 용병 생활을 하게 되었는데 역시나 거기서 만난 남자들도 모두 별 볼 일 없었다. 용병들의 더러운 생활상과 비겁한 습성을 보니 오히려 남자에 대한 혐오감만 더해졌다. 애초에 처음 들어간 용병 부대가 그런 곳이었다.

그러다 마침내 아즈원은 멋진 남자를 발견했다. 이름은 덱밀이었고 그녀보다 한살이 어렸다. 그러나 그는 오히려 그녀가 자기를 놀린다고 생각하며 싫어했다. 귀여운 맛에 톡톡 건드린 애정 표현이었으나, 그게 남자의 자존심을 건드린 꼴이 되어 버렸다. 그나마도 덱밀은 전투 중에 죽어 버려 사과할 기회도 없었다. 선생님을 빼고 첫사랑이 될 거라 믿은 남자였던 터라 아즈원은 충격이 컸다.

그 후 아즈원이 있던 용병대는 적이 고용한 다른 용병대를 맞아 싸워 전멸하고 아즈원만 포로로 잡혔다. 그때 살아남는 조건은 '하룻밤'이었고 그녀는 거기에 응했다. 굴욕적이었지만, 죽는 것보다는 나았다.

아즈원은 묶인 채로 용병대장을 만나 하룻밤을 보냈다. 어둠 속에서 만난 덕에 얼굴도 기억 못하는 그 용병 대장은 꽤 멋있었고 꽤 멋진 말을 했다. 그녀의 처음은 그런 식으로 이루어졌고 분명히 최악이 되었어야 할 그 순간이 나쁘지 않은 기억으로 남아 있었다.

훗날 당시를 생각해 보니 그 용병 대장은 꽤 멋있는 게 아니라 아주 멋있었다. 그 뒤로 만난 남자들이 모조리 별거 아니었다는 점을 생각하면 더더욱 그랬다. 다시 찾고 싶었지만 그의 이름을 몰라 포기했고 오랫동안 후회했다.

아즈윈은 그다음으로는 돈 많고 성격 차분하고 얼굴 반반한 라이클슨이라는 이름의 백작을 만났다. 하지만 그가 자기를 사귀는 중에 다른 여자를, 그것도 세 명이나 따로 만나고 있다는 걸 알게 되었다. 그래도 조금은 좋아했기에 아즈윈은 그의 손가락 하나 자르는 것으로 용서하고 떠났다.

그다음에는 몸매 죽이는 화가를 만났으나 그자의 방랑벽 때문에 오래가지는 못했다. 그런 생활을 2년 동안 하다 그녀는 울프 기사단에 관련된 소식을 접하고 아란티아로 향했다.

선생님의 말이 옳았다. 그곳에는 아즈윈이 몇 년 동안 찾아 헤맨 것보다 많은 멋진 남자들이 가득했다. 그중 최고가 게랄드였고, 그중 제일 까다로운 녀석도 게랄드였다.

겨우 고비를 넘어왔다 싶었는데 그는 죽었다.

'바보 같은 녀석.'

아즈윈은 중얼거렸다. 그리고 눈을 떴다.

오후의 잔인한 햇살이 아즈윈의 얼굴에 내리꽂혔다. 그녀는 아직도 묶여 있었다. 그리고 여전히 타치셀이었다.

게랄드와 네이슨의 시체는 레미프들이 조심스럽게 들고 가 신전 앞에 눕혔다. 그들은 진정으로 게랄드를 카-드로크의 악령이라고 믿고 있는 것 같았다. 그래서인지 그가 구하려고 했던 아즈윈이나 론틀로스 역시 함부로 건드리지 못하게 되었다.

"거기다 왕도 죽었고, 명령을 내릴 만한 익셀런까지 모두 죽어 버렸고……."

론틀로스는 차분하게 설명했다.

"지휘 체계가 완전히 무너져 버렸는데, 처형이나 하고 있을 상황은 아니다. 아닐 것이다."

"죽이지만 않는다면 이유는 아무래도 상관없어. 살아있기만 하면 돼."

아즈윈은 기둥에 기대어 밧줄에 묶인 몸을 천천히 일으켰다. 이제 숨을 들이마시기만 해도 폐가 따끔거렸다. 그래도 그녀는 쇠사슬을 끌고 앞으로 걸어가 허리를 조금씩 구부렸다 펴길 반복했고 등을 곧게 세웠다.

나중에는 다리를 펴고 앉은 자세로 스트레칭까지 했다. 보다 못한 론틀로스가 물었다.

"뭐 하는 건가?"

아즈윈은 힘들게 목소리를 냈다.

"저들에게 물과 먹을 것을 달라고 해."

"안 줄 거다, 아마. 시체를 치우는 모습이 안 보이나? 그럴 정신이 못 될 거다."

"카-드로크의 악령께서 달란다고 말해."

"그런 말은……."

"시도나 해 봐. 드로크라는 드래곤은 암컷이었다며? 그걸 강조해 봐."

론틀로스는 경비병을 불러 뭐라고 말을 했다. 경비병은 화를 내듯 말했고 론틀로스도 화를 내며 소리쳤다. 협상이 잘 되지 않는 모양이었지만, 아즈윈은 개의치 않고 다시 나무 기둥에 등을 기대었다.

이대로 두면 탈출할 기회가 와도 몸을 못 움직이게 된다……, 지금은 그것만 생각했다. 할 수만 있다면 남은 생명력을 당장 쓸 수 있는 체력과 맞바꾸어도 좋았다. 하지만 그런 기적을 바랄 수는 없으니, 그녀는 차근차근 몸의 관절을 움직이고 굳은 근육을 풀었다.

자꾸만 게랄드와의 기억이 차례대로 떠올라 그녀를 괴롭혔다.

'죽기 전에 게리는 뭔가 말하려고 했어. 무슨 말이 하고 싶었던 걸까?'

마음 한쪽에서는 알고 싶어 했으나, 다른 한쪽에서는 거부했다. 그가 죽기 직전 어떤 말을 했더라도 그녀는 울어 버렸을 것이다. 그리고 지금은 울고 싶지 않았다.

처음 만났을 때부터 게랄드는 농담을 좋아했다. 용병 생활을 하며 삭막한 환경에서 억지로라도 유쾌해지려고 노력했기 때문인 게 분명했다. 그런데도 그는 가끔 자기가 본격적으로 웃긴 얘기에 신경 쓰게 된 건 아즈윈 덕이라고 말하곤 했다.

'내가 무슨 대죄악을 저질렀다고 그런 망발이냐? 넌 나 처음 만났을 때부터 이상한 농담 했었잖아. 울프 기사단 첫 번째 테스트 하던 날! 불의 용병이니 어쩌니. 기억 안 나?'

아즈윈이 구박하면 게랄드는 대체로 져 주었다. 그는 아무리 놀려도 주눅 드는 법이 없었다. 그러다 가끔 그가 날리는 농담의 역습에 당하면 아즈윈은 화가 나면서도 속이 시원해졌다.

아즈윈은 하얀 늑대들의 남자 넷을 모두 좋아했지만, 게랄드가 제일 좋았다. 그게 아즈윈의 어린아이 같은 솔직한 마음이었다. 그래서 게랄드에게만큼은 어른이 가져야 할 심각한 사랑 얘기를 던져 버리고 어린아이처럼 매달렸다. 서로 상처받지 않고 지낼 수 있는 친구라는 관계를 깨고 싶지 않았다.

'좀 더 일찍 좋아한다고 말해 둘걸……'

후회가 쌓였고 마음이 아팠다.

선생님이 검을 가르치고 떠났다가 매년 그러했듯 다음 해에 다시 돌아왔을 때였다. 아즈윈은 팔 없는 소매를 가만히 쥐어 보며 물었다.

'선생님은 언제가 제일 아팠어요? 팔을 잃었을 때?'

'내가 원하는 대로 검을 휘두르지 못하게 된 아픔은 팔을 잘릴 때의 고통 같은 것에 비할 바가 못 돼. 하지만 사랑하는 사람을 잃었을 때의 아픔은 어디에도 비교할 수 없었지.'

선생님은 먼 곳을 응시하며 그렇게 말했었다.

어린 아즈윈은 이해하지 못했다. 슬픈 건 슬픈 거고 아픈 건 아픈 거지, 왜 슬픈 걸 아프다고 할까? 이제 그녀는 그 말의 의미를 실감했다.

'나 너무 아파요, 선생님. 한 팔이 잘려나가도, 두 팔이 잘려나가도 이렇게 아프지는 않을 것 같아요.'

레미프 여인 하나가 다가와 아즈윈의 무릎 옆에 작은 물그릇 하나와 식은 죽이 담긴 그릇을 내려놓았다. 레미프 여인의 떨리는 손을 보던 아즈윈은 론틀로스에게 말했다.

"밧줄을 풀어 주든가, 먹여 주든가 하라고 해라. 두 팔을 다 묶어놓고 이걸 어떻게 먹으라고?"

론틀로스가 그 말을 전달했으나 병사는 일손이 부족하다며 레미프 여인을 보내 버렸다. 아즈원의 앞에는 바닥에 놓은 물그릇과 멀건 죽 그릇 하나만 놓여 있었다.

아즈원은 잠시 그걸 바라보다가 바닥에 엎드려 얼굴을 대고 혀를 물에 댔다. 마른 혀의 감각이 희미하게 깨어났다. 그녀는 같은 자세로 수프를 핥고 다시 물을 마셨다.

'그러고 싶으면 그렇게 해도 돼. 나머지는 아무래도 상관없어.'

아즈원은 속으로 중얼거렸다.

죽은 아무 맛도 나지 않았다. 오히려 먹을 게 목을 넘어가자 토할 것 같았다. 그녀는 입을 굳게 다물고 뱃속에 들어간 것에게 도로 넘어오지 말라고 부탁했다.

그냥 삼킬 것! 아즈원은 거의 반사적으로 10년 가까이 된 선생님의 가르침을 떠올렸다. 그가 산속에 처박아 놓고 고생시킨 후 마른 음식을 내던져 주고 한 말이었다.

'그냥 씹어서 넘겨. 너무 힘들어 아무것도 먹고 싶지 않을 때일수록 전력을 다해 씹어. 먹는다고 생각하지 말고 입을 움직인다고 생각해라.'

아즈원은 기침을 토했고 그릇이 엎어졌다. 그 모습을 보고 론틀로스가 당황해 말했다.

"그, 그럴 필요까지는 없지 않나? 아즈원! 너는 우그 세계의 위대한 기사다! 기사라고 들었다! 그, 긍지라는 게 없는가?"

아즈원은 무시했다.

'마음이 비굴해지지 않으면 어떤 행동도 비굴하지 않아. 살아남고자

마음먹었으면, 그러기 위한 다른 방법 같은 건 잊어버리면 그만이야.'

그녀는 주문처럼 같은 말을 반복했다.

'무시해. 살아남는 행동 외에는 다 무시해.'

그런 말을 선생님이 했던가? 마스터 퀘이언이 했던가? 용병 생활을 할 때 귀여워해 줬던 대장이 그랬던가? 기억은 나지 않았다.

아즈윈은 머릿속에 맴도는 생각들을 하나로 종합해 나가고 있었다.

'조만간 싸우게 될 거야.'

칼 한번 들지 못하고 무기력하게 목매달려 처형된다 해도 그 직전까지는 그런 희망을 품고 버틸 작정이었다.

'힘들면 포기하고 싶은 마음이 고개를 쳐들기 마련이다. 그게 인간이다. 그러니 그런 걸로 괜히 자기 의지가 약하다며 비관하지 마라. 그럴 때는 그냥 하던 걸 계속해 나가면 된다.'

그것은 분명 선생님의 말이었다. 퀘이언은 그런 가르침을 내리지 않았다. 마스터는 최악의 상황에서 나오는 행동은 모두 무의식이 결정 내리는 것이니 다 커 버린 상태에서 가르쳐 봐야 의미 없다고 말했다.

'최악의 상황이 될수록 비관하지 말고 하던 걸 계속해 나가는 거야. 깊이 생각하면 힘들기만 해…….'

아즈윈은 오직 몸을 움직일 수 있게 하는 것에만 정신을 집중했다. 이런 짓을 해둔다고 한들, 싸울 기회나 있겠는가, 지금 하는 행동이 의미가 있느냐, 그런 걸로 고민하지 않았다. 그저 손목을 움직이고 무릎을 움직였다. 마지막 순간 단 한 번 칼을 쥘 기회가 있다면 절대로 그 순간을 놓치고 싶지 않았다.

나이 든 론틀로스는 묶여 있는 자세의 피로를 견디지 못하고 또 기절해 있었다.

겨우 몸풀기를 끝내고 통나무에 기대어 있는데 어느 순간 눈앞에 검은 갑옷을 입은 키 큰 남자가 서 있었다. 순간 그녀는 네이슨이 살아서 돌아온 줄 알았다. 그러나 목소리가 달랐다. 목소리만으로 사람을 구별하는 게 미숙한 그녀였으나, 확연히 차이가 나는 힘 있는 목소리였다.

그는 옆에 있는 병사와 레미프의 언어로 뭔가 긴 대화를 나누고 가버렸다. 아즈윈은 잘못 봤나 싶었는데 그 남자는 한 팔이 없었다.

갑자기 눈앞이 흐릿해졌다. 그녀는 고개를 세차게 저었다.

'지금 의식을 잃으면 안 돼!'

아즈윈은 다시 눈을 들어 그의 얼굴을 확인했다. 그자가 바로 네이슨과 레드워드가 말했던 제1기사단의 캡틴이었다.

'한 팔? 혹시?'

다행히 어릴 적 검을 가르쳐 준 선생님이 알고 보니 익셀런의 캡틴이라는 무시무시한 상황이 되진 않았다. 그의 검은 머리색도 짙은 눈썹도 가는 눈매도, 선생님과는 완전히 달랐다.

"아즈윈, 아즈윈! 깨어 있나?"

론틀로스가 다급히 불렀다.

"깨어 있어. 무슨 일이야?"

"방금 기적이 일어났다. 라루튼이 살아남았다고 한다."

고개를 들어 위를 보니 초록 이파리들과 약간 어두컴컴해진 하늘이 보였다. 솔직한 심정으로 '그게 어쨌는데?'라고 되묻고 싶었다. 하지만 그녀는 레미프들만큼 솔직할 수 없었다.

"다행이군. 축하한다. 그런데 저자가 그런 말을 했나?"

"그렇다. 저 남자가 이구셀런의 대장인 빅터란 우그다. 우그 같다. 방금 그는 너와 게럴드가 익셀런을 셋이나 죽인 것을 믿지 못하겠다. 못하겠다는 투로 말했다. 특히 네이슨이 죽은 것은 뭔가 잘못된 게 아니냐고 몇 번이나 병사에게 따졌다."

네이슨은 그럴 만한 기사였다. 특히 그를 오래 옆에 두고 부하로 써먹었다면 더더욱 그런 마음이 들 것이다.

"그래서 라루튼에 대한 이야기는?"

"그가 한 말을 그대로 옮겨 보지…… 시간이 없다, 멍청한 타노르스가 자만심에 내 지시를 어기고 라루튼을 공격하다가 실패했다……."

"타노르스?"

"푸트나이의 홉트다. 심지어 그는 죽었다고 하는군. 어쨌든 다행스러운 일이 아닐 수 없군."

푸트나이의 왕도, 타치셀의 왕도 죽었다. 하지만 아즈윈에게 중요한 건 그게 아니었다.

"그래서 캡틴 빅터란 자가 나에 대해서는 뭐라 안 하던가?"

"옆에 있는 병사가 레미프들 중 절반은 당신을 카-드로크의 악령으로 생각한다, 그래서 지금 처형해 봐야 소용없다, 그리 말한다. 말했다. 그러자 빅터는 카-구아닐과 러스킨이 곧 올 테니 그때 처형하면 드로크의 악령 같은 건 사라지게 되리라고 말한다. 말했다. 아무래도 조만간 처형이 시작된다. 될 것 같다."

아즈윈은 별로 새로울 것도 없다는 듯 고개만 끄덕였다. 그러나 론틀로스는 걱정스럽고 힘겹게 말을 이어 갔다.

"라루튼이 안전한 건 다행이나 우리의 죽음은 기대대로 흘러가게 되었군."

"내가 죽을 기다는……."

아즈윈은 입술을 살짝 깨물었다가 말을 이었다.

"……게랄드가 대신 가져갔다. 그러니 난 죽지 않아."

아직도 아즈윈의 생각은 변하지 않았다.

'칼을 잡을 순간은 반드시 온다!'

갑자기 어두워졌다. 아즈윈은 하늘에 먹구름이라도 낀 줄 알았다.

타치셀의 하늘을 검은 그림자가 뒤덮었다. 펄럭이는 소리가 공기를 쩌렁쩌렁 진동시켰다. 광장에 그 거대한 몸집이 내려앉는 순간 먼지가 마을 전체를 감쌌다. 그 모습을 보고 광장의 시체를 치우던 레미프들은 하던 일을 멈추고 엎드려 절을 했다.

그것은 검은 드래곤이었다. 크기로 치자면 게랄드의 칼에 죽어 신전 앞에 쓰러진 카구아와 거의 비슷했다. 하지만 위압감 때문인지 몇 배는 더 크게 느껴졌다. 머리끝에서 등을 따라 꼬리까지 이어진 뿔은 창처럼 뾰족했고 검은 비늘은 광택이라도 낸 것처럼 반짝거렸다. 활짝 펼친 날개는 거칠게 땅을 후려치며 등 뒤로 접혔다.

'저게 카―구아닐이구나.'

검은 드래곤의 어깨 위에는 검은 로브를 입은 마법사가 한 명 타고 있었다. 그렇게 역동적으로 움직이는 드래곤의 어깨 관절에 두 다리를 대고 뱀처럼 꿈틀대는 드래곤의 목에 가볍게 손을 짚은 것만으로 균형을 잡고 있었다.

구아닐이 신전 앞에 착지한 후 그 마법사는 부드럽게 드래곤의 어깨를 타고 미끄러져 빅터의 옆에 섰다. 검은 후드를 벗자, 하얀 수염을 길게 기른 노인의 얼굴이 보였다. 모르는 얼굴이었다.

빅터와 마법사 노인은 대화를 나누었다. 여전히 그들은 여기 인간의 언어를 할 줄 아는 레미프가 귀를 기울이고 있다는 사실을 모르고 있었다. 아즈원은 그들의 대화를 모두 론틀로스를 통해 들을 수 있었다.

"수고 많으셨소, 마스터 러스킨. 예정대로 끝났소?"

빅터가 말했고 노인이 받았다.

"모즈의 이동은 예정대로 끝냈으나, 하푸에서 벌어진 일이 우리 생각보다 더 컸소. 사-크나딜뿐 아니라 여신 나디우렌까지 깨어난 게 사실인 모양이오. 방금 구아닐께서 그 힘을 감지하셨다 하오. 게다가 또 다른 드래곤의 힘까지 이쪽을 향하고 있는 걸 오면서 발견했소. 서둘러야겠소."

"크나딜이 직접 오는 것도 아닌데 뭐가 급해서? 오히려 박살을 내버리는 게 낫지."

"무슨 안 좋은 일 있소, 캡틴 빅터? 말이 거칠군."

"있소."

그때 검은 드래곤이 거대한 눈동자를 내내 아즈원 쪽으로 향하고 있다가 입을 열었다.

"네 개인적인 감정으로 일을 그르치지 마라, 빅터. 크나딜도 크나딜이지만 내가 걱정하는 건 그 위에 있는 존재다. 지금 내 힘으로는 크나딜도 가까스로 해치울 수 있다."

딴 데 정신이 팔린 듯 빅터는 팔짱을 끼고 대꾸하지 않았다. 러스킨이 대신 물었다.

"어찌해야 하오, 카-구아닐?"

"하늘 산맥의 일정이 아크랜드의 일정에 지장을 주어서는 안 된다. 거기에 기다리고 계시는 분이 우리를 용서할 수 있는 시간은 길지 않지. 잊지 마라, 빅터."

아즈윈은 구아닐의 목소리를 듣는 것만으로 소름이 끼쳤다.

"알겠습니다."

빅터는 마침내 포기한 듯 팔짱을 끼고 있던 손을 탁 털더니 말을 이었다.

"그럼 타치셀을 떠나기 전에 해 주셔야 할 일이 하나 있습니다. 저기 묶여 있는 여자가 카구아를 죽였고 나의 부하를 죽였습니다. 그런데 이 일이 단순한 사건으로 그치지 않고 카―드로크의 악령이 저지른 짓으로 비춰지고 있습니다. 타치셀과 푸트나이를 계속 하늘 산맥에서 써먹으려면 처리해 둬야 할 일입니다."

빅터의 말을 전달하는 론틀로스의 목소리가 떨렸다.

"드로크 같은 하찮은 녀석의 저주가 레미프들에게 공포를 안겨 줄 수 있다는 사실 자체가 놀라울 따름이군. 지금 당장 처리하도록 하지."

구아닐은 눈을 잠시 감았다.

"그런데 묘한 일이군. 이 근방에 신경 거슬리는 마법의 힘이 있다. 러스킨, 뭔지 찾아보라."

러스킨은 지팡이를 들어 이마에 댔다. 지팡이가 살짝 밝아졌다. 그는 곧 빅터에게 물었다.

"네이슨이 가지고 있던 칼은 회수했소?"

빅터는 허리에 차고 있는 칼을 두들겼다. 네이슨이 구아닐의 칼이라고 지칭했던 바로 그 칼이었다.

"이 칼에 무슨 문제라도?"

"아니, 잘못 알았소. 구아닐의 칼이 구아닐을 거슬리게 할 수는 없겠지. 이 근처 어디에 드래곤의 힘을 가진 검이 또 있는 모양이오."

러스킨은 레미프들에게 명령을 내렸다.

"죽은 카구아의 시체를 살펴라. 그가 무엇으로 죽었는가?"

타치셀의 레미프들은 신전 옆에 쓰러진 카구아의 머리에 박힌 칼을 가리켰다. 게랄드가 집어던진 그 칼은 머리뼈에 깊게 박혀 있어 레미프들의 힘으로는 뽑지 못했다.

구아닐은 그 칼의 주인을 금방 알아보았다.

"크나딜! 이 마을에 힘을 빌려 준 건 드로크의 악령이 아니라 크나딜의 힘이었군. 더 지체할 수 없다. 크나딜이 오기 전에 일을 끝내도록 하겠다."

구아닐은 몸을 일으켜 아즈원에게 다가왔다.

론틀로스는 그 발걸음 소리만 듣고도 겁에 질려 신음했다. 레미프들에게 드래곤이란 얼마나 무서운 존재인지 아즈원은 충분히 들어 알고 있었다. 드래곤에 대해 알지 못하고 드래곤 사냥을 훈련받은 그녀조차 지금은 오금이 떨렸다. 일어나 있었다면 도로 주저앉았을 정도로.

구아닐은 마을이 떠나갈 정도로 크게 레미프 언어로 소리쳤다. 그녀는 알아들을 수 없었다. 그러나 레미프들은 그 말을 듣고 환호했다. 론틀로스는 고개를 숙이고 덜덜 떨고 있느라 그 말을 통역해 주지 못했다.

중간에 카-드로크라는 단어가 들어가는 걸 보니, 그 카-드로크의 악령을 제거한다고 말한 거라고 아즈원은 추측했다.

구아닐의 얼굴이 아즈원에게 다가왔다. 그녀가 보기에는 그냥 잡아 먹히는 것에 불과하지만, 레미프들에게는 이게 신성한 의식이다 보니 구아닐은 그 모든 것을 천천히 진행시켰다. 결국 그녀는 크게 벌어지는 구아닐의 입, 입안의 하얀 이빨과 그 너머의 검붉고 축축한 혀의 움직임, 그리고 자신이 곧 통과하게 될 식도의 시작 부분까지 모두 느릿느릿 바라보아야 했다.

'세르메이의 예언은 게랄드가 박살 냈다. 그러니 나는 여기서 죽을 기더가 아니다.'

아즈원은 구아닐의 입으로부터 눈길을 돌리지 않았다.

'뭐든 좋으니 어서 이 운명을 걷어차 버릴 기적 하나 일어나! 날 싸우게 해 줘!'

구아닐의 뜨거운 호흡이 머리카락을 흔들었다. 그녀는 마치 구아닐에게 호통치듯 소리쳤다.

"어서!"

그 외침이 신호라도 된 듯, 숲에서 직선으로 뻗어 나온 검은 바람이 구아닐의 옆구리를 감쌌다. 그 커다란 몸집이 허공에 떠올랐고, 아즈원의 발목을 묶은 쇠사슬이 고정되어 있는 통나무도 뽑혀 나갔다. 그녀는 세찬 공기의 흐름에 딸려 올라갔다가 통나무와 함께 광장 중앙에 떨어졌고, 구아닐은 레미프들이 지어놓은 집으로 나가떨어졌다.

구아닐의 몸을 태우는 검은 불길은 순식간에 숲으로 옮겨졌고 마른 나무로 만들어진 집은 증발하듯이 불타 버렸다.

불길이 날아온 쪽에 구아닐을 닮은 또 다른 검은 드래곤이 있었다. 코에는 두툼한 뿔이 길게 달려 있고, 머리 좌우로는 가늘고 긴 뿔이 머리카락처럼 목덜미까지 감싸고 있는 괴이한 드래곤이었다. 그것은 날개를 펼치고 큰 보폭으로 광장 안쪽으로 들어와 포효했다.

"카-탄톨!"

론틀로스는 소리쳤다.

"아즈윈! 라루튼의 수호 드래곤이 왔소! 기적이 일어난 거요!"

카-탄톨은 론틀로스를 알아보고 레미프 언어로 말했다. 무슨 말인지 아즈윈은 알아듣지 못했으나, 뭔가 전투 명령을 내렸다는 걸 감으로 알았다. 탄톨이 다시 포효하자 드래곤이 나온 남쪽 숲 쪽에서 엄청난 숫자의 레미프들이 달려왔다.

론틀로스는 흥분하여 자리에서 벌떡 일어났다. 그러나 그는 곧 구아닐과 함께 쓸려나간 아즈윈이 걱정되어 광장 안쪽을 바라보았다.

타는 불길 속에서 쓰러져 있던 아즈윈은 천천히 몸을 일으켰다. 통나무가 뽑혀져 나가는 순간 고정되어 있는 부분이 빠져나가 쇠사슬은 그녀의 발목에만 매달려 있었다. 그녀를 묶고 있던 밧줄은 그녀의 옷과 함께 타들어 간 덕에, 세게 힘을 주는 것만으로 끊어졌다.

아즈윈은 먼지를 털 듯 몸에 남아 있는 불씨를 털어냈다. 이제 그녀를 구속하고 있는 건 그녀의 발목에 걸려 바닥에 끌리는 석 자 길이의 쇠사슬뿐이었다.

아즈윈은 몸 상태를 점검했다. 추락하면서 뼈가 부러지지도 않았고 움직임에 크게 영향을 주는 부상도 없었다. 욱신거리는 타박상 정도만 있었다.

'라루튼의 수호 드래곤 카-탄톨께서 내 바람을 이루어 주셨군. 오냐. 이제 나도 론틀로스나 세르메이와 함께 당신을 기적을 보여 주신

신으로 모시겠다.'

무너진 석조 건물에서 피어오른 먼지가 아즈윈의 뒤쪽으로 뭉게뭉게 피어올랐다. 그녀는 타 버린 소맷자락을 찢어 버리고, 헐렁거리는 바지의 옷감도 찢어서 출혈이 심한 어깨에 묶었다. 그리고 매듭을 앞니로 꽉 조이는 것으로 치료를 끝냈다.

그리고 사방에서 들리는 레미프들의 함성에 전혀 개의치 않고 딴 세상 얘기하듯 론틀로스에게 물었다.

"카―탄톨이 레미프의 언어로 뭐랬어?"

아직 묶여 있는 론틀로스는 잠깐 그녀의 모습에 홀려 있다가 대꾸했다.

"카―탄톨께서 말씀하셨다. 자신의 생각이 잘못되었다고. 죽음을 두려워한 나머지 한때나마 우리를 버렸음을 후회한다. 그렇게 말씀하셨다."

"살아남으면 탄톨한테 고맙다고 전해 줘. 조금만 빗나갔으면 내가 불탈 뻔했지만 뭐 결과적으로는 잘 됐지."

아즈윈은 화상을 입은 어깨와 가슴에 살짝 손을 대보았다.

'아직 아프군. 싸울 수 있을까?'

론틀로스가 크게 흥분하며 말했다.

"보이나, 아즈윈? 저것이 라루튼의 군대다. 탄톨께서 드로크의 영광에 동참하겠다고 선언하셨다!"

아즈윈은 론틀로스의 밧줄을 풀어 주며 남쪽 숲에서 물려오는 레미프들의 군대를 바라보았다. 그들은 숲을 벗어나 타치셀 안으로 진입하면서 대열을 정비했다. 창과 칼을 든 자세는 어설펐지만 제법 힘이 들어가 있었다.

그때 캡틴 빅터가 한 팔을 휘적거리며 광장 쪽으로 다가왔다.

"내 생각보다 빨리 왔군."

빅터는 구아닐이라는 거대한 아군이 불길에 휩싸여 나가떨어졌는데도 당황하는 기색 없이, 타치셀의 레미프들에게 큰 소리로 명령을 내렸다. 침착하고 단호한 어조였다. 그러자 타치셀 측의 레미프들도 진형을 짰다. 그러나 카–탄톨이 버티고 있는 라루튼의 진영을 바라보는 시선에 두려움이 가득 차 있었다.

"나 이거야. 겁만 많아서…… 러스킨. 당신도 같이 쓰러져 있는 거요?"

빅터는 한 손을 허리에 올리고 뒤를 돌아보았다. 동시에 신전 쪽에서 하늘을 쪼개는 듯한 소리가 터져 나왔다. 레미프들은 귀를 막았고 귀를 막지 못한 아즈윈도 고통스럽게 어깨를 움츠렸다.

"조아프 드루 기더 오그 드로크, 카–탄톨!"

그 말을 한 건 구아닐이 아니라 러스킨이었다. 계속 드래곤과, 그것도 카–구아닐과 같이 있어 그 존재감이 약해 보였으나 착각이었다.

"뭐라고 한 거야?"

아즈윈이 물었다.

"원한다면, 카–드로크의 운명과 함께하라, 카–탄톨. 그렇게 말했다."

론틀로스가 겁에 질려 말했다.

러스킨의 하얀 수염이 펄럭이며 빛에 휩싸인 지팡이에 주위의 바람이 빨려들어 갔다. 탄톨은 인간의 마법사를 보고 무척 당황했다. 마치 죽음을 예견한 듯 체념하는 빛이 언뜻 지나갔다.

론틀로스가 레미프어로 피하라고 소리 질렀으나 탄톨은 피하지 않고 외쳤다.

"가플드 요에브 기더!"

하도 오래 레미프어를 듣다 보니 그 정도는 아즈윈도 알아들을 수 있었다.

'너희들의 기더와 싸워라.'

러스킨의 지팡이가 빛을 발했다. 타치셀에 있는 어떤 살아 있는 존재도 그 빛을 똑바로 바라볼 수 없었다. 아즈윈도 고개를 옆으로 돌렸다. 한줄기 빛이 지나고, 탄톨의 가슴에 하얗게 타들어 가는 구멍이 뚫렸다. 검은 드래곤은 한동안 그대로 서 있는 것 같더니, 주저앉듯이 쓰러졌다.

카-탄톨은 러스킨이 쓴 단 일격의 마법에 죽음을 맞이했다.

라루튼의 레미프들은 비명을 질렀다. 만약 마지막 순간 탄톨이 아무 말도 하지 않았다면 싸우기도 전에 싸움은 끝났을 것이다. 그러나 그들은 피하지 않았다.

론틀로스가 명령을 내렸다. 그는 울면서도 우렁차게 고함을 질렀다.

"가플드! 가플드! 고브 탄톨."

레미프들은 일제히 소리 지르며 타치셀의 군대를 향해 달려나갔다.

"고브 탄톨."

캡틴 빅터도 타치셀의 레미프들에게 같은 명령을 내렸다. 두 나라의 레미프들이 광장의 한가운데로 서로를 향해 달려갔다. 아즈윈은 광장의 중앙에 있어 위치상 라루튼의 레미프들보다 타치셀의 병사들과 먼저 마주치게 되어 있었다. 그러나 론틀로스는 밧줄만 풀리고 발목의 쇠사슬은 아직 풀리지 않아 움직일 수가 없었다.

"혼자서라도 달아나라, 아즈원. 먼저 피해서 부디……."

"닥치고 보고 있어, 론틀리!"

아즈원은 손목을 주물럭거리며 차갑게 쏘아붙였다.

"게랄드가 해낸 걸 내가 못할 것 같아?"

아즈원은 양 무릎을 굽힌 자세로 기다리다가 제일 선두로 달려오는 타치셀의 병사를 발로 걷어찼다. 그녀의 발목에서 딸려 온 쇠사슬에 다른 병사들까지 얻어맞아 쓰러졌다. 그녀는 그 병사가 바닥에 떨어뜨린 창을 집어 몇 번 크게 회전시켰다.

"창은 오랜만이군."

아즈원은 중얼거리더니 무수히 몰려오는 병사들을 향해 빠르게 창을 찔렀다. 선두의 병사들이 몇 명 쓰러지며, 돌격하는 진형이 허물어졌다. 약간 늦었으나 뒤에서 라루튼의 병사들이 들이닥쳤다. 광장 안은 두 군대가 합쳐져 혼전을 이루었다.

그사이 병사들은 론틀로스를 묶은 쇠사슬을 도끼로 끊어 그를 구했다. 론틀로스는 잠시 전투 상황을 지켜보다가 아즈원에게 말했다.

"후퇴한다. 해야겠다. 타치셀의 군대는, 우리보다 훨씬 전투의 경험이 많고, 또 숫자도 더 많다. 더구나……."

론틀로스는 거짓말처럼 허무하게 죽어 버린 카-탄톨의 시체를 보았다. 그는 우그의 힘에 죽을 거라고 예언했고 그 예언대로 죽을 걸 알면서도 이곳으로 왔다. 죽는 순간 싸우라 말했다. 그럼에도 후퇴 명령을 내려야 하는 것에 론틀로스는 괴로워하고 있었다.

'론틀리 말이 맞아. 이런 건 개죽음이야. 몰살당할 거야.'

아즈윈도 알고 있었다. 하지만 그녀는 물러나지 않았다. 물러날 수가 없었다.

아즈윈은 창을 내려놓고 바닥에 떨어진 다른 칼 한 자루와 방패 하나를 주웠다. 그녀는 칼을 몇 번 휘둘러보다가 던져 버렸다.

'너무 가벼워. 이건 어떨까? 아니야, 이건 너무 길어.'

아즈윈은 다른 칼을 집었다 들길 반복했다. 방패도 그런 식으로 다른 걸로 바꾸었다. 이런 격렬한 전투 중에도 그녀는 마치 쓰레기라도 줍는 듯 느긋했다. 칼과 방패를 모두 집은 그녀는 갑자기 고함을 질렀다.

그 커다란 소리가 광장의 대혼란을 관통하며 신전을 향했다.

"카—드로크!"

아즈윈의 근처에 있던 타치셀 병사들이 깜짝 놀라 물러나는 것을 기점으로, 도미노처럼 차례대로 레미프들이 뒤로 물러났다. 유리하던 적들이 오히려 전의를 잃고 후퇴하자, 라루튼의 병사들도 의아해하며 뒤로 물러섰다.

"카—드로크!"

아즈윈은 또 한 번 소리쳤다. 광장을 울리는 긴 메아리에, 양측의 레미프 병사들이 잠시 전투를 멈춰 버렸다. 그렇게 전투는 그녀의 고함두 번으로 멈춰 버렸다.

아즈윈은 칼끝으로 신전에 서 있는 러스킨과 타치셀 군대의 후방에서 있는 빅터를 번갈아 가리켰다.

"이 자리에서 내가 카—드로크의 악령이 되어 주겠다. 봤나? 미신이란 거 아주 쓸 만하지? 그대로 팔짱 끼고 서서 명령만 내려서는 나라는 악령을 죽일 수 없을 것이다."

아즈윈은 싸늘한 눈빛으로 말을 이었다.

"네놈이 직접 나서라, 캡틴 빅터. 하얀 늑대의 기사가 익셀런에서 최강이라는 네이슨을 죽였다. 그러니 두 번째 하얀 늑대가 익셀런의 캡틴을 죽여 버리겠다!"

처음에는 무덤덤하게 듣고 있던 빅터는 네이슨이라는 이름이 나오자마자 침착한 표정이 무너졌다. 그리고 지팡이 끝으로 아즈윈을 노리는 러스킨을 향해 손을 내밀었다.

"잠깐만!"

그러나 러스킨은 빅터의 말을 듣지 않았다.

"저 말에 넘어가지 마시오, 캡틴 빅터. 내가 저런 꼬마에게 기회를 줄 이유는 없소."

마법사의 지팡이가 카-탄톨을 죽일 때와 같은 빛을 뿜었다. 아즈윈은 방패를 내밀어 직선으로 뻗어 오는 빛이 닿는 순간 밀어냈다. 한 손으로는 힘이 모자랄 게 틀림없어 아예 방패 앞으로 칼을 들이밀고 두 손으로 밀어붙였다. 공기가 진동하며 방패가 깨지고 칼날은 부서졌다. 그녀는 뒤로 다섯 걸음이나 나가떨어졌다.

'망할 마법사 같으니.'

한동안 일어날 수가 없었다. 하지만 죽지는 않았다. 탄톨처럼 심장이 뚫리는 정도가 아니라, 산산이 부서지는 줄 알았지만 멀쩡했다. 온몸이 아팠지만 못 일어날 정도는 아니었다. 그녀는 뒤로 한 바퀴 구르며 일어났다.

방패를 쥐었던 손이 안 움직였다. 하지만 아즈원은 여유 있는 척 다른 손으로 팔목을 주물럭거리며 러스킨을 향해 소리쳤다.

"왜, 탄톨을 죽이느라 힘을 다 써 버리셨나? 어디 또 한번 해보시지!"

그때 뒤에서 론틀로스가 소리쳤다.

"아즈원, 이걸 써라."

론틀로스가 방패를 던졌다. 아즈원이 가볍게 방패를 받자, 그다음은 칼이 한 자루 날아왔다. 척 봐도 좋은 칼과 방패였다. 아마도 론틀로스가 방금 부하들에게 넘겨받은 '라루튼 대장군'의 보검과 방패인 모양이었다.

아즈원은 타치셀의 레미프들을 가리키며 소리쳤다.

"봤냐, 자식들아! 탄톨을 죽인 그 빛이 나는 죽이지 못했다. 그게 어떻게 비춰질 것 같아?"

러스킨은 어깨를 으쓱하며 다시 지팡이를 들었다.

"어떻게 비춰지긴? 또 하면 되지."

"어린애의 도발에 말려든 건 당신 같소만?"

빅터가 말했다. 러스킨은 지팡이를 내리지 않았다. 그러자 빅터는 아예 지팡이 끝을 손으로 잡아 내렸다.

"내게 맡기시오."

빅터는 한동안 러스킨을 노려보았다. 빅터를 마주 보는 러스킨도 시선을 피하지 않았다. 하지만 결국 러스킨이 한 걸음 물러났다.

"그럼 캡틴이 원하시는 대로."

"고맙소."

빅터는 성큼성큼 아즈윈을 향해 걸어왔다. 그가 이동하려는 방향에서 있던 타치셀의 병사들이 좌우로 갈라졌다. 아즈윈은 빅터가 다가오는 그 순간까지 발목을 주무르고 자리에서 탁탁 뛰어 몸을 풀었다.

"마법을 피할 힘은 있었나?"

빅터가 다가오며 물었다.

"같은 걸로 두 번 정도는."

아즈윈은 목덜미를 주무르며 대꾸했다.

빅터는 아즈윈의 거의 바로 앞까지 다가와서 말했다.

"하나 묻자, 꼬마야. 적절한 대답이라면 나와 싸울 기회를 주겠다."

"기회 좋아하시네. 내 앞에 선 순간 이미 늦은 거야, 이 아저씨야. 하지만 나도 궁금하긴 하니까 물을 기회 정도는 주지."

"널 보니 10년 전에 내 팔을 빼앗아 간 그 녀석이 생각나는군. 그놈도 이런 식으로 도발을 해 왔지."

빅터는 싸늘하게 웃었다.

"물어볼 거나 물어보시지."

"네이슨은 어땠나?"

"기회를 주길 잘했네. 그걸 물어봐 주길 바랐는데."

그 순간을 떠올리자 분노가 밑바닥부터 끓어올랐고 슬픔이 목구멍까지 치달았다. 아즈윈은 진지하게 대답했다.

"둘 다 지치고 다친 상태로 최상의 컨디션도 아닌 상태로 싸웠다. 그런데도 둘의 싸움은 내가 지금까지 본 중 가장 격렬했다. 하얀 늑대 두 명이 싸운다 한들 그런 엄청난 싸움이 벌어지지는 않았을 거다. 이렇게 표현한다고 네가 이해할지 모르겠지만 말이야."

"충분히 이해됐다. 무기는 그걸로 됐나?"

"맨손으로 싸울 생각이었는데, 이 정도면 과하지."

"그래?"

빅터는 바닥에 아무렇게나 떨어져 있는 낡은 칼을 집더니 두어 번 휘둘러보았다.

"그럼 제 컨디션이었을 때의 네이슨이 어떤지 봐라."

빅터는 잠깐 멈칫하고 서는 듯하더니 칼을 휘둘렀다. 한 팔이 없는 균형 감각으로 이 정도로 빠르게 칼을 뿌릴 수 있다는 것에 아즈원은 잠시 놀랐다. 가슴에 붙이고 있었던 방패가 그 속도를 감당하지 못해 옆구리를 베이자, 그녀는 퍼뜩 정신이 들었다. 러스킨의 마법을 막은 것처럼 운을 바랄 수는 없었다.

빅터의 공격은 멈추지 않았다. 아즈원은 칼과 방패를 모두 합쳐 막고 또 막았다. 보통 대여섯 번 정도 막히면 공격하는 쪽이 당황하기 마련이었으나, 빅터는 정해진 길을 묵묵히 가는 듯 멈추지 않았다.

'이 정도면 나쁘지 않아. 다리가 움직인다. 움직이는 것에 신경 써. 팔이 움직인다. 방패가 생각보다 무겁게 느껴지지 않아. 마법을 막은 팔이 마비되고 있네…… 부러진 건 아니겠지? 어쨌든 나쁘지 않아. 게 랄드는 이보다 더한 부상을 안고 싸웠어! 나도 할 수 있어.'

빅터가 슬쩍 보여 주고 있는 '벽'의 높이는 옆에서 지켜봤던 네이슨 이상이었다. 게다가 왼손잡이였고 한 손으로만 쓰는 데도 균형감 있게 날아드는 빠른 공격에 아즈원은 금방 집중력을 잃어버렸다.

빅터의 공격은 로일보다, 던멜보다 빨랐다. 그야말로 속수무책이었다.

이대로 죽는다는 생각이 드는 순간, 아즈윈은 속으로 악을 썼다.

'아니야. 난 사실 이자의 첫 번째 공격으로 죽을 수 있었어. 그런데 막았어. 그리고 지금도 막고 있어. 이런 공격이 익숙한 거야. 오히려 점점 익숙해지고 있어.'

반나절 동안 힘을 회복하는 데 신경 썼으나, 고작 사지를 움직이는 수준이었다. 그러니 그녀는 전력을 다할 수 없었다. 그런데도 손과 발이 모두 상대의 공격을 따라가고 있었다.

뜻밖에도 몸이 가벼웠다. 오히려 평소보다 몸이 더 부드럽게 움직여 주는 느낌이 들었다. 어느 순간 그녀의 눈앞에 서 있는 건 익셀런 제1기사단의 캡틴 빅터가 아니라 외팔의 선생님이었다. 그도 한 팔이었고 그 역시 빅터와 비슷한 실력이었다.

아즈윈은 힘들 때면 선생님부터 떠올렸다. 선생님을 생각하고 연습하면 누구에게도 패하지 않았다. 로일을 처음 이긴 것도 상대를 로일이라고 생각하지 않고 선생님이라고 생각하면서 싸운 덕이었다.

아즈윈의 머릿속에서 최강은 선생님이었다. 이런 싸움은 자다 막 일어난 상태로도 해낼 수 있었다. 새로운 게 아니었다.

'선생님을 뛰어넘을 준비가 되었어요. 이겨도 되겠죠?'

아즈윈은 마지막 공격을 준비했다. 만약 지금 힘이 모자라 실패하더라도, 게랄드와 같은 결론을 낼 만한 공격 방법이 머릿속에 완벽히 그려졌다. 빅터도 그걸 눈치챘는지 몸의 균형을 뒤로 물려 방어 자세로 바꿨다.

정말 빠른 자세 변화였다. 하지만 아즈윈은 개의치 않았다.

'어디 막아 봐!'

아즈윈은 방패를 약간 뒤로 젖히고 앞으로 달려들었다.

그때 그녀의 눈앞으로 하얀 섬광이 보였다. 모든 신경을 빅터의 가슴과 칼에 집중하고 있던 차라 그 빛이 아까부터 자기를 향하고 있다는 것을 직전에야 알아챘다.

어렵사리 방패를 들어 막았으나, 그 공격은 방패로 막을 만한 것이 아니었다. 섬광은 방패를 깨뜨리고 그녀의 팔목을 부러뜨렸다.

아즈윈은 비명도 지르지 못하고 허공으로 날아가 돌바닥에 어깨를 부딪쳤다. 떨어진 칼이 요란한 소리를 내며 빅터 쪽으로 굴러갔다. 그녀는 너무 아파 신음도 못 냈다.

"러스킨!"

빅터가 화난 목소리로 소리 질렀다. 지팡이를 앞으로 내밀고 있던 러스킨은 슬쩍 지팡이를 두 손에 쥐며 말했다.

"나는 시키는 대로 한 거요."

"내가 언제 시켰……."

빅터는 말을 멈췄다. 신전 뒤에 쓰러져 있던 구아닐이 어느 순간 러스킨의 옆에 있었다. 아직도 검은 불길이 타고 있었지만 아무런 손상도 입지 않은 검은 비늘이 햇빛을 반사하고 있었다. 구아닐이 명령했다.

"하얀 늑대란 존재를 얕보지 마라, 빅터. 몇 번이나 경고했다. 그대로 끝내라."

"하지만 구아닐! 이건 내 나름의……."

"끝내라, 빅터."

러스킨이 옆에서 거들었다.

"기사도 같은 게 신경 쓰인다면 내가 처리하겠소, 캡틴 빅터."

빅터는 나직이 으르렁대다가 몸을 휙 돌려 아즈윈에게 다가왔다.

"내가 하지."

아즈윈은 상체를 가까스로 일으켰지만, 무기를 들지는 못했다. 빅터는 무뚝뚝한 얼굴로 그녀에게 다가왔다. 별다른 말은 없었다.

'기적은 일어났어. 내가 그 기회를 살리지 못했을 뿐이야.'

싸움에 후회도 남지 않았고, 죽음이 두렵지도 않았다. 아무것도 이루지 못하고 싸움이 끝나버린 게 아쉬울 따름이었다.

'아무것도 못 이룬 인생은 아니었어. 이런 바보 같은 년이 만날 수 있는 가장 좋은 인연은 모두 만나 뒀으니까. 멋진 스승, 멋진 친구, 멋진 여왕님. 그리고 최고로 멋진 남자.'

아즈윈이 포기하고 운명을 받아들이는 순간 게랄드의 얼굴이 떠올랐다. 그녀는 퍼뜩 정신을 차렸다. 빅터는 체념하고 고개를 숙이고 있는 그녀에게 칼을 휘둘렀다. 그녀는 칼날에 목이 날아가기 직전에 몸을 뒤로 틀면서 피했다. 날카로운 금속이 아슬아슬하게 목덜미를 스쳤다.

'아니야. 아직 죽을 수 없어! 게리는 죽기 전에 내게 뭔가 말했어.'

아즈윈은 엉덩이를 뒤로 끌면서 빅터의 다음 공격을 대비했다.

'그 말은 절대 포기하라는 말이 아니었을 거야.'

아무리 추해도 살아남겠다, 그런 마음으로 아즈윈은 달아났다.

빅터는 다시 칼을 들었다.

아즈윈은 피가 배어나도록 이를 악물었다. 러스킨의 마법이 빛을 내는 순간 포기하고 죽음을 받아들여 버린 카−탄톨의 모습이 떠올랐다. 그렇게 될 수 없었다. 아직 할 일이 남아 있었다.

'포기하지 않겠어!'

아즈윈은 엉덩이를 뒤로 끌면서 손에 잡히는 대로 아무 칼이나 집어 들었다. 부러진 칼이었다. 그래도 상관없었다. 그녀는 사신처럼 칼을 들고 다가오는 빅터에게 부러진 칼을 내밀고 소리쳤다.

"나는 하얀 늑대다. 절대로 이대로 죽지 않는다."

빅터는 다가오던 걸음을 멈췄다. 칼을 휘두르지도 않았다. 아즈윈은 빅터의 시선이 자신이 아닌 자신의 뒤를 향하고 있다는 걸 알았다.

'뭘 보고 놀란 거지? 죽은 탄톨이 살아나기라도 했나? 론틀로스가 활시위를 당겨 그를 협박하고 있는 걸까?'

아즈윈은 빅터의 다음 공격을 대비하느라, 돌아보지 못했다. 뒤에서 아즈윈의 말을 받는 그 목소리만으로 그녀는 머릿속이 엉망진창이 되는 것 같았다.

"하얀 늑대를 꺾을 수 있는 건 하얀 늑대뿐이다. 그렇지, 아즈윈?"

신전 쪽의 러스킨이 지팡이를 들어 아즈윈의 뒤에 서 있는 사람에게 마법을 쓰려 했다. 그 순간 빅터와 러스킨 사이로, 하늘에서 새처럼 활 공하며 날아온 레미프가 바닥에 먼지를 일으키며 착지했다.

그 레미프는 타치셀이나 라루튼의 다른 레미프들과 달리 하얀 얼굴에 날개도 눈처럼 하얬다. 잿빛의 긴 머리카락 사이로 치켜뜬 눈으로 그 레미프는 아즈윈과 러스킨을 동시에 살폈다. 그리고 바닥에 떨어진 창을 하나 주워 러스킨을 향해 냅다 집어 던졌다. 막 러스킨이 아즈윈에게 마법을 쓰려던 찰나였다.

집어던진 창은 멀리 떨어진 아즈윈에게 들릴 정도로 굉음을 일으키며 러스킨에게 날아갔다. 이 정도면 울프 기사단 중에서도 창을 가장 멀리, 그리고 정확히 던지는 쉐이든 못지않은 위력이었다.

창날은 러스킨의 얼굴로 곧장 날아갔고 러스킨은 깜짝 놀라며 지팡이를 옆으로 꺾었다. 보이지 않는 막이 창을 막았다. 하지만 창은 천을 찢듯이, 약간 속도만 늦춰졌을 뿐 그대로 러스킨의 얼굴로 날아들었다. 창이 마법사의 뺨을 살짝 스치며 빗나갔다.

러스킨은 놀란 눈으로 다시 레미프에게 지팡이를 향했다. 그 레미프는 이미 바닥에서 창을 하나 더 집어 들고 있었다. 그는 방금 공격으로 러스킨을 죽일 수 있었다고 생각한 모양인지 오히려 아쉬워하고 있었다. 그래서인지 러스킨은 광채가 이는 눈으로 그를 노려보기만 하고 함부로 공격하지 못했다.

아즈윈의 뒤에 있던 남자는 천천히 다가와, 주저앉아 있는 그녀의 머리에 손을 올렸다. 빅터는 눈을 가늘게 뜨고 그를 노려보았고 아즈윈도 떨리는 눈으로 그를 올려다보았다.

그는 아즈윈의 머리를 토닥토닥 두들겼다. 빅터처럼 한 팔이 없는 그 남자는 미소 지으며 아즈윈에게 말했다.

"내가 좀 늦었구나."

아즈윈은 그가 댄 손바닥에 머리카락을 슬쩍 비비고 짜증 내는 투로 말했다.

"좀이요? 엄청 늦었어요, 선생님."

그것은 아즈윈이 할 수 있는 가장 큰 기쁨의 표현이었다.

✦ Chapter 41 ✦
마법사와 기사와 드래곤

로핀은 라이의 등을 타고 하늘을 날아 타치셀에 들어서는 순간, 제일 먼저 빅터를 발견했다. 그 익셀런의 검은 갑옷과 한쪽뿐인 팔을 보고 다른 사람으로 착각할 수는 없었다.

로핀은 라이를 향해 마법사를 막으라고 소리치고는 밑으로 뛰어내렸다. 그때까지만 해도 그는 빅터가 칼로 내리치려는 여자가 아즈원인지는 모르고 있었다. 그게 누구든 구할 생각으로 로핀은 착지하자마자 칼을 집어 던질 준비를 했다. 빅터는 그걸 알아채고 방어 자세를 취하느라, 아즈원을 공격하지 않고 멈췄다.

러스킨의 마법 공격은 라이의 무지막지한 창던지기 한 번으로 억제시켰다. 그리고 다시 바닥에 떨어진 창을 들고 러스킨의 정면을 막아섰다. 루타아의 그랜드 마스터 상대로 무모하기 짝이 없는 짓이었지만, 결과적으로 러스킨은 라이를 공격하지 못했다.

빅터는 라이와 러스킨의 짧은 격돌을 슬쩍 돌아보기만 하고 도로 로핀에게 눈을 돌렸다.

'어지간히 놀라긴 한 모양이구나, 빅터. 물론 나도 그렇지만.'

그다음에야 로핀은 빅터가 공격하려는 여자가 아즈윈이라는 사실을 알았다. 하늘 산맥에서 제자 녀석이 길을 잃고 헤매고 있다는 말은 들었지만, 여기서 빅터와 싸우고 있을 줄이야! 로핀은 제자가 반갑다기보다 자신에게 맞춰져 있는 기더의 톱니바퀴에 기가 찰 따름이었다.

로핀은 엉망인 아즈윈의 얼굴을 보니 우선 안쓰러웠고, 살아 있는 얼굴을 보게 되어 안도했다. 그리고 그녀를 이 꼴로 만든 녀석들에게 분노가 치밀어 올랐다.

"하늘 산맥에서 보기에는 그리 반가운 얼굴이 못 되는군, 빅터."

로핀의 말에, 빅터는 콧살을 찌푸렸다.

"즈비 레미프들에게 힘을 빌려주고 있는 우그가 있다는 말을 듣고 혹시나 했는데, 그게 너였나?"

푹 파인 뺨을 씰룩거리며 내보이는 미소는 빅터를 더욱 잔인해 보이게 했다. 젊었을 때보다 더 날렵해진 것 같아 로핀은 괜스레 그의 몸을 살피게 되었다.

"늙었다고 배에 살만 찌운 건 아닌 모양이구나."

빅터도 로핀을 탐색하며 말했다.

"너야말로 무리하는 것 아닌가, 로핀? 고작 날아다닐 줄 아는 레미프 한 마리 데리고 와서 뭘 하려고?"

"뭘 하긴? 봐라. 효과 좋네, 뭘."

로핀은 베나 에실크를 들어 주위를 가리키며 말했다. 타치셀의 레미프들은 하얀 날개의 라이를 보고 적잖이 동요하고 있었다. 빅터는 한심하다는 듯 말했다.

"네가 상대해야 할 적이 어느 정도인지 모를 정도로 멍청해졌나? 아니면 너무 다급히 뛰어오느라 뭘 준비해야 하는지도 잊었나?"

빅터의 뒤쪽, 부서진 석조 건물의 잔해 뒤로 검은 드래곤이 서 있었다. 좀 전까지는 머리만 내밀고 있었는데 로핀과 라이를 보고 몸을 일으켜 가슴을 드러냈다. 그사이 무슨 일이 일어났는지 온몸에 꺼져 가는 검은 불꽃을 품고 있었다.

'카—구아닐이 여기 있네?'

카셀을 구하기 위해 맞섰던 며칠 전보다 더 커진 기분이 들었다. 그게 착각이 아니라면 구아닐은 현재 '성장'하고 있는 중임에 분명했다.

'골치 아프게 됐군.'

라이가 견제하고 있으나 아무래도 루티아의 그랜드 마스터를 맡기기에는 역부족이었다. 여차하면 그는 라이와 로핀쯤은 한꺼번에 날려버릴 기세였다. 하지만 드래곤도 마법사도 움직이지 않는 건 빅터에게 이 싸움의 지휘권을 맡긴다는 뜻이었다.

"아니면 단둘이서 10년 전 하다 만 싸움이나 다시 해 볼 텐가?"

빅터는 아즈원에게 썼던 낡은 칼을 뒤로 휙 내던지더니 허리에서 칼을 뽑았다. 칼날에서 검은 연기가 피어올랐다. 에실크가 반응하는 걸 보니 아마도 구아닐의 칼인 모양이었다.

로핀은 베나 에실크를 내밀었다.

"상황을 보니 빅터, 널 여기서 죽여 두면 앞으로의 싸움에서 상당히 유리해지겠는걸."

"나는 너의 과거에 존경을 표하며 항복할 기회를 준 것이다, 로핀.

그때라면 모르나, 지금 네 실력으로는 무리다."

"아, 누가 내가 한다고 그랬나?"

로핀은 갑자기 옆에 쓰러져 있는 아즈윈의 옆에 에실크를 꽂았다. 아즈윈은 흠칫 놀랐다. 로핀은 목에 목걸이처럼 걸고 있던 동전 크기만 한 주머니를 꺼내 입으로 줄을 풀었다. 그리고 안에 들어 있는 회색 가루를 아즈윈의 머리 위에 쏟아부었다.

반짝이는 가루가 머리에서 물처럼 흘러내리더니, 살아 있는 것처럼 아즈윈의 몸 구석구석을 쓸어내렸다. 아즈윈은 눈을 크게 뜨고 두 손을 내려다보았다. 잠시 후 그녀는 바닥에 손도 안 짚고 벌떡 일어났다.

빅터는 러스킨을 돌아보며 물었다.

"저건 무슨 마법이요?"

러스킨이 대꾸했다.

"테일드가 만든 치유의 가루요. 오직 네 개만 만들었다고 들었거늘…… 하긴, 그중 하나를 전 하얀 늑대가 가지고 있는 게 이상할 거 없겠지."

로핀은 두 사람이 말하든 말든 선언했다.

"싸움은 나 같은 노땅이 하는 게 아니라 원래 현역이 하는 거야!"

로핀은 아즈윈의 어깨에 손을 두르며 빅터를 향해 미소를 보였다.

"10년 전 나보다 더 강한 하얀 늑대가 여기 있다. 어때? 자신 있나, 빅터?"

빅터는 대답하지 않았다.

뒤에서 러스킨이 버럭 소리 질렀다.

"뭘 하는 거요, 캡틴 빅터? 당장 둘을 모두 쓰러뜨리시오."

"못하오."

빅터는 당연하지 않느냐는 듯 말했다.

"설마 피하는 거요?"

러스킨이 의심스러운 목소리로 물었다.

"아니요, 러스킨. 잠시 오만 속에 착각했었소. 당신 역시 로핀이라는 자가 어떤 존재인지 알고 있지 않소?"

"그래서 지금 죽이지 않으면 안 된다는 거요. 드래곤과 마법사가 당신 뒤에 있소!"

로핀은 킥킥대고 웃었다.

"루티아를 등진 마법사를 마법사라고 할 수 있나?"

러스킨의 눈썹이 한쪽으로 치켜 올라갔다.

"뭐라고?"

"한때나마 당신을 존경했던 게 창피하오, 러스킨. 이제 주위도 돌아볼 줄 모르나 보오? 빅터보다 감이 늦다니, 마법사 직함 버려야겠군."

로핀이 소리쳤다.

구아닐이 당장 경계하며 머리를 뒤로 물렸다. 타치셀의 레미프들과 라루튼의 레미프들은 로핀이 나타난 숲속에서 천천히 다가오는 붉은빛을 발견하고 경악에 가까운 얼굴로 엎드렸다. 심지어 빅터의 수발을 들기 위해 굽실거리던 레미프조차 그 붉은빛을 바라보는 순간 빅터를 무시하고 그쪽을 향해 무릎을 꿇었다.

숲의 나무 위로 곧게 솟은 드래곤의 머리가 숲에서 벗어나 곧 전신을 타치셀 안으로 드러내 보였다. 드래곤의 붉은빛이 석양의 붉은빛과 동화되어 타치셀의 광장을 채웠다.

사—크나딜, 드래곤들의 하이로드이자 마스터의 포효가 산을 울리고 숲을 울리고 하늘을 울렸다.

크나딜의 어깨 위에는 카셀이 올라타 있었다. 그는 왼손으로 드래곤의 뿔을 붙잡고 오른손으로는 아란티아의 보검을 쥐고 서 있었다. 흔들리는 몸을 지탱하느라 정신이 없는 그 와중에도 눈은 구아닐을 똑바로 바라보고 있었다. 그의 눈동자에는 두려움 없는 분노가 가득 차 있었다.

'평소에는 모르겠지만 확실히 이런 상황에서는 쓸 만한 녀석이군. 크나딜의 어깨 위가 마치 당연히 자기가 있어야 할 자리인 것처럼 행동하다니. 하긴, 크나딜의 말대로 드래곤을 부리는 자가 마법사가 아니라면 누가 마법사라 할 수 있겠어?'

로핀은 아즈윈의 어깨를 살짝 쥐고서 모두를 돌아보았다.

"자, 그럼 이번에는 내가 물어볼 차례군. 빅터, 러스킨, 구아닐! 이쪽에도 드래곤과 마법사와 기사가 있다. 한 판 해볼 테냐?"

구아닐이 크게 포효했다. 크나딜의 포효에는 듣는 이가 스스로 무릎을 꿇게 만드는 웅장함이 있다면, 구아닐의 포효에는 듣는 이가 귀를 틀어막고 엎드리게 할 공포가 깃들어 있었다. 나무가 뿌리째 흔들렸고 금이 간 신전이 뒤흔들려 기둥이 무너지고 천장의 일부가 내려앉았다.

두 드래곤이 서로를 노려보았다. 구아닐이 먼저 레미프의 언어로 말했다.

"크나딜, 얼마 전에 겨우 땅 속에서 기어 나온 네가 내 힘을 막을 수 있을 것 같은가?"

크나딜도 구아닐을 노려보며 말했다.

"함부로 날개를 펼치지 마라, 구아닐. 내가 그따위 허풍이나 들으려고 여신의 옆을 비운 게 아니다."

"어리석은 녀석. 여신의 힘에 의지해 살만 찌우던 네가 나와 싸우기라도 하겠다는 건가?"

구아닐은 크나딜의 어깨에 서서 뿔을 붙잡고 아슬아슬하게 서 있는 카셀을 보고 비웃었다.

"그 인간은 또 뭐냐? 그따위 하찮은 존재에게 어깨를 내주다니, 마스터라는 이름이 아깝도다. 아니면 이제 인간에게 힘을 빌릴 정도로 나디우렌의 힘이 약해졌는가?"

크나딜은 대꾸하지 않았다. 구아닐은 쩌렁쩌렁 울리는 쇳소리를 담은 목소리로 비웃었다.

"마스터의 이름을 버려라, 크나딜. 너 같은 약골이 그리 불리다니, 내가 다 창피하구나. 하이로드의 권좌에서 물러나라, 크나딜. 너는 그럴 자격이 없다. 난 혼자서 네가 끌고 온 인간들을 이 자리에서 숨 한 번으로 없애버릴 수 있다. 그러나 너는 여기 나를 받드는 두 인간을 상대할 수 있는가?"

구아닐은 뾰족한 발톱 끝으로 크나딜을 가리키며 말을 이었다.

"네 선택은 틀렸다, 크나딜. 아니, 선택이 늦었다. 나와 내가 모시는 분은 이미 네가 가졌어야 할 힘을 모두 가져왔다. 너는 남은 찌꺼기를 그러모은 것에 불과하다. 얼마 전 내 앞에서 벌벌 떨며 달아나던 꼬마를 어깨에 태우고 무슨 짓을 하는 거냐? 내 앞에 무릎 꿇어라. 내가 나디우렌을 죽이고 하늘 산맥의 지배자가 되거든 하찮은 마스터의 이름이나마 유지하도록 선처하겠노라."

크나딜은 가늘게 뜬 눈으로 구아닐을 바라볼 뿐, 분노나 공포 같은 감정은 드러내지 않았다. 크나딜의 분노는 그의 어깨에 탄 카셀이 대신했다.

"닥쳐라! 카-구아닐. 하늘 산맥의 래플홉트이신 크나딜께서 한낱 범죄자에 불과한 널 상대할 것 같으냐?"

구아닐은 잠시 그 인간이 자기의 말을 알아들었다는 것에 당황했다가, 이내 언어 그 자체에 저주를 담아 퍼부었다.

"어딜 함부로 나서느냐? 한낱 피조물 따위가 신들의 대화에 끼지 마라."

구아닐의 몸에서 피어오른 검은 기운이 크나딜 쪽으로 흘러 들어갔다. 그 검은 기운이 형체를 만들어 유령처럼 타치셀 안을 떠돌아 주위를 어둠으로 물들였다.

그 어둠은 타치셀의 낮을, 낮이 아닌 시간으로 되돌렸다. 엎드린 레미프들은 공포가 너무 큰 나머지 흐느낄 지경이었다. 그러나 카셀은 구아닐의 검은 기운을 쳐다보지 않았다. 일부러 시선을 피하는 게 아니었다. 신전 쪽에 눕혀 있는 인간을 바라보느라 아예 신경도 쓰지 못하는 것이었다.

카셀을 올려다보고 있던 로핀은 그 시선을 쫓아 누군지 모르는 신전 앞의 시체를 살폈다. 타치셀에 몰려 있는 모든 레미프들이 구아닐의 공포와 크나딜의 위엄에 짓눌려 벌벌 떨고 있는 와중에 아즈윈조차 신전 쪽으로 슬픈 시선을 보내고 있었다.

'누구지? 카셀, 누가 죽었기에 구아닐의 저주도 알아보지 못할 정도로 화가 난 거냐?'

카셀의 목소리는 크나딜의 힘을 받아 드래곤만큼 넓게 울려 퍼졌다.

"구아닐, 너는 나를 하늘 산맥에서 죽이지 못했고 네 부하 역시 하푸에서 나를 죽이지 못했다."

죽음을 감지한 숲의 새들이 하늘을 날았고 땅의 짐승들은 산불을 피해 달리듯 달아났다.

"나의 죽음은 네 기더에서 벗어나 있다. 네가 가진 파괴의 힘은 늑대들의 캡틴 앞에서 날개를 펴지 못하리라. 크나딜의 힘 앞에 항복하라, 구아닐!"

구아닐의 저주는 이제 크나딜이 아닌 카셀을 직접 향했다.

"닥쳐라, 인간! 네 입을 찢어 네 어미의 무덤 속에 처박아 썩히리라. 네 심장을 불태워 네 아비의 산 심장에 뿌리리라. 죽을 때까지 살아남아 움직이지도 먹지도 마시지도 숨 쉬지도 못하는 고통에 빠져, 그 자손까지 이어져 평생 그 고통을 같이할 저주를 너에게 내리노라."

"너야말로 닥쳐라, 괴물아! 네가 떠받드는 주군도 새나디엘 여왕의 축복을 꺾지 못했다. 너 따위의 저주가 캡틴 울프에게 통할 것 같으냐? 크나딜께서 내게 부여하신 권한으로 하늘 산맥에서 온 마법사가 경고한다! 항복하라."

"네놈에게 그딴 힘이 있느냐? 어디 네가 가진 힘을 보여 봐라. 보일 힘이라도 있느냐? 허풍 떨지 마라. 난 네가 아무것도 아니라는 걸 알고 있다, 꼬마야. 크나딜, 너의 선택이 얼마나 엉성했는지 지금 가르쳐 주겠다. 러스킨, 빅터. 너희들의 힘을 아둔한 드래곤 놈에게 보여라."

러스킨은 기다리고 있었다는 듯 지팡이를 머리 위로 들어 올렸다. 지팡이는 카-탄톨을 죽인 하얀빛을 머금기 시작했다. 빅터가 늘어뜨리고 있는 검에는 구아닐이 펼쳐 놓은 그림자와 같은 짙은 어둠이 연기처럼 흘러나오기 시작했다.

타치셀에서 생명의 힘이라고는 느낄 수 없었다.

구아닐이 보이는 살의는 살아 있는 생물에게서 강제로 생명을 뽑아낼 만큼 끔찍했다. 아무리 크나딜의 힘에 보호되고 있다 하나 이 세 가지의 힘이 모조리 카셀 한 명에게 집중되고 있는데, 버틸 수 있을 리가 없었다.

'내가 뭔가 해야 돼. 카셀 혼자 감당할 힘이 아니야.'

로핀조차 살갗이 떨리는 공포를 맛보고, 아즈원의 어깨를 쥔 손에 힘을 주었다.

그때 아무 말도 못할 줄 알았던 카셀이 큰 소리로 아래를 향해 외쳤다.

"이게 내가 가진 힘이다. 라이, 칼을 받아라."

카셀은 쥐고 있던 아란티아의 보검을 라이를 향해 집어 던졌다. 칼은 빙글빙글 돌며 라이의 옆으로 날아갔다. 라이는 한 걸음 옆으로 내딛으며 날아오는 칼을 정확히 받았다.

"아즈원, 너도 칼을 들어라. 가넬의 힘이 너와 함께할 것이다. 라이, 늑대의 힘이 나를 대신하여 너에게 깃들 것이다. 너희들의 캡틴이 명령한다."

카셀은 둘 모두에게 소리 질렀다.

"나의 이빨이 되어라!"

어둠의 기운 속에서 조금도 움츠리지 않고 서 있던 아즈원과 라이가 동시에 칼을 치켜들었다. 그 순간 아란티아의 보검이 구아닐의 어둠을 밀어내며 빛을 뿜었다. 거의 동시에 베나 에실크의 붉은빛이 빅터의 칼이 내는 어둠을 깨뜨렸다.

로핀은 깜짝 놀랐다. 세상에서 가장 강력한 마법의 칼 두 자루가 동시에 반응했다.

'뭐에 반응한 거지? 라이와 아즈원의 힘에? 아니면 카셀의 명령에?'

카셀은 구아닐을 향해 소리쳤다.

"너라고 예외일 것 같으냐, 카—구아닐? 하얀 늑대의 이빨을 보고 살아남을 수 있는 건 하얀 늑대뿐이다."

구아닐은 이를 드러내며 분노했지만 로핀은 오히려 웃음을 터트렸다.

'진정한 영웅이 아란티아의 보검을 쥐면 빛을 낸다고 했던가? 하지만 지금 이것만 보자면 보검이 영웅을 선택한 게 아니라, 카셀이 영웅을 결정한 꼴이 아닌가?'

로핀은 고개를 설레설레 저었다.

'마스터 그란돌, 새나디엘 폐하. 두 분은 항상 제가 캡틴이 되어야한다고 하셨지요? 이것 좀 보세요.'

구아닐과 크나딜이 서로를 견제했고, 라이는 그랜드 마스터 러스킨을, 아즈원은 빅터를 겨냥했다. 이 엄청난 대립의 중심에서 카셀은 다만 서 있을 뿐이었다. 아무것도 하지 않는데도 싸움판의 중심이 되어있었다.

모두가 카셀의 입이 떨어지길 기다렸다.

아군도, 적군도.

'두 분이 기다리던 진짜 캡틴 울프가 여기 있네요.'

"어쩔래, 빅터?"

로핀은 숨죽여 웃다가 허리에 오른손을 올리며 말했다. 그러자 빅터는 갑자기 웃음을 터트리더니 자신의 검을 집어넣어 버렸다. 힘과 힘이 견제하고 있는 균형이 갑자기 무너져 버렸다. 오히려 러스킨과 구아닐이 놀랐다.

"항상 너는 내가 완벽하게 준비를 마쳤다고 생각하는 순간에 나타나는구나."

빅터의 말에, 로핀은 턱을 쓰다듬었다.

"그게 싫으면 준비 좀 하지 마라."

"그럴 수야 없지. 하지만 그렇다고 또 서로의 한 팔을 뺏는 싸움을 하고 싶지는 않다. 포크 들고 밥 먹을 팔은 있어야 하지 않나?"

"연초도 태워야 하고."

"난 끊었다."

"그 좋은 걸 왜 끊냐?"

"하늘 산맥에서는 구하기 힘들어서."

"나한테 말하지 그랬어? 싸게 팔았을 텐데. 빅터 너라면 특별히 한 줌에 손가락 하나씩만 받고 팔았을 텐데."

빅터는 장난치는 어린애처럼 큭큭대고 웃더니, 마치 선언하듯 말했다.

"물러나지."

"안 돼요!"

아즈윈이 로핀에게 소리쳤다. 다급한 제자의 얼굴에서 그는 10년 전 베나 에사르크를 물려주었던 아이린의 눈빛을 보았다.

"저런 놈과 협상하지 말아요."

로핀은 부드럽게 그녀를 설득했다.

"아즈윈, 너의 캡틴까지 나에게 모든 걸 맡겼다. 그러니 너도 내게 상황을 맡겨라."

아즈윈은 카셀을 들먹이자 입을 닫았다.

'뭐여? 내 말은 안 듣고 카셀 말은 듣는 거야?'

로핀은 잠시 질투심을 누르고 빅터에게 말했다.

"보내주지. 대신 타치셀을 넘겨라. 어차피 여기 레미프들은 너희들을 더 이상 따르지 않는다. 그리고 하늘 산맥에서 물러가라. 이미 준비해 뒀다고 했지? 그럼 이제 레미프들은 버리고 인간들의 싸움으로 넘겨라. 레미프들의 전투는 레미프들이 끝내게 둬."

"그건 거의 푸트나이까지 비우라는 건데?"

빅터는 체스판을 앞에 두고 따지는 사람처럼 말했다.

"타치셀을 넘기면 당연한 거잖아, 이 멍청아. 아니면 푸트나이에서 같은 거 한 번 더 할래?"

빅터는 고개를 갸웃했다.

"좋다. 어차피 홉트가 죽어 버린 푸트나이 따위, 곧 무너질 나라였다. 그럼 거래는 이 정도로 끝내지. 어차피 결과는 같겠지만."

"그야 결과는 같지. 내가 이기는 걸로."

둘은 그다지 살기도 띠지 않은 조용한 시선으로 서로를 바라보기만 했다.

빅터가 먼저 등을 돌렸다. 빅터는 신전을 향해 걸어가며 로핀을 향하고 있는 러스킨의 지팡이 끝을 손바닥으로 밀었다.

"거두시오, 러스킨. 사—크나딜은 당신이 생각하는 것보다 더 막강한 존재니까."

말은 그렇게 했으나, 빅터가 노려보는 건 크나딜이 아니었다. 말없이 아란티아의 보검을 쥐고 있는 라이 쪽이었다. 그리고 마지막까지 견제하는 것도 라이였다.

엉뚱하게도 구아닐이 견제하는 것 또한 크나딜이 아니라, 카셀이었다. 만약 이대로 싸움이 시작되면 구아닐은 크나딜이 아니라, 카셀을 먼저 죽이려고 달려들었을 것 같았다.

"이곳에서의 지휘권은 내게 있소. 따라 주셨으면 좋겠소."

빅터가 레미프어로 말하자, 구아닐은 콧김을 푸욱 내뱉었다. 그것만으로도 나무 하나는 태울 정도로 뜨거워 보였다. 구아닐은 곧 몸을 돌려 숲으로 사라졌다. 러스킨도 구아닐의 등에 올라타 같이 사라졌다.

두 명의 인간과 한 마리의 드래곤이 어떤 명령도 내리지 않고 갑자기 떠나 버리자, 타치셀의 레미프들은 몹시 당황했다. 라루튼의 레미프들은 아직도 창을 세우고 공격을 준비하고 있었고, 익셀런을 물리친 인간들이 버티고 있으며, 무엇보다 붉은 드래곤이 남아있었다.

'타치셀의 레미프들에게 이 상황은 신의 징벌과도 같겠군. 뭐, 벌 받으라지.'

로핀이 라루튼의 레미프들에게 레미프어로 말했다.

"그쪽에 지휘관이 있소?"

한 명이 절룩거리며 다가와 말했다.

"제가 지휘관인 론틀로스입니다."

"타치셀 군대의 무장을 해제시키시오. 보아하니 자극하지만 않으면 마찰은 없을 거요. 아, 그리고, 론틀로스라면…… 세르메이를 알겠군."

"그녀를 아십니까?"

론틀로스가 깜짝 놀라 물었다.

"누가 여기에 크나딜을 모셔 왔을 거라 생각했소? 잠을 깨우는 무녀지."

론틀로스는 그 말을 듣고 눈물을 왈칵 쏟았다.

"살아 계셨군요. 세르메이께서 살아 계셨어……."

론틀로스는 로핀의 어깨를 잡고 울다가 무릎을 꿇었다. 로핀은 당황하며 그를 진정시켰다.

"세르메이는 여신의 신전에 무사히 잘 있소. 조만간 데려올 수 있도록 조치하겠소. 그러니 이곳 상황부터 정리합시다."

"고맙습니다. 고맙습니다."

론틀로스는 몇 번이나 감사 인사를 반복하고 병사들에게 로핀의 명령을 전달했다. 이미 전의를 잃은 타치셀의 병사들은 순순히 무기를 버리고 시키는 대로 따랐다.

아즈윈은 로핀의 칼을 돌려주며 불만스러운 얼굴로 말했다.

"왜 그냥 보내주셨죠?"

"카셀도 보내주길 원했다. 처음부터 그렇게 하려고 짠 작전이었어."

카셀이 굴러떨어지지 않으려고 천천히 크나딜의 몸에서 내려오길 기다리는 동안, 로핀은 칼을 집어넣고 바닥에 주저앉았다.

"라이, 너도 와서 쉬어라. 여기까지 크나딜과 같은 속력으로 날아오느라고 피곤하지 않나?"

"피곤하지 않다. 하지만 난 역시 이 칼이 싫다."

라이는 제법 익숙해진 억양으로 대꾸하며 아즈원의 옆에 섰다. 라이가 돌려주는 보검은 아즈원이 대신 받았다. 이 보검이 가지는 압박은 강한 검사일수록 확실히 느끼는 법이었다. 아즈원은 라이를 엄지로 가리키며 물었다.

"'이거', 누구죠?"

"카셀이 아군으로 끌어들인 친구지."

아즈원은 라이를 머리부터 발끝까지 훑어보더니 물었다.

"빅터는…… 선생님의 팔을 벤 자죠?"

"그래."

"그리고 그자의 팔은 선생님이 베었고요?"

"그랬지."

"그자는 카셀이 말하는 동안에도 구아닐이 말하는 동안에도 계속 이 레미프만을 경계했어요. 러스킨은 크나딜을 향한 공격을 준비하고 있었지만, 그 노인이 마법을 썼더라면 라이에게 죽었을 겁니다."

"그다음에는 아마 타치셀의 흔적도 남아 있지 않을 전투가 벌어졌을 것이다. 크나딜도, 구아닐도 살아남지 못할 것이고, 이 자리에 있는 우리도 위험했겠지. 상황을 조절했던 건 카셀이었지만 싸움판 전체를 막고 있던 건 라이였어."

로핀의 말에 이어, 카셀이 다가와 아즈원에게 말했다.

"그리고 타치셀 북쪽에 엄청난 숫자의 모즈들이 대기하고 있었어. 싸움이 벌어졌다면 전멸하는 건 우리 쪽이었을 거야."

"모즈……?"

아즈원은 게랄드에게 무자비하게 달려들었던 그 괴물들을 떠올리고 저도 모르게 입술을 깨물었다. 로핀은 론틀로스의 병사들이 타치셀의 병사들을 수습하는 광경을 지켜보며 말했다.

"아마 루티아를 공격하던 그 병력이겠지. 하늘 산맥 안이라는 점을 고려하면 정말 빠른 이동 속도야. 이 울창한 나무 사이를 쉬지 않고 달려오다니. 그런 괴물들 수천이 여길 들이닥친다고 생각해 봐. 크나딜께서 살아남을 수 있었겠느냐? 구아닐 역시 크나딜이 생각하신 것보다 훨씬 성장한 상태였어. 난 여기서 우리가 당장 살아남는 것만 생각했다."

"작전대로긴 하지만 로핀이 하도 당당하게 여길 내놓으라고 요구하기에, 보는 제가 다 불안했습니다. 그건 예정에 없던 말이었잖아요."

"넌 옆에서 보는 사람 심정이 어떤지는 알고 하는 소리냐?"

로핀은 좀 전의 상황이 떠올라 저도 모르게 한숨이 나왔다.

"뭐, 어쨌든 빅터는 이 자리에서 구아닐이나 러스킨 둘 중 하나라도 희생당하는 걸 원치 않은 거다. 아마도 최근에 자기 계산 외의 희생이 있어서 더 이상의 전력 손실을 입고 싶지 않았겠지. 빅터는 전투 자체보다 전투의 판을 짜는 걸 걸 즐기는 녀석이라……."

로핀은 입맛을 다시며 크나딜을 올려다보았다. 붉은 드래곤은 말없이 구아닐이 사라진 방향을 주시하고 있었다. 레미프들의 이동으로 잠시 주변이 어수선해졌다.

아즈윈이 카셀의 옆으로 다가가 속삭였다.

"죽었어, 카셀. 게랄드가 죽었어."

아즈윈은 차분한 눈으로 카셀에게 말했다.

"너무 늦었나 봐."

그 말을 내뱉는 순간 카셀은 입술을 지그시 깨물고 고개를 떨어뜨렸다. 카의 칭호를 가진 드래곤과 그랜드 마스터의 칭호를 가진 마법사를 막아 낼 때의 냉정함은 보이지 않았다. 그는 한 손으로 얼굴을 짚었다. 눈물을 참으려고 어깨가 흔들렸다.

아즈윈은 다가가 카셀을 안았다.

"아즈윈, 미안…… 해……. 내가 좀 더 빨리 왔다면……, 게, 게랄드가……."

카셀은 말을 잇지 못했다.

아즈윈은 무덤덤한 어조로 말했다.

"미안. 괜한 말을 했구나. 네가 늦은 게 아닌데. 그냥 투정 한번 부리고 싶었어. 와줘서 고마워, 카셀. 나의 캡틴!"

⚜

론틀로스는 타치셀을 정비하는 바쁜 와중에도, 게랄드의 장례식을 준비해주고 처음부터 끝까지 자리를 뜨지 않았다. 높이 쌓은 나무 위에 게랄드의 시신을 올려놓고 불을 올리는 순간 카셀은 참았던 눈물을 터트렸다.

아즈윈은 울지 않았다. 오히려 우는 카셀의 등을 도닥거려 주었다. 한참이나 그렇게 울던 카셀은 겨우 울음을 멈추고 나서 말했다.

"미안해. 네가 더 슬플 텐데 이런 모습을 보여서."

둘은 거센 불길 앞에 나란히 앉았다.

"괜찮아. 적어도 녀석의 죽음을 슬퍼해 줄 사람은 있어야지. 그리고 그게 캡틴이면 녀석도 불만은 없을 거야. 나도 울고 싶지만 울지 않기로 했어. 게리가 죽기 전에 말했거든. 울지 말라고. 지가 지 입으로 말했으니, 내가 안 울어도 그 녀석은 할 말이 없을 거야."

아즈윈이 살짝 미소 지으며 말했다.

한참 지난 후에 카셀이 입을 열었다.

"좋아했지? 서로?"

"응. 그걸 최근에야 알았어. 하지만 게랄드는 예전부터 좋아했었나봐. 그게 싫어."

아즈윈은 무릎을 가슴으로 끌어당겨 안았다. 게랄드를 삼킨 불길은 밤이 깊어갈수록 밝아졌다.

"왜 더 일찍 알지 못했을까? 아니, 차라리 왜 더 일찍 만나지 못했을까…… 그런 생각을 많이 하게 되네."

카셀은 위로하려고 그녀의 어깨로 손을 내밀었다가 도로 접었다. 아즈윈은 그 모습을 보고 빙그레 웃으며 카셀의 얼굴을 쓰다듬었다.

"카셀."

"응?"

"넌 좋아하는 여자를 만나면 절대 마음에만 담아 두지 마라. 꼭 말해야 돼."

카셀은 고개를 끄덕이며 말했다.

"……알았어."

카셀이 드러낸 자잘한 감정의 변화를 아즈윈은 금방 눈치챘다.

"좋아하는 사람이 생겼구나?"

"응."

"다행이다."

그 말을 해 놓고서 아즈원은 또 한숨을 쉬었다.

"남이 다른 사람 좋아하는 건 금방 알아채면서 정작 나는 왜 그러지 못한 걸까?"

아즈원은 분위기를 바꾸듯 쾌활한 어조로 물었다.

"그런데 이제 다음은 어디로 가야 하는 거지?"

"가넬로크로 간다."

대답은 뒤에서 다가오는 로핀이 대신했다. 그는 기름이 뚝뚝 떨어지는 정체를 알 수 없는 큼지막한 고깃덩어리를 가져와 한 조각씩 나눠 주었다. 맛있어 보였지만 도저히 먹을 기분이 안 드는 고기였다.

"여신께서 말씀하셨고, 우리가 예상하기도 했고, 빅터가 드러내기도 했지. 푸트나이에 모즈들을 집결시키고 인간의 세계를 공격한다? 그럼 당연히 가넬로크지."

"그럼 언제 떠납니까? 내일?"

카셀이 물었다.

"그래야지. 하지만 좀 곤란한 사정이 있다."

"뭔데요?"

"우선 넌 꼭 가야겠다, 카셀. 가넬로크에 이 위기를 알리고 전쟁 준비를 하려면 캡틴 울프라는 직함이 필요하지. 근데 네가 혼자 갈 수 있냐? 익숙해지긴 했겠지만 여긴 아직 하늘 산맥이다."

"그건 그렇죠."

카셀이 자신감 없게 말했다.

"그런 문제도 문제지만, 캡틴이라는 사람이 수하 기사 하나도 두지 않고 움직이는 건 보기에도 좋지 않아. 서른 살도 안 된 어린 청년이 울프 기사단의 캡틴이라고 밝히면 보통은 안 먹히지. 게다가 넌 얼굴이 그 모양이라서 너무 약해 보여."

로핀은 손가락으로 카셀의 뺨을 쿡쿡 찌르며 말을 이었다.

"또 외부에서는 퀘이언이 아직도 캡틴인 줄 알거든. 네가 정체를 밝혀 봐야 사기 치는 줄 알 거다."

"내가 같이 가면 되죠. 뭐가 걱정이에요?"

아즈윈이 예전처럼 환하게 웃으며 말했다.

로핀은 엄숙히 말했다.

"내가 가는 게 사실 제일 좋지."

"선생님이 옆에 있으면 역효과일 것 같은데요?"

"무슨 소리야? 내가 로크 의회에서 얼마나 유명한지 알아?"

"거기선 또 무슨 엄청난 범죄를 저질렀어요?"

"말을 말자. 어쨌든 나는 못 간다. 타치셀의 일을 마무리 지어야 해. 푸트나이의 레미프들까지 처리하는 데 크나딜께서 직접 나서실 수도 없는 노릇이고, 유능하긴 하나 적대 관계인 라루튼의 대장이 개입하는 것도 곤란하지. 홉트를 잃은 푸트나이에 론틀로스가 들어가면 지배당하는 꼴로 보일 테니 저항이 심할 거다. 그걸 위해서라도 나는 얼마간 여기 있어야 한다. 도울 사람이 필요해. 그러니 아즈윈 너도 남아라."

"제가요?"

"푸트나이가 저항할 경우 앞에 서서 싸울 사람도 필요하거니와 여러 가지로 혼자서 못할 일이 많아."

아즈윈은 부서진 신전 지붕에 고양이가 달 쳐다보는 것처럼 멍청히 앉아 있는 라이를 가리키며 말했다.

"그럼 카셀더러 저 레미프랑 단둘이 가란 말이에요?"

"그 또한 안 되지. 그래서 곤란하다는 거야."

아즈윈은 오랜만에 만난 로핀과 헤어지는 것도 싫었고 가넬로크로 가서 카셀을 돕고도 싶었다.

그때 멀리서 소란스러운 소리가 들렸다. 레미프들은 '거대한 늑대가 나타났다.'고 호들갑이었고, 일부는 무기까지 챙겨 들고 있었다.

로핀은 즉시 그쪽으로 달려갔고 카셀과 아즈윈도 뒤따랐다.

머리 부분이 사람의 가슴께까지 올라오는 거대한 은빛 털의 늑대가 숲속에서 나와 광장으로 느긋하게 걸어오고 있었다. 밤인데도 희미하게 반사되는 모습이 무척이나 아름다웠다. 그리고 그 옆에는 배낭 하나 짊어지고 빛바랜 망토를 둘러쓴 남자가 따라 걷고 있었다. 횃불에 반사되어 갈색처럼 보이는 머리카락에, 눈초리가 날카로웠다. 아즈윈이 처음 보는 남자였다.

늑대가 위에 태우고 있는 건 세르메이였다.

"세르메이!"

론틀로스가 아즈윈보다 먼저 알아보고 달려갔다. 늑대의 등에서 내린 그녀는 론틀로스에게 달려가 세게 포옹했다. 둘은 눈물을 흘리며 서로의 안부를 묻기 바빴다.

그때 늑대는 천천히 몸을 일으키며 주황빛 횃불을 푸르게 반사하는 로브를 입은 여자로 변했다. 두 가지 색깔을 한 머리카락은 바람에 흘날렸고 곡선을 이루고 있는 얼굴선이 예뻤다. 얼굴에 흉터가 길게 나 있었지만 그게 도리어 신비감을 더했다. 그녀는 느리지만 힘찬 발걸음으로 로핀에게 다가와 인사했다.

"이야기는 사—나딜께 모두 들었습니다. 무사하셔서 다행이군요."

로핀은 고개를 설레설레 저으며 말했다.

"정말 딱 맞춰 도착해 줬구나, 타냐. 아니, 그렇기 때문에 마법사인 건가?"

로핀의 옆에 있던 카셀은 머뭇머뭇하다가 결심이라도 한 듯 다가가 그녀의 두 손을 덥석 잡았다.

"오셨군요, 타냐."

타냐는 딱딱하게 대꾸했다.

"절 알아보시겠습니까? 목소리도 모습도 변했는데."

"당연하지요. 걱정했어요."

"저도 걱정했습니다."

카셀은 그녀의 냉랭한 반응에 주춤하더니 형식적으로 물었다.

"루티아는요? 무사한가요?"

"무사합니다. 아직 완전히 위험에서 벗어난 건 아니지만요."

타냐는 부드럽게 그의 손을 놓았다.

로핀은 뒤통수를 긁적이며 물었다.

"그보다 같이 온 저 친구는? 또 다른 하얀 늑대인가?"

뒤에 있던 청년은 고개를 살짝 꺾은 채로 로핀을 바라보다가 카셀에게 손을 들어 보였다. 카셀은 다가가 그의 손을 소리 나게 부딪쳤다.

"왔구나, 제이메르."

카셀이 인사하는 동안 타냐는 어깨를 으쓱하며 설명했다.

"사실은 로일이나 던멜 울프 두 사람 중 한 명을 데려오려 했습니다.

하지만 던멜은 큰 부상 중이었고 그가 수화로 의사소통을 하려면 로일이 필요했으므로 같이 루티아에 둘 수밖에 없었습니다. 대신 제이메르를 데려왔지요."

"대신이라는 말은 너무하지 않냐?"

제이메르가 툭 내뱉었다.

"그렇습니까?"

타냐는 시큰둥하니 대답했다. 중간에 낀 카셀은 난처한 미소로 말했다.

"여전하군, 두 사람은."

로핀은 아즈윈의 옆에서 주머니에 손을 찔러 넣고 심호흡을 했다.

"아즈윈, 내일부터 내 일을 도와라. 아쉬울 테지만 카셀은 저 둘에게 맡기는 게 좋겠군."

"전 둘 다 모르는데, 믿을 만한가요?"

"타냐라면 카셀을 지키기 위해 목숨을 내던졌던 여자다. 그리고 이제는 그 이상도 내던질 거다."

아즈윈은 잠시 고집을 부려볼까 하다가 불타는 장작을 바라보며 마음을 고쳤다.

"그래요. 생각해보니 저도 잠깐 동안은 여기 남아 있는 게 좋겠어요."

아침이 되자 카셀, 타냐, 제이메르, 라이 넷은 떠날 준비를 갖추었다. 일행이 정해졌으니 지체할 이유가 없다며, 로핀은 출발을 재촉했다. 하늘 산맥을 넘어가는데 필요한 물건도 모두 그가 챙겨 주었다.

"그래도 이 중 셋은 하늘 산맥의 마력에 당하지 않으니 그나마 이동이 늦지는 않을 거다."

아크랜드 안에서라면 누구 못지않게 빠른 길 안내자인 제이메르는 졸지에 길치로 분류되었다. 하지만 제이메르는 아크랜드로 돌아간다는 말에 들떠 있어 화도 안 냈다.

로핀은 일행을 기다리게 두고 카셀만 따로 불러다 말했다.

"잊지 마라. 가넬로크에서 만나게 될 가장 큰 적은 빅터나 구아닐이 아닐 것이다."

"압니다. 하지만 언제나 그렇듯, 전 혼자가 아닙니다."

"그래, 그랬지."

"전…… 아직도 게랄드가 죽었다는 게 실감이 나지 않습니다. 그를 화장시킬 때 울었지만 어딘지 그게 거짓된 울음이라는 생각마저 들어요."

"그건 슬퍼할 시간을 따로 주겠다는 게랄드라는 친구의 배려일 거다. 그런 친구가 가장 못된 친구지. 먼 훗날 이때의 일을 추억처럼 회상할 무렵, 불쑥 네 기억 속에 나타나 눈물을 흘리게 만들 테니까."

"게랄드의 추억으로 울 수 있다면 저는 기꺼이 그러겠습니다."

"그래, 나도 그런 친구가 있었고, 그 눈물은 전혀 아깝지 않더라."

로핀은 카셀의 어깨를 툭 치며 얘기를 마무리 지으려다 덧붙였다.

"그리고 저 제이메르라는 친구 말인데, 대체 누구냐?"

"무슨 뜻인가요? 같이 만나 겪은 얘기라면 간략하게나마 해 드린 걸로 압니다만…….”

제이메르는 그새 또 타냐와 뭔가로 말다툼을 하고 있었다. 언제나처럼 타냐는 무덤덤하게 말하고 제이메르 혼자 흥분하는 모습이었다. 로핀은 제이메르에게 시선을 둔 채로 말했다.

“마법사가 가장 중요한 시기에, 가장 적절하게 나타나는 건 당연한 일이지. 그런 의미에서 아란티아에서 네가 고생할 때 타냐가 적절한 시점에 나타난 건 조금도 이상한 일이 아니다. 하지만 제이메르는?”

카셀은 레드 게이트를 통과해 빌리의 포로로 끌려가던 순간 나타나 준 제이메르를 똑똑히 기억하고 있었다.

“그렇게 여쭤보시니, 행운이 안겨 준 소중한 인연이라고밖에 말씀 못 드리겠는데요?”

“행운이 과하군. 이번에도 봐라. 당연히 울프의 기사 중 한 명이 타냐를 따라왔어야지. 게다가 아이린의 제자? 내내 제자 찾기에 실패한 녀석이 이런 중대한 시기에 느닷없이 가넬로크에서 아란티아로 건너온 사냥꾼을 만나 제자로 삼아?”

“그게 그렇게 중요한 일인가요?”

카셀이 물었다.

로핀은 나직이 신음하다가 말했다.

“아란티아의 역사 속에서 하얀 늑대라는 존재가 다섯 명이 된 건 천년 만이다. 울프 기사단의 숫자도 가장 많지. 아마 퀘이언은 이 넘쳐나는 인재들을 보고 뭔가 커다란 위험이 다가온다는 뜻으로 받아들였을 것이고, 하얀 늑대들을 다섯 명이나 뽑는 걸 주저하지 않았을 것이다. 그런데 그 다섯 명이 카모르트라는 외국에서 캡틴을 데려왔다. 그리고 그 캡틴이 위험에 빠진 걸, 하얀 늑대가 아닌 제이메르라는 청년이 구해 주었다. 무슨 뜻인지 아직도 모르겠느냐?"

"아직도 잘 모르겠습니다만……."

카셀은 당황해 뒷말을 흐렸다.

"카셀, 아란티아는 스스로를 지키는 나라다."

"자, 잠깐만요. 지금 게랄드의 죽음에 대해 말씀하시는 거죠?"

카셀은 약간 흥분해서 말하다가 목소리를 줄였다.

"한 명이 줄었으니까 한 명이 들어왔다는 건가요? 제이메르가 나타나는 바람에 게랄드가 죽었다는 뜻인가요?"

다행히 제이메르는 타냐와 티격태격하느라 둘의 대화를 못 듣고 있었다.

"아니, 그 반대다. 하얀 늑대가 한 명이 줄어들 것을 감지하고 그 자질을 가진 자를, 아란티아가 불러들인 거다."

카셀은 새나디엘이 보여 준 드래곤 오브의 광채가 떠올랐다. 로핀은 픽 웃으며 카셀의 어깨를 탁탁 쳤다.

"그냥 갑자기 생각난 것뿐이야. 이렇게 말한다고 뭐가 달라지는 것도 아니고 바꿀 수 있는 것도 아니고. 네 말대로 행운이 안겨준 선물일지도 모르지."

"알겠습니다, 로핀."

카셀은 겨우 대답하고 물었다.

"저, 아즈윈은요? 떠나기 전에 작별 인사를 하고 싶은데요."

"아까 세르메이가 위로해 준다고 방에 들어갔는데, 둘 다 나오지 않는구나. 뭐, 조만간 만날 수 있을 테니 인사는 내가 대신 전해 주마. 서

둘러라."

"예, 그럼 로핀, 나중에 뵙겠습니다. 그리고 제가 부탁드린 것 있죠?"

"사—나딜께 하는 부탁 말이냐? 이미 어제 크나딜께 전달해드렸다. 그러니 이미 아셨을 거다."

로핀은 연초 파이프를 물고 손을 흔들어 주었다.

카셀은 돌아와 타냐의 옆에 섰다. 때마침 타냐는 지도를 펼치고 있었다.

"빨리 걸으면 일주일 안에 가넬로크 국경을 넘을 겁니다. 하지만 우리에게는 나디우렌의 증표가 있으니 그보다는 빨리 갈 수 있겠죠. 출발할까요?"

"전 준비됐어요."

타냐는 제일 앞서 걸었고 카셀은 얼른 옆으로 따라붙었다. 제이와 라이도 뒤를 따랐다.

"타냐."

"말씀하십시오, 카셀."

그러나 카셀은 뒷말을 잇지 못했다. 타냐는 머뭇거리는 그를 대신해 말했다.

"소중한 친구를 잃었다고 들었습니다. 제가 어떤 위로의 말을 해드릴 수는 없을 것 같군요. 하지만……."

타냐도 결국 뒷말을 잇지 못했다. 그리고 카셀은 조용히 타냐의 손을 잡았고, 타냐도 그 손을 놓지 않았다.

둘이 무슨 심각한 얘기를 하나 싶던 제이메르는 뒤에서 짧게 한숨을 쉬었다.

"원래 저런 면이 있었나, 저 두 녀석? 둘 사이에 무슨 일이 있……."

자기도 모르게 옆 사람에게 물어보려고 고개를 돌렸던 제이는 머리 하나 위쪽에 위치하고 있는 라이의 얼굴을 보고 흠칫 놀랐다.

"어제부터 물으려다 말았는데…… 너 누구냐?"

제이가 물었다. 라이는 눈동자만 돌려 제이를 내려다보더니 레미프의 언어로 중얼거렸다.

"내 기더에 낄 수 없는 녀석이 끼어 있군."

제이는 인상을 구기며 물었다.

"너 방금 욕했지?"

라이는 대답하지 않았다. 제이는 투덜대더니 혼잣말처럼 중얼거렸다.

"그러고 보니 떠난 지 두 달도 안 되어 돌아가게 되네."

제이는 불안한 얼굴로 입을 굳게 다물었다.

카셀 역시 말이 없었다.

가넬로크…….

그곳은 아버지의 마지막 여행지기도 했다.

Epilogue
아즈윈의 기억

아즈윈은 레미프들이 내준 거친 감촉의 이불을 덮고 침대에 누워 있었다. 그녀의 시중을 들어 주는 타치셀의 여자 레미프가 조심스레 음식을 놓고 나갔지만 건드리지 않았다. 자려고 했지만, 잠들지 못했다.

로핀이 뿌려 준 마법의 가루로 몸의 고통은 거의 남지 않았다. 카모르트에서 메이루밀을 만나 그 가루로 치료받았을 때는 몸이 날듯이 개운했지만, 지금은 이상하게 몸이 무거웠다. 러스킨의 마법에 부러졌던 팔도 아직 욱신거렸다.

게랄드를 화장시키며 날려 보냈다고 생각했지만, 마음속에 남은 묵직한 건 사라지지 않았다.

누군가 또 문을 열고 들어왔다. 아즈윈은 음식 치우러 온 레미프겠거니 하고 내버려 두었다. 하지만 그 레미프는 아즈윈의 옆에 앉았다. 세르메이였다.

"너였구나. 아아, 몸은 괜찮아? 고생 많았지?"

세르메이는 근심 많은 얼굴로 아즈윈을 바라보기만 했다.

아즈윈은 그녀의 머리카락을 쓰다듬었다.

"너 설마 위로하러 온 거냐? 됐어. 나는 이런 걸로 울지 않아. 그 녀석이 울지 말라고 했거든. 그러니 씩씩하게 살아 줘야……."

세르메이는 아즈윈의 입술에 손가락을 대더니 그 손으로 이마를 가리켰다. 그리고 다시 자기의 이마를 가리켰다. 아즈윈은 은근히 고집있는 그녀의 제안을 거절하지 못했다. 세르메이는 다가와 아즈윈의 이마에 머리를 댔다. 그리고 다시 그녀와의 의사소통이 시작되었다.

"아즈윈, 네 고통을 그냥 보고 있을 수가 없어서 왔어."

세르메이는 아즈윈보다 더 슬퍼하며 말했다.

아즈윈은 웃으며 대꾸했다.

"거짓말을 못하는 대화법을 이용해 내 진심을 들으려 하다니 비겁하구나. 그래, 솔직히 조금 힘들어. 하지만 죽을 만큼 괴로운 것도 아니야. 세르메이, 이 대화법으로 그런 얘기해 봤자 난 집중하지도 못해. 깨어나면 잊어버릴 거야. 위로하는 거라면 됐어."

"아즈윈, 넌 뭔가 잘못 알고 있어. 나는 게랄드의 기억과 너의 기억이 어긋나는 부분에 대해 전부터 말하고 싶었는데 계속 위험한 일에 휩쓸리는 바람에 얘기해주지 못했어. 그땐 매번 시간이 모자랐지. 그래서 고민했어. 너는 지금도 충분히 괴로워하고 있으니 이걸 가르쳐 줄 필요가 없다는 생각도 했지만, 또 한편으로는 그러기에 꼭 알려 줘야 한다고 생각했어."

"대체 그게 뭔데? 바깥의 시간이 많이 흐르고 있어. 서둘러 자 두지

아즈윈의 기억

527

않으면 나의 캡틴이 떠나는 것도 못 보고 보내게 될 거야. 어서 말해
줘."

"말이 아니야. 나는 너의 기억을 보여 주고 싶어."

"다른 사람의 기억도 아니고, 내 기억을 왜 굳이 너를 통해 봐야 하
지?"

"봐야 해!"

아즈윈은 그녀의 귀여운 고집에 웃었다.

"이제야 알겠다. 너 내 안에 잠든, 그러니까 흐릿해진 게랄드의 추억
을 선명하게 보여주려는 거지? 그걸로 위로해 주려고? 뭐, 그 녀석의
추억 하나쯤 는다고 달라질 것도 없……!"

세르메이는 성급하게도 아즈윈의 의식을 밖으로 밀어내 버렸다. 그
리고 한두 시간 정도 전의 과거가 보였다. 그때부터는 순식간에 현재에
서 과거로 거슬러 올라가기 시작했다. 뭐가 뭔지 구별이 되지 않을 정
도로 보이는 모든 게 빨랐다.

타치셀에서 게랄드는 피를 흘리며 서 있었다. 그는 아즈윈에게 뭔가
말하며 죽었다. 그러나 여전히 그가 뭘 말하고 죽었는지 알 수 없었다.
세르메이에게 다시 한번 보여 달라고, 입술 모양이라도 보고 싶다고 말
하고 싶었지만 이미 다음 기억으로 넘어가 버렸다.

게랄드는 네이슨과 싸웠다. 그 전투는 휙 스쳐 가는 지금 봐도 선명
하게 떠오를 정도로 강렬한 인상을 또 한 번 새겼다.

'……기다려. 세르메이를 데려다주고 반드시 널 구하러 가겠다.'

하푸에서 그가 외쳤던 목소리가 메아리처럼 기억 속을 맴돌았다.

동굴 안에서 가졌던 그와의 오붓한 시간은 이런 식으로 빨리 흘려보

내기에는 아까웠다. 그런 시간을 영원히 가질 수 없다면…… 적어도 좀 더 일찍 가졌더라면 뭔가 달라졌을까?

적어도 후회라도 덜했을까?

아니면 오히려 고통이 깊어졌을까?

'넌 아마 기억 못할 테지만, 네가 날 좋다고 말한 가장 처음 순간에 나는 이미 넘어갔었다. 그 뒤로 네가 한 번도 내게 진지하게 이런 말을 하지 않아서 여태까지 넘어가지 않은 척했던 거야.'

녀석은 그렇게 말했다.

그러니 이런 건 내 잘못이 아니야. 그렇지, 게리? 그런데 내가 녀석 한테 좋아한다고 말한 처음 순간이 언제지?

'하긴 넌 기억력이 부실하지. 만난 사람도 못 알아보는 편이고.'

하늘 산맥을 헤매던 당시에 했던 그의 말이 갑자기 흘러가는 기억의 표면 위로 불쑥 떠올랐다.

아즈윈의 기억은 이제 카모르트에서 카셀을 만나고 있었다. 카셀 앞에서 했던 기사의 맹세는 아직도 유효했다. 그는 모두의 캡틴이었다.

시간을 거슬러 올라가 이번에는 아란티아였다. 하얀 늑대가 된 후 처음으로 연습을 갖던 순간이었다. 그는 농담처럼 그녀에게 말했다.

'널 좋아하고 있었던 건 내가 먼저였어.'

아즈윈은 그 말에 항상 저항했다.

'내가 먼저였어!'

'어라? 기억하나?'

'응? 뭘?'

항상 둘 사이의 대화는 농담처럼 지나갔으니 이런 자잘한 것들까지

아즈윈의 기억

529

기억할 수는 없었다. 아즈윈은 세르메이가 이런 걸 보여 주려나 보다 하고 생각했다.

울프 기사단의 첫 번째 테스트를 통과했을 때 제일 처음 만났던 이는 게랄드였다.

'이름이 뭐냐? 난 아즈윈이다.'

그때 게랄드는 꽤나 흐뭇한 얼굴로 아즈윈을 쳐다보았다.

'난 게랄드다. 다들 날 불의 용병 게랄드라고 부르지.'

그전에는 그 이름을 들어 본 적이 없었다. 아즈윈은 용병 생활을 하며 만났던 사람들은 의식적으로 잊으려고 노력했던 편이었다. 언제부터 그런 생각을 하게 되었는지 기억나지 않았으나, 그렇게 하는 게 편했다.

'무기 한번 휘둘러보지 못한 채 이름 불려 나온 녀석들은 얌전히 자기 나라로 돌아가 하던 일이나 마저 해. 그렇지 않으면 내 불도끼 맛을 보게 될 거니까.'

그의 말에 아즈윈은 웃음을 터트렸다.

'우습냐?'

게랄드가 따지듯 물었다.

'그럼 넌 불도끼라는 말이 안 우스워? 그거 웃으라고 한 말 아니었어?'

게랄드도 웃었다.

'맞아. 처음에는 웃으라고 지은 별명이었는데 내 불도끼에 죽는 놈들이 워낙 많아서 그 말이 공포의 대명사가 되어 버렸지.'

아즈윈은 그때부터 게랄드가 마음에 들어 훈련장에서도 항상 그가 어디 있는지 살펴보곤 했었다. 무의식적으로 살펴보는 그 공간 안에 항상 게랄드가 있었고, 그녀와 눈이 마주치면 그는 언제나 먼저 손을 들어 주었다.

너무나도 소중한 친구.

사랑이라는 변덕스러운 감정으로 망가뜨려 버리기에는 너무 아까운 친구. 그래서 게랄드도 그녀에게 접근하지 않았던 것이고 아즈원도 그를 애써 끌어들이려 하지 않았다.

그게 해답이었다.

조금은 마음이 편안해졌다.

세르메이, 이걸 보여 주고 싶었구나. 그래. 어쩌면 나도 이런 걸 보고 싶었던 걸지도 몰라……. 아즈원은 그렇게 감사의 말을 세르메이에게 전하고 싶었다. 하지만 세르메이는 과격하게 의식을 밀어내, 아즈원의 목소리를 차단했다. 세르메이는 거의 강제로 아즈원의 의식을, 회상하는 기억 밖으로 밀어냈다. 그녀의 기억은 그 첫 번째 테스트를 넘어 용병 생활까지 거슬러가고 있었다.

닥치는 대로 만났던 남자들, 마음에 들든 안 들든 일단 좋아하는 척해서 마음을 떠보았던 남자들, 때론 많이 좋아했고, 때론 덜 좋아했던 남자들이 모조리 기억 속으로 흘러들어왔다. 게랄드를 추억하는 와중에 보이는 그런 기억들은 그녀에게 괴로움만 주었다.

그만둬, 세르메이! 이제 충분해.

위로하는 것도 필요 없고 괴롭히는 건 더더욱 필요 없어.

무슨 짓이야?

세르메이가 빠르게 되짚어주는 기억의 순간들이 점점 느려져 사람들의 목소리를 하나하나 알아들을 정도가 되었다. 그녀는 무거운 추억의 실체를 앞에 두고 정신이 혼미할 정도였다.

아즈윈은 초원 위에 피 묻은 칼을 들고 투구를 쓴 채 홀로 서 있었다. 그것은 그녀가 로핀의 가르침을 끝내고 스무 살이 되던 해에 처음 들어갔던 용병대의 마지막 순간이었다. 그 용병대에서 그녀는 첫사랑이라고 할 만한 덱밀을 만났었고 덱밀은 죽었다. 그러나 기억은 거기까지 가지 않았다. 세르메이가 보여 주려는 기억의 종착점은 바로 이곳이었다.

……세르메이, 뭘 보여 주려는 거야?

이제 그만둬.

보고 싶지 않아.

아즈윈이 속한 용병대는 적이 고용한 또 다른 용병대를 만나 패배했다. 아즈윈은 제일 앞에 나서서 싸워 많은 적을 해치웠으나 종국에 가서는 적에게 포위당했다. 적의 대장으로 보이는 검은 투구를 쓴 남자가 모두의 앞에 나서서 말했다.

"잘 싸우긴 하지만 포기하시지?"

아즈윈은 지치지 않는 젊음과 만용을 무기로 삼아 말했다.

"포기하면 살려 줄 거냐?"

여태 동그란 투구를 쓰고 있어 얼굴이 보이지 않던 아즈윈이 말하자, 적 용병들은 전부 놀랐다. 모두 그녀의 검술을 보고 호리호리한 체형의 남자라고 생각했던 것이다.

용병들의 대장이 명령을 내렸다.

"투구 벗어 봐."

"싫어! 자기도 안 벗을 거면서!"

"어차피 졌잖아. 시키는 대로 하면 살려 주지."

아즈원은 약간 고민했다가 투구를 벗었다. 그녀의 외모를 보고 많은 용병들이 군침을 흘렸다.

용병들의 대장은 웃으며 말했다.

"좋다. 나와 오늘 하룻밤만 자면 살려서 보내주지."

아즈원은 여기서 목숨 걸고 싸운다는 말을 할 정도로 실력에 자신감이 있는 건 아니었다. 그리고 일단 지금은 피하고 나중을 택해 복수하는 게 더 좋다고 생각했다. 복수에 실패하더라도 어쨌든 목숨의 대가가 하룻밤 잠자리라면, 그게 첫 번째 경험이 될지언정 나쁘지 않은 거래였다.

"하룻밤이면 되냐?"

그렇게 생각해 버리자.

"된다."

다른 용병들이 치사하다며 우우 하고 소리 질렀으나 대장은 닥치라고 한소리 했다.

"그럼 좋다."

아즈원은 제안을 받아들였다.

그들은 아즈원의 팔을 묶어 막사를 친 곳까지 반나절이나 끌고 갔다. 그들은 그녀를 막사에 묶어 놓고 밤이 될 때까지 버려두었다. 촛불

하나 없는 어둠 속에서 그녀는 밧줄을 풀려고 안간힘을 써 보았다. 그러나 이런 일에 익숙한 용병들이 묶어 놓은 밧줄이 끙끙댄다고 풀릴 리 없었다.

"됐다, 됐어. 안 그래도 돼."

막사의 출렁이는 커튼을 젖히고 용병 대장이 들어왔다. 그는 작은 촛불만 하나 켜더니 아즈원의 앞에 놓았다. 그리고 어둠 속에서 침대에 누웠다. 그리고 잘 준비를 했다.

아즈원은 오히려 당황하며 물었다.

"이봐, 자, 자냐?"

"나랑 하룻밤만 자면 된다고 했잖아. 거기서 자. 내일 보내 주지."

"뭐야? 잔다는 게 그 의미였어?"

"그럼 뭐 바라는 거라도 있어? 치사하게 다 잡은 포로 가지고 노는 건 질색이다. 내 친구들도 알아. 우린 네 용병대처럼 이상한 족속들 아니다."

자기가 속한 곳의 악명이 워낙 높았으니 아즈원은 변명도 못했다. 그녀는 그냥 다른 용병들도 다 그런 줄 알았던 터라 이 남자의 행동이 의외였을 뿐이었다.

"오해했다. 미안하군."

아즈원이 사과하자 그는 부스럭대며 일어났다.

"닥쳐! 네가 죽인 동료들이 얼마나 많은 줄은 알고 하는 소리냐? 생각 같아선 그대로 목을 베어 버리고 싶다. 네 몸뚱이 한번 파는 걸로 그 피를 씻을 수 있을 것 같은가? 잘난 척하지 마."

아즈원은 그 말에 한마디도 대꾸하지 못했다. 어둠 속이라 분노하는 그의 얼굴을 보지 못한 게 차라리 다행이었다. 촛불의 밝기로는 붉어진 얼굴이 드러나지 않기에 또한 다행스러웠다.

"살기 위해 마지막까지 저항한 것뿐이야. 그 순간에 달리 내가 뭘 할 수 있는 것도 아니잖아? 그렇게 화나면 죽이든가."

아즈윈은 평소 하던 대로 성질을 부렸다.

"맞아. 사과한다고 될 일도 아니고 널 죽인다고 될 일도 아니지."

그는 다가와 아즈윈의 밧줄을 풀어 주었다. 촛불에 잠깐 비친 그의 얼굴은 의외로 젊었다. 그가 다시 돌아가 침대에 앉으며 또 그의 얼굴이 보이지 않게 되었다.

"거기 옆에 물 받아 놓은 바가지 있으니 그걸로 좀 씻고 내 옆에 와서 자라."

아즈윈은 묶였던 부분을 주물럭거리며 물었다.

"내가…… 위험하다고 생각 안 하나?"

"네 실력이 좋긴 하지만 맨손으로 날 죽일 정도는 못 되지."

"자신 있나 보군."

"시끄러워."

그는 침대에 누워 진짜로 잠을 청했다. 아즈윈은 받아 놓은 물로 소리 나지 않게 씻고 옆에 걸어놓은 수건으로 물기를 닦았다. 그녀는 조심스레 다가가 그의 어깨에 손을 댔다.

"뭐냐?"

그는 졸린 목소리로 말했다.

"이건…… 그러니까 목숨 살려 준 보답이 될 수 없을까?"

바깥에 피워 둔 모닥불의 붉은빛이 그의 얼굴 윤곽을 희미하게 밝히고 있었다. 그는 말없이 있다가 그녀의 손을 세게 움켜잡았다.

"그러고 싶으면, 그냥 그러고 싶다고 말해!"

아즈윈은 뒤로 움찔하며 물러났으나 그는 놓아주지 않았다. 강하게 압박하는 그의 목소리는 선생님을 제외하고 누구도 두려워하지 않았던 그녀를 겁주었다. 그는 협박이라도 하듯 말을 이었다.

"그런 게 아니라면 필요 없다. 난 날 좋아하지도 않는 여자에게 억지로 강요할 정도로 굶주리지 않았어."

"그게……, 잘 모르겠지만…… 나 널 좋아하게 된 것 같다!"

아즈윈은 마침내 상대방을 당황하게 만든 것에 속으로 환호했다.

'야호!'

그는 한참이나 뜸을 들였지만, 일단 그녀를 끌어안은 후에는 망설임이 없었다. 그 밤은 너무도 빨리 지나갔다. 잠을 이루지 못하는 아즈윈을 조용히 뒤에서 끌어안으며, 그가 말했다.

"날이 밝기 전에 떠나라."

"어…… 왜?"

아즈윈은 당황하며 물었다.

"그냥 떠나라. 난 나만의 목표가 있다. 그걸 이루기 전까지…… 그러기 전까지 누군가에게 빠지고 싶지 않다. 그런데 오늘 하룻밤만으로 나는 너에게 빠질 것 같군. 네가 좋아질 것 같다. 그러니 떠나라."

아즈윈은 눈을 질끈 감았다. 그러나 아무렇지도 않은 척 대꾸했다.

"그러지. 나도 나만의 목표가 있으니까. 그때까지는 나 역시 사랑 따위의 감정에 빠질 생각은 없어."

"무슨 목표냐?"

"아란티아 울프 기사단!"

"네 실력으로 그런 게 가능할까?"

"원래 말투가 그런 식이냐? 이럴 때는 농담으로라도 가볍게 넘기는 거야! 넌 너무 딱딱해."

"내가?"

"매사에 진지한 남자는 재미없어!"

아즈윈은 신경질 부리며 말을 이었다.

"뭐, 됐어! 이제 나도 너에게 흥미 없어졌으니까. 오늘 밤도 한번 즐긴 것뿐이야. 앞으로 겪을 수많은 유흥의 첫 번째였을 뿐이지! 그게 다다. 그리고 시작치고는 각별히 형편없었어."

그는 계속 아즈윈의 등 뒤에서 머리를 쓰다듬으며 말했다.

"그래, 그래. 미안하게 됐군. 혹시라도 다음에 만나게 되면 그때는 잘해 주도록 하지."

그의 목소리는 아즈윈의 허풍을 알면서도 넘어가 주는 선생님의 목소리처럼 부드러웠다. 얼굴은 어떨까? 날 사랑스럽게 봐주고 있을까? 하지만 아즈윈은 돌아보지 않고 그대로 옷을 입고 막사를 나왔다. 그의 얼굴을 봐버리면 나오지 못할 걸 알기에.

"이제 어디로 가야 하나?"

아즈윈은 새벽의 찬 공기를 들이마시며 말하다가 자기도 모르게 돌아보고 말았다. 그가 막사 앞에 서 있었다. 윤곽만 보였지만 그라는 걸 알 수 있었다. 그녀는 입가에 손을 모으고 큰 소리로 외쳤다.

"평생 후회할 거다, 이 멍청한 자식아!"

그 말을 들은 건지 만 건지, 그는 멍청하게 손을 흔들고 있었다.

그 젊은 용병 대장은 어느 순간 카모르트에서 쓰러진 그녀의 등에 기대어 앉아 있었다. 죽음의 기사로 변한 12쏜즈를 모두 쓰러뜨리고 주저앉은 자리에서 아즈윈은 그 용병 대장에게 말했다.

"괜찮아. 그렇게 되면 네가 평생 돌봐줄 거잖아. 약속, 기억해뒀다? 너 죽기 전에 내가 죽을 일 없다고 했지?"

모습이 보이지 않는 용병 대장은 그때보다 더 부드러운 목소리로 말하며 웃었다.

"그걸 믿냐? 믿어주니 감격스럽긴 하다."

아즈윈은 멀어지는 의식 속에서 힘없이 그 용병 대장의 이름을 부르며 물었다.

"게리, 궁금한 게 있는데, 네 이빨은 뭐야?"

"내 이빨? 그거야……."

그 남자는 거의 들리지도 않는 목소리로 말했다.

"난 있지……."

아즈윈도 그때 같은 말을 했다. 하지만 같은 말을 했기에 서로의 말을 듣지 못했다.

세르메이의 마법이 그 남자의 말을 들리게 해주었다.

"네가 봐 주고 있을 때의 나야."

그리고 그때 사라졌던 용병 대장의 모습이 갑자기 크게 다가왔다. 항상 등 뒤를 지켜 주던 남자가 이번에는 앞에 있었다. 온몸에 피를 흘리며 아즈윈의 앞에 무릎을 꿇고 있었다.

막사 안에서 촛불을 등지고 밧줄을 끊어 주던 모습과 햇빛을 등지고 무릎을 꿇은 모습이 묘하게 일치하고 있었다.

그곳은 모즈들의 시체가 깔린 타치셀의 광장이었다.

아즈윈은 목이 메었다.

'안 돼, 세르메이. 보여 주지 마.'

아즈윈은 무서워졌다.

'보고 싶지 않아.'

그러고 싶으면 그냥 그렇게 하라고 말하던 그 젊은 용병의 얼굴은 이제 나이가 들어 수염이 났고, 그때보다 목소리가 훨씬 유쾌하게 바뀌었으며, 그때보다 훨씬 잘 웃는 남자가 되어 있었다.

그 용병 대장은 침대 위에서 아즈윈의 등을 끌어안고 해 주었던 따뜻한 목소리를 내지 못하고, 힘겹게 열린 입 모양으로만 말하고 있었다. 지금까지 알아보지 못했던 그 입 모양을 지금은 똑똑히 알아볼 수 있었다. 심지어 그 소리까지 들리는 듯했다.

'울지 마라, 아즈윈.'

아즈윈은 눈물을 터트렸다. 게랄드가 죽던 바로 그 순간에도 나오지 않았던 눈물이 왈칵 쏟아졌다. 울지 말라던 그의 말을 따를 수 없었다.

그것은 그가 아즈윈에게 남긴 마지막 말이었다.

'해주고 싶은 게 정말 많았는데……. 미안하다.'

"아아!"

아즈윈은 소리를 지르며 세르메이를 끌어안았다.

기억은 끊겼으나 아직도 그의 목소리가 아른거리고 있었다. 세르메이는 말없이 그녀를 끌어안았다. 아즈윈은 흐느끼며 말했다.

"그 녀석, 알고 있었어. 몇 년이나 숨기며 내 모습을 지켜보고 있었어. 내가 기억해 주기를 기다리고 있었어. 내가 그렇게 알아주지 않았는데도 기다리고 있었어. 비겁한 놈! 못된 자식."

아즈윈은 소리 내어 울었다. 이미 아침은 지났고 창문으로 비치는 햇빛이 방을 밝히고 있었다. 햇살이 너무도 따가워 그녀는 쏟아지는 눈물을 막을 수가 없었다.

밖에서 아즈윈을 위로하러 왔던 로핀은 조용히 문 앞에 서서 기다렸다. 흐느끼는 그녀의 목소리가 들렸다.

"보고 싶어, 게리……."

『4부: 죽지 않는 자들의 군주』로 이어집니다